·陳鍾琇 著·

唐代和詩研究

目錄

第一章　緒論......3

第一節　前人研究成果與研究動機......7
第二節　研究方法......12

第二章　「和詩」定義與範疇......15

第一節　「唱和詩」與贈答詩之義界......15
第二節　即席唱和詩之相關論題......34
第三節　「和詩」的時空意義......53
第四節　「同詩」與樂府歌行之「和詩」......65

第三章　「和詩」體裁之源流與發展......89

第一節　科舉考試與即席賦詩之關係......90
第二節　和詩體裁之溯源與發展（一）和意與和韻......122
第三節　和詩體裁之溯源與發展（二）和體......158

第四章　宮廷唱和與外邦和詩......235

第一節　宮廷唱和活動之和詩......236
第二節　外邦和詩......276

第五章　文士之和詩與唱和集......283

第一節　文人詩友之和詩......284
第二節　文士和詩中常見之主題事件......343

第三節　文人詩友之唱和集 352

第六章　唐代和詩在中國詩歌史上的地位 367

第一節　促成初唐七律之發展 367

第二節　承先、創新與啟後 370

第七章　結論 377

參考文獻書目 383

附錄一：《魏晉南北朝和詩表》 393

附錄二：《全唐詩》和詩表 405

圖表索引

圖

圖　唱和詩與贈答詩寫作關係簡圖：（箭頭表示寫作對象）......... 18

表

表 1　唱和詩相關論題研究之學位論文.. 8
表 2　唱和詩相關論題研究之期刊論文.. 9
表 3　唱和詩相關論題研究之專書著作.. 9
表 4　《全唐詩》以「贈」、「寄」、「酬」、「答」為題之和詩........... 19
表 5　白居易〈和答詩十首〉原詩與和詩.................................... 24
表 6　元稹〈酬樂天詩〉... 29
表 7　白居易〈酬微之詩〉.. 34
表 8　逯欽立《先秦漢魏晉南北朝詩》應制、 應詔、應令、應教詩作數量.. 36
表 9　逯欽立《先秦漢魏晉南北朝詩》奉和（和）「應」字類詩作數量.. 37
表 10　《全唐詩》奉和（和）「應」字類詩作數量.......................... 37
表 11　《全唐詩》原詩尚存之宮廷「同題和作」........................... 46
表 12　《全唐詩》之追和詩.. 60
表 13　唐彥謙〈和陶淵明貧士詩七首〉與陶淵明〈詠貧士詩七首〉用韻對照... 65
表 14　《全唐詩》樂府歌行之和詩.. 68

表 15 郭茂倩《樂府詩集》輯錄元稹有關樂府古題和詩之卷目 73
表 16 《全唐詩》所收之「省試詩」(詩題冠以省試二字者) 95
表 17 《登科記》所收之「試賦」 101
表 18 《全唐詩》所收初盛唐時期同題限韻之宴集詩 107
表 19 《登科記》所收之「試律」 112
表 20 《全唐詩》所收之依韻詩(詩題標明為依韻者) 137
表 21 逯欽立《先秦漢魏晉南北朝詩》所收之「和體詩」 160
表 22 《全唐詩》所收之「和體詩」 163
表 23 《全唐詩》所收之宮廷和詩簡表 238
表 24 《全唐詩外編・全唐詩補逸》所收之日本國大臣和詩 277
表 25 元、白和詩(白居易原唱、元稹和作) 300
表 26 元、白和詩(元稹原唱、白居易和作) 302
表 27 劉、白和詩(白居易原唱、劉禹錫和作) 311
表 28 劉、白和詩(劉禹錫原唱、白居易和作) 314
表 29 《全唐詩》所收涉及宗教人士之和詩 331
表 30 《全唐詩》所收涉及女子之和詩 341
表 31 陳尚君〈唐人編選詩歌總集敘錄〉中之唐集分類 354
表 32 人名後之數字為《全唐詩》卷數 369

摘要

本書主要透過《先秦漢魏晉南北朝詩》與《全唐詩》所輯錄之和詩，來探討「唐代和詩」之源流與發展，並對於「和詩」與其相關論題，提出一客觀之研究心得與見解。

在第一章〈緒論〉中，從文學發展的角度，省察東晉以至於唐代和詩之發展脈絡，由於唐代文學創作優勢環境助長下，使得中國和詩發展至唐可謂各體兼備，甚至開啟後代唱和詩壇創作之模式，因此唐代和詩在中國詩歌史之地位是不容小覷的。第二章〈「和詩」的定義與範疇〉則透過實際和詩之作品分析，對於唱和詩與贈答詩之義界作出區別，並且經由研究結果發現，原本屬於贈答詩範疇之「酬詩」，在中唐時期出現和韻現象，遂成為唐代和詩中之異起。再者，唐代亦開始出現無唱和之實的追和詩。第三章〈「和詩」體裁之源流與發展〉首先藉由六朝即席賦詩的考察，分析其對於唐代即席賦詩活動以及科舉考試之影響。另外，在和詩之「和意」、「和韻」與「和體」三方面，實際透過詩歌作品的分析，對於唐代和詩體裁之溯源、發展乃至於定體，呈現唐代和詩發展史較為完整的研究結果與狀貌。第四章〈宮廷唱和與外邦和詩〉中，經由探究宮廷君臣唱和活動所寫下之君臣和詩，可想見唐代吟業之鼎盛。國君每藉朝廷活動引領唱和場面；朝臣立朝為官，則隨時奉命賡和，唐詩能以時代文學自居，賡歌不斷，實與朝廷唱和之風息息相關。此外，唐代國威遠播，吸引當時外邦人士前來學習博大精深的中華文化，甚至唐代唱和詩壇之和韻詩創作形式，更運用在當時日本國大臣之應酬唱和場合。第五章〈文士和詩與唱和集〉，由「人物」觀點而言，從文士唱和頻繁之詩作中，可得見文士之交遊網絡。而從「事件」觀點來看，文士和詩的主題內容，舉凡寓直、幕府、遊賞、登科、戲和、詠物、饋贈、送別、祝賀、感傷、抒懷等，內容極具多樣性。而由唐人唱和結集的現象中發現，唐宋人的觀念裏，「唱和」一辭多半是以詩歌相互交往之意，「唱和集」定義亦可包含詩人一切交往詩作而言。而在第六章〈唐代和詩在中國詩歌史上的地位〉中，目前學術界部份學者認為，武則天與皇親朝臣唱和於「石淙」，君臣賡和完成的多首七言律詩，促成了初唐七律的發展。此外，經由研究顯示，唐代和詩在中國詩歌史是居於承先、創新與啟後之地位，尤其是創新部份，無論是「自和詩」、「追和詩」以及「和韻詩」之定體與「和體詩」範疇之擴大，甚至在後代詩壇上，和韻詩成為詩人在和詩寫作中最為固定的體式之一，這些成果足以顯示唐代和詩在中國詩歌史上的地位是不容抹煞的。

第一章　緒論

由逯欽立所輯《先秦漢魏晉南北朝詩》一書中，得知在中國先秦時期歌詩風氣是十分盛行的，如〈卿雲歌〉[1]中，其內容為舜帝與朝臣相和而歌詩、〈相和歌〉為友朋之間的相和歌詩[2]、〈荊軻歌〉則為刺客赴義前的悲歌[3]等……，觀乎此時歌詩有絕大多數是配合音樂來進行，具有濃厚的音樂性質。而《先秦漢魏晉南北朝詩・漢詩卷一》收有楚霸王項羽被圍垓下之歌，歌曰：「力拔山兮氣蓋世，時不利兮騅不逝。騅不逝兮可奈何？虞兮虞兮奈若何？」[4]，以及其幸姬美人虞〈和項王歌〉曰：「漢兵已略地，四方楚歌聲。大王意氣盡，賤妾何樂生？」[5]，然而，

---

1 《先秦漢魏晉南北朝詩・先秦詩卷一・歌上・卿雲歌》輯校曰：「尚書大傳曰：『舜將禪禹，於時俊乂百工，相和而歌卿雲。帝乃倡之曰云云。八伯咸進。稽首曰云云。帝乃載歌旋持衡曰云云。』」（北京：中華書局）逯欽立輯校，1998 年，頁 3。

2 同上。《先秦詩卷二・歌下・相和歌》輯校曰：「莊子曰：『子桑戶、孟子反、子琴張三人相與友。子桑戶死，未葬，孔子使子貢往侍事焉，或編曲、或鼓琴，相和而歌曰。』」，頁 22。

3 同上。《先秦詩卷二・歌下・荊軻歌》輯校曰：「史記曰：『燕太子丹使荊軻刺秦王，太子即賓客知其事者，皆白衣冠以送之。至易水之上，既祖取道，高漸離擊筑，荊軻和而歌，為變徵之聲，士皆垂淚涕泣。又前而為歌曰云云。復為羽聲慷慨，士皆瞋目，髮盡上指冠，於是荊軻就車而去。』」，頁 23。

4 此項羽之歌，逯欽立輯校曰：「漢書項羽傳、史記項羽本紀、御覽八十七、五百七十、樂府詩集五十八作力拔山操，文選補遺三十五作垓下帳中歌，詩紀二作垓下歌。逯案：文選補遺與詩紀標題各異，然皆涉杜撰，今從漢書只曰歌。樂府詩集引琴集云：『力拔山操，項羽作也。』則此歌曰操，亦後起之名。」茲從逯說，語見《先秦漢魏晉南北朝詩・漢詩卷一》，頁 89。

5 逯欽立輯校曰：「史記項羽本紀正義引楚漢春秋，詩紀二。逯案：四方，詩

據趙以武考證，這首虞姬〈和項王歌〉並不是和詩，其理由大致上有四點[6]：第一項羽、虞姬是唱和而歌，不是各自為詩。第二、唱和要入樂演奏而歌，當時不可能如此從容不迫。第三、可能為後代文人好事附托。第四、〈和項王歌〉這個題目，為明代馮惟訥編輯《詩紀》時所加，這可肯定是妄自擬就。因此《先秦漢魏晉南北朝詩》所收虞姬〈和項王歌〉，並非和詩。若要文人針對原唱詩作來書寫「和詩」，據現存資料看來，則是要到了東晉時期才出現。而中國詩歌從「和歌」過渡到「和詩」成立的階段，這期間漢代樂府歌詩因時代環境的轉變則居於關鍵地位，據大陸學者趙以武《唱和詩研究》[7]緒論中〈漢樂府相和歌辭的古為今用〉一文所云：

> 樂府一詞，本是秦漢之世的音樂機構，到了東晉以後，即劉宋伊始，才將入樂之詩稱作樂府詩的，劉宋以前，入樂之詩只以「歌詩」稱謂。
>
> 漢代樂府「歌詩」的來源有三：一是保存下來的樂章古辭（例如《詩經》裏的作品），二是「街陌謳謠」（即民歌），三是文人製作（即文人寫的用于入樂的詩章，這是後來增加進去的）。「歌詩」是入樂演奏歌唱的詩。漢樂府詩中主要的部份是相和歌辭。

紀作四面。何樂，詩紀作何聊。今據正義改正。」茲從逯說，語見《先秦漢魏晉南北朝詩・漢詩卷一》，頁 89。

6 趙以武《唱和詩研究・緒論》，（甘肅：甘肅文化出版社）1997 年 8 月，頁 15。

7 同註 6，頁 6。

而「相和」一詞的定義，歷來史書音樂志多少都作了些說明，如《晉書卷二三・樂志》與《宋書卷二一・志第十一・樂三》均曰：「相和，漢舊曲也，絲竹更相和，執節者歌。」《舊唐書卷二十九・樂志》曰：「平調、清調、瑟調皆周房中曲之遺聲也，漢世謂之三調。又有楚調、側調。楚調者，漢房中樂也。高帝樂楚聲，故房中樂皆是楚聲也。側調者，生於楚調，與前三調總謂之相和調。」據以上資料而言，漢代相和調有五：即平調、清調、瑟調、楚調、側調。而以樂章古辭、漢代的街陌謳謠或是文人所寫用於入樂的辭章，當這些歌辭配上相和曲調，即成為深具歌唱音樂性質的漢樂府，而這諸多的成因，也是漢樂府的具體內容與形象。那麼，漢樂府相和歌辭如何「古為今用」呢？趙氏認為漢末政局的大亂以及西晉的永嘉之亂使得漢以來的樂府歌詩制度受到破壞，詩與歌依存關係幾而殆盡，若是相和歌辭中「和」的作用[8]被文人運用於詩歌創作上，則「和詩」有可能因此而出現[9]，而這也就是趙氏所持漢樂府相和歌辭「古為今用」的說法。

此外，文人詩歌創作之和詩，據現今文獻記載，是出現於東晉時期，如：東晉隆安年間（397-401 年），陶淵明〈五月旦作，和戴主簿〉[10]，以及元興年間（402-404 年），劉程之、王喬之、張

[8] 趙以武《唱和詩研究・緒論》頁 9，曰：「相和歌辭在大曲（即敘事部分，由數曲組成）之後，常有「亂」辭。如著名的樂府詩〈白頭吟〉、〈孤兒行〉、〈婦病行〉，其後就加了一段「亂曰」。「亂」跟音樂有關，置於「歌詩」結尾處，有推入高潮，強化音樂情調，突出主題等作用。至於吳聲、西曲，情形與漢樂府近似，但所稱有異，前面開頭部分叫「和」（相和歌辭的曲前叫「豔」，後面結尾部分叫「送」〈略同「亂」〉。相和歌辭的「和」與吳聲、西曲的「和」，都指的是本義：幫腔、和唱。）

[9] 同註 7，頁 9。

[10] 據趙以武考證 見《唱和詩研究》第一章〈東晉末年的和詩〉，頁 19。

野三人的〈奉和慧遠遊廬山詩〉，原作則為釋慧遠〈廬山東林雜詩〉[11]。既然詩可用來唱和，那麼，主導漢代文壇，與詩有極密切關連的「賦」，是否可用來唱和呢？答案是肯定的。《漢書卷三十・藝文志》裏所記載之賦家有 78 家、賦篇 1004 篇，然因散佚嚴重，至今所存者只約二百篇，故而吾人如今是無法確定所遺佚之漢賦有無「和賦」之存在，而據現今所存資料如《兩晉南北朝文彙》可確定目前最早的一篇於賦題上明確標明和賦的為南朝劉宋王儉《和竟陵王子良高松賦》。其實若要以詩題或者賦題中有無明確冠上「和」字來辨別是否為「和詩」或者為「和賦」，這當中事實上是存有盲點的，基本上而言，和詩與和賦是以同題來和原作，然亦有和作與原作不同題的，如此一來，除非和作於題目外另作說明，否則就無從辨別一首詩或賦本身是否為和作，如：唐　張說作〈虛室賦〉、魏仁歸以〈晏居賦〉和之，〈晏居賦〉序曰：「張校書作〈虛室賦〉以示予，文旨清峻，玄義深遠，予味之有感，聊為〈宴居賦〉以和之。」唐・白居易作〈贈元稹〉、元稹以〈種竹〉和之，〈種竹〉序曰：「昔樂天贈予詩云：『無波古井水，有節秋竹竿。』予秋來種竹廳下，因而有懷，聊書十韻。」白居易原作與元稹和詩均為五言古體且同押平聲寒韻，元稹和詩不但「和意」還「和韻」、「和體」。以上所舉二例，即是不同題也能和作的實證。再者，六朝時期詩與賦有所謂合流現象，即詩之賦化[12]與賦之詩化[13]，就因為詩

[11] 詩紀云：一作遊盧山。見《先秦漢魏晉南北朝詩・晉詩卷二十釋慧遠》，頁 1085。

[12] 詳見李師立信《論六朝詩的賦化》一文，彰化師範大學主辦之「第三屆中國詩學會議」，民國 85 年 5 月。

[13] 詳見李師立信《論六朝賦之詩化》一文，東海大學主辦之「第三屆魏晉南北朝文學國際學術研討會」，民國 86 年 10 月。

與賦有著同一文體的性質[14]（班固曰：賦者，古詩之流也。）故而文人和作也有以賦和詩（原作為詩、和作為賦），或者以詩和賦（原作為賦、和作為詩）的情形產生，不過就目前詩總集與詩人別集看來，以賦和詩或是以詩和賦是極為少數的，在目前《全唐詩》所收之詩作中，卷 87 張說〈奉和聖製爰因巡省途次舊居〉，其原詩是卷 3 玄宗〈巡省途次上黨舊宮賦〉，玄宗序文有曰：「爰因巡省，途次舊居。」可見現存的詩歌文獻裏是有以詩和賦的情形。

以上是就先秦歌詩至漢樂府歌詩之發展變化，對「和詩」之起源做一大致上之理解，並且以詩、賦具有同一文體的性質來對「和賦」與「和詩」作一說明，然而因本文是以研究唐代「和詩」為主，故而有關歷代「和賦」部份暫不探討。

第一節　前人研究成果與研究動機

在中國先秦時期「詩可以群」的觀念，隨著文人交往應酬日益熱絡，早已落實在歷代文人交往社會中。文人寫詩也不再只是單向的對外在世界吟詠誦嘆而已，隨著文人交往圈的擴大，相互唱和贈酬之詩歌也日益增多。歷來文人所寫下的交往詩作不僅豐富了中國詩歌史的內涵，後代學者也能藉由文人的交往詩作來了解當時文人所處之社交環境與時代生活背景，更因而能提供後世諸多研究空間。就交往詩作而言：以《唐五代人交往詩索引》[15]一書中所涵蓋之詩歌為例，包括：唱和、贈別、

---

[14] 詳見李師立信《從「和賦」看賦的文體屬性》一文，《第三屆國際辭賦學學術研討會論文集》，1996 年。

[15] 吳汝煜主編《唐五代人交往詩索引》，（上海：上海古籍出版社）1993 年。

懷念、訪問、宴集、諧謔、祝頌、哀挽、謠諺、酒令、應制等[16]，而詩題序的說明如關涉到詩人之交往，亦應包含在內。由交往詩所涵蓋之詩作範疇而言，唱和詩是屬於文人交往詩其中一環。

近年有關唱和詩與其相關論題的研究，據筆者整理如下：（於題目或內容摘要、目錄、關鍵詞有關唱和詩者均收入）

（一）學位論文

表 1：唱和詩相關論題研究之學位論文

論文名稱	研究生	指導教授	校院系所	學位	學年
皮日休陸龜蒙唱和詩研究	姚垚	羅聯添	台大中文所	碩士	69
中國士人仕與隱的研究——以陶淵明詩文與蘇東坡之「和陶詩」為主	陳英	汪中	師大國文所	碩士	72
西崑酬唱集之研究	黃金榔	朱自立	政大中文所	碩士	78
鄭谷交往詩研究	金秀美	羅宗濤	政大中文所	碩士	84
蘇黃唱和詩研究	杜卉仙	陳新雄	東吳中文所	碩士	85
裴度交往詩研究	陳玉雪	羅宗濤	中興中文所	碩士	85
蘇軾蘇轍兄弟唱和詩研究	廖志超	陳新雄	師大國文所	碩士	86
初唐宮廷詩內容探析——以君臣唱和詩為主	吳元嘉	羅宗濤	中興中文所	碩士	86
宋初詩風體派發展之研究	劉明宗	張子良	高師國文所	博士	83
蘇軾和陶詩研究	金汶洙	魏仲佑	東海中文所	碩士	87

[16] 同註 16，《唐五代人交往詩索引．凡例》。

（二）期刊論文

表 2：唱和詩相關論題研究之期刊論文

論文名稱	著者	刊名	卷／期	年月
試論白居易宴集詩的藝術表現	林明珠	International Journal	6／	86.06
試論元白唱和詩的創作手法	林明珠	東吳中文所集刊	3／	85.05
試論《二李唱和集》與白樂天詩之關係	張蜀蕙	中華學苑	43／	82.03
唱和與詞體的興衰	黃文吉	彰化師大國文系集刊	1／	85.06
唐代唱和詩的源流和發展	姚堯	書目季刊	15／1	
古詩唱和體說略	趙以武	國文天地	11／7	84.12
蘇軾賞析（39）蘇黃首次唱和	陳新雄	國文天地	15／6	88.11
劉白唱和詩研究序說[17]	橘英範	日本・廣島市・廣島大學文學部		1995
韓孟詩人集團之詩歌唱和研究	李建崑	興大文史學報	26	

（三）專書著作

表 3：唱和詩相關論題研究之專書著作

書名	著／編者	出版社	出版地	年度
唱和詩研究	趙以武	甘肅文化出版社	甘肅	1997
文選贈答詩流變史	江雅玲	文津出版社	台北	1999
元白唱和集稿・元稹研究 II	花房英樹	京都府立大學中國文學研究室	日本	1960
蘇東坡和陶淵明詩之比較研究	宋丘龍	臺灣商務印書館	台北	1985

---

17 收於中央研究院民族所圖書館期刊室。

就以上目前研究「唱和」及其相關論題之取向來看，可分為下列幾個研究重點：

1. 詩人友朋（如元白、劉白、皮陸、蘇黃）與手足至親（二蘇）之間的唱和。
2. 以詩歌體派之盟主為首，擴及周遭相互唱和交往之文人，進而形成一文人唱和之群體，此文人唱和集團乃出自於詩人們自主意識下所結合而成，非由後人以作品風格相類來認定之詩人團體如：韓孟集團。
3. 以詩歌史與文學體裁演變的角度來探討「唱和」詩。
4. 唱和詩與贈答詩之關係、義界問題。
5. 宴集詩歌與結集之研究。

而針對目前有關唱和詩的研究，多半是以「唱和詩」局部相關的論題來作為研討，因此筆者希望能進一步以全面性的角度來研究唐代「和詩」。其原因有：

（一）就文學發展之時代意義而言（縱向）：

自從東晉時代和詩出現後，以至於整個南北朝時代之「唱和詩」呈現繁容鼎盛之景況，大陸學者趙以武《唱和詩研究》一書，即以此一時期為研究對象，對於「和詩」與「原唱」之間的考證極為嚴謹，蓋欲解「和詩」所和為何？就必須將「原唱」與「和詩」視為同一整體，「和詩」方得其解。而南北朝「和詩」各體兼備，為唐代「和詩」提供許多創作與學習之標範（如：和體詩中之和雜體詩部份）；而唐代於前有所承之基礎上再創新體（如：晚唐韓偓之自和詩），此外和韻體自晚唐皮陸定體後，後代文人以和韻體寫作和詩之風氣更為普遍，因而繼六朝之後，唐代之和詩有進一步探討之必要。

（二）就唐代文學環境而言（橫向）：

初盛唐時期，國勢呈現大一統的局面，上至君王下至達官文人彼此交流唱和歌功頌德一番，因而寫下為數可觀的奉和應制詩。其實，造成應制詩被大量的運用來唱和，有一個原因是值得深思的，在《先秦漢魏晉南北朝詩》一書中收錄為數甚多的應詔、應令、應教等、奉國君諸王之命令所寫之詩，但是應制詩的寫作數量卻不多，至於「奉和應制詩」，也只有〈隋詩卷五〉裏出現一首〈奉和晚日楊子江應制詩〉[18]，然而奉和應制詩卻在初盛唐時期達到寫作顛峰，這其中的原委是值得探究的。再者，唐代文人藉由交游得以連絡感情、增進友誼，每個時期所寫下的唱和主題也各有風格，大抵初盛唐時期文人多以君王或宰臣王公貴族為交遊中心，其唱和內容多半流連光景、歌功頌德；安史之亂後的中唐時期，文人或因政治因素遭致流貶而官場失意，故而唱和內容有以政治事件之傾軋、有以摯朋好友之聊慰、或者詩友同遊山林等，大致呈現出感傷時務、抒遣懷抱之風格；晚唐時期政治局勢不安，文人寫作和詩題材與方式技巧也逐漸轉變，而與初盛中唐時期所呈現之氣勢不同，大抵晚唐和詩體裁呈現出多樣化，甚至有些則以文人文字遊戲成份居多。基於以上唐代各個分期之和詩所呈現出不同的面貌，為了要深入了解，除了最基本的研析原唱與和詩之功夫外，更須要清楚的對唐代史實資料有所掌握。

綜合以上對於唐代「和詩」幾個大層面的研究動機之外，其中有一些細節問題尚須先釐清與解決的，諸如：和詩之定義為何？其與「贈答詩」之關係與義界如何？即席唱和中之聯句

---

[18] 見《魏晉南北朝詩·隋詩卷五》，頁 2689。逯云：「文苑英華百七十九作〈奉和晚日楊子江應教〉。」

方式與同題共作是否就等同於寫作唱和詩？唐代文人唱和詩之結集情況為何？……這一連串所衍生出的疑問是有待解決的，而筆者也希望能藉由此次研究工作，對唐代「和詩」能作一全面性的瞭解與介紹，並進而突顯唐代「和詩」在中國詩歌史上之地位。

第二節　研究方法

在本文進行研究之前，有一些觀念是必須說明的，就廣義而言，「唱和」一辭有時常被視為等同於詩人群體以詩歌相互交往之意，這是以詩人交往頻繁的情形來談的，而不專指「原唱」與「和詩」而言，若是以此種角度將「唱和」視為「交往」的話，則容易與文人寫作之「唱和詩」產生觀念上的混淆。因而，筆者有必要先釐清的是：本文所論之「和詩」是屬於交往詩中之一環，以文人寫作之和詩為主要研究對象。其次，「唱和」一辭，最適當的用法是就同時代詩人交往群體彼此唱酬和答而言，然而，和詩之寫作對象並不僅限於同時代之詩人作品如：〈和陶詩〉，被「和」的詩歌作品其作者並不與寫作和詩之作者結識，二人也就無「唱和」之實，因此筆者以「原詩」一辭來代替「原唱」，如此一來，更能突破和詩對於寫作對象的時代限制，涵蓋層面也更廣。再者，以「和詩」推而尋「原詩」較為容易，蓋「原詩」於被「和」之前均為獨立之詩作，而一首「和詩」在寫作之前，則必有以一「原詩」為對象，故而在「和詩」寫作後，「原詩」與「和詩」之關係方得成立。這也是本文在定題時，以「和詩研究」取代「唱和詩研究」的考量因素。

所謂「和詩」，基本上而言，除了「自和詩」是和詩作者單獨以自己為寫作對象外，幾乎每一首「和詩」都是以原詩為寫作對象的。因此要徹底了解「和詩」所和之原由、主題為何？即要將「和詩」與「原詩」一併來解讀，吾人也才能明白「和詩」之主題意義，故而「和詩」與「原詩」之間的考證也就顯得格外的重要與必要了。筆者以中華書局《全唐詩》中之「和詩」為主要研究底本，逐一的將「和詩」與「原詩」找出，而這一先前的研究準備工夫，也著實的存在一些盲點與困難，第一、與原詩不同題之「和詩」，除非是交往唱和頻繁之詩人群體，可藉由唱和詩集、或詩人別集箋證中詩友交遊考來查證配對外，只能由詩題序來明白和詩之原由與對象。 第二、文人習慣於詩題上以行第、字號、官名、尊稱、籍貫、郡望來作為寫作上之相互稱謂，和詩寫作亦是如此，如：盧綸〈和常舍人晚秋集賢院即事十二韻寄贈江南徐薛二侍郎〉、柳宗元〈同劉二十八哭呂衡州兼寄江陵李元二侍郎李深源、元克己也。〉針對這些和詩詩題稱謂問題，筆者則藉由《唐人行第錄》、《唐御史臺精舍題名考》、《唐尚書省郎官石柱題名考》、《唐五代人物傳記資料綜合索引》、《唐五代人交往詩索引》、《全唐詩人名考》、《全唐詩人名考證》等唐代文史工具書來查考以及確定原詩之作者身份。第三、若原詩作遺佚，和詩又無詩題序之說明，而無法配對之「和詩」與「原詩」，筆者只能以存疑之態度暫時擱案。

筆者以《全唐詩》作為唐代「和詩」研究材料底本，是基於較易清楚地看出「和詩」體裁從六朝至晚唐時期演變情況的考量，並以逯欽立所輯《先秦漢魏晉南北朝詩》為唐代「和詩」體裁之溯源底本。而對於清康熙御製《全唐詩》所收錄之詩作有若干不全、錯誤與重出之問題，筆者則參酌《全唐詩補編》[19]與《全唐詩外編》[20]以及《全唐詩重出誤收考》[21]來補強增刪。此外，有唐一代國祚長達將近二百九十年的歷史（唐高祖武德元年至唐哀帝天祐三年 618-906 年），這期間詩歌發展達到空前鼎盛，足堪以時代文學自居，筆者基於瞭解唐史更遞與唐文學之間的互動關係，以及為了熟知唐代詩人們之交往與和詩寫作之先後時間，便以傅璇琮先生所編《唐五代文學編年史》為主要參考依據。

第一章緒論已如上所述，第二章「和詩」定義與範疇部份，則對於「唱和詩」與「贈答詩」之間的義界作一釐清，並且將即席唱和中與「和詩」相關之若干論題，諸如：應制、應詔、應令、賦得、口號與同題共作等作一介紹，探究其與「和詩」之相同處與相異處，以及在「和詩」寫作上的運用方式。而樂府歌行體的部份，主要是針對文人樂府所寫作之「和詩」來探析。其它如：「同詩」與「和詩」之關係，以及「和詩」寫作之時空意義等，筆者均在此章作一概念上的析論。第三章則對唐代「和詩」體裁之源流發展與定體作一探論，除了「和詩」體裁之溯源與分析外，唐代科舉考試中「律賦」與「試律」與即席唱和賦詩之關係是為研究重點。第四章 唐代朝廷唱和與外邦和詩，研究重點在於唐代朝廷君臣和詩內容析探，以及外邦大臣之和詩介紹。第五章主要為研究唐代文士「和詩」，與唱和集之介紹。第六章則就本文所研究之結果，論述唐代「和詩」在中國詩歌史上之地位。第七章總結全文。

---

19 陳尚君輯校《全唐詩補編》上中下（全三冊），（北京：中華書局），1992 年。
20 《全唐詩外編》（附拾遺、新校、論文），（台北：木鐸出板社）民國 72 年。
21 佟培基編撰《全唐詩重出誤收考》，（陝西：陝西人民教育出版社），1996 年 8 月。

第二章　「和詩」定義與範疇

對於「唱和詩」與「贈答詩」之義界問題，與其相關論題之研析，在近人研究「唱和詩」與「贈答詩」之專書著作中，均有詳細之介紹[1]。而本章一方面在「和詩」定義上，除了綜述各家之論點外，進一步將各家對於「和詩」之定義，重新整合出最適當的詮釋。而另一方面，對於唐代「和詩」之範疇涵蓋部份，哪些詩歌作品事實上等同於「和詩」，或者是屬於「和詩」寫作範圍之內，筆者均於此章作一探討。

第一節　「唱和詩」與贈答詩之義界

一、各家說法之分析與檢討

唱和詩與贈答詩之間的關係，相關之著作與論文都提出相當程度的見解，茲就各家說法析論檢討如下：

（一）張雅玲《文選贈答詩流變史》[2]在第五章第三節〈贈答詩與唱和詩的涵攝與聯集〉一文，其摘要重點曰：

1　詳見趙以武《唱和詩研究》之緒論(二)〈贈答、擬古、同題與唱和〉頁 4；張雅玲《文選贈答詩流變史》第五章第三節〈贈答詩與唱和詩的涵攝與聯集〉頁 192。

2　張雅玲著，（台北：文津出版社）1999 年 2 月。

> 據本文考查，盛行於中唐的「唱和詩」不等於《文選・詩類》的贈答詩。正確的說法當是:「唱和詩」是揉合「贈答詩之和」與「雜詩之和」，並涵攝《文選・贈答詩類》的部份特質，又自行開發「和韻」的新特質。換言之，中唐的「唱和詩」與《文選・詩類》的「贈答詩」屬於部份交集。

張氏立論觀點，是以《文選・贈答詩類》與《文選・雜詩類》兩大詩類中收有「和詩」的現象[3]，來說明贈答詩、雜詩與和詩三者之間的類際交流，並以《文苑英華》這部詩文總集中，詩體一類有「寄贈詩」而無「贈答詩」的情況，來說明繼《文選》之後，贈答詩演變的情形。然而，這是依照詩文總集中之詩體分類來談「贈答詩」與「唱和詩」，並不能證明出這二者之間的不同。再者，張氏又於上引文同一出處曰：

> 贈答詩之「和韻」起自中唐，元積與白居易、皮日休、陸龜蒙之更相唱和。

從這段文字可知，張氏是將「唱和詩」視同為「贈答詩」。

然而若進一步仔細對照推敲筆者所引這兩段文字，就發現張氏的說法是存有矛盾的。而且對於「唱和詩」與「贈答詩」二者之間的「交集說」，也有語焉不詳之處。

---

[3] 如《文選・贈答詩類》總數 72 首詩中，有 1 首「和詩」，為顏延之〈和謝監靈運〉;《文選・雜詩類》總數 93 首詩中，有 5 首是「和詩」，分別是沈約〈和謝宣城〉與謝朓〈和伏武昌登孫權故城〉、〈和王著作八公山詩〉、〈和徐都曹〉、〈和王主簿怨情〉。

（二）褚斌杰《中國古代文體概論》[4]一書則曰：

> 古人用詩歌相互酬唱、贈答，稱為唱和，或稱倡和梁・蕭統《昭明文選》立「贈答」詩類，收王粲以下至齊梁贈答詩八十餘篇，可見當時贈答體已很發達。「贈」是先作詩送給別人，「答」是就來詩旨意進行回答，前者即稱「唱」，後者即稱「和」。但若只有贈詩而無答詩，那麼前者也就不能稱「唱」了。贈詩在詩題上一般標出「贈」、「送」、「呈」或「寄」等字樣，而不標「唱」；而答詩則標「答」、「酬」或直接標「和」字。為了表示敬重，還可以稱「奉答」、「奉酬」或「奉和」。

褚氏又曰：

> 唱和詩有兩類，一類是所酬和的詩，只就來詩的旨意回答，在用韻方面無限制；另一類是限韻，就是「和」詩需要根據所贈詩篇的韻腳來用韻。後者出現較晚。前類屬多數，如唐代詩人高適與杜甫的贈酬。

據褚氏這兩段引文得知，亦是將「贈答詩」視同為「唱和詩」，就引文之意，「贈」等同於「唱」，也可稱為「唱」；「答」等同於「和」，也可稱為「和」。而其中若只有贈詩而無答詩，則「贈詩」也就不能稱為「唱」。第二段引文，褚氏將唱和詩分

4　褚斌杰《中國古代文體概論》增訂本第八章〈古代詩歌的其他體類〉第三節〈唱和詩・聯句詩・集句詩〉，（北京：北京大學出版社）1997 年 12 月，頁 268。

為兩類，一是就來詩之意回答，這在用韻上是無限制的，很顯然的，是和原唱意之詩；一是就所贈詩歌的韻腳來用韻。因此，由第二段引文可知，褚氏是將唱和詩分為「和意」與「和韻」兩大類。

對於褚氏這段文字，筆者則有不同的看法，首先，針對第一段引文的部份，褚氏將「贈答詩」視同為「唱和詩」，然而假如在「贈詩」之後，無「答詩」回覆，那麼「贈詩」是不能夠視為是「原唱詩」，這也說明了，「贈答詩」是存在有「贈」並不一定有「答」的情形。相對於此，筆者於第一章緒論談到「唱和詩」中，「原唱詩」在被「和」之前，均為獨立之詩作，而一首「和詩」在寫作之前，必有一「原唱詩」為應和對象，因此在「和詩」寫作後，「原唱」與「和詩」之關係方得成立，這與「贈詩」於寫作之前先有一寄贈對象是不同的。如圖示：

唱和詩與贈答詩寫作關係簡圖：（箭頭表示寫作對象）

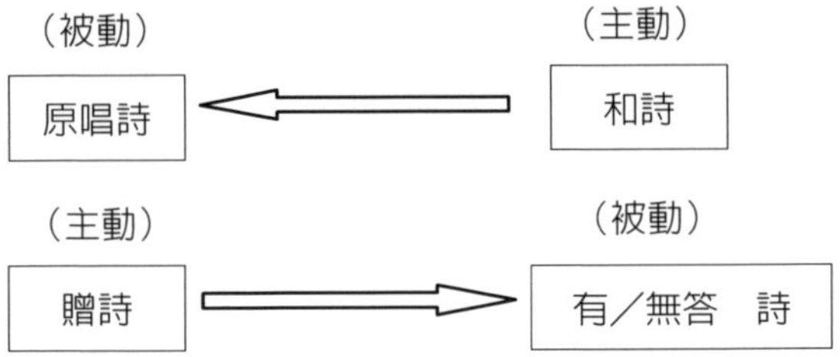

以寫作者主、被動的角度而言，贈詩寫作動機是必先有一贈詩對象，因此，原贈詩是屬於主動地位，而答詩則屬於被動地位。相對於原贈詩的主動地位，在唱和詩中，除了被邀約和作之外，基本上，文人交往中的原唱詩為被動地位，和詩為主

動地位，蓋原唱詩在被和之前，均為獨立之詩作，而待和詩寫成後，原唱之才成立。

二、「唱和詩」與「贈答詩」之義界分析

在「贈答詩」之範疇中，與贈詩對應者為「答詩」，然而，文人實際寫作情形與習慣上，究竟「贈答」與「唱和」有何分別呢？再者，「贈答」與「唱和」二辭在配對互用下，諸如：「贈和」、「和贈」、「和答」、「答和」等，或是在結合「酬」字之後，對詩題而言，有何程度上的意義呢？筆者針對於此，將直接由《全唐詩》[5]中，有關結合「贈」、「寄」、「酬」、「答」等題眼之「和詩」詩題，以及「和詩」作者本身有註明寫作之緣由者，如：詩題序或詩前序，來分析於下。

表 4：《全唐詩》以「贈」、「寄」、「酬」、「答」爲題之和詩

卷數	和詩作者	和詩題目	詩題序／詩前序／備註
58	李嶠	酬一作和杜五弟晴朗獨坐見贈	
133	李頎	同張員外諲酬答之作	
247	獨孤及	和贈遠	
326	權德輿	晚秋陪崔閣老張秘監閣老苗考功同遊昊天觀時楊閣老新直未滿以詩見寄斐然酬和有愧蕪音	
330	張　薦	奉酬禮部閣老轉韻離合見贈一作和權載之離合詩	
363	劉禹錫	浙西李大夫述夢四十韻幷浙東元相公酬和斐然繼聲	

5　（北京：中華書局）二十五冊。

417	元稹	酬樂天喜鄰郡	
〃	〃	再酬復言和前篇	
〃	〃	餘杭周從事以十章見寄詞調清婉難於遍酬聊和詩首篇以答來貺	
437	白居易	酬和元九東川路十二首	序曰：「十二篇皆因新境追憶舊事，不能一一曲敘，但隨而和之，唯余與元知之耳。」
445	〃	和酬鄭侍御東陽春悶放懷追越遊見寄	
452	〃	裴侍中晉公以集賢林亭即事詩三十六韻見贈猥蒙徵和才拙詞繁廣為五百言以伸酬獻	
453	〃	偶以拙詩數首寄呈裴少尹侍郎蒙以盛製四篇一時酬和重投長句美而謝之	
455	〃	和劉汝州酬侍中見寄長句因書集賢坊勝事戲而問之	
458	〃	見敏中初到邠寧秋日登城樓詩詩中頗多鄉思因以寄和	
464	王起	和周侍郎見寄	
534	許渾	酬和杜侍御	序曰：「河中杜侍御祗命本府自鍾陵舟抵漢上，道出茲郡，以某事使迎接，先蒙雅什貽，竊慕清才，輒酬和。」
549	趙嘏	山陽盧明府以雙鶴寄遺白氏以詩回答因寄和	
711	徐夤	依韻贈嚴司直	
〃	〃	依韻贈南安方處士五首	
〃	〃	依韻答黃校書	
747	李中	依韻酬智謙上人見寄	
763	王繼勳	贈和龍妙空禪師	註：（平聲先韻）

〃	夏鴻	和贈和龍妙空禪師	註：次韻詩（平聲先韻）
813	無可	寄和蔡州田郎中	
815	皎然	贈和評事判官	
850	慕幽	酬和友人見寄	

據上表所列之「和詩」詩題，略可分為以下幾種：

1.酬一作和某某見贈

2.和贈某某

3.某某酬和

4.奉酬某某見贈

5.和某某以答

6.和酬某某

7.和某某酬某某[6]

8.和某某以酬

9.寄和

10.和某某見寄

11.依韻贈某某

12.依韻答某某

13.依韻酬某某見寄

14.贈和某某

15.和贈和某某

這十五種結合「贈答」等字義之「和詩」詩題中，「和贈某某」與「和酬某某」的原詩是首「贈詩」或是「酬詩」，如《全唐詩》卷 247 獨孤及〈和贈遠〉，原詩有可能為同卷自己所作之

6　其句型與（六）和酬某某相同。

〈傷春贈遠〉；同樣的，卷445白居易〈和微之詩二十三首〉之一的〈和酬鄭侍御東陽春悶放懷追越遊見寄〉，原詩為元稹所作，可惜今已遺佚，不過，由白居易有一首「酬鄭侍御多雨春空過詩三十韻次用本韻」來推測元稹所遺佚的原詩來看，應與白居易這首酬鄭侍御之詩相同。

除了上述「和贈」與「和酬」二種，其原詩分別是「贈詩」與「酬詩」之外，筆者將具有贈答意義之「和詩」，略分為：

1.酬和類：「酬一作和某某見贈」、「和某某以酬」、「某某酬和」

2.贈和類：「贈和某某」

3.和答類：「和某某以答」

4.其它：「奉酬某某見贈」、「依韻贈某某」、「依韻答某某」、「依韻酬某某」

「贈答詩」與「唱和詩」在詩題上互用的情形很多，以至於後人在區分此二類詩時，產生困惑；或者直接就將「贈答詩」與「唱和詩」畫上等號。其實，「贈答詩」與「唱和詩」於詩題之互用，取決於文人之寫作習慣或者文人在詩題寫作上之用意。如上述分類中之「酬和」，有的詩題就已明白的顯示出作者寫作「和詩」是用以酬之，換言之，「酬和」或「贈和」在和詩作者之寫作本意是在於「和」，而「贈」與「酬」只是文人於交往社會中之外在應對語，明顯的例子，如：《全唐詩》卷763王繼勳〈贈和龍妙空禪師〉，同卷夏鴻和作〈和贈和龍妙空禪師〉，王繼勳所作為原詩，題眼雖為「贈」，然本意卻是在「和」。而夏鴻這首和詩是和意詩（和贈和），也是一首次韻詩[7]，與王繼

7　《詩體明辯》下〈和韻詩〉曰：「按和韻詩有三體，一曰依韻，謂同在一韻中，而不必用其字也。二曰次韻，謂和其原韻而先後次第皆因之也。三曰用韻，謂有其韻而先後不必次也。如唐・韓愈《昌黎集》有〈陸渾山火奉

勳之原詩同押平聲先韻。再者，「贈答詩」與「唱和詩」除了在詩題有互用現象之外，在《全唐詩》中最特殊的「贈和詩」，為卷 867 怪〈真符女與申屠澄贈和詩〉[8]，這是將兩首詩合稱為「贈和詩」，於詩下分別註明：澄贈、女和，詩曰：

> 一尉慚梅福，三年愧孟光。此情何所喻，川上有鴛鴦。澄贈琴瑟情雖重，山林志自深。常憂時節變，辜負百年心。

詩題寫明了是「贈和詩」，而原詩是「贈詩」其對應句式為一贈一和，是以「和詩」來回應「贈詩」，不同於之前所討論，純粹以「贈和」為題眼之和詩。雖然〈真符女與申屠澄贈和詩〉其真實性值得商榷，但吾人也由此可知「贈和詩」一辭所涵蓋的詩歌形式中，和詩寫作除了在「贈答詩」與「唱和詩」之詩題上有互用外，亦有以「和詩」來替代「答詩」，即「一贈一和」而不是「一贈一答」的形式存在。

關於「和答詩」的寫作，有的和詩在詩題標明是為「和某某以答」，如：《全唐詩》卷 417 元稹〈餘杭周從事以十章見寄詞調清婉難於遍酬聊和詩首篇以答來貺〉； 或者有些和詩在詩題序的說明，是將「和答」二字當成一辭連用，如：《全唐詩》卷 464 王起〈和周侍郎見寄會昌三年，起三典舉場，周侍郎墀

和皇甫湜〉，用其韻是也。」

8 詩前序曰：「貞元中，什邡尉申屠澄赴官，至真符縣東，投路傍茅舍中。有老父及嫗，一女年十四五，態甚閑麗，因與之訂婚，後生一男一女。澄嘗作贈內詩，其妻有和，然未嘗出口。秩滿將歸秦，妻始以詩語澄，悵然若有慕者。澄曰：『儻憶賢尊，今則至矣，何用悲乎？』及過妻家，草舍不復有人，於故衣中見一虎皮，妻大笑曰：『此物尚在耶！』披之，即變為虎，哮吼而去，澄驚走避之，攜二子望林大哭，竟不知所往。」

時刺華州，以詩賀之，起因答和，門生亦皆有和〉，「和」與「答」的界定並不是很清楚。然而白居易〈和答詩十首〉並序云：「同者謂之和，異者謂之答。」[9]《和答詩十首》為白居易於元和五年所寫，當年三月間，元稹被貶為江陵士曹參軍，在赴江陵路途多所吟詠，白居易因而寫了此十首詩，其動機出發點是對元稹「羨其詩」、「憐其心」[10]，此十首詩當中有和、有答，如下表：

表 5：白居易〈和答詩十首〉原詩與和詩

元稹原詩	白居易和詩	元稹原詩	白居易和詩
思歸樂	和思歸樂	雉媒	和雉媒
陽城驛	和陽城驛	松樹	和松樹
桐花	答桐花	箭鏃	和箭鏃
大觜污	和大觜烏	古社	和古社
四皓廟	答四皓廟	分水嶺	和分水嶺

文人詩友常藉詩聊慰心靈，元白二人知交甚篤，彼此以詩歌抒遣懷抱，開導鬱滯之胸臆，白居易以同其情來寫作「和詩」；又「異者不能強同」[11]，故而以開導之心來寫作「答詩」。例如：元稹〈陽城驛〉一詩，據尚永亮所考[12]，當元稹無罪遭貶，途經「陽城驛」時，因地名關係連想到陽城其人，陽城正氣凜然，

[9] 《白居易集卷二・諷諭二・和答詩十首》並序云：「……僕既羨足下詩，又憐足下心，盡欲引狂簡而和之；屬直宿拘牽，居無暇日，故不即時如意。旬月來，多乞病假，假中稍閑，且摘卷中尤者，繼成十章，亦不下三千言。其間所見，同者固不能自異，異者亦不能強同。同者謂之和，異者謂之答，並別錄〈和夢遊春詩〉一章，各附于本篇之末，餘未和者，亦續致之。……」

[10] 同註 9。

[11] 同註 9。

[12] 見尚永亮《元和五大詩人與貶謫文學考論》，（台北：文津出版社），民國 82 年 12 月，頁 65-66。

敢於直言不畏權佞的精神，給予自己正面鼓舞的勇氣，因而寫下〈陽城驛〉一詩，如詩句曰：「公乃帥其屬，決諫同報仇。延英殿門外，叩閣仍叩頭。且曰事不止，臣諫誓不休。」，白居易讀後，亦寫下〈和陽城驛〉一詩，來頌揚陽城的高貴節操，詩句曰：「次言陽公節，謇謇居諫司。誓心除國蠹，決死犯天威。」；相對的，元稹〈桐花〉一詩，則以山中桐花無人知賞之情狀比喻自己遭棄之境，如詩句曰：「可惜暗澹色，無人知此心。舜沒蒼梧野，鳳歸丹穴岑。……感爾桐花意，閑怨杳難禁。待我持斤斧，置君為大琛。」元稹詩中充滿消極晦澀之情，而白居易〈答桐花〉一詩，則以好友關懷開導的立場寫作，詩句曰：「山木多蓊鬱，茲桐獨亭亭。葉重碧雲片，花簇紫霞英。……請向桐枝上，為余題姓名。待余有勢力，移爾獻丹庭。」白居易答詩充滿積極，而「待余有勢力，移爾獻丹庭。」二句，更是一語雙關，有期許元稹等待機會東山再起之意。由此可見，和詩與答詩在詩歌內容意義上，仍有不同之處。

然而因詩歌作者個人寫作本意與習慣差異之關係，在詩歌題目上或者詩序中，對於「和」與「答」二字連用或者連稱，後人也就習以為常了。

文人寫作和詩，除了內容上是和原詩意之外，亦有針對原詩詩韻來寫作和韻體詩[13]，同樣的，文人也有結合和韻體形式，來寫作贈答詩的情形，如：《全唐詩》卷 711 徐夤〈依韻贈南安方處士五首〉、〈依韻答黃校書〉、〈依韻酬常循州〉等，尤其是在中唐時期，一般文人倣傚元白唱和，進而在「次韻相酬」[14]之

---

[13] 同註 7。

[14] 詳見元稹〈上令狐相公詩啟〉一文。

風氣帶動下，以和韻體來寫作贈答詩或者唱和詩的情形是非常普遍的。

三、「酬詩」之和韻運用

「酬」字在「贈答詩」與「唱和詩」中，是個經常被運用的字眼，如：「酬贈」、「贈酬」、「酬唱」、「酬答」、「酬和」等，這種情形有些類似文法上「配字」[15]用法，因而配字以成詞。若是單就一首「酬詩」而言，文人交往以「酬詩」來回應「原贈詩」的情形是不在少數的，這也是一般將「酬詩」歸類於「贈答詩」範疇的原因之一。其實據筆者考查，「酬詩」也有可能是首「和詩」，這是除了基本的「和原詩意」之外，在寫作形式上，尚有運用「和韻」的情形存在。如：早於元白二人唱和之前的唐肅宗時代，王維於乾元二年間（759 年），有〈春夜竹亭贈錢少府歸藍田〉（《全唐詩》卷 125）一詩贈與錢起，詩曰：「夜靜群動息，時聞隔林犬。卻憶山中時，人家澗西遠。羨君明發去，采蕨輕軒冕。」而錢起則以〈酬王維春夜竹亭贈別〉（《全唐詩》卷 236）一詩酬與王維，詩曰：「山月隨客來，主人興不淺。今宵竹林下，誰賞花源遠。惆悵曙鶯啼，孤雲還絕巘。」此二首詩同押上聲銑韻，為和韻詩中之依韻詩。同樣的，大曆十才子中的李端有一首〈野寺病居喜盧綸見訪〉（《全唐詩》卷 286）曰：

---

[15] 黃永武《字句鍛鍊法》一書曰：「配字在句中並沒有實際的意義，但由於中國古來語言的習慣，單舉一字，不能成詞，必須用一配字，語氣方才完整。」（台北：臺灣商務印書館）1996 年，頁 123。

青青麥壟白雲陰，古寺無人新草深。乳燕拾泥依古井，
鳴鳩拂羽歷花林。千年駮蘚明山履，萬尺垂蘿入水心。
一臥漳濱今欲老，誰知才子忽相尋。

而盧綸則以〈酬李端公野寺病居見寄〉（《全唐詩》卷 280）酬之，詩曰：

野寺鐘昏山正陰，亂藤高竹水聲深。田夫就餉還依草，
野雉驚飛不過林。齋沐暫思同靜室，清羸已覺助禪心。
寂寞日長誰問疾，料君惟取古方尋。

李端詩作押平聲侵韻，而盧綸酬詩則對李端原詩不僅和意還和韻，而且是一一次韻，由以上所舉錢起與盧綸二酬詩之例證，可知在元稹與白居易二人「次韻相酬」之前，已有文人寫作「和韻詩」甚至是「次韻詩」的情形出現。此外，《全唐詩》卷 525 杜牧〈酬許十三秀才兼依來韻〉一詩，則是在詩題中明確表示是依來韻而寫作之酬詩。

其實「酬詩」大量運用和詩之「和韻體」來寫作，此風氣之始，是來自中唐時期元稹、白居易二人以「次韻」之詩歌相互酬唱，據筆者考查，元白二人之間的「酬詩」以元稹所作居多（見表 6、7），並且絕大部份為元稹根據白居易原詩之詩韻來次韻寫作，「和韻體」中之「次韻」是較「依韻」與「用韻」在詩歌創作技巧上更具高難度的[16]。然而，元白二人這種以「次韻」方式寫作的交往詩歌，卻也造成當時文人們爭相仿傚而風

[16] 同註 7。

靡一時，也因此出現許多詩歌創作上的弊端，而引起非議，元稹在〈上令狐相公詩啟〉[17]一文中，即針對「次韻」詩所引發的弊端，作出無奈的澄清。其曰：

……稹自御史府謫官，於今十餘年矣。閒誕無事，遂專力於詩章。日益月滋，有詩向千餘首。其間感物寓意，可備矇瞽之諷達者有之。詞直氣麤、罪戾是懼，固不敢陳露於人，唯盃酒光景間，屢為小碎篇章以自吟暢。然以為律體卑疲，格力不揚，苟無姿態，則陷流俗。常欲得思深語近，韻律調新屬對無差，而風情宛然，然而病未能也。江湖間多新進小生，不知天下文有宗主，妄相倣傚，而又從而失之，遂至於支離褊淺之詞皆目為元和詩體。某又與同門生白居易友善，居易雅能為詩，就中愛驅駕文字、窮極聲韻，或為千言、或為五百言律詩以相投寄。小生自審不能有以過之，往往戲排舊韻、別創新詞，名為「次韻相酬」，蓋欲以難相挑耳。江湖間為詩者復相倣，力或不足，則至於顛倒語言、重複首尾，韻同意等、不異前篇，亦目為「元和詩體」。而司文者考變雅之由，往往歸咎於稹。……

元稹起初因受貶謫，於是以詩章創作感物自娛，這期間亦自覺詩歌作品「詞直氣麤」因此只堪吟詠自娛，而不敢將之示人。元和五年秋末，白居易作《代書詩一百韻寄微之》，元稹以《酬翰林學士代書一百韻》酬之，白居易原詩押上平四支韻，

17 《欽定全唐文》卷六百五十三〈元稹七・上令狐相公詩啟〉一文。（台北：文友書店），頁 8421。

為五言一百韻兩百句之巨製，元稹酬詩亦為五言且一一次韻，元白兩人就此唱和詩作後，時俗一時仿傚號為「元和體」[18]。原本「次韻體」只是和詩寫作的一種形式，最重要的是，要能和原唱意，以意取勝，方能達到以詩言情之目的。試看元、白二人之唱和詩，其和韻之運用大多仍內俱和意為主即可得知。然所謂善學者學其精髓；不善學者學其皮毛，一般世俗仿作強為次韻，以至於逞較文字用韻之雕蟲小技，以用韻技巧之難來誇勝，此等流風甚至名之為元和體。這也難怪當時元稹會作出澄清了。

此外，連帶一提的是，《白居易集卷第二十三》律詩卷〈餘思未盡加為六韻重寄微之〉詩中有曰：「……制從長慶辭高古，詩到元和體變新」其中在「詩到元和體變新」句下註云：「眾稱元白為千字律詩，或號元和格。」所謂元白所作之千字律詩，當是指元白以百韻巨製相互唱酬次韻的律詩而言。

表 6：元稹〈酬樂天詩〉（元、白「酬詩」，以和韻角度而言）

白居易原詩	元稹酬詩	備註
〈春暮寄元九〉 五言 12 句	〈酬樂天早夏見懷〉 五言 12 句	白詩與元詩均押上平六魚韻。 「次韻詩」
〈勸酒寄元九〉 五言 28 句	〈酬樂天勸醉〉 五言 28 句	白詩與元詩均押下平六麻韻。 「次韻詩」

[18] 《唐五代文學編年史・中唐卷・唐憲宗元和五年 810》曰：「九月，白居易于本年秋末作《代書詩一百韻寄微之》。元稹酬之，時俗效之，號『元和體』。」又《元稹集》卷 51〈白氏長慶集序〉曰：「予始與樂天同校秘書，前後多以詩章相贈答。會予譴掾江陵，樂天猶在翰林，寄予百韻律詩及雜體，前後數十章。是後各佐江、通，復相酬寄，巴、蜀、江、楚間及長安中少年，遞相仿效，竟作新詞，自謂為『元和體』。」頁 682。

〈初與元九別，後忽夢見之，及寤而書適至，兼寄桐花詩，悵然感懷，因以此寄〉 五言 48 句	〈酬樂天書懷見寄〉 五言 48 句	白詩與元詩均平仄換韻。且次韻。 「次韻詩」 （文韻→職韻→魚韻→冬韻→陽韻→東韻→麻韻→支韻→侵韻）
〈寄微之第一首〉 五言 18 句	〈酬樂天赴江州路上見寄第一首〉 五言 18 句	白詩與元詩均押入聲曷、屑、月韻。「次韻詩」
〈寄微之第二首〉 五言 12 句	〈酬樂天赴江州路上見寄第二首〉 五言 12 句	白詩與元詩均押去聲遇韻。 「次韻詩」
〈寄微之第三首〉 五言 12 句	〈酬樂天赴江州路上見寄第三首〉五言 12 句	白詩與元詩均押平聲真、文韻。「次韻詩」
〈代書詩一百韻寄微之〉 五言 200 句	〈酬翰林白學士代書一百韻〉五言 200 句	白詩與元詩均押上平支韻。且次韻。「次韻詩」
〈秋雨中贈元九〉 七言 4 句	〈酬樂天秋興見贈。本句云。莫怪獨吟秋興苦。比君校近二毛年〉 七言 4 句	白詩押下平先韻；元詩押上平支韻。 「和意詩」
〈八月十五日夜禁中獨直對月憶元九〉 七言 8 句	〈酬樂天八月十五夜禁中獨直翫月見寄〉 七言 8 句	白詩與元詩均押下平侵韻。 「用韻詩」
〈酬盧秘書二十韻〉 五言 40 句	〈酬盧秘書〉 五言 40 句	白詩與元詩均押上平灰韻。 「用韻詩」
〈醉後卻寄元九〉 七言 4 句	〈酬樂天醉別〉 五言 4 句	白詩與元詩均押上平灰韻。 「次韻詩」

〈雨夜憶元九〉 七言 4 句	〈酬樂天雨後見憶〉 七言 4 句	白詩與元詩均押下平尤韻。 「次韻詩」
〈寄生衣與微之因題封上〉 七言 4 句	〈酬樂天寄生衣〉 七言 4 句	白詩與元詩均押上平文韻。 「次韻詩」
〈得微之到官後書。備知通州之事。悵然有感。因成四章。第一〉 七言 8 句	〈酬樂天得微之詩知通州事因成四首第一〉 七言 8 句	白詩與元詩均押下平尤韻。 「和韻詩」
〈得微之到官後書。備知通州之事。悵然有感。因成四章。第二〉 七言 8 句	〈酬樂天得微之詩知通州事因成四首第二〉 七言 8 句	白詩與元詩均押上平魚韻。 「次韻詩」
〈得微之到官後書。備知通州之事。悵然有感。因成四章。第三〉 七言 8 句	〈酬樂天得微之詩知通州事因成四首第三〉 七言 8 句	白詩與元詩均押上平歌韻。 「次韻詩」
〈得微之到官後書。備知通州之事。悵然有感。因成四章。第四〉 七言 8 句	〈酬樂天得微之詩知通州事因成四首第四〉 七言 8 句	白詩與元詩均押上平寒韻。 「次韻詩」
〈武關南見元九題山石榴花見寄〉 七言 4 句	〈酬樂天武關南見微之題山石榴花〉 七言 4 句	白詩與元詩均押上平支韻。 「次韻詩」
〈舟中讀元九詩〉 七言 4 句	〈酬樂天舟泊夜讀微之詩〉 七言 4 句	白詩與元詩均押下平庚韻。 「次韻詩」
〈東南行一百韻〉 五言 200 句	〈酬東南行一百韻〉 五言 200 句	白詩與元詩均押上平虞韻。「次韻詩」

〈憶微之傷仲遠〉 五言 12 句	〈酬樂天見憶兼傷仲遠〉 五言 12 句	白詩與元詩均押下平麻韻。 「次韻詩」
〈寄蘄州簟與元九因題六韻〉 五言 12 句	〈酬樂天寄蘄州簟〉 五言 12 句	白詩與元詩均押上平真韻。 「次韻詩」
〈憶微之〉 五言 8 句	〈酬樂天春寄微之〉 五言 8 句	白詩與元詩均押上平東韻。 「次韻詩」
〈山中與元九書因題書後〉 七言 6 句	〈酬樂天書後三韻〉 七言 6 句	白詩押下平先韻；元詩押上平魚韻。 「和意詩」
〈江樓夜吟元九律詩成三十韻〉 五言 60 句	〈酬樂天江樓夜吟稹詩因成三十韻〉 五言 60 句	白詩與元詩均押下平先韻。「次韻詩」
〈元九以綠絲布白輕褣見寄製成衣服以詩報知〉 七言 8 句	〈酬樂天得稹所寄紵絲白布輕庸製成衣服以詩報知〉 七言 8 句	白詩與元詩均押上平冬韻。 「次韻詩」
〈夢微之〉 七言 4 句	〈酬樂天頻夢微之〉 七言 4 句	白詩與元詩均押上平文韻。 「次韻詩」
〈寄微之〉 七言 8 句	〈酬樂天歎窮愁見寄〉 七言 8 句	白詩與元詩均押上平文韻。 「次韻詩」
〈三月三日懷微之〉 七言 4 句	〈酬樂天三月三日見寄〉 七言 4 句	白詩與元詩均押下平蕭韻。「次韻詩」
〈即事寄微之〉 七言 8 句	〈酬樂天見寄〉 七言 8 句	白詩與元詩均押上平魚韻。「次韻詩」
〈寄微之〉 七言 8 句	〈酬樂天歎損傷見寄〉 七言 8 句	白詩與元詩均押下平陽韻。「次韻詩」

〈待漏入閣書事奉贈元九學士閣老〉 七言 20 句	〈酬樂天待漏入閣見贈〉 七言 20 句	白詩與元詩均押上平刪韻。「次韻詩」
〈元微之除浙東觀察使喜得杭越鄰州先贈長句〉 七言 8 句	〈酬樂天喜鄰郡〉 七言 8 句 〈再酬復言和前篇〉 七言 8 句	白詩與元詩二首均押上平真韻。 「次韻詩」
〈張十八員外以新詩二十五首見寄郡樓月下吟翫通夕因題卷後封寄微之〉 七言 8 句	〈酬樂天吟張員外詩見寄因思上京每與樂天於居敬兄升平里詠張新詩〉 七言 8 句	白詩與元詩均押上平支韻。 「次韻詩」
〈餘思未盡加為六韻重寄微之〉 七言 12 句	〈酬微之餘思不盡加為六韻之作〉 七言 12 句	白詩與元詩均押上平真韻。 「次韻詩」
〈雪中即事寄微之〉 七言 20 句	〈酬樂天雪中見寄〉 七言 20 句	白詩與元詩均押上平虞韻。 「次韻詩」
〈除夜寄微之〉 七言 8 句	〈除夜酬樂天〉 七言 8 句	白詩與元詩均押下平覃韻。 「次韻詩」
〈早春西湖閑遊悵然興懷憶與微之同賞因思在越官重事殷鏡湖之遊或恐未暇偶成十八韻寄微之〉七言 36 句	〈酬樂天早春閑遊西湖頗多野趣恨不得與微之同賞因思在越重事殷鏡湖之遊或恐未暇因成十八韻見寄〉 七言 24 句	白詩與元詩均押上平真韻。 「依韻詩」
〈重寄別微之〉 七言 4 句	〈酬樂天重寄別〉 七言 4 句	白詩與元詩均押上平支韻。 「次韻詩」
〈杏園花下贈劉郎中〉 七言 4 句	〈酬白樂天杏花園〉 七言 4 句	白詩與元詩均押上平真韻。「次韻詩」

表 7：白居易〈酬微之詩〉

元稹原詩	白居易酬詩	
〈郡務稍簡因得整比舊詩幷連綴焚削封章繁委篋笥僅逾百軸偶成自歎因寄樂天〉 七言 8 句	〈酬微之〉 七言 8 句	白詩與元詩均押上平支韻。 「次韻詩」
〈戲贈樂天復言〉 七言 8 句 〈重酬樂天〉 七言 8 句	〈酬微之誇鏡湖〉 七言 8 句	此三首均押上平虞韻。 「次韻詩」

第二節　即席唱和詩之相關論題

本節主要探討與唱和詩相關的論題，諸如：應詔、應令、應教、應制、賦得、口號、同題共作等，這些源於魏晉六朝時期的詩類，其出現在即席唱和的情形。帝王、太子以及諸王之命的「應」字類詩與「和詩」的關係究竟如何？而同題共作是否就等同於寫作「和詩」？以及賦得體詩運用於群體和詩的情形為何？本節將針對以上幾點與「和詩」相關的論題，進一步分析探究。

一、應詔與應制以及應令與應教

據逯欽立所輯《先秦漢魏晉南北朝詩》中，目前最早的「應詔詩」為曹植所作之〈應詔〉[19]。對於「應詔」一辭，一般文學

19 見《先秦漢魏晉南北朝詩‧魏詩卷七‧陳思王曹植》，逯欽立輯校曰：「《三國志本傳》、《文選二十》、《本集五》、《詩紀十四》。又《藝文類聚三十九》

辭典將之視為與「應制」同義[20]，而最主要之意義則是所謂「應帝王之命」,「應詔詩」也就是「應帝王之命所寫作的詩」。而「應令」與「應教」則分別指應太子、諸王之命[21],「應令詩」與「應教詩」也就分別指的是應太子、諸王之命所寫的詩作。尤其自魏晉以來，此等應帝王、太子諸王之命而寫作之詩歌，普遍流行於六朝時期的宮廷詩壇。而就筆者以《先秦漢魏晉南北朝詩》與《全唐詩》所收之詩歌相互查考比較，有一些現象是值得一提的：

（一）據目前所能見到的詩歌作品而言，相較於「應詔詩」在六朝宮廷詩壇的盛況，「應制詩」在六朝時期的寫作數量是遠少於「應詔詩」，而且出現的時間也較晚[22]。如據筆者統計《先秦漢魏晉南北朝詩》所收錄「應制」、「應詔」、「應令」、「應教」等詩作數目如下：

引旅、渚、黍、升、興、寧、旌、酲八韻。《文選六・魏都賦注》作〈責躬詩〉引一句,《御覽七百七十五》作應制詩，引聲一韻。」

20 如：應詔:「應帝王之命。魏晉以來稱應帝王之命而作的詩文為應詔，也稱應制。」(文史辭源）第二冊,(台北：天成出版社),頁 1170；應制:「詩體名。古代應帝王之命所作、所和的詩，以應制、應詔為標題，內容都為歌功頌德、蹈襲陳言，少數也陳述一些對皇帝的期望。唐以前都用古體詩；唐以後，大都運用五言六韻，或八韻的排律，如李嶠〈奉和幸薦福寺應制〉。凡應太子、諸王之令而作的詩，以應令、應教為標題，其體制與應制相類，如沈約〈鍾山詩應西陽王教〉。」《中國文體學辭典》,(湖南：湖南教育出版社),頁 48。

21 同註 20。

22 《先秦漢魏晉南北朝詩》中收錄四首「應制詩」，分別為〈宋詩卷六・謝莊〉〈七夕夜詠牛女應制詩〉、〈梁詩卷六・沈約〉〈三日侍鳳光殿曲水宴應制詩〉〈三日侍林光殿曲水宴應制詩〉、〈梁詩卷十六・劉孝綽〉〈春日從駕新亭應制詩〉。

表 8：逯欽立《先秦漢魏晉南北朝詩》應制、應詔、應令、應教詩作數量

應制	應詔	應令[23]	應教[24]
4 首	49 首	73 首	26 首

由上表之比較可得知，在六朝時期，應太子之命所寫作之「應令詩」，其寫作數目是較其它三類詩作來得多；相對的，「應制詩」寫作之數量是較其它三類詩作來得少。

（二）基本上而言，大部份應詔詩與應制詩為應帝王之命所寫作的詩歌，這是應命所寫，與和詩並不相同，而「奉和應詔詩」與「奉和應制詩」即是應（奉）帝王之命所寫作之和詩，原詩作則為帝王本身所寫作之詩歌，如：《全唐詩》卷 35 許敬宗〈奉和初春登樓即目應詔〉、原詩即為唐太宗〈初春登樓即目觀作述懷〉，卷 40 上官儀〈奉和秋日即目應制〉、原詩即為唐太宗〈秋日即目〉。「奉和」中的「奉」字是表示尊奉之敬語，而除了和帝王、太子或者諸王的詩歌，在詩題上會標明「奉和」以示尊敬外，一般文人彼此寫作和詩時，為了表示對於所和對象身份地位的尊敬與景仰，或者被應邀和作時，也時常會在和詩詩題上標明「仰和」、「敬和」或者「奉和」以為應酬敬語，而這種情形在初盛唐時代是遠較六朝時期更為普遍，如：《全唐詩》卷 73 蘇頲〈奉和姚令公溫湯舊館永懷故人盧公之作〉、卷 249 皇甫冉〈奉和獨孤中丞遊法華寺〉、卷 74 蘇頲〈敬和崔

23 同註 20。
24 同註 20。

尚書大明朝堂雨後望終南山見示之作〉、以及《先秦漢魏晉南北朝詩・陳詩卷 6》徐孝克〈仰和令君詩〉等。

（三）據筆者統計《先秦漢魏晉南北朝詩》與《全唐詩》中，詩題明確標明「奉和（和）應制」、「奉和（和）應詔」、「奉和（和）應令」、「奉和（和）應教」等詩作數目如下：

※（詳細詩題名稱請參閱附錄一〈魏晉南北朝和詩表〉及附錄二〈全唐詩和詩表〉）

表 9：逯欽立《先秦漢魏晉南北朝詩》奉和（和）「應」字類詩作數量

奉和（和）應制	奉和（和）應詔	奉和（和）應令	奉和（和）應教
1 首	13 首	22 首	10 首

表 10：《全唐詩》奉和（和）「應」字類詩作數量

奉和（和）應制	奉和（和）應詔	奉和（和）應令	奉和（和）應教
約 283 首	11 首	11 首	1 首

由上列二表可得知各類奉和（和）「應」字詩彼此消長的情形。《先秦漢魏晉南北朝詩》中，目前所見唯一的一首「奉和應制詩」〈奉和晚日楊子江應制〉是收錄在〈隋詩卷 5〉為柳所作，相較於此，在《全唐詩》中所收錄的「奉和應制」、「奉和應詔」、「奉和應令」、「奉和應教」等類詩作，其寫作時間絕大多數是在初盛唐時期，而且，其中「奉和應制詩」雖在六朝時期為數

極少，然而在初盛唐時期，其寫作數量卻較其它奉和「應」字類的詩作來得多，達到空前鼎盛的景況，這顯示出在初盛唐時期，國政局勢的安定、天下大統昇平，而君王本身亦兼有詩文修養，因此時常於君臣出遊、或者朝令宴會、節日慶典的場合中，朝臣在君王的命令下，以詩歌助興，這種君臣相互賡和的情形是十分熱絡的。

二、賦得

關於「賦得詩」的解釋，在《中國文體學辭典》[25]中有段詳細的說明：

> 賦得體，詩體的一種，其體例為摘取古人成句為題，題首冠以「賦得」二字。梁代蕭繹已有〈賦得蘭澤多芳草〉詩。其體或用古體、或用律詩，比較靈活。多應用於應制之作，及詩人集會分題，贈答酬唱。如唐・楊衡〈賦得夜雨空階送魏秀才〉。唐以後用於科舉考試之試帖詩，詩題多取成句，題前冠「賦得」二字，故亦稱「賦得體」，但格律要求比較嚴。

賦得體詩源起於六朝時期，當時只是以摘取古人詩句為題目，在詩題上冠上「賦得」二字來加以寫作，如《先秦漢魏晉南北朝詩》中的〈陳詩卷 1〉沈炯〈賦得邊馬有歸心詩〉詩紀云：「王瓚詩，朔風動秋草，邊馬有歸心。」、〈陳詩卷 3〉張正見〈賦得佳期竟不歸詩〉詩紀云：「庾肩吾有所思曰：佳期竟不

---

25 （湖南：湖南教育出版社）1988 年，頁 39。

歸，春物坐芳菲。」〈隋詩卷 7〉李巨仁〈賦得方塘含白水詩〉詩紀云：「劉公幹雜詩，方塘含白水，中有鳧與鴈。」等，均為摘取古人詩句為題來寫作，而所寫作之賦得體詩，其詩句言數也不限定於原來所摘取詩歌的言數，如：《先秦漢魏晉南北朝詩》〈陳詩卷 6〉賀循〈賦得庭中有奇樹詩〉詩紀云：「古詩，庭中有奇樹，綠葉發華滋。」所摘取之詩句為五言古詩，然而賀循摘取詩句後，寫成一首七言十六句的詩作[26]，又〈陳詩卷 6〉阮卓〈賦得黃鵠一遠別詩〉詩紀云：「蘇武詩，黃鵠一遠別，千里顧徘徊。」原詩句為五言古詩，而阮卓摘取後亦寫成七言十六句的詩作[27]。

在六朝時期，賦得體詩除了最基本的摘取古人詩句為題來寫作外，亦有運用於寫作應詔、應令、應教等奉帝王、太子諸王之命的詩歌，如：《先秦漢魏晉南北朝詩》〈陳詩卷 8〉江總〈賦得攜手上河梁應詔詩〉、〈陳詩卷 3〉張正見〈賦得秋蟬喝柳應衡陽王教〉、〈梁詩卷 26〉徐防〈賦得蝶依草應令詩〉等，其中有一首「應令賦得詩」值得注意的，為〈梁詩卷 23〉庾肩吾所作〈暮遊山水應令賦得磧字詩〉，詩云：「餘春屬清夜，西園恣遊歷。入逕轉金輿，開橋通畫艗。細藤初上楥，新流漸涵磧。雲峰沒城柳，電影開巖壁。」這首詩已有寫作賦得體詩限韻的觀念。然而據筆者檢索《先秦漢魏晉南北朝詩》一書，目前所存六朝詩歌中，並無發現奉和（和）賦得限韻體詩。

到了唐代，則出現了寫作奉和（和）賦得體的和詩，並且運用了賦得體詩限韻的觀念來寫作。因初盛唐時期，君臣常集體出遊、或者朝會宴集，故而群體賦詩以為興樂，「奉和賦得體

26 見《先秦漢魏晉南北朝詩・陳詩卷六》，頁 2555。
27 同註 26，頁 2562。

詩」也是在君臣唱和聯吟下，集體創作的「同題組詩」[28]，其中有所謂限制字韻的規定，即詩歌韻腳必須要出現所賦得的字，因此整首詩歌也就以所賦得的字韻為韻腳來創作，而這也可說是聯吟唱和下的遊戲規則，如:《全唐詩》卷 2 中宗皇帝所作〈九月九日幸臨渭亭登高得秋字〉詩，詩序云:「陶潛盈把，既浮九醞之歡；畢卓持螯，須盡一生之興。人題四韻，同賦五言。其最後成，罰之引滿。」

中宗詩云：

> 九日正乘秋，三杯興已周。泛桂迎尊滿，吹花向酒浮。
> 長房萸早熟，彭澤菊初收。何藉龍沙上，方得恣淹留。

紀事云：

> 時景龍三年，是宴也，韋安石、蘇瑰詩先成，于經野、盧懷慎最後成，罰酒。

中宗所作詩歌第一句最後一字，即是所賦得的「秋」字，這首詩也就是以「秋」字韻所屬的韻部──「平聲尤韻」來作

[28] 組詩「將反映近似的生活情景，表現同一主題的若干首詩組合在一起，形成有機整體，稱為『組詩』。其中每首詩，可以獨立成篇，連綴在一起，成為組詩，從而擴大了詩歌表現生活的容量和審美功能，古典詩歌的各種體裁，均可綴成組詩。」(中國文體學辭典)，頁 39。筆者認為所謂奉和（和）「賦得體詩」是在群體交往唱和下，奉和（和）原詩首唱的「同題共作」，所頌詠的是同一事件、同一景物，群體同題共作下，詩歌內容如出一轍，只是彼此唱和所用詩韻不同而已，因此筆者將奉和（和）賦得體詩亦稱之為「同題組詩」。

為韻腳。而參與此次出遊的諸位大臣，其奉和所作的詩歌分別為：蘇瓌〈奉和九日幸臨渭亭登高應制得暉字〉、宋之問〈奉和九日幸臨渭亭登高應制得歡字〉、閻朝隱〈奉和九日幸臨渭亭登高應制得筵字〉、蘇珽〈奉和九日幸臨渭亭登高應制得時字〉……等（詳見附錄二《全唐詩》和詩表），此次奉和的朝臣多達二十四人，每人所奉和的詩歌均為同題，只是押韻的韻腳不同，而中宗所作〈九月九日幸臨渭亭登高得秋字〉一詩，即為此次出遊、朝臣奉和的原詩首唱。

又《全唐詩》卷 3 明皇帝作〈集賢書院成送張說上集賢學士賜宴得珍字〉，朝臣奉和而作的有：蘇頲〈奉和聖製送張說上集賢學士賜宴得茲字〉、趙冬曦〈奉和聖製送張說上集賢學士賜宴賦得蓮字〉、徐堅〈奉和聖製送張說赴集賢院學士賜宴賦得虛字〉……等，此次宴會奉和作詩的朝臣有十六人（詳見附錄二《全唐詩》和詩表），而這種「賦得體」的和詩，除了盛行於朝廷君臣之唱和聯吟外，一般文人在群體交往唱和賦詩時，也有運用「賦得體詩」來唱和的情形，如：《全唐詩》卷 316 武元衡作〈八月十五夜與諸公錦樓望月得中字〉，參與和作的有柳公綽〈和武相錦樓玩月得濃字〉、張正一〈和武相錦樓玩月得蒼字〉……等，共有五位文人和作。

由以上的論述分析，可得知六朝「賦得體詩」在唐代運用於唱和的情形。至於，唐代「試帖詩」[29]亦稱為「賦得體」，這

---

[29] 試帖詩「詩體名，又名『賦得體』，唐代科舉考試中採用的一種詩體。大抵以古人詩句或成語為題，並限韻腳。其詩採用排律體，或五言或七言，或六韻或八韻，冠以『賦得』二字，內容大抵以歌功頌德，或則表達報效君王的意願，並須切題。如：唐・吳丹〈賦得玉水記方流〉……此詩即是貞元十六年的試帖詩。」《中國文體學辭典》，（湖南：湖南教育出版社），頁 49。「為科舉考試所用的一種詩體。起源於唐代，由帖經、試帖的影響而產

是一般文史辭典廣泛的解釋，主要是依據唐代科舉中，考試項目「試帖詩」詩題常有賦得限韻的規定而來，這在本論文第三章第一節〈科舉考試與和韻詩之關係〉中，會有詳細研析與說明，於此不再贅述。

三、口號

所謂「口號」又稱為「口占」，指的是隨口吟成的詩歌[30]。就目前所能得見的詩歌而言，「口號詩」雖始出於六朝，然數量並不多，《先秦漢魏晉南北朝詩》唯一的一首「口號詩」是收錄於〈宋詩卷 8〉為鮑照的〈還都口號詩〉。而在六朝時期，以「口號詩」為和詩寫作對象的詩作，就目前所見一組「和詩」是收於《先秦漢魏晉南北朝詩》的〈梁詩卷〉中，為梁簡文帝 蕭綱、庾肩吾、王筠三人所同賦之〈和衛尉新渝侯巡城口號詩〉，原詩為新渝侯蕭所作之〈巡城口號詩〉，然而已遺佚。

而《全唐詩》中的「和口號詩」有 1.張九齡（卷 49）與張說（卷 89）的〈奉和聖製渡潼關口號〉2.權德輿所作〈奉和崔閣老清明日候許閣老交直之際辱裴閣老書招云與考功苗曹長老

生，大都為五言六韻或八韻的排律。例如：錢起的〈試湘靈鼓瑟〉，……試帖詩多以古人詩句或成語為題，有限韻腳，題首冠以『賦得』二字，故試帖詩又名『賦得詩』。清代的試帖詩限制更嚴。但六朝以來宮廷或民間文士集會，擬題賦詩，亦以『賦得』為題。例如：李益〈賦得早燕送別〉……此類詩內容大多表現士大夫文人的閒情逸致或為統治者歌功頌德，很少有藝術價值。」《中國古典文學大辭典》，（台北：旺文社）1997 年 7 月，頁 556。

30 口號「又稱『口占』，隨口吟成的詩。或用古詩體，或用律絕體，不用起草，隨口成詩，貴於明白曉暢，達意宣情。梁 蕭綱有古詩體〈仰和衛尉新渝侯巡城口號詩〉……張說有絕句〈奉和聖製潼關口號應制〉……。唐李白、杜甫、王維、元稹均有口號詩。」《中國文體學辭典》，（湖南：湖南教育出版社），頁 32。

先城南遊覽獨行口號因以簡贈〉（卷 325）以及〈奉和許閣老霽後慈恩寺杏園看花同用花字口號〉（卷 326）。茲就以上二組和詩分析如下：

（一）張九齡與張說二人均為唐開元朝德高望重的賢相。據《新唐書》列傳五一張九齡本傳[31]與列傳五十張說本傳[32]中所記載，張九齡是在張說謫居嶺南時，兩人才彼此交識，張說本傳云：「說敦氣節，立然許，喜推藉後進，於君臣朋友大義甚篤。」[33]而張九齡因有才鑒，「時張說為宰相，親重之，與通譜系，常曰『後出詞人之冠也』。」[34]。張九齡與張說二人同賦的〈奉和聖製渡潼關口號〉，其原詩為《全唐詩》卷 3 唐玄宗〈潼關口號〉一詩，明皇帝原詩如下：

河曲回千里，關門限二京。所嗟非恃德，設險到天平。

明皇帝所作此詩，為親臨潼關隨口吟頌而成，觀其內容大有關心天下安危、身膺百姓禍福的壯嘆。而張說與張九齡的和作如下：

張說〈奉和聖製潼關口號〉

天德平無外，關門東復西。不將千里隔，何用一丸泥。

[31] 見《新唐書・一四傳，列傳第五十一張九齡傳》，（北京：中華書局），頁 4424-4427。

[32] 見《新唐書・一四傳，列傳第五十張說傳》，（北京：中華書局），頁 4410-4412。

[33] 同註 32。

[34] 同註 30。

張九齡〈奉和聖製潼關口號〉

嶙嶙故城壘，荒涼空戍樓。在德不在險，方知王道休。

雖然玄宗原詩中說「所嗟非恃德」，而這在二位賢相看來，這是皇上的「謙詞」。張說與張九齡和詩時，意在告訴明皇帝為天下政是以德治，唯有德治才能安天下。

（二）權德輿所和的二首口號詩，其原詩均已遺佚。第一首〈奉和崔閣老清明日候許閣老交直之際辱裴閣老書招云與考功苗曹長老先城南遊覽獨行口號因以簡贈〉（《全唐詩》卷 325）而詩題註云：「時德輿以疾故，有阻追遊」。詩題中有關官職稱呼，據李肇《唐國史補卷下》[35]曰：「宰相相呼為元老、或曰堂老。兩省相呼為閣老，尚書丞郎郎中中相呼為曹長。」由此可知詩題中的諸位朝臣均任省職。觀其詩題，原詩的寫作背景當為崔從質[36]因裴佶[37]與苗粲[38]二人於城南遊覽時，而自己卻因「當直」[39]不能同遊，心中頗為委屈，因此，崔從質於清明日等候許孟容來「當直」交接之際，隨口吟詩發洩胸中鬱氣。權德輿也因疾而不能同遊，頗能感受崔從質的心情，故而和作此詩，並贈與崔從質知。

---

35 詳見《唐五代筆記小說大觀・上・唐國史補卷下》，（上海：上海古籍出版社），頁 188。

36 經由《唐五代人交往詩索引》查得，（北京：中華書局），頁 1134。

37 經由《唐五代人交往詩索引》查得，（北京：中華書局），頁 1133。

38 經由《唐五代人交往詩索引》查得，（北京：中華書局），頁 1139。

39 據《唐會要卷八十二》當直：「故事。尚書省官，每一日一人宿直，都司執直簿轉以為次。（諸長官應通判者、及上佐縣令不直）凡內外官，日出視事，午而退，有事則直，官省之務繁者，不在此限。」

（三）權德輿第二首「和口號詩」為〈奉和許閣老霽後慈恩寺杏園看花同用花字口號〉（《全唐詩》卷 326），其詩題下註云：「時德輿當直。」此詩為奉和許孟容所作，內容大抵為遊覽花園之心情寫照。

以上所舉的幾首「和口號詩」，其原詩大部份為作者因觸景生情而隨口吟成，而和詩作者也能感同身受加以和作。

四、同題共作與同題共和

就文人群體交往賦詩而言，常有所謂「同題共作」[40]的情形出現，在中國文人群體「同題共作」的詩歌作品當中，據目前所能得見的資料而言，當以東晉永和九年，王羲之與當時文士名流四十二人，會集於會稽蘭亭時，以「蘭亭」為題，來同題共作的「蘭亭詩」最為人所知。據《蘭亭考》[41]卷一所記載，有十一人四言五言詩各一首，十五人一篇成，有十六人詩不成，故罰酒三巨觥。這是最典型的「同題共作」的情形。然而，這二十六人所寫成的三十七首「蘭亭詩」並不是和詩。

在和詩的寫作當中，「同題共作」是在文人群體交往聚集時，經常會出現的「群和」現象，參與和作之文人，均以原詩首唱者所作之詩歌為和詩寫作對象，因而完成多首以原詩為題而和作的詩歌，且幾首和詩彼此均為同題，故筆者將這種「同題共作」的群和現象，稱之為「同題共和」。如：《先秦漢魏晉

---

40 李師立信於〈論六朝詩的賦化〉一文中指出，所謂文人詩歌中之「同題共作」，是有別於寫作「古樂府舊題」與「科舉考試」等沒有選擇餘地外，出於文人自主意識下，與他人共賦一題詩作。《第三屆中國詩學會議論文集》台灣彰化師範大學主辦之「第三屆中國詩學會議」，民國 85 年 5 月。

41 文淵閣《四庫全書》史部〈蘭亭考卷一〉宋・桑世昌撰。（原文電子版・光盤號 244），（武漢：武漢大學出版社）。

南北朝詩》〈梁詩卷〉中，陸倕、蕭子顯、劉孝綽、劉孝儀等所作的〈和昭明太子鍾山講解詩〉，原詩為梁昭明太子　蕭統所作〈鍾山講解〉詩。據趙以武《唱和詩研究》一書所考證[42]，由蕭統這首原詩中看出，當時蕭統由東宮至鍾山聽講佛理時，是「賓從相隨」，而奉和的四人是「賓從」而往，並且皆奉昭明太子之命作和詩，由此可知，這四位隨行的賓從是同題共和。

到了唐代，這種即席的「同題共和」現象，在初盛唐時期，是以朝廷活動、宴集的場合中，最為常見，和作之數量也最多，之前所提到的「奉和賦得詩」亦屬於即席的「同題共和」。茲以《全唐詩》中，初盛中唐時期宮廷「同題和作」之詩題[43]，原詩亦尚存者、整理列舉於下表明之：

表 11：《全唐詩》原詩尚存之宮廷「同題和作」

原詩作者	原詩詩題	同題和作詩題	和詩作者
太宗	正日臨朝	奉和正日臨朝	魏徵、岑文本、楊師道、李百藥同和。
太宗	春日望海	奉和春日望海[44]	楊師道、許敬宗同和
太宗	詠弓	奉和詠弓	楊師道
太宗	執契靜三邊	奉和執契靜三邊應詔	許敬宗

42 詳見《唱和詩研究》，頁 150。

43 群和之「同題共和」作者，其詩題彼此之間有若干字眼的差異，然因屬少數，其和詩本意最主要還是和原詩首唱。

44 在《全唐詩》中收錄和作太宗〈春日望海〉詩者，有卷 34 楊師道〈奉和聖製春日望海〉、卷 35 許敬宗〈奉和春日望海〉二首。然而在《翰林學士集》中，太宗原詩作〈春日望海以光為韻〉，和作朝臣共有九人，分別為長孫無忌、高士廉、楊師道、劉洎、岑文本、褚遂良、許敬宗、上官儀、鄭仁軌等。見傅璇琮所輯《翰林學士集》，頁 16-21。

太宗	經破薛舉戰地	奉和行經破薛舉戰地應制	許敬宗
太宗	入潼關	奉和入潼關	許敬宗
太宗	元日	奉和元日應制	許敬宗
太宗	初春登樓即目觀作述懷	奉和初春登樓即目應詔	許敬宗
太宗	秋日即目	奉和秋日一作月即目應制	許敬宗、上官儀同和
太宗	秋暮言志	奉和秋暮言志應制	許敬宗
太宗	喜雪	奉和喜雪應制	許敬宗
太宗	春日登陝州城樓俯眺原野迴舟碧綴煙霞密翠斑紅芳菲花柳即目川岫以命篇	奉和登陝州城樓應制	許敬宗
太宗	詠雨二首	奉和詠雨應詔	許敬宗
太宗	儀鸞殿早秋	奉和儀鸞殿早秋應制	許敬宗、長孫無忌、朱子奢、楊師道同和
太宗	過舊宅二首	奉和過舊宅應制	上官儀、許敬宗同和
太宗	宴中山	奉和宴中山應制	許敬宗
太宗	登三臺言志	奉和聖製登三臺言志應制	許敬宗
太宗	餞中書侍郎來濟	奉和聖製送來濟應制	許敬宗
太宗	九月九日	奉和九月九日應制	賀敳、許敬宗
高宗	過溫湯	奉和聖製過溫湯	楊思玄、王德真、鄭義真同和
高宗	七夕宴懸圃二首	奉和七夕宴懸圃應制二首	許敬宗
高宗	太子納妃太平公主出降	奉和太子納妃太平公主出降	劉禕之、元萬頃、郭正一、胡元範、任希古、裴守真同和

武后	石淙詩[45]	奉和聖製夏日遊石淙山	狄仁傑、姚崇、武三思、張易之、張昌宗、薛曜、楊敬述、于季子同和
中宗	九月九日幸臨渭亭登高得秋字	奉和九日幸臨渭亭登高應制[46]	蘇瓌、宋之問、閻朝隱、韋元旦、蘇頲、韋嗣立、趙彥昭、蕭至忠、李迥秀、韋安石、楊廉、竇希玠、鄭南金、李咸、趙彥伯、于經野、盧懷慎等同和
中宗	登驪山高頂寓目	奉和登驪山高頂寓目應制	崔湜、李嶠、閻朝隱、蘇頲、劉憲、張說、李乂、武平一、趙彥昭同和
玄宗	同劉晃喜雨	奉和聖製同劉晃喜雨應制	張說
玄宗	行次成皋途經先聖擒竇建德之所緬思功業感而賦詩	奉和聖製次成皋先聖擒建德之所	張九齡、蘇頲[47]
玄宗	賜諸州刺史以題座右	奉和聖製賜諸州刺史以題座右	張九齡、張說[48]
玄宗	經鄒魯祭孔子而嘆之	奉和聖製經孔子舊宅	張九齡

45 〈石淙詩〉武后、中宗、睿宗均有一首，然而中宗是在太子時作，睿宗是在相王時作，因此朝臣們所奉和的〈石淙詩〉當為武后所作。見《全唐詩》卷二，(北京：中華書局) 版第一冊，頁 25。

46 蘇瓌得（暉）字、宋之問得（歡）字、閻朝隱得（筵）字、韋元旦得（月）字、蘇頲得（時）字、韋嗣立得（深）字、蕭至忠得（餘）字、李迥秀得（風）字、韋安石得（枝）字、楊廉得（亭）字、竇希玠得（明）字、鄭南金得（日）字、李咸得（直）字、趙彥伯得（花）字、于經野得（樽）字、盧懷慎得（還）字。

47 蘇頲詩作〈奉和聖製行次成皋途經先聖擒建德之所感而成詩應制〉。

48 張九齡作〈奉和聖製賜諸州刺史應制以題坐右〉。

玄宗	經河上公廟	奉和聖製經河上公廟	張九齡、張說、蘇頲[49]
玄宗	早發太行山中言志	奉和聖製早發太行率爾言志	張九齡、張嘉貞、苗晉卿
玄宗	過王濬墓	奉和聖製過王濬墓	張九齡、張說[50]
玄宗	潼關口號	奉和聖製渡潼關口號	張九齡、張說[51]
玄宗	春臺望	奉和御製春臺望	許景先、賀知章、蘇頲[52]
玄宗	集賢院成送張說上集賢院學士賜宴得珍字	奉和聖製送張說上集賢院學士賜宴	蘇頲、李元紘、趙冬曦、裴漼、源乾曜、劉昇、蕭嵩、韋抗、褚琇、李暠、陸堅、程行諶、賀知章、王翰、韋述[53]
玄宗	校獵義成喜逢大雪率題九韻以示群官	奉和聖製義成校獵喜雪應制	張說
玄宗	初入秦川路逢寒食	奉和聖製初入秦川路寒食應制	張說
玄宗	千秋節賜群臣鏡	奉和聖製賜王公千秋鏡應制	張說
玄宗	途次陝州	奉和聖製途次陝州應制	張說、張九齡[54]
玄宗	野次喜雪	奉和聖製野次喜雪應制	張說

---

49 蘇頲、張說詩作〈奉和聖製經河上公廟應制〉。

50 張說詩作〈奉和聖製過王濬墓應制〉。

51 張說詩作〈奉和聖製潼關口號應制〉。

52 蘇頲詩作〈奉和春臺望應制〉。

53 蘇頲得（茲）字、趙冬曦得（蓮）字、源乾曜得（迎）字、韋抗得（西）字、李嵩得（催）字、韋述得（華）字、李元紘得（斯）字、裴漼得（昇）字、劉昇得（賓）字、蕭嵩得（登）、陸堅得（今）字、程行諶得（迴）字、王翰得（筵）字、賀知章得（謨）字、褚秀得（風）字。

54 張九齡詩作〈奉和聖製途次陝州作〉。

玄宗	惟此溫泉是稱愈疾豈予獨受其福思與兆人共之承暇巡遊乃言其志	奉和聖製溫泉言志應制	張說
玄宗	首夏花萼樓觀群臣宴寧王山亭回樓下又申之以賞樂賦詩	奉和聖製花萼樓下宴應制	張說
玄宗	早渡蒲津關	奉和聖製度蒲關應制	張說、張九齡、徐安貞[55]
玄宗	觀拔俗戲	奉和聖製觀拔俗戲應制	張說
玄宗	同二相已下群官樂遊園宴	奉和聖製同二相已下群官樂遊園宴	宋璟、趙冬曦、崔沔、崔尚、胡皓、王翰同和
玄宗	送張說巡邊	奉和聖製送張說巡邊	崔日用、宋璟、崔泰之、源乾曜、徐堅、胡皓、韓休、許景先、王丘、蘇晉、崔禹錫、張嘉貞、盧從願、袁暉、王光庭、徐知仁、席豫、賀知章同和
玄宗	途經華嶽	奉和聖製途經華嶽應制	張說、蘇頲
玄宗	經鳳泉湯	奉和聖製幸鳳全湯應制	張說
玄宗	春中興慶宮餔宴	奉和聖製春中興慶宮餔宴應制	張說
玄宗	千秋節宴	奉和聖製千秋節宴應制	張說
玄宗	餞王晙巡邊	奉和聖製送王晙巡邊應制	張說

55 張九齡詩作〈奉和聖製早渡蒲津關〉、徐安貞詩作〈奉和聖製早度蒲津關〉。

玄宗	巡省途次上黨舊宮賦	奉和聖製爰因巡省途次舊居應制	張說
玄宗	過大哥山池題石壁	奉和聖製同玉真公主遊大哥山池題石壁	張說
玄宗	左丞相說右丞相璟太子少傅乾曜同日上官命宴東堂賜詩	奉和御製與宋璟源乾曜同日上官命宴東堂賜詩應制	張說、裴光庭、宇文融、蕭嵩同和
玄宗	南出雀鼠谷答張說	奉和聖製答張說扈從南出雀鼠谷	宋璟、蘇頲、張九齡、趙冬曦、王丘、袁暉、王光庭、席豫、徐安貞、崔翹、梁昇卿同和
德宗	麟德殿宴百僚	奉和御製麟德殿宴百僚應制	宋若昭、宋若憲、鮑君徽同和
德宗	豐年多慶九日示懷	奉和聖製豐年多慶九日示懷	武元衡、權德輿
德宗	三日書懷因示百僚	奉和聖製三日書懷因以示百寮	崔元翰
德宗	重陽日中外同歡以詩言志因示群官	奉和聖製重陽日中外同歡以詩言志因示百僚	權德輿
德宗	重陽日即事	奉和聖製重陽日即事	武元衡
德宗	中春麟德殿會百僚觀新樂詩一章章十六句	奉和聖製中春麟德殿會百寮觀新樂	權德輿

上表是將《全唐詩》中初盛唐時期，宮廷唱和原詩至今尚存的「同題共和」之詩題列出，除此之外，尚有原詩至今不存，而同樣是屬於群和的「同題共和」，諸如：奉和中宗的〈奉和九月九日登慈恩寺浮圖應制〉、〈奉和送金城公主適西蕃應制〉、〈奉

和幸韋嗣立山莊應制〉、〈奉和初春幸太平公主南莊應制〉、〈奉和春日幸望宮應制〉、〈奉和七夕宴兩儀殿應制〉，奉和玄宗的〈奉和聖製龍池篇〉等，奉命和作的朝臣亦不在少數。由此可知，初盛唐時期，朝廷裏奉命「同題共和」的風氣是十分鼎盛的，朝臣往往奉命跟隨皇上和作賦詩，而朝臣們在「皇命」難違與同僚之間的才力競爭下，無論是否「盛情」難卻、或是附和應景，隨時奉和賦詩似乎已成為官場身涯中的必備才華，實可以「不學詩，無以立」這句話來形容。而初盛唐歷任君主，本身也內俱詩才，舉凡皇室族親、朝廷節日有重大慶典時，貴為一國之尊總是率先賦詩，帶動朝廷賡和場面，茲以中宗朝為例來說明，如《全唐詩》卷 2[56]關於中宗皇帝有段記載：

> 帝諱顯，……帝於景龍中，置修文館學士，盛引詞學之臣，從侍遊讌。春幸梨園，並渭水祓除，則賜細柳圈辟惡。夏宴蒲萄園，賜朱櫻。秋登慈恩浮圖，獻菊花酒稱壽。冬幸新豐，歷白鹿觀，上驪山，賜浴湯池，給香粉蘭澤，從行給翔麟馬，品官黃衣各一。帝有所感，即賦詩，學士皆屬和焉。……

文中詳細記載中宗一年四季的各項朝廷活動，這些中宗朝的活動，也均有詩歌留下見證，而這些見證的記錄即是朝臣們奉命「同題共和」的詩歌，而據前面所略舉的詩題中，也充份顯示出宮廷生活的文化氣息。

---

56 《全唐詩》卷二，（北京：中華書局）第一冊，頁 23。

第三節　「和詩」的時空意義

和詩作者以原詩為寫作對象，本具有時間與空間的背景因素存在，上一節所談的「即席和詩」，因大部份為文人群體聚集，彼此現場賦詩和作，和詩與原詩首唱於同一時間、同一場合來完成，而此種現象，在初盛唐時期，尤以朝廷賡和、文人同僚間因官場活動而即席賦詩為多數。除了「即席和詩」之外，一般文人在交往過程當中，常有以詩作代替一般書信來交誼往返的情形，若是餘音未盡，則繼作以期能盡通彼此心中款曲。同樣的，針對一般文人所作之和詩而言，亦有因和詩作者與原詩作者各處異地，和詩作者以「遙和」為題寫作和詩，或者因為和作詩意未盡，而「繼和」原詩。此外，和詩寫作亦有以前人及其詩作為對象的情形，甚至是不同時代的詩歌作品為和詩對象。因此本節即以唐代和詩作品為主，分為三部份研析：一是就「和詩」地域空間意義來論「遙和詩」，二是就和詩寫作時間意義來論「繼和詩」，三是針對和詩作者以前人及其詩歌為和作對象，來論「追和詩」。茲分述如下：

一、遙和

在六朝時期的和詩當中，已有「遙和詩」出現，《先秦漢魏晉南北朝詩》〈齊詩卷 4〉謝脁〈阻雪連句遙贈和〉[57]一詩，據趙以武考查[58]，在謝脁這首詩之前，已有六人先完成一部份聯句，這六人分別為沈約、劉繪、謝昊、王僧儒、王融、江革，每人各寫四句，描述京城建康之景，而聯句成篇後，轉贈於荊州任職

---

[57] 連句也作聯句，見《中國文體學辭典》頁 40。
[58] 詳見《唱和詩研究》第三章〈南朝齊代和詩〉頁 93。

的謝朓，而謝朓因而續聯四句，詩成後，題為《阻雪連句遙贈和》。由此可知，「遙和詩」是詩人們彼此之間和詩時，因地域相隔，而於詩題中表明遙相唱和之義的和詩。

到了唐代，「遙和詩」之和作意義，大抵與六朝時期之「遙和詩」無異。事實上，中國文人出仕為官，常有因升遷與貶謫而調動職務，連帶的更遷任居處所的情形發生，文人對於朝夕相處的同僚與熟悉的生活環境，均有一份難以割捨的情感存在，一旦基於外在因素被迫遷離，為了回憶、懷念與連繫舊部同僚的友誼，因此便以詩歌和作來表達離別之情，如：《全唐詩》卷 91 韋嗣立（逍遙公）〈奉和張岳州王潭州別詩二首〉詩序云：「予昔忝省闥，與岳州張使君說、潭州王都督熊同官聯事，後承朝譴，各自東西，張公與王都督別詩二首，情頗殷切，余覽以嘆，因遙申和云。」

韋嗣立和詩中所云，本與張說、王熊二人同官聯事，後因謫遷，彼此各處異地，韋嗣立因見張說與王熊二人所作別詩之後，頗為感嘆，因而遙和之：

1.茂先王佐才，作牧楚江隈。登樓正欲賦，復遇仲宣來。
黃鵠飛將遠，雕龍文為開。寧知昔聯事，聽曲有餘哀。
2.昔時陪二賢，纓冕會神仙。一去馳江海，相逢共播遷。
無因千里駕，忽睹四愁篇。覽諷歡何已，歡終徒愴然。

觀此二詩中，充滿對昔日同僚共事時的懷念，感嘆昔時光景，於今已不復存在。據唐史記載[59]，韋嗣立曾為國子祭酒，太

[59] 見《新唐書·列傳第四十一·韋思謙》，（北京：中華書局），頁 4223。

子賓客，後因坐宗楚客等削遺制事，不執正，而被貶岳州別駕，最後再徙為陳州刺史。而此二首和詩即因貶謫事件所生之悲嘆而寫。

又《全唐詩》卷 96 沈佺期〈遙同杜員外審言過嶺〉一詩，對杜審言被貶峰州[60]，而自己也因附會張昌宗而流於驩州[61]，兩人同樣地處蠻荒之險而深懷憂心，和詩曰：

> 天長地闊嶺頭分，去國離家見白雲。洛浦風光何所似？崇山瘴癘不堪聞。南浮漲海人何處？北望衡陽雁幾群。兩地江山萬餘里，何時重謁聖明君。

沈佺期是與杜審言同遭政治事件，而分別被謫逐於驩州與峰州，沈佺期此和作，也是對自己的遭遇發出沉痛的悲鳴。

以上所舉之遙和詩，是為一般文人同僚因貶謫分離、異地各處而寫作之和詩，此外，遙和詩亦有因不得同遊而以詩歌和作的情形，如《全唐詩》卷 815 皎然〈冬日遙一作奉和盧使君幼平綦毋居士遊法華寺高頂臨湖亭〉其詩題下註云：「一作奉和盧使君幼平遊朝陽山，寺臨太湖，時在郭，不得往。」詩句有曰：「逸韻知難繼，佳遊恨不逢。仍聞撫禪石，為我久從容。」這首詩為皎然無法與盧幼平同遊朝陽山，因而遙和之。

---

60 《新唐書列傳一百二十六・文藝上》：「神龍初，坐交通張易之，流峰州。」（北京：中華書局），頁 5736。

61 傅璇琮主編《唐才子傳校箋一・沈佺期》，（北京：中華書局）頁 73。

二、繼和

和詩作者會於詩題標明「繼和」，大抵有三個原因：一是針對原詩作者作品之意旨，心有感懷，因而接續原詩意旨繼和之。二是原詩也是一首和詩（他人所作或是自己所作），而此時自己的和詩便成為第二順位的和作，故而稱為「繼和」。三是原詩是首贈詩，而以和詩作為繼和。茲將《全唐詩》中之「繼和詩」略舉如下：

（一）心有感懷接續原詩意旨而繼和

1. 卷 356 劉禹錫〈微之鎮武昌中路見寄藍橋懷舊之作，淒然繼和兼寄平安。〉
2. 卷 360 劉禹錫〈楚州開元寺北院枸杞臨井，繁茂可觀，群賢賦詩因以繼和。〉
3. 卷 360 劉禹錫〈河南白尹有喜崔賓客歸洛，兼見懷長句因而繼和。〉
4. 卷 360 劉禹錫〈樂天示過敦詩舊宅有感一篇，吟之泫然，追想昔事，因成繼和以寄苦懷。〉詩中有云：「淒涼同到故人居，門枕寒流古木疏。」，而原詩為白居易〈與夢得偶同到敦詩宅感而題壁〉詩中有云：「園荒唯有薪堪採，門冷兼無雀可羅。今日相逢偶同到，傷心不是故經過。」
5. 卷 457 白居易〈令狐相公與夢得交情素深，眷予分亦不淺，一聞薨逝，相顧泫然，有使來，得前月未歿前數日書及詩寄贈，夢得哀吟悲嘆寄情于詩，詩成示予，感而繼和〉。原詩為劉禹錫〈令狐僕射與予投分素深，縱山川阻峭，然音問相繼。今年十一月，僕射疾不起，聞予已承訃書，寢門長慟。後日有使者兩輩，持書并詩，計其日，時已是臥疾，手筆盈幅，翰墨尚新，新辭一篇，音韻彌切，收淚握管以成報章。雖廣陵之絃於今絕矣，而蓋泉以感猶庶聞焉。焚之繐帳之前，附於舊篇之末。〉

6. 卷 317 武元衡〈和楊三舍人晚秋與崔二舍人張秘監苗考功同遊昊天觀時，中書寓直不得陪隨，因追往年曾與舊僚聯遊此觀，紀題在壁已有淪亡，書事感懷，輒以呈寄兼呈東省三給事之作，楊君見徵鄙詞，因以繼和。〉
7. 卷 502 姚合〈楊給事師皐哭亡愛姬英英，竊聞詩人多賦因而繼和〉

（二）第二順位的和詩

1. 卷 355 劉禹錫〈令狐相公見示贈竹二十韻仍命繼和〉，劉禹錫寫此和詩之前，已有一和詩先出，為〈和宣武令狐相公郡齋對新竹〉，而原詩則為令狐楚〈郡齋左偏栽竹百餘竿，炎涼已周，青翠不改，而為牆垣所蔽，有乖愛賞。假日命去齋居之東牆，由是階低映帷戶，日夕相對，頗有然之趣。〉其中劉禹錫第一順位之和詩〈和宣武令狐相公郡齋對新竹〉一詩有曰：「此君若欲常相見，政事堂東有舊叢。」觀其詩意有言外之音，應有希望令狐楚再入相職之意[62]。
2. 卷 359 劉禹錫〈宣上人遠寄和禮部王侍郎放榜後詩，因而繼和。〉原詩為廣宣〈和王起一作賀王侍郎典貢放榜〉而劉禹錫繼和之。

---

[62] 詳見瞿蛻園《劉禹錫集箋證・中・外集卷一》，(上海：上海古籍出版社)，頁 1067。

3. 卷 449 白居易〈令狐公拜尚書後，有喜從鎮歸朝之作，劉郎中先和，因以繼和。〉原詩為劉禹錫〈和令狐相公初歸京國賦詩言懷〉，而令狐楚之原詩已佚。劉禹錫和詩有云：「口不言功心自適，吟詩釀酒待花開」，據瞿蛻園考證[63]，令狐楚於大和二年自宣武節度使徵入為戶部尚書，劉禹錫和詩其實是對令狐楚有微詞的，並非賀遷之意。而白居易繼和云：「尚書首唱郎中和，不計官資只計才。」意在勸告劉禹錫對令狐楚應當不計前嫌。
4. 卷 459 白居易〈和思黯居守獨飲偶醉見示六韻時，夢得和篇先成，頗為麗絕，因添兩韻繼而美之〉，原詩為劉禹錫〈酬牛相公獨飲偶醉寓言見示〉[64]，劉禹錫原詩為五言十二句、（入聲月、屑韻），白居易繼和增添二韻四句，為五言十六句詩，亦押入聲月、屑韻，因此白居易此首和詩，亦為和韻詩。

（三）原詩為贈詩而繼和之

如：卷 360 劉禹錫〈朗州竇員外見示與澧州元郎中郡齋贈答長句二篇因以繼和〉。

以上是就《全唐詩》中，略舉標明「繼和」之詩題，來說明詩人繼和情形，其實一般文人在寫作「繼和」詩時，大部份已在詩題中說明繼和原因，因此吾人很容易清楚繼和詩的寫作意旨，而且，彼此唱和頻繁、交情至篤的詩人，經常會有「繼和詩」作品出現。

---

[63] 同註 62，頁 1083。

[64] 牛相公為牛僧儒，劉禹錫〈酬牛相公獨飲偶醉寓言見示〉詩，其原詩為牛僧儒所作，今已遺佚。

三、追和

據目前可見現存的詩歌作品而言，在六朝時期並無「追和詩」，然而在唐代已有多首「追和詩」出現，據筆者檢查《全唐詩》中「追和詩」詩題之意，大致可將「追和詩」分為兩種：(一)追作和詩（二）追和前人或前代之作。而其中又以追和前人或前代之作為多數。 茲分述如下：

（一）追作和詩

1. 《全唐詩》卷 370 呂溫〈奉和武中丞秋日臺中寄懷簡諸僚友時西蕃使迴，奉命追和〉一詩，在詩題上說明為追和，而其原詩為武元衡〈秋日臺中寄懷簡諸僚〉詩。武元衡之原詩多為描述官職瑣事日細與任職環境之風景，有曰：「憲府日多事，秋光照碧林」。而呂溫追和詩中有曰：「聖朝思紀律，憲府得中賢。」「更許窮荒谷，追歌白雪前。」多半臺閣奉承語氣。
2. 《全唐詩》卷 361 劉禹錫〈裴相公大學士見示答張秘書謝馬詩，并群公屬和，因命追作〉，而在劉禹錫追作之前，已有張籍〈謝裴司空寄馬詩〉[65]、元稹〈酬張秘書因寄馬贈詩〉[66]、裴度〈酬張秘書因寄馬贈詩〉[67]、白居易〈和張十八秘書謝裴相公贈馬詩〉[68]、韓愈〈賀張十八秘書得裴司空馬〉[69]、李絳〈和裴相國答張秘書贈馬詩〉[70]、張

---

65 《全唐詩》卷 385。
66 《全唐詩》卷 432。
67 《全唐詩》卷 335。
68 《全唐詩》卷 442。
69 《全唐詩》卷 344。

賈〈和裴司空答張秘書贈馬詩〉[71]等七人詩作先出，其中元稹的酬詩是次張籍詩韻（平聲庚韻），韓愈、張賈（同押平聲庚韻），李絳、裴度（同押平聲文韻）。而這七人的原詩首唱即為張籍〈謝裴司空寄馬詩〉，劉禹錫當時並無參與這七人的唱和行列。而據瞿蛻園考證[72]，此次「裴度贈張籍馬」一事，是在元和、長慶年間，而劉禹錫追和於文宗大和初年直集賢院之日，因為裴度加集賢殿大學士，是在文宗即位之後。而劉禹錫追和此詩，因而能與裴度追話往事。

（二）追和前人或前代之作

筆者觀察《全唐詩》中，此類「追和詩」大多為和詩作者與原詩作者並無交往之實的和詩，和詩作者或因心有嚮往前人風範、仰慕前賢詩作、或因見賢思齊、或者單純的只是追和前人之作而已。茲就《全唐詩》中，此類「追和詩」列表於下[73]：

表 12：《全唐詩》之追和詩

和詩作者／生卒年	卷數	和詩　詩題	原詩作者／生卒年	原詩　詩題
李賀（790-816）	390	追和柳惲	柳惲（465-517）	不明（疑為江南曲）
〃	〃	追和何謝銅雀妓	何遜（472-519？） 謝朓（464-499）	銅雀妓（樂府）銅雀悲

70 《全唐詩》卷 319。
71 《全唐詩》卷 366。
72 詳見《劉禹錫集箋證・下》外集卷六，頁 1348。
73 和詩作者與原詩作者之生卒年代，筆者參考《中國文學家大辭典・先秦漢魏晉南北朝卷》曹道衡、沈玉成主編；以及《中國文學家大辭典・唐五代卷》周祖譔主編（北京：中華書局）。

李德（787-850）	475	追和太師顏公同清遠道士遊虎丘寺	顏真卿（709-784）	詩已遺佚
曹鄴（生卒年不詳）大中四年登進士第	593	和潘安仁金谷集	潘岳（247-300）	金谷集作詩
〃	〃	和謝豫章從宋公戲馬臺送孔令謝病	謝瞻（383-421？）	九日從宋公戲馬臺集送孔令詩
皮日休(834？-883？)	609	追和虎丘寺清遠道士詩	清遠道士（？）	同沈恭子遊虎丘寺有作
〃	〃	追和幽獨君詩次韻	幽獨君（？）	詩已遺佚
陸龜蒙（？-881？）	617	次追和清遠道士詩韻	清遠道士（？）	同沈恭子遊虎丘寺有作
唐彥謙（？-893？）	671	和陶淵明貧士詩七首	陶淵明（365-427）	詠貧士詩七首
徐夤（乾寧元年進士）約於894年	708	追和常建嘆王昭君	常建（生卒年不詳）開元十五年進士及第	昭君墓
〃	〃	追和賈浪仙古鏡	賈島（779-843）	方鏡
〃	〃	追和白舍人詠白牡丹	白居易（772-846）	白牡丹
詹玭（生卒年不詳）唐末五代人	761	追和秦隱君辭薦之韻上陳侯乞歸鳳山	秦系（720-800？）	獻薛僕射

據上表，可知中唐時期，已開始有文人寫作「追和詩」，如：中唐李賀所寫下的二首追和詩〈追和柳惲〉以及〈追和何謝銅雀妓〉。柳惲為南朝齊、梁時期的文人，而唐代李賀以柳惲為追和對象，其詩有曰：「汀州白蘋草，柳惲乘馬歸。江頭樝樹香，岸上蝴蝶飛。」而柳惲〈江南曲〉[74]中，有詩曰：「汀州采白蘋，日落江南春。洞庭有歸客，瀟湘逢故人。」觀此二詩，同有賦

[74] 見《先秦漢魏晉南北朝詩・中・梁詩卷八》，頁1673。

歸之意。據考查，《新唐書・文藝傳下》對李賀生平著墨不多，而據傅璇琮先生考證[75]，李賀於元和八年，因病辭奉禮郎，東歸昌谷。而李賀追和是以柳惲於吳興當太守六年後，因疾自請解職一事[76]，為和詩對象，李賀因疾辭歸，對柳惲與自己均有同樣之遭遇而感悟甚深，因而追和之。而李賀另一首〈追和何謝銅雀妓〉一詩，是以南朝的何遜〈銅雀妓〉與謝朓〈銅雀悲〉為追和對象。何遜原詩有曰：「曲終相顧起，日暮松柏聲。」[77]謝朓原詩有曰：「寂寂深松晚，寧知琴瑟悲。」，而李賀追和詩則曰：「佳人一壺酒，秋容滿千里。……長裙壓高臺，淚眼看花机。」觀此三首原詩與和作，充滿曲終人散後，獨負哀愁的淒涼感。

李德裕〈追和太師顏公同一作刻清遠道士遊虎丘寺〉[78]，顏真卿原詩已遺佚，然李德裕追和有曰：「茂苑有靈峰，嗟余未遊觀。」「逸人綴清藻，前哲留篇翰。」「難追彥回賞，徒起興公嘆。」由詩中之意可知，李德裕與顏真卿各處異時，而李德裕藉由前賢所留下的詩歌作品神遊一番，然而心中仍是有不得同時共遊的遺憾。而筆者考查皮日休有一首〈追和虎丘寺清遠道士詩〉，其詩序對追和之緣由，有詳盡記載[79]，曰：

> ……虎丘山有清遠道士詩一首，其所稱自殷周而歷秦漢，迄於近代，抑二千年，末以鬼神自謂，亦神怪之甚

---

[75] 《唐五代文學編年史・中唐卷》，頁 714。
[76] 詳見《中國文學家大辭典・先秦漢魏晉南北朝卷》，頁 303。
[77] 《先秦漢魏晉南北朝詩・中・梁詩卷八》，頁 1679。
[78] 據《全唐詩補編・上・續補遺卷十五・清遠居士》註一曰：「葉奕苞《金石錄補》卷十二云：『居士不知何許人。顏魯公于虎邱題詠，同遊者亦曰清遠，未知即其人否？』」，（北京：中華書局），頁 525。
[79] 見《全唐詩・卷 609・皮日休二》，（北京：中華書局），頁 7030。

者。格之以清健，飾之以俊麗，一句一字，若奮若博，彼建安詞人儻在，不得居其右矣。顏太師魯公愛之不暇，遂刻於巖際，并有繼作。李太衛尉公欽清遠之高致慕魯公之素尚，又次而和之。顏之敘事也典，李之屬思也麗，並一時之寡和，又幽獨君詩二首，亦甚奇愴，予嗜古者，觀而樂之，因繼而為和答。幽獨君一篇，不知孰氏之作，其詞古而悲，亦存於篇末。……噫！清遠道士果鬼神乎？抑道家者流乎？抑隱君子乎？詞則已矣，人則吾不知也。

皮日休此段文字是在說明關於「清遠道士」之身份，極具傳奇色彩，身世撲朔迷離，有詩一首[80]，內容自述身份曰：「勿謂余鬼神，忻君共幽賞。」皮日休認為清遠道士這首詩字句清健俊麗，因此顏真卿讀後愛不釋手，故將之刻勒於巖壁，並繼作之。爾後，李德裕因欽慕清遠道士之逸風與感佩顏真卿之風骨，便追和次韻。而皮日休亦認為顏、李二詩敘事屬思典麗，又觀幽獨君詩二首，內容奇愴，因此也作次韻追和。

而根據皮日休詩序之說明，吾人可得知，李德裕之追和對象為顏真卿所寫，李德裕詩針對顏真卿所作次韻追和，押去聲翰韻，然顏詩今已遺佚。而觀《全唐詩》中所收錄「清遠道士」〈同沈恭子遊虎丘寺有作〉一詩之韻，亦為去聲翰韻，可知顏真卿至今所遺佚的詩作，是和韻之作。而皮日休追和是以清遠道士〈同沈恭子遊虎丘寺有作〉為次韻繼作，此外，再追和次韻幽獨君之作，然幽獨君詩至今亦失。而無論這其中追和關係如何牽扯，最主要的是，和詩作者與所追和之對象並無實際來往。

80 見《全唐詩・卷 862・仙清遠道士》，〈同沈恭子遊虎丘寺有作〉。

曹鄴有兩首追和詩，分別是 1.和潘岳的〈和潘安仁金谷集〉，原詩為潘岳[81]〈金谷集作詩〉，潘岳原詩有曰：「投分寄石友，白首同所歸。」曹鄴和詩有曰：「莫怪坐上客，歎君庭前花。明朝此池館，不是石崇家。」和詩對於潘岳被誣陷而與石崇一同被殺之事頗為感慨[82]。2.和謝靈運的〈和謝豫章從宋公戲馬臺送孔令謝病〉，原詩為謝靈運〈九日從宋公戲馬臺集送孔令詩〉。

另外，晚唐文人徐夤有追和詩三首，1.〈追和常建嘆王昭君〉，原詩為常建〈昭君墓〉，常建詩有曰：「漢宮豈不死，異域傷獨沒」徐夤追和有曰：「願化南飛燕，年年入漢宮。」。2.〈追和賈浪仙古鏡〉，原詩為賈島〈方鏡〉，賈島原詩有曰：「銅雀臺南秋日後，照來照去已三年。」徐夤追和有云：「狼籍蘚痕磨不盡，黑雲殘點汙秋天。」3.〈追和白舍人詠白牡丹〉原詩為白居易〈白牡丹〉[83]。

《全唐詩》中最後一首追和詩為詹琲〈追和秦隱君辭薦之韻上陳侯乞歸鳳山〉，原詩為秦系〈獻薛僕射〉詩，秦系原詩有序曰：「系家於郯山，向盈一紀。大曆五年，人或以其文聞于鄴留守薛公，無何，奏系右衛率府倉曹參軍，意所不欲，以疾辭免，因將命者，輒獻斯詩。」詹琲追和秦系辭薦[84]不就一事，來襯喻自己歸隱之心[85]。並且是次韻追和，同押平聲微韻。

---

[81] 據《中國文學家大辭典・先秦漢魏晉南北朝卷》潘岳傳曰：「……岳熱中輕躁，與石崇等陷事賈謐。……棄市時，引其《金谷集詩》結句謂石崇曰：『可謂「白首同所歸」』。」曹道衡、沈玉成編撰，(北京：中華書局)，頁 495。

[82] 同註 70

[83] 白居易有二首〈白牡丹〉詩，一為五言 28 句（主要為和錢學士），一為七言 4 句。

[84] 《唐才子傳卷第三・秦系》曰：「天寶末，避亂剡溪，自號東海釣客。北都留守薛兼訓奏為倉曹參軍，不就。」

[85] 《中國文學家大辭典・唐五代卷》詹琲「詹敦仁之子，五代時，其父壁亂

此外，《全唐詩》中，有一首「和陶詩」，為卷 671 唐彥謙〈和陶淵明貧士詩七首〉，雖於詩題上並無標明「追和」，基本上而言，亦是屬於和前代人物之詩作。其原詩為東晉時期陶淵明〈詠貧士詩七首〉，而且唐彥謙和詩每一首均分別和韻。茲將此原詩與和詩所押之韻字列表於下：

表 13：唐彥謙〈和陶淵明貧士詩七首〉與

陶淵明〈詠貧士詩七首〉用韻對照

	第一首	第二首	第三首	第四首	第五首	第六首	第七首
陶淵明	依暉飛歸飢悲	軒園煙研言賢	琴音尋斟欽心	婁酬周憂儔求	干官餐寒顏關	蓬工龔同通從	州儔流憂酬脩
唐彥謙	依輝飛歸飢悲	軒園煙奸言賢	琴音尋斟侵心	婁酬周憂儔求	干官餐寒顏關	蓬工龔通通從	州儔流憂酬修

第四節　「同詩」與樂府歌行之「和詩」

本節主要探究重點在於同屬「和詩」範疇的「同詩」與文人樂府歌行的「和詩」。就「同詩」而言，文人寫作「同詩」已然於六朝出現，並一直延續到唐末。而就樂府歌行而言，文人亦有「樂府歌行」的和作出現，茲就二者論述於下：

一、「同詩」

所謂「同詩」，據《顏氏家訓・文章篇第九》曰：「……比世往往見有和人詩者，題云敬同。孝經云：『資於事父以事君而

隱居于仙遊（今數福建）植德山下，遂家焉。琲有父風，亦隱居於鳳山，號『鳳山山人』。清源軍節度使陳洪進嘗薦其入朝，固辭不往。」

敬同。』不可輕言也。……」可見當時文人已有將和詩題為「同」詩的現象。而據趙以武先生考查，六朝時期的同詩，最早應出現於齊永明，且始作於謝朓[86]，然而和詩性質的「同詩」在六朝當時，也容易與同賦、同詠的同題樂府或詠物詩產生誤辨[87]，如：《先秦漢魏晉南北朝詩》齊詩卷四中的〈同詠樂器　琴〉[88]〈同詠坐上玩器　烏皮隱几〉[89]〈同詠坐上所見一物　席〉等同題之作，因此，吾人討論「同詩」，必須要對「同詩」與「同題詩」有所辨別。而據趙氏對南北朝「同詩」的數量，統計出大約二十餘首，而「和作詩」約405首[90]並認為當時「同詩」寫作數目遠少於「和作詩」最主要的原因，應是誠如顏之推所引言，站在儒家的觀點來看，「認為事父同事君，『敬同』不當用于『和人詩』的場合。這在當時與重孝的觀念有關，『輕言』犯諱。儘管『同』題成和，演變使然，但『和』而不『同』，為一般人信守不用。」[91]

而唐代的「和詩」，據趙以武先生以《全唐詩》與《全唐詩外編》[92]所統計，嚴格的和詩（和詩與同詩）約有二千六百餘首，所謂嚴格的「和詩」是詩題中明確標明「和」或「同」[93]字的和

---

86 詳見《唱和詩研究》，頁337。

87 趙以武曰：「南齊永明文人在一起『同賦』、『同詠』之詩應是同題詩。這種同題『同賦』『同詠』詩很快就在二人之間寫詩交往時，為後者採用，具有了和詩的特徵。」見《唱和詩研究》，頁334。

88 詩紀云：「王融詠琵琶，沈約詠篪。」

89 詩紀云：「沈約詠竹檳榔盤。」

90 詳見《唱和詩研究》，頁367。

91 詳見《唱和詩研究》，頁364。

92 《全唐詩外編》匯集王重民《補唐詩》、《敦煌唐人詩集殘卷》、孫望《全唐詩補逸》、童養年《全唐詩續補遺》等書而成。（台北：木鐸出版社）民國72年。

93 趙以武曰：「不少題中『同』字乃一同、一起之意，與『同』詩之『同』有

詩，然而其收錄原則不包括：1.樂府詩同題唱和 2.聯句詩唱和 3.題中出以『酬』、送』、『次』等字眼，其實有些就是和詩者。而其中「同詩」約有 352 首[94]，是明顯少於一般「和詩」的。由此收錄原則可知，趙氏統計是較為保守的估計，若將實質內容等同於「和詩」的詩作，諸如：「酬和」、「次韻詩」、「和樂府歌行」……等計入，其「和詩」與「同詩」數目應不止如此。

二、有關文人樂府歌行之「和詩」及其它

在六朝時代雖有樂府歌行體的詩歌流行，然據筆者考查，《先秦漢魏晉南北朝詩》中尚無「樂府歌行體」的和詩。到了唐代，則有「樂府歌行」的和詩出現。「樂府詩」自漢以來幾經變化，由一開始極具音樂性質的漢代「歌詩」[95]，隨著時代的更替，漢魏六朝以迄於唐，這期間因為文人對於「樂府歌行」創新與仿作的因素，故而有些「樂府詩」也逐漸脫離音樂性質而獨立出來，尤其唐代文人用樂府體寫詩的風氣也非常盛行[96]，因此也就出現了和「樂府歌行」詩（此原詩即為樂府歌行）。關於唐代「樂府歌行」的和詩，包含「和古樂府詩」、「和新題樂府詩」，或是單純的只就歌行原詩來和作。此外，中唐劉禹錫的作品中，已有所謂「和詞」的出現，如：《全唐詩》卷 355〈和董庶中古散調詞贈尹果毅〉[97]、卷 356〈和樂天春詞依憶江南曲拍為句〉等，因「和詞」所要論述之層面甚廣，又有別於「和詩」，

異，需加區別。」見《唱和詩研究》，頁 390。

94 詳見《唱和詩研究》，頁 390。

95 《漢書藝文志》所收之歌詩有二十八家，三百一十四篇。

96 詳見褚斌杰《中國古代文體概論．樂府體詩》（北京大學出版社），頁 102。

97 董庶中為董侹，《全唐詩》無收董侹詩。

故而筆者於本論文暫不探討。筆者茲將《全唐詩》中有關「和樂府歌行」的和詩與原詩擇例列表於下：

表 14：《全唐詩》樂府歌行之和詩

卷次	和詩作者	和詩詩題	言數	句數	原詩詩題	原詩作者	言數	句數	卷次
46	崔日用[98]	奉和聖製龍池篇	7	8	龍池篇 ＊已遺	玄宗			
47	張九齡	奉和聖製瑞雪篇	3567雜言	34	喜雪[99] ＊存疑	玄宗	5	12	3
110	劉庭琦	奉和聖製瑞雪篇	7	22	喜雪 ＊存疑	玄宗	5	12	3
86	張說	遙同蔡起居偃松篇	7	10	偃松篇 ＊已遺	蔡孚			
222	杜甫	同元使君舂陵行	5	44	舂陵行	元結	5	46	241
246	獨孤及	奉和李大夫同呂評事太行苦熱行兼寄院中諸公	5	32	已遺佚				
247	獨孤及	同岑郎中屯田韋員外花樹歌	7	8	韋員外家花樹歌	岑參	7	8	199
247	獨孤及	同李尚書畫射虎圖歌	7	22	已遺佚				

98 〈奉和聖製龍池篇〉共有崔日用、張九齡、姚崇、蔡孚、裴漼等同題和作，均七言八句。茲以崔日用作為代表。

99 玄宗另有〈野次喜雪〉五言八句、〈溫湯對雪〉五言八句等二首。

278	盧綸	和張僕射塞下曲 六首	均為5言	均為4句	已遺佚	張建封			
308	張松齡	和答志和漁父歌	3、5雜言	5	漁父歌 ＊共5首	張志和	均3、5雜言	均為5句	308
317	武元衡	和楊弘微春日曲江南望	5	20		楊弘微[100]			
338	韓愈	憶昨行和張十一	7、9雜言	40		張署[101]			
339	韓愈	和虞部盧四酬翰林錢七赤藤杖歌	7	22		盧汀[102]			
340	韓愈	盧郎中雲夫寄示送盤谷子詩兩章歌以和之	7、9雜言	30		盧汀			
343	韓愈	奉和虢州劉給事伯芻三堂新題二十一詠 共21首	均為5言	均為4句		劉伯芻[103]			

100 《全唐詩》無收楊弘微詩。

101 《全唐詩》收張署詩一首〈贈韓退之〉。

102 《全唐詩》無收盧汀詩。

103 《全唐詩》無收劉伯芻詩。

365	劉禹錫	吳方之見示聽江西故吏朱幼恭歌三篇頗有懷故林之想吟諷不足因而和之（一作和人憶江西故吏歌）	7	4	原詩已遺佚	吳士矩（方之）			
373	孟郊	和丁助教塞上吟	5	8	不明	丁助教？			
418	元稹	古樂府詩十首	另作說明	另作說明	已遺佚	劉猛			
418	元稹	古樂府詩九首	另作說明	另作說明	已遺佚	李餘			
418	元稹	和李校書新題樂府十二首	另作說明	另作說明	已遺佚	李紳			
475	李德裕	南梁行和二十二兄	7	36	不明	李二十二？			

由上表所列之詩題，可知唐代有關「樂府歌行」的和詩是涵蓋「和古題樂府」、「和新題樂府」與一般文人所和作的歌行詩體（如：詩歌命題多以篇、行、詠、歌、吟等來名篇）。所謂唐代歌行詩，據《詩體明辯‧近體歌行》[104]所指，分歌行有二，其一為有聲有詞者，即樂府所載諸歌。其二為有詞無聲者，即後人所作諸歌，其名多與樂府相同，稱為：歌、行、吟、辭、曲、篇、詠、謠、歎、哀、怨、別。而這些「則樂府所未有，蓋即事命篇，既不沿襲古題，而聲調亦復相遠，乃詩之三變也。

[104] 明‧徐師曾《詩體明辯卷九‧上》，（台北：廣文書局）頁 691。

故今不入樂府，而以近體歌行括之。」，茲據上表分為「和古題樂府」、「和新題樂府」以及有別於以上二者的唐代近體歌行和詩等三部份，來析論如下：

（一）和古題樂府

所謂「樂府古題」一義，元稹於《樂府古題序》[105]中，有段詳細解釋，元稹認為「賦、頌、銘、贊、文、誄、箴、詩、行、詠、吟、題、怨、歎、章、篇、操、引、謠、謳、歌、曲、詞、調」這二十四者皆為詩人六義之餘，而其中由「操」以下八者[106]，皆起源於郊祭、軍賓、吉凶、苦樂之際。而又將這八者其中合於琴瑟性質者為操引，采民甿者為謳歌，而備曲度者，則總稱歌曲詞調。這些皆是由樂以定詞，並不是選調來加以配樂，因此可知，「操、引、謠、謳、歌、曲、詞、調」牽就音樂性較強。而由詩以下九者，即「詩、行、詠、吟、題、怨、歎、章、篇」等，均為屬事而作，雖然題號名稱各不相同，但均可稱之為「詩」，而後人審樂往往取其詞，度為歌曲，這是選詞以配樂，並非由樂以定詞，因此音樂牽就詩詞的成份較大。

然後來的編纂者將這十七種盡編為樂錄，有關樂府諸題中，除「鐃吹」、「橫吹」、「郊祀」、「清商」等均於《史書・樂志》中有記載，其餘者如：「木蘭」、「仲卿」、「四愁」、「七哀」等，則已未必能播於管弦。

元稹又曰：「後之文人，達樂者少，不復如是配別，但遇興紀題，往往兼以句讀短長。為歌詩之異。」[107]，其認為後來的

---

[105] 見《全唐詩》卷418，（北京：中華書局），頁4604。
[106] 即為操、引、謠、謳、歌、曲、詞、調。
[107] 同註94。

文人，通曉音樂者並不多，若遇興紀寫，下筆則時常見之於長短句式，而與原本漢樂府歌詩著重音樂性有別。元稹又以劉禹錫之樂府承續漢魏諷時精神而來，又另舉孔子學「文王操」、伯牙作「流水」、「水仙」等操亦不自漢魏始，一樣具有詩人感時諷諭的精神，來突顯詩歌的六義之一「風」之本質，並且認為「沿襲古題」唱和重覆，於義有贅賸，反而不如「寓意古題」[108]能刺美見事，引古以諷來得有意義[109]。因此元稹便以杜甫為標範，元稹曰：

> 近代唯詩人杜甫〈悲陳陶〉、〈哀江頭〉、〈兵車〉、〈麗人〉等，凡所歌行，率皆即事名篇，無復倚傍。余少時與友人樂天、李公垂輩，謂是為當，遂不復擬賦古題。昨梁州見進士劉猛、李餘各賦古樂府詩數十首。其中一二十章，咸有新意，余因選而和之，其有雖用古題，全無古義者，若〈出門行〉不言離別、〈將進酒〉特書列女之類是也，其或頗同古義，全創新詞者，則田家止述軍輸、捉捕詞先螻蟻之類是也。劉李二子方將極意於斯文，因為粗明古今歌詩同異之音焉。

元稹認為杜甫寫作樂府歌行，大抵皆為即事名篇之作，具有個人獨特風格，而與一般文人擬作樂府或者沿襲古題樂府不同，杜甫於樂府體製上「無復倚傍」的別立新題，用以反映時事，這已和漢樂府當初著重於音樂性有極大差異，杜甫的「新

---

[108] 同註 94。元稹舉曹植、劉楨、沈約、鮑照等人均有「寓意古題」的作品，然而這在當時的文壇是屬於少數的一群。

[109] 同註 94。

題樂府」可以隨作者個人之詩心，率意馳騁，完全拋開漢樂府古題之傳統束縛，這對歷經安史之亂後的中唐詩人，在面對時局之喪亂、急欲有所針貶、反映民瘼時，無異提供一種新的創作學習典範，因此元稹與白居易、李紳等人，於是便不再擬作古題。而當元稹見到劉猛、李餘二人所作「古題樂府詩」數十首，便選擇其中十九章（劉猛十首、李餘九首）內容具有新意者加以和作，而和作中雖有若干「樂府古題」，但內容有全無古義者，如〈出門行〉、〈將進酒〉等；另有頗同古義，然全創新詞者，如〈田家行〉、〈捉捕詞〉等，此為表明古今樂府之異同。可見，元稹對於劉猛與李餘二人之古題樂府，是有選擇性的和作，而擇取的標準，與古題樂府相較之下，為「內容獨具新意」或「全創新詞」二者。

可惜的是，劉猛與李餘二人古題樂府，今已遺佚，無法將之與元稹和作做一比較。此外，元稹這些和作在宋‧郭茂倩《樂府詩集》中，散收於各卷目，筆者僅將元稹和作劉猛、李餘之古題樂府，與其收於《樂府詩集》所編排之卷目，列表比對：

表 15：郭茂倩《樂府詩集》輯錄元稹有關樂府古題和詩之卷目

和劉猛	《樂府詩集》所收卷目	和李餘	《樂府詩集》所收卷目
夢上天	卷 95《新樂府辭六・樂府雜題六》	君莫非	卷 96《新樂府辭六・樂府雜題六》
冬白紵	卷 56《舞曲歌辭五・雜舞》	田野狐兔行	卷 96《新樂府辭六・樂府雜題六》
將進酒	卷 17《鼓吹曲辭二》	當來日大難行一無行字	卷 36《相和歌辭十・瑟調曲》

採珠行	卷 95《新樂府辭六・樂府雜題六》	人道短	卷 96《新樂府辭六・樂府雜題六》
董逃行	卷 9《相和歌辭九・清調曲》	苦樂相倚曲	卷 96《新樂府辭六・樂府雜題六》
憶遠曲	卷 93《新樂府辭四・樂府雜題四》	出門行	卷 61《雜曲歌辭一》
夫遠征	卷 93《新樂府辭五・樂府雜題五》	捉捕歌	卷 95《新樂府辭六・樂府雜題六》
織婦辭	卷 93《新樂府辭五・樂府雜題五》	古築城曲五解	卷 75《雜曲歌辭十五》
田家詞一作田家行	卷 93《新樂府辭四・樂府雜題四》	估客樂	卷 48《清商曲辭五》
俠客行	卷 67《雜曲歌辭七》		

據上表，元稹和作中之〈夢上天〉、〈採珠行〉、〈憶遠曲〉、〈夫遠征〉、〈織婦詞〉、〈田家行〉、〈君莫非〉、〈田野狐兔行〉[110]、〈人道短〉、〈苦樂相倚曲〉、〈捉捕歌〉等十一首，因屬樂府中的「全創新詞」，故而郭茂倩將之收於《新樂府辭》卷中，並曰：「新樂府者，皆唐世之新歌也。」[111]。而其它如：〈冬白紵〉、〈將進酒〉、〈董逃行〉、〈俠客行〉、〈當來日大難行〉[112]、〈出門行〉、〈古築城曲五解〉[113]、〈估客樂〉等八首，因郭茂倩編纂《樂府詩集》仍是以樂府詩題原本所屬的樂性來立目分卷，(如卷 67《雜曲歌辭》中的〈俠客行〉……諸如此類。）因此，郭茂倩

110《樂府詩集》作〈田頭狐兔行〉。

111 見《樂府詩集》卷第九十一〈新樂府辭序〉。

112《樂府詩集》作〈當來日大難〉。

113《樂府詩集》卷第二十六〈相和歌辭一〉序曰：「凡諸調歌詞，並以一章為一解。《古今樂錄》曰：『傖歌以一句為一解，中國以一章為一解。』王僧虔啟云：『古曰章，今曰解，解有多少。』」(《古今樂錄》今已遺佚)。

是將元稹這八首和詩，依照樂府古題分別收入所屬卷目，只因考量元稹這八首和作，最主要用意在於「藉題寓意」。此外，筆者須先聲明的是，本一小節為論「和古題樂府」，而針對其中元稹和作有若干「樂府新題」的問題，筆者仍以元稹《樂府古題序》中所云，原詩為劉猛與李餘各賦古樂府詩數十首作為和作對象之依據，一併將元稹若干新題和作與「和樂府古題」合為探討，而不特別將二者區分開來論述。

就詩歌形式而言，樂府歌辭在字句上，除了齊言之外，亦有多數雜言之作，如元稹所說「但遇與紀題，往往兼以句讀短長」[114]。茲將元稹和詩擇例論述如下：

1. 〈夢上天〉雜言，「夢上高高天，高高蒼蒼高不極。下視五嶽塊纍纍，仰天依舊蒼蒼色。」暗寫當局漠視百姓疾苦，社會階級心態嚴重。
2. 〈冬白紵〉雜言，「西施自舞王自管，雪紵翻翻鶴翎散。」「子胥死後言為諱，近王之臣諭王意」諷刺上位者王事荒廢而耽於宴樂，朝政旁落佞逆之手。
3. 〈採珠行〉為七言十句，「海波無底珠沉海，採珠之人判死採。」「年年採珠珠避人，今年採珠由海神。」寫百姓受惡法斂稅之慘狀。
4. 〈夫遠征〉雜言，「送夫之婦又行哭，哭聲送死非送行。夫遠征，遠征不必戍長城。出門便不知死生。」寫戰禍連年，夫妻面臨死別之殘酷。

[114]同註 94。

5. 〈田家行〉雜言，「種得官倉珠顆穀，六十年來兵簇簇。」「姑舂婦擔去輸官，輸官不足歸賣屋」寫百姓耕作所得只為養兵打仗，輸官不足，又得賣屋補繳之情狀。
6. 〈當來日大難行〉雜言，「當來日大難行。前有阪，後有坑。大梁側，小梁傾。」「泥潦漸久，荊棘旋生。行必不得，不如不行。」暗喻生活環境之困蹇，對未來充滿絕望。
7. 〈人道短〉雜言，「古道天道長人道短，我道天道短人道長。」「賴得人道有揀別，信任天道真茫茫。若此撩亂事，豈非天道短，賴得人道長。」因天下亂象，層出不窮，有度日如年之嘆。
8. 〈苦樂相倚曲〉為七言二十四句，「古來苦樂之相倚，近於掌上之十指。君心半夜猜恨生，荊棘滿懷天未明。」暗指君臣知遇關係生變，不為主用之愁苦。

而除了元稹之外，《全唐詩》卷 246 獨孤及〈奉和李大夫同呂評事太行苦熱行兼寄院中諸公〉為五言三十二句，亦收於《樂府詩集卷 61・雜曲歌辭・太行苦熱行》之中，可知是首「古題樂府」，而雜曲歌辭序曰：「雜曲者，歷代有之，或心志之所存，或情思之所感，或宴游歡樂之所發，或憂愁憤怨之所興，或敘離別悲傷之懷，或言征戰行役之苦，或緣於佛老，或出自夷虜。兼收備載，故總謂之雜曲。」由上述引文可知，雜曲內容所涵蓋之層面甚廣，然大抵不出抒懷遣情之作。獨孤及所和作之原詩已佚，然從和作觀之，其曰：「迢迢太行路，自古稱險惡。……永懷姑蘇下，因寄建安作。白雪和誠難，滄波意空託」，可知是為「古題寓意」之作。又如：高適〈燕歌行〉亦為「古題樂府」

之和詩，高適〈燕歌行〉序云：「開元二十六年，客有從御史大夫張公出塞而還者，作〈燕歌行〉以示適，感征戍之事，因而和焉。」高適所和原詩已佚，而高適〈燕歌行〉和詩為雜言二十八句，其中有二十七句為七言，一句為八言，詩句曰：「……少婦城南欲斷腸，征人薊北空回首。邊庭飄颻那可度，絕域蒼茫更何有。殺氣三時作陣雲，寒聲一夜傳刁斗。相看白刃血紛紛，死節從來豈顧勳。君不見沙場征戰苦，至今猶憶李將軍。」高適此首和詩是根據張公原詩之意來和作，從和詩句中，可體會出保鄉衛國之死節氣慨，悲壯之氣瀰漫全詩。

（二）和新題樂府

所謂「新題樂府」，是與「古題樂府」對稱，若以郭茂倩編《樂府詩集》的標準來說，即「唐世之新歌」[115]也。「以其辭實樂府，而未常被於聲，故曰新樂府。」[116]在上一頁談到郭氏是將元稹和作劉猛與李餘二人的樂府中，屬於「全創新詞」[117]者，收入〈新樂府辭〉卷中。而針對「新題樂府」一辭，實出於元稹〈和李校書新題樂府十二首〉，元稹序曰：「余友李公垂貺余樂府新題二十首，雅有所謂，不虛為文。余取其病時之尤急者，列而和之，蓋十二而已。」由此可知，在元稹和作之前，早有李紳（公垂）作新題樂府，元稹只是將李紳所贈的這二十首新題樂府，選擇其中十二首來加以和作，而所擇和的標準為「病時尤急」者。元稹這十二首和作亦收於《樂府詩集》中的〈新樂府辭〉卷。然可惜的是，李紳原詩已失。元稹此十二首「和

[115]見《樂府詩集》卷第 91〈新樂府辭〉序。
[116]同註 104。
[117]同註 94。

新題樂府」分別為〈上陽白髮人〉、〈華原磬〉、〈五弦彈〉、〈西涼伎〉、〈法曲〉、〈馴犀〉、〈立部伎〉、〈驃國樂〉、〈胡旋女〉、〈蠻子朝〉、〈縛戎人〉、〈陰山道〉等。茲簡述於下：

1. 〈上陽白髮人〉，為七言三十二句，「天寶年中花鳥使[118]，撩花狹鳥含春思。」「十中有一得更衣，永配深宮作宮婢。」描述唐代「花鳥使」強押民女入宮的情形。
2. 〈華原磬〉[119]，為七言二十四句。「泗濱浮石裁為磬，古樂疏音少人聽。」「工師小賤牙曠稀，不辨邪聲嫌雅正。」諷刺當時樂工非有樂才，不辨雅邪之聲。
3. 〈五弦彈〉，為七言三十句。「趙璧五弦彈徵調，徵聲巉絕何清峭。」「千鳴鏑發胡弓，萬片清球擊虞廟。」諷刺雅樂為鄭聲所代，無復存在。
4. 〈西涼伎〉雜言，「一朝燕賊亂中國，河湟沒盡空遺丘。」「去京五百而近何其逼，天子縣內半沒為荒陬。」諷刺當時邊將已不識敵我，耽於作樂，怠忽職守。
5. 〈法曲〉，為七言二十四句，「漢祖過沛亦有歌，秦王破陣非無作。作之宗廟見艱難，作之軍旅傳遭粕。」「雅弄雖云已變亂，夷音未得相參錯。自從胡騎起煙塵，毛毳腥羶滿咸洛。」描寫唐代自明皇喜愛法曲，胡風盛行之狀。
6. 〈馴犀〉[120]，為七言二十四句，「乃知養獸如養人，不必人人自敦獎。」「前觀馴象後馴犀，理國其如指諸掌。」借養馴犀一事，說明為國理政之難終。

---

[118] 句下註曰：「天寶中，密號采取豔異者為花鳥使。」見《全唐詩》卷 419〈元稹〉，（北京：中華書局）頁 4615。

[119] 詩題下註曰：「李傳云：天寶中，始廢泗濱磬，用華原石。」

[120] 詩題下註曰：「李傳云：貞元丙子歲，南海來貢。至十三年冬，苦寒，死於苑中。」

7.〈立部伎〉[121]，為七言三十二句，「宋沇嘗傳天寶季，法曲胡音忽相和。明年十月燕寇來，九廟千門虜塵涴。[122]」暗指雅樂替壞，明皇法曲與胡樂合作，因而致亂。

8.〈驃國樂〉[123]，為七言三十二句，「驃之樂器頭象駝，音聲不合十二和。」「教化從來有源委，必將泳海先泳河。」強調王之教化，其先後勿本末倒置。

9.〈胡旋女〉，為七言三十二句，「天寶欲末胡欲亂，胡人獻女能胡旋。」「旋得明王不覺迷，妖胡奄到長生殿。」欲上位者應勿為胡女胡舞所媚惑。

10.〈蠻子朝〉，為七言二十八句，「益州大將韋令公，頃實遭時定汧隴。自居劇鎮無他績，幸得蠻來固恩寵。」「為蠻開道引蠻朝，迎蠻送蠻常繼踵。」韋抗為益州大都督長史、授黃門侍郎。後河曲胡部康待賓叛，詔持節慰撫，《新唐書》曰：「抗於武略非所長，稱疾逗留，不及賊而返。」[124]詩中藉此事諷刺邊將與蠻國交好，以致蠻國壯大，終於為患。

11.〈縛戎人〉[125]，為七言五十八句，「大將論功重多級，捷書飛奏何超忽。聖朝不殺諧至仁，遠送炎方示微罰。」

---

121 詩題下註曰：「李傳云：太常選坐部伎，無性識者退入立部伎。又選立部伎，無識性者退入雅樂部。則雅樂可知矣。李君作歌以諷焉。」

122 句下註曰：「太常丞宋沇傳漢中王舊說云：明皇雖雅好度曲，然而未嘗使蕃漢雜奏。天寶十三載，始詔道調法曲與胡部新聲合作，識者異之。明年安祿山叛。」

123 《唐會要卷 33》云：「驃國樂，貞元十八年正月，驃國王來獻，凡有十二曲，以樂工三十五人來朝，樂曲皆演釋氏經論之詞。」

124 見《新唐書・卷 122・列傳第 47》，（北京：中華書局）頁 4360。

125 詩題下註曰：「近制。西邊每擒蕃囚，例皆傳置南方，不加勦戮。故李君作歌以諷焉。」

諷刺當局囚獲戎人不殺，相對反映出漢人亦遭戎人所縛時的悽慘。

12. 〈陰山道〉[126]雜言，「年年買馬陰山道，馬死陰山帛空耗。」「臣聞平時七十萬匹馬，關中不省聞嘶噪。」「稅戶逋逃例難配，官司折納仍貪冒。」諷刺貪官索求無度之狀。

此外，白居易亦針對元稹這十二首和詩，有同題之作，即白居易所謂的新樂府五十首中的十二首。而白居易這十二首同題之作，是收於其集卷三諷諭卷目之下，明確表達詩作諷諭之目的。如其所云：

〈立部伎〉：刺雅樂之替也。
〈驃國樂〉：欲王化之先邇後遠也。
〈上陽白髮人〉：愍怨曠也。
〈西涼伎〉：刺封疆之臣也。
〈法曲〉：美列聖正華聲也。
〈馴犀〉：感為政之難終也。
〈華原磬〉：刺樂工非其人也。
〈蠻子朝〉：刺將驕而相備位也。
〈胡旋女〉：戒近習也。
〈縛戎人〉：達窮民之情也。
〈五絃彈〉：惡鄭之奪雅也。
〈陰山道〉：疾貪虜也。

---

[126]詩題下註曰：「李傳云：元和二年，有詔悉以金銀酬回紇馬價。」

白居易將此十二首新樂府分別列出其所諷諭之內容意旨，大凡針對梨園樂工、內政外交、邊防驕將等有所諷刺，藉以「其言直而切，欲聞之者深誡也。」[127]可見其用意深遠。

除了以上所舉元稹「和新題樂府」外，如《全唐詩》卷 278 盧綸〈和張僕射塞下曲〉共六首，為和張建封詩，然已失。盧綸這六首和詩亦收於《樂府詩集》中的〈新樂府辭〉卷中。

（三）和歌行

據《詩體明辯・近體歌行》[128]所指，分歌行為二，其一為有聲有詞者，即樂府所載諸歌。其二為有詞無聲者，即後人所作諸歌，其名多與樂府相同，稱為：歌、行、吟、辭、曲、篇、詠、謠、歎、哀、怨、別。而這些「則樂府所未有，蓋即事命篇，既不沿襲古題，而聲調亦復相遠，乃詩之三變也。故今不入樂府，而以近體歌行括之。」而以下所論述者，即所謂唐代有辭無聲，為唐人所作諸歌的「和歌行詩」，茲擇例分述如下：

（1）和「篇」

1. 〈奉和聖製龍池篇〉原詩為唐玄宗所作，然已遺佚，和作的有崔日用、張九齡、姚崇、蔡孚、裴漼等，均同題和作[129]。其中張九齡與蔡孚同押下平先韻，為和韻中之「依韻」詩，雖然玄宗的原詩已失，無法將這多首和詩與原詩相互比對是否和原詩韻，然此種因朝臣同僚共

---

[127] 見《白居易集》卷三新樂府序。
[128] 明・徐師曾《詩體明辯卷九・上》（台北：廣文書局）頁 691。
[129] 除了《奉和龍池篇》有多首同題和作外，亦有兩篇同題之作，即《全唐詩》卷 75 姜晞與姜皎的〈龍池篇〉。

和，而出現彼此同韻的現象，事實上是偶然會出現的。
蔡孚與張九齡和篇如下：
蔡孚《全唐詩》卷 75

帝宅王家大道邊，神馬潛龍湧聖泉。昔日昔時經此地，看來看去漸成川。歌臺舞榭宜正月，柳岸梅洲勝往年。莫疑波上春雲少，祗為從龍直上天。

張九齡《全唐詩》卷 48

天啟神龍生碧泉，泉水靈源浸迤延。飛龍已向珠潭出，積水仍將銀漢連。岸傍花柳看勝畫，浦上樓臺問是仙。我后元符從此得，方為萬歲壽圖川。

二詩內容為龍池勝景之狀描寫照，其詩歌意義則為應景的歌功頌德，充滿十足的宮廷氣息。

2. 〈奉和聖製瑞雪篇〉其原詩為唐玄宗所作，然而玄宗現存有兩首關於寫「雪」景的詩作，分別為〈野次喜雪〉五言八句與〈溫湯對雪〉五言八句等二首。而和作的有張九齡與劉庭琦。其中張九齡的和作為一首三五六七雜言騷體詩，共三十四句，如「萬年春，三朝日，上御明臺旅庭實。初瑞雪兮霏微，俄同雲兮蒙密。此時騷切陰風生，先過金殿有餘清。」「朝冕旒兮載悅，想臺笠兮農節，倚瑤琴兮或歌，續薰風兮瑞雪。福浸昌，應尤盛，瑞雪年年常感聖。願以柏梁作，長為柳花詠」相對的，劉庭琦的和作則為齊言的七言二十二句，有云「姑射山中符聖壽，芙蓉闕下降神車，願隨睿澤流無限，長報豐年貴有餘。」觀張九齡與劉庭琦的和詩，均為感念皇恩，表明以己身報效朝廷的心志。

（2）和「行」

《全唐詩》卷 222 杜甫〈同元使君春陵行〉，其原詩為《全唐詩》卷 241 元結〈春陵行〉。元結〈春陵行〉寫作背景，為元結初當道州刺史時，因「西原蠻掠居人數萬去，遺戶裁四千。諸使調發符牒二百函」[130]元結目睹百姓窮困，因不忍加稅，因而上書陳情。其序曰：

> 癸卯歲，漫叟授道州刺史，道州舊四萬餘戶，經賊已來，不滿四千，大半不勝賦稅，到官未五十日，承諸使徵求符牒二百餘封，皆曰：失其限者罪至貶削。於戲！若悉應其命，則州縣破亂，刺史欲焉逃罪；若不應命，又即獲罪戾，必不免也。吾將守官，靜以安人，待罪而已。此州是舂陵舊地，故作舂陵行以達下情。

自安史之亂後，外患加上苛稅，一直是當時百姓生活上最大的威脅與負擔，元結以百姓父母官的親民胸懷，與當地百姓同生死，因而仗義直言，將民情上達、反映民瘼。〈春陵行〉詩中對於當時社會之苦難慘狀，有深刻的描述。有詩曰：「朝餐是草根，暮食仍樹皮。」「出言氣欲絕，意速行步遲。追呼尚不忍，況乃鞭撲之。」均是描寫百姓逃亡時的悲慘情狀。杜甫〈同元使君春陵行〉這首和詩，其序曰：

---

[130] 見《新唐書》卷 143。

> 覽道州元使君結春陵行，兼賊退後示官吏作二首，志之曰：當君子分憂之地，效漢官良吏之目。今盜賊未息，知民疾苦，得結輩十數公，落落然參錯天下為邦伯，萬物吐氣，天下少安，可得矣。不意復見比興體制，微婉頓挫之詞，感而有詩。……

杜甫觀元結〈春陵行〉與〈賊退示官吏〉[131]二詩感而後作，並於和作中，也對元結風骨大為讚揚，詩曰：「吾人詩家秀，博采世上名。粲粲元道州，前聖畏後生。觀乎春陵作，欻見俊哲情。復覽賊退篇，結也實國楨。」元結以國風精神，以詩紀實，這一點是甚為杜甫所推崇的。

（3）和「歌」

1. 《全唐詩》卷 308 張松齡〈和答弟志和漁父歌〉，其原詩為同卷張志和〈漁父歌〉。張志和〈漁父歌〉一詩，共有顏真卿、陸羽、徐士衡、李成矩相唱和132，其中顏真卿與陸羽原詩已遺，而《全唐詩》並無收錄徐士衡與李成矩二人詩作。現今僅存和張志和〈漁父歌〉者，唯其兄張松齡所和。張志和〈漁父歌〉共有五首，茲擇一首如下：

---

[131] 元結〈賊退示官吏〉序曰：「癸卯歲，西原賊入道州，焚燒殺掠，幾盡而去。明年，賊又攻永破邵，不犯此州邊鄙而退。豈力能制敵歟？蓋蒙其傷憐而已。諸使何為忍苦徵斂，故作詩一篇以示官吏。」

[132] 見《全唐詩》卷 308 張志和〈漁父歌〉詩題序，（北京：中華書局），頁 3491。

西塞山前白鷺飛，桃花流水鱖魚肥。
青篛笠、綠蓑衣，斜風細雨不須歸。

張松齡〈和答弟志和漁父歌〉[133]，曰：

樂是風波釣是閒，草堂松徑已勝攀。
太湖水、洞庭山，狂風浪起且須還。

據《新唐書》張志和傳[134]所言，志和仕居江湖，自號煙波釣叟，其兄松齡唯恐志和遁世不還，為築室於越州東郭。這首和詩是為松齡所勸作。

2. 《全唐詩》卷 365 劉禹錫〈吳方之見示聽江西故吏朱幼恭歌三篇，頗有懷故林之想，吟諷不足，因而和之一作和人憶江西故吏歌〉，原詩為吳士矩（方之）所作，今已遺佚，劉禹錫因吳方之原詩「吟諷不足」而加以和作。詩曰：「侯家故吏歌聲發，逸處能高怨處低。今歲洛中無雨雪，眼前風景是江西。」

（4）和「詠」

《全唐詩》卷 343 韓愈〈奉和虢州劉給事使君（伯芻）三堂新題二十一詠〉，原詩為劉伯芻所作，然《全唐詩》中並無收錄劉伯芻的詩歌。吾人只得從韓愈和詩中，獲知原詩寫作背景，韓愈〈奉和虢州劉給事使君（伯芻）三堂新題二十一詠〉並序云：

---

133 詩題序曰：「松齡懼志和放浪不返，為築室越州東郭，和其詞以招之。」
134 《新唐書．卷 196 列傳．第 121 隱逸》。

> 虢州刺史宅連水池竹林，往往為亭臺島渚，且其處為三堂。劉兄自給事中，出刺此州，在任逾歲，職修人治，州中稱無事，頗復增飾，從子弟遊其間，又作二十一詩，以詠其事，流行於京師，文士爭和之，余與劉善，故亦同作。

韓愈此二十一首和作均為五言四句，分別為〈新亭〉、〈流水〉〈竹洞〉、〈月臺〉、〈渚亭〉、〈竹溪〉、〈北湖〉、〈花島〉、〈柳溪〉、〈西山〉、〈竹逕〉、〈荷池〉、〈稻畦〉、〈柳巷〉、〈花源〉、〈北樓〉、〈鏡潭〉、〈孤嶼〉、〈方橋〉、〈梯橋〉、〈月池〉等，大抵為劉宅周遭環境風景的詠景之作。

以上所舉為和「歌行詩」的詩例，此外亦有和「吟」，如《全唐詩》卷 373 孟郊〈和丁助教塞上吟〉；有和「曲」，如《全唐詩》卷 317 武元衡〈和楊弘微春日曲江南望〉等，於此不再列舉。在唐代「和樂府歌行」的盛行，是六朝詩壇所沒有的現象，推其原因，蓋樂府詩發展至唐代，除了沿襲古題樂府外，安史之亂前後、盛中唐之際的詩人們，如元結、杜甫等社會派詩人，其社會寫實的樂府歌行作品，更為後來中唐時期元白新樂府起了先導作用。社會詩人們以國風精神寫作樂府詩，也連帶影響具有相同理念的詩人們加以效法，或是和作，因此唐代樂府詩實俱開創精神，這是與六朝詩壇流行「擬」、「學」、「代」古詩與樂府風氣是最大的不同。而除了社會寫實的樂府和詩外，對於唐代近體歌行，一般文人對外在景物的狀寫描摹，或是寫懷抒情的歌行和作，亦是六朝詩壇所無。

而關於唐代和詩的定義與範疇，筆者擬分為三部份作結：（一）是和詩定義部份，（二）是唐代和詩的範疇部份，（三）是和詩寫作的時空意義：

（一）和詩定義部分

唱和詩與贈答詩義界不同之處，可分為形式與內容兩方面來談。

（1）就形式方面，贈答詩中的原贈詩為主動，答詩為被動。贈答詩在原贈詩寫作之前，必有一贈詩對象存在，而被贈一方，針對贈詩而有所回應來作答詩，而最原始也最常見到的贈答詩亦是一贈一答的模式。相對於原贈詩的主動地位，唱和詩中，除了朝廷奉和、即席和詩與奉原詩作者之意和作等三者之外，基本上，文人交往中的原唱詩為被動，和詩為主動，蓋後者原唱詩在被和作之前，均是獨立的詩作，而待和詩寫成後，原唱之稱才成立。而唱和詩除了一唱一和最基本的唱和形式外，亦有一唱眾和的模式存在。

（2）就內容方面，以文人實際寫作贈答詩與唱和詩而言，這兩詩類由一開始的壁壘分明，到後來的連稱互用，取決於文人詩作之本意。若要嚴加區別二者不同，即白居易於「和答詩」中所云：「同者謂之和，異者謂之答。」而所依據標準，亦是就文人之詩作本意所定。

此外，同題共作與和詩也有所不同，同題共作是眾人針對同一事件、同一景物為題，而完成多首同題的詩作。而和詩除了最基本的對原詩同題和作外，亦有與原詩不同題之和作。再者，即席唱和中的同題共作是指群和現象而言，尤其是宮廷或者宴集中的奉和詩與奉和賦得體詩，均是屬於和原詩首唱的同題共和。

（二）唐代和詩的範疇部分

唐代和詩所涵蓋之範疇，是在六朝既有之和詩名稱（如：同詩）與詩類上，逐漸發展擴增，甚至是有所創新而成。例如：奉和（和）「應」字類詩，可從六朝以至於初盛唐的消長變化中，得知其發展過程，尤其是奉和應制詩由隋代微乎其微的少數，到了初盛唐時期一躍而為多數，這實與朝廷賡和風氣盛行有關。而唐代奉和（和）賦得體詩亦是在六朝的賦得詩基礎上，運用限韻的觀念，流行於即席唱和的場合中。另外，與贈答詩有密切關連，甚至是屬於贈答詩範疇之內的「酬詩」，除了基本的和原詩意之外，因運用和韻的寫作形式，亦成為唐代和詩中的異起。再者，唐代樂府詩與歌行體的創新與盛行，以至於出現文人寫作「和樂府歌行」詩，這是六朝詩壇所沒有的現象。

（三）和詩的時空意義

就和詩的時間意義來說，除了即席唱和之外，一般文人對於和作，常有繼和與追和原詩的情形出現，尤其在唐代甚至出現追和前代文人作品的和詩。另一方面，就和詩的空間意義來說，亦是除了即席唱和之外，在文人的交往社會中，因外在因素的阻隔，文人為了維繫友誼，故而有遙和原詩友人的情形。

第三章　「和詩」體裁之源流與發展

唐代和詩各體裁的形成，一部份是源於六朝既有之詩體，再加上唐代文人創新之和詩體裁部份，而逐漸擴增發展而成。誠如《全唐詩》序所云「詩至唐而眾體悉備，亦諸法畢該」，唐代和詩體裁的多樣化，實與唐詩諸體之創新與成熟密不可分。據此，本章即就唐代和詩體例部份作一溯源與發展介紹，尤其是唐代和詩中的「和韻詩」部份，歷來一直認為在六朝時期的和詩，是和意而不和韻，甚至有些學者認為，和詩作者更是刻意避開原詩之韻而寫和詩[1]，到了唐代，歷來的詩話也針對唐代「和韻詩」加以評點，有些則認為唐代和詩中之「和韻」始作於元白[2]，但是六朝以至於唐代的和詩，其寫作體例以及和韻現象，是否已然如此，針對這些片面之詞，筆者將《先秦漢魏晉南北朝詩》與《全唐詩》中之和詩分析研論，就六朝以至於唐末有關和詩體例，作一如實的反映與介紹。因此，針對唐代和詩體裁，筆者擬分為：和意、和韻、和體三大部份來分析，然筆者考慮到文章篇幅問題，故而將和詩體裁之溯源與發展，別

1　如趙以武《唱和詩研究》結論〈和詩寫作的規定性及其體制〉曰：「和詩的規定性是：和意不和韻。……所謂不和韻，即指唱詩與和詩用韻不得同部，應該相避；和詩有數首的情況下，和詩與和詩之間亦需盡可能遵守避韻不同的原則。唐以前的和詩，總的來說，是按照這一規定性寫的。」（甘肅：甘肅文化出版），頁 371。

2　宋・張表臣《珊瑚鉤詩話卷一》曰：「前人作詩，未始和韻。自唐　白樂天為杭州刺史，元微之為浙東觀察，往來置郵筒唱和，始依韻，而多至千言，少或百數十言，篇章甚富。……」。

立第二節與第三節來討論。此外，唐代科舉考試有關「試律」與「律賦」二者，與文士宴集賦詩限韻，究竟有何關連？針對這些疑問，筆者希望能經由資料的分析爬疏，進而對唐代和詩體例的源流發展，乃至於定體，整理出較為客觀持平的說法。

第一節　科舉考試與即席賦詩之關係

唐代開國之初，因隋舊制，其中科舉考試為唐代士子們晉身仕途的主要門檻。據唐　劉肅《大唐新語卷之十・釐革第二十二》[3]所云：「隋煬帝改置明、進士二科。國家因隋制，增置秀才、明法、明字、明算，并前為六科。武德則以考功郎中試貢士。貞觀則以考功員外掌之。士族所趨，唯明、進士二科而已。」雖「士族所趨，唯明、進士二科而已」，然而此二者，又以進士科為貴，所謂「唐制謂眾科之目，進士尤貴，其得人亦盛。」[4]而唐代知名的詩人們幾乎都接受過科舉考試的洗禮，只是彼此選考的科別與項目有所不同而已。其實，唐代科舉考試內容項目，每隨當時政策不同，而有所調整與改變，以貢舉中的進士科與制科舉[5]二者為例，據《唐會要卷七十六・貢舉中・進士》曰：「調露二年四月，劉思立除考功員外郎，先時，進士但試策而已，思立以其庸淺，奏請帖經，及試雜文，自後因以為常式。」所謂「考功員外郎」即當時主掌貢舉之主司[6]，引文

---

3 《大唐新語・卷之十・釐革第二十二》，（北京：中華書局）。

4 《登科記考・下・卷二十八別錄上》，（北京：中華書局），頁 1133。

5 《新唐書・卷四十四・志第三十四・選舉志・上》曰：「其天子自詔者曰制舉，所以待非常之才焉。」

6 《唐會要卷五十八》〈尚書省諸司中・考功員外郎〉：「考功員外郎，貞觀已後知貢舉。」（北京：中華書局），頁 1009。

中說明進士科在高宗調露二年（680 年）以前，考試項目僅試策而已，而調露二年（680 年）以後，進士科考試則增加帖經與雜文。據《登科記考》卷二　永隆二年（681 年）條：「自今已後，考功試人，明經試帖，取十帖得六已上者，進士試雜文兩首。」清　徐松注曰：「按雜文兩首，謂箴銘論表之類。開元間，始以賦居其一，或以詩居其一，亦有全用詩者，非定制也。雜文之專用詩賦，當在天寶之季。」由以上引文可知，唐進士科考試自調露二年（680 年），考功員外郎劉思立上奏進士科考加試帖經以及雜文，當時雜文的內容如何？據徐松所云，為箴銘論表之類，然而徐松此話不甚完整清楚，也容易造成後世誤解。據王定保《唐摭言卷一・試雜文》[7]曰：「……至神龍元年，方行三場試，故常列詩賦題目于榜中矣。」依《唐摭言》所云，神龍元年（705 年）進士科考已有將詩賦題目列于榜中的情形。又據傅璇琮所考證，垂拱二年（685 年）也就是永隆二年（681 年）進士科實行考試改革後的第三年，試雜文兩首已出現銘與賦[8]。由此可見，徐松認為試雜文「開元間，始以賦居其一，或以詩居其一，……」其說法是與史實有誤的。

7　王定保（870-941？年）洪州南昌（今屬江西）人。光化三年登進士弟。詳見《中國文學家大辭典・唐五代卷》，（北京：中華書局），頁 37。

8　傅璇琮以《全唐文・卷 341》顏真卿作〈朝議大夫守華州刺史上柱國贈秘書監顏君（元孫）神道碑〉中云：「舉進士，……省試〈九河銘〉、〈高松賦〉。故事，舉人就試，朝官畢集，考功郎中劉奇乃先標榜君曰：『銘賦二首，既麗且新，時務五條，詞高理贍，惜其帖經通六，所以不□（《全唐文》注：原本缺），屈從常第，徒深慷作。』由是名動天下。」傅氏認為顏元孫為武周垂拱二年（685 年）登進士第，所試雜文即銘與賦。詳見《唐代科舉與文學》，頁 178。

至於制科考試，則是到了天寶十三年（754 年）才加試詩、賦各一道[9]。由以上文獻中之引文可知，唐代科舉進士科與制科的試詩、試賦，大抵為盛、中唐之際才真正成為定制。至於科舉考試項目之順序，據傅璇琮《唐代科舉與文學》一書所考證，雜文與帖經的次序，大約從中唐開始改為第一場試詩賦、第二場試帖經、第三場試策文[10]。傅氏亦認為唐代進士科考將詩賦列於首位，一方面是受到社會重視詩歌之影響，另一方面則因為進士科考所試之詩賦項目，均為律詩律賦，有格律聲韻可尋，這對主考官而言，也較容易掌握一定標準，也因此唐代試律與試賦在試題中往往就詳細規定字數與用韻之要求[11]。

科舉考試中的試「詩」、試「賦」，亦即後世所稱的「試帖詩」（試律）與「律賦」，所謂「詩則協聲而合律，賦則限韻而拘字。」[12]本節將從唐代試律與試賦二者著手，探究其與唐代即席賦詩之關係。

一、試律

宋・李昉《文苑英華》卷一八〇至卷一八九所收的 458 首「省試詩」[13]，均為唐代士子們應科舉試之「試詩」，即後世所

---

9 《唐會要・下・卷七十六・貢舉中・制科舉》曰：「天寶十三載十月一日，御勤政樓，試四科舉人，其辭藻宏麗，問策外，更試詩賦各一道。」註曰：「制舉試詩賦，從此始。」，（北京：中華書局），頁 1393。

10 詳見傅璇琮《唐代科舉與文學》第七章〈進士考試與及第〉，（台北：文史哲出版社），頁 180。

11 《唐代科舉與文學》頁 182-183。

12 《登科記考・下・卷二十八別錄上》，（北京：中華書局），頁 1167。

13 《試律叢話卷之一》曰：「……試律詩古無專本，文苑英華中所載四百五十八首曰：省試詩。州府試附省試，即禮部試。州府試者每歲自縣升於州，若府試中，而後解送也。」（台北：廣文書局），頁 1。

稱之「試帖詩」也。至於將唐之「試詩」稱作「試帖」的原委，據清・梁章鉅《試律叢話卷之一》[14]所言，因唐代明經科考，裁紙帖經以測驗應考生是否通經，故稱為「試帖」，然而這是指明經科的「帖經」，並不是指進士科「試帖詩」；而唐代進士科考有所謂「贖帖詩」，當進士科考生應「帖經」場試未通過，便以詩贖[15]，稱之為「贖帖」，並非是以詩為帖。然而毛奇齡因有「唐人試帖之選」語[16]，後人便將唐代「試詩」誤稱為「試帖」，至於將唐「試詩」稱為「試律」，則為梁章鉅的老師——紀曉嵐因撰「唐人試律說」而來，因此唐代「試詩」才以「試律」之稱定名。

一般文學辭典[17]將唐代試律亦稱為「賦得詩」，這是根據唐代試律詩有時於題目冠上「賦得」二字而來，如《中國文體學辭典》[18]引唐貞元十六年試帖詩〈賦得玉水記方流〉詩，來解釋「試帖詩」亦稱「賦得體」。然而這種說法，則略嫌以偏概全，唐人科考「試詩」題目在有些詩人別集或詩文總集，如：《白居易集・卷三十八詩賦》與《文苑英華》卷一八〇至卷一八九〈省試詩〉所收的「試詩」題目，即無冠以「賦得」二字。再者朝廷或者文人即席唱和時，也時常出現運用「賦得體」限韻、分韻的方式來賡和，可見，逕將唐代「試律」稱作「賦得詩」，是

---

14 詳見《試律叢話卷之一》（台北：廣文書局）頁 1。

15 如《唐音癸籤》卷十八〈進士科故實〉也有記載：「唐進士科初止試策。……其後先試雜文，次試論，試策，試帖經為四場。第一場雜文放者，始得試二、三、四場。其四場帖經被落，仍許詩贖，謂之贖帖。」（台北：木鐸出版社），頁 196。

16 《試律叢話卷之一》頁 1。

17 見《中國文體學辭典》，（湖南：湖南教育出版社）頁 49、39 以及《中國古典文學大辭典》頁 557、560（台北：旺文社）。

18 同註 17。

不太正確的。正當的說法應是唐代「試律」寫作形式，為部份應用六朝賦得詩體中，摘取古人詩句為詩題，以及增加限韻、限字的方式[19]而來。因此試律的寫作，大致上是運用「賦得體」的兩個特質：1.是摘取古人詩句為題 2.是限韻限字。其中摘取古人詩句為題並非絕對。而針對這兩項特質而言，其中「摘取古人詩句為題」則因牽涉到試律內容方面，如：時事的反映[20]，因此也有借題以直切時事的內容產生，然而不論是借題發揮或是頌揚時政，題目之本旨以及出處，最後都必須闡明清楚[21]。至於「限韻限字」則為試律所嚴格規範、必須謹守的寫作形式。

唐試律以六韻十二句居多，偶有八韻十六句者，至於言數，以五言為正宗[22]。本節所論之唐代「試律」本應包括科考試詩以及文人非於應考期間所作之試律，然因後者數量甚大，又於詩題外，如無另作說明是否為文人於非應考期間所作之「試律」，因牽涉到文獻資料的判讀問題，故於此只將古籍中對「試律」題目以及體例詳細記載說明[23]的，擇例分析如下，

---

19 《先秦漢魏晉南北朝詩‧梁詩卷二十三》庾肩吾〈暮遊山水應令賦得磧字詩〉已有限韻的觀念。(台北：中華書局)，頁 2000。

20 據清‧紀曉嵐《我法集‧試律體例》曰：「試帖原有關合時事之體，然考唐人程式之例，如：詔改正月為中和節，是朝廷新制也，則通篇全詠時事。如：數蓂，是唐堯典故也，適在貞元元年，則通篇詠古。惟結句稱堯年始今歲，此定格也。其有借題直切、時事發論，試帖亦有此格。然題之本旨、題之出處，終須還明，方無滲漏。否則，是自作頌揚詩，不必曰賦得某題矣，如集中寒蟬及東壁圖書府之類是也。」河間紀曉嵐先生原本閔嚴郭斌先生評註，嘉慶甲子年新鐫匯源堂藏板。

21 同註 20。

22 清‧梁章鉅《試律叢話卷一》曰：「……唐人之於試帖；猶六朝之於五言，五言至唐而始工，則試帖在唐而不得即工，亦其勢然耳。」(台北：廣文書局)，頁 6。

23 《文苑英華》卷 180 至 189 所列的 458 首省試詩，因只有題目，亦無任何冠上「賦得」二字的省試詩，於題目下也無任何說明，因此筆者不採選列舉。

表 16：《全唐詩》所收之「省試詩」（詩題冠以省試二字者）

卷次	作者	詩題	言數	句數	韻部
121	陳希烈	省試白雲起封中	5	12	冬
129	丘為	省試夏日可畏	5	12	魚
160	孟浩然	句　省試騏驥長鳴詩[24]（見丹陽集）	5	4	庚
202	梁鍠	省試方士進恆春草	5	12	陽
215	敬括	省試七月流火	5	12	尤
238	錢起	省試湘靈鼓瑟詩	5	12	青
269	耿湋	省試驪珠詩	5	12	魚
319	李絳	省試恩賜耆老布帛，一作崔宗詩	5	12	元
353	柳宗元	省試觀慶雲圖詩	5	12	魚
363	劉禹錫	省試風光草際浮	5	12	霽
368	高弁	省試春臺晴望	5	12	真
368	李行敏	省試觀慶雲圖	5	12	元
384	張籍	省試行不徑	5	12	庚
461	白居易	玉水記方流	5	12	尤
466	葉季良	省試吳宮教美人戰	5	12	東
466	徐牧	省試臨淵羨魚	5	12	侵
506	章孝標	省試騏驥長鳴	5	12	庚
515	朱慶餘	省試晦日與同志昆明池泛舟	5	12	庚
542	李肱	省試霓裳羽衣曲	5	12	霽
589	李頻	省試振鷺	5	12	寒
606	林寬	省試臘後望春宮	5	12	東
659	羅隱	省試秋風生桂枝	5	12	庚
706	黃滔	省試奉詔漲曲江池，以春字為韻時乾符二年	5	12	真
706	黃滔	省試──吹竽乾符二年	5	12	支
706	黃滔	省試內出白鹿宣示百官	5	12	寒
711	徐夤	東風解凍省試	5	12	東
744	伍喬	省試霽後望鍾山句	5	2	冬

[24] 詩題下王士源云：「浩然常閒遊秘省，秋月新霽，諸英聯詩，次當浩然云云，舉坐嗟其清絕，不復為綴。」筆者疑為此首詩為非應考期間所作。

列表中的錢起〈省試湘靈鼓瑟〉，據《登科記考》所載[25]，為天寶十年進士科試詩，(《登科記考》作〈湘靈鼓瑟詩〉)。同年應試且為《登科記》所錄者有：李巨卿、錢起、謝良輔、魏瓘、陳季、莊若訥、王邕等其中李巨卿與謝良輔二人所作試詩未收。其他五人所作的〈湘靈鼓瑟詩〉中，錢起、魏瓘、陳季三人同押青韻；莊若訥、王邕二人同押陽韻，而且這五首試詩均為五言十二句。而其中錢起〈湘靈鼓瑟詩〉還因重用二次「不」字，引起朝野爭論，是否該讓錢起及第[26]？可見當時試律規範之嚴。

白居易試詩〈玉水記方流〉，據《登科記考》所載[27]，為貞元十六年（780 年）進士科試詩，白居易本集卷三十八〈詩賦〉卷裏[28]，在詩題下，即詳細註明：「以流字為韻，六十字成。」同年登第且《登科記考》中有載錄試詩者為：吳丹、鄭俞、白居易、王鑑、杜元穎、陳昌等六人，均以流字為韻（同賦得體之限韻字），試詩韻腳必須出現所限韻之字（流字），而這六首試詩所同押的韻腳，即限定以流字所屬韻部——尤韻來應試作詩。如：白居易有詩句「似風搖淺瀨，如月落清流。」、吳丹詩句「潤下寧踰矩，居方在上流。」鄭俞詩句「如天涵素色，侔地引方流。」王鑑詩句「氤氳冥瑞影，演漾度方流。」杜元穎詩句「重泉生美玉，積水異長流。」陳昌言詩句「白虹深不見，綠水折空流。」等，這些詩句即為賦得體限韻的形式。

---

25 《登科記考・卷九・上》，(台北：中華書局)，頁 325。

26 詳見《唐會要・卷 76》，(北京：中華書局)，頁 1395；《唐才子傳校箋・卷四・錢起》，(北京：中華書局)，頁 39。

27 同註 26 卷十四，頁 535。

28 以朱金城箋校的《白居易集箋校四・卷第三十八詩賦》為例，(上海：上海古籍出版社)，頁 2602。

又《白居易集》卷三十八[29]〈詩賦〉卷中，有一試律〈窗中列遠岫詩〉，題下註明：「題中以平聲為韻。」，《文苑英華》將此詩列於卷一百八十七〈省試八〉一首，朱金城箋校白居易此詩作於貞元十五年（799年），然而《登科記考》記載貞元十五年之進士科試詩為〈行不由徑詩〉，故而筆者懷疑白居易〈窗中列遠岫詩〉為白氏於非應考期間，閒暇時的練習之作。而據朱金城箋校〈窗中列遠岫詩〉一題出自於謝朓〈郡齋詩〉[30]，亦為《先秦漢魏晉南北朝詩・齊詩卷三》謝朓〈郡內高齋閒望答呂法曹詩〉，詩曰：「結構何迢遰，曠望極高深。窗中列遠岫，庭際俯喬林。……」可見白居易此詩題摘取自古人詩句，而此方式亦是「賦得體」的性質之一。

上表中劉禹錫〈省試風光草際浮〉，據《登科記考》[31]所載，為貞元九年進士科試詩，同榜登第且《登科記考》亦收錄詩作者有：張復元、裴杞、陳璀、吳秘、陳祐等五人（劉禹錫詩見《全唐詩》卷三百六十三），筆者分析這些文人所作之試詩韻腳與試詩題目諸字，發現這六人即根據試題諸字為韻字，分別應試作詩，這又與「律賦」以題為韻的作法相類。 如：試詩題目為〈風光草際浮〉，張復元詩句「纖纖春草長，遲日度風光。」押「光」字韻所屬韻部——「陽韻」、裴杞詩句「徐吹遙撲翠，半偃乍浮光。」亦押「光」字韻所屬韻部——「陽韻」、陳璀詩句「已向花間積，還來葉上浮。」押「浮」字韻所屬韻部——「尤韻」、吳祕詩句「輕明搖不散，郁昱麗仍浮。」亦押「浮」字韻所屬韻部——「尤韻」、陳祐詩句「秀發王孫草，春生君子

---

[29] 同註28，頁2598。
[30] 同上，頁2599。
[31] 《登科記》卷十三，頁485。

風。」押「風」字韻所屬韻部——「東韻」、劉禹錫詩句「乍疑芊綿裏，稍動丰茸際。」押「際」字韻所屬韻部——「霽韻」，由以上分析可知，唐人試律用韻形式與律賦以題為韻相類，然而不同的是，大部份五言十二句的試律，以詩題中的一韻字為韻腳，一韻到底寫成；而試賦則以題中每字為韻腳，時而轉韻寫成。下一小節即進入探討試賦押韻問題。

二、律賦

關於唐代文人之賦作，據李曰剛《中國辭賦流變史》[32]所指出，唐代文人賦作最早出現限韻情形者，為王勃〈寒梧棲鳳賦〉，其題下註明：「以孤清夜月為韻」，然王勃這首限韻的賦作，據李氏所考，並非應試時的試賦[33]。至於唐代「律賦」一辭起於何時，歷來學者說法不一，如：李曰剛《中國辭賦流變史》[34]認為律賦之名首見於北宋 洪邁《容齋四筆》中的論黃滔賦：「晚唐作律賦，多以古事為題，寓悲傷之旨。」[35]，曹明綱《賦學概論》[36]認為在目前所能見到的前人記載中，「律賦」之名最早見於宋 王銍《四六話序》：「唐天寶十二載，始詔舉人策問，外試詩賦各一首，于時八韻律賦始盛。」，鄺健行《科舉考試文體論稿》[37]則

[32] 《中國辭賦流變史》第五章第二節〈律賦之限韻〉李曰剛以新、舊唐書中說明王勃是以對策登第而非以試賦，因此認為王勃〈寒梧棲鳳賦〉之限韻，為自我作古，而非應試之規律。頁 339。

[33] 曹明綱《賦學概論》，頁 156 則認為王勃〈寒梧棲鳳賦〉是現存最早的應試賦作。

[34] 《中國辭賦流變史》，頁 337。

[35] 宋・洪邁《容齋隨筆下・容齋四筆・卷第七・黃文江賦》，(上海：上海古籍出版社)，頁 694。

[36] 詳見《賦學概論》第五章〈賦的演變・下〉，(上海：上海古籍出版社)，頁 152。

[37] 《科舉考試文體論稿：律賦與八股文》，(台北：臺灣書店印行)，頁 5。

認為「律賦」一名，中唐及以前也許仍未出現，並推測唐人不見得將當時已流行的賦體稱作律賦，就算有，也要到唐五代之際才有「律賦」專稱。

在前面本節一開始談到，唐科舉考試有關「試詩賦」之體制設置問題，如：調露二年（680 年）進士科加試帖經及試雜文，然朝廷定制之前，應有試詩、試賦不一的情形存在。至於科舉考試「試賦」之始，曹明綱以《隋書・高祖紀》所記載[38]，隋文帝開皇十五年（595 年）曾舉秀才，試賦、頌、銘；十六年試賦、銘、論、誓，來說明隋代科舉制度成立後，已出現「試賦」考項。到了唐代，隨著進士科的加試雜文成為定制（調露二年），進士科中的「試賦」一項，便成為士子們所要用功的科目之一，然而當時「試賦」是否有限韻的規定呢？針對唐代「試賦」限韻成規問題，最常被引用的資料為宋・吳曾曰：「開元二年，王邱員外知貢舉，始有八字韻腳，是年試《旗賦》，以『風日雲野，軍國清肅』為韻。」[39]，而清　徐松據此，便認為「雜文之用賦，初無定韻，用八韻自此年始」[40]，鄺健行指出「近代學者談律賦史時，意見相同。」[41]。也就是說，以宋・吳曾的引文說法最被採納。然而鄺氏對於「唐律賦限韻始於開元二年」一說，卻不表贊同，鄺氏以劉知幾〈京兆試慎所好賦〉（以「重譯獻珍信非寶也」為韻。）以及王勃〈寒梧棲鳳賦〉（以「孤清夜月」為韻。）二例，認為初唐「律賦」已有限韻出現，鄺氏又舉《登科記考》卷五中，先天二年的試賦〈藉田賦〉為例，比對幾位應考〈藉

38 《賦學概論》，頁 157。
39 宋・吳曾《能改齋漫錄》卷二〈試賦八字韻腳〉條。
40 《登科記考・卷五》，（北京：中華書局），頁 173。
41 《科舉考試文體論稿：律賦與八股文》，頁 45。

田賦〉的文人，彼此的用韻截然不同，說明當時「試賦限韻」並不是絕對的現象，而鄺氏認為這是在制度確立前後之際，所出現的寬鬆現象[42]。

至於唐「律賦」用韻規定如何？據宋 洪邁《容齋續筆》卷十三〈試賦用韻〉曰：

> 唐以賦取士，而韻數多寡，平側次敘，元無定格。故有三韻者，〈花萼樓賦〉以題為韻是也。有四韻者，〈蓂莢賦〉以「呈瑞聖朝」，〈舞馬賦〉以「奏之天庭」，……為韻是也。有五韻者，〈金莖賦〉以「日華川上動」為韻是也。有六韻者，〈止水〉、〈魍魎〉、……〈三統指歸〉、……〈東郊朝日〉……諸篇是也。有七韻者，〈日再中射已之鵠〉、〈觀紫極舞〉……諸篇是也。八韻有二平六側者，〈六瑞賦〉以「儉固能廣，被褐懷玉。」〈日五色賦〉以「日離九華，聖符土德。」……為韻是也。有三平五側者，〈宣耀門觀試舉人〉以「君聖臣肅，謹擇多士。」〈懸法象賦〉以「正月之吉，懸法象魏。」……為韻是也。有五平三側者，〈金用礪〉以「商高宗命傅說之官」為韻是也。有六平二側者，〈旗賦〉以「風日雲舒，軍容清肅」為韻是也。自大和以後，始以八韻為常。唐莊宗時嘗覆試進士，翰林學士承旨盧質以〈后從諫則聖〉為賦題，以「堯舜禹湯，傾心求過。」為韻。舊例，賦韻四平四側，質所出韻乃五平三側，大為識者所誚。豈非是時已有定格乎？

---

42 《科舉考試文體論稿：律賦與八股文》，頁 45。

據洪邁所言可知，唐代律賦試士，一開始用韻多寡尚無規定，有三韻、四韻、五韻、六韻、七韻者，而在大和年（文宗 827-835 年）後，律賦始以八韻為常，韻腳中又區分平側（仄）聲。可見唐代律賦基本上大約要到晚唐時期，律賦考科以八韻試士才成為常制，後唐莊宗時代甚至更為講就律賦用韻的平仄。

再者，無論是試律或是試賦，唐代的主考官是有命題權力的，也因此試律與試賦之考試形式與規範，也常隨著當年主考官個人對考試制度、政策之認知不同，而有所調整。如之前文獻提到的調露二年（680 年）考功員外郎劉思立，奏請進士科考加試帖經以及雜文；開元二年（714 年）考功員外王邱知貢舉，試賦始有八字韻腳，可見，唐代考官是可主導命題方向與考試方式的。

《文苑英華》與《歷代賦彙》中所收錄的唐代律賦，已分類散收於各卷之中，無法正確得知唐代歷年來所試之律賦為何？故而筆者茲將依據《登科記考》[43]中歷年試賦之題目列表如下。

表 17：《登科記》所收之「試賦」

唐年號	試賦題目	《登科記考》所列試賦之及第者
玄宗　先天二年	藉田賦	闕名、李蒙
開元二年	旗賦 以「風日雲野、軍國清肅」為韻	李昂
開元三年	丹甑賦 以「周有豐年」為韻	薛邕、史翽
開元五年	止水賦 以「清審洞澈涵容」為韻	劉清、王冷然

43 清・徐松《登科記考》，（北京：中華書局）。

開元七年	北斗城賦 以「池塘生春草」為韻	崔鎮、
開元十八年	冰壺賦 以「清如玉壺冰，何慚宿昔意」為韻	陶翰、崔損
開元二十二年	梓材賦 以「理材為器，如政之術」為韻	郤昂、魏績、梁洽、王澄
〃	公孫弘開東閣賦 以「風勢聲理，暢休實久」為韻	王昌齡、李琚、楊諫、韓液
開元二十五年	花萼樓賦 以「花萼樓賦一首並序」為韻[44]	高蓋、王諲、張甫、陶舉、敬括
天寶六年	罔兩賦 以「道德希夷仁美」為韻	李澥、石鎮、蔣至、包佶、孫鎣
天寶十年	豹舄賦 以「兩偏用四聲」為韻	錢起、謝良輔
代宗　寶應二年	日中有王字賦 以題為韻次用	鄭錫、喬琛
大曆八年	東郊朝日賦 以「國家行仲春之令」為韻	陸贄
大曆十年	五色土賦 以「皇子畢封，依色建社」為韻	崔恆、盧士閱
〃	日觀賦 以「千載之統，平上去入」為韻	丁澤
大曆十二年	通天臺賦 以「洪臺獨存，浮景在下」為韻	黎逢、任公叔、楊系
大曆十四年	寅賓出日賦 以「大明在天，恆以時授」為韻	王儲、周渭、袁同直、獨孤綬
〃	放馴象賦 以「珍異禽獸，無育國家」為韻	獨孤綬、獨孤良器

44 《登科記》作花萼樓賦並序，以題為韻。

德宗　貞元七年	珠還合浦賦 以「不貪為寶，神物自還」為韻	尹樞、陸復禮、令狐楚
貞元八年	明水賦 以「玄化無宰，至精感通」為韻	賈稜、陳羽、歐陽詹、韓愈
〃	鈞天樂賦 以「上天無聲，昭錫有道」為韻	陸復禮、李觀、裴度
貞元九年	平權衡賦 以「晝夜平分，銖鈞取則」為韻	劉禹錫、李宗和、陳祐
〃	太清宮觀紫極舞賦 以「大樂與天地同和」為韻	張復元、李絳
貞元十年	風過蕭賦 以「無為斯化，有感潛應」為韻	范傳正、夏方慶
〃	朱絲繩賦 ？	王太真、庾承宣
貞元十二年	日五色賦 以「日麗九重，聖符土德」為韻	李程、湛賁、崔護
〃	披沙揀金賦 以「求寶之道，同乎選才」為韻	李程、柳宗元、席夔、張仲方
貞元十三年	西掖瑞柳賦 以「應時呈祥，聖德昭感」為韻	郭炯、陳詡
貞元十四年	鑒止水賦 以「澄虛納照，遇象分形」為韻	張仲素、呂溫、王季友
貞元十五年	樂理心賦 以「易直子諒，油然而生」為韻	獨孤申叔、呂溫
貞元十六年	性習相近遠賦 以「君子之所慎焉」為韻	鄭俞、白居易
貞元十七年	樂德教胄子賦 以「育材訓人之本」為韻	李彥方、羅讓、徐至、鄭方、劉積中、杜周士
貞元十八年	瑤臺月賦 以「仙家帝室，皎潔清光」為韻	王涯

貞元十九年	中和節百辟獻農書賦 以「嘉節初吉，修是農政」為韻	侯喜、賈餗、胡直鈞、鄭式方
憲宗　元和二年	舞中成八卦賦 以「中和所製，盛德斯陳」為韻	張存則、白行簡、錢衆仲
元和十四年	王師如時雨賦 以「慰悦人心，如雨枯旱」為韻	章孝標、陳去疾
穆宗　長慶二年	木雞賦 以「致此無敵，故能先鳴」為韻	浩虛舟
文宗　開成三年	霓裳羽衣曲賦 任用韻	沈朗、陳蝦
懿宗　咸通三年	倒載干戈賦 以「聖功克彰，兵器斯戢」為韻	王棨
昭宗　乾寧二年	人文化天下賦 以「觀彼人文，以化天下」為韻	黃滔
〃	曲直不相入賦 取「曲直」二字為韻	黃滔
〃	良弓獻問賦[45]	黃滔

現今文獻中，《登科記考》為目前能方便後學，獲知唐代大致上每年所試之試賦的重要依據之一，然而《登科記考》書中仍有誤漏之處，近年大陸多位學者便針對清　徐松《登科記考》一書作了正補考訂[46]。雖然唐代各朝每年所考之試賦與試律至今尚有遺缺的問題存在，但是就上表所列之試賦之題下限韻的規

[45] 《登科記考卷・二十四》乾寧二年：「《良弓獻問賦》，『以太宗問工人：木心不正，脈理皆邪，若何道理』，取五聲字輪次，各雙用為韻。」，（北京：中華書局），頁 904。

[46] 陳尚君〈《登科記考》正補〉一文中列舉岑仲勉、施子愉、卞孝萱、羅繼祖、傅璇琮、趙守儼等諸位大陸學者均曾為《登科記考》做過正補考訂工作。（詳見《唐代文學研究・第四輯》，頁 293）廣西師範大學出版社。

則來看，洪邁認為唐大和年（文宗 827-835 年）以後，唐試賦「始以八韻為常」，他這個觀點也許該做個修正，早在盛中唐時期，試賦以「八字韻腳」試士，已然常見，再者據上表現存文獻得知，晚唐末年試賦是有「任用韻」以及「二字韻」等非八字限韻的情形存在。

三、唐代即席賦詩與試律、律賦之關係

在六朝時期，因宴集聚會而賦詩限韻的文獻記載，在《南史》曹景宗列傳[47]與《先秦漢魏晉南北朝詩．梁詩卷五》[48]均有曹景宗即席限韻賦詩的生動描述，如：《南史》曹景宗列傳中記載：

> 景宗振旅凱入，帝於華光殿[49]宴飲連句，令左僕射沈約賦韻。景宗不得韻，意色不平，啟求賦詩。帝曰：「卿伎能甚多，人才英拔，何必只在一詩。」景宗已醉，求作不已，詔令約賦韻，時韻已盡，唯餘競、病二字。景宗便操筆，斯須而成，其辭曰：「去時兒女悲，歸來笳鼓競。借問行路人，何如霍去病。」帝嘆不已。約及朝賢驚嗟竟日，詔令左史。於是進爵為公，拜侍中、領軍將軍。

47 《新校本南史．附索引三．列傳第四十五．曹景宗》楊家駱主編、中國學術類編，（台北：鼎文書局），頁 1356。
48 《先秦漢魏晉南北朝詩．梁詩卷五》曹景宗〈光華殿侍宴賦競病韻詩〉，（北京：中華書局），頁 1594。
49 逯欽立《先秦漢魏晉南北朝詩．梁詩卷五》作〈光華殿侍宴賦競病韻詩〉，（北京：中華書局），頁 1594。

又《先秦漢魏晉南北朝詩・陳詩》卷四[50]收錄後主陳叔寶多首與朝臣宴會的賦韻詩，其中有關「賦得限韻」的有〈五言畫堂良夜履長在節歌管賦詩迾筵命酒十韻成篇〉題下註明：得（沓、合、答、雜、納、颯、匝、欱、拉、閤）字，這首詩為後主陳叔寶賦得限韻的詩歌，韻腳部份必出現上列所賦得的十個字，如：

季冬初陽始，寒氣尚蕭颯。原葉或委低，岫雲時吐欱
雕樹乍疏迥，遠峰自重沓。雲與四山霾，風動萬籟答。
肅肅凝霜下，峨峨層冰合。複殿可以娛，於茲多延納。
迢迢百尺觀，杳杳三休閤。前後訓導屏，左右文衛匝。
進退簪纓移，縱橫壯思雜。幸矣天地泰，當無范睢拉。

其它如〈立春日汎舟玄圃各賦一字六韻成篇〉[51]、〈上巳宴麗暉殿各賦一字十韻詩〉據鄺健行認為，詩題中所謂的「一字」，當為整首詩歌所依據限韻的韻字[52]。鄺氏又舉《先秦漢魏晉南北朝詩・隋詩卷七》薛昉〈巢王座韻得餘詩〉為例，薛昉這首詩即以「餘」字所屬之韻部「魚」韻，來賦韻成詩[53]。

到了初盛唐時代，無論是朝廷或者一般文士宴集，時常均有應景賦詩的場合出現，而在上一章談到的同題共作的「群和」

---

50 詳見《先秦漢魏晉南北朝詩・陳詩卷四》，（北京：中華書局），頁 2514-2519。
51 題下註明：座有張式、陸瓊、顧野王、謝伸、褚玠、王緘、傅縡、陸瑜、姚察等九人上。（詳見《先秦漢魏晉南北朝詩・陳詩卷四》），（北京：中華書局），頁 2514。
52 詳見鄺健行《科舉考試文體論稿：律賦與八股文》一書，（台北：台灣書店），頁 51。
53 《科舉考試文體論稿：律賦與八股文》，頁 51。

現象，經常會出現即席賦詩限韻的遊戲規則，也就是筆者所謂的「奉和賦得體詩」，如：唐中宗作〈九月九日幸臨渭亭登高得秋字〉，隨從的諸位朝臣將近一、二十人均奉和中宗原詩，朝臣們奉和詩題目幾乎相同，只是彼此和詩限用韻字不同而已，如：宋之問〈奉和九日幸臨渭亭登高應制得歡字〉、蘇頲〈奉和九日幸臨渭亭登高應制得時字〉……等，這是群體奉和賦得限韻的實例。

除了和詩有賦得限韻的情形之外，宴集的同題共作也會出現賦得限韻的規則，茲就《全唐詩》中，有關初盛唐時期的宴集詩同題限韻的詩例，擇例列表於下：

表 18：《全唐詩》所收初盛唐時期同題限韻之宴集詩

（卷數中之人名，僅以一人代表）

卷數	詩題	言數	句數	同題作者
33-35	冬日宴于庶子宅各賦一字（得平、杯、趣、色、節、鮮、歸）	5	8	岑文本、于志寧、令狐德棻、封行高、杜正倫、劉孝孫、許敬宗、
72 高正臣	晦日置酒林亭	5	8	在詩題下註明：是宴凡二十一人，皆以華字為韻，陳子昂為之序。
72 高正臣	晦日重宴	5	8	在詩題下註明：是宴九人，皆以池字為韻，周彥暉為之序。
72 崔知賢	上元夜效小庾體	5	8	詩題下註明：上元之遊，凡六人，皆以春字為韻，長孫正隱為之序。
72 崔知賢	三月三日宴王明府山亭（得魚、郊、花、煙、哉、□[54]）	4	12	詩題下註明：同賦六人，孫慎行為之序。

54 《全唐詩・卷八十四》陳子昂〈三月三日宴王明府山亭〉題下無註明賦得字

上表所列為文士宴集時，同題賦得限韻以及同題同韻的例子，如：《全唐詩》卷三十三〈冬日宴于庶子宅各賦一字〉底下分別為令狐德棻（得趣字）、封行高（得色字）、杜正倫（得節字）、岑文本（得平字）、劉孝孫（得鮮字）、許敬宗（得歸字）等，而此次宴集的主人是于志寧，其詩為〈冬日宴群公於宅各賦一字得杯字〉。據唐史記載[55]，于志寧為唐高祖、太宗二朝之僚臣，曾任太宗朝承乾太子左庶子[56]，「愛賓客，樂引後進」[57]，而由這首由六人赴宴的同題賦得限韻詩來看，早在太宗朝時，一般朝臣在公暇之餘，已有宴集同僚運用賦得體限韻方式來應景賦詩的情形。又〈三月三日宴王明府山亭〉一詩，同題賦得限韻者，記載於《全唐詩》中的有：崔知賢（得魚字）、席元明（得郊字）、韓仲宣（得花字）、高球（得煙字）、高瑾（得哉字）、陳子昂[58]等，然值得注意的是，據崔知賢詩題下所註曰：「同賦者六人，孫慎行為之序。」孫序曰[59]：

> 調露二年，暮春三日，同集於王令公之林亭，申交契也。……度志陳詩，式紀良會，仍探一字，六韻成章。

---

[55] 詳見《新唐書卷一百四・列傳第二十九・于志寧》，（台北：鼎文書局），頁 4003-4006。

[56] 據《唐會要・卷六十七》所載，庶子為掌管太子東宮。（台北：中華書局），頁 1168。

[57] 《新唐書》，頁 4006。

[58] 陳子昂詩題下無註明賦得字。

[59] 見《全唐詩》卷七十二，（台北：中華書局），頁 785。

據孫慎行序中所說，此次宴會是於「調露二年暮春三日」所舉行，如果序中所言時間屬實，那麼據《唐會要》卷七十六貢舉中「進士」條中記載，調露二年四月，考功員外郎劉思立奏請進士科加試帖經及試雜文[60]，自後因以為常式，這二者文獻時間如此接近，雖無證據直接說明此次宴會與劉思立上奏一事有任何關連，但據詩歌記錄，尤其是群體同題共作賦得限韻的現象，早已在當時流行於宮廷與一般文士宴會場合一段時間，因此這種群體同題共作賦得限韻方式，應對科舉試詩與試賦題目制定與考試規範，或多或少有些影響。

此外，另有別於同題賦得限韻方式的即席賦詩——「同題同韻詩」，這是參與同題共作的詩人們，在彼此相同的詩題之外，又同以一字為韻字來同題共作，如：高正臣〈晦日置酒林亭〉一詩，其題下註明：「是宴凡二十一人，皆以華字為韻，陳子昂為之序。」與會同題共作者，題目皆為〈晦日宴高氏林亭〉[61]，而同以華字所屬韻部——「麻韻」為韻腳，賦詩而成，陳子昂作〈晦日宴高氏林亭〉序曰：

> 夫天下良辰美景，園林池觀，古來遊宴歡娛仲眾矣。……豈可使晉京才子，孤摽洛下之游；魏室群公，獨擅鄴中之會。盍各言志，以記芳遊，同探一字，以華為韻。

---

[60] 據羅聯添考證，應該為明經科試帖、進士科試雜文。詳見《唐代文學論集》下冊〈唐代進士科試詩賦的開始及其相關問題〉，(台北：臺灣學生書局)，頁 383。

[61] 據《全唐詩・卷七十二》同題共作〈晦日宴高氏林亭〉者，見之記載有：崔知賢、韓仲宣、周彥昭、高球、弓嗣初、高瑾、王茂時、徐皓、長孫正隱、高紹、郎餘令、陳嘉言、周彥暉、高嶠、劉友賢、周思均、陳子昂等。

陳子昂一句「盍各言志，以記芳遊，同探一字，以華為韻」，說明了此次宴集賦詩的目的是「以記芳遊」；賦詩規則為「同探一字，以華為韻」。〈上元夜效小庾體〉一詩，詩題下註明：「上元之遊，凡六人，皆以春字為韻，長孫正隱為之序。」同題共作而見之記載的有：崔知賢、韓仲宣、高瑾、長孫正隱、陳嘉言、陳子昂等六人，長孫正隱〈上元夜效小庾體同用春字〉序曰：

> 夫執燭夜游，古人之意。豈不重光陰而好娛樂哉？……蓋陳良夜之歡，共發乘春之藻，仍為庾體，四韻成章，同以春為韻。

長孫正隱詩序中，詳細說明紀遊原因與賦詩辦法。這種群體同題同韻的即席賦詩現象，已和科舉考試中的試律與律賦外在形式上限韻的情形十分相近，如：試律的「以某字為韻，限幾字成」；試賦的「以題為韻」或者「題下限韻」等均是。再者，以上所舉的兩個「同題同韻」即席賦韻詩〈晦日宴高氏林亭〉與〈上元夜效小庾體同用春字〉，諸位與會詩人，據《全唐詩》中的小傳記載[62]，絕大多數為高宗時人，而在前面談到唐代科舉制度之考試項目與形式上的制定，基本上而言，是受到主考官個人對考試項目與形式之認知不同，而有所調整，雖然制度的成立與否的最後關卡，取決於皇上的一道「欽命」，但吾人也可由此瞭解到，唐代的科舉制度中，貢舉的進士科與明經科二者，其考試項目與形式的設立過程，與其說是成為定制，還不如說是成為常制來的更具有彈性。

62　《全唐詩》，頁 785-794。

筆者亦認為，科舉考試中的「試律」題中用韻，與「律賦」以題為韻或題下限韻，就二者在形式上與唐代即席賦詩的運用關係程度而言，「試律」無論在限韻要求、以及外在結構上的言數與句數，均較「律賦」來的容易為文人所掌握，因為「試律」形式結構短，絕大多數為五言六韻或少數的八韻情形，在限韻上，整首詩只要押一個韻部即可完成，甚至出現可就「試律」題目諸字，選擇一個字做為韻字，也就是所謂的賦得字（賦得字必須出現在詩作韻腳上），再以韻字所屬之韻部，押韻寫成，如：前面所提到的貞元九年的試律詩「光風草際浮」，幾位詩人是以詩題中之字為韻字，限韻寫成，結果出現若干首不同韻但同題的「試律詩」，但無論如何，就目前的資料而言，試律是一韻到底的。相對的，「律賦」大都轉韻寫成，除非「律賦」只限一韻寫成，或是所限韻之規則均為同一韻部，否則「律賦」幾乎很少不轉韻的。再者，「律賦」的限韻數目，與賦作寫成之長度、似乎無太大的直接關係，如：文宗開成三年的試賦〈霓裳羽衣曲賦〉，所採用之形式為「任用韻」；昭宗乾寧二年的試賦〈曲直不相入賦〉取「曲直」二字為韻，黃滔亦寫成五十六句的賦，只比同年所試的另一首〈人文化天下賦〉以「觀彼人文，以化天下」八字為韻的六十五句少九句。就以上所述，可知在外在形式上，唐代的「試律」與「律賦」，這二者與當時之即席同題限韻的吟詠關係緊密度上，對文人而言，「試律」要比「律賦」來得容易吟詠、寫作與掌握的。

再者，基本上，科舉考試中「試律」與「律賦」的考試規則對文人影響，是與一般朝廷或是朝臣的宴集限韻賦詩的影響不同。在初盛唐時期，無論是即席的「奉和賦得體詩」或是同題共作的「賦得限韻詩」，在形式上有部份是源於六朝，因此，初盛唐即席同題共作或是即席和詩，就形式而言，基本上是踵繼六朝而來。然而，隨著科舉制度的建立，對唐代文人入仕與否也具有關鍵性的影響，因此，科考「試律」與「律賦」的考試規則，更成為唐代文人應試前，首要面臨的課題，也因此除了個別自習限韻賦詩外，藉由宴集場合即席限韻賦詩，來作為考前熱身，亦不無可能。

表 19：《登科記》所收之「試律」

登科年	試詩題目	試詩被收錄之登科者	韻部	韻腳字／賦得字	言數	句數	備註
玄宗 開元 26 年	明堂火珠詩	崔曙	虞	珠孤無都	5	8	《書錄解題》：崔曙為開元 26 年進士
玄宗 天寶 4 年	玄元皇帝應見賀聖祚無疆詩	殷寅	先	年前延仙玄傳然甄	5	16	
〃	〃	李岑	元	元尊坤言恩喧軒門	5	16	
〃	〃	趙鐸	先	玄天前年懸傳然篇	5	16	
玄宗 天寶 10 年	湘靈鼓瑟詩	錢起	青	靈聽冥馨庭青	5	12	唐才子傳：天寶十年李巨卿榜及第
〃	〃	魏璀	青	聽靈形青萍溟	5	12	
〃	〃	陳季	青	亭泠冥青靈聽	5	12	
〃	〃	莊若訥	陽	揚長翔商量湘	5	12	
〃	〃	王邕	陽	章粧長湘芳商	5	12	

玄宗 天寶 15 年	東郊迎春詩	皇甫冉	庚	迎平行清榮鶯	5	12	唐才子傳：天寶十五年進士
肅宗 上元 2 年	迎春東郊詩	張耀	真	陳春人塵辰新濱淪	5	16	唐詩紀事：濯上元進士第
〃	〃	王緯	真	春辰新闉津伸	5	12	
代宗 大曆 8 年	禁中春松詩	陸贄	東冬	松濃中重封峰	5	12	讀書志：大曆八年進士
〃	〃	周存	東	中風同空通叢	5	12	
〃		員南溟	真	宸春新臣身鈞	5	12	
〃	〃	常沂	東冬	中風宮同空龍	5	12	
代宗 大曆 9 年	元日望含元殿御扇開合詩	張莒	文	君焚分聞雲氛	5	12	上都試《元日望含元殿御扇開合詩》。柳宗元《先友記》韓注：大曆九年進士
〃	清明日賜百寮新火詩	鄭轅	真	臣新鄰春紳人	5	12	東都試《清明日賜百僚新火詩》。唐詩紀事：轅，大曆九年進士
〃	清明日賜百寮新火詩	韓濬	真	臣新辰人春鄰	5	12	唐詩紀事：濬，大曆九年進士
〃		王濯	真	臣人茵春新鄰	5	12	唐詩紀事：濯登大曆九年進士
〃		史延	真	春辰均新人鈞	5	12	唐詩紀事：大曆九年...延登第

代宗 大曆 10 年	龜負圖詩	丁澤	虞	圖孤謨軀浮途	5	12	唐詩紀事：大曆十年東都試〈龜負圖詩〉。丁澤為東都第一
代宗 大曆 14 年	花發上林苑詩	王儲	麻	花車霞笳華賒	5	12	文苑英華：大曆十四年，王儲作魁
代宗 大曆 14 年	花發上林苑詩	周渭	侵	林陰深禽吟心	5	12	《文苑英華》注引《登科記》：周渭第二人
〃	〃	竇常	侵	陰深侵心禽林	5	12	《舊唐書・竇常傳》：大曆十四年登進士第
〃	〃	王表	侵	林簪深禽心陰	5	12	
〃	〃	獨孤綬（進士科）	麻	花華霞家賒沙	5	12	獨孤綬同年又試〈放馴象賦〉。《文苑英華》注云：《登科記》……第十八人。
〃	沉珠於泉詩	獨孤綬	先	捐泉旋懸肩賢	5	12	（博學宏詞）
〃	沉珠於泉詩	獨孤良器	虞	珠符浮無樞殊	5	12	（博學宏詞）
德宗 貞元 4 年	曲江亭望慈恩寺杏園花發詩	李君何	元	軒園喧門繁源鴛	5	12	
〃	〃	周弘亮	元	源園繁翻門言	5	12	唐詩紀事：弘亮登貞元進士第
〃	〃	曹著	元	軒園門繁喧言	5	12	

〃	〃	陳翥	麻	家花霞斜賒華	5	12	
德宗 貞元 7 年	青雲干呂詩	林藻	文	氛文分汾君雲	5	12	
〃	〃	令狐楚	文	紛雲分君聞薰氳	5	12	舊唐書本傳：……貞元七年登第
〃	〃	王履貞	文	雲君汾分文墳	5	12	
〃	〃	彭伉	文	紛君分文氳雲	5	12	
德宗 貞元 8 年	御溝新柳詩	賈稜	真	新春人塵頻辰	5	12	狀元
〃	〃	陳羽	真	新春人鱗塵津	5	12	唐才子傳：貞元八年禮部侍郎陸贄下第二人登科
〃	〃	歐陽詹	真	新春鱗蘋神人	5	12	唐摭言：貞元八年，歐陽詹居第三人，李觀第五人
〃	〃	李觀	真	人新辰春塵巾	5	12	唐摭言：貞元八年，歐陽詹居第三人，李觀第五人
〃	〃	馮宿	真	新春頻濱人辰	5	12	
〃	中和節詔賜公卿尺詩	陸復禮	東	中公同崇功窮	5	12	（博學宏詞）
〃	〃	李觀	東	工中同功窮躬	5	12	（博學宏詞）
〃	〃	裴度	東	重工同功躬中	5	12	（博學宏詞）

德宗 貞元 9 年	風光草際浮	張復元	陽	長光芳塘陽香翔	5	12	
〃	〃	裴杞	陽	長光陽塘香芳	5	12	
德宗 貞元 9 年	風光草際浮	陳璀	尤	州浮流溝幽遊	5	12	
〃	〃	陳祐	東	風中叢空融同	5	12	
德宗 貞元 10 年	冬日可愛詩	陳諷	支	時帷遺詩追私	5	12	（博學宏詞）
〃	〃	庾承宣	質	日出律失一畢	5	12	（博學宏詞）
德宗 貞元 11 年	立春日曉望三素雲詩	李季何	文	雲氳分聞群君	5	12	唐詩紀事：季何，貞元十一年登進士第
〃	〃	陳師穆	文	雲君分聞紛氳	5	12	
〃	〃	李應	文	分雲文氳雲君	5	12	唐詩紀事：應登貞元十一年進士
德宗 貞元 12 年	春臺晴望詩	李程	庚	晴榮平明清鶯	5	12	
〃	〃	鄭蕡	真	頻新春人親辰	5	12	
〃	〃	喬弁	真	春鱗新塵人身	5	12	
〃	竹箭有筠詩	李程	真	人鄰筠春新身	5	12	（博學宏詞）
〃	〃	席夔	真	筠均頻春人新	5	12	（博學宏詞）

〃	〃	張仲方	霰	箭變見練見彥	5	12	（博學宏詞）
德宗 貞元 13 年	龍池春草詩	陳詡	支	池枝離移差知	5	12	
〃	〃	宋迪	真	匀新蘋春輪辰	5	12	
〃	〃	万俟造	真	春新蘋綸人辰	5	12	
德宗 貞元 14 年	青出藍詩	呂溫	青	青形經零	5	8	詳見註腳[63]
〃	〃	王季友	青	經青螢靈	5	8	
德宗 貞元 15 年	行不由徑詩	封孟紳	庚	平行生貞清名	5	12	
〃	〃	張籍	庚	行成生程聲明	5	12	唐才子傳：貞元十五年封孟紳榜及第
〃	〃	王炎	庚	名行情貞平誠	5	12	
〃	〃	俞簡	庚	生行程平名精	5	12	
〃	終南精舍月中聞磬詩	獨孤申叔	文	氛聞聞分雲群紛	5	12	（博學宏詞）[64]
德宗 貞元 15 年	終南經舍月中聞磬詩	呂溫	文	氛聞雲分群文	5	12	（博學宏詞）
德宗 貞元 16 年	玉水記方流詩	吳丹	尤	浮流悠舟柔溝	5	12	

63 《登科記考》云：按《呂衡州集》有禮部試〈鑒止水賦〉，注云：「以『澄虛納照，遇象分形』為韻，任不依次用，限三百五十字已上成。」又有〈青出藍詩〉，注云：「題中用韻，限四十字成。」《文苑英華》所載同，是為此年試題。

64 〈終南精舍月中聞磬詩〉，題中用韻六十字成，（見呂衡州集）。

〃	〃	鄭俞	尤	幽流浮秋儔搜	5	12	
〃	〃	白居易	尤	幽悠柔流浮秋	5	12	白居易集：〈玉水記方流詩〉以流字為韻，限六十字成。
〃	〃	王鑑	尤	洲幽流收儔柔休	5	12	
〃	〃	杜元穎	尤	流幽浮柔遊收	5	12	
〃	〃	陳昌言	尤	幽流浮鉤收遊	5	12	
德宗 貞元 18 年	風動萬年枝詩	韋紓	東	宮風空同崇中	5	12	
〃	〃	樊陽源	東	風蒙中空同功	5	12	
〃	〃	許稷	支	宜枝池移垂隨	5	12	
德宗 貞元 19 年	貢舉人謁先師聞雅樂詩	呂炅	支	時遲絲緌儀熙	5	12	（博學宏詞）
〃	〃	王起	文	群聞雲分氛文	5	12	（博學宏詞）
德宗 貞元 21 年	沽美玉詩	羅立言	虞	沽誣都孤塗瑜	5	12	
憲宗 元和元年	山出雲詩	陸暢	真	晨新鱗頻塵春	5	12	
〃	〃	張復	真	新春塵鱗神人	5	12	
〃	〃	李紳	真	新春頻人神賓	5	12	

〃	〃	張勝之	真	親新春鱗因均	5	12	
憲宗元和 2 年	貢院樓北新栽小松詩	李正封	真	新春塵鱗秦親	5	12	
〃	〃	白行簡	冬	松峰容龍濃封	5	12	唐詩紀事：白行簡……元和二年登第
〃	〃	錢衆仲	真	春人新塵均辰	5	12	
〃	〃	吳武陵	冬	容峰封龍墉濃松	5	12	
憲宗元和 4 年	薦冰詩	鮑溶	庚	清誠鳴明輕情	5	12	
〃	〃	趙蕃	庚	情楹明清輕誠	5	12	
〃	〃	盧鈞	庚	清情明誠珩生	5	12	
憲宗元和 4 年	薦冰詩	范傳質	庚	程明清盈誠行	5	12	
〃	〃	陳至	庚	誠楹英成明生	5	12	
憲宗元和 5 年	恩賜魏文貞公諸孫舊第以導直諸臣詩	陳彥博	真	人身塵春鄰臣	5	12	《永樂大典》引《閩中記》：陳彥博……元和五年及第。
〃	〃	裴大章	庚	榮聲生楹貞名	5	12	
憲宗元和 8 年	履春冰詩	舒元輿	真	春身人輪頻神	5	12	舊唐書：元輿……元和八年進士
〃	〃	張蕭遠	真	人春鱗身頻津	5	12	

憲宗 元和 13 年	玉聲如樂詩	劉軻	庚	抃清聲情名榮	5	12	
〃	〃	潘存實	庚	鳴聲成清情埩	5	12	《永樂大典》引《清漳志》：潘存實，元和十三年進士及第。
憲宗 元和 14 年	騏驥長鳴詩	章孝標	庚	驚明生鳴聲程行	5	12	唐才子傳：元和十四年進士及第
〃	〃	陳去疾	陽	常蒼莊驤梁長	5	12	《永樂大典》引《閩中記》：陳去疾……元和十四年進士。
憲宗 元和 15 年	早春殘雪詩	裴乾餘	寒	寒殘蘭盤竿安	5	12	
〃	〃	施肩吾	寒	巒殘欄難寒盤看	5	12	唐才子傳：施肩吾……元和十五年進士
〃	〃	姚康	寒	殘寒團難看安	5	12	唐詩紀事：康元和十五年進士第
穆宗 長慶元年	鳥散餘花落詩	孔溫業	麻	斜花霞家嗟華	5	12	
〃	〃	趙存約	麻	花霞斜家葩華	5	12	
〃	〃	竇洵直	魚	初虛疏舒餘居	5	12	
穆宗 長慶 2 年	琢玉詩	丁居晦	庚	荊城貞名成呈	5	12	
〃	〃	浩虛舟	庚	成驚明生輕名	5	12	
文宗 大和 2 年	緱山月夜聞王子晉吹笙詩	厲玄	文	氛聞雲群分墳	5	12	

〃	〃	鍾輅	庚	笙清情聲京城	5	12	
文宗 開成 2 年	霓裳羽衣曲詩[65]	李肱	霽	歲製曳細替繼	5	12	任用韻
武宗 會昌 3 年	風不鳴條詩	盧肇	庚	鳴生驚輕聲情	5	12	狀元。《永樂大典》引《瑞陽志》：盧肇……會昌三年進士第一。
〃	〃	黃頗	蕭	飆朝條搖飄苗韶	5	12	《永樂大典》引《宜春志》：黃頗……會昌三年，擢進士科。
武宗 會昌 3 年	風不鳴條詩	姚鵠	庚	清平鳴生聲盈榮	5	12	唐才子傳：鵠……會昌三年，禮部尚書王起下進士。
〃	〃	尤牢	蕭	條搖飄蕭饒堯	5	12	
〃	〃	王甚夷	庚	生輕鳴平晴清	5	12	
〃	〃	金厚載	庚	生輕聲鳴橫榮清	5	12	
懿宗 咸通 3 年	天驥呈才詩	王棨	庚	生呈輕驚名情	5	12	
〃	〃	徐仁嗣	庚	明輕呈名行鳴	5	12	
〃	〃	盧征	先	年牽天鞭前傳偏	5	12	
〃	〃	鄭蕡	庚	經輕營生聲呈鳴	5	12	卷十四貞元十二年亦有鄭蕡，同據《英華》，當有一誤。

[65] 唐摭言：文宗開成二年試《琴瑟合奏賦》、《霓裳羽衣曲詩》，任用韻。

僖宗 乾符 3 年	漲曲江池詩[66]	鄭谷	真	津新春鱗蘋臣人	5	12	
昭宗 乾寧 2 年	內出白鹿宣示百官詩	黃滔	寒	難觀寒團官看	5	12	
〃	宮池產瑞蓮詩	王貞白	先	蓮先妍前	5	8	乾寧二年，先錄進士二十五人，後覆試，重放一十五人。（見登科記考）頁 906
昭宗 乾寧 5 年	春草碧色詩	殷文圭	真	濱春勻茵塵身	5	12	
〃	〃	王轂	真	新春濱塵均辰	5	12	

第二節　和詩體裁之溯源與發展（一）和意與和韻

本章一開始，承續第二章結論而來，針對唐代和詩體裁之範疇，得到一個初步的結論，即唐代和詩所涵蓋之範疇，是在六朝既有之和詩（同詩與和詩）以及詩類上，逐漸發展擴增，甚至是有所創新而成。唐詩諸體的創新與成熟，也使得唐代和詩體裁呈現多樣化。因此，本節即就唐代和詩諸體來分析論述，並上溯六朝時期來作一探源，以期能展現和詩體裁自六朝以至於唐末之發展脈絡。

針對唐代和詩體裁，筆者擬分為：和意、和韻、和體三大部份來分析，因筆者考慮到文章篇幅問題，故而將和詩體裁之

66 乾符三年，試《王者之道如龍首賦》，以「龍之視聽，有符君德」為韻；《一一吹竽詩》；又試《漲曲江池詩》，以春字為韻，見《黃御史集》。

溯源與發展，別立第二節與第三節來討論，第二節為和詩體裁之溯源與發展（一）和意與和韻。第三節為和詩體裁之溯源與發展（二）和體。

除了這三大和詩體裁之外，若以和詩內容來談，和詩基本上內容是「和原詩意」的，然而若依原詩外在表現形式來和作，內容又是「和意」，那麼和詩就會出現各體兼和的情形，如：和韻兼和意、和體兼和意、和聲兼和意，或是兩體以上兼和等。再者，亦有和詩題目並無明確標示為和詩，和詩作者另在詩前序或者詩題序中，說明和作體裁以及和作緣由。一般和詩作者絕大多數均以原詩為寫作對象，也就是和作他人的詩歌為主，然而盛中唐時期，卻出現了「自和詩」，即和詩作者以自己的詩歌作品為原詩，來加以和作，這種「自和詩」有別以往和詩是以和他人之作的寫作形態，再者，因「自和詩」其實是和詩作者本人依據個人所作原詩之韻來和韻寫成，故而筆者將「自和詩」部份置於本節探討。

一、「和意」與「和韻」釋義

若以現存最早之和詩資料[67]，以及和詩寫作最基本的出發點的角度來看，絕大部份的和詩是和意的。元　楊載《詩法家數》曰：「賡和之詩，當觀原詩之意如何？」[68]，和詩基本上是就原詩之意來和作的。

---

[67] 如《先秦漢魏晉南北朝詩》所收陶淵明〈五月旦作，和戴主簿〉，趙以武考證出為陶淵明於隆安五年（401 年）所作。而劉程之、張野、王喬之三人所作〈奉和慧遠遊廬山詩〉，趙以武考證出大約作於元興元年（402 年）或元興三年（403 年）。這兩組和詩均為和原詩意之作。（詳見趙以武《唱和詩研究》，頁 19）。

[68] 詳見《名家詩法彙編・卷之四楊仲弘詩法》，（台北：廣文書局）民國 61 年

趙以武《唱和詩研究》結論部份[69]指出，和詩的規定性是：和意不和韻。「所謂和意，是指和詩中寫的事、抒的情，必須與唱詩一致，不可歧出；情與意必須與唱詩所屬吻合，不能它移。」[70]，「所謂不和韻，即指唱詩與和詩用韻不得同部，應該相避；和詩有數首的情況下，和詩與和詩之間亦需儘可能遵守避韻不同的原則。唐以前的和詩，總的來講，是按照這一規定寫作的。」[71]根據引文，基本上而言，趙以武認為唐以前的和詩是和意不和韻的，而且和詩與原詩用韻不得同韻；和詩有數首時，和詩彼此之間要儘可能遵守避韻不同。

然而筆者對於趙氏認為唐以前和詩不和韻的說法，存有疑問，在六朝時期的詩壇上，文人寫作和詩是否必然遵守「和意不和韻」此一不成文規定？現今文獻尚無發現針對六朝和詩規定應遵守「和意不和韻」的明文記載，因此，筆者只得就《先秦漢魏晉南北朝詩》一書檢索六朝和詩用韻情形，其中〈梁詩卷二十四　王筠・奉和皇太子懺悔應詔詩〉詩序云：「奉和皇太子懺悔詩。仍上皇宸，極□□聖旨即疏降，同所用十韻，私心慶躍，得未曾有，招採餘韻，更題鄙拙。」、〈隋詩卷四　薛道衡・和許給事善心戲場轉韻詩〉，這兩首和詩，除了和意之外，在用韻上也較一般和詩特殊。茲析論如下：

9月。

[69] 趙以武，頁 371-375。

[70] 趙以武，頁 371。

[71] 趙以武，頁 371。

（一）王筠〈奉和皇太子懺悔應詔詩〉五言二十句

王筠〈奉和皇太子懺悔應詔詩〉這首和作之前，已有一首和作先出，即〈和皇太子懺悔詩〉五言十句，原唱為蕭綱〈蒙預懺直疏詩〉[72]五言二十句，梁武帝蕭衍也針對太子蕭綱之原詩，和作了一首〈和太子懺悔〉[73]五言八句，總之，王筠兩首和詩與蕭衍一首和詩，這三首和詩之原唱為蕭綱〈蒙預懺直疏詩〉。蕭綱原詩如下：

皇情矜幻俗，聖德愍重昏。制書開攝受，絲綸廣慧門。
時英滿君囿，法侶盛天園。俱銷五道縛，共蕩四生怨。
三脩袪愛馬，六念靜心猿。庭深林彩豔，地寂鳥聲喧。
上風吹法鼓，垂鈴鳴畫軒。新梅含未發，落桂聚還翻。
早煙藏石磴，寒潮浸水門。一朝蒙善誘，方願遣籠樊。

據趙以武考查[74]，蕭綱原詩二十句，用「元、魂」通韻。王筠先前第一首和詩〈和皇太子懺悔詩〉有十句，詩云：

習惡歸禮懺，有過稱能改。聖德及群生，唱說信兼採。
翹心蕩十惡，邈誠銷五罪。三縛解智門，六塵清法海。
超然故無著，逍遙新有待。

---

[72] 見《先秦漢魏晉南北朝詩‧梁詩卷二十一》，（台北：中華書局），頁 1935。
[73] 見《先秦漢魏晉南北朝詩‧梁詩卷一》，（台北：中華書局），頁 1532。
[74] 見趙以武《唱和詩研究》，（甘肅：甘肅文化出版社），頁 163。

王筠此首和詩用的是「賄、海」通韻。因此，這首〈和皇太子懺悔詩〉是和蕭綱原詩之意的和詩，並非和韻詩。而當梁武帝蕭衍見到王筠此首和詩之後，命王筠再和作一首，即〈奉和皇太子懺悔應詔詩〉。趙以武考查[75]王筠第二首和詩，詩序有所謂「同所用十韻」之意，是奉梁武帝蕭衍之指示，為同第一首和詩之韻，且十韻即寫成二十句。趙氏亦云，南朝時期「賄、海」韻入詩用字只有二十個（即：賄韻字有三：琲、罪、賄。海字韻有十七：采、採、綵、彩、殆、怠、（竹／怠）、凱、愷、待、等、改、海、宰、在、倍、醢），因此這兩韻部是屬於窄韻。因此，王筠第一首和詩已用了五韻，梁武帝蕭衍命王筠第二首和詩必須「同所用十韻」，最主要用意即在試探王筠詩才。故而筆者認為王筠第二首和作〈奉和皇太子懺悔應詔詩〉，其實就是奉命、被動所作之「繼和詩」，內容為和蕭綱原詩之意，而外在形式上卻是以自己第一首和詩之韻，再度同所用韻來和作。

（二）薛道衡〈和許給事善心戲場轉韻詩〉[76]

薛道衡此首和詩之原詩，為許善心〈戲場轉韻詩〉，原詩已遺佚。而薛道衡和詩為五言六十句，其所押韻腳字為：「年、圓、懸、前、連、川、弦、場、房、粧、鶱、香、燭、續、曲、玉、難、鞍、丸、戲、鼻、騎、至、翠、跂、灰、梅、徊、來、杯、哉。」據趙以武考查，〈和許給事善心戲場轉韻詩〉轉韻[77]如下：

1. 第一至十二句：「先、仙」通韻
2. 第十三至二十二句：「陽、唐」通韻

---

[75] 同註 74。
[76] 見《先秦漢魏晉南北朝詩・隋詩卷四》，（台北：中華書局），頁 2864。
[77] 趙以武，頁 325。

3. 第二十三至三十句：「燭」韻

4. 第三十一至三十六句：「寒、桓」通韻

5. 第三十七至四十八句：混用「紙韻」、「至韻」、「寘韻」。

6. 第四十九至六十句：「灰、咍」通韻

其中第一句、第十三句、第三十一句，作為轉韻之首句，亦均入韻。趙以武認為薛道衡此首和詩側重在「轉韻」，儘管薛道衡和許善心二人唱和為詩，彼此情同、景同、意同，然而薛道衡和作畢竟是以「轉韻」來與原詩競相取勝的，趙氏亦認為，薛道衡此首轉韻和詩是以往（六朝時期）唱和詩中從未有之現象，這是唱和中求韻（並非和韻）[78]。

筆者針對趙氏說法，尚存有一些疑問：1.許善心原詩既已遺佚，無法得知原詩轉韻情形，又何以能確定薛道衡和詩並非和韻之作？2.何謂唱和中「求韻」？趙氏並無作明確之說明。

然而可以肯定的是，既然隋代已出現了「轉韻」和詩，即表示由六朝絕大多數和詩為和意之現象正逐漸轉變，而由王筠〈奉和皇太子懺悔應詔詩〉與薛道衡〈和許給事善心戲場轉韻詩〉這兩首和詩來看，六朝末的詩人和詩，從一般主要的「和意不和韻」現象，正逐漸注意到和詩「用韻」的講求。

除了上述的兩首有關用韻的和詩之外，幾乎絕大多數的六朝和詩均為和意。到了唐代，一般和詩最基本原始的形態，也和六朝和詩的形態一樣，絕大多數是和意的，甚至，在歷來的有些詩話中，就將不同韻之「和意」詩歌，逕稱為「和詩」，如：明·黃溥《詩學權輿》卷之二〈韻譜〉曰：「……和詩，只和其意，不次其韻。」[79]、清　吳喬《答萬季野詩問》曰：「……又

---

[78] 詳見趙以武《唱和詩研究》，（甘肅：甘肅文化出版社），頁 327。

[79] 史有為、劉海燕、王南編纂《明詩話全編·黃溥詩話》第 53 則。

問和詩必步韻乎？答曰：和詩之体不一，意如答問而不同韻者，謂之和詩。」[80]。而和意的詩作，基本上除了在詩題中即言明和作之由外，一般而言，和詩作者也會另外於詩題外，或者詩題序中說明和作緣由，如：《全唐詩》卷 454 白居易〈和夢得〉題下註云：「夢得來詩云：謾謾圖書四十車，年年為郡老天涯。一生不得文章力，百口空為飽煖家。」、《全唐詩》卷 534 許渾〈和人賀楊僕射致政〉並序云：「祠部楊員外，以僕射楊公拜官致仕，舊府賓僚及門生合燕申賀，飲後書事，因呈和。」、《全唐詩》卷 501 姚合〈奉和四松〉題下注云：「松是中書相公任兵部侍郎日手栽。數年後，鄭澣繼之，因為詩獻相公合與唐扶、劉禹錫等同和。」以上所舉三例之和詩，其和作緣由有針對原詩詩句有感、或者只是單純的說明和作理由。

此外，一般有些和意詩在詩序上並無說明和作之由，只是簡單的在和詩詩題上表明和（同）原唱詩，而這在整部《全唐詩》的和意詩中，為數甚多，如：卷 112 崔頌〈和張荊州九齡晨出郡舍林下〉五言八句（平庚韻），原詩為卷 48 張九齡〈晨出郡舍林下〉五言八句（平侵韻）；卷 129 崔興宗〈和王維敕賜百官櫻桃〉七言八句（平支韻），原詩為卷 128 王維〈敕賜百官櫻桃〉七言八句（平寒韻）；卷 272 綦毋誠〈同韋夏卿送顧況歸茅山〉五言八句（平支韻），原詩為韋夏卿〈送顧況歸茅山〉五言八句（平真韻）……等，（參閱附錄二《全唐詩》和詩表）。

總之，和詩最初的原始模式是以原詩之意來和作，若就詩歌內容意義來說，基本上和詩的內容也是以和意為主；若就詩歌外在形式意義而言，即詩歌聲律、韻律、體裁方面，就有所

---

[80] 臺靜農《百種詩話類編・下・後編》四、作法類（四）聲律，（台北：藝文印書館），頁 1684。

謂的是否為「和聲」、「和韻」、「和體」等情形的考量。當然，吾人也可明白，一首和詩的寫成，除了最基本的和原詩意之外，和詩作者也有根據原詩外在形式來和作的情形，此種情況尤其在唐代和詩中經常出現。

二、和韻

歷來詩話對於詩歌和韻情形，大致分為三類：分別為次韻、用韻、依韻。而其中關於「用韻」與「依韻」的說法也較不一致。如：明·徐師曾《詩體明辯·和韻詩》[81]曰：

> 按和韻詩有三體，一曰依韻，謂同在一韻中，而不必用其字也。二曰次韻，謂和其原韻而先後次第皆因之也。三曰用韻，謂有其韻而先後不必次也。如唐 韓愈昌黎集，有陸渾山奉和皇甫湜用其韻是已。

明·胡震亨《唐音癸籤》卷三曰：

> ……和詩用來詩之韻曰用韻，依來詩之韻盡押之，不必以次曰依韻，並依其先後而次之曰次韻。

以上所舉二例中，其中「依韻」與「用韻」之說法，各有不同之解釋，而其爭議之處為：1.「依韻」與「用韻」究竟何者只是與原詩同在一韻部？2.何者以原詩之韻腳字盡押，但並不次韻？

---

81 明·徐師曾《詩體明辯·下》卷十四，沈芬、沈騏箋，(台北：廣文書局)，頁1039。

徐師曾《詩體明辯》認為，所謂「依韻」只是和詩與原詩同在一韻部而已，和詩韻腳所用之字，並無出現與原詩韻腳用字一樣的情形；而胡震亨《唐音癸籤》則認為，「依韻」是和詩依照原詩（來詩）之韻腳用字盡押，但是和詩韻腳用字與原詩韻腳用字次序並不相同。此外，《詩體明辯》認為，所謂「用韻」即是和詩韻腳用字與原詩韻腳用字相同，但次序不同；《唐音癸籤》則認為，所謂「用韻」，只是和詩用原詩之韻部來押韻而已。關於「依韻」與「用韻」之解釋，《詩體明辯》與《唐音癸籤》之說法恰巧相反。然而，在宋 劉攽《中山詩話》曰：「唐詩賡和，有次韻，先後無易；有依韻，同在一韻；有用韻，用彼韻，不必次。」若照宋代 劉攽的說法，其與《詩體明辯》對於「依韻」與「用韻」之解釋，又有所不同。二者持論不同點是在「依韻」的定義上，劉攽《中山詩話》認為「依韻」即是和詩與原詩之韻腳同在一個韻部之意；而徐師曾《詩體明辯》卻認為和詩與原詩韻腳同為一韻部，而和詩韻腳「不必用其字」。而這一句「不必用其字」之說，其意究竟是和詩韻腳字全都不必與原詩韻腳字相同（無相同韻字）？或是在同一韻部下，和詩韻腳字不必依照原詩韻腳字盡用（韻字可有可無）？這是韻腳用字「寬」與「嚴」的問題糾葛。今觀《全唐詩》中的和詩，其在詩題上明確標明為「依韻」的並不多，又因原詩多半散佚，無法充份比對歸納，故而筆者實難判定唐代和詩真正「依韻」的確切定義。因此，今筆者在區分和韻詩中之「依韻」、「用韻」與「次韻」現象，只得以宋・劉攽《中山詩話》之說法為依據，一來其年代與唐較為接近，二來其對於和韻三體之說法較為明確，三體之間其定義亦較無爭議性。

而就宋・劉攽的說法，可知「和韻詩」寫作方式是「次韻」為嚴，「用韻」次之，「依韻」為寬。故而事實上，就《全唐詩》中之「和韻詩」而言，和詩作者在寫作和韻詩時，「依韻」的現象是較「用韻」與「次韻」為多。此外，偶而會發現和詩詩題明確標明是「用韻」，但實際上，卻是一首「次韻詩」；或者和詩明確標明為「依韻」，但實際上卻是一首「次韻詩」的例外情形。茲舉例說明：

（一）實為「次韻」之用韻詩

此種「和韻詩」，和詩作者雖於詩題註明為「同用韻」，然而實際上卻是「次韻詩」。最明顯的例子，為《全唐詩》卷 357 劉禹錫〈同樂天和微之深春二十首〉，其詩題下註明「同用家、花、車、斜四韻」，原詩為《全唐詩》卷白居易 449〈和春深二十首〉組詩。劉禹錫所和作的對象為白居易〈和春深二十首〉，而白居易此二十首組詩亦是首「和詩」，原詩則為元稹所作〈春深詩〉，今已遺佚。據朱金城箋校指出[82]，白居易〈和微之詩二十三首〉序中所云：「微之又以近作四十三首寄來，命僕繼和，其間瘀絮四百字、車斜二十篇者流，皆韻劇辭殫，瑰奇怪譎。」文中指的「車斜二十篇者流」就是元稹〈春深詩二十首〉，亦為白居易所和作之對象。而劉禹錫即根據白居易這首〈和春深二十首〉來和作。

白居易〈和微之春深二十首〉，每一首均為五言八句，均押平聲麻韻，且每一首均次韻，韻腳次序為「家、花、車、斜」，劉禹錫和作形式亦與白居易完全相同。據瞿蛻園箋證[83]，元稹寫

---

82 朱金城箋校《白居易集箋校三》，（上海：上海古籍出版社），頁 1832。
83 瞿蛻園箋證《劉禹錫集箋證中》，（上海：上海古籍出版社），頁 1100。

作原詩時，蓋元稹、白居易、劉禹錫三人正當謫籍，元稹在浙東遙屬白居易、劉禹錫二人和之。而觀白居易與劉禹錫和詩之意，二人皆久別京華，故而藉題賦詠當時的時世風俗。因此可知，白居易與劉禹錫兩人之和詩，是遙和元稹之作。

而觀劉禹錫此〈同樂天和微之深春二十首〉寫作形式，如同白居易〈和微之春深二十首〉的翻版，雖然劉禹錫註明為「同用家、花、車、斜四韻」，但因用韻次序完全與其原詩白居易之作相同，因此，劉禹錫〈同樂天和微之深春二十首〉實際上就是一組次韻詩。

（二）和詩詩題無標明「依韻」，然實為「依韻」之和詩

1.《全唐詩》卷 98 趙冬曦〈奉和張燕公早霽南樓〉

方曙躋南樓，凭軒肆暇矚。物華蕩暄氣，春景媚晴旭。
川霽湘山孤，林芳楚郊縟。列巖重疊翠，遠岸逶迤綠。
風帆摩天垠，魚艇散彎曲。鴻歸鶴舞送，猿叫鶯聲續。
群動皆熙熙，噫予獨羈束。常欽才子意，忌鵬傷踡跼。
雅尚騷人文，懷沙何迫促。未知二賢意，去矣從所欲。

原詩為《全唐詩》卷 86 張說〈岳陽早霽南樓〉

山水佳新霽，南樓玩初旭。夜來枝半紅，雨後洲全綠。
四運相終始，萬形紛代續。適臨青草湖，再變黃鶯曲。
地穴穿東武，江流下西蜀。歌聞枉渚邅，舞見長沙促。
心阻意徒馳，神和生自足。白髮悲上春，知常謝先欲。

張說原詩與趙冬曦和詩同押入聲「沃」韻，趙冬曦和詩韻腳依序為「矚、旭、縟、綠、曲、續、束、跼、促、欲」；張說原詩韻腳依序為「旭、綠、續、曲、蜀、促、足、欲」。觀此組原詩與和作，張說原詩為五言十六句，趙冬曦和詩為五言二十句，韻腳相同之韻字為「旭、綠、續、曲、促、欲」六字，雖然趙冬曦此和作在韻字安排上，與和韻中之「用韻」有些相似，但因和作句數與原詩不等，彼此韻字仍有四字之差異（以原詩十韻為基準），因此筆者將趙冬曦此和作歸於和韻詩中之「依韻」。而趙冬曦此首〈奉和張燕公早霽南樓〉詩，據傅璇琮《唐五代文學編年史・初盛唐卷》考證，為開元五年之作[84]，是《全唐詩》目前出現之年代最早的文人和韻詩，故而吾人可確定的是，除了宮廷和詩之外，目前最早之文人和韻詩，是出現於開元五年之盛唐時期。

2.《全唐詩》卷 289 李益〈奉和武相公春曉聞鶯〉

蜀道山川心易驚，綠窗殘夢曉聞鶯。
分明似寫文君恨，萬怨千愁弦上聲。

《全唐詩》卷 301 王建〈和門下武相公春曉聞鶯〉

侵黑行飛一兩聲，春寒囀小未分明。
若教更解諸餘語，應向宮花不惜情。

---

84 傅璇琮主編《唐五代文學編年史・初盛唐卷》，（瀋陽：遼海出版社），頁534。

《全唐詩》卷 330 許孟容〈奉和武相公春曉聞鶯〉

碧樹當窗啼曉鶯，間關入夢聽難成。
千回萬囀盡愁思，疑是血魂哀困聲。

《全唐詩》卷 333 楊巨源〈和武相公春曉聞鶯〉

語恨飛遲天欲明，殷勤似訴有餘情。
仁風已及芳菲節，猶向花溪鳴幾聲。

《全唐詩》卷 344 韓愈〈和武相公早春聞鶯〉

早晚飛來入錦城，誰人教解百般鳴。
春風紅樹驚眠處，似妒歌童作豔聲。

以上五首和詩，其原詩均為《全唐詩》卷 317 武元衡〈春曉聞鶯〉

寥寥蘭臺曉夢驚，綠林殘月思孤鶯。
猶疑蜀魄千年恨，化作冤禽萬囀聲。

觀武元衡原詩之詩歌內容，似乎別有寓意，而不只是單純的「春曉聞鶯」而已，因此，楊巨源和作中「仁風已及芳菲節」一句，也似乎是針對武相個人風骨而言。據《新唐書》武元衡傳記載[85]，武元衡是則天皇后之族弟，曾被唐德宗譽為「是真宰

[85] 詳見《新唐書．列傳第 77》，(台北：鼎文書局)，頁 4833。

相器！」後於順宗年間，武元衡拒入王叔文黨，又憲宗即位後，官拜門下侍郎、同中書門下平章事，兼判戶部事，元衡「堅正有守」，因此憲宗對武元衡是「眷禮信任異它相」[86]。爾後因「蜀」地新定，當時的節度使高崇文不知吏治，奢華宴樂，盡行工巧、伎樂，而「蜀幾為空」[87]。憲宗因而詔武元衡為劍南西川節度使，元衡在蜀地「儉己寬民，比三年，上下完實，蠻夷懷歸」[88]。可知武元衡於官職克盡職守，是朝廷所倚重之相才。武元衡此首〈春曉聞鶯〉中的一句「猶疑蜀魄千年恨」，可謂道出其在蜀地目睹民困的悲恨心情，因此，楊巨源和作中「仁風已及芳菲節，猶向花溪鳴幾聲」二句，是對武相個人風骨的推崇，韓愈和作亦是追和武相鎮蜀時作[89]。其它如李益、王建、許孟容等，亦是針對武相在蜀地為民疾苦的事蹟，藉由武相原詩來加以和作。

若就形式上而言，這五首和詩均為和原詩韻的「和韻詩」，均為七言四句，且與原詩同押平聲庚韻，李益和詩韻腳為「驚、鶯、聲」；王建和詩韻腳為「聲、明、情」；許孟容和詩韻腳為「鶯、成、聲」；楊巨源和詩韻腳為「明、情、聲」；韓愈和詩韻腳為「城、鳴、聲」，武元衡原詩韻腳為「驚、鶯、聲」三字；而雖然和詩與原詩押的是同一韻部，但其中只有李益和作是「次韻」原詩，王建與楊巨源這兩首和詩是彼此「同韻」（出現的韻字相同、而次序不同）。而其它無論是和詩與原詩、或是和詩彼此之間，因只出現同一個韻字（「聲」字），故而筆者認為，此依原詩之韻部和韻寫作，是為和韻中之「依韻」情形。

---

[86] 同註 85。
[87] 同註 85，頁 4834。
[88] 同註 87。
[89] 陳克明《韓愈年譜及詩文繫年》，（成都：巴蜀書社），頁 392。

其它如：《全唐詩》卷 331 姚向、溫會、李敬伯、姚康等四人所作的〈和段相公登武擔寺西臺〉，原詩為卷 331 段文昌所作的〈題武擔寺西臺〉，這四首和詩與原詩均為五言八句，且押平聲東韻。段文昌原詩韻腳為「空、瓏、中、窮、同」；姚向和作韻腳為「中、宮、空、通、風」；溫會和作韻腳為「中、空、風、同、窮」；李敬伯和作韻腳為「風、功、同、通、豐」；姚康和作韻腳為「風、中、紅、窮、通」，就這四首和詩與原詩的韻腳形式來看，就只能說這四首和詩均為和原詩韻的「和韻詩」，且為和韻詩中之「依韻」。

此外，在《全唐詩》卷 331 中亦收錄姚向、溫會、李敬伯、姚康四人所作之〈奉陪段相公晚夏登張儀樓〉，原詩為段文昌所作之〈晚夏登張儀樓呈院中諸公〉，這四人所作之「奉陪詩」，就形式上而言，雖然在詩題上並無標明為「和詩」，但是實際上，均為和原詩韻的「和韻詩」，原詩與和作均為五言八句，同押上平灰韻。段文昌原詩韻腳為「開、埃、迴、來、杯」；姚向和作韻腳為「材、台、來、杯、回」；溫會和作韻腳為「開、回、材、來、哀」；李敬伯和作韻腳為「隈、開、台、來、埃」；姚康和作韻腳為「開、來、臺、台、埃」，同樣的，這四首和原詩韻的和作，因所用之韻腳字，無論是和作與原詩、或是和詩彼此之間，雖韻腳用字有若干不同，但均為同一韻部，因此亦可將之視為和韻詩中之「依韻」情形。

（三）詩題標明「依韻」之和詩與「依本韻」

所謂「依韻」，據宋・劉攽《中山詩話》所云，為和詩與原詩「同在一韻」。《全唐詩》中之「和韻詩」明確標明「依韻」者，如下表：

表 20：《全唐詩》所收之依韻詩（詩題標明爲依韻者）

卷次	和詩作者	和詩詩題	韻部	言／句	卷次	原詩作者	原詩詩題	韻部	言／句
598	高駢	依韻奉酬李迪	魚	7/8		李迪[90]			
646	李咸用	依韻修睦上人山居十首		均7/8		修睦上人	遺佚		
692	杜荀鶴	依韻次一作酬同年張曙先輩見寄之什	先	7/8		張曙	遺佚		
708	徐夤	依韻和尚書再贈牡丹花	陽	7/8		王延彬	遺佚		
709	〃	依韻酬常循州	陽	7/8		常循州	不明		
747	李中	依韻和智謙上人送李相公赴昭武軍	庚	5/8		智謙[91]			
747	李中	依韻和蠡澤王去微秀才見寄	庚	5/8		王去微[92]			
748	〃	海上載筆依韻酬左鄽見寄	微	5/8		左鄽	遺佚		
749	〃	晉陵罷任寓居依韻和陳銳秀才見寄	刪	7/8		陳銳[93]			
〃	〃	依韻和友人秋夕見寄	庚	5/8		不明			

---

90 《全唐詩》無收李迪之作。

91 《全唐詩》無收智謙之作。

92 《全唐詩》無收王去微之作。

93 《全唐詩》無收陳銳之作。

〃	〃	吉水縣依韻酬華松秀才見寄	文	7/8		華松[94]			
752	徐鉉	中書相公谿亭閒宴依韻李建勳	蕭	5/8		李建勳	遺佚		
754	徐鉉	印秀才至舒州見尋別後寄詩依韻和	支	5/8		印粲[95]			
〃	〃	避難東歸依韻和黃秀才見寄	微	7/8		黃秀才	不明		
755	〃	京使迴自臨川得從兄書寄詩依韻和				徐憲[96]			
〃	〃	陪鄭王相公賦筵前垂冰應教依韻	蒸	7/8		李煜	遺佚		
〃	〃	依韻和令公大王薔薇詩	支	5/36	8	李從善	薔薇詩一首十八韻呈東海侍郎徐鉉	支	5/36
843	齊己	依韻酬謝尊師見贈二首 師欲調舉	文、微	5/8		謝尊師	不明		
885	王貞白	依韻和幹公題庭中太湖石二首	侵、侵	均5/8		幹公	不明		

94 《全唐詩》無收華松之作。

95 《全唐詩》無收印粲之作。

96 《全唐詩》無收徐憲之作。

據上表可知，《全唐詩》中之和韻詩，於詩題上明確標明為「依韻」的，大多出現在晚唐時期[97]，甚至有些和詩作者年代已跨入唐末五代時期。然極為可惜的是，絕大部份所「依韻」的原詩，至今幾乎遺佚殆盡，因此，在今日是無法比對和詩與原詩之間的「依韻」情形。而上表中，唯一原詩尚存的「依韻」詩，為《全唐詩》卷 755 徐鉉〈依韻和令公大王薔薇詩〉，原詩則為《全唐詩》卷 8 李從善〈薔薇詩一首十八韻呈東海侍郎徐鉉〉，原詩與和作均為五言三十六句，且同押平聲支韻。然而，值得一提的是，徐鉉和詩雖題為「依韻」，但是實際上，卻是一首次原詩韻腳的「次韻詩」，韻腳字均依序為「時、枝、帷、絲、垂、窺、衰、遲、籬、差、知、支、嗤、(雨／斯)、姬、奇」，所不同的是，李從善的原詩為首句入韻詩（首句韻腳字為「池」)，而徐鉉和作則是首句不入韻詩。而由徐鉉與李從善二詩看來，說明了和詩作者在和韻寫作的形式上，偶而「依韻」、「用韻」與「次韻」的運用並不是那麼的絕對。

此外，有些和詩作者在寫作「依韻詩」時，有時會在詩題之中、或者之外，標明「依本韻」字，而「依本韻」事實上就是「依韻」，意思是依照原本詩作之韻部來寫作。整部《全唐詩》中，標明「依本韻」的依韻詩共有四首，為：

1. 卷 355 劉禹錫〈和浙西李大夫晚下北固山喜徑松成陰悵然懷古偶題臨江亭并浙東元相公所和依本韻〉，五言四十句，上聲有韻。原詩為李德裕所作，今已遺佚。

[97] 據《唐五代文學編年史・晚唐卷》以唐敬宗寶曆三年、文宗大和元年(827)為晚唐卷之始，茲據之。詳見《唐五代文學編年史・傅璇琮自序》,(瀋陽：遼海出版社)，頁 5。

2. 卷 356 劉禹錫〈和浙西大夫霜夜對月聽小童吹觱栗歌依本韻〉，七言二十四句，是一首轉韻詩，韻部依序為「月」、「東」、「紙」、「陽」、「語」、「霽」、「侵」，原詩為李德裕所作，已遺佚。
3. 卷 451 白居易〈戲和微之答竇七行軍之作依本韻〉，五言十二句，押平聲先韻，韻腳字為「全、天、仙、傳、船、錢」。原詩為卷 423 元稹〈戲酬副使中丞竇鞏見示四韻〉五言八句，押平聲先韻，韻腳字為「全、天、船、錢」。和作與原詩言數相同而句數不同，然而和作是依照原詩之韻部來押韻寫作，因此，白居易詩題也才會標明「依本韻」。而從此首「依韻詩」與其原詩彼此句數不等看來，吾人亦可知「依韻」是和韻詩中用韻最寬的形式。
4. 卷 757 徐鍇〈太傅相公以東觀庭梅垣舊植昔陪盛賞今獨家兄唱和之餘俾令攀和輒依本韻伏愧斐然〉，五言八句，平聲支韻，韻腳字為「時、移、衰、絲」。原詩為卷 757 湯悅〈鼎臣學士侍郎以東館庭梅，昔翰苑之毫末，今復半枯，向時同僚零落都盡，素髮垂領，茲唯二人。感舊傷懷，發於吟詠，惠然好我，不能無言，輒次來韻攀和。〉五言八句，平聲支韻，韻腳字為「時、移、衰、絲」。而湯悅此首原詩，另有再一次韻之作，即同卷〈再次前韻代梅答〉一詩。

由以上所舉之「依韻詩」與其原詩的例子可知，所謂「依韻」是依照原詩所押韻部來寫作之和韻方式，是和韻詩中，用韻最寬的一種，若以此種角度檢視初盛唐時期的「和詩」，即可發現初盛唐宮廷中所流行的君臣賡和之作，已有「和韻」的情形出現。而初盛唐宮廷和詩中的「和韻」現象，約可分為二種情形：一是和原詩首唱之韻，二是同題群和時，並不一定和原詩韻，然而和詩彼此之間卻出現同韻的現象。這種同韻現象是偶然不經意的、或是刻意如此，則並未可知。茲舉例如下：

（1）和原詩首唱之韻

《全唐詩》卷 1 高宗所作〈七夕宴懸圃二首〉，此二首均為五言八句，第一首押平聲寒韻、第二首押平聲陽韻。高宗此二首詩，許敬宗皆奉和之[98]，而且和詩第二首與高宗原詩第二首同押平聲陽韻，如：高宗〈七夕宴懸圃〉第二首

霓裳轉雲路，鳳駕儼天潢。虧星凋夜靨，殘月落朝璜。
促歡今夕促，長離別後長。輕梭聊駐織，掩淚獨悲傷。

許敬宗〈奉和七夕宴懸圃應制二首〉第二首

婺閨期今夕，娥輪泛淺潢。迎秋伴暮雨，待暝合神光。
蕙寢低雲鬢，呈態解霓裳。喜中愁漏促，別後怨天長。

高宗原詩第二首韻腳字為「潢、璜、長、傷」，許敬宗和作第二首韻腳字為「潢、光、裳、長」，和詩與原詩相同之韻腳字為「潢、長」，這亦是屬於和韻詩中的「依韻」現象。

[98] 見《全唐詩》卷三五許敬宗〈奉和七夕宴懸圃應制二首〉，（北京：中華書局），頁 465。

(2) 群和和詩不全然和原詩韻，而部份和詩彼此之間同韻

1. 《全唐詩》卷 2 中宗〈登驪山高頂寓目〉五言八句，押平聲虞韻，詩作如下：

 四郊秦漢國，八水帝王都。閶闔雄里閈，城闕壯規模。
 貫渭稱天邑，含岐實奧區。金門披玉館，因此識皇圖。

 和作中宗〈登驪山高頂寓目〉一詩者，共有六人[99]，分別為卷 54 崔湜與卷 103 趙彥昭同押「灰」韻；卷 71 劉憲押「虞」韻；卷 73 蘇頲押「文」韻；卷 92 李乂與卷 102 武平一同押「先」韻。六首和詩當中，只有劉憲和作是與中宗同押「虞」韻，其餘和詩則三三兩兩出現同韻現象。

2. 《全唐詩》卷 3 玄宗〈經河上公廟〉五言十二句，押平聲庚韻，韻腳字為「榮、并、驚、貞、清、名」。和作有三人，分別為卷 49 張九齡〈奉和聖製經河上公廟〉押平聲先韻，韻腳字為「仙、傳、詮、然、篇、先」；卷 74 蘇頲〈奉和聖製經河上公廟應制〉押平聲先韻，韻腳字為「仙、然、煙、邊、傳、玄」；卷 88 張說〈奉和聖製經河上公廟應制〉押平聲真韻，韻腳字為「人、辰、神、鄰、真、塵」。

 這組原詩與和作之間並無和韻，然而和詩之間卻有同韻現象，如：張九齡與蘇頲同押平聲「先」韻。

---

[99] 記事云：「帝自題序：『末云，人題四韻，後罰三杯。』日暮，成者五六人，餘皆罰酒。」見《全唐詩・卷二・中宗皇帝》，（北京：中華書局），頁 24。

3.《全唐詩》卷 3 玄宗〈送張說巡邊〉五言二十句，押平聲陽韻。共有十二人和作，分別為卷 46 崔日用、卷 64 宋璟與同為卷 111 韓休、張嘉貞等四人，同押「庚」韻；卷 107 徐堅與同為卷 111 的崔禹錫、盧從愿等三人，同押「陽」韻；同為卷 111 的蘇晉、徐知仁、席豫等三人，同押「先」韻；卷 111 王光庭與卷 112 賀知章，二人同押「東」韻。

這組原詩與和作中，只有徐堅、崔禹錫、盧從愿三人之和作是與玄宗所作之原詩同韻。其餘和詩，亦出現三三兩兩彼此和韻的情形。

以上所舉，為初盛唐時期和詩中，與原詩有關和韻與同韻現象部份。據此可知，其實早於中唐的初盛唐時期，和詩當中已有「和韻」現象出現，尤其是宮廷中流行的君臣唱和場面中，時常會出現和原詩首唱韻，或者群和之間出現部份同韻的情形。故而詩話中有關和韻詩寫作始於元、白二人的說法[100]，似應要加以修正。

（四）用韻

所謂「用韻」，據《詩體明辯》之說法，為和韻詩中之一體，「謂有其韻而先後不必次也。[101]」其意思為和詩與原詩均在同一韻部，且彼此所用之韻字相同，但次序卻不同。《全唐詩》中

[100] 如宋・張表臣《珊瑚鉤詩話》卷一所云：「前人作詩，未始和韻，自唐白樂天為杭州刺史，元微之為浙東觀察，往來置郵筒唱和，始依韻，而多至千言，少或百數十言，篇章甚富。……」

[101]《詩體明辯・下》卷十四〈和韻詩〉。

之和詩，於詩題明確標有「用韻」的，唯有卷 339 韓愈所作之〈陸渾山火和皇甫湜用其韻〉一詩。

據《新唐書・皇甫湜傳》[102]所云：「皇甫湜字持正，睦州新安人。擢進士第，為陸渾尉，仕至工部郎中」。皇甫湜詩作至今尚存者不多，《全唐詩》今收皇甫湜存詩三首，而韓愈〈陸渾山火和皇甫湜用其韻〉一詩，其原詩為皇甫湜〈陸渾山火〉[103]，韓愈和詩是根據皇甫湜原詩之韻，來用韻寫作，然皇甫湜原詩今已不復得見。

歷來詩話或者詩文評每以韓愈此首〈陸渾山火和皇甫湜用其韻〉來作為說明和韻詩「用韻」方式之代表作，如：宋・劉攽《中山詩話》：「唐詩賡和，有次韻，先後無易；有依韻，同在一韻；有用韻，用彼韻不必次。吏部和皇甫陸渾山火是也，今人多不曉。」明・黃溥《詩學權輿卷之二・韻譜》[104]：「……用韻，用彼之韻，亦不必次之。韓退之《和皇甫湜陸渾山火》是也。……」明・徐師曾《詩體明辯》[105]：「……三曰用韻，謂有其韻而先後不必次也，如唐韓愈昌黎集有陸渾山奉和皇甫湜，用其韻是已。」可知，韓愈此首和詩是為和韻詩中「用韻」之經典作品。

然皇甫湜原詩已遺佚，無法將之與韓愈和詩相互比對分析。而觀韓愈此首〈陸渾山火和皇甫湜用其韻〉為七言五十九句之奇數句詩，且句句用韻，就詩歌形式而言，甚為奇特。筆者茲將〈陸渾山火和皇甫湜用其韻〉之用韻字條列於下：

---

102 《新唐書・卷一百七十六・列傳第一百一》，（台北：鼎文書局），頁 5166。
103 據傅璇琮所考，見《唐五代文學編年史・中唐卷》，頁 658。
104 見《明詩話全編・黃溥詩話第五三則》。
105 《詩體明辯・下》卷十四，頁 1039。

渾、源、吞、軒、燔、原、坤、垠、垣、門、暾、猿、
黿、鵾、奔、尊、園、繁、喧、塤、旛、褌、臀、轅、
鞬、轓、帑、膰、屯、盆、尊、言、翻、反、暖、根、
孫、跟、恩、元、援、論、閽、痕、魂、冤、存、飧、
婚、昆、蹲、騫、怨、鯤、崙、昏、焚、煩、捫

以上為〈陸渾山火和皇甫湜用其韻〉一詩，七言五十九句中的五十九個韻腳字，這五十九個字，全是平聲「元」韻韻部之字，且通篇為整齊的七言詩作。而針對中國詩歌有關奇數句詩的研究中，李師立信於〈論杜甫奇數句詩〉[106]一文指出，早期的七言作品如：〈靈寶謠〉、崔駰〈鸞鳥高翔時來儀〉、張儀〈四愁詩〉四首等均為奇數句成篇者。又七言詩如：柏梁臺聯句、曹丕〈燕歌行〉等，均句句入韻，可見早期的七言詩，無論奇數句或偶數句，均可入韻。因此筆者認為就詩歌形式而言，韓愈此首〈陸渾山火和皇甫湜用其韻〉與皇甫湜〈陸渾山火〉詩，二詩皆具備了早期七言詩中，奇數句成篇與句句入韻這兩種特質。

再者，因韓愈此詩是以皇甫湜原詩之韻來用韻寫成，據《唐五代文學編年史・中唐卷》所載[107]，元和三年時，「皇甫湜為陸渾尉，冬，作〈陸渾山火〉詩，韓愈和之。」而據《唐會要》卷 76 制科舉條所載[108]，元和三年四月皇甫湜、牛僧儒、李宗閔等應制舉試策，考官考三策皆中第。然因策語甚直、無所畏避，

[106] 見《唐代文化研討會論文集》，頁 523。
[107] 見《唐五代文學編年史・中唐卷》，頁 658。
[108] 見《唐會要・卷七十六・制科舉》，(北京：中華書局)，頁 1393。

得罪當時權倖，再加上不中第者趨炎附勢，與權貴相互起舞，同為唱誹，因此皇甫湜、牛僧儒、李宗閔三人遭陷被貶。又皇甫湜為當年考官翰林大學士王涯的外甥，考覈之際，王涯未先上言，而連帶遭致貶官處分。因此當皇甫湜被貶為陸渾尉時，便寫下了〈陸渾山火〉詩。而觀韓愈和詩末四句所云：「皇甫作詩止昏睡，辭誇出真遂上焚。要余和增怪又煩，雖欲悔舌不可捫。」可知韓愈和作並非主動，而為皇甫湜所請託之下所和作，韓愈直認為皇甫湜原詩是「既怪且煩」。

除了韓愈此首〈陸渾山火和皇甫湜用其韻〉一詩，於詩題中明確標明「用韻」之和詩外，於詩題無標明為「用韻」，然實為和韻中之「用韻詩」者，茲舉兩組為例：

1.《全唐詩》卷 386 張籍〈同白侍郎杏園贈劉郎中〉

一去瀟湘頭欲白，今朝始見杏花春。
從來遷客應無數，重到花前有幾人。

原詩則為《全唐詩》卷 448 白居易〈杏園花下贈劉郎中〉

怪君把酒偏惆悵，曾是貞元花下人。
自別花來多少事，東風二十四回春。

觀此組原詩與和作，均為七言四句，且同押平聲真韻。由二詩之韻腳字（春、人二字）看來，因同為一韻部，又有相同之韻字，只是韻字所用次序不同而已，故而張籍此首和作，是為和韻中之「用韻詩」。

2.《全唐詩》卷 613 皮日休〈奉和魯望四月十五日道室書事〉

忘朝齋戒是尋常，靜啟金根第幾章。竹葉飲為甘露色，
蓮花鮓作肉芝香。松膏背日凝雲磴，丹粉經年染石床。
剩欲與君終此志，頑仙唯恐鬢成霜。

原詩則為《全唐詩》卷 625 陸龜蒙〈四月十五日道室書事寄襲美〉

烏飯新炊芼臛香，道家齋日以為常。月苗杯舉存三洞，
雲蕊函開叩九章。一掬陽泉堪作雨，數銖秋石欲成霜。
可中值著雷平信，為覓閒眠苦竹床。

觀此組原詩與和作均為七言八句，且同押平聲陽韻。皮日休和詩韻腳字為「常、章、香、床、霜」；陸龜蒙原詩韻腳字為「香、常、章、霜、床」，二人所用韻腳字皆同，只是韻腳安排之次序不同，因此，皮日休此和詩亦為和韻中之「用韻詩」。

（五）次韻

所謂「次韻」，據宋・劉攽《中山詩話》所云：「……次韻，先後無易。」明・徐師曾《詩體明辯》曰：「次韻，謂和其原韻而先後次第皆因之也。」明・胡震亨《唐音癸籤》云：「……并依其先後而次之曰次韻。」次韻之定義，是和韻詩三體中最無爭議，也最為確切的。而「次韻」一辭之名，據清 汪師韓《詩

學纂聞》所云[109]，認為「次韻」之名是出於元稹〈上令狐相公詩啟〉一文[110]。

在唐代詩人友朋之間所寫作之「次韻詩」當中，以中唐時期元稹、白居易二人所作居多，尤其在「酬詩」方面，元稹酬和白居易之詩作，絕大多數是「次韻」(詳見第二章第一節表 6)；在晚唐時期，則以皮日休、陸龜蒙二人之間所寫作之「次韻詩」為晚唐詩人之冠。皮、陸二人之「次韻詩」大多在詩題上即明確標上「次韻」二字，如：《全唐詩》卷 612 皮日休〈奉和魯望秋日遣懷次韻〉、《全唐詩》卷 613 皮日休〈魯望以花翁之什見招因次韻酬之〉、《全唐詩》卷 618 陸龜蒙〈奉和襲美公齋四詠次韻〉……等，相較於元、白二人之間所寫的「次韻詩」大多在詩題下、或是在詩序中才說明「次韻」緣由，這在「次韻」詩題的辨識上，皮、陸次韻詩是比元、白次韻詩容易辨認的，這也顯示到了晚唐時期，詩人們對於寫作「次韻詩」也逐漸有自覺意識，很清楚的直接表明自己所和作是「次韻詩」，而不僅是「次韻詩」是如此，在本節所提到晚唐詩人寫作「依韻詩」時，也大多於詩題上直接標明為「依韻」，由此看來，晚唐詩人們對於和韻詩之寫作，在外在形式的技巧運用上，更趨於直接的自主安排。而對於元、白與皮、陸這幾位詩人所寫作之「次韻詩」，因數量甚多，再者，元白二人之「次韻詩」有動輒幾十韻，甚至上百韻的情形，因考慮篇幅問題，故而長韻部份，只擇例斟酌錄其韻腳說明於下：

---

109 丁福保輯錄《清詩話》上冊〈詩學纂聞・回文、集句、賦得、限韻、次韻〉，（台北：西南書局），民國 68 年 11 月，頁 399。

110 《全唐文》卷六百五十三〈元稹七〉，（台北：文友書店），頁 8421。

（1）元稹、白居易

1.《全唐詩》卷 449 白居易〈和微之春日投簡陽明洞天五十韻〉，原詩為元稹所作之〈春日投簡明洞天作〉[111]，二詩均押平聲虞韻，為五言五十韻一百句之詩作，且白居易一一次韻。韻腳字依序為「徂、孤、湖、圖、闍、姝、盱、鴣、殊、奴、巫、烏、隅、鋪、蘆、蒲、蘇、珠、枯、榆、蕪、呼、都、雛、糊、途、紆、刳、爐、壺、扶、夫、竽、鳧、無、樞、都、朱、吳、趨、姑、銖、胡、鱸、臾、愚、軀、衢、拏、無」

2.《全唐詩》卷 401 元稹〈和樂天初授戶曹喜而言志〉

王爵無細大，得請即為恩。君求戶曹掾，貴以祿奉親。
聞君得所請，感我欲霑巾。今人重軒冕，所重華與紛。
矜誇仕臺閣，奔走無朝昏。君衣不盈篋，君食不滿囷。
君言養既薄，何以榮我門。披誠再三請，天子憐儉貧。
詞曹直文苑，捧詔榮且忻。歸來高堂上，兄弟羅酒尊。
各稱千萬壽，共飲三四巡。我實知君者，千里能具陳。
感君求祿意，求祿殊衆人。上以奉顏色，餘以及親賓。
棄名不棄實，謀養不謀身。可憐白華士，永願凌青雲。

111《全唐詩》無收元稹〈春日投簡明洞天作〉一詩，此詩見於日人花房英樹所輯之《元白唱和集稿・元稹研究 II》，（京都府立大學中國文學研究室）1960 年 7 月。

原詩為《全唐詩》卷 428 白居易〈初除戶曹喜而言志〉

詔授戶曹掾，捧詔感君恩。感恩非為己，祿養及吾親。
弟兄俱簪笏，新婦儼衣巾。羅列高堂下，拜慶正紛紛。
俸錢四五萬，月可奉晨昏。廩祿二百石，歲可盈倉囷。
喧喧車馬來，賀客滿我門。不以我為貪，知我家內貧。
置酒延賓客，客容亦歡欣。笑云今日後，不復憂空尊。
答云如君言，願君少逡巡。我有平生志，醉後為君陳。
人生百歲期，七十有幾人。浮榮及虛位，皆是身之賓。
唯有衣與食，此事粗關身。苟免飢寒外，餘物盡浮雲。

觀此組原詩與和作，均為五言三十二句，押平聲「文、元」韻，且元稹和詩一一次韻，韻腳字依序為「恩、親、巾、紛、昏、囷、門、貧、欣、尊、巡、陳、人、賓、身、雲」，而此組白居易原詩與元稹和詩亦均為古體詩。

（2）皮日休、陸龜蒙

1.《全唐詩》卷 613 皮日休〈奉和魯望寒夜訪寂上人次韻〉

院寒青靄正沉沉，霜棧乾鳴入古林。數葉貝書松火暗，
一聲金磬檜煙深。陶潛見社無妨醉，殷浩譚經不廢吟。
何事欲攀塵外契，除君皆有利名心。

原詩為《全唐詩》卷 624 陸龜蒙〈寒夜同襲美訪北禪院寂上人〉

月樓風殿靜沉沉，披拂霜華訪道林。鳥在寒枝棲影動，
人依古堞坐禪深。明時尚阻青雲步，半夜猶追白石吟。
自是海邊鷗伴侶，不勞金偈更降心。

此組原詩與和作均為七言八句，押平聲侵韻，皮日休和作且一一次韻，韻腳字依序為「沉、林、深、吟、心」。

2.《全唐詩》卷 623 陸龜蒙〈憶襲美洞庭觀步奉和次韻〉

聞君遊靜境，雅具更摐摐。竹傘遮雲徑，藤鞋踏蘚矼。
杖斑花不一，尊大癭成霜。水鳥行沙嶼，山僧禮石幢。
已甘三秀味，誰念百牢腔。遠棹投何處，殘陽到幾窗。
仙謠珠數曲，村餉白醅缸。地里方吳會，人風似冉駹。
探幽非遯世，尋勝肯迷邦。為讀江南傳，何賢過二龐。

原詩則為《全唐詩》卷 612 皮日休〈憶洞庭觀步十韻〉

前時登觀步，暑雨正錚摐。上戍看綿蕝，登村度石矼。
崦花時有簇，溪鳥不成雙。遠樹點黑稍，遙峰露碧幢。
巖根瘦似殼，杉破腹如腔。祓衵漁人服，笭箵野店窗。

多攜白木鍤，愛買紫泉缸。仙犬聲音古，遺民意緒駹。
何文堪緯地，底策可經邦。自此將妻子，歸山不姓龐。

此組原詩與和作均為五言二十句，同押平聲江韻，陸龜蒙和作且一一次韻，韻腳字依序為「摐、矼、雙、幢、腔、窗、缸、駹、邦、龐」。

以上所舉詩例，為元白與皮陸二組詩人所作之「次韻詩」，而關於元白與皮陸和詩部份，筆者於第四章第二節〈一般文人之交往和詩〉中會有詳細之介紹，於此不再贅論。

此外，在歷來有些詩話認為和韻詩或者是和韻詩體中之「次韻詩」始創於元白，如：清・沈德潛《說詩晬語》卷下[112]曰：

> 古人同作一詩，不必同韻，即同韻亦在一韻中，不必句句次韻也。自元白創始，而皮陸倡和，又加甚焉。

又清・李重華《貞一齋詩說》[113]曰：

> 次韻一道，唐代極盛時，殊未及之。至元白、皮陸始因難見巧，……

清・汪師韓《詩學纂聞》[114]曰：

> 次韻創自元、白。元微之〈上令狐相公詩啟〉云：『某與同門生白居易友善，居易雅能為詩，或為千言或為五百言律詩，以相投寄。小生自審不能有以過之，往往戲排舊韻，別創新詞，名為次韻，蓋欲以難相挑耳。』觀此可知，次韻之名，由此起矣。……

---

[112] 丁福保輯錄《清詩話》上冊，《說詩晬語》第六十則（台北：西南書局）民國 68 年 11 月，頁 501。

[113] 丁福保，《貞一齋詩說・詩談雜錄》第三十一則，頁 855。

[114] 丁福保，《詩學纂聞・回文、集句、賦得、限韻、次韻》，頁 399。

清・趙翼《甌北詩話》卷四〈白香山詩〉曰：

> ……唐人有和韻，尚無次韻，次韻實自元、白始。依次押韻，前後不差，此古所未有也。

就以上所舉諸詩話之論點，幾乎均認為「次韻詩」是始作於元白，或者始盛於元白。然而認為次韻是始作於元白這個論點似乎太過於決斷，今觀察《全唐詩》中之和詩（包含酬和詩），早於元白時期已有「次韻詩」出現，如：筆者在第二章第一節的部份，所舉的《全唐詩》卷 280 盧綸〈酬李端野寺病居見寄〉，原詩為《全唐詩》卷 286 李端〈野寺病居喜盧綸見訪〉，李端原詩與盧綸酬和之作均押平聲侵韻，盧綸和作且一一次韻，韻腳字為「陰、深、林、心、尋」，這是《全唐詩》中，早於元、白時期之和詩「次韻」的實例，這說明了在大歷詩人當中，已有人開始寫作「次韻詩」了。再者，據宋 劉攽《中山詩話》所記載，劉長卿〈餘干旅舍〉云：「搖落暮天迥，丹楓霜葉稀。孤城向水閉，獨鳥背人飛。渡口月初上，鄰家漁未歸。鄉心正欲絕，何處搗征衣。」，張籍〈宿江上館〉云：「楚驛南渡口，夜深來客稀。月明見潮上，江靜覺鷗飛。旅宿今已遠，此行殊未歸。離家久無信，又聽擣砧衣。」劉攽認為「兩詩偶似次韻，皆奇作也。」，此二詩何者為原詩？何者為和作？或者只是剛好是個巧合彼此出現次韻情形，至今已無證據可辨。再者，《全唐詩》並無收錄劉攽所引用的劉長卿〈餘干旅舍〉與張籍〈宿江上館〉二詩，吾人也許可以這樣認為，在劉攽那個時代，尚能得見劉長卿與張籍此二詩，因而劉攽也才會以此二詩來說明次韻現象，可惜於今已不復得見，是為憾事。

（六）倒韻

據筆者檢查《全唐詩》中，所謂「倒韻詩」實際情形為所謂的「倒押次韻詩」，即和詩根據原詩所押之韻腳字，由後往前依序「倒次韻」寫成，也就是和詩的第一個韻腳字即為原詩最後一個韻腳字，和詩第二個韻腳字即原詩倒數第二個韻腳字……，依此類推。「倒韻詩」也是歷來詩話中較無談論的一種和韻詩體，一般詩話常說明的和韻三體，即為「依韻」、「用韻」與「次韻」，反倒是對「倒韻詩」無所著墨與評論。其實，「倒韻詩」也是一種次韻詩，只不過是和詩將原詩韻腳依序倒過來押韻寫成而已。

《全唐詩》中的「倒韻詩」其實並不多，依目前可見之詩序與詩題資料而言，說明和詩是首「倒韻詩」的，為晚唐詩人韓偓與吳融所作，如《全唐詩》卷 683 韓偓〈倒押前韻〉一詩，其原詩為自己所寫的〈無題〉詩。而《全唐詩》卷 683 韓偓〈無題〉詩前有段序言：

> 余辛酉年戲作無題十四韻，故奉常王公相國首於繼和。故內翰吳侍郎融、令狐舍人渙、閣下劉舍人崇譽、吏部王員外渙相次屬和，余因作第二首，卻寄諸公，二內翰及小天亦再和，余復作第三首，二內翰亦三和，王公一首、劉紫微一首、王小天二首、二學士各三首，余又倒押前韻成第四首。二學士笑謂余曰：『謹豎降旗，何朱研如是也。』遂絕筆。……因追味舊作，缺忘甚多，唯第二第四首髣髴可記，其第三首才得數句而已。……

由此段詩序可知，韓偓寫作此首「倒押前韻」詩之前，已有一首〈無題詩〉寫出，諸位王公大臣（吳融、令狐渙、劉崇譽、王渙等四人）相繼和作，韓偓再作第二首，此後大臣們亦有和作，韓偓再作第三首，直到大臣們亦和作第三遍後，韓偓最後再倒押前一首詩之韻腳字次韻寫成第四首，韓偓此「倒押前韻」之作，遂使得之前和作的部份大臣們舉旗投降，絕筆不再和作。據傅璇琮《唐五代文學編年史‧晚唐卷》所記載，韓偓與王公大臣們此次賡和之作為「詠歌妓詩」[115]，韓偓第一首原詩為〈無題〉，其詩作韻腳字依序為「塵、晨、新、真、顰、輪、鱗、春、秦、津、珍、勻、人、鄰」，韓偓第二次所作韻腳依序次韻第一首，其詩作如下：

碧瓦偏日光，紅簾不受塵。柳昏連綠野，花爛爍清晨。
書密偷看數，情通破體新。明言終未實，暗祝始應真。
枉道嫌偷藥，推誠鄙效顰。合成雲五色，宜作日中輪。
照獸金塗爪，釵魚玉鏤鱗。渺瀰三島浪，平遠一樓春。
墮髻還名壽，修蛾本姓秦。櫂尋聞犬洞，槎入飲牛津。
麟脯隨重釀，霜華間八珍。錦囊霞彩爛，羅韈研光勻。
羞澀佯牽伴，嬌饒欲泥人。偷兒難捉搦，慎莫共比鄰。

然而韓偓第三次所作詩歌，其缺忘甚多，至今只剩六句[116]。韓偓第四首詩作即為「倒押前韻」詩，詩作如下：

---

[115] 見《唐五代文學編年史‧晚唐卷》唐昭宗光化四年　天復元年　所云：「三月……韓偓仍為翰林學士，約此時在翰林院有〈無題〉、〈倒押前韻〉等詠歌妓詩，王溥、吳融、令狐渙、劉崇譽、王渙等文士多屢有酬和。」頁 927。

[116] 詳見韓偓〈無題〉詩詩序。

白下同歸路，烏衣枉作鄰。珮聲猶隔箔，香氣已迎人。
酒勸杯須滿，書羞字不勻。歌憐黃竹怨，味實碧桃珍。
翦燭非良策，當關是要津。東阿初度洛，楊惲舊家秦。
粉化橫波溢，衫輕曉霧春。鴉黃雙鳳翅，麝月半魚鱗。
別袂翻如浪，迴腸轉似輪。後期纔注腳，前事又含顰。
縱有才難詠，寧無畫逼真。天香聞更有，瓊樹見長新。
鬬草常更僕，迷鬮誤達晨。嗅花判不得，檀注惹風塵。

觀韓偓此「倒押前韻」詩之韻腳，依序為「鄰、人、勻、珍、津、秦、春、鱗、輪、顰、真、新、晨、塵」，即為前面所舉其第一次與二次實際詩例之韻腳倒押寫作而成。而《全唐詩》卷 685 吳融〈倒次元韻〉詩，其原詩為同卷〈和韓致光侍郎無題三首十四韻〉，吳融〈倒次元韻〉一詩之韻腳字，即為之前所和作的次韓偓〈無題〉詩詩韻。

（七）自和詩

一般而言，絕大多數之和詩是以和他人詩作為寫作對象的，至少自有和詩始，以至於盛中唐之際以前，均是如此。在《全唐詩》中出現第一首於詩題明確標明為「自和詩」的，為卷 491 王初〈自和書秋〉，然而此〈自和書秋〉一詩，卻是《全唐詩》誤收宋初詩人王初之作[117]，故而此詩不列入本論文所討論之範圍內。

---

[117] 據《中國文學家大辭典・唐五代卷》云：「王初，生卒年不詳，……父仲舒，有文名。初於長慶元年至三年間登進士第，後為宣武節度掌書記，約卒於大和中。《全唐詩》卷四九一於其名下收詩一九首，皆系誤收宋初詩人王初

排除上述所舉誤收之「自和詩」後，在《全唐詩》中，詩題明確標明為「自和詩」的，則是晚唐詩人陸龜蒙所作的〈自和次前韻〉一詩（《全唐詩》卷 623），其原詩為同卷自己所作之〈江墅言懷〉詩。〈江墅言懷〉為五言二十句，押平聲冬韻，韻腳字依序為「容、供、濃、重、舂、封、鐘、農、慵、冬」，而和作的〈自和次前韻〉詩，即是以〈江野墅懷〉詩之韻腳次韻寫成。由陸龜蒙〈自和次前韻〉中明確標明為自和詩來看，似乎意味著晚唐文人趨向於刻意的寫作「自和詩」。

若以陸龜蒙〈自和次前韻〉一詩之和作形式來看，實際上，同樣是屬於「自和詩」的，茲羅列說明如下：

1.《全唐詩》卷 682 韓偓〈又和〉、〈再和〉、〈重和〉三詩均為七言八句，且同押平聲寒韻，亦相互次韻。其原詩為同卷　韓偓所自作〈大慶堂賜宴元璫而有詩呈吳越王〉一詩，此原詩為七言八句、押平聲寒韻，而韓偓此組原詩與和作均彼此次韻。

2.《全唐詩》卷 765　王周[118]〈自和〉一詩，為五言八句、押平聲東韻。其原詩為同卷　王周所自作〈西山晚景〉一詩，此原詩為五言八句、押平聲東韻。王周此組原詩與和作如下：

詩。……」（北京：中華書局），頁 31。

[118]《全唐詩》卷七六五　王周小傳云：「王周，登進士第，曾官巴蜀，詩一卷。（胡震亨云：唐宋藝文志並無其人，惟文獻通考載入唐人集目中。今考峽船詩序，引陸魯望茶具詩，其人蓋在魯望之後，而詩題紀年有戊寅、己卯兩歲，近則梁之貞（禎）明；遠則宋之太平興國也。自註地名，又有漢陽軍、興國軍，為宋郡號，殆五代人而入宋者。）」，（北京：中華書局），頁 8676。

〈西山晚景〉

公局長清淡，池亭晚景中。蔗竿閒倚碧，蓮朵靜淹紅。

半引彎彎月，微生飋飋風。無思復無慮，此味幾人同。

〈自和〉

一片殘陽景，朦朧淡月中。蘭芽紆嫩紫，梨頰抹生紅。

琴阮資清格，冠簪養素風。煙霄半知足，吏隱少相同。

由上述所舉王周之原詩與和作可知，其〈自和〉詩亦即據原詩之韻腳次韻寫成，據此，先前所提到的韓偓之〈倒押前韻〉，亦是一種「自和倒韻詩」，由此看來，晚唐以至於五代時期，詩人們寫作和韻詩的現象，正逐漸改變以往和詩是以和作他人之原詩的寫作固定模式，而出現「自和」次韻的情形。

第三節　和詩體裁之溯源與發展（二）和體

本節為探究六朝以至於唐末，有關和詩中之「和體」體裁的源流與發展。在「和體」部份，盛於六朝時期的雜體詩，在當時已有文人將之運用於和詩寫作上，做為文人相互唱和之間的一種文字遊戲體例。到了唐代，文人運用雜體詩的文學趣味特質，來唱和往返、逞才較量的情形是十分常見的。而在六朝時期，有關記載雜體詩源流之文獻已見於《文心雕龍‧明詩篇》[119]，其中談到：「……至於三六雜言，則出自篇什；離合之發，則明

119 見《文心雕龍譯注》，趙仲邑譯注，頁 46，貫雅文化事業有限公司印行（台北）民 80。

於圖讖；回文所興，則道原[120]為始；聯句共韻，則《柏梁》餘製。巨細或殊，情理同致，總歸詩囿，故不繁云。」文中所稱之「三六雜言」、「離合」、「回文」、「聯句」等，均約為六朝齊末之前[121]出現於當時詩壇的雜體詩類也。而晚唐時期，則有皮日休將漢魏以至於當時的雜體詩歌，作一歸納整理，並對雜體詩作成一統整性的說法[122]。因本論文主要為探究唐代和詩並兼溯及六朝和詩，故而所論述之「和雜體詩」部份，自當以晚唐時期皮日休所作之分類為主要參考依據，來明其六朝以至於唐末之發展脈絡。而唐以後，雜體詩之發展更為蓬勃與多樣，然因不在本論文範疇之內，故暫不討論。

此外，六朝和詩中之「和體」詩是以當時所盛行之「雜體詩」為主，然而到了唐代，和詩中之「和體」除了「和雜體詩」之外，若以宋・嚴羽《滄浪詩話》中之詩體分類為依據，以時而論者，則有「和齊梁體」；以人而論者，則有「和曹劉體」、「和謝體（靈運）」；另有「和雜言體」[123]、「和一字至七字體」……等，而在《滄浪詩話》詩體分類之外，亦有「和吳體」詩者，如：皮、陸二人之和詩，就有所謂「和吳體詩」。而以上所舉諸詩體例，均為本節所要討論和詩之「和體」範疇。

---

[120] 據《文心雕龍譯注》趙仲邑譯注，頁 53 注云：「原文『道原』，梅慶生《文心雕龍音注》以為『原』是『慶』字之誤，指劉宋的賀道慶。」

[121] 劉勰《文心雕龍》約成書於六朝齊末。詳見王更生《文心雕龍新論・文心雕龍成書年代及其相關問題》結論部份，（台北：文史哲出版社）民國 80 年 5 月，頁 163。

[122] 詳見《全唐詩》卷六一六皮日休〈雜體詩序〉，中華書局版，頁 7101，北京。

[123] 唐代和詩有為數甚多的雜言體，茲亦列入研究範疇。

一、和詩之「和體」溯源發展概況

在探討唐代和詩中之「和體」情況之前，吾人首先須對其源流有個了解。在《先秦漢魏晉南北朝詩》中有關「和體」之和詩，茲整理如下表：

表 21：逯欽立《先秦漢魏晉南北朝詩》所收之「和體詩」

卷目	和詩作者	和詩詩題	卷目	原詩作者	原詩詩題
宋詩卷 9	鮑照	學陶彭澤體詩奉和王義興		王僧達	遺佚[124]
齊詩卷 2	王融	奉和竟陵王郡縣名詩		蕭子良	郡縣名（已遺佚）
〃	〃	奉和纖纖詩		蕭長懋	兩頭纖纖（已遺佚）
齊詩卷 4	謝脁……等	阻雪連句遙贈和[125]			
梁詩卷 2	范雲	奉和齊竟陵王郡縣名詩		蕭子良	郡縣名（已遺佚）
梁詩卷 7	沈約	奉和竟陵王郡縣名詩		蕭子良	郡縣名（已遺佚）
〃	〃	奉和竟陵王藥名詩		蕭子良	藥名（已遺佚）
〃	〃	和陸慧曉百姓名詩		陸慧曉	百姓名（已遺佚）

124 據趙以武《唱和詩研究》云：「……正題出為〈學陶彭澤體〉，題下注曰：『奉和王義興』不論題注是否原有，此詩是一首和詩無疑，它寫的是王僧達不樂赴義興上任、仍滯留京師時的憂愁，這正是王僧達已佚詩作中抒發過的情緒。……鮑照此詩以『學陶彭澤體』為題，應理解成是用陶淵明寫和詩之體來寫詩，即和王僧達之唱詩；不是擬陶之作，也不是摹其語言、風格的仿製品。」，（甘肅：甘肅文化出版社），頁 50。

125 由《文心雕龍・明詩》所舉之詩體與皮日休《雜體詩序》中之雜體詩，可知聯句詩是屬於雜體詩中之一類。而此首〈阻雪連句遙贈和〉頗為特殊，是為寄贈之聯句和詩，與一般即席聯句不同。

梁詩卷 22	蕭綱	和湘東王後園迴文詩	梁詩卷 25	蕭繹	後園作迴文詩
梁詩卷 23	庾肩吾	奉和藥名詩	梁詩卷 21	蕭綱	藥名
梁詩卷 24	蕭綸	和湘東王後園迴文詩	梁詩卷 25	蕭繹	後園作迴文詩
北齊詩卷 1	蕭祇	和迴文詩	梁詩卷 25	蕭繹	後園作迴文詩
北周詩卷 4	庾信	和迴文詩	梁詩卷 25	蕭繹	後園作迴文詩
陳詩卷 1	沈炯	和蔡黃門口字詠絕句		蔡景歷	已遺佚

就上表所列六朝和詩中之「和體」詩部份，幾乎皆為「和雜體詩」，何以見得呢？茲以晚唐皮日休〈雜體詩〉序[126]節錄於下：

> ……案漢武集，元封三年，作柏梁臺，詔群臣二千石，有能為七言詩者乃得上坐。帝曰：「日月星辰和四時」。梁王曰：「驂駕駟馬從梁來」。由是聯句興焉。孔融詩曰：「漁父屈節水，潛匿方作郡。」姓名字離合也，由是離合興焉。晉傅咸有迴文反覆詩二首云：「反覆其文者，以示憂心展轉也。悠悠遠邁獨煢煢是也。」由是反覆興焉。晉溫嶠有迴文虛言詩云：「寧神靜泊，損有崇亡。」由是迴文興焉。梁武帝云：「後牖有巧柳」，沈約云：「偏眠船舷邊」由是疊韻興焉。詩云：「蝃蝀在東」又曰：「鴛鴦在梁」由是雙聲興焉。……古有采詩官，命之曰：「風人」，「圍棋燒敗襖，看子故依然。」由是風人之作興焉。梁

[126]詳見《全唐詩》卷六一六，（北京：中華書局），頁 7101。

書云：「昭明善賦短韻，吳均善壓強韻。」今亦效而為之。……至如四聲詩、三字離合、全篇雙聲疊韻之作，悉陸生所為，足見其多能也。案：齊竟陵王郡縣詩曰：「追芳承荔浦，揖道信雲丘。」縣名由是興焉。案：梁元帝藥名詩曰：「戍客恆山下，當思衣錦歸。」藥名由是興焉。……至如鮑昭之建除、沈炯之六甲、十二屬、梁簡文之卦名、陸惠曉之百姓、梁元帝之鳥名、龜兆、蔡黃門之口字、古兩頭纖纖、藁砧、五雜組已降，非不能也，皆鄙而不為。噫，由古至律，由律至雜，詩之道盡乎此也。……

由皮日休〈雜體詩〉序一文可知，雜體詩之發展到了唐代，大致上已有「聯句」、「離合」、「迴文」、「反覆」、「疊韻」、「雙聲」、「風人」、「四聲」、「縣名」、「藥名」、「建除」、「六甲」、「十二屬」、「卦名」、「百姓名」、「鳥名」、「龜兆名」、「口字詠」、「兩頭纖纖」、「藁砧」、「五雜組」等二十一種之多。據此，回顧前面所整理六朝和詩中之「和體詩」，就可發現六朝和詩中的「和體詩」幾乎是「和雜體詩」。

反觀唐代和詩中之「和體詩」，其涵蓋之範疇，可就不只有「和雜體詩」了，茲將《全唐詩》中之「和體詩」，整理列表於下[127]：

127 《全唐詩》所收雜言和歌行體詩為數甚多，茲擇例為代表作，如：和「篇」、和「歌」……等。

表 22：《全唐詩》所收之「和體詩」

卷數	和詩作者	和詩詩題	言數／句數	卷數	原詩作者	原詩詩題
44	任希古	和李公七夕謝惠連體	5／24		李公	七夕（已遺佚）
47	張九齡	奉和聖製瑞雪篇	雜言騷體／34		唐玄宗	已遺佚
73	蘇頲	奉和聖製春臺望應制	雜言／28	3	唐玄宗	春臺望
111	許景先	奉和御製春臺望	雜言／28	3	唐玄宗	春臺望
112	賀知章	奉和御製春臺望	雜言／28	3	唐玄宗	春臺望
125	王維	奉和聖製天長節賜宰臣歌應制	7 言騷體／11		唐玄宗	已遺佚
213	高適	同鮮于洛陽於畢員外宅觀畫馬歌	雜言／16		鮮于叔明[128]	
313	崔元翰	雜言奉和聖製至承光院見自生藤感其得地因以成詠應制	雜言／20		唐德宗	已遺佚
327	權德輿	春日雪酬潘孟陽迴文	5／4	330	潘孟陽	春日雪以迴文絕句呈張薦權德輿
328	權德輿	雜言和常州李員外副使春日戲題十首	見註[129]		李員外	已遺佚
330	張薦	奉酬禮部閣老轉韻離合見贈一作和權載之離合詩	5／12	327	權德輿	離合詩贈張監閣老

[128]《全唐詩》無收鮮于叔明詩

[129]此十首除了第十首言數為雜言外，其它九首均為齊言之作。

330	張薦	和潘孟陽春日雪迴文絶句	5／4	330	潘孟陽	春日雪以迴文絶句呈張薦權德輿
330	崔邠	禮部權侍郎閣老史館張秘監閣老有離合酬贈之什宿直吟玩聊繼此章	5／12	327	權德輿	離合詩贈張監閣老
330	楊於陵	和權載之離合詩	5／12	327	權德輿	離合詩贈張監閣老
330	許孟容	答權載之離合詩[130]	5／12	327	權德輿	離合詩贈張監閣老
330	馮伉	和權載之離合詩	5／12	327	權德輿	離合詩贈張監閣老
330	潘孟陽	和權載之離合詩	5／12	327	權德輿	離合詩贈張監閣老
330	武少儀	和權載之離合詩	5／12	327	權德輿	離合詩贈張監閣老
355	劉禹錫	和樂天洛城春齊梁體八韻	5／16	452	白居易	洛陽春贈劉李二賓客齊梁格
356	劉禹錫	同留守王僕射各賦春中一物從一韻至七	雜言／13	464	王起	賦花並序： 樂天分司東都，起與朝賢悉會興化亭送別，酒酣，各賦一字至七字詩，以題為韻〈花〉
452	白居易	和裴令公一日日一年年雜言見贈	雜言／16		裴度	已遺佚
457	白居易	奉和裴令公三月上巳日遊太原龍泉憶去歲禊洛見示之作	雜言／16		裴度	已遺佚
613	皮日休	奉和魯望早春雪中作吳體見寄	7／8	624	陸龜蒙	早春雪中作吳體寄襲美
613	皮日休	奉和魯望獨夜有懷吳體見寄	7／8	624	陸龜蒙	獨夜有懷因作吳體寄襲美

[130] 許孟容和作雖名為〈答權載之離合詩〉，然實為此次參與賡和之成員，因而俱列之。

614	皮日休	奉和魯望早秋吳體次韻	7／8	626	陸龜蒙	早秋吳體寄襲美
615	皮日休	和魯望風人詩三首	5／4	627	陸龜蒙	風人詩四首
616	皮日休	奉和魯望齊梁怨別次韻	7／4	630	陸龜蒙	齊梁怨別
616	皮日休	奉和魯望曉起迴文	7／8	630	陸龜蒙	曉起即事因成迴文寄襲美
616	皮日休	奉酬魯望夏日四聲四首	均 5／8	630	陸龜蒙	夏日閒居作四聲詩寄襲美
616	皮日休	奉和魯望疊韻雙聲二首〈疊韻山中吟〉〈雙聲溪上思〉	均 5／4	630	陸龜蒙	〈疊韻山中吟〉〈雙聲溪上思〉
616	皮日休	奉和魯望疊韻吳宮詞二首	均 5／4	621	陸龜蒙	疑為〈問吳宮辭〉
616	皮日休	奉和魯望閒居雜題五首〈晚吟秋〉〈好詩景〉〈醒聞檜〉〈寺鐘暝〉〈砌思步〉以題十五字離合	均 7／4	630	陸龜蒙	閒居雜題五首以題十五字離合〈鳴蜩早〉〈野態真〉〈松間斟〉〈飲巖泉〉〈當軒鶴〉
616	皮日休	奉和魯望藥名離合夏月即事三首	均 7/4	630	陸龜蒙	藥名離合夏日即事三首
616	皮日休	奉和魯望寒日古人名一絕	7／4	630	陸龜蒙	寒日古人名
630	陸龜蒙	和襲美懷錫山藥名離合二首	均 7／4	616	皮日休	懷錫山藥名離合二首
630	陸龜蒙	和襲美懷鹿門縣名離合二首	均 7／4	616	皮日休	懷鹿門縣名離合二首

804	魚玄機	光威裒姊妹三人少孤而治妍乃有是作精粹難儔雖謝家聯雪何以加之有客自京師來者示予因次其韻	7／24	801	光、威、裒三姐妹	聯句
817	皎然	奉和崔中丞使君論李侍御萼登爛柯山宿石橋寺效小謝體	5／20		崔論[131]	
817	皎然	奉和陸使君長源水堂納涼效曹劉體	5／16		陸長源	已遺佚

觀上表可知，唐代和詩中之和體詩，在和雜體詩方面，中唐時期是以權德輿為交遊中心的館閣諸公們所作之和雜體詩居多；晚唐時期則以皮日休、陸龜蒙二人所相互和作之雜體詩擅場於當時詩壇。而除了和雜體詩外，亦有「和齊梁體」、「和謝惠連體」、「和曹劉體」、「和吳體」、以及「和雜言詩」等，因此針對唐代和詩中，如此多樣化的和體詩，是值得一探究竟的。

二、唐代和詩中之和體

關於此部份唐代和體詩之論述，筆者針對唐代各和體詩先有一簡要之溯源，以明其各體從發源至唐代之演化過程，再則論述唐代各和體詩之形式。

---

131 《全唐詩》無收崔論詩。

（一）和雜體詩

（1）和離合詩

在討論和離合體詩之前，首先吾人須先明白何謂離合詩？前面談到《文心雕龍‧明詩》說道：「離合之發，則明於圖讖。」認為離合一體，源於「圖讖」[132]。而在王慈蕙《宋代雜體詩研究》[133]第二章第三節〈雜體詩的發展概述〉一文中，認為離合體的發展情形有二：一是受到東漢時期讖緯之學興盛的影響，如：《春秋說》：「人十四心為德」 二是受到自戰國以至漢代大為流行的隱語所影響。由此可知，漢代盛行的讖緯與隱語實是離合體詩的兩大導源，而東漢孔融始有以「離合」為題首，寫作〈離合作郡姓名字詩〉[134]，離合出「魯國孔融文舉」六字，因此，後世大致認為孔融此離合郡姓名之詩作，是為離合詩之開端。

然而由離合體之源──圖讖析字，與孔融所作〈離合作郡姓名字詩〉二者觀之，吾人當知「離合」歸根究底是一種析字重組之法，利用中國文字的結構特性來拆字重組，重新結合出新字或者新辭的一種文字遊戲。因此筆者認為，所謂離合詩，即是以詩歌作品中之諸字來拆字重組，形成一新字與新辭的詩作，換言之，離合詩之內容隱藏著拆字重組的方法，讀者必須對離合詩之謎面有所領悟，來按「詩」索驥，求得離合詩作者

---

[132] 何文匯《雜體詩釋例》，〈圖讖〉列舉《文心雕龍‧明詩》之黃叔琳注，以及《後漢書‧光武紀》之祝文引讖等諸例，如：「劉」字為「卯金刀」，來說明讖緯析字之制，因此讖緯析字之法，可說是離合體之源。（香港：中文大學出版社）1986 年第一版 1991 年第二次印刷，頁 28。

[133] 國立中正大學中文所碩士論文，指導教授李師立信，民國 84 年 6 月。

[134] 見《先秦漢魏晉南北朝詩‧漢詩卷七》，（北京：中華書局），頁 196。

隱藏於詩作背後的正確答案。若以這種角度來看，則不難理解《詩體明辯》卷十六將離合詩分為四體的說法，其實指的就是解讀離合詩的四種方法。明 徐師曾《詩體明辯》卷十六〈離合詩〉曰：

> 按離合詩有四體，其一離一字偏旁為兩句，而四句湊合為一字。如魯國孔融文舉、思楊容姬難堪、何敬容、閑居有樂、悲它方[135]是也。其二亦離一字偏旁為兩句，而六句湊合為一字，如別字詩是也。其三離一字偏旁於一句之首尾，而首尾相續為一字，如松間斟、飲巖泉、砌思步是也。其四不離偏旁，但以一物二字離於一句之首尾，而首尾相續為一物，如縣名、藥名、離合是也。它如口字詠，則字字皆藏口字也。藏頭詩，則每句頭字皆藏於每句尾字也，雖非離合，意亦近之。……

徐師曾將歷來離合詩整理歸納出四種解讀方法：

1. 一字偏旁為兩句，而四句湊合為一字。（如：魯國孔融文舉、思楊容姬難堪、何敬容、閑居有樂、悲客他方。）
2. 離一字偏旁為兩句，而六句湊合為一字。（如：別字詩）
3. 離一字偏旁於一句之首尾，而首尾相續為一字。（如：皮、陸二人唱和的〈松間斟〉、〈飲巖泉〉、〈砌思步〉。）
4. 不離偏旁，但以一物二字離於一句之首尾，而首尾相續為一物。（即離合縣名、藥名等。）

---

[135] 案：《詩體明辯》作「悲它方」有誤，應為「悲客他方」。見何文匯《雜體詩釋例》，頁 36 與《先秦漢魏晉南北朝詩・宋詩卷五》，頁 1224。

在第一種離合方法，徐師曾列舉五例來說明，分別為孔融〈離合作郡姓名字詩〉（離合出：魯國孔融文舉）、潘岳〈離合詩〉[136]（離合出：思楊容姬難堪）、蕭巡〈離合詩贈尚書令何敬容〉[137]（離合出：何敬容）、沈炯〈離合詩贈江藻〉[138]（離合出：閑居有樂）、南朝宋孝武帝劉駿〈離合詩〉（離合出：悲客他方）等，茲舉一例說明：沈炯〈離合詩贈江藻〉

開門枕方野，井上發紅桃。－開字離井字為（門）
林中藤蔦秀，木末風雲高。－林字離木字為（木）
屋室何寥廓，至士隱蓬蒿。－屋字離至字為（尸）
故知人外賞，文酒易陶陶。－故字離文字為（古）
友朋足諧晤，又此盛詩騷。－友字離又字為（ナ）
朗月同攜手，良景共含毫。－朗字離良字為（月）
樂巴有妙術，言是神仙曹。－欒字離言字為（𢆶）
百年肆偃仰，一理詎相勞。－百字離一字為（白）

沈炯此首〈離合詩贈江藻〉詩，每兩句均可離出一字，再將每四句所離出的二字結合，可得一新字，因此（門）字合（木）字為（閑）字；（尸）字合（古）字為（居）字；（ナ）字合（月）字為（有）字；（𢆶）字合（白）字為（樂）字。故而此詩離合出「閑居有樂」四字。

---

136 見《先秦漢魏晉南北朝詩・晉詩卷四》，頁 632。

137 見《先秦漢魏晉南北朝詩・梁詩卷十五》：蕭巡〈離合詩贈尚書令何敬容〉序云：「南史曰：自晉宋以來，宰相皆文義自逸，敬容獨勤庶務，貪吝，為時所嗤鄙。時蕭琛子巡頗有輕薄才，因製卦名、離合等詩嘲之，亦不屑也。」頁 1805。

138 見《先秦漢魏晉南北朝詩・陳詩卷一》，頁 2445。

今觀《全唐詩》中以離合詩為和作，其離合方法屬於上述之類者，為卷 330 張薦、崔邠、楊於陵、馮伉、潘孟陽、武少儀等人，以權德輿〈離合詩贈張監閣老〉一詩為和作對象，寫成多首和離合體詩。茲分別說明如下：

A.原詩：《全唐詩》卷 327 權德輿〈離合詩贈張監閣老〉

黃葉從風散，(暗)[139]共嗟時節換。－黃字離共字為(田)
忽見鬢邊霜，勿辭林下觴。－忽字離勿字為（心）
躬行君子道，身負芳名早。－躬字離身字為（弓）
帳殿漢官儀，巾車塞垣草。－帳字離巾字為（長）
交情劇斷金，文律每招尋。－交字離文字為（八）
始知蓬山下，如見古人心。－始字離如字為（厶）

因此，(田) 字合（心）字為（思）字；(弓) 字合（長）字為（張）字；(八) 字合（厶）字為（公)。故而權德輿此原詩離合可得「思張公」三字。

B.和詩：

a. 張薦〈奉酬禮部閣老轉韻離合見贈〉一作〈和權載之離合詩〉

移居既同里，多幸陪君子。－移字離多字為（禾）
弘雅重當朝，弓旌早見招。－弘字離弓字為（厶）
植根瓊林圃，直夜金閨步。－植字離直字為（木）
勸深子玉銘，力競相如賦。－勸字離力字為（雚）

139 《全唐詩》卷 327 原詩注云：「暗一作共」，今從之。(北京：中華書局)，頁 3665。

間闊向春闈，日復想光儀。－間字離日字為（門）
格言信難繼，木石強為詞。－格字離木字為（各）

因此，（禾）字合（厶）字為（私）；（木）字合（雚）字為（權）；（門）字合（各）字為（閣）。故而，張薦和詩離合可得「私權閣」三字。

b. 崔邠〈禮部權侍郎閣老史館張秘監閣老有離合酬贈之什宿直吟玩聊繼此章〉一作〈和權載之離合詩〉

脈脈羨佳期，月夜吟麗詞。－脈字離月字為（永）
諫垣則隨步，東觀方承顧。－諫字離東字為（言）
林雪消豔陽，簡冊漏華光。－簡字離林字與卄字為（間）：存疑[140]
坐更芝蘭室，千載各芬芳。－坐字離千字為（竹）
節苦文俱盛，即時人並命。－節字離即字為（竹）
翩翩紫霄中，羽翮相輝映。－翩字離羽字為（扁）

因此，（永）字合（言）字為（詠）；（間）字合（竹）字為（簡）；（竹）字合（扁）字為（篇）。故而崔邠和詩離合可得「詠簡篇」三字。

c. 楊於陵〈和權載之離合詩〉

校德盡珪璋，才臣時所揚。－校字離才字為（交）
放情寄文律，方茂經邦術。－放字離方字為（攵）
王猷符發輝，十載契心期。－王字離十字為（二）

---

[140] 案：簡字部首為竹，竹字為林字離卄字而成，故簡字離林字與卄字為（間）

晝遊有嘉話，書法無隱辭。－晝字離書字為（一）
信茲酬和美，言與芝蘭比。－信字離言字為（人）
昨來恣吟繹，日覺祛蒙鄙。－昨字離日字為（乍）

因此，（交）字合（攵）字為（效）；（二）字合（一）字為（三）；（人）字合（乍）字為（作）。故而楊於陵和詩離合可得「效三作」三字。

d. 許孟容〈答權載之離合詩〉

史[141]（吏）才司秘府，文哲今超古。－吏字離文字為（口）
亦有擅風騷，六聯文墨曹。－亦字離六字為（儿）
聖賢三代意，工藝千金字。－聖（圣）字離工字為（又）
化識從臣謠，人推仙閣吏。－化字離人字為（匕）
如登崑閬時，口誦靈真詞。－如字離口字為（女）
孫簡下威鳳，系霜瓊玉枝。－孫字離系字為（子）

因此，（口）字合（儿）字為（四）；（又）字合（匕）字為（㚔）[142]；（女）字合（子）字為（好）。故而許孟容此作離合可得「四怪好」三字。

e. 馮伉〈和權載之離合詩〉

車馬退朝後，聿懷在文友。－車字離聿字為（二）
動詞宗伯雄，重美良史功。－動字離重字為（力）

141 據何文匯《雜體詩釋例》之說，頁41云：「史《全唐詩》注云：一作『敏』。案：『敏』字非是，『史』，疑『吏』之誤。」茲從之。
142 同註上。何文匯認為中唐人以「圣」為「聖」，以「㚔」為「怪」。

亦曾吟鮑謝，二妙尤增價。－亦字離二字為（卝）
雨霜鴻唳天，匝樹鳥鳴夜。－雨字離匝字為（==）
覃思各縱橫，早擅希代名。－覃字離早字為（襾）
息心欲焚硯，自靦陪群英。－息字離自字為（心）

因此，（二）字合（力）字為（五）；（卝）字合（==）字為（非）；（襾）字合（心）字為（惡）。故而馮伉和作離合可得「五非惡」三字。

f. 潘孟陽〈和權載之離合詩〉

詠歌有離合，永夜觀酬答。－詠字離永字為（言）
笥中操綵牋，竹簡何足編。－笥字離竹字為（司）
意深俱妙絕，心契交情結。－意字離心字為（音）
計彼官接聯，言初並清切。－計字離言字為（十）
翔集本相隨，羽儀良在斯。－翔字離羽字為（羊）
煙雲競文藻，因喜玩新詩。－煙字離因字為（灶）

因此，（言）字合（司）字為（詞）；（音）字合（十）字為（章）；（羊）字合（灶）字為（美）。故而潘孟陽此和詩離合可得「詞章美」三字。

g. 武少儀〈和權載之離合詩〉靚

少年慕時彥，小悟文多變。－少字離小字為（丿）
木鐸比群英，八方流德聲。－木字離八字為（十）
雷陳美交契，雨雪音塵繼。－雷字離雨字為（田）
恩顧各飛翔，因詩靚瑰麗。－恩字離因字為（心）

傅野絕遺賢，人希有盛遷。—傅字離人字為（尃）

早欽風與雅，日詠贈酬篇。—早字離日字為（十）

因此，（丿）字合（十）字為（才）；（田）字合（心）字為（思）；（尃）字合（十）字為（博）。故而武少儀此和作離合可得「才思博」三字。

以上為中唐時期以權德輿為交遊中心的館閣大臣們所賡和的雜體詩，這一組原詩與和作，其離合方法為《詩體明辯》中所說的第一種：「離一字偏旁為兩句，而四句湊合為一字」。因此，此組原詩與和作分別離合出「思張公」、「私權閣」、「詠簡篇」、「效三作」、「四怪好」、「五非惡」、「詞章美」、「才思博」。權德輿原詩以離合方式贈張薦，而吾人可從離合之結果得知為「思張公」，權德輿以離合詩的方式表達內心思友之情，而另一方面，張薦亦針對權德輿原詩也和作一首離合詩，其餘同僚亦參與和作離合詩的行列。

而《詩體明辯》中所說的第二種離合詩，為「別字詩」，如南朝劉宋・謝靈運之〈作離合詩〉[143]，詩曰：「古人怨信次，十日眇未央。加我懷繾綣，口脉情亦傷。劇哉歸遊客，處子忽相忘。」其離合方法為：「離一字偏旁為兩句，而六句湊合為一字。」因此，「古」字離「十」字為「口」；「加」字離「口」字為「力」；「劇」字離「處」字為「刀」。「口」字合「力」字與「刀」字則為「別」。然觀《全唐詩》中，並無如同「別字詩」一般的和雜體詩作。

[143] 見《先秦漢魏晉南北朝詩・宋詩卷三》，頁 1185。

此外，《詩體明辯》中所云的第三種離合詩，其離合方法為：「離一字偏旁於一句之首尾，而首尾相續為一字。」其所引用之詩例，為晚唐皮日休、陸龜蒙二人所唱和之作，原詩為《全唐詩》卷 630 陸龜蒙〈閑居雜題〉五首，其注云：「以題十五字離合」；和作為《全唐詩》卷 616 皮日休〈奉和魯望閑居雜題〉五首。故而可知，此方法是先離詩題為諸字，再將離出之字分別置於詩句中之首尾處（首句第一字除外），來寫成詩作，可謂「離詩題之字而為詩」。茲說明如下：

A.原詩：陸龜蒙〈閑居雜題〉五首，以題十五字離合

a. 〈鳴蜩早〉－離出題目三字為「口」、「鳥」、「蟲」、「周」、「日」、「十」。

閑來倚杖柴門口，鳥下深枝啄晚蟲。
周步一池銷半日，十年聽此鬢如蓬。

b. 〈野態真〉－離出題目三字為「里」、「予」、「能」、「心」、「直」、「人」。

君如有意耽田里，予亦無機向藝能。
心跡所便唯是直，人間聞道最先憎。

c. 〈松間斟〉－離出題目三字為「木」、「公」、「門」、「日」、「甚」、「斗」。

子山園靜憐幽木，公幹詞清詠華門。
月上風微蕭灑甚，斗醪何惜置盈尊。

d. 〈飲巖泉〉－離出題目三字為「食」、「欠」、「山」、「嚴」、「白」、「水」。

已甘茅洞三君食，欠買桐江一朵山。
嚴子瀨高秋浪白，水禽飛盡釣舟還。

e. 〈當軒鶴〉－離出題目三字為「尚」、「田」、「車」、「干」、「雀」、「鳥」。

自笑與人乖好尚，田家山客共柴車。
干時未似棲廬雀，鳥道閑攜相爾書。

B.和作：皮日休〈奉和魯望閑居雜題〉五首，以題十五字離合

a. 〈晚秋吟〉－離出題目三字為「日」、「免」、「禾」、「火」、「口」、「今」。

東皋煙雨歸田日，免去玄冠手刈禾。
火滿酒爐詩在口，今人無計奈儂何。

b. 〈好詩景〉－離出題目三字為「女」、「子」、「言」、「寺」、「日」、「京」。

青盤香露傾荷女，子墨風流更不言。
寺寺雲蘿堪度日，京塵到死撲侯門。

c.〈醒聞檜〉－離出題目三字為「酉」、「星」、「門」、「耳」、「木」、「會」。

解洗餘酲晨半酒，星星仙吹起雲門。
耳根莫厭聽佳木，會盡山中寂靜源。

d.〈寺鐘暝〉－離出題目三字為「土」、「寸」、「金」、「童」、「日」、「冥」。

百緣斗藪無塵土，寸地章煌欲布金。
重擊蒲牢唅山日，冥冥煙樹睹棲禽。

e.〈砌思步〉－離出題目三字為「石」、「切」、「田」、「心」、「止」、「少」。

襹襹古薜綳危石，切切陰螿應晚田。
心事萬端何處止，少夷峰下舊雲痕。

以上所舉之原詩與和作，其離合詩之形態，是為《詩體明辯》所歸納出的第三種：「離一字偏旁於一句之首尾，而首尾相續為一字。」之和離合體詩。觀陸龜蒙原詩以詩題離出諸字，分置於詩句之首尾，皮日休亦以此法和作，原詩與和作均以「閑居」為主題來寫作離合詩。

《詩體明辨》所云，第四種離合詩之形態為：「不離偏旁，但以一物二字離於一句之首尾，而首尾相續為一物。」如：皮日休、陸龜蒙二人所相互唱和之離合縣名詩、離合藥名詩等均是。茲說明如下：

1.第一組

A.原詩：《全唐詩》卷 630 陸龜蒙〈藥名離合夏日即事〉三首

乘屐著來幽砌滑，石甖煎得遠泉甘。
草堂祗待新秋景，天色微涼酒半酣。

整首詩中，句首字與句尾字（首句首字與末句末字除外），均可合為一藥名，故此詩可得「滑石」、「甘草」、「景天」三藥名。

避暑最須從樸野，葛巾筠席更相當。
歸來又好乘涼釣，藤曼陰陰著雨香。

此詩可得「野葛」、「當歸」、「釣藤」三藥名。

窗外曉簾還自卷，柏煙蘭露思晴空。
青箱有意終須還，斷簡遺編一半通。

此詩可得「卷柏」、「空青」、「還斷」三藥名。

B.和作：《全唐詩》卷 616 皮日休〈奉和魯望藥名離合夏月即事〉三首

季春人病拋芳杜，仲夏溪波繞壞垣。
衣典濁醪身倚桂，心中無事到黃昏。

此詩可得「杜仲」、「垣衣」、「桂心」三藥名。

數曲急溪衝細竹，葉舟來往盡能通。
香草石冷無辭遠，志在天台一遇中。

此詩可得「竹葉」、「通香」、「遠志」三藥名。

桂葉似茸含露紫，葛花如綬醮溪黃。
連雲更入幽深地，骨錄閑攜相獵郎。

此詩可得「紫葛」、「黃連」、「地骨」三藥名。

2.第二組

A.原詩：皮日休〈懷錫山藥名離合〉二首

暗竇養泉容決決、明園護桂放亭亭。
歷山居處當天半，夏裏松風盡足聽。

此詩可得「決明」、「亭歷」、「半夏」三藥名。

曉景半和山氣白，薇香清淨雜纖雲。
實頭自是眠平石，腦側空林看虎群。

此詩可得「白薇」、「雲實」、「石腦」三藥名。

B.和作：龜蒙〈和襲美懷錫山藥名離合〉二首

鶴伴前溪栽白杏，人來陰洞寫枯松。
蘿深境靜日欲落，石上未眠聞曉鐘。

此詩可得「杏仁」（人）、「松蘿」、「落石」三藥名。

佳句成來誰不伏，神丹偷去亦須防。
風前莫怪攜詩藁，本是吳吟蕩槳郎。

此詩可得「扶神」、「防風」、「藁本」三藥名。

3.第三組

A.原詩：皮日休〈懷鹿門縣名離合〉二首

山瘦更培秋後佳，溪澄閑數晚來魚。
臺前過雁盈千百，泉石無情不寄書。

此詩可得「佳溪」、「魚臺」、「百泉」三縣名。

十里松蘿陰亂石，門前幽事雨來新。
野霜濃處憐殘菊，潭上花開不見人。

此詩可得「石門」、「新野」、「菊潭」三縣名。

B.和作：陸龜蒙〈和襲美懷鹿門縣名離合〉二首

雲容覆枕無非白，水色侵磯直是藍。
田種紫芝飡可壽，春來何事戀江南。

此詩可得「白水」、「藍田」、「壽春」三縣名。

竹溪深處猿同宿，松閣秋來客共登。
封逕古苔侵石鹿，城中誰解訪山僧。

此詩可得「宿松」、「登封」、「鹿城」三縣名。

以上所舉，為皮、陸二人所唱和之離合藥名、縣名詩，可知原詩離合之法為何，和作即根據原詩離合之法寫作。若原詩主題是寫景，和作主題亦是寫景；若原詩離合的是藥名、縣名，和作也就離合藥名、縣名。

就前面所列《先秦漢魏晉南北朝詩》之和體詩表中，基本上而言，若將宋・鮑照〈學陶彭澤體詩奉和王義興〉[144]併入和體詩範疇來看，六朝自南朝劉宋之後和體詩逐漸興起，而就目前所能得見之詩作而言，南朝齊以至於陳，以及北齊與北周的和體詩，全為和雜體詩，如：齊・王融〈奉和竟陵王郡縣名詩〉、

---

[144] 李師立信〈重新評價六朝詩〉一文指出，所謂「學」就是學習、模仿，與「擬」不同，「擬」基本上是內容之模仿，而「學」則往往除了內容外，更擴及到風格、形式、特色之仿效，如劉宋鮑照〈學古詩〉、〈學劉公幹體詩五首〉、〈學陶彭澤體詩〉……等。筆者認為「學」體本身即包含風格、形式、特色之仿效，再者，因鮑照此詩主要本意在奉和王義興，故而納入六朝和體詩來看。

梁・范雲〈奉和齊竟陵王郡縣名詩〉、梁・沈約〈奉和竟陵王藥名詩〉、梁・庾肩吾〈奉和藥名詩〉、以及北齊・蕭祇與北周・庾信之〈和迴文詩〉等均是，然而此時所謂之和藥名詩、和郡縣名詩均是嵌名詩，只將藥名與縣名嵌入詩句中，並無離合，如：齊詩卷 2 王融〈奉和竟陵王郡縣名詩〉:「追芳承荔浦，揖道訊虛丘。升裾臨廣牧，從望盡平洲。曾山臨翠阪，方渠緬清流。陽臺翻早茂，陰館懷名秋。……」句中的「荔浦」、「虛丘」、「廣牧」……等；梁詩卷 7 沈約〈奉和竟陵王藥名詩〉:「丹草秀朱翹，重臺架危岊。木蘭露易飲，射干枝可結。陽隰採辛夷，寒山望積雪。玉泉亟周流，雲華乍明滅。……」句中的「丹草」、「木蘭」、「辛夷」……等，若以和詩角度而言，這些和藥名詩與和縣名詩均是將縣名與藥名嵌入詩中，反觀自有漢末・孔融寫作「離合詩」以來，以至於六朝末，只見詩人們有寫作離合詩，卻未見有和作離合體詩的情形。繼六朝之後，在唐代，就整部《全唐詩》而言，文人和作雜體詩的現象，直到中唐時期才再度重現，而中唐時期文人和作雜體詩之代表群，即是以權德輿之雜體詩作為唱和對象所作之多首和雜體詩，而且均為和雜體詩類中之和離合體詩。據《唐五代文學編年史・中唐卷》所載[145]，在唐德宗貞元十九年，「權德輿于本年作〈離合詩〉贈張薦，薦有詩酬之，崔邠、楊於陵等亦有和作。……時張薦為秘書監，崔邠、楊於陵為中書舍人，許孟容、馮伉為給事中，武少儀為國子司業、權德輿為禮部侍郎。」可見當時參與和作雜體詩者，均為館閣大臣。再者，權德輿本人喜作雜體詩，《全唐詩》卷 327 收入權德輿多首雜體詩，如：〈離合詩贈張監閣

[145] 詳見《唐五代文學編年史・中唐卷》，頁 599。

老〉、〈春日雪酬潘孟陽迴文〉、〈五雜組〉、〈數名詩〉、〈星名詩〉、〈卦名詩〉、〈藥名詩〉、〈古人名詩〉、〈州名詩寄道士〉、〈建除詩〉、〈三婦詩〉、〈八音詩〉、〈六府詩〉等，而其中〈八音詩〉與〈六府詩〉、〈三婦詩〉在目前所能得見之唐詩作者詩作中，唯有權德輿寫作[146]，由此看來，更可顯示出權德輿之雜體詩在中唐時期的詩壇是居於獨特的地位。

到了晚唐，皮日休與陸龜蒙二人所唱和之雜體詩，其中和藥名詩與和縣名詩部份，改變以往離合詩之析合字作法，而以離合詩之析合辭作法，運用於和藥名詩與和縣名詩之寫作上；相較於六朝時期之和藥名詩與和縣名詩其寫作方式仍是「嵌名」於詩句中，這是最大不同之處。

（2）和迴文詩

所謂「回文詩」(回又作迴)，即詩作字句順讀或者倒讀皆可成詩的詩體。而關於回文詩之起源，眾說紛云，王慈鸞《宋代雜體詩研究》[147]歸納整理出四點：1.源於道原 2.源於蘇伯玉妻 3.源於竇滔妻（蘇蕙）4.源於傅咸、溫嶠。

以上四種說法，王慈鸞認為蘇伯玉妻之《盤中詩》只能由中央周四角誦之，卻不能倒讀，如視為「迴文」，則尚屬牽強。又蘇蕙為前秦時代之人，年代較傅咸、溫嶠為晚，因而迴文始於〈璇璣圖詩〉是不能成立的。此外，皮日休稱迴文詩興於溫嶠、傅咸，亦有欠妥，因劉勰早皮日休約三百七十年，距傅、

---

[146] 案：〈八音詩〉與〈六府詩〉、〈三婦詩〉均為雜嵌體詩，在六朝時期已有詩人寫作，然皮日休〈雜體詩序〉中並未列及。詳見何文匯《雜體詩釋例》，頁 175。

[147] 中正大學中文所碩士論文，李師立信指導，民國 84 年 6 月。

溫更近，假如劉勰既見此二人詩作，又云：「回文所興，則道原為始。」（即宋・賀道慶）想必是有根據的，因此，王慈薷是站在劉勰《文心雕龍》所持之說法。茲從王說。

至於「迴文詩」與「反覆詩」有何區別？宋・桑世昌《回文類聚》原序引《詩苑》云：「……舊為二體，今合為一，止兩韻者，謂之回文；而舉一字皆成讀者，謂之反覆。」回文詩是無論順讀或者倒讀皆能成詩；而反覆詩則是無論從原詩句中之任何一字開始讀起，皆能成詩。如：《回文類聚》卷 3 記載王融一首五言回文詩[148]：

靜煙臨碧樹，殘雪背晴樓。冷天侵極戍，寒月帶行舟。

此首詩無論由句中任何一字讀起，回旋反覆均能成詩，故而可得詩四十首，此詩即為所謂之「反覆詩」。相對的，《詩苑》認為「止兩韻者，謂之回文」之說法，即是「回文詩」順讀一回為一韻，倒讀一回亦有一韻，因此一首回文詩順讀與倒讀共可得兩韻。除非是順讀與倒讀之韻皆為同一韻部，否則一首回文詩無論是順讀與倒讀總共有兩韻。如：王融〈春遊迴文詩〉[149]

枝分柳塞北，葉暗榆關東。垂條逐絮轉，落蘂散花叢。
池蓮照曉月，幔錦拂朝風。低吹雜綸羽，薄粉豔粧紅。
離情隔遠道，歎結深閨中。

---

[148]《回文類聚》卷三宋・桑世昌編，見《四庫全書・集部》光盤號 430，原文電子版，武漢大學出版社。
[149]見《先秦漢魏晉南北朝詩・齊詩卷二》，頁 1400。

王融此詩順讀韻腳為「東、叢、風、紅、中」為「東韻」；倒讀韻腳則為「離、低、池、垂、枝」為「支韻」，故有兩韻。再者，觀其用韻安排上，偶數句最後一句與奇數句第一字均必須同時押韻，才能在順讀與倒讀時，造成回文效果。

故而，同理可推論，筆者認為要造就一首回文詩，只要是齊言之詩作，在用韻安排上，必須在偶數句最後一字與奇數句第一個字皆押韻的條件下，方得成立。

在六朝時期，「迴文詩」見用於唱和者，以湘東王•蕭繹〈後園作迴文〉為原詩，作為和作對象的多首「和迴文詩」為代表作。如：

A.原詩：蕭繹〈後園作迴文詩〉[150]

斜峰繞徑曲，聳石帶山連。花餘拂戲鳥，樹密隱鳴蟬。

B.和作：

a. 蕭綸〈和湘東王後園迴文作〉[151]

燭華臨靜夜，香氣入重帷。曲度聞歌遠，繁絃覺舞遲。

b. 蕭綱〈和湘東王後園迴文詩〉[152]

枝雲間石峰，脈水浸山岸。池清戲鵠聚，樹秋飛葉散。

---

[150] 詩紀云：「此詩藝文次王融迴文詩後，然觀簡文諸人和詩，知此詩為元帝作，藝文逸名耳。俟待考也。」逯案：馮說是。 見《先秦漢魏晉南北朝詩．梁詩卷二十五》，頁 2058。

[151] 見《先秦漢魏晉南北朝詩•梁詩卷二十四》，頁 2029。

[152] 見《先秦漢魏晉南北朝詩•梁詩卷二十二》，頁 1976。

c. 蕭祇〈和迴文詩〉和湘東王後園[153]

危臺出岫迥，曲澗上橋斜。池蓮隱弱芰，徑篠落藤花。

d. 庾信〈和迴文詩〉詩紀云：和湘東王後園[154]

旱蓮生竭鑊，嫩菊養秋鄰。滿地留浴鳥，分橋上戲人。

觀以上原詩與和作之「迴文詩」，形式上均為五言四句，然就詩作內容而言，無論是順讀或者倒讀，則另有一番新意。

到了唐代，「和迴文詩」一如「和離合詩」同樣情形，一直要到中唐時期，才又重現文人唱和場合中。代表群體仍是權德輿為交遊中心的館閣大臣，不過原詩則為《全唐詩》卷 330 潘孟陽〈春日雪以迴文絕句呈張薦權德輿〉[155]，和作為卷 327 權德輿〈春日雪酬潘孟陽迴文〉與卷 330 張薦〈和潘孟陽春日雪迴文絕句〉，茲列舉如下：

A.原詩：潘孟陽〈春日雪以迴文絕句呈張薦權德輿〉

春梅雜落雪，發樹幾花開。真須盡興飲，仁里願同來。

[153] 見《先秦漢魏晉南北朝詩・北齊卷一》，頁 2259。
[154] 見《先秦漢魏晉南北朝詩・北周卷四》，頁 2409。
[155] 詩題注曰：「一作春日雪寄上張二十九丈大監請招禮部權曹長迴文絕句。時為戶部侍郎。」

B.和作：

a. 權德輿〈春日雪酬潘孟陽迴文〉

酒杯春醉好，飛雪晚庭閒。久憶同前賞，中林對遠山。

b. 張薦〈和潘孟陽春日雪迴文絕句〉

遲遲日氣暖，漫漫雪天春。知君欲醉飲，思見此交親。

觀此組原詩與和作，就形式而言均為五言四句，若論迴文用韻，則每一首詩無論順讀或者倒讀共有二韻，在迴文用韻安排上，順讀時是二、四句最後一字押韻，若要造成回文倒讀之條件，則連同一、三句第一字都必須押韻。如：權德輿〈春日雪酬潘孟陽迴文〉一詩，其二、四句最後一字（閒、山）押平聲刪韻；而一、三句第一字（酒、久）押上聲有韻，因此無論在順讀或者倒讀時，才能造成回文之效果。就內容上而言，均為寫春日雪景之作，而無論順讀或者倒讀，皆別俱意境。

晚唐時期，皮、陸二人繼中唐權德輿等館閣唱和風氣之後，再開迴文雜體唱和之風，而此時七言寫作亦已盛行於詩壇，故而皮、陸二人所唱和之和迴文詩是以七言呈現。如：

A.原詩：《全唐詩》卷 630 陸龜蒙〈曉起即事因成迴文寄襲美〉

平波落月吟閑景，暗幌浮煙思起人。清露曉垂花謝半，遠風微動蕙抽新。城荒上處樵童小，石蘚分來宿鷺馴。晴寺野尋同去好，古碑苔字細書匀。

B.和作：《全唐詩》卷 616 皮日休〈奉和魯望曉起迴文〉

> 孤煙曉起初原曲，碎樹微分半浪中。湖後釣筒移夜雨，
> 竹傍眠几側晨風。圖梅帶潤輕霑墨，畫蘚經蒸半失紅。
> 無事有杯持永日，共君惟好隱牆東。

觀此組原詩與和作，就詩歌形式而言，陸龜蒙原詩順讀押「真」韻，倒讀則押「庚」韻；皮日休和作順讀押「東」韻，倒讀則押「虞」韻。就詩歌內容而言，原詩與和作筆觸風格相近，同寫曉起狀描之景，使人讀後意覺初曉晨起般的清新味兒，而無論順讀或者倒讀皆有一番新意與體會。

（3）和累字詩

此部份所論之「累字詩」，指的是由「一字至七字詩」的基礎上，逐漸累增至九字、十字或者十五字之詩體而言。何文匯《雜體詩釋例》將此種累字詩以「雜言體」一辭概稱[156]，其對於此「雜言詩」有一說明：

> 雜言體，包一三五七九言、三五七言、三五六七言、一字至七字、至九字、至十字諸目。其言遞增，皆有定格，故與古詩雜言不同。

何文匯此「雜言體」之說法，其實指的就是「累字詩」，即詩歌言數呈累增形態而言。然而何氏雖舉出此「雜言」遞增皆

[156] 見何文匯《雜體詩釋例》，（香港：中文大學出版社），頁 205。

有定格，與古詩雜言不同這般話，卻仍以「雜言體」概稱之，故而筆者在不與「古詩雜言」相混稱之前題下，便以王慈鸞《宋代雜體詩研究》[157]中，以「累字詩」一辭，作為此部份論述之詩體定義。曰：

> 所謂「累字體」者，係指字數由少漸多，依次遞增或遞減，有著一定比例與秩序。當其橫向排列時，即成寶塔之形，俗稱為「寶塔詩」。而觀其外形，猶若階梯，所以又稱「階梯詩」。

據上述所言，「累字詩」若依照其詩歌外在結構有次序之遞增形式，亦可鋪排成寶塔之形，故另有「寶塔詩」或者「階梯詩」之別稱。

「累字詩」最早可上溯至隋，由隋代僧人慧英所作之〈一三五七九言詩〉[158]，如：

> 遊，愁。赤縣遠，丹思抽。鷲嶺寒風駛，龍河激水流。既喜朝聞日復日，不覺年頹秋更秋。已畢耆山本願誠難住，終望持經振錫往神州。

觀釋慧英此〈一三五七九言詩〉，句中言數呈一三五七九奇數遞增，每一言數均重覆兩次，並且在偶數句押韻（平聲尤韻），句數與用韻皆極為規律，是目前所能得見最早的「累字詩」。

---

[157] 中正大學中文研究所碩士論文，李師立信指導，民國 84 年 6 月。
[158] 見《先秦漢魏晉南北朝詩・隋詩卷十》，頁 2778。

在唐代詩壇上，張南史有〈一字至七字詩〉六首[159]，內容全為詠物，分別為〈雪〉、〈月〉、〈泉〉、〈竹〉、〈花〉、〈草〉，茲擇二例說明：

A.〈雪〉

雪，雪。花片，玉屑。結陰風，凝暮節。高嶺虛晶，平原廣潔。初從雲外飄，還向空中噎。千門萬戶皆靜，獸炭皮裘自熱。此時雙舞洛陽人，誰悟郢中歌斷絕。

B.〈月〉

月，月。暫盈，還缺。上虛空，生溟渤。散彩無際，移輪不歇。桂殿入西秦，菱歌映南越。正看雲霧秋卷，莫待關山曉沒。天涯地角不可尋，清光永夜何超忽。

張南史此六首累字詩之中的第一、二首〈雪〉、〈月〉，其言數由一字至七字遞增，每一言數均重覆兩次，因此整首詩共有十四句，且均偶數句押韻，由詩作外觀形式而言，這是極為規律的。而張南史其餘的四首累字詩在形式上，亦是如此。張南史為盛唐天寶末跨中唐時代之人物[160]，而約為同時代的權德輿（761-818 年）亦有一首〈雜言賦得風送崔秀才歸白田限三五六七言〉，云：「響深澗，思啼猨。闇入蘋州暖，輕隨柳陌暄。澹蕩乍飄雲影，芳菲遍滿花園。寂寞春江別君處，和煙帶雨送征軒。」權德輿此詩雖不似張南史由「一字至七字詩」言數呈有次序逐漸遞增，而中間跳脫四言句，但是就整體詩作而言，亦是一首「累字詩」。

---

[159] 見《全唐詩》卷二九六，(北京：中華書局)，頁 3360-3361。

[160] 據《中國文學家大辭典·唐五代卷》云：「張南史，生卒年不詳，……天寶末任試左右衛倉曹參軍。至德元載與李紓同避地蘇州，……大歷五年與皇甫冉隔江唱酬。……建中初至貞元二年前曾再召，未赴卒。」頁 426。

此外，在中唐時期部份文人們除了單獨寫作「累字詩」外，「累字詩」一體，亦見於文人聚會賦詩的場合當中，最著名的即為中唐白居易將至東都洛陽上任，朝臣為白居易送行時，若干人等所寫成的多首「一字至七字詩」。如：《唐詩紀事》卷 39〈韋式〉條下[161]曰：「樂天分司東洛，朝賢悉會興化亭送別，酒酣，各請一字至七字詩以題為韻。」而參與此次送別會並共同賦詩者，據所留下的詩歌作品而言，一共有九人，茲列舉如下：

A.《全唐詩》卷 334 令狐楚〈賦山〉

山。聳峻，回環。滄海上，白雲間。商老深尋，謝公遠攀。古巖泉滴滴，幽谷鳥關關。樹島西連隴塞，猿聲南徹荊蠻。世人只向簪裙老，芳草空餘麋鹿閒。

B.《全唐詩》卷 386 張籍〈賦花〉

花。花。落早，開賒。對酒客，興詩家。能迴遊騎，每駐行車。宛宛清風起，茸茸麗日斜。且願相留懽洽，惟愁虛棄光華。明年攀折知不遠，對此誰能更歎嗟。

C.《全唐詩》卷 423 元稹〈一字至七字詩　茶〉

茶。香葉，嫩芽。慕詩客，愛僧家。碾雕白玉，羅織紅紗。銚煎黃蕊色，椀轉麴塵花。夜後邀陪明月，晨前命對朝霞。洗盡古今人不倦，將知醉後豈堪誇。

---

161 見《唐詩紀事・下》，楊家駱主編，（台北：鼎文書局印行），頁 607。

D.《全唐詩》卷 462 白居易〈一字至七字詩〉賦得詩

詩。綺美，瓌奇。明月夜，落花時。能助歡笑，亦傷別離。調清金時怨，吟苦鬼神悲。天下只應我愛，世間唯有君知。自從都尉別蘇句，便到司空送白辭。

E.《全唐詩》卷 463 韋式〈一字至七字詩　竹〉

竹。臨池，似玉。裛露靜，和煙綠。抱節寧改，貞心自束。渭曲偏種多，王家看不足。仙杖正驚龍化，美實當隨鳳熟。唯愁吹作別離聲，回音駕驂舞陣速。

F.《全唐詩》卷 464 王起〈賦花〉

花。點綴，分葩。露出裛，月未斜。一枝曲水，千樹山家。戲蝶未成夢，嬌鶯語更誇。既見東園成徑，何殊西子同車。漸覺風飄輕似雪，能令醉者亂俗麻。

G.《全唐詩》卷 483 李紳〈賦月〉

月。光輝，皎潔。耀乾坤，靜空闊。圓滿中秋，玩爭詩哲。玉兔鏑難穿，桂枝人共折。萬象照乃無私，瓊臺遮君謁。抱琴對彈別鶴聲，不得知音聲不響。

H.《全唐詩》卷 516 魏扶〈賦愁〉

愁。迥野，深秋。生枕上，起眉頭。閨閣危坐，風塵遠遊。巴猿啼不住，谷水咽還流。送客泊舟入浦，思鄉望月登樓。煙波早晚長羈旅，絃管終年樂五侯。

I.《全唐詩》卷 852 范堯佐〈一字至七字詩　書〉

書。憑雁，寄魚。出王屋，入匡廬。文生益智，道者清虛。葛洪一萬卷，惠子五車餘。銀鉤屈曲索靖，題橋司馬相如。別後莫暌千里信，數封緘送到閒居。

以上所舉九人（包括白居易），均為此次參與惜別宴會者，而觀此九首共作但不同題的「累字詩」，除了張籍〈賦花〉一詩，其一言句重覆兩次，總數為十四句外；其餘八首，一言句並無重覆，故而所寫的「一字至七字詩」便成為「奇數句」詩，共有十三句，且為奇數句押韻。再者，因為此次賦詩是「以題為韻」，故而韋式賦〈竹〉、李紳賦〈月〉，二人便押仄聲韻，與其他六人押平聲韻不同。

特別注意的是，此九首「一字至七字詩」是共作但不同題的「累字詩」，一般而言，文人即席賦詩，在賦詩的方式上，大致是可分為三種情形：

1. 同題共作：如蘭亭詩、科舉考試之「試詩」。
2. 同題共和：如第二章所論的「君臣賡和」時，諸位朝臣所作奉和聖製詩。

3. 非同題之共作：如文人集體賦詩時，有所謂的「分題」[162]。

就以上文人即席賦詩之大致分類可知，白居易等九人此次惜別賦詩，是屬於第三類的「分題」賦詩，這是非同題之共作，不是九人彼此和作。

然劉禹錫有一首〈同留守王僕射各賦春中一物從一韻到七〉詩[163]，是王起〈賦花〉之和作，劉詩如下：

> 鶯。能語，多情。春將半，天欲明。始逢南陌，復集東城。林疏時見影，花密但聞聲。營中緣催短笛，樓上來定哀箏。千門萬戶垂楊裏，百轉如簧煙景晴。

據傅璇琮《唐五代文學編年史・晚唐卷》所云，在唐文宗大和三年，「白居易本年五十歲。三月五日，編成《劉白唱和集》。三月末，由刑部侍郎改授太子賓客分司，有詩詠之。赴東都前，張籍等集于興化亭，各賦一至七字詩為白居易送行。」[164]可知，白居易等九人所作之「累字詩」是作於文宗大和三年。而據瞿蛻園《劉禹錫集箋證》所云：「王僕射謂王起，據起傳，開成五年（840 年），文宗山陵畢，起檢校左僕射、東都留守、判東都尚書事，蓋即替僧孺，則此詩之作當在會昌元年（841 年）之春矣。」[165]。由上述二條資料可知，劉禹錫並未參與大和三年白居易將分司東都時的賦詩集會，而是以王起當時所作之〈賦花〉為原詩來

---

[162]《中國文體學辭典》曰：「分題，古代作詩方式的一種，若干詩人相會，分探得題目以賦詩，稱『分題』，亦稱『探題』。」，頁 36。宋・嚴羽《滄浪詩話》曰：「分題，古人分題，或各題一物，如云送某人分題得某物也。」

[163] 見《全唐詩》卷三五六，(北京：中華書局)，頁 4008。

[164] 見《唐五代文學編年史・晚唐卷》，頁 32。

[165] 見《劉禹錫集箋證・下》，(上海：上海古籍出版社》，頁 1254。

和作，而詩題云「同留守王僕射各賦春中一物從一韻至七」，因此是以春中之物為賦詩主題，觀王起詩為〈賦花〉，劉禹錫和作內容為寫〈鶯〉，這是十分切題的。

筆者檢索《全唐詩》中之「和累字詩」，唯見劉禹錫有和作。然而唐代「累字詩」之發展卻是呈現多樣變化的，如：鮑防、嚴維、成用、……等八人所作之〈一字至九字詩聯句〉；杜光庭〈懷古今〉為「一至十五字詩」等，均可看出「累字詩」在唐代發展之痕跡。亦誠如王慈鷰所說[166]：

> 綜觀累字詩從釋慧英〈一三五七九言〉一路發展下來到了唐代中葉，一字至七字詩體的盛行，詩人在此基礎上或尾續、或截裁、變化出不少新鮮樣式來。如一字至九字、一字至十句、乃至於十五字等等，頗為可觀。

王氏此番話，對於唐代「累字詩」之發展樣貌，可謂下了一個極為簡明扼要的註腳。

（4）和風人詩

在《全唐詩》卷 627 陸龜蒙有〈風人詩〉四首，卷 616 皮日休有〈和魯望風人詩三首〉。所謂「風人詩」，據皮日休《雜體詩》序云：「……古有采詩官，命之曰風人。『圍棋燒拜襖，看子故依然。』由是風人之作興焉。……」嚴羽《滄浪詩話》曰：「論雜體，則有風人。上句述一語，下句釋其義，如古子夜歌、讀曲歌，則多用此體。」可見風人詩由來已久，早在唐以

[166] 見《宋代雜體詩研究》，中正大學中文研究所碩士論文，李師立信指導，民國 80 年 6 月，頁 70。

前，六朝時代的吳地民歌，其詩歌內容多以「雙關語」表達，如：〈吳聲歌曲・子夜歌四十二首〉[167]中，有詩曰：「始欲識郎時，兩心望如一。理絲入殘機，何悟不成匹。」詩中後兩句為雙關語，女子理絲望成「匹」，「匹」字之義暗藏女子與郎相匹配的心意。又〈子夜四時歌・秋歌十八首〉[168]有詩曰：「自從別歡來，何日不相思。常恐秋葉零，無復蓮條時。」詩中「蓮」字，暗喻為「憐」字，以秋葉飄零喻孑然孤身，而自憐神傷。而皮日休《雜體詩》序中所說的「風人之作」，指的就是這種「上句述一語，下句釋其義」的詩歌。宋　葛立方《韻語陽秋》卷4引《樂府解題》之說[169]，亦認為「以下句釋上句」此格為「風人詩」。

在《全唐詩》中，〈風人詩〉見於唱和者，即為皮、陸二人所作。針對皮、陸二人之原詩與和作，大陸學者王運熙於《樂府詩述論》一書中[170]，有詳細解讀，茲列舉如下：

A.原詩：陸龜蒙〈風人詩四首〉

a.十萬全師出，遙知正憶君。一心如瑞麥，長作兩岐分。

據王氏所考，「正憶君，當是諧『整億軍』。《說文》：『十萬曰億』。整億軍，即『十萬全師出』也。」故知，是以下句「正憶君」之諧音釋上句「十萬師」。

[167] 見《先秦漢魏晉南北朝詩・晉詩卷十九・清商曲辭》，頁1040。
[168] 同註167，頁1043。
[169] 宋・葛立方《韻語陽秋》。
[170] 見王運熙《樂府詩述論》上編〈論吳聲西曲與諧音雙關語〉第四節〈六朝諧音雙關詩的餘波——唐代的諧音雙關詩〉，（上海：上海古籍出版社），頁137-141。

b.破檗供朝爨，須憐是苦辛。曉天窺落宿，誰識獨醒人。

據王氏所考，「《通俗編》：『以星為醒』。『人』，疑諧『辰』」而何文匯《雜體詩釋例》解「辛」為「薪」，用以「釋上句也」[171]。筆者以為此詩謂：雖窺得曉星沉，然此時是否亦有同孤之人。

c.旦日思雙履，明時願早諧。丹青傳四瀆，難寫是秋懷。

據王氏所考，「『諧』諧『鞋』。」並以後唐馬縞《中華古今注》（卷中）[172]所云，「凡娶婦之家，先下絲麻鞋一（革／兩），取其和鞋之義。」

d.聞道更新幟，都應廢舊旗。征衣無伴擣，獨處自然悲。

據王氏所考，「『新幟』疑諧『心志』，『旗』諧『期』。古『幟』『志』相通。……況澄《雜體詩鈔》曰：『以杵為處』。」故而此詩句中「新幟」諧為「心志」；「舊旗」諧為「舊期」。「廢舊期」即為「更心志」也。

B.和作：皮日休〈和魯望風人詩三首〉

a.刻石書離恨，因成別後悲。莫言春繭薄，猶有萬重絲。

據何文匯《雜體詩釋例》所言[173]，「『悲』諧『碑』，『思』諧『絲』。」

---

[171] 見何文匯《雜體詩釋例》，（香港：中文大學），頁 219。

[172] 後唐・馬縞《中華古今注》。

b.鏤出容刀飾，親逢巧笑難。日中騷客佩，爭奈即闌干。

據王氏所云：「況澄曰：『以削為笑』。」，然而何文匯卻認為應當是「笑」諧「鞘」。而「此詩謂騷客日中佩瓓玕為飾之容刀候人，日影闌干而未逢巧笑之女子。」[174]

c.江上秋聲起，從來浪得名。逆風猶挂席，苦不會凡情。
一作帆

何文匯認為「放浪」之「浪」諧「波浪」之「浪」。「凡」諧「帆」，「不會凡情，謂不悟世俗之情也。」[175]

以上所舉詩例即為皮日休、陸龜蒙二人所唱和之「風人體」詩。但值得一提的是，何文匯於《雜體詩釋例》認為皮、陸二人以風人為題之七首唱和詩，每一首有四句，而每聯皆用上句述一語，下句則釋其義之諧音雙關法，這是皮、陸二人「風人詩」唱和之定制[176]。再者，何氏認為南朝時的「風人詩」是泛指諧音雙關的詩體，其運用的方法「恰多是上句述一語，下句釋其義而已。」[177]只有皮、陸二人風人詩「乃必下句釋上句」，因此是「雖有所因，乃屬創體。」可見晚唐時皮、陸二人的「風人詩」是具有創新的地位。

[173] 何文匯，頁 220。
[174] 何文匯，頁 221。
[175] 何文匯，頁 219。
[176] 何文匯，頁 224。
[177] 何文匯，頁 219。

（二）和雜聲韻體

所謂「雜聲韻體」一詞，據何文匯《雜體詩釋例》所云，為「全詩用雙聲、疊韻、全仄、全平諸體也。」[178]此類的「雜聲韻體」所論及之範圍包含「雙聲詩」、「疊韻詩」、「全仄詩」、「全平詩」等。今觀《全唐詩》中之「和雜聲韻體」詩，亦為皮日休、陸龜蒙二人所唱和。而除了何氏所歸納出上述四種「雜聲韻體」詩之外，皮、陸二人另獨創「和四聲詩」中之平仄相間體詩。

而關於「雙聲詩」與「疊韻詩」其義如何？皮日休於《雜體詩》序中，作了敘述：「梁武帝云：『後牖有巧柳』，沈約云：『偏眠船舷邊』，由是疊韻興焉。詩云：『蝃蝀在東』，又曰：『鴛鴦在梁』，由是雙聲興焉。」遠在先秦的詩經時代，詩歌已見雙聲疊韻句法運用之情形。

六朝齊永明因有詩歌「聲病」之說興起，始重視詩歌聲律之安排，如：《南齊書》陸厥傳[179]曰：「……吳興沈約、陳郡謝朓、瑯琊王融，以氣相推轂，汝南周顒善識聲韻，約等文皆用宮商，以平上去入為四聲，以此制韻，不可增減，世呼為永明體。」遂而在南朝齊梁之際，這種強調詩歌聲律安排的體制便擴展開來。當時「雙聲詩」體以王融所作為最早，曰：「園蘅眴紅蘤，湖荇燡黃華。迴鶴橫淮翰，遠越合雲霞。」[180]詩句中的「紅蘤」（蘤音花）、「黃華」、及「遠越」等，均是雙聲詞，而甚至「回鶴橫淮翰」一句，更可視為「雙聲句」。此外，南朝「疊

[178] 見何文匯《雜體詩釋例》第七章〈雜聲韻體〉，頁 187。
[179] 《南齊書》卷五十二列傳第三十三〈陸厥傳〉。
[180] 見《先秦漢魏晉南北朝詩・中・齊詩卷二》，頁 1405。

韻詩」則以梁武帝蕭衍的〈五字疊韻詩〉[181]為最早，其實此詩實際上是六人所「聯句」而成，分別為：「梁武帝：『後牖有榴柳』。劉孝綽：『梁王長康強』。沈約：『偏眠船舷邊』。庾肩吾：『載匕每礙埭』。徐摛：『六斛熟鹿肉』。何遜：『暯蘇姑枯盧』。」

到了唐代，運用詩歌「雙聲疊韻」之技巧而見於唱和者，亦為晚唐皮、陸二人。茲列舉說明如下：

（1）和疊韻詩

A.原詩：《全唐詩》卷 630 陸龜蒙〈疊韻山中吟〉

瓊英輕明生，石脈滴瀝碧。玄船仙偏憐，白幘客亦惜。

B.和作：《全唐詩》卷 616 皮日休〈奉和魯望疊韻雙聲二首〉之一〈疊韻山中吟〉

穿煙泉潺湲，觸竹犢觳觫。荒篁香牆匡，熟鹿伏屋曲。

觀陸龜蒙原詩，為五言四句，每一句中的諸字其韻母皆相同，如「瓊、英、輕、明、生」為「庚」韻；「石、脈、滴、瀝、碧」為「陌、錫」韻；「玄、船、仙、偏、憐」為「先」韻；「白、幘、客、亦、惜」為「陌、錫」韻。再者，就整首詩來看，二、四句末一字為韻腳處，因而此詩是為押「陌、錫」韻的仄韻詩。

而皮日休之和作，亦為五言四句，每一句中之諸字其韻母皆同，如「穿、煙、泉、潺、湲」為「先」韻；「觸、竹、犢、

[181] 見《先秦漢魏晉南北朝詩・中・梁詩卷一》，頁 1539。

轂、餗」為「屋、沃」韻；「荒、篁、香、牆、匡」為「陽」韻；「熟、鹿、伏、屋、曲」為「屋、沃」韻。而此詩亦為押「屋、沃」韻的仄韻詩。

此外，皮、陸二人另有一組「疊韻吳宮詞」二首見於唱和，如：

A.原詩：《全唐詩》卷 630 陸龜蒙〈疊韻吳宮詞二首〉

膚愉吳都姝，眷戀便殿宴。逡巡新春人，轉面見戰箭。

紅櫳通東風，翠珥醉易墜。平明兵盈城，棄置遂至地。

此組陸龜蒙原詩，其用韻方式，如同前面所舉之疊韻詩，亦為每句中之諸字均為同一韻部。而此兩首原詩亦均為仄韻詩。

B.和作：《全唐詩》卷 616 皮日休〈奉和魯望疊韻吳宮詞二首〉

侵深尋嶔岑，勢厲衛睥睨。荒王將鄉亡，細麗蔽袂逝。

枍栺替製曳，康莊傷荒涼。主虜部伍苦，嬙亡房廊香。

觀皮日休此組和作，第一首和詩每句中之諸字均為同一韻部，如：「侵、深、尋、嶔、岑」為「侵」韻；「勢、厲、衛、睥、睨」為「霽」韻；「荒、王、將、鄉、王」為「陽」韻；「細、麗、蔽、袂、逝」為「霽」韻。此首詩為押「霽」韻之仄韻詩。

第二和作亦為每句中之諸字均為同一韻部，如：「枍、栺、替、製、曳」為「霽」韻；「康、莊、傷、荒、涼」為「陽」韻；「主、虜、部、伍、苦」為「麌」韻；「嬙、亡、房、廊、香」為「陽」韻。因此這首詩為押「陽」韻之平韻詩。

（2）和雙聲詩

A.原詩：《全唐詩》卷 630 陸龜蒙〈雙聲溪上思〉

溪空唯容雲，木密不隕雨。迎漁隱映間，安問謳鴉。

B.和作：《全唐詩》卷 616 皮日休〈奉和魯望疊韻雙聲二首〉之二〈雙聲溪上思〉

疏杉低通灘，冷鷺立亂浪。草彩欲夷猶，雲容空澹蕩。

此組陸龜蒙原詩，「溪、空」（同『溪』紐）二字同聲；「木、密」（同『明』紐）二字同聲；「隕、雨」（同『為』紐）二字同聲；「迎、漁」（同『疑』紐）二字同聲；「隱、映」（同『影』紐）二字同聲；「安、謳」（同『影』紐）。是一首押「麌」韻部的仄韻詩。

皮日休和作「疏、杉」（同『疏』紐）二字同聲；「通、灘」（同『透』紐）二字同聲；「冷、鷺、立、亂、浪」（同『來』紐）五字同聲；「草、彩」（同『清』紐）二字同聲；「夷、猶」（同『喻』紐）二字同聲；「澹、蕩」（同『定』紐）二字同聲。是一首押「漾」韻部的仄韻詩。

（3）和四聲詩

1.皮、陸之「和全平詩」

漢魏時代，部份古詩句中已出現「全平」或「全仄」的情形，如：曹植〈雜詩七首〉[182]之一「高臺多悲風，朝日照北林。」；「形影忽不見，翩翩傷我心。」〈雜詩〉之二「去去莫復道，沉憂令人老。」，「高臺多悲風」一句全為平聲，「去去莫復道」一句全為仄聲。

而就通篇詩作而言，全首詩歌每一字均為平聲的情形，則始見於晚唐皮、陸二人唱和之作。皮、陸二人有一組「和四聲詩」，其中一首即為「全平詩」茲列舉如下：

A.原詩：《全唐詩》卷 630 陸龜蒙〈夏日閒居作四聲詩寄襲美　平聲〉

荒池菰蒲深，閒階莓苔平。江邊松篁多，人家簾櫳清。
為書凌遺編，調弦夸新聲。求歡雖殊途，探幽聊怡情。
（「探」平仄兩讀）

B.作：《全唐詩》卷 616 皮日休〈奉酬魯望夏日四聲四首　平聲〉

塘平芙蓉低，庭閒梧桐高。清煙埋陽烏，藍空含秋毫。
冠傾慵移簪，杯乾將餔糟。翛然非隨時，夫君真吾曹。

---

[182] 見《先秦漢魏晉南北朝詩》上〈魏詩卷七〉，頁 456，中華書局版。

皮、陸此組「四聲詩」除了以上四首為「全平」之外，以下所舉皆為「平仄相間」之體。

2.皮、陸之「和平仄相間體詩」——平上聲

A.原詩：《全唐詩》卷 630 陸龜蒙〈夏日閒居作四聲詩寄襲美平上聲〉

朝煙涵樓臺，晚雨染島嶼。漁童驚狂歌，艇子喜野語。
山容堪停杯，柳影好飲憂。年華如飛鴻，斗酒幸且舉。

B.和作：《全唐詩》卷 616 皮日休〈奉酬魯望夏日四聲四首平上聲〉

溝渠通疏河，浦嶼隱淺筱。舟閒攢輕蘋，槳動起靜鳥。
陰稀餘桑閒，縷盡晚繭小。吾徒當斯時，此道可以了。
（「攢」平仄兩讀）

觀此組和「平上聲」之陸龜蒙原詩，為五言八句，第一、三、五、七句為「平聲」句；第二、四、六、八句為「仄聲」句。句與句之間平聲與仄聲相間用，十分規律。而和作之皮日休其句法用韻安排亦如是。

3.皮、陸之「和平仄相間體詩」——平去聲

A.原詩：《全唐詩》卷 630 陸龜蒙〈夏日閒居作四聲詩寄襲美平去聲〉

新開窗猶偏，自種蕙未徧。書籤風搖聞，釣榭霧破見。
耕耘閑之資，嘯詠性最便。希夷全天真，詎要問貴賤。

B.和作：《全唐詩》卷 616 皮日休〈奉酬魯望夏日四聲四首平去聲〉

怡神時高吟，快意乍四顧。村深啼愁鵑，浪霽醒睡鷺。
書疲行終朝，罩困臥至暮。吁嗟當今交，暫貴便異路。

此組「平去聲」之原詩與和作，第一、三、五、七句每字均為平聲；第二、四、六、八句每字均為去聲，其詩句用韻平仄相間之狀況，亦如同前面「平上聲」之例。

4.皮、陸之「和平仄相間體詩」——平入聲

A.原詩：《全唐詩》卷 630 陸龜蒙〈夏日閒居作四聲詩寄襲美平入聲〉

端居愁無涯，一夕髮欲白。因為鸞章吟，忽憶鶴骨客。
手披丹臺文，腳著赤玉舄。如蒙清音酬，若渴吸月液。

B.和作：《全唐詩》卷 616 皮日休〈奉酬魯望夏日四聲四首平入聲〉

先生何違時，一室習寂歷。松聲將飄堂，岳色欲壓席。
彈琴奔玄雲，斸藥折白石。如教題君詩，若得札玉冊。

此組「平入聲」之原詩與和作，第一、三、五、七句每句均為平聲；第二、四、六、八句每字均為入聲，其詩句用韻平仄相間之情形，亦如同（平上聲）之例。

上述的一組和「四聲詩」是為陸龜蒙原唱，而皮日休和作。之後，皮日休、陸龜蒙又再度唱和了一組「和四聲詩」，原詩則為皮日休所作〈苦雨中又作四聲詩寄魯望〉[183]，和作為陸龜蒙〈奉酬襲美苦雨四聲重寄三十二句〉[184]，此組原詩與和作詩句諸字之平仄用韻安排，亦如同前一組「和四聲詩」。

由以上所舉為皮、陸二人之「和雜聲韻詩」，而皮、陸這種整首詩諸字「全平」；以及整首詩詩句之間，平仄相間用的情形，是全唐詩人所僅見，亦屬獨創。

（4）和嵌名詩

「嵌名詩」是屬於「雜嵌體」之一種，據何文匯《雜體詩釋例》所云：「雜嵌體，總名嵌字及嵌詞、語於詩中之體也。約而分之，一為嵌古詩辭句體，一為嵌諸名體。」[185]。而嵌古詩辭句體所涵蓋之詩體有：「五雜組」、「兩頭纖纖」、「三婦豔」、「自君之出矣」、「建除」等；而嵌諸名體所涵蓋之詩體可就更包羅萬象了，舉凡：「人名」、「鳥名」、「卦名」、「藥名」、「數名」、「八音名」……等。在六朝時期，當時的君臣與一般的文士寫作「雜嵌體」詩的風氣是十分盛行的。而由「雜嵌體」詩的多樣性來看，吾人亦可瞭解到六朝詩歌體裁創新與蓬勃的一面，這在遂

183 見《全唐詩》卷六一六，頁 7103。
184 見《全唐詩》卷六三〇，頁 7229。
185 見何文匯《雜體詩釋例》第六章〈雜嵌體〉，頁 123。

欽立《先秦漢魏晉南北朝詩》與一般論雜體詩之專書中，如：何文匯《雜體詩釋例》均可得窺獲知的。

而唐代，雜嵌體詩的寫作狀況，仍是以中唐的權德輿與晚唐皮、陸二人最為常見，如：《全唐詩》卷327分別收錄權德輿之「五雜組」、「數名詩」、「星名詩」、「卦名詩」、「藥名詩」、「古人名詩」、「州名詩寄道士」、「八音詩」、「建除詩」、「六府詩」、「三婦詩」等諸首雜嵌詩。而在唐代，將「雜嵌體」詩見用於唱和的，唯皮、陸二人所唱和之「和人名詩」了。舉例如下：

A.原詩：《全唐詩》卷630陸龜蒙〈寒日古人名〉

> 初寒朗詠裴回立，欲謝玄關早晚開。昨日登樓望江色，魚梁鴻雁幾多來。

B.和作：《全唐詩》卷616皮日休〈奉和魯望寒日古人名一絕〉

> 北顧歡遊悲沈宋，南徐陵寢歎齊梁。水邊韶景無窮柳，寒被江淹一半黃。

觀陸龜蒙原詩中，嵌入「謝玄」一名；皮日休和作中，則嵌入「顧歡」、「沈宋」（沈佺期、宋之問）、「徐陵」、「江淹」等名。皮、陸嵌入人名的「位置」卻不是語詞的完整節奏點上，筆者認為這也許是皮陸二人在嵌名時，為了要使嵌名詩中所嵌入的名字，完全溶入詩作，讀起來自然有不著痕跡、巧奪天功之妙。如：陸龜蒙原詩「初寒朗詠裴回立，欲謝玄關早晚開」，後一句中「謝玄」為人名，然而此詩句的語詞節奏點為二、二、三句，即「欲謝、玄關、早晚開」才是，如此讀法，詩的意思也才能完全顯露出來。然而陸龜蒙卻是將「謝玄」一名在兩語詞的節奏點拆開，雖一分為二，但是更能使得嵌名處溶入詩作。同樣的，皮日休和作「北顧歡遊悲沈宋」這一句的語詞節奏點為「北顧、歡遊、悲沈宋」，「顧歡」為人名，嵌入詩中的位置亦非完整語詞節奏點上，「沈宋」為沈佺期、宋之問的合稱。而「北顧歡遊悲沈宋」整句詩是有典故的，據《中國文學家大辭典．先秦漢魏晉南北朝卷》所云[186]，顧歡為南朝宋齊之間的文人，「宋末，齊高帝蕭道成輔政，聞其名，征為揚州主簿，遣中使迎之。及至，齊高帝已代宋。歡上表獻《治綱》一卷，自稱『刪撰《老氏》』，並求退。」據此資料可知，「齊已代宋」故而「沉宋」為詩人所悲，這與實為二人的「沈宋」，在意境上有著一語雙關的妙處。

綜觀《全唐詩》中，以「嵌古人名」詩見用於唱和者，唯皮、陸二人此組唱和之〈寒日古人名詩〉，在唐代，其「嵌名詩」之數量雖比不上六朝時的多數，但是就皮、陸二人之「嵌名詩」寫作技巧而言，亦有它獨特之處。

（5）和聯句詩

漢武帝君臣柏梁臺詩，是目前所見最早之聯句詩，漢武帝為首句，以下群臣逐句聯作，一人一句，逐句用韻而成。而在南朝時期，齊永明九年（491 年）謝朓有〈阻雪連句遙贈和〉詩，謝朓是根據先前六人，沈約、劉繪、謝昊、王僧儒、王融、江革等每人各寫四句之聯句，再續聯四句而成。

---

[186] 曹道衡、沈玉成《中國文學家大辭典・先秦漢魏晉南北朝卷》，（北京：中華書局），頁 330。

到了唐代，無論是朝廷君臣聯句或是文士交往聯句，均在現存之唐詩文獻資料上，佔有重要的一席之地。如：一人一句、逐句用韻的中宗朝〈十月誕辰內殿宴群臣效柏梁體聯句〉，一人兩句、隔句用韻的肅宗朝〈賜梨李泌與諸王聯句〉與文宗朝〈夏日聯句〉，一人四句的顏真卿〈送耿湋拾遺聯句〉等。然而在晚唐時期則出現以次韻詩來和作聯句詩的情形。如：《全唐詩》卷804 魚玄機〈光威裒姊妹三人少孤而治妍，乃有是作，精粹難儔，雖謝家聯雪何以加之，有客自京來者示予，因次其韻。〉，原詩是《全唐詩》卷 801 光威裒三姐妹所作之〈聯句〉，原詩與和作均七言二十四句，茲擇詩句如下：

A.光、威、裒姐妹〈聯句〉

> 朱樓影直日當午，玉樹陰低月已三（光）。膩粉暗銷銀鏤合，錯刀閒翦泥金衫（威）。繡床怕引烏龍吠，錦字愁叫青鳥銜（裒）。……

B.魚玄機和作

> 昔聞南國容華少，今日東鄰姐妹三。妝閣相看鸚鵡賦，碧衫應繡鳳凰衫。紅芳滿院參差折，綠醑盈杯次第銜。……

觀魚玄機此和聯句詩，是以次韻方式來和聯句詩，這在唐代和雜體詩中亦屬獨特。

（三）和齊梁體

在《全唐詩》卷 355 劉禹錫有一首〈和樂天洛城春齊梁體八韻〉，其原詩為《全唐詩》卷 452 白居易〈洛陽春贈劉李二賓客〉，白居易原詩於題下註明為「齊梁格」，很顯然的，劉禹錫和詩是依照白居易原詩之體來加以和作。又《全唐詩》卷 616 皮日休〈奉和魯望齊梁怨別次韻〉，其原詩為《全唐詩》卷 630 陸龜蒙〈齊梁怨別〉。在《全唐詩》中，這兩組原詩與和作，是明確於詩題上標明為「齊梁」體。據鄺健行〈吳體與齊梁體〉一文[187]指出，「齊梁調」或「齊梁格」一類的詞，最早見於《文鏡秘府論・調聲》，此卷收錄唐張謂〈題故人別業詩〉，日人遍照金鋼在此詩題上頭，特別註明「齊梁調詩」[188]。

起初在律調確立之前，詩人們照齊梁人的方式寫詩，並無特意將自己所作與齊梁詩之調式作區隔，因此，在現存的初唐文獻是見不到「齊梁調」或是「齊梁格」的名稱；而在律調確立之後，詩人們對熟悉的詩歌聲律有進一步的掌握，並重新反省、回顧以往的齊梁詩時，這才驀然發現此時合律的詩歌是與以往的齊梁詩有所差異，故而在詩歌聲律發展到一定階段之後，詩人們在寫齊梁詩時，是在特意寫作之前題下，才會在詩題特別註明為「齊梁體」或者「齊梁格」。那麼何謂「齊梁體」詩？首先就劉、白與皮、陸這兩組原詩與和作來分析：

---

[187] 見《唐代文學研究》第五輯，廣西大學出版社，頁 600。
[188] 遍照金剛《文鏡秘府論》，（台北：學海出版社），頁 10。

1.劉、白

A.原詩：白居易〈洛陽春贈劉李二賓客〉齊梁格

水南冠蓋地，城東桃李園。雪消洛陽堰，春入永通門。
｜—｜｜｜，———｜—。｜—｜—｜，—｜｜——。
淑景方靄靄，遊人稍喧喧。年豐酒漿賤，日晏歌吹繁。
｜｜—｜｜，—————。——｜—｜，｜｜———。
中有老朝客，華髮映朱軒。從容三兩人，藉草開一尊。
—｜｜—｜，—｜｜——。———｜—，｜｜—｜—。
尊前春可惜，身外事勿論。明日期何處，杏花遊趙村。
———｜｜，—｜｜｜—。—｜——｜，｜——｜—。

若以唐代近體詩合律的角度，觀此組白居易原詩，便會發現整首詩是不完全合律的，白居易此詩有十個律句，一個律聯。除了最後一聯為「律聯」外，詩句間有失粘、失對的情形，句中二、四字同聲的有六處，有五個對仗處。

B.和作：劉禹錫〈和樂天洛城春齊梁體八韻〉

帝城宜春入，遊人喜意長。草生季倫谷，花出莫愁坊。
｜———｜，——｜｜—。｜—｜—｜，—｜｜——。
斷雲發山色，輕風漾水光。樓前戲馬地，樹下鬥雞場。
｜—｜—｜，——｜｜—。——｜｜｜，｜｜｜——。
白頭自為侶，綠酒亦滿觴。潘園觀種植，謝墅閱池塘。
｜—｜—｜，｜｜｜｜—。———｜｜，｜｜｜——。

至閒似隱逸，過老不悲傷。相問焉功德，銀黃遊故鄉。
｜—｜｜｜，｜｜｜——。—｜——｜，———｜—。

劉禹錫此詩有十個律句，四個律聯。詩句間有失粘失對的情形，句中二、四字同聲的有五處，有五個對仗處。

觀察以上白居易與劉禹錫二首齊梁體詩，詩句間有失粘失對的情形（古體詩之特點）；亦有律聯（近體詩之特點）、對仗之處，為何齊梁體詩有如此的現象呢？鄺健行認為「如果從齊梁体和漢魏古體有所區別的角度看，即是說從漢魏之古和唐代之律看，則齊梁體又不是古體，而可以傾向律體的一面。所以〈洛陽春贈劉李賓客〉一詩雖為齊梁格，但白居易編入〈律詩〉一章內。所謂齊梁體和律體的不同，我看還含有這樣的意思：齊梁體有『律』的成分，但還不到純粹合律地步。[189]」而在近人之前，馮浩於《玉溪生詩集箋註》[190]即曰：

齊梁體為變古入律之漸，今就其粗跡論之，排偶多而散行少也，采色濃而淡語鮮也。分句言之，有律句焉，有古句焉。合一章言之，上下不相黏綴也。然此皆皮相，其精微全在聲病……

據上述引文，齊梁體詩在中國詩歌史的定位上，是為「變古入律」的一個過渡詩體。換言之，筆者認為這是齊梁之際，

[189] 見《唐代文學研究》第五輯・鄺健行〈吳體與齊梁體〉，廣西師範大學出版社，頁 592，註文。

[190] 見馮浩《玉溪生詩集箋註》，〈齊梁晴雲〉詩下注，（上海：上海古籍出版社）1979 年 10 月。

當時詩人在避免詩歌聲病之前提下，所寫出的部份合律之「試驗品」詩歌。而到了唐代近體詩歌聲律進入成熟的階段之後，此時唐代詩人們已具備詩歌合律之觀念與常識，自然能清楚的明白齊梁體詩與合律近體詩的差異性，故而在寫作齊梁體詩時，偶而會特意的在詩題下註明為「齊梁體」或「齊梁格」。而唐代科舉試律，有時也會在試詩題目下註明規定用「齊梁體」來寫作，如：唐代・范攄《雲溪友議》「古制興」條下[191]曰：

> 文宗元年秋，詔禮部高侍郎鍇，復司貢籍曰：「夫宗子維城本枝百代，封爵便宜，無令廢絕。常年宗正寺解送人，恐有浮薄，以忝科名。在卿精揀藝能，勿妨賢路。其所試，賦則准常規，詩則依齊梁體格。」乃試〈琴瑟合奏賦〉、霓裳羽衣曲詩。……

除了唐代科舉考試曾以「齊梁體」作為試律寫作規則外，李師立信於〈《白氏長慶集》中的格詩〉[192]一文，針對齊梁體詩之特色研究歸納整理出四個要點：分別為「對偶繁多」、「采色濃，淡語鮮」、「人為聲律之安排」以及「以五言為正宗」。其中「以五言為正宗」雖為大部份唐代文人寫作「齊梁體」詩的特色，然亦有例外者，如皮、陸二人就有七言的齊梁體詩作品。以下所舉詩例即是：

---

[191] 見《唐五代筆記小說大觀・下》，（上海古籍出版社），頁1271。

[192] 見〈從《白氏長慶集》看唐詩格律〉第三章，頁41。李師立信著，行政院國家科學委員會專題研究計畫成果報告，民國86年3月。

2.皮、陸

A.原詩：陸龜蒙《齊梁怨別》

寥寥缺月看將落，簷外霜華染羅幕。不知蘭棹到何山，
應倚相思樹邊泊。
——｜｜——｜，—｜——｜—｜。｜——｜｜——，
—｜——｜—｜。

B.和詩：皮日休《奉和魯望齊梁怨別》

芙蓉泣恨紅鉛落，一朵別時煙似幕。鴛鴦剛解惱離心，
夜夜飛來棹邊泊。
——｜｜——｜，｜｜｜——｜｜。———｜｜——，
｜｜——｜—｜。

觀陸龜蒙原詩與皮日休和作，均為七言四句，陸龜蒙原詩有兩個律句，皮日休和作有三個律句，除了二首均押仄聲韻外，亦有失黏失對的情形。

據黃坤堯〈唐詩中之齊梁體〉一文所載193，初唐以前之齊梁體，雖講求律句，卻無任何一套方法遵循，因而保有古體的自然音節。然中唐以後之齊梁體，便逐漸有意識的將律體與古體結合，平仄格律中有拗。黃氏之說，大抵為初唐以前與中唐以後之「齊梁體」詩作做一區別，而劉、白與皮、陸這兩組四人的「齊梁體」唱和詩，正為中唐以後「齊梁體」詩之現象反映。

---

193 黃坤堯〈唐詩中之齊梁體〉一文，見《古典文學》第五集，頁98。

（四）和吳體詩

「吳體」一詞，始見於杜甫〈愁〉詩詩題下注[194]曰：「強戲為吳體。」，在《全唐詩》中，皮日休有「和吳體詩」三首，均是與陸龜蒙唱和之作。而在整部《全唐詩》中，亦只有杜甫、皮日休與陸龜蒙三人曾寫過「吳體」詩。那麼何謂「吳體詩」呢？歷來詩話與近代學者對「吳體詩」的闡釋不一，如：元・方回《瀛奎律髓》卷二十五〈拗字類〉曰：「拗字詩在老杜集七言律詩中謂之吳體。」這是將杜甫七律拗體視為「吳體」。香港學者鄺健行將近代有關「吳體」之研究分為兩種說法：一是源於吳歌的一種體式，二是為拗體的一種[195]，而鄺氏本人則是認為「齊梁詩」在不盡節諧律之前題下，就其風貌，氣格，內容而言，「齊梁體」與「吳體」乃至於所謂的「江左體」彼此有共通之處，因江左和吳都是齊梁立國之處[196]。而郭紹虞在〈論吳體〉[197]一文中，則從溯源、辨體、定格、審音等四項來論「吳體」，並認為「吳體實是拗體中不用古調而又接近民歌風格之拗體」。陳文華在〈吳體〉[198]一文中，則以郭紹虞所提出的吳體「必須用拗句而同時又兼拗對或拗黏」之說法為理論背景，將杜甫七律可稱為吳體的十八首分為兩類，曰：

---

194 《全唐詩》卷二三一杜甫〈愁〉詩，題下曰：「原注：強戲為吳體。」，（北京：中華書局版），頁 2538。

195 見《唐代文學研究》第五輯・鄺健行〈吳體與齊梁體〉一文，廣西師範大學出版社，頁 589。

196 同註 195，頁 600。

197 見《照隅室古典文學論集・下編》，頁 455-470。

198 收錄於張夢機《古典詩的形式結構》一書，（台北：駱駝出版社），1997 年 7 月，頁 97-105。

……一類於全不入律中，對句以第五字用平聲救轉者也；一類則全然不救，對句第五字或平或仄，率視自然而為。前者紀曉嵐目為拗法，然此類拗法，既與一般拗救大異其趣，且此後皮陸仿作，亦多屬此類，則以之同屬吳體，亦理之當也。

爾後，陳文華將皮日休、陸龜蒙二人所唱和之吳體詩分為「以對句第五句救轉者」以及「不救者」兩類。以上有關「吳體」之說法，似乎均是與詩歌「拗體」有極密切之關連，以下是就杜甫〈愁〉詩，與皮、陸二人所唱和之吳體詩當中之格律來究竟一二：

1.杜甫〈愁〉詩

江草日日喚愁生，巫峽泠泠非世情。盤渦鷺浴底心性，獨樹花發自分明。

—｜｜｜｜——，—｜———｜—。——｜｜｜—｜，｜｜—｜｜——。

十年戎馬暗萬國，異域賓客老孤城。渭水秦山得見否？人今罷病虎縱橫。

｜——｜｜｜｜，｜｜—｜｜——。｜｜——｜｜｜，——｜｜｜——。

觀杜甫此詩，有四律句，一個律聯。除了首聯對句第五字為平聲外，其餘的頷聯、頸聯、尾聯之對句第五字皆為仄聲。再者除了尾聯兩句平仄相對為律聯外，其它均為失黏失對情形。

2.皮、陸

A.原詩：《全唐詩》卷 624 陸龜蒙〈早春雪中作吳體寄襲美〉

迎春避臘不肯下，欺花凍草還飄然。光填馬窟蓋塞外，勢壓鶴巢偏殿巔。

——｜｜｜｜｜，——｜｜———。——｜｜｜｜｜，｜｜｜——｜—。

山爐癭節萬狀火，墨突乾衰孤穗煙。君披鶴氅獨自立，何人解道真神仙。

———｜｜｜｜，｜｜———｜—。——｜｜｜｜｜，——｜｜———。

觀此詩有四個律句，而通首有失黏失對的情形，唯每一聯之對句第五個字均為平聲，陳文華將此詩歸於「以對句第五字救轉者」。

B.和作：《全唐詩》卷 613 皮日休〈奉和魯望早春雪中作吳體見寄〉

威仰噤死不敢語，瓊花雲魄清珊珊。溪光冷射觸鸝鳿，柳帶凍脆攢欄杆。

—｜｜｜｜｜｜，———｜———。——｜｜｜｜｜，｜｜｜｜｜——。

竹根乍燒玉節快，酒面新潑金膏寒。全吳縹瓦十萬戶，惟君與我如袁安。

｜—｜—｜｜｜，｜｜—｜———。——｜｜｜｜｜，——｜｜———。

此首皮日休和作只有兩個律句，除了頷聯對句第五字為仄聲外，其餘各聯之對句第五字均為平聲。

A.原詩：《全唐詩》卷 626 陸龜蒙〈早秋吳體寄襲美〉

荒庭古樹只獨倚，敗蟬殘蛩苦相仍。雖然詩膽大如斗，爭奈愁腸牽似繩。

——｜｜｜｜｜，｜———｜——。———｜｜—｜，—｜———｜—。

短燭初添蕙幌影，微風漸折蕉衣稜。安得彎弓似明月，快箭拂下西飛鵬。

｜｜——｜｜｜，———｜———。—｜——｜—｜，｜｜｜｜———。

陸龜蒙此詩有四個律句，兩個律聯，其中頷聯與頸聯之間相黏。

A.和作：《全唐詩》卷 614 皮日休〈奉和魯望早秋吳體次韻〉

書淫傳癖窮欲死，譊譊何必頻相仍。日乾陰蘚厚堪剝，藤把攲松牢似繩。

———｜—｜｜，———｜———。｜——｜｜—｜，—｜｜——｜—。

搗藥香侵白袷袖，穿雲潤破烏紗稜。安得瑤池飲殘酒，半醉騎下垂天鵬。

｜｜——｜｜｜，——｜｜———。—｜——｜—｜，｜｜—｜———。

皮日休此和作，有五個律句，兩個律聯，其中首聯與頷聯、頷聯與頸聯相黏。

A.原詩：《全唐詩》卷 624 陸龜蒙〈獨夜有懷因作吳體寄襲美〉

人吟側景抱凍竹，鶴夢缺月沉枯梧。清澗無波鹿無魄，白雲有根虯有鬚。

——｜｜｜｜｜，｜｜｜｜———。—｜——｜—｜，｜—｜——｜—。

雲虯澗鹿真逸調，刀名錐利非良圖。不然快作燕市飲，笑撫肉枅眠酒壚。

——｜｜—｜｜，———｜———。｜—｜｜｜｜｜，｜｜｜——｜—。

陸龜蒙此詩，通篇只有兩個律句，其餘詩句間彼此有失黏失對的情形。

A.和作：《全唐詩》卷 613 皮日休〈奉和魯望獨夜有懷吳體見寄〉

病鶴帶霧傍獨屋，破巢含雪傾孤梧。濯足將加漢光腹，抵掌欲捋梁武鬚。

｜｜｜｜｜｜｜，｜——｜———。｜｜——｜—｜，｜｜｜｜—｜—。

隱几清吟誰敢敵，枕琴高臥真堪圖。此時枉欠高散物，楠瘤作樽石作壚。

｜————｜｜，｜——｜———。｜—｜｜—｜｜，——｜—｜｜—。

皮日休此和作，有兩個律句，首句諸字全為仄聲，並且整首詩亦失黏失對。

以「吳體」一詞見之於唱和者，在現今《全唐詩》中，唯皮、陸二人而已，而在皮、陸之前，亦唯見杜甫詩中有「吳體」之作。雖然後代學者對此三人所寫的「吳體詩」，究竟是何體？或者詩作本身之詩格均有不同之研究與見解。唯從歷史角度來看，杜甫早年曾客遊吳越[199]，陸龜蒙為吳人[200]（皮、陸所唱和之「吳體詩」，原詩皆為陸氏所作），杜甫與陸龜蒙二人與吳地是有一段歷史淵源存在。雖無文獻記載，皮、陸二人所作「吳體」是否承杜甫之「吳體」而來，而後代學者，對「吳體」之研究，亦只針對杜甫之作與皮、陸之作來分析彼此形式格律上的同異，因此「吳體」詩其確切之由來與定義至今學術界尚無明確之定論。

（五）和詩人體詩

此部份所論之「和詩人體詩」，若照宋・嚴羽《滄浪詩話》中之分類，即為所謂的「以人而論者」，如：「曹劉體」、「徐庾

---

[199] 見《唐才子傳校箋》第一冊〈杜甫〉：「……甫少貧，不自振，客吳越、齊趙間。」，（北京：中華書局），頁 395。

[200] 見《唐才子傳校箋》第三冊〈陸龜蒙〉：「龜蒙，字魯望，姑蘇人，……詩體江、謝，名振全吳。……」，（北京：中華書局），頁 508。

體」、「謝體」……等。今觀《全唐詩》之和詩有關和某詩人詩歌體例，於詩題明確標明為「和體」者有一首，為卷 44 任希古〈和李公七夕謝惠連體〉。此外有「效某某體」詩者有兩首，如：卷 817 皎然〈奉和崔中丞使君論李侍御萼登爛柯山宿石橋寺效小謝體〉以及同卷皎然的〈奉和陸使君長源水堂納涼效曹劉體〉。「效某某體」或者「效某某詩」為六朝擬古風氣下所出現的「擬古」詩體，如：江淹在其〈雜體詩三十首〉並序[201]中曰：

> ……至於世之諸賢，各滯所迷，莫不論甘而忌辛，好丹而非素，……是以邯鄲託曲於李奇，士季假論於嗣宗，此其效也。……僕以為亦各具美兼善而已，今作三十首詩，效其文體。……

由上述江淹這段文字看來，江淹可謂為六朝「效詩人體詩」建立理論者，而且江淹將此「效詩人體詩」名為「雜體詩」，這和後世所歸納之「雜體詩」定義不同，實為特殊，大抵與「擬」、「學」之義接近。今觀其所作三十首雜體詩除了「古別離」外，均為「效詩人體詩」，如：〈班婕妤詠扇〉、〈陳思王曹植贈友〉、〈王侍中粲懷德〉、〈阮步兵籍詠懷〉、〈左記室思詠史〉、〈陸平原機羇宦〉……等均是，宋‧嚴羽《滄浪詩話》中詩歌分體「以人而論者」，如：「謝體」、「陶體」、「蘇李體」、「張曲江體」……可謂淵源於此。

---

[201] 見《先秦漢魏晉南北朝詩‧中‧梁詩卷四‧江淹》，（北京：中華書局）頁 1569。

在唐代「效詩人體詩」有見於唱和之作者，因此筆者一併與「和詩人體詩」論述。茲分述如下：

1.《全唐詩》卷 44 任希古〈和李公七夕謝惠連體〉

任希古此和詩，其原詩李公之作已遺佚。此首和詩為在詩題〈和李公七夕〉下註明為謝惠連體。謝惠連為南朝宋　謝靈運之族弟[202]。據明　許學夷《詩源辯體》卷七第二一則曰：「謝宣遠、名瞻，謝惠連五言篇什不多，而俳偶雕刻，其語實工，與靈運絕相類。」說明謝瞻、謝惠連兩人五言詩特色為「俳偶雕刻、其語實工」。在《先秦漢魏晉南北朝詩》宋詩卷四收有謝惠連一首〈七月七日夜詠牛女詩〉，而任希古的〈和李公七夕〉其體為「謝惠連體」，因而在詩句鍊字安排上與謝惠連〈七月七日夜詠牛女詩〉一詩有著異曲同工之妙。如：謝詩曰：「落日隱櫩楹，升月照簾櫳。」任詩曰：「落日照高牖，涼風起庭樹。」；謝詩曰：「團團滿葉露，析析振條風。」任詩曰：「悠悠天宇平，昭昭月華度。」；謝詩曰：「雲漢有靈匹，彌年闕相從。」任詩曰：「層漢有靈妃，仙居無與晤。」觀察以上詩句「落日」對「落日」；「團團」對「悠悠」、「析析」對「昭昭」等疊字對仗；「雲漢」對「層漢」等，任希古此首和詩以李公原詩所作之體——謝惠連〈七月七日夜詠牛女詩〉一詩風格為體來和作。而觀以上詩例，處處顯露出詩句多尚俳偶、用語雕工的特色。雖然吾人至今已無法得知李公原詩之體貌，但將任希古〈和李公七夕〉

---

[202] 據《中國文學家大辭典‧先秦漢魏晉南北朝卷》謝惠連（407-433 年）：「……謝靈運族弟，幼聰敏，十歲能文。宋文帝元嘉初（421 左右），父方明為會稽太守，惠連隨任，受讀於何長瑜。……惠連以年少輕薄，好男色，不為方明所喜，靈運乃告方明不應以常兒視之。……元嘉五年，靈運辭官返始寧，惠連與何長瑜等在始寧與靈運游賞山澤，酬和詩文。」，（北京：中華書局），頁 455。

與謝惠連〈七月七日夜詠牛女詩〉相互比對，便可得知任希古「和詩人體詩」之概狀。

2. 《全唐詩》卷 817 皎然〈奉和崔中丞使君論李侍御萼登爛柯山宿石橋寺效小謝體〉

皎然此詩為和崔論、李萼之作[203]，由此和詩詩題可知，原詩為崔論、李萼二人登爛柯山宿石橋寺詩，雖和作為「效小謝體」，然原詩已遺，無法確定原詩是否亦為「效小謝體」，今筆者只就皎然和詩之體來析論。

一般而言，「小謝」一辭有兩種說法，一為南朝宋・謝靈運之族弟謝惠連，一為南朝齊・謝朓[204]。然觀唐代詩人在詩作中將謝朓、謝惠連二人區別甚明，以謝惠連之詩體為效倣或者和作對象時，即明確於詩題標上「效謝惠連體」，如：《全唐詩》卷 480 李紳〈泛五湖效謝惠連〉、《全唐詩》卷 44 任希古〈和李公七夕謝惠連體〉。而「小謝」一詞則大多專指「謝朓」而言，並常將「小謝」一辭入於詩作中，如：李白〈宣州謝朓樓餞別校書叔雲〉：「蓬萊文章建安骨，中間小謝又清發。」、陸龜蒙〈春雨即事寄襲美〉：「小謝輕埃日日飛，城邊江上阻春暉。」[205]王貞白〈有所思〉：「寂寞秋堂下，空吟小謝詩。」[206]等。據明・許學夷《詩源辯體》卷八第四則所載，許學夷認為元嘉體雖入

---

203 《全唐詩》無收崔論、李萼詩。

204 據《中國古典大辭典》大小謝：「……小謝，有兩種說法，一指謝靈運的族弟謝惠連，工詩善賦，描摹山水，詩風與謝靈運相近，但成就不高，傳世作品也不多。另一指南朝齊代詩人謝朓，以描寫山水風景見長，其詩風格清麗、意境鮮明、名句迭出。……」，（北京：中華書局），頁 579。

205 謝朓詩〈祀敬亭山春雨〉有「歌風讚靈德，舞蹈起輕埃」句。見《先秦漢魏晉南北朝詩・中・齊詩卷四》，（北京：中華書局），頁 1457。

206 謝朓有〈同王主簿有所思〉詩，見《先秦漢魏晉南北朝詩・中・齊詩卷三》，（北京：中華書局），頁 1420。

排偶，語雖盡入雕刻，「其聲韻猶古」，然而至謝朓、沈約時，則聲漸入律，語漸綺靡「而古聲漸亡」[207]，謝朓與沈約、王融等為詩始用四聲，注重詩歌聲律安排，而用語綺靡。《滄浪詩話》曾曰：「謝朓之詩，已有全篇似唐人者。」謝朓曾於齊明帝建武二年（495）出為宣城太守，在郡一年餘，山水名作多出於此[208]，因而謝朓山水詩風與唐代詩人對山水狀物描摹之作已十分接近。再者，謝朓詩作為大部份為唐人所喜，這可從有些唐代詩人們喜以「小謝」一辭入詩得見端倪。

今觀皎然此首〈奉和崔中丞使君論李侍御萼登爛柯山宿石橋寺效小謝體〉一詩有曰：「常愛謝公郡，幽期願相從。」、「雲窺香樹沓，月見色天重。」可知皎然對謝朓詩之喜愛與推重，並亦得見謝詩風格之痕跡。

3.《全唐詩》卷 817 皎然〈奉和陸使君長源水堂納涼效曹劉體〉

建安七子以「曹劉」為首，宋‧嚴羽《滄浪詩話》將曹植與劉楨的詩篇合稱為「曹劉體」，鍾嶸《詩品》卷三曰：「昔曹劉，殆文章之聖。」、又《詩品》卷一曰：「魏陳思王植詩其源出於國風，骨氣奇高，詞彩華茂，情兼雅怨，體被文質。……魏文學劉楨詩其源出於古詩，仗氣愛奇，動多振絕，真骨凌霜，高氣跨俗。……然自陳思已下，楨稱獨步。」由上述資料可見，早在齊梁鍾嶸時代，已將曹植、劉楨合稱為「曹劉」。而在唐詩作品當中，亦常見到以「曹劉」一辭入詩，如：杜甫〈壯遊〉：「氣靡屈賈壘，目短曹劉牆」、任華〈寄杜拾遺〉：「曹劉俯仰慚大敵，沈謝逡巡稱小兒。」、武元衡〈酬嚴維秋夜見寄〉：「神仙慚李郭，詞賦謝曹劉。」、杜牧〈酬張祜處士見寄長句四韻〉：「七

---

[207] 明‧許學夷《詩源辯體》卷八〈第四則〉，人民文學出版社，頁 120。
[208]《中國文學家大辭典‧先秦漢魏晉南北朝卷》，（北京：中華書局），頁 453。

子論詩誰似公，曹劉須在指揮中。」、齊已〈送劉秀才往東洛〉：「煙宵有兄弟，事業盡曹劉。」……等。

皎然此首奉和陸長源原詩之作，其體為「效曹劉體」，然陸長源原詩已遺佚。今觀皎然此和詩有云：「柳家陶暑亭，意遠不可齊。」、「愛公滿亭客，來是清風攜。」、「六月正中伏，水軒氣常淒。」用語簡練，清逸脫俗。又「煩襟蕩朱弦，高步援綠荑」一句，對仗精工、詞彩華美。可謂兼得劉楨之高氣跨俗與曹植之詞彩華茂。

（六）和雜言詩

此部份所論「和雜言詩」，和前面所論述「累字詩」之雜言不同，大抵針對古詩雜言與樂府歌行雜言之和詩而論，此類「和雜言詩」體無定格，言數參差，在《全唐詩》中為數亦不少，茲擇例分述於下：

（1）樂府歌行之雜言和詩

「篇」與「歌」是屬於歌行體的詩歌體例，據明　吳訥《文章辨體序說》歌行條下曰[209]：「夫自周衰採詩之官廢，漢魏之世，歌詠雜興。故本其命篇之義曰『篇』。……放情長言曰『歌』。」，《全唐詩》卷 47 張九齡〈奉和聖製瑞雪篇〉，為張九齡奉和唐玄宗之作，這是一首和「篇」，即是歌行之一種。然觀其詩歌，通篇為雜言騷體，其詩如下：

---

[209] 明・吳訥《文章辨體序說》，（台北：長安出版社），民國 67 年 12 月，頁 32。

萬年春，三朝日。上御明臺旅庭實。初瑞雪兮霏微，俄同雲兮蒙密。此時騷切陰風生。先過金殿有餘清。信宿嬋娟飛雪度，能使玉人俱掩嫮。皓皓樓前月初白，紛紛陌上塵皆素。昨訝驕陽積數旬。始知和氣待迎新。匪惟在人利。曾是扶天意。天意豈去遙。雪下不崇朝。皇情玩無斁，雪委方盈尺。草樹紛早榮，京坻宛先積。君恩誠謂何。歲稔復人和。預數斯箱慶，應如此雪多。朝冕旒兮戴悅，想簑笠兮農節。倚瑤琴兮或歌，續薰風兮瑞雪。福浸昌，應尤盛。瑞雪年年常感聖。願以柏梁作，長為柳花詠。

張九齡此詩共三十四句，通篇言數由雜言組成，而第四、五句以及第二十六至二十九句均為騷體詩句，張九齡於倒數第二句說明此為「柏梁作」，然觀此詩與漢武帝君臣聯句之「柏梁詩」實為殊異。就詩歌言數來說，張九齡為一人之作，且通篇雜言，漢武帝君臣聯吟之「柏梁詩」為整齊之七言；就詩歌用韻而言，張九齡之作為平仄換韻，而漢武帝君臣之「柏梁詩」為全篇平聲韻。

此外，《全唐詩》卷 213 高適〈同鮮于洛陽於畢員外宅觀畫馬歌〉一詩，原詩已遺佚。高適和詩為十六句雜言詩，曰：

知君愛鳴琴，仍好千里馬。永日恆思單父中，有時心到宛城下。遇客丹青天下才，白生胡雛控龍媒。主人娛賓畫障開，只言騏驥西極來。半壁（走／參）（走／覃）勢不住，滿堂風飄颯然度。家僮愕然欲先鞭，櫪馬驚嘶還屢顧。始知物妙皆可憐，燕昭市駿豈徒然。縱令剪拂無所用，猷勝駑駘在眼前。

高適此和作，頭兩句為五言，以下則均為七言。

（2）雜言和詩

此部份與上述樂府歌行之雜言和詩最大之不同是，樂府歌行之雜言和詩在詩題上標明為「和（同）某某歌」與「和（同）某某篇」……等，除此之外，一般雜言和詩有時亦於詩題特別註明「雜言」，或者甚至有些和詩在詩題下即註明為「依來體雜言」，茲說明如下：

1. 《全唐詩》卷 313 崔元翰〈雜言奉和聖製至承光院見自生藤感其得地因以成詠應制〉，此詩為奉和唐德宗之作，德宗原詩已失。崔元翰此和詩為雜言二十句。
2. 《全唐詩》卷 328 權德輿〈雜言奉和常州李員外副使春日戲題十首〉[210]，此十首和詩除了第十首為雜言外，其它九首均為齊言，只是言數彼此之間不同而已。如：第一首五言四句，第二、三首為七言四句，第四首為三言十二句，第五首為四言十二句，第六首為五言八句，第七首為六言八句，第八首為五言八句，第九首為七言四句，第十首為雜言八句。此十首詩皆為描述春日景物之作。
3. 《全唐詩》卷 457 白居易〈奉和裴令公三月上巳日遊太原龍泉憶去歲禊洛見示之作〉一詩，於題下注明為「依

---

[210] 見《全唐詩》卷三二八，（北京：中華書局），頁 3670。

來體雜言」。白居易此首和詩言數為六六六六五五六六七七，十句。詩曰：「去歲暮春上巳，共泛洛水中流。今歲暮春上巳，獨立香山下頭。風光閑寂寂，旌旆遠悠悠。丞相府歸晉國，太行山礙并州。鵬背負天龜曳尾，雲泥不可得同遊。」

此詩前四句為隔句對，五、六句與七、八句亦是對仗句，為押偶數句平聲尤韻詩。而既然是「依來體雜言」和作，可見裴度原詩亦為雜言，可惜的是，裴度原詩已失，無法得知原貌。此外《全唐詩》卷 452 白居易〈和裴令公一日日一年年雜言見贈〉言數為三三三三七七七七七七九九七七九九，十六句。詩曰：「一日日，作老翁。一年年，過春風。公心不以貴隔我，我散唯將閒伴公。我無才能忝高秩，合是人間閒散物。公有功德在生民，何因得作自由身。前日魏王潭上宴連夜，今日午橋池頭遊拂晨。山客硯前吟待月，野人尊前醉送春。不敢與公閒中爭第一，亦應占得第二第三人。」此詩前四句為隔句對，第五、六為對仗句，第七、八、九、十句為隔句對，第十一、十二句為對仗句，第十三、十四句亦為對仗句。此詩造語平實，形同口語，而詩句相同言數以偶數對稱安排，雖為雜言，然雜中有序，因此在吟誦上節奏錯落有致，即易順誦。

4. 《全唐詩》分別在卷 73、卷 111、卷 112 收錄蘇頲、許景先、賀知章等三人同題共和之〈奉和聖製春臺望應制〉詩，原詩為唐玄宗〈春臺望〉。玄宗原詩共二十八句，前十句為五言，後十八句為七言，詩作如下：

暇景屬三春，高臺聊四望。目極千里際，山川一何壯。太華見重巖，終南分疊幛。郊原紛綺錯，參差多異狀。佳氣滿通溝，遲步入綺樓。初鶯一一鳴紅數，歸雁雙雙去綠洲。太液池中下黃鶴，昆明水上映牽牛。聞道漢家全盛日，別館離宮趣非一。甘泉逶迤明光，五柞連延接未央。周廬徼道縱橫轉，飛閣迴軒左右長。須念作勞居者逸，勿言我後焉能恤。為想雄豪壯柏梁，何如儉陋卑茅室。陽烏黯黯向山沉，夕鳥喧喧入上林。薄暮賞餘回步輦，還念中人罷百金。

玄宗此詩前八句押去聲漾韻，第九句開始轉韻，而第十句至十四句押平聲尤韻。第十五再轉韻，而第十五、十六句押入聲質韻。第十七句再轉韻，而十七句至二十句押平聲陽韻。第二十一句再轉韻，而第二十二句至二十四句押入聲韻。而最後四句亦再轉為平聲侵韻。整首詩對仗處甚多，可謂極為刻意之聲律安排。

而和作的蘇頲、許景先、賀知章三人，其和詩句式與轉韻處之安排亦與原詩無異。茲以蘇頲〈奉和聖製春臺望應制〉為代表說明如下：

壯麗天之府，神明王者宅。大君乘飛龍，登彼復懷昔。圓闕朱光焱，橫山翠微積。河汧流作表，縣聚開成陌。即舊在皇家，維新具物華。雲連所上居恆屬，日更時中望不斜。三月蒼池搖積水，萬年青樹綴新花。暴贏國此嘗圖霸，霸業後仁先以詐。東破諸侯西入秦，咸陽北阪南渭津。詩書焚爇散學士，高閣奢踰嬌美人。事往覆轍經遠喻，春還按蹕憑高賦。戎觀愛力深惟省，越厭陳方何足務。清吹遙遙發帝臺，宸文耿耿照天迴。伯夷位事愚臣忝，喜奏聲成鳳鳥來。

蘇頲此詩在句式安排上，前十句為五言，後十八句為七言。而在用韻安排上，轉韻處與原詩相同，韻部分別為「入聲陌韻→平聲麻韻→去聲禡韻→平聲真韻→去聲遇韻→平聲灰韻」，詩中亦極為講求對仗。

綜觀本章唐代和詩體裁之源流與發展，結語可分為以下幾點：

（一）即席賦詩與唐科舉關係而言

在科舉考試之前的六朝時代，在朝廷宴會以及一般文士宴集的場合中，「限韻賦詩」以為助興的情形已十分常見，如：〈上巳宴麗暉殿各賦一字十韻詩〉、〈立春日汎舟玄圃各賦一字六韻成篇〉、〈七夕宴樂脩殿各賦六韻〉……等。而到了初盛唐時期，無論是朝廷或者一般文士宴集，也時常有應景賦詩的場合出現。此即席賦詩可分為三種情形：

（1）同題共和而不同韻

此同題共作的「群和」現象，均和一原詩，其遊戲規則即為賦得限韻，如：唐中宗〈九月九日幸臨渭亭登高得秋字〉，賡和的朝臣有一、二十人，均奉和中宗原詩，而諸位大臣之和詩題目幾乎相同，只是彼此和詩限用韻字不同。如：宋之問〈奉和九日幸臨渭亭登高應制得歡字〉、蕭至忠〈奉和幸臨渭亭登高應制得餘字〉、韋安石〈奉和九日幸臨渭亭登高應制得枝字〉……等。

（2）同題共作而不同韻

此種情形亦是群體即席賦詩，然而並不是「群和」現象，而是「同題共作」，這些同題共作彼此之間同題而不同韻，其進行之方式,亦是為賦得限韻，如：唐高祖、太宗二朝之僚臣于志寧，其同僚所作之〈冬日宴于庶子宅各賦一字〉，其韻字有的賦得「平」字、「杯」字、「趣」字……等。

（3）同題共作並且同韻

此種情形是群體即席賦詩，不僅是同題共作，而且所用韻腳皆以同一韻字所屬之韻部來賦詩，如：高正臣〈晦日置酒林亭〉詩題下註明：「是宴凡二十一人，皆以華字為韻，陳子昂為之序。」、崔知賢〈上元夜效小庾體〉詩題下註明：「上元之遊，凡六人，皆以春字為韻，長孫正隱為之序。」等。

唐代科舉貢士自高祖武德四年始，高宗調露二年四月，考功員外郎劉思立奏請進士試雜文，「試律」與「律賦」即是試雜文的其中二者。試律的「以某字為韻，限幾字成。」;「律賦」的「以題為韻」以及「題下限韻」，這些考試的外在形式規範與群體「同題同韻」或者「同題限韻賦得」是十分相近的。然而基本上「試律」與「律賦」之考試規則對文人之影響，是與一般朝廷或是朝臣文士的宴集限韻賦詩的影響不同。因為在初盛唐時期，無論是即席的「奉和賦得體詩」或是同題共作的「賦得限韻詩」，在形式上有部份是源於六朝，是踵繼六朝而來。而隨著科舉制度的建立，對文人而言，是決定入仕與否的重要關鍵，故而科考「試律」與「律賦」的考試規則，是唐代文人應試前首要面臨的課題，因此除了個別自習限韻賦詩之外，藉由宴集場合即席限韻賦詩，亦極為可能的。

（二）和意詩與和韻詩（以詩史角度而論）

基本上而言，自東晉始有和詩以來，和詩是和原詩意的，而六朝和詩亦絕大多數為和意的。然而和詩在南朝末以至於隋初階段，已開始注意到和詩用韻之講求，如：王筠〈奉和皇太子懺悔應詔詩〉題下注所云「同所用十韻」，薛道衡〈和許給事善心戲場轉韻詩〉等，由此可見，六朝和詩由絕大多數是和意的現象正逐漸轉變。而在初唐時期朝廷君臣賡和亦已出現和韻情形，此和韻情形又可分為兩種：一是與原詩同韻部，一是和詩與原詩不同韻，但和詩之間部份出現同韻。

據目前所能得見的資料而言，除了宮廷和詩之外，在盛唐開元五年，趙冬曦〈奉和張燕公早霽南樓〉一詩，已有和韻現象。而酬詩之次韻，則大約要到中唐時期才出現。

此外，和詩自有始以來，幾乎為和作他人之原詩為主要模式，然而在中晚唐時期已零星出現幾首「自和詩」，即和詩作者以自己所寫之原詩為對象寫成，而且晚唐的「自和詩」也幾乎是「次韻」而成。

（三）和體詩

六朝時期的「和體詩」幾乎是和雜體詩，而唐代「和體詩」是蓬勃與多樣的，除了「和雜體詩」之外，另有「和齊梁體」、「和吳體」、「和雜言」以及「和詩人體」詩等。這反映出唐代詩人們除了承續六朝既有之詩體外，本身對某些詩體的喜愛與創新更是主要的因素。尤其中唐時期的權德輿與晚唐皮、陸二人在整個唐代「和雜體詩」的地位是不容忽視。中唐權德輿本人對雜體詩是很在行的，而晚唐皮日休、陸龜蒙二人在和雜體詩部份則開創了新體，如:「和風人詩」、「和四聲詩」等。此外，「詩人體詩」是為六朝擬古風氣下所產生之詩體，而將「詩人體詩」運用於唱和，亦始於唐代。

由以上種種諸例可見，唐代「和體詩」是蓬勃多樣，不唯延續六朝詩體，更有它獨特創新的一面。

第四章　宮廷唱和與外邦和詩

在唐代長達將近二百九十年(唐高祖武德元年至唐哀帝天祐三年 618-906 年)的國祚中，上至朝廷下至一般文士交往，其唱和風氣是十分鼎盛的。所謂「上有所好，下必甚焉。」自從初唐立國開始，歷代唐皇均喜與朝臣相互賡和，因此宮廷唱和風氣一直未嘗稍歇，如:明 胡震亨《唐音癸籤》卷二十七〈談叢三〉[1]曰:

> 有唐吟業之盛，導源有自。文皇英姿間出，表麗縟於先程；玄宗材藝兼該，通風婉於時格。是用古體再變，律調一新；朝野景從，謠習寖廣。重以德、宣諸主，天藻並工，賡歌時繼；上好下甚，風偃化移，固宜于喁徧於群倫，爽籟襲於異代矣。中間機紐，更在孝和[2]一朝。于時文館既集多材，內廷又依奧主，游讌以興其篇，獎賞以激其價。……

這段文字說明了唐代國君大部份本身即內具詩才，對朝廷詩歌賡和風氣的提倡是率先引領風騷的。尤其再加上內廷濟濟多士，常因朝廷宴集而以詩歌聊以助興，因此更是助長整個朝

[1] 明・胡震亨《唐音癸籤》頁 281，(台北：木鐸出版社)，民國 71 年 7 月，頁 281。

[2] 唐中宗謚曰「孝和皇帝」。見《新唐書》卷四〈本紀〉第四，(台北：鼎文書局)，頁 112。

廷唱和之風。此外，唐代國威遠播，東夷日本於「隋開皇末，始與中國通。」[3]，太宗貞觀五年遣使入朝後，始與唐有正式之外交往來[4]，《全唐詩外編》即收入有關日本國使臣之和詩，這些使臣和詩在和作形式上幾乎都是次韻詩。再則，當時有些外邦人士與中國文士結下異國友誼，相互以詩歌往返唱和的詩篇，亦不在少數。

因此本章討論重點有二：第一節探索唐代朝廷以及宮廷內部之宴集和詩，第二節外邦和詩。

第一節　宮廷唱和活動之和詩

唐代朝廷與宮廷內部之活動是多樣性的。舉凡朝廷祭典、邊防戰事、節日慶典、皇族活動、君臣交遊……等均有唱和詩篇留下記錄與見證，《唐音癸籤》卷二十七〈談叢三〉記載唐代歷朝國君與朝臣之間所賡和之活動[5]，如：太宗朝記載：

> 中華殿賦詩（貞觀二年十二月宴突利可汗及三品以上）、兩儀殿賦柏梁體（五年破突厥，宴突利可汗）、幸慶善宮賦詩（六年閏八月宴三品以上，又九月宴從臣）、幸靈州賦詩（二十年八月，時北荒悉平，詩勒石）、又玄武門宴群臣、正日臨朝、太原守歲、經戰地、幸陝、還陝並有詩，群臣屬和。

---

[3] 見《新唐書》卷二百二十〈列傳〉第一百四十五〈東夷〉，（台北：鼎文書局），頁 6208。

[4] 同上。

[5] 同註 1，頁 282。

中宗朝記載：

> （景龍二年七夕）兩儀殿、（九日）登慈恩塔、（閏月九日）登總持浮圖、（十月）幸三會寺、（十一月十五日）誕辰、（二十一日）安樂公主出降、（十二月）幸薦福寺、立春宴、（二十一日）幸臨渭亭、（三十日）幸長安故城。（三年人日）清暉閣登高、（晦日）幸昆明池、（二月八日）送沙門玄奘等歸荊州、（十一日）幸太平公主南莊、（七月）幸望春宮送節度張亶、（八月）幸安樂公主西莊、（九日）幸臨渭亭、（十一月）安樂公主入新宅、（十五日）誕辰、長寧公主滿月、（十二月十二日）幸溫泉宮、（十四日）幸韋嗣立山莊、（十五日）幸白鹿觀、（十八日）幸秦始皇陵。（四年正月五日）蓬萊宮宴吐蕃使、（人日）重宴大明宮、（八日）立春內殿賜綵花、（晦日）幸滻水、（二月一日）送金城公主、（三日）幸司農王光輔莊、（二十一日）宴桃花園、（三月一日清明）幸梨園拔河戲、（三日）祓禊渭濱、（十一日）宴昭容院、（四月一日）幸長寧公主莊、（六日）幸興慶池觀競渡、過竇希玠宅，以上並賦詩命侍臣和或止命侍臣賦。

由太宗與中宗二朝有關朝廷或者宮廷內部活動之記載可看出，舉凡節日慶典、朝廷祭典、和蕃、國君行幸、君臣出遊、皇親族戚之宴會（入宅、公主滿月……）、朝臣出使入關……等，國君大多能率同朝臣即席賦詩，帶動賡和場面，而從這些君臣賡和賦詩之名目與作品亦著實的反映出唐代朝廷與宮廷內部的生活文化，整個唐代詩歌風氣鼎盛之成因，實與這種朝廷賡和之風有著極密切關係。以下即就《全唐詩》中有關唐代朝廷以及宮廷內部即席唱和活動內容之和詩，列表略舉作一探討[6]。

表 23：《全唐詩》所收之宮廷和詩簡表

類別	和詩	和作代表者	原詩	原詩作者
節日慶典人日	奉和人日重宴大明宮恩賜綵縷人勝應制	韋元旦、李適、馬懷素……等	遺佚	唐中宗
〃	奉和人日清暉閣宴群臣遇雪應制	劉憲、李乂、趙彥昭……等	遺佚	唐中宗
晦日	奉和晦日幸昆明池應制	宋之問等	遺佚	唐中宗
寒食	奉和聖製初入秦川路寒食應制	張說等	初入秦川路逢寒食	唐玄宗
〃	奉和聖製寒食作應制	張說等	疑為〈初入秦川路逢寒食〉或另有遺佚	唐玄宗
中和節	奉和聖製中和節賜百官宴集因示所懷	權德輿等	中和節賜百官燕集因示所懷	唐德宗
七夕	奉和七夕兩儀殿會宴應制	杜審言、劉憲、蘇頲……	遺佚	唐中宗
重陽(登高)	奉和九月九日應制	賀敳	九月九日	唐高宗
〃	奉和九月九日登慈恩寺浮屠應制	宋之問、李嶠	遺佚	唐中宗
〃	奉和九日幸臨渭亭登高應制得歡字	宋之問	九月九日幸臨渭亭登高得秋字	唐中宗

[6] 此表分類之標題，其詩歌之間性質或有雷同之處，然筆者權衡安排之目的，僅示唐代宮廷詩歌內容之廣泛與多樣性，分類仍尚未周全。

〃	奉和聖製重陽節宰臣及群官上壽應制	王維	遺佚	唐玄宗
〃	奉和聖製寒食作應制	張說等	疑為〈初入秦川路逢寒食〉或另有遺佚	唐玄宗
〃	奉和聖製重陽旦日百寮曲江宴示懷	崔元翰	重陽日賜宴曲江亭賦六韻詩用清字	唐德宗
〃	奉和聖製重陽即事	武元衡	重陽日即事	唐德宗
〃	奉和聖製重陽日中外同歡以詩志因示百寮	權德輿	重陽日中外同歡以詩言志因示群官	唐德宗
中元節	奉和聖製中元日題奉敬寺	崔元翰等	七月十五題章敬寺	唐德宗
千秋節（天長節）	奉和聖製賜王公千秋鏡應制	張說等	千秋節賜群臣鏡	唐玄宗
〃	奉和聖製千秋節宴應制	張說等	千秋節宴	唐玄宗
〃	奉和聖製天長節賜宰臣歌應制	王維等	遺佚	唐玄宗
行幸	奉和行經破薛舉戰地應制	許敬宗等	經破薛舉戰地	唐太宗
〃	奉和過舊宅應制	上官儀等	過舊宅二首	唐太宗
〃	奉和過慈恩寺應制	許敬宗等	謁大慈恩寺	唐高宗
〃	奉和幸安樂公主山莊應制	宗楚客等	遺佚	唐中宗
〃	奉和幸大薦福寺	宋之問、李嶠等	遺佚	唐中宗
〃	奉和幸長安故城未央應制	宋之問、李嶠、劉憲、李乂、趙彥昭等	遺佚	唐中宗

〃	奉和幸韋嗣立山莊應制	崔湜等	遺佚	唐中宗
〃	奉和幸白鹿觀應制	劉憲等	遺佚	唐中宗
〃	奉和聖製幸晉陽宮	張九齡等	過晉陽宮	唐玄宗
〃	奉和聖製幸鳳泉湯應制	張說等	幸鳳泉湯	唐玄宗
樂遊	奉和夏日遊石淙山	姚崇	石淙	武則天
〃	奉和春日遊龍門應制	武三思	遺佚	武則天
〃	奉和聖製同二相已下群官樂遊園宴	趙冬曦等	同二相已下群官樂遊園	唐玄宗
〃	奉和恩賜樂遊園宴應制	蘇頲	同二相已下群官樂遊園宴	唐玄宗
賜宴	奉和禦製麟德殿宴百僚應制	尚宮氏若憲	麟德殿宴百僚	唐德宗
皇親族戚	奉和太子納妃太平公主出降	劉禕之	太子納妃太平公主出降	唐高宗
和藩	奉和送金城公主適西蕃	崔日用、李憲等十八人	遺佚	唐中宗
祭典	奉和受圖溫洛應制	蘇味道	遺佚	武則天
〃	奉和三日祓禊渭濱應制	張說、李乂	遺佚	唐中宗
〃	奉和聖製與太子諸王三月三日龍池春禊應制	王維	遺佚	唐玄宗
巡邊、送別	奉和聖製幸望春宮送朔方大總管張仁亶	劉憲	遺佚	唐中宗
〃	奉和聖製送王晙巡邊應制	張說	餞王晙巡邊	唐玄宗
新職上任	奉和聖製送張說上集賢學士賜宴	源乾曜	集賢書院成送張說上集賢學士賜宴得珍字	唐玄宗

〃	奉和御製璟與張說源乾曜同日上官命都堂賜詩應制	宋璟	左丞相說右丞相璟太子少傅乾曜同日上官命宴東堂賜詩	唐玄宗

以下則據上表，擇例分述之：

一、節日慶典

中國自古以來即是個十分重視傳統節日的民族，從曆法之制定、到國家的禮法制度，乃至於民間習俗之活動慶典，均反映出中國民族習俗與節日習習相關。然而唐代對中國節日之重視更有多一層的意義存在，據大陸學者程薔、董乃斌《唐帝國的精神文明——民俗與文學》一書認為，唐人在傳統節俗的改造上，是「削弱崇神敬鬼色彩，增強現世享樂成分。[7]」並曰：

> 在唐代，一系列傳統的民俗節日被保存下來，有的甚至通過唐代而一直流傳至今。……唐人過節，一方面保持了許多傳承而來的儀式，因而顯然並未脫盡這些節俗所包含的原初意義，特別是皇家在這些節日舉行的祀典，其保守的性質更為明顯。但在廣大民間，這些節日原有的禱祝、際祀、信仰、禁忌方面的含義，固然並未完全消失，實際上卻在日趨淡薄。與此同時，節日的遊藝娛樂性質卻呈日益加強之勢。[8]……

[7] 程薔、董乃斌《唐帝國的精神文明‧歲時節日篇》一、〈唐人的時間意識和對節俗傳統的改造〉，中國社會科學出版社，頁 38。

[8] 同註 7，頁 45。

此段文字說明唐代社會對於中國傳統節日之看待，由以往崇尚祭祀與信仰之嚴肅保守層面，逐漸轉化為娛樂性質高的習俗慶祝活動。

《全唐詩》有關宮廷以節日為題之和詩甚多，這除了反映出宮廷上流社會的精神文化活動外，更能經由宮廷節日遊讌之賦詩活動，帶動當時唐代社會對於節日慶典之熱絡風氣。茲將《全唐詩》所收錄之節日和詩舉例說明如下[9]：

（一）元日

元日又稱上日、正日、正朝、三元、三朔，是為歲首之日[10]。《全唐詩》中有關「元日」之朝廷和詩，分別奉和太宗之〈元日〉與〈正日臨朝〉，如：

1. 太宗〈元日〉一詩，其奉和之朝臣，在《全唐詩》中唯見許敬宗〈奉和元日應制〉原詩與和作均為五言十六句。太宗原詩句曰：「恭己臨四極，垂衣馭八荒。」「繼文遵後軌，循古鑒前王。」許敬宗和詩句云：「天正開初節，日觀上重輪。百靈滋景祚，萬玉慶惟新。」
2. 在《全唐詩》中，奉和太宗〈正日臨朝〉詩者，共有四人，分別為顏師古、魏徵、楊師道、李百藥等[11]。此六首

---

9 所舉詩例以現存《全唐詩》中有關朝廷之節日和詩為主，假如雖有其節日，然《全唐詩》未收其和作或者和作已遺佚，即略過。

10 《初學記》卷四〈歲時部下〉元旦第一曰：「崔寔四民月令曰：『正月一日是謂正日，潔祀祖禰、進酒、降神、玉燭。』寶典曰：『正月為端月，其一日為元日，亦云上日，亦云正朝，亦云三元，亦云三朔。』」

11 分別見《全唐詩》卷三十顏師古、卷三一魏徵、卷三四楊師道、卷四三李百藥。

和詩，顏師古作〈奉和正日臨朝〉，魏徵、楊師道與李百藥三人作〈奉和正日臨朝應詔〉。然而除了魏徵和作與太宗原詩為五言十六句外言八句外，其餘的和作如：顏師古、李百藥為五言八句，楊師道為五言四句。太宗原詩句云：「……百蠻奉遐賮，萬國朝未央。雖無舜禹跡，幸欣天地康。車軌同八表，書文混四方。赫奕儼冠蓋，紛綸盛服章。……」楊師道和詩曰：「皇猷被寰宇，端扆屬良辰。九重麗天邑，千門臨上春。」李百藥和詩句云：「化曆昭唐典，承天順夏正。」魏徵和詩句曰：「百靈侍軒后，萬國會塗山。豈如今睿哲，邁古獨光前。聲教溢四海，朝宗引百川。……」

觀此二組原詩與和作，太宗詩有以天子自居，統率四方之意，而當「正日」之時，歲首之日，大有開國之庸容氣象。而和作亦皆表明臣民垂拱之意。

（二）人日

所謂「人日」，即是農曆的正月初七[12]，在《全唐詩》中所收錄有關「人日」的朝廷和詩為奉和中宗所作，分別為〈奉和人日重宴大明宮恩賜綵縷人勝應制〉與〈奉和人日清暉閣宴群臣遇雪應制〉，以下說明：

1. 〈奉和人日重宴大明宮恩賜綵縷人勝應制〉詩，有的朝臣之作則無「奉和」二字，在《全唐詩》中收入八位朝

12　《白孔六帖》卷四〈人日〉條曰：「七日為人：董勛問禮，俗曰正月一日為雞，二日為狗，三日為豬，四日為羊，五日為牛，六日為馬，七日為人。則正旦畫雞於門，七日鏤人於上良，為此也。」又載《荊楚歲時記》云：「正月七日為人日」。

臣參與此次宴會之作品，分別為崔日用、韋元旦、李乂、馬懷素、趙彥昭、李嶠、李適、蘇頲等。中宗原詩已遺佚，而奉和之作均為七言八句。韋元旦和詩句曰：「青韶既肇人為日，綺勝初成日作人。」馬懷素和詩句曰：「何幸得參詞賦職，自憐終乏馬卿才。」李乂和詩句曰：「千年執象寰瀛泰，七日為人慶賞隆。」

2. 〈奉和人日清暉閣宴群臣遇雪應制〉詩，在《全唐詩》中收錄六位朝臣之作，分別為宗楚客、李嶠、劉憲、蘇頲[13]、李乂、趙彥昭等。中宗原詩亦已遺失，而此奉和之作均為五言八句。宗楚客和詩句曰：「九重中葉啟，七日早春還。」劉憲和詩曰：「輿輦乘人日，登臨上奉京。」李乂和詩曰：「上日登樓賞，中天御輦飛。後庭聯舞唱，前席仰恩輝。睿作風雲起，農祥雨霏霏。幸陪人勝節，長願奉垂衣。」

而觀以上之宮廷「人日」和詩，多具開春氣象，萬物以人為靈長，以人為要，當早春萬物滋長之時，唐代宮廷慶祝正月七日的「人日」節，以「人日」為題舉行君臣賡和，這是別俱意義的。

（三）晦日

所謂「晦日」為農曆一月之底日[14]。根據習俗，從元日到元月底這段期間，傳統上是唐人餔聚飲食的日子。而在《全唐詩》

---

13 蘇頲詩作加「聖製」二字。

14 據《白孔六帖》卷四〈晦日〉條曰：「孟春、晦日、月晦，餔聚飲食。」又載《荊楚歲時記》云：「元日至月晦，並餔聚飲食也。……士女泛舟或臨水宴樂。」

中有關「晦日」之朝廷和詩，為宋之問、蘇頲、李乂、沈佺期等四人之〈奉和晦日幸昆明池應制〉[15]，此四首為奉和中宗之作，均為五言十二句，然中宗原詩已失。宋之問和詩曰：「春豫靈池會，滄波帳殿開。……鎬飲周文樂，汾歌漢武才。不愁明月盡，自有夜珠來。」沈佺期和詩曰：「法駕乘春轉，神池象漢迴。……思逸橫汾唱，歡留宴鎬杯。微臣雕朽質，羞睹豫章材。」據《唐詩紀事》卷三〈上官昭容〉條曰[16]：

> 中宗正月晦日，幸昆明池賦詩，群臣應制百餘篇。帳殿前結綵樓，命上官昭容選一首為新翻御製曲，從臣悉集其下。須臾，紙落如飛，唯沈宋二詩不下。又移時，一紙飛墜，乃沈詩也。乃聞其評曰：「二詩工力悉敵。沈詩落句云：『微臣雕朽質，羞睹豫章材。』蓋詞氣已竭。宋詩云：『不愁明月盡，自有夜珠來。』猶陡健豪舉。」沈乃伏，不敢復爭。

由上段引文可知，朝臣在即席賡和之場合，有時亦可見到彼此逞較詩才之情形。而「晦日」本來就是個宴集飲酒作樂的節日，其賦詩賡和算是餘興節目，因此賀節氣氛應該是比在朝中莊重場合要來的輕鬆。

---

15 分別見《全唐詩》卷五三宋之問、卷七四蘇頲、卷九二李乂、卷九七沈佺期。沈佺期和詩作〈奉和晦日駕幸昆明池應制〉。

16 見《唐詩紀事》上，頁34。

（四）中和節

在唐德宗朝時，定二月一日為中和節，並將中和節與三月三日之上巳日、九九重陽日，三者稱為三令節[17]。在《全唐詩》卷 3 德宗〈中和節日宴百僚賜詩〉題下注曰：

> 帝移晦日為中和節。〇鄴侯家傳云：「夜夢見賜製中和節詩於金花牋上。第二對首忘一字云：『茲中和節，式慶天地春。』及中和日，百僚會曲江亭。賜御製詩曰：『肇茲中和節』云云。其金花牋上花雲，皆夢所見者，奉詔同用春字。

據上引文，德宗此首原詩與朝臣之和詩是同以「春」字為韻。德宗原詩為五言十二句，而《全唐詩》所載之和詩，唯有卷 109 李泌〈奉和聖製中和節曲江宴百僚〉，然李泌和作缺一韻，故為五言十句。德宗原詩句曰：「韶年啟仲序，初吉諧良辰。肇茲中和節，式慶天地春。」李泌和詩句曰：「風俗時有變，中和節惟新。軒車雙闕下，宴會曲江濱。」

此外，德宗另有一首〈中和節賜百官燕集因示所懷〉詩，在《全唐詩》中所載之和作亦唯卷 320 權德輿〈奉和聖製中和節賜百官宴集因示所懷〉詩，此組原詩與和作均為五言十二句。

---

17 《唐會要》卷二十九〈節日〉條曰：「貞元四年……五年正月十一敕四序嘉辰，歷代增置，漢崇上巳，晉紀重陽，或說禳除，雖因舊俗，與眾宴樂，誠洽當時。朕以春方發生，候維仲月，句萌畢達，天地同和，俾其昭蘇，宜助暢茂。自今以後，以二月一日為中和節，……以三令節集會，今宜吉制嘉節以徵之，更晦日于往月之終，揆明辰于來月之始。……」，（北京：中華書局），頁 544。

德宗原詩句曰：「至化恆在宥，保和茲息人。推誠撫諸夏，與物長為春。」權德輿和詩句曰：「萬方慶嘉節，宴喜皇澤均。」「藻思貞百度，著明並三辰。」

而中和節是德宗朝所立之節日，故觀德宗之原詩與朝臣之和作，其對於中和時節萬物以為滋的特殊意義，均呈現出人與萬物之間同融共和之景象。

（五）寒食

關於中國寒食節的傳說，最為人所知的即為介子推焚骸之事[18]，當日禁火寒食。而據《荊楚歲時記》[19]曰：「去冬至節一百五日即有疾風甚雨，謂之寒食。」寒食節大約是二十四節氣之一的清明節前一兩天，因此在唐代清明與寒食兩個節日有合而為一的趨向。中國清明節的主要活動是掃墓祭祖，寒食節的習俗是禁火冷食，然而除此之外，唐人藉這兩個節日來賞春宴飲亦是常有之事，據張浩遜《唐詩分類研究》一書所指出[20]，讀唐人寒食詩可發現寫游樂內容的比例是遠超過寫掃墓的，而寫有關清明節詩，其內容也多半是歡娛享樂的。

而唐代朝廷有關寒食節之和詩，在《全唐詩》中有張說的〈奉和聖製初入秦川路逢寒食〉一詩，為奉和唐玄宗〈初入秦川路逢寒食〉詩，原詩與和作均為五言二十句。玄宗原詩句曰：「洛陽芳樹映天津，灞岸垂楊窣地新。直為經過行處樂，不知虛度兩京春。……煙霧氛氳水殿開，暫拂香輪歸去來。今歲清

18 據《白孔六帖》卷四〈寒食〉條曰：「周舉之書：後漢周舉遷并州刺史太原，舊俗以介子推焚骸一月，斷火舉移書於子推廟云：『寒食一月，老小不堪，今則三日而已。』」

19 見同註14

20 張浩遜《唐詩分類研究》，（江蘇：江蘇教育出版社）1999年10月，頁203。

明行已晚，明年寒食更相陪。」張說和詩句曰：「上陽柳色喚春歸，臨渭桃花拂水飛。總為朝廷巡幸去，頓教京洛少光輝。……香池春溜水初平，預歡浴日照京城。今歲隨宜過寒食，明年陪宴作清明。」從玄宗原詩與張說和作觀之，寒食與清明兩節日是賞春宴飲之良辰，是出遊巡幸玩賞的時機。

（六）七夕

中國農曆七月七日為七夕節，在唐代不僅宮廷上流階層搭彩樓以祭祀慶祝外，亦帶動一般民間百姓之慶祝活動風潮。據《開元天寶遺事》卷下〈乞巧樓〉曰[21]：「宮中以錦結成樓殿，高百尺，上可以勝數十人，陳以瓜果酒炙，設坐具，以祀牛、女二星。嬪妃各以九孔針、五色線，向月穿之，過者為得巧之候。動清商之曲，宴樂達旦。士民之家皆效之。」由此段引文可知，唐代七夕之祭祀慶祝活動，民間之慶典乃是受到宮廷祭祀風氣之影響。

而《全唐詩》中有關朝廷以七夕為題之和詩，則有高宗朝時，許敬宗〈奉和七夕宴懸圃應制〉二首，以及中宗朝時，分別由李嶠、杜審言、劉憲、蘇頲、李乂、趙彥昭等六人之〈奉和七夕侍宴兩儀殿應制〉[22]。

1. 許敬宗〈奉和七夕宴懸圃應制〉二首，其原詩為高宗之〈七夕宴懸圃〉二首，原詩與和作均為五言八句。

---

[21] 見《唐五代筆記小說大觀・下》（上海：上海古籍出版社），頁 1738。

[22] 李嶠詩作〈奉和七夕兩儀殿會宴應制〉，而奉和之六人詩作，分別見《全唐詩》卷五八李嶠、卷六二杜審言、卷七一劉憲、卷七三蘇頲、卷九二李乂、卷一〇三趙彥昭。

A.高宗原詩：

（第一首）

羽蓋飛天漢，鳳駕越層巒。俱歎三秋阻，共敘一宵歡。
璜虧夜月落，靨碎曉星殘。誰能重操杼，纖手濯清瀾。

（第二首）

霓裳轉雲路，鳳駕儼天潢。虧星凋夜靨，殘月落朝璜。
促歡今夕促，長離別後長，輕梭聊駐織，掩淚獨悲傷。

B.許敬宗和詩：

（第一首）

牛閨臨淺漢，鸞駟涉秋河。兩懷縈別緒，一宿慶停梭。
星模鉛裏靨，月寫黛中蛾。奈許今宵度，長嬰離恨多。

（第二首）

婺閨期今夕，娥輪泛淺潢。迎秋伴暮雨，待暝合神光。
蔫寢低雲鬢，呈態解霓裳。喜中愁漏促，別後怨天長。

觀高宗原詩與許敬宗和詩，其對於七夕這個傳說故事意味濃厚的節日，在過節之歡娛背後，亦深深的流露出悲歡離合之感慨，許敬宗第二首和作亦和高宗第二首原詩之韻。

2. 中宗朝的六位大臣所作之〈奉和七夕侍宴兩儀殿應制〉詩，原詩為中宗所作，今已遺佚。六首和詩均為五言八句。杜審言和詩曰：「一年銜別怨，七夕始言歸。」「那堪盡此夜，復往弄殘機。」李嶠和詩云：「靈匹三秋會，仙期七夕過。」李乂和詩云：「桂宮明月夜，蘭殿起秋風。雲漢彌年阻，星筵此夕同。倏來疑有處，旋去已成空。睿作均天響，魂飛在夢中。」李乂和詩將牛郎織女難得廝守之淒苦境遇描寫得極為傳神，令人不勝欷歔。

（七）中元

中元節為農曆七月十五日，是個宗教性的節日[23]。朝廷有關中元節之和詩，在《全唐詩》中有卷 313 崔元翰〈奉和聖製中元日題奉敬寺〉，原詩為唐德宗〈七月十五題章敬寺〉[24]。原詩與和作均為五言十八句。德宗原詩序曰：「貞元七年七月癸酉，幸章敬寺，賦詩九韻，皇太子與群臣畢和，題之寺壁。」據詩序所云，德宗幸章敬寺賦詩題壁，隨行的皇太子以及朝臣均共和。然現今群臣之和作唯有崔元翰一首被收錄《全唐詩》中，其餘已失。德宗原詩句曰：「法筵會早秋，駕言訪禪局。嘗聞大仙教，清淨宗無生。」「境幽真慮恬，道勝外物輕。」崔元翰和詩句曰：「妙道非本說，殊途成異名。聖人得其要，得以化群生。」「離相境都寂，忘言理更精。」原詩與和作對於佛理均有一番體悟。

---

[23] 《白孔六帖》卷四〈中元〉條下曰：「道德經云：『七月十五日中元，地官勾搜選眾人，分別善惡，以其日作玄都大獻於王公，以世間奇異好妙，幡幢、寶蓋供養之具，精膳飲食獻諸眾。聖道士於其日講誦老經，十方大聖高詠靈篇。』」唐・白居易原本；宋・孔傳續撰。

[24] 二詩之寺名不同，崔元翰作「奉敬寺」而唐德宗作「章敬寺」，然據筆者查《唐五代人交往索引》，崔元翰確實是和德宗所作，因此二人之原詩與和作「奉」與「章」二字，疑為筆誤。

（八）重陽

中國農曆九月九日為重陽節，而關於九九重陽之說，據《魏文帝書》曰：「歲往月來，忽復九月九日，為陽數，兩月日並應，故曰重陽。[25]」而重陽節日常有登高、插茱萸、飲菊花酒等活動之舉行，相傳是古人為了消災避禍而特有之防備方法，因此形成重陽節特殊之紀念活動[26]。而《全唐詩》有關宮廷慶祝重陽之和詩記錄，亦常見國君於重陽宴集場合率先賦詩，朝臣賡續奉和之作，甚至有些則頗具賦詩競賽性質。因為此部份所存留的君臣唱和之作較其它節日和詩為多，故而筆者依據唐皇時代先後舉例說明：

1. 〈奉和九月九日應制〉為許敬宗與賀敳奉和高宗〈九月九日〉之作[27]，原詩與和作均為五言十八句。高宗原詩句云：「滿蓋荷凋翠，圓花菊散黃。」「斜輪低夕景，歸旆擁通莊。」許敬宗和詩句云：「爽氣申時豫，臨秋肆武功。」「九流參廣宴，萬宇抃恩隆。」賀敳和詩句云：「寒花低岸菊、涼葉下庭梧。」「承歡徒抃舞，負弛竊忘軀。」原詩與和作除了藉著節日應景賦詩賡和外，和詩更多了一份感念國恩的心情。
2. 〈奉和九日幸臨渭亭登高應制〉詩，在《全唐詩》中共有二十二人和作，是一組奉和中宗〈九月九日幸臨渭亭登高得秋字〉的「奉和賦得體詩」。奉和之作者分別為蘇

---

25 同註23。

26 據《續齊諧記》曰：「汝南桓景隨費長房遊學，長房謂曰：『九月九日，汝家當有災異，急令家人縫絳囊，盛茱萸繫臂上，登高飲菊花酒，此禍乃消。』景從其言，還家登山，夕還，見雞犬一時暴死。今人九月九日登高是其事。」出處同註23。

27 見《全唐詩》卷八八二許敬宗、卷四五賀敳。

瑰（得暉字）、宋之問（得歡字）、閻朝隱（得筵字）、韋元旦（得月字）、蘇頲（得時字）、韋嗣立（得深字）、盧藏用（得開字）、岑羲（得涘字）、薛稷（得曆字）、馬懷素（得酒字）、沈佺期（得長字）、趙彥昭（得花字）、蕭至忠（得餘字）、李迥秀（得風字）、楊廉（得亭字）、韋安立（得枝字）、竇希玠（得明字）、陸景初（得臣字）、鄭南金（得日字）、李咸（得直字）、于經野（得樽字）、盧懷慎（得還字）等[28]。中宗原詩序云：「陶潛盈把，既浮九醞之歡，畢卓持螯，須盡一生之興。人題四韻，同賦五言，其最後成，罰之引滿。」而《唐詩紀事》云：「時景龍三年，是宴也。韋安石、蘇瓌詩先成。于經野、盧懷慎最後成，罰酒。[29]」由此二則文獻可知，這是一場賦詩競賽性質的賡和活動，而由中宗宣布賦詩規則，並且率先賦詩，原詩與和作均為五言八句。中宗原詩曰：「九日正乘秋，三杯興已周。泛桂迎樽滿，吹花向酒浮。長房萸早熟，彭澤菊初收。何藉龍沙上，方得恣淹流。」李嶠和詩句曰：「令節三秋晚，重陽九日歡。」韋嗣立和詩句曰：「願陪歡樂事，長與歲時深。」李適和詩句曰：「禁苑秋光入，宸遊霽色高。」蘇頲和詩句曰：「年數登高日，延齡命賞時。」

[28] 分別見《全唐詩》卷四六蘇瓌、卷五二宋之問、卷六九閻朝隱、韋元旦、卷七三蘇頲、卷九一韋嗣立、卷九二盧藏用、卷九三岑羲、薛稷、馬懷素、卷九六沈佺期、卷一〇四蕭至忠、李迥秀、楊廉、韋安石、竇希玠、陸景初、鄭南金、李咸、趙彥昭、于經野、盧懷慎。

[29] 見《唐詩紀事・上》，頁11。

3.〈奉和聖製重陽日賜宴〉[30]，為韋應物奉和德宗〈重陽日賜宴曲江亭賦用清字〉詩。而據德宗原詩序云：

朕在位僅將十載，實賴中賢左右，克致小康，是以擇三令節，錫茲宴賞，俾大夫卿士，得同歡洽也。……因重陽之會，聊示所懷。因詔曰：「卿等重陽會宴，朕想歡洽，欣慰良多，情發於中，因製詩序，令賜卿等一本，可中書門下簡定文詞士三五十人應制，同用清字，明日內於延英門進來。宰臣李泌等雖奉詔簡擇，難於取舍，由是百僚皆和。上自考其詩，以劉〔太〕(大)真及李紓等四人為上等，鮑防、于邵等四人為次等，張濛、殷亮等二十三人為下等，而李晟、馬燧、李泌三宰相之詩，不加考第。時貞元四年九月也。」

而據上段引文，共三五十人應制，且皆同用清字，後由德宗評其等第。然而此組原詩與和作，德宗原詩尚存，而大臣奉和之作品遺佚甚多，至今《全唐詩》中唯見韋應物〈奉和聖製重陽日賜宴〉[31]一首和詩。此原詩與和作均為五言十二句。德宗原詩句曰：「乾坤爽氣滿，臺殿秋光清。」韋應物和詩句曰：「聖心憂萬國，端居在穆清。」「恩屬重陽節，雨應此時晴。」

4.〈奉和聖製重陽日即事〉與〈奉和聖製重陽日即事六韻〉二詩，分別為武元衡與權德輿二人奉和德宗之作[32]，原詩

---

30 見《全唐詩》卷三一三崔元翰。

31 見《全唐詩》卷一九〇韋應物。

32 見《全唐詩》卷三一七武元衡、卷三二〇權德輿。

為德宗〈重陽日即事〉，原詩與和作均為五言十二句。德宗原詩句曰：「令節曉澄霽，四郊煙靄空。天清白露潔，菊散黃金叢。寡德荷天貺，順時休百工。豈懷歌鐘樂，思為君臣同。至化在亭育，相成資始終。未知康衢詠，所仰惟年豐。」武元衡和詩句曰：「玉燭降寒露，我皇歌古風。重陽德澤展，萬國歡娛同。」權德輿和詩句云：「嘉節在陽數，至歡朝野同。恩隨千鍾洽，慶屬五稼豐。」

而武元衡與權德輿二人另有〈奉和聖製豐年多慶九日示懷〉詩，其原詩則為德宗〈豐年多慶九日示懷〉（貞元十八年九月癸亥重陽，御製詩賜群臣。）原詩與和作均為五言十二句。此外，德宗有一首〈重陽日中外同歡以言志因示群官〉（餘字韻）詩，《全唐詩》唯收錄權德輿之和作〈奉和聖製重陽日中外同歡以詩言志因示百僚〉，此組原詩與和作均為五言十四句，且同以餘字為韻，德宗原詩句曰：「爽節在重九，物華新雨餘。」權德輿和詩句曰：「玉醴宴嘉節，拜恩歡有餘。」

觀以上有關宮廷之「重陽節」和詩，尤以德宗朝所留下的君臣和詩為多，重陽節由起初的趨吉避凶習俗，轉而為祈祝長壽、物作豐收之慶典，這也與朝中君臣之間的賡和祝禱有關。

（九）千秋節

在《全唐詩》卷 2 收錄唐中宗〈十月誕辰內殿宴群臣效柏梁臺體聯句〉，這是中宗誕辰之日君臣聯句以表慶祝，此時君主仍未將其生辰設節。而據唐 劉餗《隋唐嘉話》所云[33]，唐玄宗

33 見《隋唐嘉話》卷下曰：「十七年，丞相源乾曜、張說以八月初五今上生之日，請為千秋節。百姓祭皆就此日，名為賽白帝。群臣上萬歲壽，王公戚

開元十七年（729 年）在丞相源乾曜與張說的奏請下，將玄宗生辰八月五日設立為千秋節，自此以後中國諸帝大部份會照例將其生辰設為誕節，形成制度，舉國歡慶。如唐肅宗生辰為「天平地成節」、代宗生辰為「天興節」、文宗生辰為「慶成節」、武宗生辰為「慶陽節」、宣宗生辰為「壽昌節」等[34]。

在《全唐詩》卷 3 收有玄宗〈千秋節賜群臣鏡〉二首，一為五言八句，一為五言四句。另外玄宗有〈千秋節宴詩〉，在《全唐詩》唯卷 88 收錄張說之和作〈奉和聖製千秋節宴應制〉，原詩與和作均為五言十六句，玄宗原詩句曰：「蘭殿千秋節，稱名萬壽觴。風傳率土慶，日表繼天祥。」張說和詩句曰：「五德生王者，千齡啟聖人。赤光來照夜，黃雲上覆晨。」

而玄宗之「千秋節」後來改為「天長節」[35]，在《全唐詩》卷 125 收錄王維〈奉和聖製天長節賜宰臣歌應制〉，為奉和玄宗之作，玄宗原詩已遺佚。而王維此首和作為七言騷體，十一句，曰：「太陽升兮照萬方。開閶闔兮臨玉堂。儼冕旒兮垂衣裳。金天淨兮麗三光。彤庭曙兮延八荒。德合天兮禮神徧。靈芝生兮慶雲見。唐堯后兮稷契臣。匝宇宙兮華胥人。盡九服兮皆四鄰。乾降瑞兮坤降珍。」觀王維此十一句詩，其組合句式為前五句為陽韻，六、七句為霰韻，後四句為真韻。且每一句均入韻，是為「仿柏梁臺體」。

裏進金鏡綬帶，士庶結絲承露囊，更相遺問。」見《唐五代筆記小說大觀．上》，（上海：上海古籍出版社），頁 114。

34 程薔、董乃斌《唐帝國的精神文明——民俗與文學》，中國社會科學出版社，1996 年 8 月，頁 40。

35 同註 34。

二、行幸

唐代國君行幸別館、巡幸賞玩途經舊地或者造訪王公族戚之宅第，均有朝臣隨從。而在登臨巡幸之過程當中，君臣賦詩賡和以為紀念亦是常有之事。以下即就唐代各朝國居行幸賦詩，於《全唐詩》中亦有朝臣和作之記載者，此部份各朝亦有較多的君臣唱和之作存世，以下依唐皇時代先後擇例列舉之：

（1）《全唐詩》卷 1 太宗有〈經破薛舉戰地〉詩，題下注曰：「義寧元年，擊舉於扶風，敗之。」和作之朝臣為許敬宗〈奉和行經破薛舉戰地應制〉[36]，原詩與和作均為五言二十句，太宗原詩句曰：「昔年懷壯氣，提戈初仗節。心隨朗日高，志與秋霜潔。……世途亟流易，人事殊今昔。長想眺前蹤，撫躬聊自適。」許敬宗和詩句曰：「混元分大象，長策挫修鯨。於斯建宸極，由此創鴻名。……戰地甘泉涌，陣處景雲生。普天霑凱澤，相攜欣頌平。」

（2）《全唐詩》卷 1 太宗有〈過舊宅〉二首，一為五言八句；一為五言十四句。和作的許敬宗與上官儀二人之〈奉和過舊宅應制〉，均為五言十四句。太宗第一首原詩句曰：「園荒一徑斷，苔古半階斜。」「一朝辭此地，四海遂為家。」第二首原詩句曰：「今興巡白水，玉輦駐新豐。」「八表文同軌，無勞歌大風。」許敬宗和詩句曰：「自爾家寰海，

[36] 據傅璇琮《唐五代文學編年史・初盛唐卷》唐太宗貞觀二十年（646 年）：「八月，太宗幸靈州，行經隴州破薛舉戰地，有詩。許敬宗、褚遂良、長孫無忌、楊師道、上官儀均有和作。」本文曰：「……《全唐詩外編・補逸》卷一褚遂良〈奉和行經破薛舉戰地應詔〉詩。又《翰林學士集》太常卿楊師道、侍中長孫無忌、秘書郎上官儀各有〈五言奉和行經破（三字目錄作『淺水原觀平』）薛舉戰地應詔〉……」，（瀋陽：遼海出版社），頁 116。

今茲返帝鄉。」上官儀和詩句曰：「石關清晚夏，璇輿御早秋。」[37]「僵伯歌玄化，扈蹕頌王遊。」

觀以上二組太宗朝原詩與和作，第一組中，呈現太宗在重遊舊戰 地時的心情反應，由當年的肅殺之氣轉而為此刻的懷想自適，而和作的許敬宗亦藉此詩歌頌皇恩一番。而第二組中，原詩與和作亦呈現舊地重遊時之心情寫照，和詩更多了一份頌揚之意。

（3）《全唐詩》卷 2 高宗有〈謁大慈恩寺〉詩，和作為卷 35 許敬宗〈奉和過慈恩寺應制〉，原詩與和作均為五言八句。據《唐會要》卷四八所云，「慈恩寺」為高宗在貞觀二十二年以太子身份為文德皇后設立為寺，故名為「慈恩寺」[38]。此次謁慈恩寺原詩曰：「日宮開萬仞，月殿聳千尋。花蓋飛團影，幡虹曳曲陰。綺霞遙籠帳，叢珠細網林。寥廓煙雲表，超然物外心。」許敬宗和作曰：「鳳闕鄰金地，龍旂拂寶臺。雲楣將葉並，風牖送花來。月宮清晚桂，虹梁絢早梅。梵境留宸矚，掞發麗天才。」觀原詩與和作，大抵為慈恩寺周遭景物的描寫，並藉景而寫意。

（4）在《全唐詩》收錄〈奉和幸安樂公主山莊應制〉奉和組詩之作者，分別為宗楚客、韋元旦、李適、劉憲、蘇頲、李乂、盧藏用、岑羲、薛稷、馬懷素、趙彥昭、蕭至忠、李

---

37 據傅璇琮《唐五代文學編年史・初盛唐卷》唐太中貞觀十六年（642 年）十一月，本文中認為官儀詩有云「石關清晚夏，璇題御早秋。」時令不合，似七韻詩非此次巡幸時作。頁 95。

38 據《唐會要》卷四八〈慈恩寺〉條曰：「晉昌坊，隋無漏廢寺貞觀二十二年十二月二十四日，高宗在春宮，為文德皇后立為寺，故以『慈恩』為名。寺內浮圖，永徽三年，沙門元奘所立。」，（北京：中華書局），頁 845。

迥秀等[39]。中宗原詩已遺佚，而奉和之作皆為七言八句。宗楚客和詩句曰：「玉樓銀榜枕嚴城，翠蓋紅旂列禁營。」韋元旦和詩句曰：「仙榜承恩爭既醉，方知朝野更歡娛。」沈佺期和詩曰：「皇家貴主好神仙，別業初開雲漢邊。山出盡如鳴鳳嶺，池成不讓飲龍川。妝樓翠幌教春住，舞閣金鋪借日懸。敬從乘輿來此地，稱觴獻壽樂鈞天。」趙彥昭和詩句曰：「幸願一生同草樹，年年歲歲樂於斯。」觀以上和作，其對於安樂公主好客宴樂，與山莊宅第之輝煌均有生動描述。

（5）《全唐詩》收錄有關韋嗣立宅第之奉和應制詩。據《全唐詩》韋嗣立小傳云：「神龍中，修文館大學士，與兄承慶代相。嘗於驪山搆別業，中宗臨幸，令從官賦詩，自為製序，因封逍遙公。」[40]而參與此次韋嗣立山莊慶宴之朝臣，在《全唐詩》中各有五言十六句排律〈奉和幸韋嗣立山莊侍宴應制〉與七言四句之〈奉和聖製幸韋嗣立山莊應制〉二組和作記載。然中宗原詩已遺佚。

1.第一組：五言十六句和作，分別為宋之問、崔湜、李嶠、劉憲、蘇頲、李乂、徐彥伯、沈佺期、趙彥昭、武平一、張說等人。

見《全唐詩》卷四六宗楚客、卷六九韋元旦、卷七〇李適、卷七一劉憲、卷七三蘇頲、卷九二李乂、卷九三岑羲、薛稷、馬懷素、卷一〇三趙彥昭、卷一〇四蕭至忠、李迥秀、卷九六沈佺期。沈佺期詩作〈侍宴安樂公主新宅應制〉。

40 又據《唐會要》卷二七〈行幸〉條曰：「景龍二年十二月，……幸兵部尚書韋嗣立山莊，封逍遙公，改鳳凰原為清虛原，鸚鵡谷為幽棲谷。」（北京：中華書局），頁519。

2.第二組：七言四句和作，分別為崔湜、李嶠、劉憲、蘇頲、張說、李乂、沈佺期、武平一、趙彥昭等人。[41]

五言十六句組，崔湜和詩句曰：「承相登前府，尚書啟舊林。式閭明主睿，榮族聖嬪心。」劉憲和詩句曰：「明主恩斯極，賢臣節更殫。不才叨侍從，詠德以濡翰。」趙彥昭和詩句曰：「賢族唯題里，儒門但署鄉。何如表巖洞，宸翰發輝光。」徐彥伯和詩句曰：「鼎臣休澣隙，方外結遙心。別業青霞境，孤潭碧樹林。」

七言四句組，李嶠和詩句曰：「萬騎千官擁帝車，八龍三馬訪仙家。」沈佺期和詩句曰：「東山朝日翠屏開，北闕晴空綵仗來。」武平一和詩曰：「鳴鸞赫奕下重樓，羽蓋逍遙向一丘。漢日唯聞白衣寵，唐年更睹赤松遊。」

觀以上兩組和詩句中呈現的景象，大致為府第宅院的描摹，以及對於韋嗣立能居此山林逍遙於其間，有美言之意。

（6）在《全唐詩》中收錄了張九齡、蘇頲以及張說等三人所作之〈奉和聖製幸晉陽〉[42]，原詩為玄宗〈過晉陽宮〉，原詩與和作均為五言二十四句。玄宗原詩句云：「緬想封唐處，實惟建國初。俯察伊晉野，仰觀乃參虛。井邑龍斯躍，城池鳳翔餘。」「長懷經綸日，嘆息履庭隅。艱難安可忘，欲去良踟躕。」張九齡和詩句曰：「隋季失天策，萬方罹凶殘。皇祖稱義旗，三靈皆獲安。」蘇頲和詩句曰：「隋

---

41 以上兩組和作分別見《全唐詩》卷五三宋之問、卷五四崔湜、卷六一李嶠、卷七一劉憲、卷七四蘇頲、卷九二李乂、卷一〇二武平一、卷九七沈佺期、卷一〇三趙彥昭、卷八八張說。其中五言十六句之排律部份，宋之問與李乂和作重出，而張說詩作〈陪幸韋嗣立山莊〉。

42 分別見《全唐詩》卷四七張九齡、卷七三蘇頲、卷八六張說。而張說詩作〈奉和聖製幸晉陽宮應制〉

運與天絕，生靈厭氛昏。聖期在寧亂，士馬興太原。……下輦崇三教，建碑當九門。孝思敦至美，億載奉開元。」「晉陽宮」為高祖與太宗當年起義反隋之舊地[43]，觀此組原詩與和作，藉著重遊舊地，緬懷先皇之開國事蹟，詩中反映出克紹開國精神的期許。

（7）在《全唐詩》卷 88 收有張說〈奉和聖製幸鳳湯泉應制〉一詩，原詩為玄宗〈幸鳳泉湯〉詩[44]，原詩與和作均為五言十二句。玄宗原詩句曰：「陰谷含神爨，湯泉養聖功。益齡仙井合，愈疾醴源通。」張說和詩句曰：「溫潤宜冬幸，遊畋樂歲成。湯雲出水殿，暖氣入山營。」「帝歌流樂府，溪谷也增榮。」原詩與和詩均對於「鳳泉湯」之有諸多描述，並反映出行幸時之宴樂氣氛。

三、樂遊

（1）在《全唐詩》中，共收錄九位朝臣所作之〈奉和夏日遊石淙山〉詩，分別為狄仁傑、姚崇、閻朝隱、武三思、張易之、張昌宗、薛曜、楊敬述、于季子等[45]，原詩則為武則天之〈石淙〉詩，原詩與和作均為七言八句。在《全唐詩》卷 46 狄仁傑〈奉和聖製夏日遊石淙山〉詩題下，有註云此次遊宴賦詩之刻石記錄[46]，據刻石記載除了上述九位外，尚有崔融、徐彥伯、沈佺期奉和，然至今已遺佚。

---

43 見《新唐書》卷一〈本紀第一・高祖〉，鼎文書局版第一冊，頁 2。

44 據《新唐書》卷五〈本紀第五・玄宗〉與《唐會要》卷二八均作「鳳泉湯」。

45 分別見《全唐詩》卷四六狄仁傑、卷六四姚崇、卷六九閻朝隱、卷八〇武三思、張易之、張昌宗、薛曜、楊敬述、于季子。

46 《全唐詩》卷四六狄仁傑〈奉和聖製夏日遊石淙山〉題下註曰：「石淙山，……有天后及群臣侍宴詩並序刻北崖上。其序云：『石淙者，即平樂澗。其詩天武則天原詩句曰：「萬仞高巖藏日色，千尋幽澗浴雲衣。且駐歡筵賞仁智，琱鞍薄晚雜塵飛。」狄仁傑和詩句曰：「宸暉降望金輿轉，仙路崢嶸碧澗幽。……老臣預陪懸圃宴，餘年方共赤松遊。」姚崇和詩句曰：「石泉石鏡恆留月，山鳥山花競逐風。」于季子和詩句曰：「九旗雲布臨嵩室，萬騎星陳集潁川。……微臣獻壽迎千壽，願奉堯年倚萬年。」此組和詩對於石淙山之高聳，澗泉之碧幽多所描寫，亦有藉此樂遊獻聖上壽。

（2）《全唐詩》卷 3 收錄玄宗〈同二相已下群官樂游園宴〉詩，奉和之朝臣分別為宋璟、趙冬曦、王翰、崔沔、崔尚、胡皓等作〈奉和聖製同二相已下群官樂游園宴〉，蘇頲作〈奉和恩賜樂游園宴應制〉[47]，原詩與和作均五言十二句。玄宗原詩句曰：「地入南山近，城分北斗餘。池塘垂柳密，原隰野花疏。」宋璟和詩句曰：「侍飲終酺會，承恩續勝遊。戴天惟慶幸，選地即殊尤。」王翰和詩句曰：「未極人心暢，如何帝道明。仍嫌酺宴促，復寵樂遊行。」崔尚和詩曰：「春日照長安，皇恩寵庶官。合錢承罷宴，賜帛復追歡。」觀此組原詩與和作，除了對樂游園所處之景色描述外，和作亦多呈現承蒙皇恩歡游之榮幸。

后自製七言一首。侍遊應制皇太子顯、右奉裕率兼檢校安北大都護相王旦、太子賓客上柱國梁王三思、內史狄仁傑、奉宸令張易之、麟臺監中山縣開國男張昌宗、鸞臺侍郎李嶠、鳳閣侍郎蘇味道、夏官侍郎姚元崇、給事中閻朝隱、鳳閣舍人崔融、奉宸大夫汾陰縣開國男薛曜、守給事中徐彥伯、右玉鈐衛郎將左奉宸內供奉楊敬述、司封員外于季子、通事舍人沈佺期各七言一首。薛曜奉敕正書刻石。時久視元年五月十九日也。』」，（北京：中華書局），頁 555。

47 分別見《全唐詩》卷六四宋璟、卷九八趙冬曦、卷七四蘇頲、卷一〇八崔沔、崔尚、胡皓、卷一五六王翰。卷六四張九齡作〈恩賜樂遊園宴應制〉

四、宮殿賜宴與觀新樂

在《全唐詩》可見之君臣賦詩，大多數伴隨著活動於宴集場合中進行，如行幸、節日、樂遊、祭典……等。而此處所論之「賜宴」，主要為國君於宮殿中宴請朝臣之集會，此種國君賜宴亦常見君臣賦詩情形。如《全唐詩》卷 4 德宗〈麟德殿宴百僚〉詩，《全唐詩》記載奉和者有宋若昭、宋若憲、鮑君徽、常衮、盧綸等人所作之〈奉和御製麟德殿宴百僚應制〉[48]詩，原詩與和作均為五言十二句。德宗原詩曰：「憂勤承聖緒，開泰喜時康。恭己臨群后，垂衣御八荒。閒春向暮，朝罷日猶長。紫殿初筵列，彤庭廣樂張。成功歸輔弼，致理賴忠良。共此歡娛事，千秋樂未央。」宋若昭和詩句曰：「垂衣臨八極，肅穆四門通。自是無為化，非關輔弼功。」鮑君徽和詩句曰：「願將億兆慶，千祀奉神堯。」常衮和詩句曰：「雲闕御筵張，山呼聖壽長。」德宗原詩中對於朝中賢臣之輔佐，表明了衷心之感佩，而和作中亦可見感念皇恩與自謙之意。

此外，於貞元十四年間，德宗嘗於麟德殿會百僚觀新樂，因此寫下〈中春麟德殿會百僚觀新樂詩一章章十六句〉一詩，其序曰[49]：

> 朕以中春之首，紀為令節，聽政之暇，韻於歌詩，象中和之容，作中和之舞，聊復成篇，其詩八韻，中書門下謝賜詩，請頒示天下，編入樂府。

---

48 分別見《全唐詩》卷七尚宮氏若昭、尚宮氏若憲、鮑氏君徽、卷二五四常衮、卷二七六盧綸。

49 見《全唐詩》卷四〈德宗皇帝〉，（北京：中華書局），頁 47。

德宗原詩句曰：「前庭列鐘鼓，廣殿延群臣。八卦隨舞意，五音轉曲新。」「式宴禮所重，浹歡情必均。同和諒在茲，萬國希可親。」在《全唐詩》中收錄之和作唯有卷 320 權德輿〈奉和聖製中春麟德殿會百僚觀新樂〉，和詩句曰：「玉醴宴嘉節，拜恩歡有餘。」「和聲度簫韶，瑞氣深儲胥。百辟皆醉止，萬方今宴如。」原詩與和詩中對於朝廷製新樂活動同表歡賀，亦表達朝廷對於詩樂之重視。

五、皇親族戚之活動

在唐代宮廷內部有關皇親族戚之活動中，除了前面所述之公主入宅外，尚有因太子納妃、與公主出降之慶典大事而舉行宴會，朝臣並賦詩祝賀之情形。如：《全唐詩》卷 2 高宗作〈太子納妃太平公主出降〉[50]，和作朝臣有劉禕之、元萬頃、郭正一、胡元範、任希古、裴守真等[51]。高宗原詩在《全唐詩》中作一首，五言二十四句，然而觀其三次轉韻，若以胡元範、裴守真奉和三首均為五言八句之旁證觀之，其實高宗原詩應為三首五言八句之作。

高宗原詩句曰：「龍樓光曙景，魯館啟朝扉。豔日濃妝影，低星降婺輝。」「華冠列綺筵，蘭醑申芳宴。環階鳳樂陳，玳席珍羞薦。」「方期六合泰，共賞萬年春。」郭正一和詩句曰：「桂宮初服冕，蘭掖早升笄。禮盛親迎晉，聲芬出降齊。」胡元範和詩句曰：「帝子威儀絕，儲妃禮度優。」任希古和詩句曰：「望園嘉宴洽，主第歡娛盛。絲竹揚帝熏，簪裾奉宸慶。」

[50] 太平公主出降為出嫁之意。
[51] 見《全唐詩》卷四四。

據《唐詩紀事》云[52]：「太平公主，武后所生，后愛之傾諸女，帝擇薛紹尚之，假萬年縣為婚館，門隘不能容翟車，有司毀垣以入。……」又觀以上之原詩與和作，可想見當年朝廷喜氣歡騰，熱鬧非凡之景象。

六、和蕃

唐代公主[53]地位尊貴，然或因當時國際政治因素，有些則成為和親政策下的犧牲品。《唐會要》卷六〈和蕃公主〉[54]條下記載唐代十五位和蕃公主出降蕃國的情形，而就目前《全唐詩》中有關朝廷以和蕃公主出降為題來賡和者，其中以金城公主出降吐蕃贊普一事，至今仍存有朝廷君臣賡和詩作之記錄。而據《唐會要》卷六〈雜錄〉記載：「景龍四年正月二十七日，幸始平縣，送金城公主，以驍衛大將軍楊矩為使。」[55]，而參與此次送行賡和，中宗原詩已遺佚，其餘朝臣〈奉和送金城公主適西蕃〉之作共有十八首[56]，均為五言八句，茲舉三首為例：

---

52 見《唐詩紀事》第一卷，(台北：鼎文書局)，頁 8。

53 《唐會要》卷六〈公主〉:「凡公主封有以國名者，郇國代國霍國是也。有以郡名者，平陽宣陽東陽是也。有以美名者，太平安樂長寧是也。惟元宗之女，皆以美名之。」(北京：中華書局)，頁 63。

54 同註 53，頁 75。

55 此條下註云:「上初謂侍中紀處訥曰:『昔文成公主出降，即江夏王送之。卿識蕃情，又有安邊之略，可為朕充此使也。』處訥辭以不練邊事。上又使中書侍郎趙彥昭代行，司農卿趙履溫謂之曰:『公國之宰輔，而為一介之使，不亦鄙乎？』彥昭曰:『計將安出。』履溫因為陰託安樂公主，密奏留之，至是命矩行。」，同註 54。

56 分別為崔日用、崔湜、李嶠、閻朝隱、韋元旦、唐遠悊、李適、劉憲、蘇頲、徐彥伯、張說、薛稷、馬懷素、沈佺期、武平一、趙彥昭、鄭愔、徐堅等十八人。見本書附錄二〈全唐詩和詩表〉。

1. 《全唐詩》卷 54 崔湜〈奉和送金城公主適西蕃〉

懷戎前策備，降女舊因修。簫鼓辭家怨，旌旃出塞愁。
尚孩中念切，方遠御慈留。顧乏謀臣用，仍勞聖主憂。

2. 《全唐詩》卷 58 李嶠〈奉和送金城公主適西蕃〉

漢帝撫戎臣，絲言命錦輪。還將弄機女，遠嫁織皮人。
曲怨關山月，妝消道路塵。所嗟穠李樹，空對小榆春。

3. 《全唐詩》卷 76 徐彥伯〈奉和送金城公主適西蕃〉

鳳扆憐簫曲，鸞閨念掌珍。美庭遙築館，廟策重和親。
星轉銀河夕，花移玉樹春。聖心悽送遠，留蹕望征塵。

觀此三首和詩，道出和親政策之出於無奈，而對和蕃公主遠嫁塞外流露出悲憐與不捨之心情。

七、祭典

天子祭天為朝廷大典，據《新唐書》卷十一〈志第一・禮樂一〉記載[57]，唐代祭祀分為：大祀、中祀、小祀與非常祀。朝

[57] 見《新唐書》卷十一〈志第一・禮樂第一〉曰：「大祀：天、地、宗廟、五帝及追尊之帝后。中祀：社、稷、日、月、星、辰、岳、鎮、海、瀆、帝社、先蠶、七祀、文宣、武成王及古帝王、贈太子。小祀：司中、司命、司祿、風伯、雨師、靈星、山林、川澤、司寒、馬祖、先牧、馬社、馬步，州縣之社稷、釋奠。而天子親祠者二十有四。三歲一祫，五歲一禘，當其歲則舉。其餘二十有二，一歲之間不能舉，則有司攝事。其非常祀者，有

廷一年中所舉行的祭祀活動，國君是整個祭祀活動的主角，而當祭祀禮畢，事後於宴會場合，君臣則賡和賦詩用以顯示典禮圓滿結束，亦有歌功頌德之意義。舉例如下：

（1）南郊祭祀

《全唐詩》卷 49 張九齡〈奉和聖製南郊禮畢餔宴〉[58]為五言十六句，原詩為唐玄宗所作，今已遺佚。張九齡和作曰：

配天昭聖業，率土慶輝光。春發三條路，餔開百戲場。
流恩均庶品，縱觀聚康莊。妙舞來平樂，新聲出建章。
分曹日抱戴，赴節鳳歸昌。幸奏承雲樂，同晞湛露陽。
氣和皆有感，澤厚自無疆。飽德君臣醉，連歌奉柏梁。

詩中說明南郊禮畢後，歌舞詩樂漫妙會場，呈現一幅太平盛世之景象。

（2）拜洛

《全唐詩》收有蘇味道、牛鳳及、李嶠三人同題共和之〈奉和受圖溫洛應制〉[59]，據《新唐書》卷四〈本紀〉第四〈則天皇后〉所載[60]，垂拱四年五月庚申，得「寶圖」於洛水，乙亥，加尊號為「聖母皇帝」，七月丁巳，大赦天下，改「寶圖」為天授

時而行之。而皇后、皇太子歲行事者各一，其餘皆有司行事。」（台北：鼎文書局）頁 310。

58 《新唐書》卷五〈本紀第五〉玄宗：「十一年……十一月戊寅，有事于南郊，大赦。賜奉祠官階、勳、爵，親王公主一子官，高年粟帛，孝子順孫終身勿事。天下餔三日，京城五日。」，同註 57，頁 130。

59 李嶠作〈奉和拜洛應制〉（拜洛一作受圖應制）見《全唐詩》卷六十一，（北京：中華書局），頁 723。

60 見《新唐書》卷四〈本紀〉第四〈則天皇后〉，（台北：鼎文書局），頁 87-88。

聖圖，洛水為永昌洛水，賜餔五日，十二月己酉，拜洛受圖。因此，蘇味道等三人是為奉和武則天所作，原詩今已遺佚，蘇味道等三人和作均為五言十句。茲以牛鳳及之和作為代表，曰：

八神扶玉輦，六羽警瑤谿。戒道伊川北，通津澗水西。
御圖開洛匱，刻石與天齊。瑞石波中上，仙禽霧裏低。
微臣矯羽翮，抃舞接鸞鷖。

詩中描述於洛水得寶圖，比喻武則天君權受意於天，亦充滿歌功頌德之奉承語氣。

（3）祓禊

在東晉時期，文人已有藉「祓禊」[61]一事，而群體賦詩的記載，最為有名的即為永和九年（353 年）王羲之與文士等四十二人之蘭亭修禊宴集，其中有二十六人寫下三十七首「同題共作」的〈蘭亭詩〉。唐代「祓禊」去災求福的祭水禮承續東晉以來文人雅集的傳統，亦有賦詩記錄。

《全唐詩》卷 89 及 92 分別收有張說與李乂的有關「祓禊」祭水禮之奉和詩，張說作〈奉和三日祓禊渭濱應制〉，李乂作〈奉和三日祓禊渭濱〉，均為七言四句。原詩為中宗所作，今已遺佚。張說李乂和詩如下：

---

61 《漢書・禮儀志》曰：「三月上巳日，宮人並禊飲於東流水上。」宋書曰：「自魏已後，但用三日，不用上巳。」祓禊：《風俗通》曰：『周禮：女巫掌歲時，以祓除疾病。禊，絜也。水上釁絜。』」，以上資料見《白孔六帖》。

1.張說〈奉和三日祓禊渭濱應制〉

青郊上巳豔陽年，紫禁皇遊祓渭川。
幸得歡娛承湛露，心同草樹樂春天。

2.李乂〈奉和三日祓禊渭濱〉

上林花鳥暮春時，上巳陪遊樂在茲。
此日欣逢臨渭賞，昔年空道濟汾詞。

張說與李乂二詩中，寫出祓禊渭水時，君臣同樂共享春天美好景緻的情形。

除此之外，其它如：《全唐詩》卷 119、121 與 127 分別收錄崔國輔〈奉和聖製上巳祓禊應制〉、陳希烈〈奉和聖製三月三日〉與王維〈奉和聖製與太子諸王三月三日〉、〈奉和聖製上巳於望春亭觀禊飲應制〉，均為五言十二句，且為奉和唐玄宗之作，然唐玄宗原詩今已遺佚。

（4）祠於龍池

據《唐會要》卷 22 所云[62]，唐玄宗開元二年，祠於龍池，右拾遺蔡孚獻龍池篇，並王公大臣以下一百三十篇，而由太常寺考其音律為龍池篇樂章，共錄十首。開元十六年，玄宗下詔於龍池設壇與祠堂，並於每年仲春祭之。今《全唐詩》收錄崔日用、張九齡、姚崇、蔡孚、盧懷慎、裴漼六人所作之〈奉和

[62] 見《唐會要》卷二二，（北京：中華書局），頁 433。

聖製龍池篇〉[63]，均為七言八句，原詩為唐玄宗所作，今已遺佚。茲舉三首和詩為例：

1.姚崇〈奉和聖製龍池篇〉

恭聞帝里生靈沼，應報明君鼎業新。既協翠泉光寶命，
還符白水出真人。此時舜海潛龍躍，此地堯河帶馬巡。
獨有前池一小雁，叨承舊惠入天津。

2.崔日用〈奉和聖製龍池篇〉

龍興白水漢興村，聖主時乘運斗樞。岸上苯茸五花樹，
波中的皪千金珠。操環昔聞迎夏啟，發匣先來瑞有虞。
風色雲光隨隱見，赤雲神化象江湖。

3.裴漼〈奉和聖製龍池篇〉

乾坤啟聖吐龍泉，泉水年年勝一年。始看魚躍方成海，
即睹飛龍利在天。洲渚遙將銀漢接，樓臺直與紫微連。
休氣榮光恆不散，懸知此地是神仙。

觀以上三首和詩，以龍為祥物象徵君主之德，三詩風格如出一轍，是為和意之作。

---

63 見《全唐詩》卷四六崔日用、卷四八張九齡、卷六四姚崇、卷七五蔡孚、卷一〇四盧懷慎、卷一〇八裴漼。又姚崇〈奉和聖製龍池篇〉下，《紀事》注云：「龍池，興慶宮也。明皇潛龍之地。」《會要》云：「開元元年，內出祭龍池樂章，十六年，築壇於興慶宮，以仲春月祭之。」，見《全唐詩》卷六四，（北京：中華書局），頁 749。

八、巡邊、送別

據《新唐書》卷 215 上〈突厥傳上〉[64]曰：「唐興，蠻夷更盛衰，嘗與中國亢衡者有四：突厥、吐蕃、回鶻、雲南是也。」而唐朝北方之外患以突厥的威脅為重，因而彼此交戰、和談多次。當朝中官員或者邊關大將奉詔即將遠赴塞外時，朝廷多半為之餞行，因此亦有君臣賦詩賡和記載。如：中宗朝〈奉和聖製幸望春宮送朔方大總管張仁亶〉以及玄宗朝〈奉和聖製送張說巡邊〉、〈奉和聖製送王晙巡邊應制〉等，以下分述之：

（1）〈奉和聖製幸望春宮送朔方大總管張仁亶〉[65]一詩，《全唐詩》共分別收錄李嶠、李適、劉憲、蘇頲、李乂、鄭愔等六人奉和之作[66]。而除了李適與鄭愔二人所作為五言八句外，其餘四人皆五言十二句之作。原詩為中宗所作，今已遺佚。茲舉二詩為例：

1. 蘇頲〈奉和聖製幸望春宮送〔朔方〕（方朔）大總管張仁亶〉

北方吹早雁，日夕渡河飛。氣冷膠應折，霜明草正腓。
老臣帷幄算，元宰廟堂機。餞飲迴仙蹕，臨戎解御衣。
軍裝乘曉發，師律候春歸。方佇勳庸盛，天詞降紫微。

---

[64] 見《新唐書》卷二一五上〈列傳〉第一四〇上〈突厥上〉，鼎文書局第八冊，頁 6023。

[65] 據《新唐書》卷四〈中宗〉本紀云：「景龍元年……五月戊戌，右屯衛大將軍張仁亶為朔方道行軍大總管，以備突厥。」，（台北：鼎文書局），頁 109。

[66] 見《全唐詩》卷六一李嶠、卷七〇李適、卷七一劉憲、卷七四蘇頲、卷九二李乂、卷一〇六鄭愔。

2.李乂〈奉和聖製幸望春宮送朔方軍大總管張仁亶〉

邊郊草具腓，河塞有兵機。上宰調梅寄，元戎細柳威。
武貔東道出，鷹隼北庭飛。玉匣謀中野，金輿下太微。
投醪銜餞酌，緝衮事征衣。勿謂公孫老，行聞奏凱歸。

二詩均以形容塞外冷肅為始，亦談到朝廷共謀對外之軍事策略運用，寄望此次出師，能制伏外患，凱旋歸國。

（2）〈奉和聖製送張說巡邊〉[67]一詩，《全唐詩》共收錄十二人所作，分別為崔日用、宋璟、徐堅、韓休、蘇晉、崔禹錫、張嘉貞、盧從愿、王光庭、徐知仁、席豫、賀知章等人之作[68]。另外同為此次送別張說之奉和詩〈奉和聖製送張尚書巡邊〉者，《全唐詩》中分別收錄崔泰之、源乾曜、胡皓、許景先、王丘、袁暉、王翰等七人奉和之作[69]，故而朝廷此次所舉行的送別會共有十九人奉和賦詩。而此十九人奉和之作，除了王丘為五言十八句外，其餘均為五言二十句，原詩則為唐玄宗〈送張說巡邊〉[70]。

---

67 據傅璇琮《唐五代文學編年史・初盛唐卷》唐玄宗開元十年壬戌（722）曰：「閏五月，張說兼朔方軍節度使，往朔方巡邊，玄宗御製詩送之，張說有應制詩，源乾曜、張九齡、賀知章、王翰等二十人和作，賈至奉制作序。」然筆者檢索《全唐詩》中所有張九齡詩，並未見張九齡有任何有關此次奉和之作，疑為遺佚。

68 見《全唐詩》卷四六崔日用、卷六四宋璟、卷一〇七徐堅以及卷一一一韓休、蘇晉、崔禹錫、張嘉貞、盧從愿、王光庭、徐知仁、席豫，與卷一一二賀知章。

69 見《全唐詩》卷九一崔泰之、卷一〇七源乾曜、卷一〇八胡皓、卷一一一許景先、王丘、袁暉以及卷一五六王翰。

70 見《全唐詩》卷三明皇帝。

玄宗原詩句云：「端拱復垂裳，長懷御遠方。股肱申教義，戈劍靖要荒。」「命將綏邊服，雄圖出廟堂。」「三軍臨朔野，駟馬即戎行。」「鼓吹威夷狄，旌軒溢洛陽。雲臺先著美，今日更貽芳。」玄宗詩中緬懷將士，大顯唐威於夷狄，期盼不久將來能載譽歸朝。而和詩當中，蘇晉詩句云：「亟聞降虜拜，復睹出師篇。」「具僚誠寄望，奏凱秋風前。」盧從愿詩句曰：「上將發文昌，中軍靜朔方。」「禮樂臨軒送，威聲出塞揚。」源乾曜詩句曰：「天子擇英才，朝端出監撫。」「功德標文舉，奉國知命輕。忘家以身許，安人在勤恤。」等，均能令人感受到朝廷對邊疆戰士臨危授命，保家衛國之讚賞與期待。此外，《全唐詩》卷八八張說有一首〈奉和聖製送王晙巡邊應制〉[71]，原詩為玄宗〈餞王晙巡邊〉，此組原詩與和作均為五言二十句，而此次奉和玄宗之作，在《全唐詩》中唯收有張說詩，玄宗原詩句曰：「振武威荒服，揚文肅遠墟。」「風揚旌旆遠，雨洗甲兵初。」張說和詩云：「禮樂知謀帥，春秋識用兵。」「朝廷謂吉甫，邦國望君平。」此組原唱與和詩其風格內容同於送張說巡邊。

九、新職上任

《全唐詩》有關朝廷新官上任，國君率同朝臣為之慶賀而賦詩賡和者，在玄宗朝有諸位大臣所作之〈奉和聖製送張說上集賢學士賜宴〉與〈奉和御製璟與張說源乾曜同日上官命都堂賜詩應制〉，茲列舉說明：

---

71 《新唐書》卷五〈本紀第五〉玄宗：「開元十一年……六月，王晙巡邊。」，（台北：鼎文書局），頁130。

（1）〈奉和聖製送張說上集賢學士賜宴〉

唐代集賢院始稱設於玄宗朝，據《唐會要》卷六四〈集賢院〉條[72]所云，開元十三年玄宗下詔將集仙殿麗正書院為集賢院，張說為學士，知院事。集賢院為職掌經籍刊輯工作之重要機關，在任職事均為當時學問飽滿之士，可謂集眾賢才於一堂，而當集賢院始成之日，玄宗率朝臣限韻賦詩賡和一番以資慶祝。

玄宗原詩〈集賢書院成送張說上集賢學士賜宴得珍字〉曰：

> 廣學開書院，崇儒引席珍。集賢招衮職，論道命台臣。
> 禮樂沿今古，文章革舊新。獻酬尊俎列，賓主列班陳。
> 節變雲初夏，時移氣尚春。所希光史冊，千載仰茲晨。

而參與此次奉和玄宗原詩之大臣，連同張說共有十七人，張說詩為〈赴集賢院學士上賜宴應制得輝字〉，是奉命所作之應制詩，其餘十六人皆作〈奉和聖製送張說赴集賢學士賜宴〉詩，均為五言十二句，分別為徐堅〈賦得虛字〉、蘇頲（賦得茲字）、趙冬曦（賦得蓮字）、源乾曜（賦得迎字）、李元紘〈賦得斯字〉、裴漼〈賦得昇字〉、劉昇（賦得賓字）、蕭嵩（賦得登字）、韋抗（賦得西字）、李暠（賦得催字）、韋述（賦得華字）、陸堅（賦得今字）、程行諶（賦得迴字）、褚秀（賦得風字）、賀知章（賦

72　見《唐會要》卷六四〈集賢院〉條下所云：「開元十三年四月五日，因奏封禪儀注，勒中書門下及禮官學士等，賜宴於集仙殿。上曰：『今與卿等賢才，同宴于此宜改集仙殿麗正書院為集賢院。』乃下詔曰：『仙者，補影之流，朕所不取。賢者，濟治之具，當務其實。院內五品已上為學士，六品以下為直學士，中書令張說充學士，知院事。……』」，（北京：中華書局），頁1121。

得謨字）、王翰（賦得筵字）等[73]。如：程行諶和詩云：「聖主崇文化，鏘鏘得盛才。相因歸夢立，殿以集賢開。」韋述和詩云：「台座徵人傑，書坊應國華。賦詩開廣宴，賜酒酌流霞。」陸堅和詩曰：「得人為邁昔，多士諒推今。書殿榮光滿，儒門喜氣臨。」觀和作之意，大抵為朝廷能網羅賢才而歌頌皇恩，呈現一團榮光喜氣。

（2）〈奉和御製璟與張說源乾曜同日上官命都堂賜詩應制〉[74]

宋璟與張說、源乾曜均為玄宗朝之賢相，據《唐五代文學編年史・初盛唐》唐玄宗開元十七年（729 年）[75]曰：

> 八月……乙酉，張說復為尚書左丞相，宋璟為尚書右丞相，源乾曜為太子少傅。九月，一日，張說、宋璟、源乾曜同日上官，玄宗賦三杰詩以賜之，張說等三人及蕭嵩、裴光庭、宇文融三宰相有應制和作，蘇晉為之序；說又奉三宰相酒，並作詩。

而此次慶賀左右丞相以及太子少傅上任，唐玄宗則作〈左丞相說右丞相璟太子少傅乾曜同日上官命宴東堂賜詩〉一首，

---

73 見《全唐詩》卷八八張說、卷一〇七徐堅、卷七四蘇頲、卷九八趙冬曦、卷一〇七源乾曜、卷一〇八李元紘、裴漼、劉昇、蕭嵩、韋抗、李暠、韋述、陸堅、程行諶、褚秀、卷一一二賀知章、卷一五六王翰。

74 以宋璟奉和詩為代表。而張說和詩作〈奉和御製與宋璟源乾曜同日上官命宴東堂賜詩應制〉、源乾曜和詩作〈奉和御製乾曜與張說宋璟同日上官命宴都堂賜詩〉，而蕭嵩、裴光庭、宇文融三人之和詩則作〈奉和左丞相說右丞相璟太子少傅乾曜同日上官命宴都堂賜詩〉。

75 見傅璇琮《唐五代文學編年史・初盛唐卷》，（瀋陽：遼海出版社），頁 729。

奉和者分別為宋璟、張說、源乾曜、蕭嵩、裴光庭、宇文融等人[76]，原詩與和作均為五言十六句。玄宗原詩曰：

> 赤帝收三傑，黃軒舉二臣。由來丞相重，分掌國之均。
> 我有握中璧，雙飛席上珍。子房推道要，仲子訝風神。
> 復輟台衡老，將為調護人。鵷鸞同拜日，車騎擁行塵。
> 樂聚南宮宴，觴連北斗醇。俾予成百揆，垂拱問彝倫。

玄宗原詩以三傑比喻張說、宋璟與源乾曜三人，謂能得此三傑之助，朝政國事必能日益昇隆，詩中亦充滿朝廷得賢之歡欣氣氛。宋璟和詩曰：「丞相邦之重，非賢諒不居。老臣慵且憊，何德以當諸。……郭隗慚無駿，馮諼愧有魚。不知周勃者，榮幸定何如？」詩中對於玄宗之厚愛與寄望，自覺該當不起而有謙慚之意。張說和詩云：「大塊鎔群品，經生偶聖時。猥承三事命，虛忝百僚師。」源乾曜和詩曰：「進授懷三少，承光盡百身。自當歸第日，何幸列宮臣。」張說與源乾曜和詩心情與宋璟相同。

以上為唐代各朝之君臣賦詩賡和之主題活動，舉凡朝廷祭典、節日慶典、君臣出遊巡幸、朝廷觀樂以及宮廷與皇族之宴集，在在表現出唐代宮廷上層社會吟詩和作之熱絡風氣，更何況此一風氣由開國以來延續至唐末，而節日之設立與祭祀（如：皇誕、七夕）亦上行下效的影響唐代部份民間慶典活動。再者，藉由本節列表析論可知，唐代宮廷和詩主要仍是以和意為主，而內容方面，是以節日慶典、出遊行幸等主題為多，內容除了

[76] 見《全唐詩》卷六四宋璟、卷八八張說、卷一〇七源乾曜、卷一〇八蕭嵩、裴光庭、宇文融。

應景、歌功頌德等頌美之詞外，更說明了宮廷唱和活動實為唐代宮廷文化的重要部份。

第二節　外邦和詩

唐代國威遠播，文化精深，吸引外邦前來學習中華文化，因此有唐一代國際文化交流是十分熱絡的。本節依據現今所存有關當時外邦和詩論述之。

一、日本國大臣和詩

據王仲犖《隋唐五代史》第六章第一節〈唐與海東各國的經濟文化交流〉一文中指出[77]，在整個唐代期間，日本前後共派遣十九次聘唐使節前來中國訪問，而這些遣唐使本身必須俱備較深的漢文造詣，精通文史，並對唐朝國情歷史有相當認識者方能勝任。

同樣的，在唐詩文化之感染力下，外邦亦學習唐朝唱和詩之和作形式，使之運用於交往應酬生活之中。《全唐詩外編》一書中之《全唐詩補逸卷之十九》（附錄卷）收錄多首友邦日本國大臣和詩[78]，這些和詩所和作之對象其生平大部份仍待考證，因此筆者只能由和作形式上作一簡介，以明唐代和詩在形式寫作上，對外邦和詩書寫形式之影響，以下列表述之：

---

77 王仲犖《隋唐五代史・上》，（上海：上海人民出版社），頁 683。

78 見王重民、孫望、童養年輯錄《全唐詩外編》〈附：拾遺、新校、論文三種〉，頁 292-308。

表 24：《全唐詩外編‧全唐詩補逸》所收之日本國大臣和詩

和詩作者	和詩	原詩作者	原詩	備註
阪上今繼	和渤海大使見寄之作			
都腹赤	和渤海入覲副使公賜對龍顏之作			
滋野貞主	奉和早春觀打毬	嵯峨天皇	早春觀打毬	
島田渚田	和安領客感賦渤海客禮佛之作			
島田忠臣	繼和渤海裴大使見酬菅侍郎紀典客行字			
〃	敬和裴大使重題行韻			
〃	同菅侍郎醉中脫衣贈裴大使。原注。次韻	菅源道真	醉中脫衣贈裴大使敘一絕寄以謝之	次韻詩
菅原道真	去春詠渤海大使與賀州善司馬贈答之數篇今朝重吟和典客國子紀十二丞見寄之長句感而翫之聊依本韻			
〃	重依行字和裴大使被酬之什	島田忠臣	敬和裴大使重題行韻	次韻詩
〃	依言字重酬裴大使	菅原道真	二十八字謝醉中贈衣裴少監酬答之作似有謝言更述四韻重以戲之	次韻詩（重和）
〃	酬裴大使留別之什。次韻			
〃	重和大使見酬之詩	菅管道真	答裴大使見酬之作	次韻詩（重和）
〃	和大使交字之作。次韻			
〃	和副使見酬之作			
大江朝綱	奉和裴使主到松原後讀余鴻			

	臚南門臨別口號追見答和之作。原注。次韻			
〃	奉酬裴大使重依本韻和臨別口號之作。原注。次韻			
〃	奉酬裴大使重依本韻和臨別口號之作			
〃	和裴大使見酬之作。原注。次韻			
〃	重依蹤字和裴大使見贈之什	大江朝綱	和裴大使見酬之作	次韻詩（重和）
〃	裴大使重押蹤字見賜瓊章不任諷詠敢以酬答			次韻詩
藤原雅量	重和東丹裴大使公公館言志之詩本韻	藤原雅量	遼東丹裴大使公去春述懷見寄於余勘問之間遂無和之此夏綴言志之詩披與得意之人不耐握玩偷押本韻	次韻詩（重和）

觀以上《全唐詩補逸》所收唐代當時日本國大臣所作和詩可發現，和作形式大部份為次韻、往返唱和數次，如：菅源道真在與大江朝綱等多首重和次韻詩等均是。尤其值得注意的是，菅原道真〈酬裴大使留別之什〉一詩，孫望《全唐詩補逸》在其詩題下注曰[79]：

> 按此詩後又有重答菅十一著作詩，有云：「東閣含將真咳唾，北溟責與偽珍瑰。三條印受依恩佩，九首詩篇奉敕

---

[79] 見《全唐詩外編》，（台北：木鐸出版社），頁 302。

裁。」下有注云：來章曰：「蒼蠅舊讚元台辨，白體新詩大使裁。」注云：「近來有聞裴頲禮部侍郎得白氏之體。余讀此二句，盛上句之不欺，兼下句之多詐。酬和之次，聊述本情。余心無一德，身有三官，總而言之，事緣恩獎，更被敕旨。假號禮部侍郎，與渤海入覲大使裴頲相唱和，……」

引文中菅原道真引裴頲詩語「白體新詩大使裁」一句，所謂之「白體新詩」，若依表中諸位日本朝臣所和作之次韻詩來看，筆者推測有可能是白居易與元稹次韻相酬之元和體詩，若是，則顯示出當時元、白次韻相酬之方式已然成為國內外詩友文士以詩相互酬答唱和之運用方式，更可見唐詩文化之感染力。

二、唐文士與外邦人士之和詩

唐文士除了與本國文人以詩交往之外，亦與當時外邦留學生與留學僧交往，如：日本留學生阿倍仲麻呂，漢名晁衡，曾在開元時期由崔日用薦舉任左補闕[80]，與李白成為知交，李白曾作〈哭晁卿衡〉詩；而包佶則有〈送日本國聘賀使晁巨卿東歸〉詩；而據張白影〈阿倍仲麻呂研究〉中指出[81]，阿倍仲麻呂深得

---

[80] 周祖譔《中國文學家大辭典‧唐五代卷》晁衡條下曰：「晁衡（698-770 年），一作朝衡。……日本國人，原名阿倍仲麻呂。開元五年為遣唐留學生，隨遣唐使團來長安，易漢名晁衡，學於國子監太學。學成，留唐任左春坊司經局校書。……十九年，由京兆尹崔日用薦舉，任左補闕，……天寶初，應召入京，朝衡與之結識，成為摯友。……十二載遷秘書監。是年，日本遣唐使藤原清河即將歸國，朝衡再次請求歸國，獲准，並受命為聘賀使，衡因賦《銜命還國作》，向中國友人告別，王維，包佶等皆有贈詩。……」，（北京：中華書局），頁 628-629。

[81] 張白影〈阿倍仲麻呂研究〉，廣州師院學報（社會科學版）第 20 卷第 1 期，

玄宗、肅宗之信任，與李白、王維、儲光曦等交往唱和，交誼至篤，是當時唯一參與科舉考試、進士及第，進而出任中國官職，掌管秘書監的日本留學生。其它如《全唐詩》卷 150 收錄劉長卿一首〈同崔載華贈日本聘使〉，晚唐皮日休、陸龜蒙二人亦常與日僧往來唱和，說明了唐文士與外邦人士往來之熱絡。

《全唐詩外編》所輯《全唐詩補逸卷之二十》收有新羅國　崔致遠[82]六首和詩，分別為〈奉和座主尚書避難過維陽寵示絕句三首〉、〈和友人除夜見寄〉、〈和金員外贈巉山清上人〉等。崔致遠（857-928？年）約為中國晚唐時期人物，曾於乾符（875-879年）末年，任職淮南節度使高駢幕府，善為表狀文章。因崔致遠當時所處環境乃中國晚唐政局不安時期，又因為跟隨幕府，對時局頗有特殊感受，觀今存和詩亦多有悲時之作，如〈奉和座主尚書避難過維陽寵示絕句〉之一曰：「年年荊棘侵儒苑，處處煙塵滿戰場。豈料今朝覲宣父，豁開凡眼睹文章。」之二曰：「亂時無事不悲傷，鸞鳳驚飛出帝鄉。應念浴沂諸弟子，每逢春色耿離腸。」大有亂世悲歌之嘆。

綜觀本章所論，所謂「風行草偃」，唐詩能以時代文學自居，賡歌不斷，說是其源來自朝廷奉和應制唱和之風實不為過，無論是朝廷重大節慶或是活動，幾乎均有奉和應制之作留下紀錄，透過這些奉和詩，可想見當時唐詩吟業鼎盛的情況。

1998 年，頁 52-56。

[82] 據《全唐詩補逸》崔致遠小傳曰：「崔致遠，字海夫，號孤雲，新羅國湖南之沃溝人，年十二辭家從商舶入唐，十八賓貢及第，曾遊東都，尋授宣州溧水縣尉，任滿而罷。乾符末，淮南節度使高駢辟置幕府，表狀文翰，皆出其手。廣明元年，駢為諸道行營都統，以致遠為巡官。奏除殿中侍御史。中和末，充國信使，東返新羅，歷翰林學士、兵部侍郎、出為武城太守，後攜家隱於江陽郡之伽山以終。……」，《全唐詩外編》，（台北：木鐸出版社），頁 311。

更甚者，由於李唐一代國威遠播，文化之博大精深，故而吸引外邦派遣人士前來學習、交流，而當時中國唱和詩的寫作形式亦為外邦人士所效法學習，成為社交應酬的方式之一。

第五章　文士之和詩與唱和集

唐代賦詩賡和除了朝中宮廷之君臣唱和外，一般朝士於自宅文會宴集或者民間文士彼此結識交往，其往來贈答唱和之情形比比皆是。在初盛唐時，據《唐音癸籤》所云[1]：「唐朝士文會之盛，有楊師道安德山池宴集，于志寧宴群公於宅，高正臣晦日置酒林亭、晦日重宴及上元夜效小庾體等詩。並吟流之佳賞，承平之盛世。」可見朝官藉著舉行詩文會，廣交同好宴集賦詩風氣之盛行。此外，文士因文會之聚集、或者依附節鎮幕府因而賡歌唱酬[2]，更是助長唐代詩歌盛行的主要原因之一。如：大歷年間，皎然與陸羽等在湖州組詩會[3]、白居易之「九老會」[4]等，而劉禹錫〈廣宣上人寄在蜀與韋令公唱和詩卷因以令公手札答詩示之〉一詩有曰：「若許相期同結社，吾家本自有柴

1　見《唐音癸籤》卷二七，(台北：木鐸出版社)，頁285。

2　《唐音癸籤》卷二七曰：「唐詞人自禁林外，節鎮幕府為盛。如高適之依哥舒翰，岑參之依高仙芝，杜甫之依嚴武，比比而是，中葉後尤多。蓋唐制，新及第人，例就辟外幕。而布衣流落才士，更多因緣幕府，躡級進身，要視其主之好文何如，然後同調萃，唱和廣。」

3　據傅璇琮《唐才子傳校箋》卷第三〈顧況〉：「……按大歷年間，皎然、陸羽等在湖州組詩會，聯育句為其活動形式之一，況與皎、韓聯句，復可見其與東南詩人集團之重要聯係。」，(北京：中華書局)，頁642。

4　《全唐詩》卷四六二‧白居易〈九老圖詩〉序曰：「會昌五年三月，胡、吉、劉、鄭、盧、張等六賢於東都敝居履道坊合尚齒之會，其年夏，又有二老，年貌絕倫，同歸故鄉，亦來斯會，續命書姓名年齒，寫其形貌，附於右圖，與前七老，題為九老圖。仍以一絕贈之。」

桑。」[5]，可見在中唐當時已開文人唱和結社之風氣。此外，唐代文人之交遊網絡是十分廣闊與複雜的，據筆者檢索《全唐詩》中之和（同）詩，除了宮廷君臣賡和詩歌與自和詩之外，其和詩寫作對象包括：同僚、上司、族親手足、門人師徒、友朋、女子與歌妓以及宗教人士等。若以和詩寫作身份而論，其中以官場同僚之間所寫的和詩佔大多數（參見附錄二《全唐詩》和詩表）。而本章第一節以「人物」為主，將文人交往唱和對象之和詩依分類來論述，其分類依據以所交往唱和所寫下之和詩為主，即包括詩題明確標明為和（同）詩，或者雖和詩與原詩不同題而於詩題序中另作說明為和詩者，以及寫作本意為和詩之贈酬詩類（如：贈和、酬和等）；第二節則持「事件」角度，將唐代文士和詩最常見之主題事件，列而述之；第三節則是有關唐代文人詩友之唱和結集介紹。

第一節　文人詩友之和詩

唐代文人詩友群交游面廣，又因唐人和詩有部份以名號、行第、官名職稱為題來寫作，有些於和詩題目即知曉和作對象為何人，如：岑參〈奉和中書舍人賈至早朝大明宮〉、鄭澣〈和李德裕房公舊竹亭聞琴〉等；有些和詩則無法考證出和作對象為誰？如：錢起〈和人秋歸終南山別業〉、薛能〈和友人寄懷〉、李咸用〈和人詠雪〉……等，面對唐代文人詩友之和作對象，其身份之論述是複雜且難竟其全功的。再者，明　胡震亨《唐音癸籤》卷二八〈談叢四〉記載有關唐人詩文合稱分類，如：

[5] 見《全唐詩》卷三五九〈劉禹錫・六〉，（北京：中華書局），頁4058。

唐人一時齊名者，富、吳，蘇、李，燕、許，四傑、四友（杜審言、李嶠、崔融、蘇味道稱文章四友。）……，其專以詩稱有沈、宋，錢、郎（起、士元），又錢、郎、劉、李（合劉長卿、李嘉祐稱之，亦時人語。），鮑、謝（防、良輔），元、白，劉、白，溫、李，賈、喻（島、鳧），皮、陸，吳中四士、（賀知章、劉慎虛、包融、張旭。一云無慎虛，有張若虛。），廬山四友（楊衡、符載、崔群、宋濟），三舍人（王涯、令狐楚、張仲素），大歷十才子（盧綸、吉中孚、韓翃、錢起、司空曙、苗發、崔峒、耿湋、夏侯審、李端。）咸通十哲等目（許棠、張喬、喻坦之、劇燕、任濤、吳罕、張蠙、周繇、鄭谷、李栖遠、溫憲、李昌符、謂之十哲，實為十二人。）……等。

然而，唐代文人在當時以詩文齊名者，並不表示彼此交游之頻繁熱絡，亦不代表彼此之間定有和詩往來，如：據筆者之《全唐詩》和詩表（見附錄二），除了元白、劉白、皮陸外，其餘以詩文著稱者彼此之間所寫之和詩並不多見，或者因為距今年代久遠，文人當時交往和詩散佚甚多。因此，筆者以《全唐詩》現存之和詩為主，再參酌大陸學者趙以武《唱和詩研究》一書所統計出唐人和詩寫作數量前十名之文人為參考[6]，將彼此和詩往來頻繁之文人以及和作之原詩大部份尚存者，依據時代先後，列舉分述之。

[6] 據趙以武統計出唐人寫作和詩數量前十名之文人分別為：白居易、陸龜蒙、劉禹錫、皮日休、張說、權德輿、徐鉉、元稹、韓愈、盧綸等。趙氏統計未將題中以「酬」「送」「次」等字眼，事實上有些即為和詩者納入。見《唱和詩研究》（甘肅：甘肅文化出版社），頁 391。

一、趙冬曦、張說與尹懋

趙冬曦為盛唐時人，「開元初，坐事流岳州，常與岳州刺史張說、岳州從事尹懋游宴賦詩。[7]」，《全唐詩》卷 98 收有趙冬曦九首和詩，其中有六首和詩之和作對象為張說與尹懋二人，且原詩尚存。此六首和詩分別為〈奉和張燕公早霽南樓〉，原詩為張說〈岳陽早霽南樓〉；〈和燕公岳州山城〉，原詩為張說〈岳州山城〉；〈和尹懋秋夜遊灉湖〉，原詩為尹懋〈秋夜陪張丞相趙禦侍遊灉湖二首〉；〈和燕公別灉湖〉，原詩為張說〈別灉湖〉；〈和張燕公耗磨日飲（二首）〉一作張說詩，此詩第一首與原詩第二首完全相同，疑為重出。

二、大曆十才子

針對大曆十才子成員之說，歷來說法不一，而據謝海平〈唐大曆十才子成員及其集團形成原因之考察〉[8]一文所考，「大曆十才子」之成員當以《極玄集》與《新唐書》之說法為準，分別是「李端、盧綸、吉中孚、韓翃、錢起、司空曙、苗發、崔峒、耿湋、夏侯審」等十人，認為「十才子集團形成的契機，是在特定的時間及社會背景之下，這批詩人同時出入貴遊之門，彼此唱和，游從習熟。[9]」唐・姚合《極玄集》卷上〈李端〉條下注曰[10]：「字正己，趙郡人，大曆五年進士，與盧綸……耿

---

[7] 周祖譔《中國文學家大辭典・唐五代卷》，（北京：中華書局），頁 554。

[8] 謝海平《唐代文學家及文獻研究》〈唐大曆十才子成員及其集團形成原因之可察〉，（高雄：麗文文化出版），1996 年，頁 8。

[9] 同註 8

[10] 見傅璇琮《唐人選唐詩新編》所輯錄之《極玄集》，（西安：陝西人民教育出版社），頁 539。

湋、夏侯審唱和，號十才子。[11]」引文中之「唱和」一辭乃詩人以詩歌彼此交往、往返之意。而「大曆十才子」之中，據目前《全唐詩》中所收，彼此有和詩往來者，有：耿湋〈同李端春望〉、盧綸〈同吉中孚夢桃源〉（二首）、〈同耿拾遺春中題第四郎新修書院〉[12]、〈同耿湋宿陸澧旅舍〉、〈同錢郎中晚春過慈恩寺〉、〈同崔峒補闕慈恩寺避暑〉、〈同耿湋司空曙二拾遺題韋員外東齋花樹〉、李端〈同苗發慈恩寺避暑〉、司空曙〈和耿拾遺元日觀早朝〉等。

其中司空曙〈和耿拾遺元日觀早朝〉詩，原詩為耿湋〈元日早朝〉，原詩與和作均為五言二十句，耿湋原詩句曰：「九陌朝臣滿，三朝候鼓賒。遠珂時接韻，攢炬偶成花。」司空曙和詩句曰：「元日爭朝闕，奔流若會溟。」「太陽開物象，霈澤及生靈。」觀以上詩句，均為「元日」開朝氣象之描寫。

三、元稹與白居易

元稹與白居易這兩位詩友，歷來一直是唐代文學史研究中，頗受重視的人物，二人所寫下之和詩與酬詩數量亦不少。

白居易與元稹大約結識於唐德宗貞元十七年，是時白居易三十歲、元稹二十三歲[13]。貞元十九年，據《唐五代文學編年史・中唐卷》所云：「白居易、元稹同授秘書省校書郎。居易有詩寄元稹、崔玄亮等。時元、白多有唱酬。」今筆者由《全唐詩》

[11] 引文中「唱和」一辭，乃詩人交往彼此以詩歌往返之意，若以此種意義來詮釋唱和詩，其範疇可就不只包括和詩而已，然本論文所討論之範疇乃為「和（同）詩」，是屬於狹義範圍，故而本論文所論僅限於「和詩」。

[12] 一作〈同錢員外春中題薛載少府新書院〉。

[13] 朱金城《白居易年譜》，（台北：文史哲出版社），頁 24；傅璇琮《唐五代文學編年史・中唐卷》，頁 801。二者說法有一年之誤，今從後者之說。

中之元、白二人於和詩詩題明確標明「和（同）」的〈和樂天詩〉與〈和微之詩〉，並參酌《白居易集》與《元稹集》以及日人　花房英樹《元白唱和集》一書所輯之和詩[14]，整理列表於本文之後，以供參考。

元、白二人之和詩，除了一般於和詩詩題冠有「和」字之〈和微之〉詩與〈和樂天〉詩外，亦存在詩題並無冠以「和」字之和詩、「同題和作」與「酬詩」，因此，筆者在本文主要是對二人和詩之特殊部份來進行討論，如：原詩詩句有感、酬與酬和、同題和作三部份，其次是元、白二人和詩之句法與用韻，再則，即為元、白二人和詩之主題內容概述。

（一）元、白和詩形式之特殊情形

（1）原唱詩句有感

一般而言，絕大多數之和詩均於詩題上冠上「和（同）」字，吾人因而從外觀上，極易容易辨別出是一首和詩，否則只能藉由詩序或詩題注來瞭解一首詩是否為和詩，元、白二人和詩中，即出現此種情形，和作並無冠上「和（同）」字，然而實際上卻是一首和詩。而由和詩作者於詩題序或詩題注中說明可知，主要是針對原詩句之感懷而加以和作。如：

A.（原詩）：白居易〈贈元稹〉，此詩作於元和元年，押平聲寒韻，為五言古調詩。

自我從宦遊，七年在長安。所得唯元君，乃知定交難。
豈無山上苗，徑寸無歲寒。豈無要津水，咫尺有波瀾。

14 白居易與元稹二人原唱與和詩有若干遺闕，而無法以對詩形式來比對研究，因此本表所列和詩在本論文中，不代表所有元、白和詩。

之子異於是，久處誓不諼。無波古井水，有節秋竹竿。
一為同心友，三及芳歲蘭。花下鞍馬遊，雪中杯酒歡。
衡門相逢迎，不具帶與冠。春風日高睡，秋月夜深看。
不為同登科，不為同署官。所合在方寸，心源無異端。

B.（和作）：元稹以〈種竹〉一詩和之，其詩序曰：「昔樂天贈予詩云：『無波古井水，有節秋竹竿。』予秋來種竹廳下，因而有懷，聊書十韻。」詳細說明和作理由，其〈種竹〉一詩如下：

昔公憐有直，比之秋竹竿。秋來苦相憶，種竹廳前看。
失地顏色改，傷根枝葉殘。清風猶淅淅，高節空團團。
鳴蟬聒暮景，跳蛙集幽欄。塵土復晝夜，梢雲良獨難。
丹丘信云遠，安得臨仙壇。瘴江冬草綠，何人驚歲寒。
可憐亭亭幹，一一青琅玕。孤鳳竟不至，坐傷時節闌。

此詩為一首五言古體詩，押平聲寒韻，就內容而言是「和意」詩，主要針對原詩詩句有所感懷而加以和作，若就形式上來說，則又是和韻詩中之「依韻」詩。

（2）酬與酬和

以現存元、白詩集中，兩人和詩來看，酬詩以元稹所作居多（見第二章第一節附表 6），而且大部份是和韻詩。如：白居易〈登樂遊園望〉，元稹以〈酬樂天登樂遊園見憶〉和之，且次其韻（同押平聲元韻）。又白居易〈酬盧秘書二十韻〉，元稹以〈酬盧秘書〉和之，並於詩序云：

予自唐歸京之歲，秘書郎盧拱作〈喜遇白贊善學士詩〉二十韻，兼以自貽。白時酬和先出，予草蹙未暇皇，盧頻有致師之挑，故篇末不無憤詞，其次用本韻，習然也。

由詩序中得知，白居易先有酬和盧拱詩（盧拱原詩作今亡佚），而元稹酬詩則後作，而元、白這兩首和詩同押平聲灰韻，為依韻詩。

其它如：白居易〈酬微之〉，元稹〈酬樂天重寄別〉、〈酬樂天雪中見寄〉、〈除夜酬樂天〉、〈酬樂天江樓夜吟稹詩因成三十韻〉、〈酬樂天東南行詩一百韻〉……等，都是根據原詩來次韻和作。

（3）同題和作

《元稹集》卷第十七律詩卷中有〈使東川〉詩，其詩序云：「元和四年三月七日，予以監察御史使東川，往來鞍馬間，賦詩凡三十二章。秘書校書郎白行簡，為予手寫為東川卷，今所錄者，但七言絕句長句耳。起〈駱口驛〉、盡〈望驛臺〉二十二首云。」而《白居易集》卷十四律詩卷有〈酬和元九東川路詩十二首〉和之，其詩題下云：「十二篇皆因新境，追憶舊事，不能一一曲敘，但隨而和之，唯予與元知之耳。」元稹〈使東川〉組詩共有二十二首七言絕句，白居易和作其中十二首，和詩於詩題上並無冠上「和」字。

元稹此二十二首〈使東川〉組詩，分別是：〈駱口驛二首〉[15]、〈清明日〉[16]、〈亞枝紅〉[17]、〈梁州夢〉[18]、〈南秦雪〉、〈江樓月〉[19]、〈慚問囚〉、〈江上行〉、〈漢江上笛〉[20]、〈郵亭月〉[21]、〈嘉陵驛二首〉（篇末有懷）、〈百牢關〉（奉使推小吏任敬仲）、〈江花落〉、〈嘉陵江二首〉、〈西縣驛〉、〈望嘉驛〉、〈好時節〉、〈夜深行〉、〈望驛臺〉（三月盡）。而白居易之和作分別為：〈駱口驛舊題詩〉、〈南秦雪〉、〈江樓月〉、〈亞枝花〉、〈江上笛〉、〈嘉陵夜有懷二首〉、〈望驛臺〉、〈夜深行〉、〈江岸梨〉等以上十首，而白居易另有〈山枇杷花二首〉，據朱金城箋校指出[22]，《元稹集》卷二六有〈山枇杷〉詩，不在〈使東川詩〉二十二首文中。

此外，元稹〈和李校書新題樂府十二首〉作於元和四年[23]，詩序曰：「予友李公垂貺予《樂府新題》二十首，雅有所謂，不

[15] 詩題注曰：「東壁上有李二十員外逢吉、崔二十二侍御韶使雲南題名處，北壁有翰林白二十二居易題〈擁石〉、〈關雲〉、〈開雪〉、〈紅樹〉等篇，有王質夫和焉。王不知是何人也。」

[16] 詩題注曰：「行至漢上，憶與樂天、知退、杓直、拒非、順之輩同遊。」

[17] 詩題注曰：「往歲，與樂天曾於郭家亭子竹林中，見亞枝紅桃花半在池水。自後數年，不復記得。忽於褒城驛池岸竹間見之，宛如意舊物，深所愴然。」

[18] 詩題注曰：「是夜宿漢川驛，夢與杓直、樂天同游曲江，兼入慈恩寺諸院。倏然而寤，則遞乘及階，郵使已傳呼報曉矣。」

[19] 詩題注曰：「嘉川驛望月，憶杓直、樂天、知退、拒非、順之數賢，居近曲江，閑夜多同步月。」

[20] 詩題注曰：「二月十五日夜，於西縣白馬驛南樓聞笛悵然。憶得小年曾與從兄長楚寫〈漢江聞笛賦〉，因而有愴耳。」

[21] 詩題注曰：「於駱口驛，見崔二十二題名處。數夜後，於青山驛玩月，憶得崔生好持確論。每於宵話之中，常曰：『人生晝務夜安，步月閑行，吾不與也。』言訖，堅臥。他人雖千百其詞，難動搖矣。至是愴然，思此題，因有獻。」

[22] 朱金城《白居易集箋校・二》，（上海：上海古籍出版社），頁 833。

[23] 張達人《唐元微之先生稹年譜》，（台北：臺灣商務印書館），民國 69 年 4 月；與傅璇琮《唐五代文學編年史・中唐卷》，（瀋陽：遼海出版社），頁 669。二者說法有一年之誤，今從後者之說。

虛為文。予取其病時之尤急者，列而和之，蓋十二而已。」元稹此十二首樂府和詩，其詩題均無冠以「和」字，分別為〈上陽白髮人〉、〈華原磬〉、〈五弦彈〉、〈西涼伎〉、〈法曲〉、〈馴犀〉、〈立部伎〉、〈驃國樂〉、〈胡旋女〉、〈蠻子朝〉、〈縛戎人〉、〈陰山道〉。元稹和李紳這十二首詩，白居易亦有同題之作，且收於《白居易集》卷三、卷四以〈諷諭〉為卷名之內，句法活潑，又有諷時之音，然白居易無特別註明為和詩，所以只能將之稱為同題之作。

（二）元、白和詩之句法與用韻

（1）句法

和詩根據原詩來和意、和韻、和體。就大部份的和意詩與和韻詩而言，雖有時句數不一定和原詩句數相等，然而較為常見之句法大部份是齊言的，筆者據此，略分為二類，詩例則參考本文（附表 25、26）。如：

1. 原詩與和詩句數相等且齊言：此句型大多為白居易原唱、元稹和作。
2. 原詩與和詩句數不等但齊言：此句型大多為元稹原唱、白居易和作。

元、白彼此唱和詩作，除了大部份是可略分為以上兩大類外，其它如：白居易以元稹《和李校書新題樂府十二首》幾首同題之作收於《白居易集》卷第三〈諷諭三・新樂府〉中，詩序曰：「凡九千二百五十二言，斷為五十篇。篇無定句，句無定字，繫於意，不繫於文。首句標其目，卒章彰顯其志，《詩》三百之義也。……」若將白居易此同題之作的新樂府詩相較於元稹之原和作，的確是「篇無定句，句無定字。」，如：就〈立部伎〉而言，元稹全首為七言三十二句，白居易同題之作則前六句為「立部伎，鼓笛諠。舞雙劍，跳七丸。嫋巨索，掉長竿。」均以三言作之，這除了表現出句法活潑、節奏明快外，更能突顯立部伎樂工擊鼓吹笙耍雜戲等卑賤演出，來達到諷刺雅樂替壞之目的。其它如：〈華原磬〉、〈胡旋女〉、〈五絃彈〉……等，均類似於此寫作句法。

（2）用韻

筆者已將元、白二人較為簡短之和詩的和韻情形，作了一番檢查（詳見本文之附表），以下則從元、白二人之和韻詩中之長篇巨製，諸如：〈酬樂天東南行詩一百韻〉、〈和微之春日投簡陽明洞天五十韻〉、〈酬翰林白學士代書一百韻〉來分述如下：

1.元稹〈酬樂天東南行詩一百韻〉

此酬詩之原詩為白居易於元和十二年所作之〈東南行一百韻〉，原詩與和作均押平聲虞韻，且為五言一百韻兩百句之巨製，元稹不但和韻且一一次韻，用語精深而詞切。

2.白居易〈和微之春日投簡陽明洞天五十韻〉

此和詩之原詩為元稹〈春日投簡明洞天作〉，押平聲虞韻，為五言五十韻一百句；白居易和詩作於大和五年，亦為五言、押平聲虞韻且次韻。

3.元稹〈酬翰林白學士代書一百韻〉

此酬詩之原詩為白居易作於元和五年之〈代書詩一百韻寄微之〉，押平聲支韻，為五言一百韻兩百句之句製，元稹和詩亦為五言且次韻。元、白二人就此唱和詩作之後，時俗仿效號為「元和體」。元稹於此酬詩之序曰：

> 玄元氏之下元日，會予家居至，枉樂天〈代書詩一百韻〉，鴻洞卓犖，令人興起心情。且置別書，美予前和七章，章次用本韻，韻同意殊謂為工巧，前古韻耳，不足難之，今復次排百韻，以答懷思之貺。

元稹以「韻同意殊」為工巧之謂。和韻詩之次韻在有限韻腳之箝制下，又能夠以詩答情，真可謂才高之至。觀乎元、白二人所作之和韻詩，無論是體製精巧之絕句或者為長篇巨製之排律，均能游刃於和韻之制化中，創造出別俱一格之新體裁。若真要評定元、白二人和作能力之高低，這在清人 趙翼《甌北詩話》卷四〈白香山詩〉中有肯綮之說，曰：

> ……唐人有和韻，尚無次韻，次韻實自元、白始。依次押韻，前後不差，此古所未有也。……蓋元、白覷此一體，為歷代所無，可從此出奇；自量才力，又為之而有餘。故一往一來，彼此角勝，遂以之擅場。……今兩家次韻詩具在，五言排律，實數工力悉敵，不分勝負；惟古詩往往和不及唱。蓋唱先有意而後有詞；和者，或不能別有新意，則不免稍形支絀也。然二人創此體後，次韻者固習以為常；而篇幅之長且多，終莫有及之者，至今猶推獨步。

就詩體而言，元稹、白居易在五言排律次韻之和作程度上是無分軒輊的。然而在古詩方面，因押韻較近體為寬，鄰韻可通押、亦可平仄換韻，故而古詩在和作上是以意取勝的。再者，所謂「同者謂之和，異者謂之答。[24]」，古詩和作之意，既然名為「和」，因此其意就不能有別於原詩，否則即為「答」意而不是「和」意了。白居易除了在排律次韻成就上與元稹並駕其驅外，在古詩和作上往往意境高超，「意之所出、辯才無礙；無不達之隱、無稍晦之詞。[25]」這在古詩之和作功力與手法上，顯然是比元稹略勝一籌。許學夷《詩源辯體》卷二十八曰[26]：「白五言古入錄者，雖長篇而體自勻稱，意自聯絡；元體多冗漫，意多散緩，而語更輕率，……」此段話正道出元、白二人五言古詩之不同處。而觀二人和作體裁分析得知(見本文附表25、26)，白居易和作元稹之五言古調詩是以和意居多，和韻者少。由此即可說明在五言古詩之和作中，白居易是比元稹更能以意取勝。

（三）元、白和詩之內容概述

詩人交往，彼此以詩相互唱和酬答，這在中國古代文人社會中，成了不可或缺的應酬方式之一。詩友之間，以詩聊添生活感物之情、以詩恭賀仕途平步青雲、亦以詩慰藉仕宦失意澹愁之心。而由元稹、白居易二人之原詩與和作中，我們真實的見到詩友間深摯之情感，茲以幾首和詩為代表，論述於下。

---

24 白居易〈和答詩十首〉並序語。

25 趙翼《甌北詩話》卷四〈白香山詩〉語

26 明‧許學夷《詩源辯體》卷二十八第二十三則，(北京：人民出版社)，1998年。

作於元和四年之〈酬和元九東川路詩十二首〉是白居易較早期和元稹之組詩。原詩為元稹以監察御史身份出使東川，往來鞍馬間所賦之詩，凡三十二首。白居易和作十二首，並於詩題注曰：「十二篇皆因新境，追憶舊事，不能一一曲敘，但隨而和之，唯予與元知之耳。」白居易此十二首和詩皆為追憶舊事之作。

1.元稹原詩〈駱口驛二首〉之一：「郵亭壁上數行字，崔李題名王白詩。盡日無人共言語，不離牆下至行時。」白居易和詩〈駱口驛舊題詩〉：「拙詩在壁無人愛，鳥汙苔侵文字殘。唯有多情元侍郎，繡衣不惜拂塵看。」大有題壁往事不足道之謙意。

2.〈南秦雪〉一詩為元稹抒寫南秦山之地險天惡與嚴雪，曰：「……千峰筍石千株玉，萬樹松蘿萬朵銀。飛鳥不飛猿不動，青驄御史上南秦。」

白居易和詩以自己曾作過西邑使，經常往返於駱口與南秦，因此憑著過來人的身份來慰藉元稹，和詩曰：「我思舊事猶惆悵，君作初行定苦辛。仍賴愁猿寒不叫，若聞猿叫更愁人。」白居易以自己淒愁孤獨之經驗向元稹訴說身處寒天險地同情之心。

3.〈江樓月〉為元稹於嘉川驛望月，憶杓直、樂天、知退、拒非、順之數賢而作[27]，元稹原詩末四句曰：「誠知遠近皆三五，但恐陰晴有異同。萬一帝鄉還潔白，幾人潛傍杏園東。」望月思故友，回憶摯友們之個人遭遇如同明月有陰晴圓缺之轉折，大有感嘆等待回京之後，能否得

---

[27] 詩題注曰：「嘉川驛望月，憶杓直、樂天、知退、拒非、順之數賢，居近曲江，閑夜多同步月。」

有摯友昔日交聚之景。白居易和作末四句曰:「誰料江邊懷我夜,正當池畔望君時。今朝共語方同悔,不解多情先寄詩。」白居易望月懷思,雖與元稹分離異處,然而遙思懷念之情剋服空間之阻隔,江邊懷我、池畔望君,由此微妙精切之語,更可得見元、白二人思懷之心靈悸動。

而〈和答詩〉十首則為白居易於元和五年所和作,當年三月元稹被貶為江陵士曹參軍,而在赴江陵途中多所吟詠,白居易此十首詩有和有答,其詩序曰:

> 五年春,微之從東臺來,不數日,又左轉為江陵士曹掾。詔下日,會予下內直歸,而微之已即路,邂逅相遇於街衢中,……是夕,足下次于山北寺。僕職役不得去,命季弟送行,且奉新詩一軸,致於執事,凡二十章,率有興比,淫文豔韻無一字焉。意者:欲足下在途諷讀,且以遣日時,銷憂懣,又有以張直氣而扶壯心也。……及足下到江陵,寄在路所為詩十七章,……時一吟讀,心甚貴重。……僕既羨足下詩,又憐足下心,盡欲引狂簡而和之。……

詩序大意為:原先白居易致元稹詩二十首,是為了讓元稹在左遷途中諷讀,以銷解憂悶,而藉著詩歌內著比興之喻來扶壯元稹謫挫之心。爾後,元稹將左謫至江陵這段期間所作之十七首詩寄與白居易,白居易閱後始覺元稹此作心甚貴重,故而和作之,希望藉此十首和答詩慰勸元稹。

再者,元稹夫人韋氏卒於元和四年七月,接著元和五年春,元稹被左遷至江陵,元稹短時間內遭遇生命中喪妻、仕宦中謫遷之痛，這一切悲淒之事看在摯友白居易眼中，真是情何以堪啊！若吾人心同此景，則就不難瞭解白居易和作〈夢遊春詩一百韻〉之用意了，此詩序曰：

> 微之既到江陵，又以〈夢遊春詩七十韻〉寄予。且題其序曰：「斯言也，不可使不知吾者知；知吾者，亦不可使不知。樂天知吾也，吾不敢不使吾子知。」予辱斯言，三復其旨，大抵悔既往而悟將來也。然予以為苟不悔不寤則已，若悔於此，則宜悟於彼也；反於彼而悟於妄，則宜歸於真也。況與足下外服儒風，內宗梵行者有日矣。而今而後，非覺路之返也，非空門之歸也，將安反乎？將安歸乎？今所和者，其卒章指歸於此。夫感不甚則悔不熟；感不至則悟不深，故廣足下七十韻為一百韻，重為足下陳夢遊之中，所以甚感者；敘婚仕之際，所以至感者。欲使曲盡其妄，周知其非，然後返乎真，返忽實。……

白居易序中之「敘婚仕之際，所以至感者。」所言正是針對元稹喪妻失仕而發。今觀元稹之原詩中，追憶訴說與妻韋氏婚娶時之得意風發，而當時正是貞元十九年，白居易與元稹以書判拔萃科登第，又同授秘書省校書郎[28]，若就人生三大事：出生、登第、婚配而言，元稹當年可謂盡得其二，不難想像他少壯馳意、光風亮采之神志。然而只有七年之好景（貞元十九年至元和四年 803-809 年），元稹從人生最得意處跌落困境，失親失意交魄身心，其〈夢遊春七十韻〉就是在此情景所寫成的詩作，

---

[28] 傅璇琮《唐五代文學編年史・中唐卷》，頁 592。

曰：「努力去江陵，笑言誰與晤。江花縱可憐，奈非心所慕。」一路之江陵，心是如此沉重。而白居易和作則以佛家哲學曉喻元稹人世虛幻無常、貴賤榮辱轉眼成空之理，和作曰：「既去誠莫追，將來幸前勖。」「豔色即空花，浮生乃焦穀。良姻在嘉偶，頃剋為單獨。入仕欲榮身，須臾成點辱。合者離之始，樂兮憂所伏。愁恨僧祇長，歡容剎那促。覺悟因傍喻，迷執由當局。」白居易用現象界之幻化無定來慰藉元稹，希望他能以智慧斬除魔障來面對未來。而由白居易此首和作，使吾人得見何謂人生摯友，其所呈現之情切亦令人動容。

此外，元稹和作白居易〈重到城七絕句〉中之〈高相宅〉、〈劉家花〉、〈仇家酒〉、〈恆寂師〉四首，白居易原詩作於元和十年，當時白居易人在長安，為太子左贊善大夫，其所吟詠均為居處長安過故友舊宅之心情。如：〈高相宅〉一詩為白居易懷思高郵所作，高郵於貞元年間拔擢白居易登第，可謂是樂天之恩師，白居易原詩曰：「青苔故里懷恩地，白髮新生抱病身。涕淚雖多無哭處，永寧門館數他人。」元稹和作曰：「莫愁已去無窮事，漫苦如今有限身。二百年來城裏宅，一家知換幾多人。」二詩均慨嘆景物依舊人事已非之感。〈仇家酒〉一詩則為樂天至長安仇家酒肆所寫之心情，詩曰：「年年老去歡情少，處處春來感事深。時到仇家非愛酒，醉時心勝醒時心。」元稹和詩曰：「病嗟酒戶年年減，老覺塵機漸漸深。飲罷醒餘更惆悵，不如閑事不經心。」白居易愁飲是醉翁之意不在酒；元稹則意覺藉酒澆愁愁更愁。

綜觀元、白二人所唱和之主題，其所牽動者，為人生境遇最真實之一面。在唐代和詩中這樣的推心置腹至情之作，元、白之外堪稱幾無。

表 25：元、白和詩（白居易原唱、元稹和作）

白居易　原唱詩	元稹　和詩	備註
〈贈樊著作〉 五言古調詩 36 句	〈和樂天贈樊著作〉 五言古詩 66 句	白詩押上平真、文、元韻；元詩押上平真、文、元、刪、下平先、寒韻 「和意詩」
〈折劍頭〉 五言古調詩 12 句	〈和樂天折劍頭〉 五言古詩 10 句	白詩押下平尤韻；元詩押上聲四紙韻 「和意詩」
〈感鶴〉 五言古調詩 20 句	〈和樂天感鶴〉 五言古詩 20 句	白詩與元詩均押下平先韻 「依韻詩」
〈初除戶曹喜而言志〉 五言古調詩 32 句	〈和樂天初授戶曹喜而言志〉 五言古體詩 32 句	白詩與元詩均押上平真、文、元韻，且元詩次韻 「次韻詩」
〈贈吳丹〉 五言古調詩 32 句	〈和樂天贈吳丹〉 五言古體詩 32 句	白詩押下平尤韻；元詩押上聲皓韻 「和意詩」
〈曲江感秋〉 五言古調詩 16 句	〈和樂天秋題曲江〉 五言古體詩 16 句	白詩押上平四支韻；元詩除了第四與第八句韻腳用字與白詩不同外，其餘則依韻
〈別舍弟後月夜〉 五言古調詩 12 句	〈和樂天別弟後月夜作〉 五言古體詩 12 句	白詩押上平十四寒韻；元詩依韻 「依韻詩」
〈秋題牡丹叢〉 五言古調詩 6 句	〈和樂天秋題牡丹叢〉 五言古體詩 6 句	白詩押下平二蕭韻；元詩押入聲十四緝韻 「和意詩」
〈劉家花〉 七言絕句 4 句	〈和樂天劉家花〉 七言絕句 4 句	白詩元詩均押上平真韻，且元詩次韻 「次韻詩」

〈夢亡友劉太白同遊彰敬寺〉 七言律詩 4 句	〈和樂天夢亡友劉太白同遊二首〉 七言絕句 4 句	白詩押下平尤韻，元詩二首均次韻 「次韻詩」
〈送客春遊嶺南二十韻〉 五言排律 40 句	〈和樂天送客遊嶺南二十韻〉 五言排詩 40 句	白詩押上平十一真韻；元詩除了第二與第三聯韻腳用字與白詩不同外，其餘均次韻
〈絕句代書贈錢員外〉 七言律詩 4 句	〈和樂天招錢蔚章看山絕句〉 七言律詩 4 句	白詩與元詩均押上平虞韻 「依韻詩」
〈高相宅〉 七言律詩 4 句	〈和樂天高相宅〉 七言律詩 4 句	白詩與元詩均押上平真韻 「次韻詩」
〈仇家酒〉 七言律詩 4 句	〈和樂天仇家酒〉 七言律詩 4 句	白詩與元詩均押下平侵韻 「次韻詩」
〈恆寂師〉 七言律句 4 句	〈和樂天贈雲寂僧〉 七言律詩 4 句	白詩與元詩均押下平蕭韻 「和韻詩」
〈重過秘書舊房因題長句〉 七言律詩 8 句	〈和樂天過秘閣書省舊廳〉 七言律詩 8 句	白詩與元詩均押上平灰韻，且元詩次韻 「次韻詩」
〈贈楊秘書巨源〉 七言律詩 8 句	〈和樂天贈楊秘書〉 七言律詩 8 句	白詩與元詩均押下平庚韻，且元詩次韻 「次韻詩」
〈題王侍御池亭〉 七言律詩 4 句	〈和樂天題王家亭子〉 七言律詩 4 句	白詩與元詩均押下平歌韻，且元詩次韻 「次韻詩」
〈尋郭道士不遇〉 七言律詩 8 句	〈和樂天尋郭道士不遇〉 七言律詩 8 句	白詩押上平二冬韻；元詩除了頸聯韻腳用「春」字與白詩不同外，其餘皆次韻
〈重題別東樓〉 七言律詩 12 句	〈和樂天重題別東樓〉 七言律詩 12 句	白詩與元詩均押上平支韻，且元詩次韻 「次韻詩」
〈寄李蘇州兼示楊瓊〉 七言律詩 6 句	〈和樂天示楊瓊〉 七言古體 20 句	「和意詩」

表 26：元、白和詩（元稹原唱、白居易和作）

元稹　原唱詩	白居易　和詩	備註
〈思歸樂〉 五言古詩 72 句	〈和答詩十首〉之一〈和思歸樂〉 五言古調詩 76 句	元詩與白詩均押下平庚、青韻 「依韻詩」
〈陽城驛〉 五言古詩 152 句	之二〈和陽城驛〉 五言古調詩 76 句	元詩押下平尤韻；白詩押上平支韻 「和意詩」
〈桐花〉 五言古詩 82 句	之三〈答桐花〉 五言古調詩 72 句	元詩押下平侵韻；白詩押下平庚、青韻 「和意詩」
〈大觜烏〉 五言古詩 88 句	之四〈和大觜烏〉 五言古調詩 80 句	元詩押上平支韻；白詩押上平東、冬韻 「和意詩」
〈四皓廟〉 五言古詩 48 句	之五〈答四皓廟〉 五言古調詩 76 句	元詩押上平真、文、元韻；白詩押上平支、微韻 「和意詩」
〈雉媒〉 五言古詩 40 句	之六〈和雉媒〉 五言古調詩 30 句	元詩押入聲屋、沃韻；白詩押寒、刪、先韻 「和意詩」
〈松樹〉 五言古詩 20 句	之七〈和松樹〉 五言古調詩 28 句	元詩押上平東、冬韻；白詩押下平陽韻 「和意詩」
〈箭鏃〉 五言古詩 28 句	之八〈和箭鏃〉 五言古調詩 34 句	元詩押上平寒韻；白詩押下平庚 「和意詩」
〈古社〉 五言古詩 24 句	之九〈和古社〉 五言古調詩 30 句	元詩押真、先、元韻；白詩押上平灰韻 「和意詩」

〈分水嶺〉 五言古詩 36 句	之十〈和分水嶺〉 五言古調詩 28 句	元詩押下平庚韻；白詩押上聲尾韻 「和意詩」
聽妻彈《別鶴操》 七言律詩 4 句	〈和微之聽妻彈《別鶴操》因為解釋其義，依韻加四句〉 五言格詩 28 句	《元稹集》中注云白居易和詩為五言仄韻十四韻詩，與元稹原唱為七言絕句不同，因此，元稹當另有一首用五言仄韻十二韻詩。
〈張舊蚊幬〉 五言古體詩 32 句	〈和元九悼往〉感舊蚊幬作 五言古調詩 20 句	元詩押入聲職韻；白詩押下平侵韻 「和意詩」
〈戲酬副使中丞賓肇見示四韻〉 五言律詩 8 句	〈戲和微之答竇七行軍之作〉依本韻 五言律詩 12 句	元詩與白詩均押下平先韻，且白詩次韻 「次韻詩」
〈夢遊春七十韻〉 五言古風入律 140 句	〈和夢遊春詩一百韻〉 五言古風入律 200 句	元詩押去聲七遇韻；白詩押入聲一屋、二沃韻 「和意詩」
〈贈呂三校書〉 七言律詩 8 句	〈和元九與呂二同宿話舊感贈〉 七言律詩 8 句	元詩押下平陽韻；白詩押上平支韻 「和意詩」
〈春分投簡明洞天作〉 五言律詩一百句	〈和微之春日投簡陽明洞天五十韻〉 五言律詩一百句	元詩與白詩均押上平虞韻 「次韻詩」
「十七與君別及朧月花枝」	〈和微之十七與君別及朧月花枝之詠〉	「和意詩」

四、劉禹錫與白居易

劉禹錫與白居易之交往，一般均持二人晚年酬唱日多而交誼日篤之說法，如《太平御覽》卷五百八十六曾引《唐書文苑傳》曰[29]：「劉禹錫晚年與少傅白居易友善，居易詩筆文章時無在其右者，嘗與禹錫唱和往來，因集其詩而序之曰：『彭城劉夢得詩豪者也。』……」然據瞿蛻園《劉禹錫集箋證》指出[30]，由劉、白二人之詩文集中可得知，二人交往可能要提早到貞元十七年（801 年），但這只是推論。而劉禹錫與白居易均生於唐代宗大歷七年（722 年）[31]，若據此，則劉、白二人在貞元十七年時，都已是三十歲之壯年了，然而此階段的二人交往之情也不從過密。直到白居易自蘇州引疾，而劉禹錫自和州解職後，才有更深入之交往。《唐五代文學編年史・中唐卷》所記[32]：「劉禹錫自和州、白居易自蘇州北歸，遇於揚州，同游半月，有詩贈酬唱和，後結伴同行。」劉、白二人相遇於揚州之前，一直是以書信、詩文相往來居多，而自從兩人於揚州相遇同遊後，交誼愈加深厚。《白居易集》卷二五〈醉贈劉二十八〉[33]一詩曰：

為我引杯添酒飲，與君把箸擊盤歌。詩稱國手徒為爾，
命壓人頭不奈何。舉眼風光長寂寞，滿朝官職獨蹉跎。
亦知合被才名折，二十三年折太多。

---

29 見《太平御覽》卷五百八十六，頁 3025。

30 見《劉禹錫集箋證・下》附錄二〈劉禹錫交遊錄・白居易〉一文曰：「按白集中〈祭符離六兄文〉為貞元十七年（801 年）作，有去年春居易南遊之語，南遊者，即其集中卷十三詩題所謂〈自江陵之徐州路上寄兄弟〉也。是時禹錫方在淮南杜佑幕中，似二人頗有相逢之機會。」，（上海：上海古籍出版社），頁 1606。

31 朱金城《白居易集箋校・六》附錄三〈白居易年譜簡編〉，（上海：上海古籍出版社），頁 3996。

32 傅璇琮《唐五代文學編年史・中唐卷》，（瀋陽：遼海出版社），頁 881。

33 朱金城《白居易集箋校》卷二五〈律詩〉，（上海：上海古籍出版社），頁 1706。

由這首詩看來，是白居易醉後吐露真情之作，詩中頗為劉禹錫坎坷、多難之貶謫仕途抱屈。劉禹錫是位多才的文人，然而這樣有才識學養的人，自從王叔文黨敗後，不見容於當權者而多次受到貶謫，從一開始貶連州、朗州時，仍不改文人書生的傲氣風骨，作〈問大鈞〉、〈謫九年〉[34]等賦數篇，來聊舒鬱鬱不得志之心情，並藉以諷託時政。然而，當劉禹錫召還京不久，卻又因寫了〈玄都觀看花君子〉詩觸怒當局，而被貶播州。為此，當時的御史中丞裴度為劉禹錫家有年邁母親仗義請命，因此才改貶連州，之後遷夔州刺史，而於長慶四年又自夔州轉授和州，劉禹錫在和州將近二年，於寶曆二年（826 年）冬解職北歸時，與白居易相遇於揚州。劉禹錫一生多蹇的貶謫生涯是讓白居易如此的發出不平之鳴與同情的憐惜。

對於白居易友情的支持，劉禹錫在〈酬樂天揚州初逢席上見贈〉一詩曰：

> 巴山楚水淒涼地，二十三年棄置身。懷舊空吟聞笛賦，到鄉翻似爛柯人。沉舟側畔千帆過，病樹前頭萬木春。今日聽君歌一曲，蹔憑盃酒長精神。

詩中感嘆二十三年窮山惡水的貶謫生活，如今即將返鄉卻有時光催人老之落寞。然而，與白居易相會後，知交故舊把酒言歡高歌，心中一切的悲愁淒苦也隨著杯酒而暫時得到舒解。又白居易〈與夢得同登棲靈寺塔〉詩曰：「半月悠悠在廣陵，何樓何塔不同登？共憐筋力猶堪在，上到棲靈第九層。」而劉禹

---

34 見《新唐書》卷一六八〈列傳〉第九三〈劉禹錫〉，（台北：鼎文書局），頁 5129。

錫和作〈同樂天登棲靈寺塔〉詩曰:「步步相攜不覺難，九層雲外倚欄杆。忽然語笑半天上，無限遊人舉眼看。」白居易此和作為和意詩，而原詩與和作均顯示出摯友久別重逢、登高同遊之樂。

揚州同遊之後，劉禹錫與白居易感情日篤，再加上二人經歷了大半生的謫居生活，更能珍惜這份友誼，因此唱和之作也日益增多，以下即對劉、白和詩之形式與內容做一分析。筆者將明確於詩題冠上「和」與「同」字之和詩以及具有和詩性質之「酬和」或是具有和韻體的「酬詩」也一併整理列表於本文後，以為參考。

(一) 劉、白之和韻與和體詩

在現存的劉禹錫和與白居易詩作中，有一首和齊梁體詩以及和韻體詩，分別是劉禹錫的〈和樂天洛城春齊梁體八韻〉詩與〈同樂天和微之深春二十首同用家、花、車、斜〉詩，筆者已在第三章第二節和韻與第三節和體部份介紹過。而針對此組〈同樂天和微之深春二十首同用家、花、車、斜〉詩，其原詩為白居易〈和春深二十首〉[35]，而據《白居易集》中之〈和微之詩二十三首〉其詩序曰:「微之又以近作四十三首寄來，命僕寄和。其間瘀絮四百字，車斜二十篇者，皆韻劇辭殫，瓌奇怪譎。」元稹四十三首詩中，白居易和作其中押車斜等韻之二十篇外，其餘即是〈和微之詩二十三首〉，而所和作之車斜二十篇在《白居易集》中，則名為〈深春二十首〉。而觀劉禹錫與白居易此組之和作與原詩，其意多具諷刺時政，反映時世風俗為主。如:

35 白居易集詩題明確標為「和春深二十首」，其與劉禹錫集之〈同樂天和微之深春二十首〉詩題中「深春」二字不同，疑為其中之一有誤寫。

白居易原詩列舉二十種當時社會現象者[36]，吟諷彼此在生活上所遭遇的貴賤差異。而同樣的，劉禹錫和詩所列舉二十種例子，諷意與白居易同。

此外，劉禹錫〈同白二十二贈王山人〉一詩，為和白居易〈贈王山人〉之作，原詩與和作均押平聲真韻，和作是一首和韻詩。白居易原詩曰：

> 玉芝觀裏王居士，服氣餐霞善養身。夜後不聞龜喘息，
> 秋來唯長鶴精神。容顏盡怪長如故，名姓多疑不是真。
> 貴重容華輕壽命，知君悶見世間人。

劉禹錫和作云：

> 愛名之世忘名家，多事之時無事身。古老相傳見未久，
> 歲年雖變貌常新。飛章上達三清路，受籙平交五嶽神。
> 笑聽鼕鼕朝暮鼓，只能催得市朝人。

白居易形容王山人平日之鍛練養身，外在的容貌、名號了無所執。而劉禹錫和詩一開始即道出王山人之處世哲學，「愛名之世忘名客，多事之時無事身。」平凡人處於世間，誰不愛名？一切所為、汲汲營生都是為了榮華富貴與名聲地位，世間多少人能將此身外所執化去呢？然而王山人能拋卻所執，雖外在形

---

[36] 白居易〈和春深二十首〉所列二十種當時社會之現象者，有富貴家、貧賤家、執政家、方鎮家、刺史家、學士家、女學家、御史家、遷客家、經業家、隱士家、漁父家、潮戶家、痛飲家、上巳家、寒食家、博奕家、嫁女家、娶婦家、妓女家。

式低賤，但其生命精神卻因此更加提昇，看待世俗凡語有如過往雲煙，悠遊笑傲於物外了。

（二）劉、白和詩之內容概述

劉禹錫、白居易同為當時貶謫文人，尤其二人彼此以詩歌往來唱和，反應社會現實。其詩歌內容取材來自社會基層，用最擅長的諷喻、比興手法來表達時代詩人的一種身同百性苦、心為百姓憂的社會關懷。此外，由二人之和作中，亦常見到用隱喻之手法，互陳己身之困蹇遭遇的告白。以下則擇例略分為三類：

（1）諷時

劉禹錫〈和樂天誚失婢牓者〉，原詩為白居易〈失婢〉，均五言八句。白居易原詩曰：「宅院小牆庳，坊門帖牓遲。舊恩慚自薄，前事悔難追。籠鳥無常主，風花不戀枝。今宵在何處，唯有月明知。」詩中表達當時養婢風氣之盛，婢女之命運操縱於奴婢主手中，隨人擺佈之悲慘情境。劉禹錫和作曰：「把鏡朝猶在，添香夜不歸。鴛鴦拂瓦去，鸚鵡透籠飛。不逐張公子，即隨劉武威。新知正相樂，從此脫青衣。」和詩中表達出在養婢惡風之下，逃婢事件時有所聞，正顯露出當時奴婢主虐待婢女之殘酷。

此外，前面所述之白居易〈和春深二十首〉以及劉禹錫〈同樂天和微之深春二十首同用家、花、車、斜〉等組詩，亦是諷時之作。

(2) 託興遣懷

劉禹錫〈和樂天以鏡換酒〉一詩，原作為白居易〈鏡換杯〉詩，原詩與和作均為七言八句。白居易原詩曰：「欲將珠匣青銅鏡，換取金樽白玉卮。鏡裏老來無避處，樽前愁至有消時。茶能散悶為功淺，萱縱忘憂得力遲。不似杜康神用速，十分一盞便開眉。」原詩道出藉酒消解愁老的心態。而劉禹錫和作曰：「把取菱花百鍊鏡，換他竹葉十分盃。嚬眉厭老終難去，蘸甲須歡便到來。妍醜太分迷忌諱，松喬俱傲絕嫌猜。校量功力相千萬，好去從空白玉臺。」詩中之意多詠懷託興，似有平生不得志之感慨。

另外，劉禹錫〈和樂天鸚鵡〉一詩，為和白居易〈鸚鵡〉詩，原詩與和作均為七言八句。白居易原詩曰：

> 隴西鸚鵡到江東，養得經年嘴漸紅。常恐思歸先翦翅，每因餧食暫開籠。人憐巧語情雖重，鳥憶高飛意不同。應似朱門歌舞妓，深藏牢閉後房中。

劉禹錫和作曰：

> 養來鸚鵡嘴初紅，宜在朱樓繡戶中。頻學喚人緣性慧，偏能識主為情通。斂毛睡足難銷日，嚲翅愁時願見風。誰遣聰明好顏色，事須安置入深籠。

據瞿蛻園考證[37]，白居易原詩透露出在蘇州為官多年，有志難伸之抑鬱心情。因此，原詩以「房」字比喻為閒官；而和作則以「深籠」比喻近密，劉禹錫是以白居易入居成為近密為喜。綜觀劉、白託興寓意的描寫手法，其內容均不離個人遭遇。

（3）感傷

白居易〈和劉郎中傷鄂姬〉一詩，據瞿蛻園所考證為和劉禹錫〈有所嗟〉二首[38]，原詩與和作均為七言四句。劉禹錫原詩之一曰：「庾令樓中初見時，武昌春柳　腰肢。相逢相笑盡如夢，為雲為雨今不知。」白居易和作曰：「不獨君嗟我亦嗟，西風北雪殺南花。不知月夜魂歸處，鸚鵡洲頭第幾家。」劉禹錫原詩道出對愛妾殞落之思念，白居易則基於好友之立場來和作。

此外，劉禹錫〈和樂天早寒〉一詩，為白居易〈早寒〉之和作，原詩與和作均為五言八句。白居易原詩句曰：「黃葉聚牆腳，青苔圍柱根。」「半捲寒簷幕，斜開暖閣門。」劉禹錫和詩句曰：「雨引苔侵壁，風驅葉擁階。」「久留閑客話，宿請老僧齋。酒甕新陳接，書籤次第開。」此組原詩與和作大約寫於大和二年，劉、白二人同處長安之時。觀其二人詩作語意蕭瑟，因當時劉禹錫與白居易正值等待誥命任遷之際，心中滿是淒愁，對未來充滿不安與感傷。

總而言之，一般文學史上常以元、白，劉、白並稱，最主要的原因即是他們在深厚友情的動力下，寫出真摯感人的唱和詩篇。雖然，針對劉、白唱和詩而言，一般研究著墨的重點與熱度不似研究元、白唱和詩那麼頻繁與熱絡，但是當吾人翻開

---

37 瞿蛻園《劉禹錫集箋證・外集卷一》，（上海：上海古籍出版社），頁 1053。
38 瞿蛻園，頁 1062。

劉、白唱和詩時，即可發現劉、白之情誼是不下於元、白之間的。尤其當詩人年邁，其寫作吟詠均飽含人生勵練之智慧時，所呈現出寫作手法更是凝斂，這由劉、白之唱和詩中有些內容深具託諷寓興即可看出。

若以溪流中上游來比喻元白和詩，其早年至中年對於時政之抨擊刺韃而激起的貶謫水花，是湍急裂岸的；則劉白之唱和詩於晚年往來知交，就好比是溪流的下游，廣闊而深邃的。

表 27：劉、白和詩（白居易原唱、劉禹錫和作）

白居易　原詩	劉禹錫　和作	備註
洛城春贈劉李二賓客齊梁格 五言十六句 （平　元韻）	和樂天洛城春齊梁體八韻 五言十六句 （平　陽韻）	和體兼和意詩
櫻桃花下有感而作 五言十二句 （平　麻韻）	和樂天譙李周美中丞宅池上賞櫻桃花 五言十二句 （平　先韻）	
秋涼閒臥 五言八句 （去　問、願韻）	和樂天秋涼閒臥 五言八句 （上　賄韻）	
春詞 七言四句 （平　尤韻）	和樂天春詞 七言四句 （平　尤韻）	為次韻詩。 劉禹錫另有《和樂天春詞依憶江南曲拍為句》。
早寒 五言八句 （平元韻）	和樂天早寒 五言八句 （平佳韻）	
和春深二十首 均五言八句 （平麻韻，家花車斜四韻）	同樂天和微之深春二十首 同用家、花、車、斜四韻	次韻詩。

失婢 五言八句 （平支韻）	和樂天誚失婢牓者 五言八句 （平微韻）	
燒酒不成命酒獨醉 五言八句 （平東韻）	和樂天燒藥不成命酒獨醉 五言八句 （平支韻）	
鸚鵡 五言八句 （平東韻）	和樂天鸚鵡 七言八句 （平東韻）	
送鶴與裴相臨別贈詩 七言八句 （平支韻）	和樂天送鶴上裴相公別鶴之作 七言八句 （平支韻）	
鏡換杯 七言八句 （平支韻）	和樂天以鏡換酒 七言八句 （平灰韻）	
送河南馮尹學士赴任 七言八句 （平庚韻）	同樂天送河南馮尹學士 七言八句 （平灰韻）	
贈王山人 七言八句 （平真韻）	同白二十二贈王山人 七言八句 （平真韻）	依韻詩
南園試小樂 七言八句 （平庚韻）	和樂天南園試小樂 七言八句 （平庚韻）	依韻詩
送東都留守令狐尚書赴任 七言八句 （平真韻）	同樂天送令狐相公赴東都留守 七言八句 （平陽韻）	

耳順吟寄敦詩夢得 七言十二句 （平先韻）	和樂天耳順吟兼寄敦詩 七言八句 （平歌韻）	
遺佚	和樂天洛下醉吟寄太原令狐相公兼見懷長句 七言八句 （平庚韻）	
柘枝妓 七言八句 （平灰韻）	和樂天柘枝 七言八句 （平麻韻）	
真娘墓 三、七雜言詩	和樂天題真娘墓 七言八句 （平灰韻）	
齋戒滿夜戲招夢得 七言八句 （平先韻）	和樂天齋戒月滿夜對道場偶懷詠 七言八句 （平麻韻）	白居易另有〈長齋月滿攜酒先與夢得對酌醉中同赴令公之宴戲贈夢得〉七言八句（平真韻）
與夢得偶同到敦詩宅感而題壁 七言八句 （平歌韻）	樂天示過敦詩舊宅有感一篇吟之泫然追想昔事因成繼和以寄苦懷 七言八句 （平魚韻）	
洛下雪中頻與劉李二賓客宴集因寄汴州李尚書 七言八句 （平真、文韻）	和樂天洛下雪中宴集寄汴州李尚書 七言八句 （平寒韻）	
分司初到洛下偶題六韻兼戲呈馮尹 五言十二句 （平灰韻）	遙賀一作和白賓客分司初到洛中戲呈馮尹 五言十二句 （平灰韻）	次韻詩

府西池上新葺水齋即事招賓偶題十六韻 五言三十二句 （平尤韻）	白侍郎大尹自河南寄示池上北新葺水齋即事招賓十四韻兼命同作 五言二十八句 （平灰韻）	
閒園獨賞因夢得所寄蜂鶴之詠，因成此篇以和之。 五言十六句 （平真韻）	和樂天閒園獨賞八韻前以風鶴拙句寄呈今辱蝸蟻妍詞見答因成小巧以取大咍 五言十六句 （平庚韻）	
與夢得同登棲靈塔 七言四句 （平蒸韻）	同樂天登棲靈寺塔 七言四句 （平寒韻）	

表 28：劉、白和詩（劉禹錫原唱、白居易和作）

劉禹錫　原詩	白居易　和作	備　註
有所嗟二首一作元稹詩，題作所思。 均七言四句 （平支、微韻）	和劉郎中傷鄂姬 七言四句 （平麻韻）	原詩為朱金城所考證
闕下待傳點呈諸同舍 七言八句 （平肴韻）	和集賢院劉學士早朝作 七言八句 （平支韻）	原詩為朱金城所考證
洛中逢白監同話遊梁之樂因寄宣武令狐相公 七言八句 （平陽韻）	早春同劉郎中寄宣武令狐相公 七言八句 （平陽韻）	原詩為朱金城所考證。並云：令狐楚亦有〈節度宣武酬樂天夢得〉詩，三首用韻俱同。
終南秋雪 五言八句 （平寒韻）	和劉郎中望終南山秋雪 五言八句 （平支韻）	

題集賢閣 七言八句 （平刪韻）	和劉郎中學士題集賢閣 七言八句 （平齊韻）	
曲江春望 五言八句 （去寘、未韻）	和劉郎中曲江春望見示 五言八句 （平麻韻）	
冬日晨興寄樂天 五言八句 （平庚韻）	和夢得冬日晨興 五言八句 （平庚韻）	依韻詩
郡齋書懷寄江南白尹兼簡分司崔賓客 七言八句 （平麻韻）	和夢得夢得來詩云：謾謾圖書四十車，年年為郡老天涯。一生不得文章力，百口空為飽煖家。 七言八句 （平庚韻）	
寄和東川楊尚書慕巢兼寄西川繼之二公近從弟兄情分偏睦早忝遊舊因成是詩 七言八句（平青韻）	同夢得暮春寄賀東西川二楊尚書 七言八句 （平麻韻）	
洛濱病臥戶部李侍郎見惠藥物謔以文星之句斐然仰謝 七言四句 （平微韻）	看夢得題答李侍郎詩詩中有文星之句因戲和之 七言四句 （平灰韻）	
和牛相公遊南莊醉後寓言戲贈樂天兼見示 七言八句 （平先韻）	奉和思黯自題南莊見示兼呈夢得 七言八句 （平支韻）	
和牛相公題姑蘇所寄太湖石兼寄李蘇州 五言四十句 （平青韻）	奉和思黯相公以李蘇州所寄太湖石奇狀絕倫因題二十韻見示兼呈夢得 五言四十句 （平灰韻）	

遺闕	同夢得和思黯見贈來詩中先敘三人同讌之歡次有歎鬢髮漸衰嫌孫子催老之意因酬妍唱兼吟鄙懷 七言八句 （平尤韻）	
洛中早春贈樂天 五言十四句 （平侵韻）	和夢得洛中早春見贈七韻 五言十四句 （去寘韻）	
遺闕	和夢得夏至憶蘇州呈盧賓客 五言十六句 （平先韻）	

五、皮日休與陸龜蒙

據傅璇琮校箋指出，皮日休在新舊唐書中無傳[39]，而《唐才子傳》曰：「日休，字襲美，……隱居鹿門山，性嗜酒，癖詩，號『醉吟先生』，又自稱『醉士』。……日休在鄉里與陸龜蒙交擬金蘭，日相贈和。」，而有關陸龜蒙之生平，據《唐摭言》卷十曰[40]：「陸龜蒙，字魯望，……尤善談笑，常體江謝賦事，名振江左。……詩篇清麗，與皮日休為唱和之友。有集十卷，號曰《松陵集》。」《唐五代文學編年史・晚唐卷》〈唐懿宗咸通十一年三月〉條曰[41]：「本年春起，皮日休、陸龜蒙在蘇州唱和往來，說詩論藝，頗多長篇酬和之作。後張賁、羊昭業、李縠、崔璐、魏璞等人亦多與皮、陸往來唱和。」

39 《唐才子傳校箋》第三冊〈皮日休〉，（北京：中華書局），頁 497。
40 《唐五代筆記小說大觀》下〈唐摭言〉卷十，（上海：上海古籍出版社）頁 1670。
41 傅璇琮《唐五代文學編年史・晚唐卷》，（瀋陽：遼海出版社），頁 561。

以上資料說明皮、陸二人唱和往來之始，與周遭唱和友群。而皮、陸二人之間的和詩，以陸龜蒙和作皮日休之原詩為多數（見附錄二《全唐詩》和詩表），其和詩形式在第三章和韻與和體部份已論述介紹過，以下則從皮、陸二人之和詩內容分類上，擇例來做一大致之探討：

（一）詠物

中國詩歌詠物對象甚廣，舉凡具體之物：日月星辰、蟲魚鳥獸、花草、人物、器具等，抽象物類：狀聲、描物等，均是詩人可入詩的題材。而本論文主要所採定義為具體之詠物類者，然皮、陸二人之詠物和詩中有若干和詠抽象物類，如：〈奉和魯望樵人十詠〉中的〈樵風〉、〈樵歌〉等，因屬組詩中的少數，故不強而分之。

(1)　器具類

皮、陸二人唱和所詠之器物，有茶具、漁具、以酒為名之十物、樵人所居周遭之景、友人居齋之景物、玩物等。而其中所奉詠之器物為組詩形態，以下擇例說明：

1. 皮日休〈公齋四詠〉之主題所詠有四者，〈小松〉、〈小桂〉、〈新竹〉、〈鶴屏〉；陸龜蒙原題奉和且次韻，原詩與和作均為五言。如：〈小松〉原詩句曰：「婆娑只三尺，移來白雲徑。」；和詩句曰：「擢秀逋客巖，遺根飛鳥逕。」，〈鶴屏〉原詩句曰：「三幅吹空穀，孰寫仙禽狀。」；和詩句曰：「時人重花屏，即胎化狀。」原詩與和作對物體均有詳實之狀描。

2. 皮日休〈酒中十詠〉詩[42]，均為五言八句，分別為〈酒星〉、〈酒泉〉、〈酒篘〉、〈酒床〉、〈酒壚〉、〈酒樓〉、〈酒旗〉、〈酒樽〉、〈酒城〉、〈酒鄉〉，陸龜蒙亦原題和作。如：〈酒旗〉原詩句曰：「青幟闊數尺，懸於往來道。多為風所颺，時見酒名號。」；和詩句曰：「搖搖倚青岸，遠颺遊人思。風欹翠竹紅，雨憺香醪字。」原詩寫酒旗之形狀，和作寫酒旗迎風招搖之貌。
3. 陸龜蒙〈漁具詩〉[43]，所詠之物為捕魚相關之器具、與捕魚之行為，分別為〈網〉、〈罩〉、〈罶〉、〈釣筒〉、〈釣車〉、〈魚梁〉、〈叉魚〉、〈射魚〉、〈鳴根〉、〈滬〉、〈竹／槮〉、〈藥魚〉、〈舴艋〉等，皮日休原題和作之，原詩與和作均為五言八句。如：〈射魚〉原詩句曰：「抨弦斷荷扇，濺血殷菱蕊。」和詩句曰：「驚羽決凝碧，傷鱗浮殷紅。」原詩與和作將射魚時之狀況，描寫得十分生動。
4. 皮日休〈茶中雜詠〉，其主題所詠者，均是以茶為名之人事物，分別為〈茶塢〉、〈茶人〉、〈茶筍〉、〈茶籝〉、〈茶舍〉、〈茶竈〉、〈茶焙〉、〈茶鼎〉、〈茶甌〉、〈煮茶〉等，陸龜蒙亦原題和作之，原詩與和作均為五言八句。如：〈茶鼎〉，原詩句曰：「龍舒有良匠，鑄此佳樣成。」和詩句曰：「新泉氣味良，古鐵形狀醜。」；〈煮茶〉原詩句曰：

---

42 皮日休〈酒中十詠〉序曰：「鹿門子性介而行獨，於道無所全，……未若全於酒也。夫聖人之誡酒禍也大矣。……夫酒之始名，天有星、地有泉、人有鄉，今總而詠之者，亦古人初終必全之義也。天隨子深於酒道，寄而請之道。」皮日休自稱為鹿門子，陸龜蒙自號天隨子。

43 陸龜蒙〈漁具詩〉序曰：「天隨子於海山之顏有年矣，矢魚之具，莫不窮極其趣，大凡結繩持綱，總謂之網罟，……今擇其任詠者，作十五題以諷。……鹿門子有高灑之才，必為我同作。

「香泉一合乳，煎作連珠沸。時看蟹目濺，乍見魚鱗起。」和詩句曰：「閒來松間作，看煮松上雪。時於浪花裏，併下藍英末。」觀兩組原詩與和作，對於茶鼎之形狀與煮茶滾水沸騰之貌，均有傳神之描摹。

以上所略舉為皮、陸二人有關詠物和詩之詩例，原詩所呈現者為組詩形態，而和作均能依照原題一一加以和詠，其它組詩如：〈奉和魯望樵人十詠〉等亦如是。今觀皮陸二人詠物和詩，其所吟詠之主題，有些即為閒逸生活之反映，如：陸龜蒙嗜飲茶，「置小園顧渚山下，歲入茶租，薄為甌蟣之費。[44]」又「時放扁舟，掛蓬席，齎束書、茶竈、筆床、釣具……水天一色，直入空明。[45]」往來泛於太湖之間，十足的鄉林隱逸行徑。

（2）植物類

有關皮、陸二人植物類之和詩，原詩對於花草、樹木之狀描以及原詩作者藉由吟詠花、木所興之感嘆，和詩作者均能一一賡續和作。如：

1. 皮日休〈重題薔薇〉詩為七言四句，詩曰：「濃似猩猩初染素，輕如燕燕欲凌空。可憐細麗難勝日，照得深紅作淺紅。」陸龜蒙〈和襲美重題薔薇〉詩亦為七言四句，詩曰：「穠華自古不得久，況是倚春春已空。更被夜來風雨惡，滿階狼籍沒多紅。」原詩與和作對於薔薇之姿態與顏色均有細膩之描述，然而薔薇花紅顏雖美，但是難處於豔日與風雨之惡劣環境，均對其感到惋惜與悲嘆。

---

[44] 見《唐才子傳校箋》第三冊〈陸龜蒙〉，頁512。
[45] 同註44，頁513。

2. 陸龜蒙〈幽居有白菊一叢因而成詠呈知己〉詩，皮日休和作〈奉和魯望白菊〉，原詩與和作均為七言八句。原詩句曰：「還是延年一種材，即將瑤朵冒霜開。不如紅豔臨歌扇，欲伴黃英入酒杯。」和詩句曰：「已過重陽半月天，琅華千點照寒煙。蕊香亦似浮金靨，花樣還如鏤玉錢。」白菊象徵延年長壽之意，原詩與和作均對白菊有一番細緻之描述，並反映其在重陽節之特殊意義。
3. 皮日休〈虎丘寺殿前有古杉，一本形狀醜怪，圖之不盡，況百卉競媚，若妒若媢，唯此杉死抱節髐，然，闐然不知雨露之可生也，風霜之可瘁也，乃造化者方外之材乎。遂賦三百言以見志。〉一詩，詩題已將詠杉之意說明詳盡，而陸龜蒙和作〈奉和襲美古杉三十韻〉，原詩與和作均為五言六十句，和詩為依韻詩。原詩句曰：「勢能擒土伯，醜可駭山祇。虎爪箏巖穩，虬身脫浪攲。」「盡日來唯我，當春玩更誰。他年如入用，直構太平基。」；和詩句曰：「世只論榮落，人誰問等衰。有巔從日上，無葉與秋欺。」「真宰誠求夢，春工幸可醫。若能噓嶰竹，猶足動華滋。」原詩藉古杉之形以寓志，期望能有所作為，而和作除了和寫古杉之形外，亦別有寓意。

（3）動物類

在《全唐詩》卷 625 陸龜蒙有一首〈白鷗詩〉，據其序言[46]，大抵諷詠友人寵養白鷗，隱喻白鷗養尊處憂後，必為天地之窮

46 《白鷗詩》序曰：「樂安任君，嘗為涇尉。……有白鷗翩然，馴於砌下，因請浮而玩之。主人曰：『池中之族老矣，每以豪健據有，鷗之始浮，輒遂而害之，今畏不敢入。』吁！昔人之心蓄機事，猶或舞而不下，況害之哉？

鳥，只得為主人觀賞所用。而皮日休和作〈奉和魯望白鷗詩〉，原詩與和作均為七言八句。

A.原詩曰：

慣向溪頭漾淺沙，薄煙微雨是生涯。時時失伴沉山影，
往往爭飛雜浪花。晚樹清涼還鸛鳿，舊巢零落寄蒹葭。
池塘信美應難戀，針在魚唇劍在蝦。

B.和詩曰：

雪羽褵褷半惹泥，海雲深處舊巢迷。池無飛浪爭教舞，
洲少輕沙若遣棲。煙外失群慚雁鶩，波中得志羨鳧鷖。
主人恩重真難遇，莫為心孤憶舊溪。

世上之白鷗能得遇主人之寵的並不多，若依寵則漸失其本能。而由和作最後二句可知，白鷗所處之生存環境，亦危機重重，對於白鷗之現實際遇，對與錯之間難於評定。

（二）饋贈、寄贈

皮、陸二人有關饋贈與寄贈方面之和詩，觀其詩題所反映之內容，大致為與人贈物、題字、酬寄等，以下擇例說明：

（1）皮日休〈五貺詩〉為贈賜處士魏不琢五物之組詩，此五物分別為〈五瀉舟〉、〈華頂杖〉、〈太湖硯〉、〈烏龍

且羽族麗於水者多矣，獨鷗為閑暇，其致不高耶？一旦水有鯨鯢之患；陸有狐狸之憂，儔侶不得命嘯；塵埃不得澡刷，雖蒙人之流賞，亦天地之窮鳥也，感而為詩，邀襲美同作。」

養和〉、〈訶陵樽〉，並請陸龜蒙同作[47]，陸龜蒙則作〈奉和襲美贈魏處士五貺詩〉依原題奉和之。如：〈烏龍養和〉，原詩曰：「壽木拳數尺，天生形狀幽。把疑傷虺節，用恐破蛇瘤。置合月觀內，買須雲肆頭。料君攜去處，煙雨太湖中。」和詩曰：「養和名字好，偏寄道情深。所以親逋客，兼能助五情。倚肩滄海望，鉤膝白雲深。不是神仙侶，誰知世外心。」「養和」為當時靠背椅之別稱，原詩與和詩對養和之形與功用有詳細之描述與體會。

（2）陸龜蒙〈奉和襲美寄題羅浮軒轅先生所居〉，原詩為皮日休〈寄題羅浮軒轅先生所居〉，原詩曰：「亂峰四百三十二，欲問徵君何處尋。紅翠數聲瑤室響，真檀一炷石樓深。山都遣負沽來酒，樵客容看化後金。從此謁師知不遠，求官先有葛洪心。」和詩曰：「鼎成仙馭入崆峒，百世猶傳至道風。暫應青詞為穴鳳，卻思丹徼伴冥鴻。金公的的生爐際，瓊刃時時到夢中。預恐浮山歸有日，載將雲室十洲東。」觀原詩與和詩對於軒轅先生之所居與仙風道骨刻畫得很詳細。

（3）陸龜蒙〈奉和襲美謝有人惠人參〉，原詩為皮日休〈友人以人參見惠因以詩謝之〉，原詩曰：「神草延年出道

---

47 〈五貺序〉曰：「毘陵處士魏君不琢，氣真而志放，……日休嘗聞道於不琢，敢不求雅物，成雅思乎？於是買釣船一，修二丈，闊三尺，施篷以庇煙雨，謂之五瀉舟；天台杖一，色黯而力道，謂之華頂杖有；龜頭山疊石硯一，高不二寸，其仞數百，謂之太湖硯；有桐廬養和一，怪形拳跼，坐若變去，謂之烏龍養和；有南海鸎魚殼樽一。澀鋒齾角，內玄外黃，謂之訶陵樽。皆寄於不琢。行以資雲水之興，止以益琴籍之玩，真古人之雅貺也。因思乘韋之義，不過於詞，遂為五篇，目之曰五貺，兼請魯望同作。」見《全唐詩》卷六一二，（北京：中華書局），頁 7058。

家，是誰披露記三椏。開時的定涵雲液，斸後還應帶石花。名士寄來消酒渴，野人煎處撇泉華。從今湯劑如相續，不用金山焙上茶。」和詩曰：「五葉初成椴樹陰，紫團峰外即雞林。名參鬼蓋須難見，材似人形不可尋。品第已聞升碧簡，攜持應合重黃金。殷勤潤取相如肺，封禪書成動帝心。」原詩對於友人所贈之人參，描寫其汁液之珍貴，而和詩則針對人參外形，與其食效之貴美有諸多描寫。

（三）懷古、寫懷與言情

皮、陸二人此類之和詩多為懷想故人、睹物思情、因事寫懷等抒寫胸臆之唱和作品，而此類和詩以陸龜蒙奉和皮日休原詩居多，茲擇例如下：

（1）陸龜蒙〈奉和襲美新秋言懷三十韻次韻〉，原詩為皮日休〈新秋言懷寄魯望三十韻〉，原詩與和詩均為五言六十句，和詩並次原詩韻。原詩為新秋入　破宅時的心情寫照，詩句曰：「新秋入破宅，疏澹若平郊。戶牖深如窟，詩書亂似巢。」「白日須投分，青雲合定交。仕應同五柳，歸莫捨三茅。」和詩亦針對原詩所透露出的隱密幽境之心情來和作，和詩句曰：「身閒唯愛靜，籬外是荒郊。地僻憐同巷，庭喧厭累巢。」「好作忘機士，須為莫逆交。看君馳諫草，憐我臥衡茅。」

（2）陸龜蒙〈奉和襲美吳中言情見寄次韻〉，原詩為皮日休〈吳中言情寄魯望〉，原詩與和詩均為七言八句，和詩並次原詩韻。原詩為身處吳地寫情之作，和詩則寫吳地悠閒生活之狀，原詩句曰：「古來傖父愛吳鄉，一上胥臺不可忘。愛酒有情如手足，除詩無計似膏肓。」和詩句曰：「菰煙蘆雪是儂鄉，釣線隨身好坐忘。徒愛右軍遺點畫，閒披左氏得膏肓。」

（3）陸龜蒙〈奉和襲美懷華陽潤卿博士三首〉，原詩為皮日休〈懷華陽潤卿博士三首〉，原詩與和詩均為七言八句。原詩第一首詩句曰：「先生一向事虛皇，天市壇西與世忘。環堵養龜看氣訣，刀圭餌犬試仙方。」和詩第一首詩句曰：「幾降真官授隱書，洛公曾到夢中無。眉間入靜三辰影，肘後通靈五嶽圖。」原詩與和詩對於潤卿博士（張賁）遺世隱居之生活有諸多描寫。

（4）陸龜蒙〈奉和襲美夏景無事因懷章來二上人次韻〉，原詩為皮日休〈夏景無事因懷章來二上人二首〉，原詩與和詩均為七言八句。原詩第一首詩句曰：「澹景微陰正送梅，幽人逃暑廮柟杯。」「更無一事唯留客，卻被高僧怕不來。」和詩第二首詩句曰：「忽憶高僧坐夏堂，厭泉聲鬧笑雲忙。」「何時更問逍遙義，五粒松陰半石床。」原詩與和詩對於章、來二上人之閑居與昔時歡聚之情均有描述。

（四）寫景

（1）陸龜蒙〈奉和襲美太湖詩二十首〉，原詩為皮日休〈太湖詩〉[48]二十章組詩，分別為〈初入太湖〉、〈曉次神

---

[48] 皮日休〈太湖詩〉序曰：「余頃在江漢，嘗耨鹿門，……咸通九年，自京東遊，復得宿太華，樂荊山、賞女几、度轘轅、窮嵩高、入京索、浮汴渠至揚州，又航天塹，從北固至姑蘇，噫！江山幽絕！見貴於地誌者，余之所

景宮〉、〈入林屋洞〉、〈雨中遊包山精舍〉、〈遊毛公壇〉、〈三宿神景宮〉、〈以毛公泉一缾獻上諫議因寄〉、〈縹緲峰〉、〈桃花塢〉、〈明月灣〉、〈練瀆〉、〈投龍潭〉、〈孤園寺〉、〈上真觀〉、〈銷夏灣〉、〈包山祠〉、〈聖姑廟〉、〈太湖石〉、〈崦裏〉、〈石板〉，皮日休此二十首太湖組詩為賞遊太湖周遭環境的寫景記錄，所紀之景皆為靈異，而陸龜蒙大都原題和作[49]，原詩與和作均為五言。如：〈明月灣〉一詩，原詩句曰：「曉景澹無際，孤舟恣迴環。試問最幽處，號為明月灣。」和詩句曰：「昔聞明月觀，祇傷荒野基。今逢明月灣，不值三五時。」；〈聖姑廟〉一詩，原詩句曰：「洛神有靈逸，古廟臨空渚。暴雨駁丹青，荒蘿繞梁侶。」和詩句曰：「渺渺洞庭水，盈盈芳嶼神。因知古佳麗，不獨湘夫人。」觀和詩與原詩在寫景紀行之餘，對於古蹟風景之名稱傳說由來，亦入於詩中。

（2）陸龜蒙〈和襲美褚家林亭〉，原詩為皮日休〈褚家林亭〉，原詩與和作均為七言八句。原詩句曰：「廣亭遙對舊娃宮，竹島蘿溪委曲通。茂苑樓臺低檻外，太湖魚鳥徹池中。」和詩句曰：「一陣西風起浪花，繞欄杆下散瑤華。高窗曲檻仙侯府，臥葦荒芹白鳥家。」

到，不翅於半，則煙霞魚鳥，林壑雲月，可為屬厭之具矣。……十一年夏六月，會大司諫清河公憂霖雨之為患，乃擇日休，將公命，禱於震澤，祀事既畢，神應如響。於是太湖之中，所謂洞庭山者，得以恣討，凡所歷皆圖籍稱為靈異者，遂為詩二十章，以志其事，兼寄天隨子。」

49 皮日休〈以毛公泉一缾獻上諫議因寄〉一詩，陸龜蒙則作〈以毛公泉獻大諫清河公〉。

其它如：訪友類——陸龜蒙〈奉和襲美見訪不遇〉、〈和訪寂上人不遇〉；感傷類——陸龜蒙〈奉和襲美傷史拱人〉、〈和襲美傷開元觀顧道士〉；臥疾類——陸龜蒙〈奉和襲美病中庭際海石榴花盛發見寄次韻〉、〈奉和襲美抱疾杜門見寄次韻〉、〈奉和襲美病中書情寄上崔諫議次韻〉等。而同與皮、陸二人結交唱和的潤卿博士張賁、與魏朴處士亦有同題共和之作，如：張賁〈奉和襲美醉中即席見贈次韻〉、〈奉和襲美題褚家林亭〉、〈奉和襲美傷開元觀顧道士〉、〈和魯望白菊〉、〈玩金鸂鶒和陸魯望〉……等（見《全唐詩卷 613》）。

由以上所類舉之皮、陸和詩，內容舉凡詠物、寄贈、寫懷言情、寫景紀行、感傷、訪友、臥疾等等，大抵為二人歸隱生活之唱和詩作，有不少原詩與和詩是以組詩形態呈現，有器物之詠、有風景之寫意、更有詩友之間至篤之情，真不愧為「耐久之交」[50]。

六、文人與宗教人士之和詩

唐代是個宗教鼎盛之朝代，其中以西漢末所傳入中國之佛教，與在唐代被尊為國教之道教最為普遍與流行。宗教是人追求生命安頓的一種精神寄託，在唐代，宗教與文學交會所互放之光芒是耀眼的，據《隋唐五代社會生活史》第六節〈宗教生活〉一文指出，「唐代士大夫普遍信仰佛教的重要原因之一，就是佛教徒以詩歌、琴棋書畫、建築、雕塑、茶道、變文等技藝

---

[50] 《唐才子傳》卷八〈陸龜蒙〉傳曰：「自稱江湖散人、又號天隨子、甫里先生。漢涪翁、漁父、江上丈人，嘗謂即己。後以高士徵，不至。苦吟，極清麗，與皮日休為耐久交。」，見《唐才子傳校箋》，頁 514。

吸引士大夫。[51]」此外，道教生活對於嚮往隱逸閒逸之唐代文人而言，亦同樣極具吸引力的，甚至有些文人本身即是位虔誠的佛、道之徒，在人生的旅途中，曾經有過入道、或者出家的經驗，而同樣的，唐代有些佛僧與道士本身亦極具文學涵養，時常與文人有交往詩作往來，因此，唐代文人與佛、道人士結交所寫下之唱和詩篇亦不在少數。此外，唐代女子亦有入道為女冠的情形，上至宮廷貴族身份的公主，如：玉真公主，到一般民間伎女如：魚玄機、薛濤等人，尤其後者並非以修真女冠來成就宗教信仰的目的[52]，反而以女子之才貌廣結文士，因此，筆者以一般女子身份視之，來論其與文士之交往和詩。

以下將《全唐詩》有關文人與宗教人士之和詩分為兩類來說明，一是和詩作者為宗教人士者，二是和詩涉及宗教人士者。而其中第一類和詩作者為宗教人士部份，因有些作者現存之和詩作品並不多，故而筆者將之合併論述。

（一）和詩作者為宗教人士者

（1）慧宣、法宣、慧淨、靈澈（澈或作徹）

《全唐詩》卷 808 與 810 收錄慧宣〈奉和竇使君同恭法師詠高僧二首〉[53]〈竺佛圖澄〉、〈釋僧肇〉、法宣〈和趙王觀妓〉[54]、慧淨〈和盧贊府遊紀國道場〉、〈和琳法師初春法集之作〉以及

---

51 見李斌城、李錦繡、張澤咸、吳麗娛、凍國棟、黃正建《隋唐五代社會生活史》第六節〈宗教生活〉，頁 508，中國社會科學出版社，1998 年 7 月。

52 廖美雲《唐伎研究》第三章〈唐代娼妓類型分析與生活境遇探究〉貳、〈女冠式娼妓之生活風貌〉，（台北：臺灣書局），頁 205。

53 《唐五代人交往詩索引》疑竇使君為竇德明，頁 1221。

54 據《唐五代人交往詩索引》查出，趙王為李元景，頁 699。

靈澈〈九日和于使君思上京親故〉，其中慧宣所奉和的兩首詩為追和前人之作，所和之人物為前代高僧佛圖澄與僧肇二人。

可惜的是，這四位佛僧所和作之原詩均已遺佚，而觀其和作內容：慧宣描寫二位高僧之生平事蹟與弘法精神，如：〈竺佛圖澄〉和詩句曰：「大誓憫塗炭、乘機入生死。中州法既弘，葛陂暴亦止。」，〈釋僧肇〉和詩句曰：「般若唯絕鑿，涅槃固無名。先賢未始覺，之子唱希聲。」。法宣〈和趙王觀妓〉詩句曰：「舞袖風前舉，歌聲扇後嬌。周郎不須顧，今日管弦調。」蓋有諷諭之意。而慧淨所作二首和詩大抵為佛教法會之景與道場周遭景緻的描述，如：〈和琳法師初春法集之作〉和詩句曰：「哲人崇踵武，弘道會群龍。高座登蓮葉，麈尾振霜松。」，〈和盧贊府遊紀國道場〉和詩句曰：「珠盤仰承露，剎鳳俯摩霄。落照侵虛牖，長虹拖跨橋。」靈澈〈九日和于使君思上京親故〉和詩句曰：「清晨有高會，賓從出東方。楚俗風煙古，汀洲草木涼。」為臨別送行之作。

（2）皎然

據《唐才子傳》卷四所云[55]，皎然初入道，於杼山修業，與靈徹、陸羽同居於妙喜寺，又與陸羽、顏真卿號為「三絕」，當時亦被題稱為「晝上人」。今《全唐詩》中即收錄多首皎然與上述幾人之和作，此外，皎然亦與盧幼平、陸長源等人過從甚密，均有唱和詩篇傳世。以下則依皎然所交往之文人為據，擇例分述：

---

[55] 傅璇琮《唐才子傳校箋》，頁 186。

1.顏真卿

據《唐五代文學編年史・中唐卷》所云，顏真卿於大歷八年三月在湖州刺史任上，重修《韻海鏡源》[56]，當時文士雲集，酬唱一時，而大歷九年時，《韻海鏡源》重修成書三百六十卷，顏真卿作妙喜寺碑記其事，並送別參與此次修書之諸生[57]，今《全唐詩》所收皎然之〈奉和顏使君真卿修韻海畢會諸文士東堂重校〉、〈奉和顏使君真卿修畢韻海畢州中重宴〉，此二詩均為奉和顏真卿之作，如：前一首和詩為五言十四句，詩句曰：「外學宗碩儒，游焉從後進。」「探討始河圖，紛綸歸海韻。親承大匠琢，況睹頹波振。」後一首和詩為五言八句，詩句曰：「世學高南郡，身封盛魯邦。九流宗韻海，七字揖文江。」內容表現出對於眾多文士修纂韻書之集思廣益與成書後之期待。

其它如：〈杼山上峰和顏使君真卿袁侍御五韻賦得印字〉、〈奉和顏使君真卿與陸處士羽登妙喜寺三癸亭〉、〈奉同顏使君真卿袁侍御駱駝橋玩月〉……等均為皎然和與顏真卿原詩之作。

2.盧幼平

今《全唐詩》收錄皎然和作盧幼平原詩有〈同諸公奉侍祭岳瀆使大理盧幼平自會稽迴經平望將赴於朝廷期過故林不至用題中韻〉、〈春日和盧使君幼平開元寺聽妙奘上人講時上人將遊五臺〉、〈奉同盧使君幼平遊精舍寺〉、〈同盧使君幼平郊外送閻侍御歸臺〉等。內容大抵為臨別、同遊佛寺、聽講佛理。如：〈春日和盧使君幼平開元寺聽妙奘上人講〉詩句曰：「法受諸侯請，

---

[56] 傅璇琮《唐五代文學編年史・中唐卷》，頁256。
[57] 同註56，頁271。

心教四子傳。春生雪山草，香下棘林天。顧我從今日，聞經悟宿緣。」寫的是佛理之領會；〈奉同盧使君幼平遊精舍寺〉詩曰：「影剎西方在，虛空翠色分。人天霽後見，猿鳥定中聞。真界隱清壁，春山凌白雲。今朝石門會，千古仰斯文。」此和詩寫佛寺居於天光霽色、虛無飄渺之間的景緻；〈同盧使君幼平郊外送閻侍御歸臺〉詩曰：「留餞飛旌駐，離亭草色間。柏臺今上客，竹使舊朝班。日落東西水，天寒遠近山。古江分楚望，殘柳入隋關。戀闕心常積，迴軒日不旋。芳辰倚門道，猶得及春還。」此詩內容寫臨行送別之不捨心情，並期待友人之歸還。

（3）齊己

據《唐才子傳》卷九所云[58]，齊己幼年失怙，因聰穎過人，七歲能作小詩，遂為老僧剃度為僧，曾與鄭谷、黃損等共定用韻，為葫蘆、轆轤、進退等格[59]。今《全唐詩》收齊己和作鄭谷原詩有三首，分別為〈和鄭谷郎中看棋〉、〈和鄭谷郎中幽棲之什〉、〈次韻酬鄭谷郎中〉，前二首原詩俱存，原詩與和詩均為五言八句。〈和鄭谷郎中看棋〉原詩為〈寄棋客〉，原詩曰：「松窗楸局隱，相顧思皆凝。幾局賭山果，一先饒海僧。復圖聞夜雨，下子對秋燈。何日無羈束，期君向杜陵。」和詩曰：「箇是仙家事，何人合用心。幾時終一局，萬木老千岑。有路如飛出，無機似陸沈。樵夫可能解，也此廢光陰」，原詩寫下棋之狀，而和作則對於棋局交戰之變，與時間之飛逝均有一番體悟。〈和鄭谷郎中幽棲之什〉原詩為〈旅寓洛南村舍〉，原詩曰：「村落清明近，鞦韆稚女誇。春陰妨柳絮，月黑見梨花。白鳥窺魚網，青

[58] 傅璇琮《唐才子傳校箋》頁 174。
[59] 同註 58，頁 186。

帘認酒家。幽棲雖自適，交友在京華。」和詩曰：「誰知閒跡退，門逕入寒汀。靜倚雲僧杖，孤看野燒星。墨霑吟石黑，苔染釣船青。相對唯溪寺，初宵聞念經。」和詩是針為原詩詩句「幽棲雖自適」有感而發來和作。

(二)和詩涉及宗教人士者

《全唐詩》此部份之和詩為數甚多，茲列表如下：

表 29：《全唐詩》所收涉及宗教人士之和詩

卷數	和詩作者	和詩	卷數	和詩作者	和詩
50	楊炯	和旻上人傷果禪師	518	雍陶	同賈島宿無可上人院
65	蘇味道	和武三思於天中寺尋復禮上人之作	540	李商隱	同學彭道士參寥
84	陳子昂	同王員外雨後登開元寺南樓因酬暉上人獨坐山亭有贈	609	皮日休	追和虎丘寺清遠道士詩
84	陳子昂	同旻上人傷壽安傅少府	613	皮日休	奉和魯望寒夜訪寂上人次韻
129	王縉	同王昌齡裴迪遊青龍寺曇壁上人兄院集和兄維	617	陸龜蒙	次追和清遠道士詩韻
142	王昌齡	和振上人秋夜懷士會	622	陸龜蒙	奉和襲美贈魏處士五貺詩
142	王昌齡	同王維集青龍寺曇壁上人兄院五韻	625	陸龜蒙	奉和襲美聞開元寺筍園寄章上人
147	劉長卿	和靈一上人新泉	625	陸龜蒙	奉和襲美題達上人藥圃二首
206	李嘉祐	同皇甫冉赴官留別靈一上人	625	陸龜蒙	奉和襲美夏景無事因懷章來二上人次韻

212	高適	同馬太守聽九思法師講金剛經	625	陸龜蒙	奉和襲美傷史拱山人
236	錢起	同李五夕次香山精舍訪憲上人	626	陸龜蒙	和訪寂上人不遇
249	皇甫冉	和鄭少尹祭中岳寺北訪蕭居士越上方	626	陸龜蒙	和襲美寄毘陵魏處士朴
250	皇甫冉	同李萬晚望南岳寺懷普門上人	626	陸龜蒙	和襲美冬曉章上人院
250	皇甫冉	奉和對山僧（一作同杜相公對山僧）	626	陸龜蒙	和襲美寄題鏡巖周尊師所居
250	皇甫冉	奉和待勤照上人不至	626	陸龜蒙	和襲美為新羅弘惠上人撰靈鷲山周禪師碑送歸詩
278	盧綸	同王員外雨後登開元寺南樓因寄嚴上人	626	陸龜蒙	和襲美臘後內大德從勗遊天臺
285	李端	同皇甫侍御題惟一上人房	626	陸龜蒙	和襲美寄題玉霄峰葉涵象尊師所居
286	李端	同司空文明過堅上人故院	626	陸龜蒙	和襲美題支山南峰次韻
292	司空曙	奉和張大人酬高山人	626	陸龜蒙	和襲美傷開元觀顧道士
306	朱灣	同清江師月夜聽堅正二上人為懷州轉法華經歌	626	陸龜蒙	和襲美重送圓載上人歸日本國
333	楊巨源	和權相公南園閒涉寄廣宣上人	631	張賁	和襲美傷開元觀顧道士
333	楊巨源	和鄭相公尋宣上人不遇	631	鄭璧	和襲美傷顧道士
342	盧汀	和歸工部送僧約	632	司空圖	次韻和秀上人遊南五臺
359	劉禹錫	宣上人遠寄和禮部王侍郎放榜後，因而繼和。	645	李咸用	和修睦上人聽猿
360	劉禹錫	同白二十二贈王山人	645	李咸用	和吳處士題村叟壁
360	劉禹錫	碧澗寺見元九侍郎和展上人詩有三生之句因以和	646	李咸用	依韻修睦上人山居十首

379	孟郊	同晝上人送郭秀才江南尋兄弟	646	李咸用	同玄昶上人觀山榴
379	孟郊	同李益崔放送王鍊師還樓觀兼為群公先營山居	676	鄭谷	次韻和秀上人長安寺居言懷寄渚宮禪者
384	張籍	和盧常侍寄華山鄭隱者	687	韓偓	和皮博士赴上京觀中修靈齋贈威儀尊師兼見寄
384	張籍	同韋員外開元觀尋時道士	691	杜荀鶴	和劉評事送海禪和歸山
414	元稹	和樂天贈雲寂僧	711	徐夤	依韻贈南安方處士五首
416	元稹	和樂天尋郭道士不遇	723	李洞	和劉駕博士贈莊嚴律禪師
416	元稹	和王侍郎酬廣宣上人觀放榜後相賀	747	李中	依韻和智謙上人送李相公赴昭武軍
444	白居易	同微之贈別郭虛舟鍊師五十韻	747	李中	依韻酬智謙上人見寄
475	李德裕	追和太師顏公同清遠道士遊虎丘山	752	徐鉉	和明道人宿山寺
501	姚合	和厲玄侍御無可上人會宿見寄	763	王繼勳	贈和龍妙空禪師
503	周賀	同徐處士秋懷少室舊居	763	夏鴻	和贈和龍妙空禪師

觀上表可知，《全唐詩》所收文人和詩有關涉及宗教人士者，是以陸龜蒙和作皮日休之原詩居多數，而其中值得注意的是，唐代與外邦文化交流熱絡，當時外邦有許多遠道前來中國學習佛理之僧侶與中國文人交往，異國之友時常同遊名剎山水、同賦風雅逸行，感情日益深厚，當這些外邦僧侶返歸故國之際，時見中國文人與之臨別贈詩，因而往往有彼此交情至篤之文人和作出現。如：陸龜蒙〈和襲美為新羅弘惠上人撰靈鷲山周禪師碑送歸詩〉，原詩為皮日休〈庚寅歲十一月新羅弘惠上

人與本國同書請日休為靈鷲山周禪師碑將還以詩送之〉，原詩與和作均為七言八句，原詩曰：「三十麻衣弄渚禽，豈知名字徹雞林。勒銘雖即多遺草，越海還能抵萬金。鯨鬣曉掀峰正燒，鼇睛夜沒島還陰。二千餘字終天別，東望辰韓淚灑襟。」，和詩曰：「一涵迢遞過東瀛，衹為先生處乞銘。已得雄詞封靜撿，卻懷孤影在禪庭。春過異國人應寫，夜讀滄洲怪亦聽。遙想勒成新塔下，盡望空碧禮文星。」；又如：陸龜蒙〈和襲美重送圓載上人歸日本國〉，原詩為皮日休〈送圓載上人歸日本國〉，原詩與和作均為七言八句，原詩句曰：「颶母影邊持戒宿，波神宮裏受齋歸。家山到日將何入，白象新秋十二圍。」，和詩句曰：「老思東極舊巖扉，卻待秋風泛舶歸。」此二組原詩與和作，寫出思鄉之情與歸國臨別時的不捨。

除此之外，據上表有關唐代文人和詩涉及宗教人士者，觀其內容涵蓋：感傷、訪友、恭賀、贈酬、出遊、慰留、送別、題字、夜宿、聽講佛理、言懷、詠物……等。以下將原詩尚存之和詩擇例說明：

（1）王縉〈同王昌齡裴迪游青龍寺曇壁上人兄院集和兄維〉，原詩為王維〈青龍寺曇壁上人兄院集〉[60]，原詩與和作均為五言十句。原詩句曰：「高處敞招提，虛空詎有倪。……青山萬井外，落日五陵西。眼界今無染，心空安可迷。」和詩曰：「林中空寂舍，階下終南山。高臥一床上，迴看六合間。浮雲幾處滅，飛鳥

60 《全唐詩》卷一二七王維〈青龍寺曇壁上人兄院集〉題下注曰：「與王昌齡、裴迪、弟縉同作。序云江寧大兄，即昌齡也。」然觀王縉詩題，應為和王維之作。

何時還。問義天人接，無心世界閒。誰知大隱者，兄弟自追攀。」原詩與和作寫同游院寺之感悟。

（2）劉長卿〈和靈一上人新泉〉，原詩為靈一〈宜豐新泉〉，原詩與和作均為五言八句。原詩曰：「泉源新湧出，洞澈映纖雲。稍落芙蓉沼，初淹苔蘚文。素將空意合，淨與眾流分。每到清宵夜，泠泠夢裏聞。」和詩曰：「東林一泉出，復與遠公期。石淺寒流處，山空夜落時。夢閒聞細響，慮澹對清漪。動靜皆無意，唯應達者知。」原詩寫湧泉新出與人一種空靈之美，而和作則以知己之見回應原詩。

（3）蘇味道〈和武三思於天中寺尋復禮上人之作〉，原詩為武三思〈秋日于天中寺尋復禮上人〉，原詩與和作均為五言二十句。原詩句曰：「妙域三時殿，香巖七寶宮。」「願隨方便力，長冀釋塵籠。」和詩句曰：「藩戚三雍暇，禪居二室隈。」「願陪為善樂，從此去塵埃。」原詩與和作均有寺院狀描之辭，並期願化除凡塵之心。

（4）劉禹錫〈宣上人遠寄和禮部王侍郎放榜後詩，因而繼和〉，原詩為廣宣〈賀王起〉，原詩與和作均為七言八句。原詩曰：「從辭鳳閣掌絲綸，便向青雲領貢賓。再闢文場無枉路，兩開全榜絕冤人。眼看龍化門前水，手放鶯飛谷口春。明日定歸台席去，鶺鴒原上共陶鈞。」和詩曰：「禮闈新榜動長安，九陌人人走馬看。一日聲名遍天下，滿城桃李屬春官。自吟白雪詮詞賦，指示青雲借羽翰。借問至公誰印可，支郎天眼定中觀。」原詩與和作對於王起榮登金榜同表讚賀。

七、文人與女子之和詩

在中國文人交往社會中，時而可見在男性文人唱和應酬的對象裏，包含了不少女性詩人，而且在男性文人彼此唱和詩作中，其內容關於女性的描寫亦不在少數。《全唐詩》收錄許多女性作家的詩歌作品，就目前所存見的女性和詩作者而言，其身份包含了宮廷女詩人、女冠、伎女等，而且所作和詩之對象不唯異性，亦包含同性之間的來往唱和。

以下即將唐代文人與女子之和詩，分為兩類來論述：一是女性作者之和詩、二是和詩涉及女子者。

（一）女性作者之和詩

（1）宮廷女詩人

在唐代因女子慧黠、有文才而被延攬入宮之女性文人，據《全唐詩》收錄之和詩而言，有武后朝之上官昭容、德宗朝之宋氏五姐妹[61]與鮑君徽[62]，其中宋氏五姐妹為初唐詩人宋之問之後裔。

目前《全唐詩》所收錄的這些宮廷女詩人之和詩全為奉和應制之作，如：上官昭容〈奉和聖製立春日侍宴內殿出翦綵花

---

61 《全唐詩》卷七〈女學士宋氏若華〉小傳云：「貝州宋廷芬，之問裔孫也，生一男五女，男獨愚，不可教，而五女皆警慧，善屬文，曰若華、若昭、若倫、若憲、若荀，若昭文尤高，且悉秉性貞素，不願歸人，欲以學名家。貞元中，並召入宮，帝與侍臣賡和，五人者咸預，高其風操，不以妾侍命之。」

62 《全唐詩》卷七〈鮑氏君徽〉小傳曰：「鮑君徽，字文姬，鮑徵君女，善詩，與尚宮五宋齊名，德宗嘗召入宮，與侍臣賡和。……」

應制〉詩、宋若昭〈奉和禦製麟德殿宴百僚應制〉、宋若憲〈奉和禦製麟德殿宴百官〉、鮑君徽〈奉和麟德殿宴百僚應制〉等。

（2）女冠、女妓

唐代文士於民間酒肆杯酒言歡之際，常有機會與當時頗具才貌之歌伎結識，進而與之交遊唱和。再則因為唐代道教風氣使然，唐人在追求長生、慕道與避世之心理因素下，時入道觀參悟、修持，乃至於唐代道觀為了應合社會人心之需求而處處林立。有些唐人歌伎一生當中，曾經入道為女冠者，如：薛濤；或者有些早年即為女道士，然本身因為擅長文詞、廣結文士而唱和頻繁益多，如：魚玄機等，在《全唐詩》裏，收錄這些女冠與女妓所寫之和詩亦非少數。以下即就《全唐詩》所收具有女冠、女妓之身份者之和詩來分述。

1.薛濤

在《全唐詩》卷 803 收有薛濤三首和詩，分別為〈和李書記席上見贈〉、〈和劉賓客玉蕣〉、〈和郭員外題萬里橋〉等。據《唐才子傳》卷六薛濤傳曰：「濤字洪度，成都樂妓也。性辨慧，調翰墨。……及武元衡入相，奏授校書郎。蜀人呼妓為『校書』，自濤始。」而據《全唐詩》卷 803 小傳曰：

> ……本長安良家女，隨父宦，流落蜀中，遂入樂籍，有林下風致。……出入幕府，歷十一鎮，皆以詩受知，暮年屏居浣花溪，著女冠服，好製松花小箋。時號薛濤箋。……

據引文，薛濤由早年從父職而居於四川，又曾跟隨幕府，因本身極具文采，故而當時文人賓客與之結識者大有人在，據《唐才子傳校箋》所考，曾與薛濤酬唱之名公有：盧士玫、李程、蕭祐、劉禹錫、張元夫、元稹等人[63]。《全唐詩》現存有三首和詩，其原詩均已遺佚。而薛濤此三首和詩均為七言四句，如：〈和李書記席上見贈〉曰：「翩翩射策東堂秀，豈復相逢豁寸心。借問風光為誰麗，萬條絲柳為煙深。」；〈和郭員外題萬里橋〉曰：「萬里橋頭獨越吟，知憑文字寫愁心。細侯風韻兼前事，不止為舟也作霖。」二詩皆有思懷寫愁之意味。

2.魚玄機

據《唐才子傳》卷八　魚玄機傳曰：「玄機，長安人，女道士也。性聰慧，好讀書，尤工韻調，情致繁縟。咸通中及笄，為李億補闕侍寵。夫人妒不能容，億遣隸咸宜觀披戴。有怨李詩云：『易求無價寶，難得有心郎。』」據引文，可見魚玄機本身入道，並非出於自願，而是因妒被迫入觀修行。既然是出於被迫入觀，想當然道觀之修持生活、戒律，對魚玄機而言，是不具任何行為約束力的。《唐才子傳》記載她與李郢居同巷，「居止接近，詩筒往反。」又與溫庭筠交游，「有相寄篇什」[64]。可見魚玄機與當時文士交往之頻繁。

《全唐詩》卷 804 收錄六首魚玄機之和詩，其中有五首和詩對象難以確定，分別為〈次韻西鄰新居兼乞酒〉、〈和友人次韻〉、〈和新及第悼亡詩二首〉、〈和人〉、〈和人次韻〉，其內容多半為思愁軟語之詞。如：〈和友人次韻〉詩句曰：「何事能銷旅

[63] 傅璇琮《唐才子傳校箋》，頁 113。
[64] 同註 63，頁 450。

館愁，紅牋開處見銀鉤。」;〈和新及第悼亡詩二首〉之一詩句曰:「鴛鴦帳下香猶暖，鸚鵡籠中語未休。」;〈和人〉詩句曰:「茫茫九陌無知己，暮去朝來典繡衣。」「多情公子春留句，少思文君晝掩扉。」這些詩句呈現出魚玄機內心多情世界之空虛，是極欲渴望得到撫平。

另外一首〈光威裒姐妹三人少孤而治妍乃有是作精粹難儔雖謝家聯雪何以加之有客自京師來者示予因次其韻〉，原詩為光、威、裒姐妹三人之〈聯句〉詩，每人依序作兩句，完成一首七言二十四句的聯句詩，此聯句詩末六句曰:「獨結香綃偷餉送，暗垂檀袖學通參(光)。須知化石心難定，卻是為雲分易甘(威)。看見風光零落盡，弦聲猶逐望江南(裒)。」和詩末六句曰:「阿母幾嗔花下語，潘郎曾向夢中參。暫持清句魂猶斷，若睹紅顏死亦甘。悵望佳人何處在，行雲歸北又歸南。」和詩寫姐妹三人之孤零身世，大有紅顏飄零之嘆。

3.眉娘

《全唐詩》卷 863 眉娘小傳曰:「……生而眉長，稱眉娘。神針善繡，順宗召入宮中，號神姑。憲宗度為女道士，稱逍遙大師。……」今《全唐詩》卷 863 收眉娘二首和詩，分別為〈和卓英英錦城春望〉與〈和卓英英理笙〉，原詩分別為卓英英之〈錦城春望〉與〈理笙〉二詩。原詩與和詩均為七言四句，且和詩次原詩韻。如:〈理笙〉詩曰:「頻倚銀屏理鳳笙，調中幽意起春情。因思往事成長悃悵，不得緱山和一聲。」和詩曰:「但於閨閣熟吹笙，太白真仙自有情。他日丹霄驂白鳳，何愁子晉不聞聲。」和詩對於原詩中所吐露出相思悃悵之情，頗有慰藉之意。

4.關盼盼

唐代名伎關盼盼，嘗與白居易交游唱和，據《白居易集》卷十五〈燕子樓三首〉序曰：「徐州故張尚書有愛妓眄眄，善歌舞，雅多風態。予為校書郎時，遊徐、泗間，張尚書宴予。酒酣，出眄眄以佐歡，歡甚。」[65]，今《全唐詩》收錄關盼盼〈和白公詩〉，原詩為白居易〈感故張僕射諸妓〉，原詩曰：「黃金不惜買娥眉，揀得如花三四枝。歌舞教成心力盡，一朝身去不相隨。」和詩曰：「自守空樓斂恨眉，形同春後牡丹枝。舍人不會人深意，訝道泉臺不去隨。」然據朱金城《白居易集校箋》所考，關盼盼此首〈和白公詩〉極有可能出於宋人偽作[66]。

5.楊萊兒、王蘇蘇

據《全唐詩》卷 802 楊萊兒小傳曰：「楊萊兒字蓬仙，利口敏妙，進士趙光遠一見溺之，後為豪家所得。……」今存和詩一首即為〈和趙光遠題壁〉，原詩為趙光遠〈題妓萊兒壁〉，原詩與和詩均為七言四句，和詩為次韻詩。原詩句曰：「魚鑰獸環斜掩門，萋萋芳草憶王孫。」「欲知腸斷相思處，役盡江淹別後魂。」；和詩句曰：「長者車塵每到門，長卿非慕卓王孫。」「多情多病年應促，早辦名香為返魂。」原詩與和詩為彼此表達情意之作。此外，在《全唐詩》卷 802 亦收王蘇蘇一首〈和李標〉[67]，原詩為李標〈題窗詩〉，原詩與和詩均為七言四句，和詩為次韻

---

[65] 《唐才子傳校箋》第一冊曰：「盼盼亦作眄眄，唐宋史籍中混用。」，頁 342。
[66] 朱金城《白居易集箋校》，（上海：上海古籍出版社），頁 928。
[67] 王蘇蘇〈和李標〉詩題注曰：「一作題李標詩後，進士李標，從王左諫弟姪詣蘇蘇，飲次，題詩於窗。蘇蘇未先識標，不甘其題，曰：『阿誰留郎君，莫亂道。』因取筆繼和。」

詩，李標原詩曰：「春暮花枝遶戶飛，王孫尋勝引塵衣。洞中仙子多情態，留住劉郎不放歸。」王蘇蘇和詩曰：「怪得犬驚雞亂飛，羸童瘦馬老麻衣。阿誰亂引閒人到，留住青蚨熱趕歸。」李標原詩對煙塵女子甚有鄙視、輕薄之意，然而王蘇蘇卻也不甘勢弱回敬一首和詩來嘲笑李標。

（3）其他

此類為《全唐詩》中所謂無考女子，無法確定其真實姓名與身份者，今《全唐詩》收錄葛氏女〈和潘雍〉一首，原詩為潘雍〈贈葛氏小娘子〉詩，原詩與和作均為七言四句。原詩曰：「曾聞仙子住天台，欲結靈姻愧短才。若許隨君洞中住，不同劉阮卻歸來。」和詩曰：「九天天遠瑞煙濃，駕鶴驂鸞意已同。從此三山山上月，瓊花開處照春風。」原詩為表達作者追求之意，和詩亦吐露接納之情。

（二）文人和詩涉及女子者

《全唐詩》所收此部份之和詩，如下表：

表 30：《全唐詩》所收涉及女子之和詩

卷數	和詩作者	和詩	卷數	和詩作者	和詩
50	楊炯	和崔司空傷姬人	541	李商隱	和人題真娘墓
53	宋之問	和趙員外桂陽橋遇佳人	563	楊知至	和李尚書命妓歌餞崔侍御
249	皇甫冉	同李蘇州傷美人	563	盧溵	和李尚書命妓歌餞崔侍御
328	權德輿	和九日從楊氏姐遊	566	盧鄴	和李尚書命妓歌餞崔侍御
360	劉禹錫	和楊師皋給事傷小姬英英	566	封彥卿	和李尚書命妓歌餞崔侍御

365	劉禹錫	和西川李尚書傷孔雀及薛濤之什	597	高湘	和李尚書命妓歌餞崔侍御
448	白居易	和劉郎中傷鄂姬	569	李群玉	同鄭相幷歌妓小飲戲贈
449	白居易	和楊師皋傷小姬英英	578	溫庭筠	和友人傷歌妓
502	姚合	楊給事師皋哭亡愛姬英英竊聞詩人多賦因而繼和	726	陸貞洞等十人[68]	和三鄉詩

據上表，可將《全唐詩》現存有關文士和詩中涉及女子的內容分為感傷、巧遇、同遊、宴飲同歡、餞別、題詩等，其中以感傷為多數，如：劉禹錫、白居易〈和楊師皋給事傷小姬英英〉，原詩為楊虞卿〈過小妓英英墓〉，原詩與和作均為七言八句。原詩句曰：「別我已為泉下土，思君猶似掌中珠。」白居易和詩句曰：「人間有夢何曾入，泉下無家豈是歸。」劉禹錫和詩句曰：「但是好花皆易落，從來尤物不長生。」姚合繼和詩句曰：「真珠為土玉為塵，未識遙聞鼻亦辛。天上還應收至寶，世間難得是佳人。」原詩對於已故愛姬之情難以忘懷，諸首和作表達同情撫慰之意。而文士知交送別之際宴集飲酒，常有歌妓獻藝以為助興，如：楊知至、盧溵、盧鄴、封彥卿、高湘等人所作之〈和李尚書命妓歌餞崔侍御〉詩，原詩為李納〈命妓盛小叢歌餞崔侍御還闕〉，原詩與和作均為七言四句，原詩曰：「繡衣奔命去情多，南國佳人斂翠娥。曾向教坊聽國樂，為君重唱盛叢歌。」楊知至和詩句曰：「燕趙能歌有幾人，為花回雪似含顰。聲隨御史西歸去，誰伴文翁怨九春。」盧鄴和詩句曰：「何

[68] 此十人分別為陸貞洞、劉谷、王祝、王滌、韋冰、李昌鄴、王碩、李縞、張綺、高衢。

郎載酒別賢侯，更吐歌珠宴庾樓。」和詩對於宴會主人命歌妓獻藝之熱情，同表歡娛盡興之意。

此外，文士對於身世多蹇而具有詩才之女子，往往亦有憐惜之意，如：陸貞洞、劉谷、王祝、王滌、韋冰、李昌鄴、王碩、李縞、張綺、高衢等十人所作之〈和三鄉詩〉，原詩為若耶溪女子〈題三鄉詩〉，據詩序所云[69]，女子自從良人入關後，音訊渺茫，而千里尋夫所過之處皆往昔同游之地，景物依舊而人物已杳，故而命筆聊題，然竟悲愴不能自已，於是絕筆離去。原詩曰：「昔逐良人西入關，良人身歿妾空還。謝娘衛女不相待，為雨為雲歸此山。」陸貞洞和詩曰：「惆悵殘花怨暮春，孤鸞舞鏡倍神傷。清詞好箇干人事，疑是文姬第二身。」王祝和詩曰：「女几山前嵐氣佳，佳人留恨此中題。不知雲雨歸何處，空使王孫見即迷。」原詩為女子思念良人，己身孑然孤獨的表白，而和詩則對於女子詩中思念良人之深情與個人才華，表示憐惜與仰慕。

第二節　文士和詩中常見之主題事件

唐代文士和詩內容廣泛、多樣，若要逐一究竟論述，是有其難全之處，因此筆者以附錄二《全唐詩》和詩表所列之和詩為依據，除了朝廷奉和詩與上一節特定的幾位合稱的詩友文人之外（如：元白、劉白、皮陸等），將文士和詩內容中，與本身職務環境相關或者應酬交往場合常見之和作主題事件，擇例條列分述如下：

---

[69] 見《全唐詩》卷八〇一若耶溪女子〈題三鄉詩〉序，頁9020。

一、寓直

唐文人入仕為官，絕大多數於平日奉公職務之外，亦有「當直」之義務，據《唐會要》卷八十二〈當直〉曰：「尚書省官，每一日一人宿直，都司直簿轉以為次（諸長官應通判者，及上佐縣令不直）。凡內外官，日出視事，午而退，有事則直，官省之務繁者不在此限。」又據《唐律疏議》卷第九〈職制〉曰：「諸在官應直不直，應宿不宿，各笞二十；通晝夜者，笞三十。若點不到者，一點笞十。」可見，唐文官當直是責任義務，如無故不到、或是官司點名檢查出勤缺席者，是必須接受律法制裁。

既然「當直」是唐文士為官之責任義務，而為了排遣漫長時光，許多文士便有許多詩歌與同僚好友相互投贈唱和，此種以「宿直」或者「寓直」為主題之和詩，在所有唐代和詩中不在少數，而寫作情形亦有兩種：一是和詩作者於當直之時所寫之和詩，如：權德輿〈奉和許閣老霽後慈恩寺杏園看花同用花字口號時德輿當直〉、崔邠〈禮部權侍郎閣老史館張秘監閣老有離合酬贈之什宿直吟玩聊繼此章一作和權載之離合詩，時為中書舍人。〉二是和詩作者所和之原詩，是為原詩作者寓直之作，如：宋之問〈和庫部李員外秋夜寓直之作〉、沈佺期〈和中書侍郎楊再思春夜宿直〉、李嘉祐〈和張舍人中書宿直〉、李逢吉〈和嚴揆省中宿齋遇令狐員外當直之作〉……等，此兩種和詩情形尤以後者為多。

而關於寓直和詩之內容，則多半描寫、稱譽和詩對象之職務與詩才，或者同為感懷值夜之心情。如：崔顥〈奉和許給事夜直簡諸公〉詩句曰：「因才子拜，人用省郎遷。夜直千門靜，河明萬象懸。」「建章宵漏急，閶闔曉鐘傳。寵列貂蟬位，恩深侍從年。」羊士諤〈和竇吏部雪中寓直〉詩曰：「瑞花飄朔雪，灝氣滿南宮。迢遞層城掩，徘徊午夜中。今閨通籍恨，銀燭直廬空。誰問烏臺客，家山憶桂叢。」

二、科考

科舉考試是唐文人進入仕途成為文官的重要途徑，文人經歷場試順利登科成為新貴者，更是眾所矚目祝賀的焦點。而據《唐摭言》卷三[70]所記載，自神龍之後，進士過關宴後，皆聚集於慈恩塔下題名，曲江遊宴更盛於開元之末。此外，若是有幸主持貢舉科場，更是極為榮耀之事，常有門生好友以詩恭賀，因而與登科相關的，諸如：放榜恭賀、登慈恩寺塔，賀主科場等，亦是文人交往和詩中常見之主題。今《全唐詩》卷 416 中收有元稹〈和王侍郎酬廣宣上人觀放牓後相賀〉、其原詩為王起〈廣宣上人以詩賀放榜和謝〉[71]，而王起〈廣宣上人以詩賀放榜和謝〉也是一首和詩，其原詩則為廣宣〈賀王起一作賀王侍郎典貢放榜〉，《全唐詩》卷 464 王起〈和周侍郎見寄〉其題下注曰：「會昌三年，起三典舉場，周侍郎墀時刺華州，以詩賀之，起因答和，門生亦皆有和。」、原詩為周墀〈賀王僕射放榜〉，而關於王起主科場一事，《唐摭言》卷三有詳細記載[72]，王起博學多聞「連掌貢舉兩年，得士甚精。」[73]，相對的門生僚友眾多，

---

70 《唐五代筆記小說大觀．下》，（上海：上海古籍出版社），頁 1597-1598。

71 據佟培基《全唐詩重出誤收考》第二六九條〈王涯〉曰：「〈廣宣上人以詩賀放榜和謝〉。按此詩非王涯作，乃王起詩。《摭言》三載：『王起于會昌中放第二榜，內道場詩僧廣宣以詩寄賀曰……。起答曰：「延英面奉入青闈……」』《全唐詩》王起集失收。」，（西安：陝西人民教育出版社），頁 302。

72 同註 70，頁 1601-1604。

73 周祖譔《中國文學家大辭典．唐五代卷》，（北京：中華書局），頁 43。

王起門生以詩和作周墀一詩以為恭賀者，亦多達二十二人[74]，如：黃頗詩句曰：「二十二年文教主，三千上士滿皇朝。」、邱上卿詩句曰：「常將公道選諸生，不是鴛鴻不得名。」、樊驤詩句曰：「滿朝簪紱半門生，又見新書甲乙名。」、李潛詩句曰：「文學宗師心稱平，無私三用佐貞明。」石貫詩句曰：「重德由來為國生，五朝清顯冠公卿。」由以上和詩內容可知，多為讚愈主司文德厚重、為國舉才之賀語。

而除了對於新科進士慈恩寺題名、曲江遊宴，在盛唐當時風氣實為盛行以外，一般文士亦有登慈恩寺塔詩之作品，如：岑參〈與高適薛據登慈恩寺浮圖〉、高適〈同諸公登慈恩寺浮圖〉、而杜甫則有同題之和作〈同諸公登慈恩寺塔〉，杜甫和作原注曰：「時高適、薛據先有此作，按寺乃高宗在東宮，時為文德皇后所立，故名慈恩。」高適原詩句曰：「香界泯群有，浮圖豈諸相。登臨駭孤高，披拂欣大壯。……宮闕皆戶前，山河盡簷向。秋風昨夜至，秦塞多清曠。千里何蒼蒼，五陵鬱相望。……」杜甫和詩句曰：「高標跨蒼天，烈風無時休。自非曠士懷，登茲翻百憂。……秦山忽破碎，涇渭不可求。俯視但一氣，焉能辨皇州。回首叫虞舜，蒼梧雲正愁。……」高適原詩則對於登臨慈恩寺塔居高遠望時，將眼前所見之景物入於詩中，描繪手法細緻，蒼茫遼闊之感充滿全詩。杜甫和作則更深入的將登臨高塔時，面對殘破之故國山河的那份淒涼，表達十分透徹，令人不忍卒讀。

---

[74] 此二十二人分別為盧肇、丁棱、姚鵠、高退之、孟球、劉耕、裴翻、樊驤、崔軒、蒯希逸、林滋、李仙古、黃頗、張道符、邱上卿、石貫、李潛、孟寧、唐思言、左牢、王甚夷、金厚載。

三、幕府

有關唐文士依附幕府為門下客之記載，據胡震亨《唐音癸籤》卷二七曰：

> 唐詞人自禁林外，節鎮幕府為盛。如高適之衣哥舒翰，岑參之依高仙芝，杜甫之依嚴武，比比而是。中葉後尤多。蓋唐制，新及第人，例就外幕。而布衣流落才士，更多因緣幕府，躡級進身。要視其主之好文如何，然後同調萃，唱和廣。……

而據大陸學者戴偉華所考[75]，認為《唐音癸籤》引文中「新及第人，例就外幕」的情形，是安史亂後中晚唐的大致情況，舉凡「幕中判官、掌書記、推官、巡官皆為文士，乃至副使、行軍司馬亦為文士充任。」[76]，因此入幕文士與賞識他的幕主，或是僚友，以詩交往贈酬唱和，是極為頻繁與平常的事。而《全唐詩》所收有關幕府和詩者（包括詩題與內容），如：岑參〈奉和杜相公初發京城作〉詩句曰：「叨陪幕中客，敢和出車師。」、武元衡〈同幕府夜惜花〉、〈同幕中諸公送李侍御歸朝〉詩句曰：「昔年專席奉清朝，今日持書即舊僚。」，韓愈〈晉公破賊回重拜台司以詩示幕中賓客愈奉和〉為奉和裴度之作[77]，和詩句曰：

---

[75] 見戴偉華《唐代文學研究叢稿》中〈盛唐社會背景中的邊塞詩〉一文，（台北：臺灣學生書局），頁 42。

[76] 同註 75，頁 60。

[77] 據《全唐詩》卷三三五〈裴度〉小傳曰：「……元和十六年，拜門下侍郎同中書門下平章事，于時討蔡，度請身自督戰，詔以度充淮西宣慰招討處置使，蔡平，封晉國公。」

「南伐旋師太華東，天書夜到冊元功。將軍舊壓三司貴，相國新兼五等崇。」詩中對於裴度之戰功十分推崇。

四、遊賞

文人於公職之外，與知交好友、同僚同遊山林，經常以詩歌附庸風雅、抒情寫懷，藉著山川風光舒展鬱志，可謂文人雅興。而和詩作者無論是否同遊，均能對原詩有深刻之體會。如：〈和段相公登武擔寺西臺〉詩，共有姚向、溫會、李敬伯、姚康、楊汝士等人和作，原詩為段文昌〈題武擔寺西臺〉。原詩句曰：「秋天如鏡空，樓閣盡玲瓏。水暗餘霞外，山明落照中。……今日登臨意，多歡語笑同。」姚向和詩句曰：「開閣錦城中，餘閒訪梵宮。九層連晝景，萬象寫秋空。」李敬伯和句曰：「樓殿斜暉照，江山極望通。賦詩思共樂，俱得詠時豐。」溫會和詩句曰：「坐愁高鳥起，笑指遠人同。始愧才情薄，躋潘繼韻窮。」觀此組原詩，將登臨武擔寺西臺時，眼所見之景，與同僚共賞同歡之心情描述得很詳細，而和作亦多表達同登遊賞之歡欣心境。〈奉陪段相公晚夏登張儀樓呈院中諸公〉一詩共有姚向、溫會、李敬伯、姚康等和作，而楊汝士則作〈和段相公夏登張儀樓〉，原詩是段文昌〈晚夏登張儀樓呈院中諸公〉。原詩句曰：「重樓窗戶開，四望斂煙埃。遠岫林端出，清波城下迴。……併起鄉關思，銷憂在酒杯。」姚向和詩句曰：「秦相架群材，登臨契上台。查從銀漢落，江自雪山來。」李敬伯和詩句曰：「層屋架城隈，賓筵此日開。文鋒摧八陣，星分應三台。」觀此組原詩與和作亦多同表登樓興懷之意。〈和張相公太原山亭懷古詩〉共有韓察、崔恭、陸灃、張賈、崔公信、高銖等人和作，原詩是張弘靖〈山亭懷古〉。原詩句曰：「叢石依古城，懸泉灑清池。

高低衺丈內，衡霍相蔽虧。……誰能辨人野，寄適聊在斯。」韓察和詩句曰：「公府政多暇，思與仁智全。為山想巖穴，引水聽潺湲。……蒼生方矚望，詎得賦歸田。」陸灃和詩句曰：「激水瀉飛瀑，寄懷良在茲。……入座蘭蕙馥，當軒松桂滋。於焉悟幽道，境寂心自怡。」此組原詩與和作亦為寓景寫懷之作。

再者，姚合〈和前吏部韓侍郎夜泛南溪〉與賈島〈和韓吏部泛南溪〉，二者原詩為韓愈〈南溪始泛三首〉[78]，韓愈此三首〈南溪始泛〉為病中遊南溪之作，第一首詩句曰：「榜舟南山下，上上不得返。幽事隨去多，孰能量近遠。……餘年凜無幾，休日愴已晚。自是病使然，非由取高蹇。」第二首詩句曰：「南溪亦清駛，而無　與舟。山農驚見之，隨我觀不休。……願為同社人，雞豚燕春秋。」第三首詩句曰：「足弱不能步，自宜收朝蹟。羸形可輿致，佳觀安事執。……歸時還盡夜，誰謂非事役。」韓愈原詩為晚年病中遊南溪時的心境寫照，在經歷大半輩子官途上的起浮後，心境逐漸歸於平淡。姚合和詩曰：「辭得官來疾漸平，世間難有此高情。新秋月滿南溪裏，引客乘船處處行。」賈島和詩曰：「溪裏晚從池岸出，石泉秋急夜深聞。木蘭船共山人上，月映渡頭零落雲。」姚合與賈島二人和詩對於韓愈泛溪時的心境頗有體會，詩中亦充滿歸隱山林之意。

五、戲作

以「戲和」為題的戲和詩多半是基於對原詩內容，以較為諧謔的寫作態度來和作原詩，寫作氣氛是輕鬆愉悅的，如：裴度〈竇七中丞見示初至夏口戲元戎詩輒戲和之〉，原詩是竇鞏所

---

78 《全唐詩》卷三四二韓愈〈南溪始泛三首〉詩題注曰：「此詩乃長慶間以病在告日所作」。

作之〈忝職武昌初至夏口書事獻府主相公〉，竇鞏原詩曰：「白髮放櫜鞬，梁王愛舊全。竹籬江畔宅，梅雨病中天。時奉登樓讌，閒脩上水船。邑人興謗易，莫遣鶴支錢。」裴度和作曰：「出佐青油幕，來吟白雪篇。須為九皋鶴，莫上五湖船[79]。故態君應在，新詩我亦便[80]。元侯看再入，好被暫流連。」竇鞏原詩為新職上任途中所寫，以鶴自喻[81]，有託病隱逸之想。然而裴度則認為以鶴自喻則可，千萬別當真隱逸，並以詩戲和之。

而白居易〈看夢得題答李侍郎詩詩中有文星之句因戲和之〉，原詩為劉禹錫〈洛濱病臥戶部李侍郎見惠藥物謔以文星之句斐然仰謝〉，劉禹錫原詩曰：「隱几支頤對落暉，故人書信到柴扉。周南留滯商山老，星象如今屬少微[82]。」白居易和作曰：「看題錦繡報瓊瑰，俱是人天第一才。好遣文星守躔次，亦須防有客星來。」劉禹錫原詩大有時不我與之嘆，白居易和作則以提醒的態度戲和之。

此外，如：權德輿〈戲和三韻〉[83]、劉禹錫〈呂八見寄郡內書懷因而戲和〉、杜荀鶴〈友人贈舍弟依韻戲和〉等，均是和作態度較為輕鬆諧謔的戲和之，尤其晚唐詩人杜荀鶴〈友人贈舍

---

[79] 詩句注曰：「竇詩自稱鶴，兼云治船裝故也。」《全唐詩》卷三三五，（北京：中華書局），頁 3755。

[80] 詩句注曰：「聞鄂州初教成謳者甚工。」出處同註 79。

[81] 同註 79

[82] 據《劉禹錫詩集編年箋註》曰：「少微，星名。《史記・天官書》：『廷藩西有隋星五，曰少微，士大夫。』張守節正義：『少微四星，在太微西，南北列：第一星，處士也；第二星，議士也；第三星，博士也；第四星，大夫也』詩用『少微』兼有字面義，與『老』相對，謂對方比己年輕。」蔣維崧、趙蔚芝、陳慧星、劉聿鑫箋註，山東大學出版社，1997 年 9 月，頁 626。

[83] 權德輿〈戲和三韻〉詩注曰：「君貞元十一年以隱君拜命，詔書令州府給傳乘詣闕，到日授正官。」，見《全唐詩》卷三二一，（北京：中華書局），頁 3618。

弟依韻戲和〉一詩，除了和原詩意之外，以和韻之寫作手法來和作，則更趨向文人遊戲的和作態度。

六、逞才使能

相較於「戲和」詩寫作態度的隨意與戲謔，和詩當中亦有文人彼此之間純粹為了逞才使能而寫作的，例如：白居易〈和微之詩二十三首〉並序曰[84]：

> 微之又以近作四十三首寄來，命僕繼和，其間瘀絮四百字，車斜二十篇者流，皆韻劇辭殫，瑰奇怪譎。又題云：「奉煩只此一度，乞不見辭？」意欲定霸取威，置僕於窮地耳。大凡依次用韻，韻同而意殊；約體為文，文成而理勝。此足下所素長者，僕何有焉？今足下果用所長，過蒙見窘，然敵則氣作，急則計生。四十二章，麾掃並畢，不知大敵，以為如何？……

白居認為元稹來詩「韻劇辭殫、瑰奇怪譎」，元稹要求白居易和作大有逞才、下馬威之意，然而，白居易亦「敵則氣作、急則計生」，先前已和作二十篇有關「車、斜」韻篇[85]，即〈和春深二十首〉，後來又和作此二十三首和微之詩[86]，對於元稹來

[84] 見《全唐詩》卷四四五，頁 4982。

[85] 即白居易〈和春深二十首〉，此原詩為元稹〈春深二十首〉，然元稹詩已遺佚。另外，劉禹錫亦有〈同樂天和微之深春二十首〉。

[86] 此〈和微之詩二十三首〉分別為〈和晨霞〉、〈和送劉道士遊天台〉、〈和櫛沐寄道友〉、〈和祝蒼華〉、〈和我年三首〉、〈和三月三十日四十韻〉、〈和寄樂天〉、〈和寄問劉白〉、〈和新樓北園偶集從孫公度周巡官韓秀才盧秀才范處士小飲鄭侍御判官劉二從事皆先歸〉、〈和除夜作〉、〈和知非〉、〈和望曉〉、〈和李勢女〉、〈和酬鄭侍御東陽春悶放懷追越遊見寄〉、〈和自勸二首〉、〈和

詩，白居易則一一和作，不讓元稹專美於前，這是詩友之間以詩歌相互逞才使能的最佳例證。其它如：以權德輿為唱和中心的諸位朝臣所寫之和雜體詩、以及皮日休、陸龜蒙二人之和雜體詩等，原詩若為回文詩則和作回文詩；原詩若為離合詩、則和作亦為離合詩……等，由此看來，原詩作者與和詩作者之間的互動與寫作態度是很微妙的。若以正面意義來評價這些有朋之間的和體詩，其中亦存在著詩人友朋以詩歌相互切磋琢磨的意義。

七、其它

除了上述五點之外，諸如：饋贈、詠物、感傷、送別等亦為文士和詩常見之主題內容，可參酌第一節（元白、皮陸）和詩，於此不再贅述。

第三節　文人詩友之唱和集

唐文人編輯詩文集之風氣在當時是十分盛行的，詩友之間亦以詩集相互饋贈以為文娛，如：《白居易集》卷十六〈編集拙詩成一十五卷因題卷末戲元九李二十〉曰：「一篇長恨有風情，十首秦吟近正聲。每被老九偷格律[87]，苦教短李伏歌行[88]。……莫怪氣粗言語大，新排十五卷詩成。」同樣的，詩人友朋聯袂纂輯唱和詩集之風氣亦是如此，並有寄贈唱和集以便就教知交

雨中花〉、〈和晨興因報問龜兒〉、〈和朝回與王鍊師遊南山下〉、〈和嘗新酒〉、〈和順之琴者〉。

87 白居易於此句下注曰：「元九向陵日，嘗以拙詩一軸贈行，自後格變。」

88 白居易於此句下注曰：「李二十常自負歌行，近見予樂府五十首，默然心服。」

好友的情形，如《全唐詩》卷 841 齊己〈謝高輦先輩寄新唱和集〉曰：「敢謂神仙手，多懷老比丘。編聯來鹿野，酬唱在龍樓。……」、《全唐詩》卷 848 棲蟾〈讀齊己上人集〉詩[89]曰：「詩為儒者禪，此格的惟仙。……想得吟成夜，文星照楚天。」。

而有關唐代文人唱和結集之文獻記載，明・胡震亨《唐音癸籤》卷三十已有整理，而今人陳尚君在〈唐人編選詩歌總集敘錄〉一文[90]中，則將《唐音癸籤》未收錄之唐人唱和集、以及近代所發現之唐代有關詩人結集資料與近代學者研究唐詩結集之成果，並參考唐人詩歌文獻記載，將唐人詩歌結集分成七大類來說明，在分類更趨於細密，甚至在分類上與《唐音癸籤》對於唱和結集之界定有若干不同觀點與出入，如：

（一）胡震亨《唐音癸籤》卷三十曰：

> 又同人倡和有《珠英學士集》（武后時崔融集修三教珠英學士李嶠、張說等詩五卷）、《大歷年浙東聯倡集》（志不詳何人，疑鮑防、呂渭與嚴維諸人倡和詩也。二卷）、《諸朝彥過顧況宅賦詩》（一卷）、《集賢院壁記詩》（李吉甫、武元衡、常袞題詠集二卷）、《壽陽倡詠集》（裴均十卷）、《渚宮倡和集》（前人，二十卷）、《荊潭唱和集》（裴均、楊憑一卷）、《盛山倡和集》（韋處厚與元稹等十人詩，十二題一卷）、《斷金集》（李逢吉、令狐楚酬倡一卷）、《三舍人集》（王涯、令狐楚、張仲素五七言絕句一卷）、《三州倡和集》（元稹、白居易、崔元亮一卷）、《元白繼和集》

---

89 一作尚顏詩。
90 陳尚君《唐代文學叢考》，中國社會科學出版社，頁 185。

（一卷）、《汝洛集》（劉禹錫、白居易倡和一卷）、《劉白倡和集》（三卷）、《洛中集》（令狐楚、劉禹錫倡和一卷）、《彭陽倡和集》（前人，三卷）、《吳蜀集》（劉禹錫、李德裕倡和一卷）、《漢上題襟集》（段成式、溫庭筠、崔珏、余知古、韋蟾等襄陽幕府倡和詩什及書箋，十卷）、《松陵集》（皮日休在吳郡幕府與陸龜蒙酬倡詩，六百五十八首，十卷）、《僧廣宣與令狐楚倡和詩》（一卷）、《僧靈徹酬倡詩》（十卷）、《峴山倡詠集》（八卷，疑顏真卿與劉全白等倡和詩）、《唐名賢倡和集》（二十卷，宋志存四卷）、《荊夔詠和集》（一卷）、《翰林歌辭》（一卷），以上三編失撰人名。

（二）陳尚君〈唐人編選詩歌總集敘錄〉中之唐集分類：

表 31：陳尚君〈唐人編選詩歌總集敘錄〉中之唐集分類

分類	詩集
通代詩選	略
斷代詩選（唐人選唐詩）	珠英學士集
詩文合選	略
詩句選集	略
唱和集	高氏三宴詩集、龍池集、偃松集、岳陽集、輞川集、大歷年浙東聯唱集、吳興集、華陽屬和集、秦劉唱和集、集賢院諸廳壁記詩、諸朝彥過顧況宅賦詩、壽陽唱和集、渚宮唱和集、荊潭唱和集、荊夔唱和集、峴山唱詠集、王氏伯仲唱和集、盛山唱和集、盛山十二詩、僧靈澈酬唱集、僧廣宣與令狐楚唱和、元和三舍人集、斷金集、元白往還詩集、三州唱和集、杭越寄和詩集、元白唱和集、因繼集、劉白唱和集、洛下游賞宴集、香山九老會詩、吳越唱和集、吳蜀集、汝洛集、洛中集、彭陽唱

	和集、名公唱和集、元和唱和集、漢上題襟集、松陵集、集道林寺詩、唱和集、文英院集、虎丘題真娘墓詩、翰林學士集、趙志集。
送別集	略
家集	略

據上表，陳尚君除了對於唐人唱和結集收錄情形有較為全面性之整理外，在分類上，則將《珠英學士集》列於「斷代詩選類」（唐人選唐詩）中，這與《唐音癸籤》將《珠英學士集》視為唱和集不同。據《新唐書・藝文志四》曰：「《珠英學士集》五卷，崔融集武后時脩《三教珠英》學士李嶠、張說等詩。」可見《珠英學士集》並非當時編修《三教珠英》的二十六位學士所編[91]，而是由崔融將編修《三教珠英》的二十六位學士的詩作編為《珠英學士集》，因此《珠英學士集》與一般唱和詩集大部份是由彼此唱和之當事人所成不同，所收錄之詩作亦非唱和詩，而這或許是陳尚君不將《珠英學士集》列於唱和詩類的原因。

茲將陳尚君〈唐人編選詩歌總集敘錄〉[92]一文中，所載之《唱和集》之所參引之文獻資料，或對《唐音癸籤》所收唱和詩集之增補、校正部份，簡約條列於下，並進一步檢討其說法：

---

91 據《唐會要》卷三十六曰：「大足元年十一月十二日，麟臺監張昌宗撰《三教珠英》一千三百卷成，上之。初，聖歷中，以上御覽及文思博要等書，聚事多未周備，遂令張昌宗召李嶠、閻朝隱、徐彥伯、薛曜、員半千、魏知古、于季子、王無競、沈佺期、王適、徐堅、尹元凱、張說、馬吉甫、元希聲、李處正、高備、劉知幾、房元陽、宋之問、崔湜、常元旦、楊齊哲、富嘉謨、蔣鳳等二十六人同撰，于舊書外，更加佛道二教，及親屬姓名方城等部。」，（北京：中華書局），頁657。

92 見陳尚君《唐代文學叢考》一書，頁203-215。

（1）《高氏三宴詩集》三卷，舊題高正臣編。所收為〈上元夜效小庾體〉六人以春字為韻、〈晦日宴高氏林亭〉凡二十一人皆以春字為韻、〈晦日重宴〉八人皆以池字為韻等。陳尚君是將《高氏三宴詩集》視為唱和詩集，然筆者已在第三章對高正臣等人諸詩作論述過，認為《高氏三宴詩集》所收諸詩是為同題共作，而非和詩。

（2）《龍池集》蔡孚編，《冊府元龜》卷三七曰：「玄宗開元二年(714 年)六月，左拾遺蔡孚獻《龍池集》，……」在《全唐詩》卷 12〈郊廟歌辭〉中收錄〈享龍池樂章〉[93]，共十章，依序為姚崇、蔡孚、沈佺期、盧懷慎、姜皎、崔日用、蘇頲、李乂、姜晞、裴璀等十人所作。而此十首詩亦散收於《全唐詩》各卷中，詩題作〈奉和聖製龍池篇〉或〈龍池篇〉。

（3）《偃松篇》一卷，疑為蔡孚所編，僅見《日本目》著錄。陳尚君認為《張說之文集》卷七有〈遙同蔡起居偃松篇〉，故而懷疑《偃松集》即為和蔡孚〈偃松篇〉諸詩之結集。

[93] 〈享龍池樂章〉題下注曰：「《唐書樂志》曰：『明皇潛龍時，宅隆慶坊，宅南方人所居，忽變為池。……』《新書禮樂志》曰：『龍池樂，舞者十二人，冠芙蓉冠，躡履，備用雅樂，唯無鐘磬。』《唐逸史》曰：『明皇在東都，晝寢，夢一女子，……帝於夢中為鼓胡琴，倚歌為凌波池之曲，龍女拜謝而去。及寤，盡記之，命禁樂自御琵琶，習而翻之，因宴于陵波宮，臨池奏新聲。忽池波湧起，有神女出於波心，乃夢中之女也，望拜御座，良久乃沒，因置祠池上，每歲祀之。』《會要》曰：『開元元年，內出祭龍池樂章。十六年築壇於興慶宮，以仲春月祭之。』」

（4）《岳陽集》，張說編。陳尚君認為《岳陽集》當為張說開元三年（715 年）至五年任岳州刺史，與友人門客唱和詩之結集。

（5）《輞川集》一卷，王維編。《輞川集》序曰：「余別業在輞川山谷，其遊止有孟城坳、華子岡、文杏館、斤竹嶺、鹿柴、木蘭柴、茱萸沜、宮槐陌、臨湖亭、南垞、欹湖、柳浪、欒家瀨、金屑泉、白石灘、北垞、竹里館、辛夷塢、漆園、椒園等，與裴迪閒暇各賦絕句云。」今《全唐詩》卷 128 與卷 129 分別輯入王維與裴迪此二十首同題之作。

（6）《大歷年浙東聯唱集》二卷。筆者據傅璇琮《唐五代文學編年史・中唐卷》所云：「鮑防罷浙東幕，入朝為職方員外郎。其在浙東，與嚴維、丘丹等三十七人有詩唱和，後編為《大歷年浙東聯唱集》二卷。」而陳尚君引賈晉華〈大歷年浙東聯唱集考述〉一文，認為鮑防任浙東從事時，預唱者有五十七人。陳尚君據賈晉華之說，並考《會稽掇英總集》、《古今歲時雜錄》、《野客叢書》中之文獻，則認為《大歷年浙東聯唱集》所收凡聯句十四首、《憶長安》、《狀江南》二組詩共二十四首、偈十一首、凡四十九首，作者約四十人。

（7）《吳興集》十卷，顏真卿編，此為顏真卿之別集。而據陳尚君之說法，唐人別集多附收唱和詩之例。

（8）《華陽屬和集》三卷，鄭鋼編。此集不見著錄。據陳尚君所考，《文苑英華》卷 712 于邵有《華陽屬和集序》，認為此集為大歷中鄭鋼在崔寧幕中與諸人獻酬詩之結集。

（9）《秦劉唱和集》，秦系編。陳尚君據《文苑英華》卷716收權德輿〈秦征君校書與劉隨州使君唱和詩序〉，說明此集為秦系將其與劉長卿唱和贈答詩作之結集。

（10）《集賢院諸廳壁記詩》二卷，編者不詳。陳尚君認為只見《唐志》、《崇文總目》有記載〈集賢院詩〉，但未必有結集。

（11）《諸朝彥過顧況宅賦詩》一卷，編者不詳。為《通志》所著錄。

（12）《壽陽唱和集》十卷，裴均編。《新唐書・藝文志四》著錄。

（13）《渚宮唱和集》二十卷，裴均編。《新唐書・藝文志四》著錄。

（14）《荊潭唱和集》一卷，裴均編。《新唐書・藝文志四》著錄，陳尚君以《韓昌黎集》卷二十有〈荊潭唱和詩序〉所云，說明此集為裴鈞所編。

（15）《荊夔唱和集》一卷，裴均編。《新唐書・藝文志四》著錄。

（16）《峴山唱詠集》八卷，裴均編。《新唐書・藝文志四》著錄。

（17）《王氏伯仲唱和詩》編者不詳。此集不見著錄。而陳尚君所依據者，為《柳河東集》卷二一有此集序。

（18）《盛山唱和集》一卷，權德輿編。《新唐書・藝文志四》著錄。陳尚君以《文苑英華》卷712權德輿〈唐使君盛山唱和集序〉為據，說明此集為權德輿所編成。傅璇琮《唐五代文學編年史・中唐卷》唐德宗貞元十九年曰：「唐次于本年冬，白開州刺史遷夔州刺史，集其在開州二十三人唱和詩為《盛山唱和集》，權德輿為之序。」

（19）《盛山十二詩》韋處厚編。《韓昌黎集》卷二一〈韋侍講盛山十二詩序〉曰：

韋侯昔以考功副郎守盛山，作十二詩，……于時應而和者凡十人，………和者通州司馬為宰相、洋州許使君為京兆、通州白使君為中書舍人、李使君為諫議大夫、黔府嚴中丞為祕書監、溫司馬為起居舍人皆集闕下。於是盛山十二詩與其和者大行於時，聯為大卷，家有之焉，慕而為者，將日益多，則分為別卷，韋侯俾余題其首。

此序文注謂此六人分別為元稹、許康佐、白居易、李景儉、嚴武[94]、溫造[95]。今《全唐詩》卷 386 收錄張籍〈和韋開州盛山十二首〉組詩，而序文中所列和者諸詩至今已遺佚。

值得注意的是，筆者發現《唐音癸籤》將權德輿所編之《盛山唱和集》誤以為是韋處厚所編之《盛山十二詩》，而在《盛山唱和集》題下注曰：「韋處厚與元稹等十二人詩，十二題一卷。」，而此錯誤今人之研究亦未查明，如：趙以武《唱和詩研究》附錄

[94] 據陳克明《韓愈年譜及詩文繫年》所考，嚴武謂嚴謨也。頁 630。
[95] 《四庫全書・集部・別本韓文考異》卷二一。

部份〈唐人唱和詩專集的情形〉一文介紹《盛山倡和集》時，便引胡震亨《唐音癸籤》之注[96]，茲指正之。

（20）《僧靈澈酬唱集》十卷，編者不詳。《新唐書・藝文志四》著錄。

（21）《僧廣宣與令狐楚唱和》一卷，編者不詳。《新唐書・藝文志四》著錄。

（22）《元和三舍人集》一卷，編者不詳。陳尚君據《唐詩紀事》卷七二所云：「右王涯、令狐楚、張仲素五言七言絕句共一集，號《三舍人集》。」

（23）《斷金集》一卷，令狐楚輯。《新唐書・藝文志四》於題下曰：「李逢吉、令狐楚唱和。」

（24）《元白還往詩集》元稹、白居易編。陳尚君所據為白居易〈與元九書〉曰：「……當此之時，足下興有餘，且與僕悉索還往中詩，取其尤長者，如張十八古樂府、李十二新歌行，盧、楊二秘書律詩，竇七、元八絕句，博搜精掇，編而次之，號『元白往還詩集』。」

（25）《三州唱和詩》一卷，編者不詳。《新唐書・藝文志四》於題下曰：「元稹、白居易、崔玄亮。」

（26）《杭越寄和詩集》一卷，編者不詳。陳尚君所據為《宋史・藝文志八》曰[97]：「元稹、白居易、李涼《杭越唱和集》一卷。」

---

96 趙以武《唱和詩研究》，（甘肅：甘肅文化出版社），頁 393。

97 《四庫全書・史部・宋史》卷二百九

（27）《元白唱和集》十四卷，元稹或白居易編。陳尚君據《白氏長慶集》卷二二〈和微之詩二十三首序〉所云，「況曩者《唱酬》，近來《因繼》，已十六卷，凡千餘首矣。」認為此序作於大和二年（828 年），當時《因繼集》方成二卷，收詩二百四十首，因知《唱和集》凡十四卷，收詩八百餘。陳氏又引《白氏長慶集後序》云，「《元白唱和》、《因繼集》共十七卷」認為《因繼集》三卷已成，合為十七卷。
關於陳尚君認為元、白二人有《元白唱和集》十四卷之說法，筆者存有疑問，因為據白居易〈白氏長慶集後序〉曰：「白氏前者長慶五十卷，元微之為之序，後集二十卷，自為序，今又續後集五卷為自記，前後七十五卷詩筆，大小凡三千八百四十首，集有五本，……又有元白唱和因繼集共十七卷，劉白唱和集五卷，洛下遊賞宴集十卷，其文盡在大集錄出，別行於時，若集內無而假名流傳者，皆謬為耳。會昌五年五月一日樂天重序。」又白居易〈和微之詩二十三首〉序曰：「微之又以近作四十三首寄來，命僕繼和，其間瘀絮四百字、車斜二十篇者流，皆韻劇辭殫，……大凡依次用韻，韻同而意殊，約體為文，文成而理勝，此足下素所長者，僕何有焉？……以足下來章，惟求相因，故老僕報語，不覺大誇，況曩者唱酬，近來因繼已十六卷，凡千餘首矣……」若以這兩處原文資料來看，陳尚君認為在因繼集完成結集之前，已有所謂《元白唱和集》結集先出，這觀念是與實際情形有出入的。一來《因繼集》結集非成於一時，乃白居易陸續增補其與元稹唱酬之詩作而成，如：〈因繼集重序〉曰：「去年微之取予集中，詩未對答者五十七首追和之，合一百一十四首寄來，題為因繼集卷之一。今年予復以近詩五十首寄去，微之不踰月依韻盡和，合一百首又寄來，題為因繼集卷之二，……」因此《因繼集》之結集最完整之名稱應據白居易《白氏長慶集後序》之說，《因繼集》完成結集後之全名為《元白唱和因繼集》才是[98]。二來陳尚君對於白居易〈和微之詩二十三首〉之序文，其引用「況曩者唱酬、近來因繼，已十六卷，凡千餘首矣。」陳尚君將「唱酬」視為即是《元白唱和集》，顯然是對引文有誤解。因此，陳尚君認為元、白二人有《元白唱和集》十四卷，這是不太適當的說法。應當只能將這十四卷視為《元白唱和因繼集》結集過程的一部份來談。

（28）《因繼集》，陳尚君據白居易〈因繼集重序〉之說，《因繼集》有三卷。

（29）《劉白唱和集》三卷，據朱金城《白居易集箋校》曰[99]：「按：白氏〈與劉蘇州書〉（卷六八）云：『僕與閣下在長安時，合所著詩數百首，題為《劉白唱和集》卷上下。……今復逼編而次焉，以附前集，合成三卷，題此卷為下，遷前下為中，命名《劉白

---

98 可參酌謝思煒《白居易集綜論》二、〈《後集》的編次問題〉，中國社會科學出版社，頁 8。

99 朱金城《白居易集箋校》，頁 3712。

吳洛寄和集》』。」朱金城認為〈白氏長慶集後序〉稱「劉白唱和集五卷」，則係後來又增編者。

（30）《洛下游賞宴集》十卷，見〈白氏長慶集後序〉。

（31）《香山九老會詩》一卷，白居易編。為《四庫全書》所收。

（32）《吳越唱和集》，編者待考。陳尚君以《苕溪漁隱叢話前集》卷三八引《蔡寬夫詩話》曰：「文饒（李德裕）鎮京口，時樂天正在蘇州，元微之在越州，劉禹錫在和州，元、劉與文饒唱和往來甚多，謂之《吳越唱和集》。」

（33）《吳蜀集》一卷，劉禹錫編。《新唐書・藝文志四》曰：「劉禹錫、李德裕唱和。」

（34）《汝洛集》一卷，劉禹錫編。《新唐書・藝文志四》曰：「裴度、劉禹錫唱和。」然陳尚君以《劉賓客外集》卷九〈汝洛集引〉一文為據，說明此集收詩始於大和八年，當時劉禹錫刺汝、白居易分司東洛，因而以「汝洛」名集。《新唐書》所言顯然有誤。

（35）《洛中集》七卷，陳尚君疑為白居易編。《新唐書・藝文志四》著錄。

（36）《彭陽唱和集》三卷，劉禹錫編。《新唐書・藝文志四》著錄曰：「令狐楚、劉禹錫。」陳尚君據《劉賓客外集》卷九〈彭陽唱和集引〉曰[100]：「……且有書來抵曰：『三川守白君編錄與吾子贈答，緘縹囊以遺予。白君為詞以冠其前，號曰《劉白集》。……』於

[100] 瞿蛻園《劉禹錫集箋證》下冊，頁 1496。

是緝綴凡百有餘篇，以「彭陽唱和集」為目，勒成兩軸。……」又據同卷〈彭陽唱和集後引〉曰：「八年，公為吏部尚書，予牧臨汝，有詩歎七年之別，署其後云：『集卷自此為第三』……開成元年，公鎮南梁，予以太子賓客分司東都，新韻繼至，率云三軸成矣。……」

（37）《名公唱和集》二十二卷，編者不詳。《新唐書·藝文志四》著錄。

（38）《元和唱和集》一卷，陳尚君所據為《崇文總目》著錄。然《崇文總目》卷十一〈總集類〉所收者作《元和繼和詩》一卷[101]。

（39）《漢上題襟集》十卷，段成式編。《新唐書·藝文志四》著錄。

（40）《松陵集》十卷，陸龜蒙編，皮日休為之序，現存。《新唐書·藝文志四》曰：「皮日休、陸龜蒙唱和。」

（41）《集道林寺詩》二卷，袁皓編。陳尚君所據為《新唐書·藝文志》、《崇文總目》等均著錄。然觀《全唐詩》中有關題道林寺之詩作，皆為同題之作，並無和詩。

（42）《唱和集》高輦編。陳尚君所據為齊己《白蓮集》卷四〈謝高輦先輩寄新唱和集〉一詩所云。

（43）《文英院集》編者不詳。陳尚君所引資料為《宋史·李昉傳》云後周顯德時之人物，時間為五代末年，距離唐亡已久，似不宜將之列入討論。

---

101 《四庫全書·史部·崇文總目》卷十一〈總集類〉

（44）《虎丘題真娘墓詩》一卷，編者不詳。陳尚君所據為《崇文總目》著錄。

（45）《翰林學士集》一卷。日本尾張國真福寺藏唐卷子本，約成於唐代宗時。據傅璇琮《唐人選唐詩新編》一書〈翰林學士集〉前記所云，唐設翰林學士在玄宗以後，唐初無此稱，絕非原集名。此書所收為唐太宗時期君臣唱和詩作。

（46）《趙志集》一卷，日本天理圖書館藏唐卷子本。然陳尚君認為此集是別集抑或是唱和集，尚難定論。

以上所列諸集為陳尚君所考，歸於《唐人編選詩歌總集敘錄》一書中之〈唱和集〉類。陳尚君據詩歌總集目錄、史書志、詩文序、詩文評等文獻記載，將有關唐人唱和結集之資料詳列出來，可謂蒐羅之廣。然觀以上諸集，有些問題是必須留意的：

（1）有若干集子據考證，未必有結集行世，如：《集賢院諸廳壁記詩》。

（2）非由唱和當事人所結集或是編者不詳與待考者，如：《大歷年浙東聯唱集》、《王氏伯仲唱和詩》、《僧靈澈酬唱集》、《僧廣宣與令狐楚唱和》、《元和三舍人集》、《三州唱和詩》、《杭越寄和詩集》、《吳越唱和集》、《名公唱和集》、《元和唱和集》、《集道林寺詩》、《虎丘題真娘墓詩》、《翰林學士集》、《趙志集》、《文英院集》等。

針對唐人唱和結集之問題，胡震亨《唐音癸籤》與陳尚君《唐人編選詩歌總集敘錄》一書所蒐集之〈唱和集〉觀念有若干不同，其中崔融編纂之《珠英學士集》，胡震亨將之視為唱和集，然而陳尚君認為《珠英學士集》並非唱和集，乃是崔融將編修《三教珠英》二十六位學士之個人詩歌作品蒐羅結集，因此陳尚君的觀點較為正確。

再則，「唱和集」之定義為何？陳尚君在其《唐人編選詩歌總集敘錄》一書中，並無明確說明。筆者認為若就狹義之範圍而言，明確於詩題標明為「和」詩或者另於詩序或註說明為和作者（包含同詩、以和為本意之酬和、贈和、和韻之酬詩與和體詩），以上為最基本也是最狹義之和詩，筆者本論文所論之和詩其定義即為此。然而後代對於「唱和詩」之義界又常以廣義視之，而將詩人總集列入唱和詩集之範疇，如：皮陸《松陵集》，而對於唐人唱和結集最早之記載之文獻《新唐書・藝文志》亦註曰：「皮日休、陸龜蒙唱和。」而「唱和」一辭亦可視為交往之意，如：唐　姚合《極玄集》卷上〈李端〉條下注曰：「字正己，趙郡人，大曆五年進士，與盧綸……耿湋、夏侯審唱和，號十才子」，由此可見，自唐宋以來「唱和」一辭，乃至於「唱和集」的定義是較為廣泛的。

第六章　唐代和詩在中國詩歌史上的地位

趙以武在《唱和詩研究》一書，對於和詩的價值[1]，歸納整理出三點：分別是「獨特的藝術價值」、「無可取代的文學史價值」[2]、「珍貴的史料價值」。筆者則擬從唐代和詩整體性的發展，來探討唐代和詩在中國詩歌史上的地位問題。

第一節　促成初唐七律之發展

傅璇琮在《唐五代人交往詩索引》一書的前言中[3]，以趙昌平〈初唐七律的成熟即其風格溯源〉一文，來說明初唐七言應制詩對唐七律發展影響，認為趙昌平觀點是從武后、中宗時期的宮廷唱和活動之頻繁來考察，這些宮廷的唱和活動因而促進七律的成熟[4]。

1　趙以武《唱和詩研究》，頁 375-384。

2　「無可取代的文學史價值」趙以武以三方面來談，首先是輯佚方面會有新發現、其次是考訂方面的新思路、第三是詩人交往中的新資料。出處同註 1。

3　傅璇琮《唐五代人交往詩索引》前言，頁 3。吳汝煜主編，（上海：上海古籍出版社）1993 年 5 月。

4　傅璇琮以趙昌平〈初唐七律的成熟及其風格溯源〉（〈中華文史論叢〉1986 年第四期）一文曰：「『七律』的成熟有其特定背景，這就是武后、中宗時期頻繁的應制唱和活動。特別是中宗景龍二年四月修文館學士的設置，最後促成了『七律』的突變，使初唐『七律』上的引號終於可以去掉而成為定型的七律。因為這一建置集中了當時最優秀的詩人，造成了實踐、探討、切磋、學習的量良好條件。……此外全部初唐『七律』的百分之九十左右為應制、唱和詩，也說明了七律形成的這一背景。」《唐五代人交往詩索引》

筆者統計《全唐詩》中的應制詩數量（包含奉和應制詩），其數目約有 487 首，其中七言部分約有 127 首，約佔目前《全唐詩》所有應制詩的 38%，大約 1／3 左右的數量，可見唐代的七言應制詩並非應制詩壇的主流詩體，而在初唐詩壇上，仍是五言詩的天下，七言應制詩體算是一種新興的詩歌體裁。

大陸學者陳增杰〈論唐人七律藝術的發展風貌〉一文[5]，將唐七言律體的發展分為七個階段，分別是初創期（初唐）、成熟期（盛唐）、高峰期（中唐前期）、變化期（中唐中期）、繁榮期（中唐後期）、再度繁盛期（晚唐前期）以及通俗化期（晚唐後期）。其中在初唐時期，詩壇大抵以五言詩體為主流，直至武則天久視元年（700 年），游幸於嵩山平樂澗，御製七言〈石淙〉詩，《全唐詩》記錄此次應制賦詩的皇親朝臣共有十六人[6]，此十六人之詩題彼此有差異，筆者整理如下表：

頁 3。

5 陳增杰〈論唐人七律藝術的發展風貌〉，《浙江社會科學》1999 年 3 月，頁 144-150。

6 《全唐詩》卷四十六　狄仁傑〈奉和聖製夏日遊石淙山〉詩，其詩題注曰：「石淙山，在今河南登封縣東南三十里。有天后及群臣侍宴詩並序刻北崖上。其序云：『石淙者，即平樂澗。其詩天后自製七言一首，侍遊應制皇太子顯、右奉裕率兼檢校安北大都護相王旦、太子賓客上柱國梁王三思、內史狄仁傑、奉宸令張易之、麟臺監中山縣開國男張昌宗、鸞臺侍郎李嶠、鳳閣侍郎蘇味道、夏官侍郎姚元崇、給事中閻朝隱、鳳閣舍人崔融、奉宸大夫汾陰縣開國男薛曜、守給事中徐彥伯、右玉鈐衛郎將左奉宸內供奉楊敬述、司封員外于季子、通事舍人沈佺期各七言一首。薛曜奉敕正書刻石。時久視元年五月十九日也。』按此事新舊唐書俱未之載，世所傳詩，亦缺而不全，今從碑刻補入各集中。」，（北京：中華書局），頁 555。

表 32：人名後之數字爲《全唐詩》卷數

詩題	作者
石淙	中宗（太子時作）2、睿宗（相王時作）2、李嶠 61、徐彥伯 76
奉和聖製夏日遊石淙山	狄仁傑 46、姚崇 64、閻朝隱 69、武三思 80、張易之 80、張昌宗 80、薛曜 80、楊敬述 80、于季子 80
嵩山石淙侍宴應制	蘇味道 65、崔融 68、沈佺期 96

此十六首皇親朝臣之作均為七言八句。據目前《全唐詩》所存之君臣唱和詩作中，在武則天此君臣唱和之作之前（久視二年），君臣唱和作品為七言者，唯見太宗作〈餞中書侍郎來濟〉，和作朝臣亦唯有許敬宗作〈奉和聖製送來濟應制〉[7]，太宗原詩與許敬宗和作均為七言八句。由此可見，武則天在久視二年（701 年）與皇親朝臣於石淙所舉行的遊幸賦詩活動，所寫下以石淙為主題的君臣七言唱和組詩，是開唐以來，和作人數最多的一次。據上表，以奉和為題首的和詩就有八首。因此，目前研究初唐時期七律發展的學者，大都傾向認為促成初唐七律發展一事，應歸功於武則天的提倡與朝臣應制聯唱[8]。

7　見《全唐詩》卷三十五〈許敬宗〉。

8　陳增杰〈論唐人七律藝術的發展風貌〉、趙昌平〈初唐七律的成熟及其風格溯源〉。以及蔣寅《大曆詩人研究上編》頁 46 曰：「……勻稱的結構，適當長度的句節，很適宜表現典麗莊重的內容和描述性的對象；中間兩聯對仗又充分提供給作者施展才能的機會。所以，七律從一開始就成為應制酬贈專用的詩型，並在後代用於步韻、唱和等充滿競爭意味的場合，這是毫不奇怪的。」，(北京：中華書局)，1995 年。

第二節　承先、創新與啓後

自從東晉隆安年間(397-401 年)出現和詩以來(陶淵明〈五月旦作，和戴主簿〉)至六朝末，和詩絕大多數是「和意不和韻」，然而由薛道衡（540-609 年）〈和許給事善心戲場轉韻詩〉[9]一詩來看，雖然許善心原詩至今已遺佚，無法比對原詩與和作，但是值得留意的是，六朝末隋初之間，和詩寫作逐漸有和韻現象出現。和詩到了唐代，和詩除了基本的和原詩意之外，在體例上和韻詩與和體詩發展更為多樣，而在和作對象方面，亦出現以自己為和作對象的「自和詩」，因此和詩在唐代可謂是歷經創新與演化過程，而和詩三體裁—和意、和韻、和體在唐代逐漸發展與完備，更奠定和詩各體在中國詩歌史上的地位。因此唐代和詩在中國詩歌史上的地位，約可從「承先、創新與啟後」三方面來談。

一、承先

六朝和詩絕大多數是和意詩，然而在南朝的詩壇上，已出現即席限韻賦詩的情形，如：《先秦漢魏晉南北朝詩》梁詩卷五〈曹景宗〉卷記載曹景宗即席限韻賦詩的生動描述[10]，以及陳叔寶多首與朝臣宴集的賦韻詩[11]，如：〈五言畫堂良夜履長在節歌管賦詩迾筵命酒十韻成篇〉、〈立春日汎舟玄圃各賦一字六韻成篇〉、〈上巳宴麗暉殿各賦一字十韻詩〉等。而據趙以武《唱和

---

9 逯欽立《先秦漢魏晉南北朝詩・隋詩卷四・薛道衡》頁 2684。

10 見《先秦漢魏晉南北朝詩》梁詩卷五・曹景宗〈光華殿侍宴賦競病韻詩〉，（北京：中華書局），頁 1594。

11 見《先秦漢魏晉南北朝詩》陳詩卷四，頁 2514-2519。

詩研究》一書所統計，南朝時期的梁代，現存和詩數量最多[12]，其中君臣唱和主要是以梁武帝蕭衍父子為唱和交遊中心。

初盛唐宮廷君臣唱和的情形大致上與六朝無異，是一仍六朝之制[13]，而姚垚〈唐代唱和詩的源流和發展〉一文，也認為唐代宮廷中的唱和活動實為南朝君臣唱和的延續[14]。

就和體詩部分而言，現存之六朝和體詩幾乎為「和雜體」詩，而唐代和雜體詩有些部分則沿襲六朝既有之詩體，如：和回文詩、和縣名詩、和藥名詩、和姓名詩等。

二、創新

經過歷史的演化與六朝詩歌環境的歷練、以及詩人們對詩歌體裁不斷的嘗試與創新，中國詩歌到了唐代可謂「眾體兼備」，達到空前鼎盛的狀況，而此現象更使得唐代詩人們在和詩體裁上，有了開創性的啟發。

（一）就和韻詩部分而言

據《翰林學士集》的記載，早在太宗朝時，朝廷即席唱和活動中，朝臣和作已有限韻的情形，如：太宗原詩〈春日望海以光為韻〉，和作九位朝臣均以光字所屬韻部—「陽韻」來和作[15]。又例如高宗作〈七夕宴懸圃二首〉，第一首押寒韻、第二首押陽

---

12 趙以武《唱和詩研究》，頁 123。

13 趙以武《唱和詩研究》，頁 394。

14 姚垚〈唐代唱和詩的源流和發展〉，《書目季刊》第十五卷第一期，頁 45。

15 和作的九位朝臣分別是長孫無忌、高士廉、楊師道、劉洎、岑文本、褚遂良、許敬宗、上官儀、鄭仁軌等，見傅璇琮《唐人選唐詩新編》，（西安：陝西人民教育出版社），1996 年 7 月，頁 16-21。而《全唐詩》僅收太宗原詩〈春日望海〉，以及楊師道〈奉和聖製春日望海〉、許敬宗〈奉和春日望海〉等，三首原詩與和作。

韻，高宗此二首詩，許敬宗皆奉和之，且第二首和詩與高宗原詩第二首同押陽韻，是為和韻之作。此外，就唐代和韻詩整體現象來說，宮廷和詩是比一般文士交往和詩較早出現和韻情形，筆者認為這可能是與唱和環境有關，因為宮廷中的唱和環境，往往是一唱眾和的模式，眾多和詩彼此之間發生同韻的現象時有所見，這或許在賡和原詩之餘，同僚之間亦存在彼此和韻較量的可能性，再加上宮廷即席唱和場合，常有唱和遊戲規則的要求，參與和作的朝臣必須得應現場賦詩賡和的規則來作詩，這雖然是「被動」的奉命和作，但是在和詩形式上卻仍是奉和原詩之韻所寫作的詩歌。因此，唐代詩歌史的角度而言，宮廷和詩因為唱和環境的關係，是比一般文士和詩較早出現和韻現象。

據第三章研究顯示，由目前所存的唐詩當中，唐文士和詩出現和韻大約在盛唐，如：趙冬曦〈奉和張燕公早霽南樓〉詩，據傅璇琮《唐五代文學編年史・初盛唐卷》考證，為開元五年之作[16]，是《全唐詩》目前出現之年代最早的文人和韻詩。其它如：杜甫有一首〈同豆盧峰知字韻〉[17]，據詩題可知，是和豆盧峰原詩之韻的作品，杜甫此詩是押平聲支韻[18]，豆盧峰原詩今已遺佚；寇坦〈同張少府和厙狄員外夏晚初霽南省寓直時兼充節度判官之作〉[19]，原詩為厙狄履溫〈夏晚初霽南省寓直用餘字〉[20]，

[16] 見《唐五代文學編年史・初盛唐卷》，頁 534。
[17] 見《全唐詩》卷二三三。
[18] 杜甫〈同豆盧峰知字韻〉其詩題註曰：「一本作同盧豆峰貽主客李員外子棐知字韻」，詩曰：「鍊金歐冶子，噴玉大宛兒。符彩高無敵，聰明達所為。夢蘭他日應，折桂早年知。爛漫通經術，光芒刷羽儀。謝庭瞻不遠，潘省會於斯。倡和將雛曲，田翁號鹿皮。」
[19] 見《全唐詩》卷一二〇。
[20] 見《全唐詩》卷一二〇。

寇坦與庫狄屢溫二人詩作均押平聲魚韻。再者，根據第二章第一節〈酬詩的和韻運用〉研究顯示，中唐肅宗時期，王維於乾元二年（759 年）作〈春夜竹亭贈錢少府歸藍田〉贈與錢起[21]，錢起則以〈酬王維春夜竹亭贈別〉回應[22]，王維與錢起二人詩作均押上聲銑韻；大歷詩人李端〈野寺病居喜盧綸見訪〉[23]，盧綸則以〈酬李端公野寺病居見寄〉回應[24]，盧綸在形式上不但和韻而且一一次韻。由上述諸詩例可知，現存詩歌當中，唐代文士和詩和韻現象最早出現於盛唐，至於酬詩和韻的情形，則最早出現於中唐。這種詩歌和韻，尤其是酬詩和韻在以往六朝時期是不曾得見的情形。這是唐詩和韻體裁創新的一面。

（二）就和體詩部分而言

六朝和體詩幾乎是和雜體詩，而唐代和體詩的範疇則包含和雜言詩、和齊梁體詩、和詩人體、和吳體、和樂府歌行以及皮陸二人在和雜體詩的創新詩體——和風人詩與和四聲詩。針對這些唐代和體詩而言，除了顯示詩人嘗試寫作新詩體之外，從和體詩的多樣性角度來看，和體詩藉由詩朋好友的往返唱和，增加文學趣味與詩歌創新的可行性。

---

21 王維詩曰：「夜靜群動息，時聞隔林犬。卻憶山中時，人家澗西遠。羨君明發去，采蕨輕軒冕。」見《全唐詩》卷一二五。

22 錢起詩曰：「山月隨客來，主人興不淺。今宵竹林下，誰賞花源遠。惆悵曙鷹啼，孤雲還絕巘。」見《全唐詩》二三六。

23 李端詩曰：「青青麥壟白雲陰，古寺無人新草深。乳燕拾花依古井，鳴鳩拂羽歷花林。千年駁蘚明山履，萬尺垂蘿入水心。一臥漳濱今欲老，誰知才子呼相尋。」見《全唐詩》卷二八六。

24 盧綸詩曰：「野寺鐘昏山正陰，亂藤高竹水聲深。田夫就餉還依草，野雉驚飛不過林。齋沐暫思同靜室，清羸已覺助禪心。寂寞日長誰問寂，料君惟取古方尋。」見《全唐詩》卷二八〇。

（三）就和作對象與和詩時空意義而言

現存六朝和詩，均是以他人之作品為和作對象，然而到了晚唐時期陸龜蒙的〈自和次前韻〉，以自己的詩作為和作對象，並次韻寫成，以及韓偓的和詩作品，亦以自己原詩為和作對象，一再的「又和」、「重和」、「再和」並且寫作倒韻詩。而在和詩時空意義上，唐代開始有詩人以前代詩人或者作品為和作對象來寫作和詩，例如：追和詩（見第二章），而這些和詩亦顯示在唐代獨具開創性的地位。

三、啓後

關於唐代和詩對後代詩歌的影響，筆者主要是從歷來詩話對於和韻詩有較多評論的角度來談。歷來詩話對於唐代和韻詩多存有負面的印象，例如：《南濠詩話》

> 古人詩有唱和者，蓋彼唱而我和之，初不拘體製兼襲其韻也。後乃有用人韻以答之者，觀老杜嚴武詩可見，然不一一次韻也。至元白、皮陸諸公始尚次韻，爭奇鬥險，多至數百言，往來至數十首，而流弊至今極矣。非沛然有餘之才，鮮不為其窘束，所謂性情者，果可得而見邪！」

金•王若虛《滹南詩話》卷二曰：

> 鄭厚云：「魏晉已來，作詩唱和，以文寓意；近世唱和，皆次其韻，不復有真詩矣。」……

清・趙執信《談龍錄》曰：

> 元白、皮陸並世頡頏，以筆墨相娛樂。後來效以唱酬，不必盡佳，要未可廢。至於追用前人某詩韻，極為無謂，猶曰偶一為之耳。遂有專力於此，且以自豪者，彼其思鈍才庸，不能自運，故假手舊韻，如陶家之倚模製，漁獵類書，便於牽和，或有蹉跌，則曰韻限也。轉以斯人，嘻！可鄙哉。

清・李重華《貞一齋詩說》曰：

> 次韻一道，唐代極盛時，殊未及之。至元白皮陸始因難見巧，然亦多勉強湊合處。宋則眉山最擅其能，至有七言長篇押至數十韻者，特以示才氣過人可耳。若李、杜二公當此，縱才氣綽能為之，亦不屑以百萬銳師，置之無用之地。蓋次韻隨人起倒，其遣詞運意，終非一一自然，較平時自出機軸者，工拙正自判也。……

以上諸詩話對於元白與皮陸之次韻唱和相酬所造成的流弊多所批評，尤其元白次韻詩首開百韻長律次韻相酬的寫作方式，皮陸二人踵繼之，因而大開中晚唐文人以和韻來更相模仿唱和的風氣。在第二章第一節已討論過元白次韻相酬所造成的流弊影響。其實暫且不論次韻詩的缺點而換個角度思考，也正由於和韻詩在詩歌形式上，主要以和原詩韻來增加詩人唱和往返交往的文學遊戲趣味，雖不免有逞才較量的意味，然而因形式固定，遂也行於之後代詩壇，成為詩人唱和運用的一種詩歌形式，如：大陸學者許總在《唐詩體派論》一書便認為，次韻詩的規範化形式到了宋代的詩壇造成更多詩人寫作次韻詩來交往唱和，至今亦成為中國詩歌史上未可移易的固定化體類[25]。

由以上的探討顯示，由於唐代詩人們唱和風氣的使然，以及不斷的嘗試創新詩體以為唱和，使得唐代和詩在中國詩歌史上居於和詩體裁創新與定體的重要關鍵地位，這是不容忽視的。

[25] 見許總《唐詩體派論》，（台北：文津出版社）民國 83 年 10 月，頁 567。

第七章　結論

筆者透過《全唐詩》以及《先秦漢魏晉南北朝詩》中所收錄的和詩，進行研究與考察，對「唐代和詩」完成一初步的研究心得與看法。

在第二章〈和詩的定義與範疇〉透過實際和詩作品的分析，初步對於唱和詩與贈答詩之間的義界作出區別。就形式上而言，贈答詩中的原贈詩是處於主動地位，答詩是居於被動地位；相對的，唱和詩除了朝廷奉和、即席和詩以及奉原詩作者之意和作等三種情形之外，文人交往中的原詩是處於被動地位，和詩是居於主動地位，因為唱和詩中的原詩在成為和作對象之前，均是獨立的詩作，而待和詩寫成之後，原唱之稱才成立。再者，基本上，贈答詩最常見的模式是一贈一答，然而，唱和詩除了一唱一和外，或因唱和人數眾多，往往出現一唱眾和的模式。就內容方面而言，贈答詩與唱和詩這兩詩類由一開始的壁壘分明到後來的連稱互用，取決於文人詩作的本意。

而酬詩原本屬於贈答詩的範疇，然因唐代酬詩出現和韻現象，亦成為唐代和詩中的異起。而在和詩的寫作時空意義上，除了即席唱和活動之外，文人之間常有因地域的阻隔以及和作時間因素，寫作遙和詩以及追作、繼和原詩，甚至出現無唱和交往之實的追和前代詩人與作品。

第三章〈唐代和詩體裁之源流與發展〉首先即席賦詩限韻與唐代科舉試詩賦的關係，藉由六朝即席限韻詩的考察，分析其對於唐代即席賦詩活動以及科舉考試試律限韻的影響，歸納整理出唐代即席賦詩有三種情形：1.同題共和而不同韻 2.同題共作而不同韻 3.同題共作並且同韻。而根據研究結果，筆者認為，唐科舉試律與試賦中的考試規則，諸如試律的「以某字為韻，限幾字成。」；試賦的「以題為韻、題下限韻」等，這些考試的外在形式規則與群體即席賦詩中的「同題同韻」或者「同題限韻賦得」是十分相近的，然而，基本上而言，「試律」與「試賦」的考試規則對文人之影響，是與一般朝廷或朝臣文士的宴集限韻賦詩的影響不同。因為初盛唐時期的即席「奉和賦得體詩」或者同題共作的「賦得限韻詩」，在形式上有部分是源於六朝。而隨著唐代科舉考試的建立，這對文人是決定是否入仕的重要關鍵，因此，「試律」與「試賦」的考試規則是唐代文人首要面臨的課題，故而除了個別自習限韻賦詩之外，藉由宴集場合即席限韻賦詩，亦不無可能。

就和意詩與和韻詩而言，和詩自東晉出現以來至於唐代，其內容基本上均是和原詩之意的，而六朝的和詩也幾乎均為和意詩。然而在六朝末以至於隋階段，已開始注意到和詩用韻的講求，這可由王筠〈奉和皇太懺悔應詔詩〉題下註曰：「同所用十韻」，以及薛道衡〈和許給事善心戲場轉韻詩〉兩首詩，來印證六朝末到隋這期間，和詩絕大多數和意的現象正逐漸轉變。此外，初唐宮廷君臣唱和已出現和韻情形，如：高宗所作的〈七夕宴懸圃二首〉詩，許敬宗和作〈奉和七夕宴懸圃應制二首〉，和詩第二首與原詩第二首同押「陽」韻，和詩是為和韻之作。而據筆者檢查《全唐詩》中的和韻詩發現，宮廷君臣和詩與朝臣宴集賦詩出現和韻的情形，是比一般文士寫作和韻詩的情形來得早，就目前所存詩歌而言，文人和韻詩最早出現於盛唐開元五年（717 年），為趙冬曦〈奉和張燕公早霽南樓〉詩，原詩則是張說〈岳陽早霽南樓〉，二人詩作均押「沃」韻。至於文人酬詩出現和韻以及次韻現象，則大約是在中唐時期。此外，「自和詩」從一開始，即以和韻方式出現，晚唐陸龜蒙與韓偓等人的自和詩，亦均是次韻詩。

就和體詩而言，六朝和體詩幾乎為和雜體詩，到了唐代，由於詩人本身對某些詩體的喜愛與不斷的嘗試寫作以及創新，使得唐代和體詩的範疇更為擴大，包含了和雜體詩、和齊梁體詩、和吳體詩、和雜言詩以及和詩人體詩，尤其中唐時期權德輿本身對於雜體詩的喜愛，承續了六朝以來文人和雜體詩的傳統，而晚唐皮日休、陸龜蒙二人在和體詩創新上，更是貢獻卓著。

由第四章〈唐代宮廷唱和與外邦和詩〉的探討，吾人得知唐代宮廷和詩從立國之初，國君「躬為表率」，每藉朝會、宴集、出遊、慶典、祭祀等活動，與朝臣賦詩賡和以為助興、紀念的風氣一直盛行於宮廷之中，而國君大多內俱詩才，引領宮廷唱和場面；朝臣立朝為官，隨時奉命賡和，朝廷唱和往往一唱眾和。換句話說，唐詩能以時代文學自居，賡歌不斷，實與朝廷唱和之風息息相關。透過這些宮廷奉和詩，可想見唐詩吟業鼎盛的情形。再者，唐代國威遠播，吸引當時外邦派遣人士前來學習博大精深的中華文化，尤其日本國亦學習唐代朝廷君臣唱和方式，運用在日本朝廷唱和場合，以詩相互唱和作為社交應酬的方式之一。

第五章〈唐文士和詩〉由「人物」觀點而言，唐文士交往和詩無論是交情至篤、唱和頻繁的知交詩友，或者官場上的同僚好友，由相互的唱和詩作中，可得見唐文士的交遊網絡。而從唐文士的唱和詩當中，其交往對象亦不限於官場同僚，如：

宗教人士、女子、外邦人士等，可想見唐文士交往社會之大觀。而從「事件」觀點來看，唐文士和詩的主題內容，舉凡寓直、幕府、遊賞、登臨、戲和、詠物、餽贈、送別、祝賀、感傷、抒懷等內容極具多樣性。

此外，在唐人唱和集方面，筆者比較胡震亨《唐音癸籤》與陳尚君《唐人編選詩歌總集敘錄》，二人對於〈唱和集〉的觀念有若干不同，其中崔融編纂的《珠英學士集》，胡震亨將之視為唱和集，但是經由陳尚君所考證，認為《珠英學士集》乃崔融將編修《三教珠英》的二十六位學士之個人詩歌作品蒐羅結集，因此並非唱和集。然而，關於「唱和集」的定義為何？陳尚君個人在《唐人編選詩歌總集敘錄》中」，並未做明確說明。筆者認為，基本上，「唱和」一辭往往可視為以詩歌交往之意，因此在《新唐書・藝文志》才會在皮陸二人《松陵集》下註曰：「皮日休、陸龜蒙唱和。」，而今觀《松陵集》所收錄者，並不僅有和詩，再者，姚合《極玄集》在〈李端〉條下曰：「字正己，趙郡人，大歷五年進士，與盧綸……耿湋、夏侯審唱和，號十才子。」由此可見，「唱和」一辭在唐宋人的觀念裡，多半是以詩歌交往之意，而「唱和集」定義亦可包含詩人一切交往之詩作而言了。

第六章〈唐代和詩在中國詩歌史上的地位〉中，目前學術界部分學者認為初唐時期，武則天與皇親朝臣唱和於「石淙」，君臣賡和完成的多首七言律詩，促成了初唐七律的發展。而經由筆者研究顯示，唐代和詩在中國詩歌史上的地位，是居於承先、創新與啟後的關鍵地位，尤其是創新部分，無論是「追和詩」、「自和詩」以及「和韻詩」之定體與「和體詩」範疇之擴大，甚至在後代詩壇上，和韻詩成為詩人在和詩寫作中最為固定的體式之一，這些成果足以顯示唐代和詩在中國詩歌史上的地位是不容抹煞的。

在筆者嘗試以詩歌史的角度研究唐代和詩的過程當中，亦深切認為，在中國文人社交應酬文化中，「詩」就是中國社交文學的代表，中國文人以詩唱和交往，以詩歌酬和知己，人生是豐富、飽滿，不寂寞的。

參考文獻書目

一、歷代史書典籍類

1. 《新校本新唐書附索引》全八冊，楊家駱主編，台北鼎文書局，民國 87.10。
2. 《新校本舊唐書附索引》，楊家駱主編，台北鼎文書局，民國 65.10。
3. 《新校本南史附索引》，楊家駱主編，台北鼎文書局，1976。
4. 《四庫全書・史部》，原文電子版，武漢大學出版。
5. 《唐會要》（全三冊），宋・王溥撰，北京中華書局 1998.11，第四次印刷。

二、總集類

1. 《先秦漢魏晉南北朝詩》（上中下），逯欽立輯校，北京中華書局，1993。
2. 《全唐詩》（二十五冊），北京中華書局，1996.1。
3. 《文苑英華》，李昉等編，新文豐出版公司印行。
4. 《全唐詩外編》，王重民、孫望、童養年輯錄，臺北木鐸出版社，民國 72.6。
5. 《全唐詩補編》上中下冊，陳尚君輯校，北京中華書局，1992.10。
6. 《全唐文》，台北文友書店。
7. 《全唐文紀事》上中下冊，清・陳鴻墀纂，北京中華書局 1959.12。
8. 《中國歷代詩僧全集・晉、唐、五代卷》上中下冊，北京：當代中國出版社，1997.1。
9. 《全五代詩》上下冊，清・李調元編，何光點校，成都：巴蜀書社，

1992.4。
10.《樂府詩集》全二冊，宋‧郭茂倩編撰，台北：里仁書局，民國 70.3。
11.《四庫全書‧集部》原文電子版，武漢大學出版。
12.《兩晉南北朝文彙》巴壺天，台北：中華叢書編審委員會，1960。

三、別集類

1. 《王右丞詩箋注》，唐‧王維撰，清‧趙殿成箋注，中華書局，1961。
2. 《孟浩然集校注》，唐‧孟浩然撰，徐鵬校注，人民文學出版社，1989.8。
3. 《高適詩集編年校注》，唐‧高適撰，劉開揚注，臺灣漢京文化事業公司，民國 72.9。
4. 《岑參詩集編年箋註》，唐‧岑參撰，劉開揚注，成都巴蜀書社，1995.11。
5. 《元稹集》全二冊，唐‧元稹撰，冀勤點校，北京：中華書局，2000.6。
6. 《白居易集箋校》，唐‧白居易撰，朱金城箋校，上海古籍出版社 ，1988。
7. 《劉禹錫詩箋證》三冊，唐‧劉禹錫撰，瞿蛻園著，上海古籍出版社，1989。
8. 《劉禹錫詩集編年箋注》，唐‧劉禹錫撰，蔣維崧、趙蔚芝、陳慧星、劉聿鑫著，山東大學出版社，1997。
9. 《我法集》，河間紀曉嵐先生原本，閔嚴郭、斌先生評註，嘉慶甲子年新鐫，匯源堂藏板。
10.《玉溪生詩集箋註》，馮浩箋註，上海古籍出版社，1979.10。
11.《蘇東坡全集》，宋‧蘇軾撰，河洛圖書出版社，民國 64.9。

四、詩文評類

1. 《文心雕龍譯注》，趙仲邑譯注，台北：貫雅文化事業有限公司印行，民國 80。
2. 《歷代詩話》(一)(二)，清・何文煥輯，四部刊要集部，漢京文化事業印行，1982。
3. 《續歷代詩話》上下，丁仲祜編訂，中華書局，1997。
4. 《百種詩話類編》上中下，臺靜農編，藝文印書館，民國 63.5。
5. 《詩體明辨》上下，明・徐師曾纂，台北：廣文書局，1992。
6. 《宋詩話外編》上下，程毅中主編，王秀梅、王景桐、徐俊、冀勤輯錄，台北：國際文化出版社，1996.3。
7. 《明詩話全編》，吳文治主編，江蘇古籍出版社，1997.12。
8. 《唐音癸籤》，明・胡震亨著，台北：木鐸出版社，民國 71.7。
9. 《詩源辯體》，明・許學夷著，杜維沫校點，北京人民文學出版社，1998.2。
10. 《文章辨體序說》，明・吳訥著，人民文學出版社，1962。
11. 《菊坡叢話卷》，明・單宇著，台北：廣文書局，民國 62。
12. 《文鏡秘府論》，日・遍照金剛著，台北：學海出版社，民國 63.1。
13. 《能改齋漫錄》，宋・吳曾著。
14. 《容齋隨筆》全二冊，宋・洪邁著，上海古籍出版社，1978.7。
15. 《古賦辯體》，元・祝堯著，商務印書館，1976。
16. 《甌北詩話》，清・趙翼著，霍松林、胡主佑校點，人民文學出版社，1998。
17. 《律詩定體》，清・王世禎，輯錄於《清詩話》上，台北：西南書局，民國 68.11。
18. 《明詩話全編》全十冊，吳文治編，南京：江蘇古籍出版社，1997。
19. 《唐詩紀事》上下冊，宋・計有功編撰，台北：鼎文書局，民國 60。
20. 《珊瑚鉤詩話》，宋・張表臣撰，嚴一萍選輯，板橋：藝文印書館，民國 54。
21. 《試律叢話》，清・梁章鉅撰 ，台北：廣文書局，65.03。
22. 《名家詩法彙編・卷之四　楊仲弘詩法》，台北：廣文書局 61.09。

23.《鈍吟雜錄》，清・馮班著，文淵閣四庫全書 886 冊，藝文印書館。

五、雜史筆記類

1.《唐五代筆記小說大觀》全二冊，上海古籍出版社，2000.3。
輯錄以下諸古籍：《唐語林》宋・王讜撰
《大唐新語》唐・劉肅撰
《唐國史補》唐・李肇撰
《雲溪友議》唐・范攄撰
《酉陽雜俎》唐・段成式撰
《唐摭言》後周・王定保撰

六、傳記、年譜類

1. 《唐五代文學編年史・初盛唐卷・中唐卷・晚唐卷》，傅璇琮主編遼海出版社，1998.12。
2. 《唐才子傳校箋》全五冊，元・辛文房撰　傅璇琮主編，北京中華書局，1987.05。
3. 《韓愈年譜及詩文繫年》，陳克明著，成都：巴蜀書社，1999.08。
4. 《白居易年譜》，朱金城撰，上海古籍出版社，1982。

七、近人專書類

1. 《唱和詩研究》，趙以武著，甘肅：甘肅文化出版社，1997.8。
2. 《唐詩體派論》，許總著，台北：文津出版社，民 83.10。
3. 《唐代科舉與文學》，傅璇琮著，台北：文史哲出版社，83.8。
4. 《大歷詩人研究》上下編，蔣寅著，北京：中華書局出版，1995.8。
5. 《賦學概論》，曹明綱著，上海古籍出版社，1998.11。
6. 《宋詩派別論》，梁昆著，東昇出版事業有限公司，1980。

7. 《科舉考試文體論稿：律賦與八股文》，鄺健行著，台灣書店印行，88.5。
8. 《唐代科舉制度研究》，吳宗國著，遼寧大學出版社，1997.3。
9. 《白居易資料彙編》，陳友琴編，北京：中華書局，1986.1。
10.《賦史》，馬積高著，上海古籍出版社，1998。
11.《敦煌古籍敘錄》，王重民撰，中華書局，1979。
12.《雜體詩釋例》，何文匯著，中文大學出版社，1991。
13.《唐人選唐詩新編》，傅璇琮編撰，陝西人民教育出版社，1996.07。
14.《唐代文學叢考》，陳尚君撰，北京：中國社會科學出版社，1997.10。
15.《唐代詩人叢考》，傅璇琮撰，北京：中華書局，1980.01。
16.《齊梁詩歌向盛唐詩歌的嬗變》，杜曉勤著，台北：商鼎文化出版社，1996.08。
17.《中國古代文人集團與文學風貌》，郭英德著，北京師範大學出版社，1998.11。
18.《白居易集綜論》，謝思煒著，北京：中國社會科學出版社，1997.08。
19.《唐代社會與元白文學集團關係之研究》，馬銘浩著，台灣學生書局，民國 80.06。
20.《元白詩箋證稿》《元氏長慶詩集》，陳寅恪撰，楊家駱主編，世界書局，民國 64.03。
21.《唐朝典制》，任爽著，長春：吉林文史出版社 1995.09。
22.《唐代文學家及文獻研究》，謝海平著，高雄：麗文文化事業公司，1996.04。
23.《唐代留華外國人生活考述》，謝海平著，台北：台灣商務印書館，1978.12。
24.《唐帝國的精神文明——民俗與文學》，程薔、董乃斌撰，北京：中國社會科學出版社，1996.08。
25.《文選贈答詩流變史》，張雅玲著，台北：文津出版社，1999.02。

26.《中國古代文體概論》，褚斌杰著，北京大學出版社，1997.12。
27.《字句鍛鍊法》，黃永武著，臺灣商務印書館發行，1996。
28.《中國辭賦流變史》，李曰剛著，台北：國立編譯館，民國 86.07。
29.《唐代文學論集》(全二冊)，羅聯添著，臺灣學生書局，民國 78.05。
30.《白氏文集批判的研究》，花房英樹著，京都：彙文堂書店，昭和 35 年 3 月。
31.《元白唱和集稿・元稹研究 II》，花房英樹著，京都府立大學中國文學研究室，1960.7。
32.《樂府詩述論》上編，王運熙著，上海古籍出版社。
33.《古典詩的形式結構》，張夢機著，駱駝出版社，1997.7。
34.《隋唐五代史》(全二冊)，王仲犖著，上海人民出版社，1997.6，第三次印刷。
35.《唐代文學研究叢稿》，戴偉華著，臺灣學生書局印行，1999.4。
36.《唐詩學探索》，蔡瑜著，台北：里仁書局，民國 87.4。
37.《唐代酒令藝術》，王昆吾著，東方出版中心 1996.10。
38.《初唐詩》，斯蒂芬・歐文著，廣西人民出版社，1987。
39.《宋元詩社研究叢稿》，歐陽光著，廣東高等教育出版社，廣州中山大學，1996。

八、期刊論文、論文集

1. 陳順智〈論唐太宗的雅正文學觀及其對貞觀詩壇的影響〉,《武漢大學學報》1994 年第 4 期。
2. 胡明〈關於唐詩——兼談近百年來的唐詩研究〉,《文學評論》1999 年第 2 期。
3. 賈晉華〈太宗朝宮廷詩人群〉,《清華學報》新二十九卷第 2 期民國 88.6。
4. 李立信〈論六朝詩之賦化〉,《第三屆中國詩學會議論文集》台灣彰化師範大學主辦之「第三屆中國詩學會議」民國 85.5。

5. 姚垚〈唐代唱和詩的源流和發展〉,《書目季刊》第十五卷第 1 期 1981。
6. 李立信〈論六朝賦之詩化〉，東海大學主辦之「第三屆魏晉南北朝文學國際學術研討會」民國 86.10。
7. 李立信〈從「和賦」看賦的文體屬性〉，第三屆國際辭賦學 學術研討會論文集 1996。
8. 陳尚君〈《登科記考》正補〉,《唐代文學研究》第四輯，廣西師範大學出版社。
9. 李立信〈重新評價六朝詩〉
10.鄺健行〈吳體與齊梁體〉,《唐代文學研究》第五輯，廣西師範大學出版社。
11.李立信〈從《白氏長慶集》看唐詩格律〉，行政院國家科學委員會專題研究計畫果報告，民 86.03。
12.黃坤堯〈唐詩中之齊梁體〉,《古典文學》第五集，1983。
13.郭紹虞《照隅室古典文學論集》(下編)，丹青圖書公司，民國 74。
14.陳增杰〈論唐人七律藝術的發展風貌〉,《浙江社會科學》1999 年 3 月。頁 144-150。
15.林明珠〈試論白居易宴集詩的藝術表現〉,《International Journal》第 6 卷，民國 86.06。
16.林明珠〈試論元白唱和詩的創作手法〉,《東吳中文所集刊》第 3 卷，民國 85.05。
17.張蜀蕙〈試論《二李唱和集》與白樂天詩之關係〉,《中華學苑》第 43 卷。
18.黃文吉〈唱和與詞體的興衰〉,《彰化師大國文系集刊》第 1 卷。
19.趙以武〈古詩唱和體說略〉,《國文天地》第 11 卷 ，第 7 期。
20.陳新雄〈蘇軾賞析（39）蘇黃首次唱和〉,《國文天地》，第 15 卷，第 6 期。
21.橘英範〈劉白唱和詩研究序說〉，日本‧廣島市‧廣島大學文學部，收於中央研究院民族所圖書館期刊室。

22.李建崑〈韓孟詩人集團之詩歌唱和研究〉,《興大文史學報》第 26 期。
23.趙昌平〈初唐七律的成熟及其風格溯源〉,《中華文史論叢》第四輯，1986。
24.張白影〈阿倍仲麻呂研究〉,《廣州師院學報》(社會科學版)第 20 卷，第 1 期。

九、學位論文

1. 王慈鸞《宋代雜體詩研究》，中正大學中國文學研究所碩士論文，民國 84.06。
2. 姚垚《皮日休陸龜蒙唱和詩研究》，臺灣中國文學研究所碩士論文民國 69。
3. 陳英《中國士人仕與隱的研究——以陶淵明詩文與蘇東坡之「和陶詩」爲主》，臺灣師範大學國文研究所碩士論文，民國 72。
4. 黃金榔《西崑酬唱集之研究》,政治大學中國文學研究所碩士論文，民國 78。
5. 金秀美《鄭谷交往詩研究》，政治大學中國文學研究所碩士論文，民國 84。
6. 杜卉仙《蘇黃唱和詩研究》，東吳大學中國文學研究所碩士論文，民國 85。
7. 陳玉雪《裴度交往詩研究》，中興大學中國文學研究所碩士論文，民國 85。
8. 廖志超《蘇軾蘇轍兄弟唱和詩研究》，臺灣師範大學國文研究所碩士論文，民國 86。
9. 吳元嘉《初唐宮廷詩內容探析—以君臣唱和詩爲主》，中興大學中國文學研究所碩士論文，民國 86。
10.劉明宗《宋初詩風體派發展研究》，高雄師範大學國文研究所博士論文，民國 83。

11.金汶洙《蘇軾和陶詩研究》，東海大學中國文學研究所碩士論文，民國 87。
12.耿志堅《唐代近體詩用韻研究》，政治大學中國文學研究所博士論文，民國 72.12。
13.呂珍玉《從全唐詩中六句詩看四句詩及八句詩之定體並附論六言詩》東海大學中國文學研究所碩士論文，民國 79。
14.李菁芳《聯句詩研究》，逢甲大學中國文學研究所碩士論文，民國 87.05。

十、工具書、類書

1. 《唐五代人物傳記資料綜合索引》，傅璇琮、張忱石、許逸民編撰，台北：文史哲出版，民國 82.12。
2. 《唐五代人交往詩索引》，吳汝煜主編，上海古籍出版社，1993.5。
3. 《全唐詩人名考》上下冊，吳汝煜、胡可先著，江蘇教育出版社，1990.8。
4. 《全唐詩人名考證》上下冊，陶敏撰，陝西人民教育出版社，1996.8。
5. 《冊府元龜・卷六二四・貢舉部》，宋・王欽若編，北京中華書局，1996。
6.《古今圖書集成・方輿匯編・職方典》，清・陳夢雷編，臺北鼎文書局，1976。
7. 《唐集敘錄》，萬曼著，台灣明文書局，民國 71.2。
8. 《全唐詩重出誤收考》，佟培基著，西安：陝西人民教育出版社，1990.7。
9. 《唐尚書省郎官石柱題名考》，清・勞格、趙，北京中華書局，1992.4。
10.《唐御史臺精舍題名考》，清・勞格、趙，張忱石點校，北京中華書局，1997.6。
11.《唐人行第錄》，岑仲勉著，臺北九思出版社，民國 67。

12.《中國文學家大辭典——先秦魏晉南北朝卷》，曹道衡、沈玉成 編撰，北京中華書局，1996.08。
13.《中國文學家大辭典——唐五代卷》，周祖譔主編，北京中華書局，1996.08。
14.《唐方鎮文職僚佐考》，戴偉華，天津古籍出版社，1994.01。
15.《中國文體學辭典》，朱子南主編，湖南教育出版社，1988.11。
16.《全唐詩人名考證》，陶敏撰，陝西人民教育出版社，1996.08。
17.《中國詩話辭典》，蔣祖怡、陳志椿主編，北京出版社，1996.01。
18.《唐律疏議箋解》上下冊，劉俊文撰，北京中華書局，1996.06。
19.《中國歷史紀年表》，台灣：華世出版社，1978.01。
20.《登科記考》全三冊，清・徐松撰，趙守儼點校，北京：中華書局，1993.09。
21.《四庫全書・子部》，原文電子版，武漢大學出版。

附錄一：《魏晉南北朝和詩表》[1]

作者	和詩	備註
晉詩卷第十四 （晉）劉程之 王喬之 張　野	奉和慧遠遊廬山詩	原唱為釋慧遠〈廬山東林雜詩〉詩紀云：一作廬山詩。
晉詩卷第十六 陶淵明	五月旦作和戴主簿詩	
	和劉柴桑詩	
	和郭主簿詩二首	
	歲暮和張常侍詩	
	和胡西曹示顧賊曹詩	
宋詩卷三 （宋）謝靈運	登臨海嶠初發疆中作與從弟惠連可見羊何共和之詩	四章。詩紀云：「集作登臨海嶠與弟惠連」。四章均五言八句。
宋詩卷五 顏延之	和謝監靈運詩	原詩為謝靈運〈還舊園作見顏范二中書〉。
宋詩卷六 顏竣	和琅琊王依古詩	
謝莊	和元日雪花應詔詩	原詩為劉義恭〈元日雪花應詔〉。
宋詩卷八 鮑照	和王丞詩	
	和傅大農與僚故別詩	
宋詩卷九	學陶彭澤體詩奉和王義興	
	和王護軍秋夕詩	五言十八句。原詩為王僧達〈秋夕〉。
	和王義興七夕詩	五言八句。原詩為王僧達〈七夕月下〉。
齊詩卷二 （齊）王融	奉和秋夜長	首句三言。共四句。 〈玉臺〉首句作：秋夜長復。
	寒晚敬和何徵君點詩	
	古意詩二首詩紀作和王友德元古意二首。	一為五言十句，（平微韻）。一為五言十句，（平仄換韻）。
	奉和竟陵王郡縣名詩	
	和南海王殿下詠秋胡妻詩	
	奉和月下詩	
	奉和代徐詩二首	

1　本表以逯欽立《先秦漢魏晉南北朝詩》為底本，參酌趙以武《唱和詩研究》一書中所查考之原唱與和詩表而來。

	奉和纖纖詩	
齊詩卷三 謝朓	同謝諮議詠銅爵臺	
	同王主簿有所思	
	同羇夜集詩	
齊詩卷四	奉和竟陵王同沈右率過劉先生墓詩	原詩為蕭子良〈登山望雷居士精舍同沈右衛過劉先生墓下作〉詩。
	和何議曹郊遊詩二首	
	和劉西曹望海臺詩	
	和宋記室省中詩	
	和王著作融八公山詩	
	和伏武昌登孫權故城詩	
	夏始和劉潺陵詩	
	新治北窗和何從事詩	
	和王主簿季哲怨情詩	
	和徐都曹出新亭渚詩	原詩為徐勉〈昧旦出新亭渚〉詩。
	和劉中書繪入琵琶峽望積布磯詩	原詩為劉繪〈入琵琶峽望積布磯〉詩。
	和蕭中庶直石頭詩	原詩為蕭衍〈直石頭〉詩。
	和王長史臥病詩	原詩為王秀之〈臥病敘意〉詩。
	和江丞北戍琅邪城詩	原詩為江孝嗣〈北戍琅琊城〉詩。
	和沈祭酒行園詩	原詩為沈約〈行園〉詩。
	奉和隨王殿下詩十六首	
	和紀參軍服散得益詩	
	和王中丞聞琴詩	
	和別沈右率諸君詩詩紀作和沈右率諸君餞謝文學	原詩為范雲、沈約、虞炎、劉繪、王融等所作〈餞謝文學離夜〉；蕭琛〈餞謝文學〉
	落日同何儀曹煦詩	
	阻雪連句遙贈和 聯句詩	原詩為沈約、劉繪、謝昊、王僧儒、王融、江革等所作〈阻雪聯句〉。
	還塗臨渚（遙和）	原詩為何煦、吳郎〈還塗臨渚〉。
齊詩卷五 虞炎	奉和竟陵王經劉巘墓下詩	原詩為蕭子良〈登山望雷居士精舍同沈右衛過劉先生墓下作〉詩。
劉繪	和池上梨花詩	和王融。原詩為王融〈詠池上梨花〉詩。
	和徐孝嗣詩	遺佚
梁詩卷一 （梁）梁武帝蕭衍	和太子懺悔詩	原詩為蕭綱〈蒙預懺悔（又題蒙預懺直疏）〉。王筠同和
梁詩卷二 范雲	奉和齊竟陵王郡縣名詩	沈約、王融同賦。
梁詩卷三 江淹	燈夜和殷長史詩	
	贈鍊丹法和殷長史詩	
	秋夕納涼奉和刑獄舅詩	
	冬盡難離和丘長史詩	
	當春四韻同□左丞詩	韻腳為：花、霞、斜、華

	感春冰遙和謝中書詩二首	
梁詩卷五 任昉	奉和登景陽山詩	
	同謝　花雪詩	
梁詩卷六 沈約	酬謝宣城朓詩	謝宣城詩集四作〈答謝宣城〉，文選三十作〈和謝宣城〉
	和竟陵王遊仙詩二首	
	和左丞庾杲之移病詩	
	和竟陵王抄書詩	
梁詩卷七	奉和竟陵王郡縣名詩	王融、范雲同賦。
	奉和竟陵王藥名詩	
	和陸慧曉百姓名詩	
	和王中書德充白雲詩	
	和劉雍州繪博山香爐詩	原詩為劉繪〈詠博山香爐〉詩。
	奉和竟陵王經劉瓛墓詩	原詩為蕭子良〈登山望雷居士精舍同沈右衛過劉先生墓下作〉詩。
	和劉中書仙詩二首	
	和王衛軍解獎詩	
	出重圍和傅昭詩	
	憩郊園和約法師採藥詩	
梁詩卷八 柳惲	奉和竟陵王經劉瓛墓下詩	原詩為蕭子良〈登山望雷居士精舍同沈右衛過劉先生墓下作〉詩。
何遜	春夕早泊和劉諮議落日望水詩	
	和劉諮議守風詩	
	和蕭諮議岑離閨怨詩	
梁詩卷九	登禪岡寺望和虞記室詩	
	日夕出富陽浦口和朗公詩	
	同虞記室登樓望遠歸詩	
	和司馬博士詠雪詩	
王訓	奉和同泰寺浮圖詩	和簡文。原詩為蕭綱〈望同泰寺浮圖〉庾肩吾、王臺卿、庾信同和
	奉和率爾有詠詩	原詩為蕭綱〈率爾為詠〉。
梁詩卷十 吳均	同柳吳興烏亭集送柳舍人詩	
梁詩卷十一	和蕭洗馬子顯古意詩六首	
	共賦韻詠庭中桐詩	初學記二十八、文苑英華三百二十四作同詠庭中桐。
	和柳惲毗山亭詩	「平湖曠復遠，高樹峻而危。」
梁詩卷十三 陸倕	和昭明太子鍾山解講詩	原詩為蕭統〈鍾山解講〉。蕭子顯、劉孝綽、劉孝儀同和
陸罩	奉和往虎窟山寺詩	和簡文。原詩為蕭綱〈往虎窟山寺〉，鮑至、王臺卿、王冏、孔勳同和。
梁詩卷十四 昭明太子蕭統	和武帝遊鍾山大愛敬寺詩	原詩為〈游鍾山大愛敬寺〉
	同泰僧正講詩（並序）	

	※講席將畢賦三十韻詩依次用	
梁詩卷十五 蕭琛	和元帝詩	
何思澄	奉和湘東王教班婕妤詩	
劉遵	和簡文帝賽漢高帝廟詩	原詩為蕭綱〈漢高廟賽神〉。劉孝儀、庾肩吾、王臺卿、徐陵同和。
徐勉	和元帝詩	
陶弘景	和約法師臨友人詩	
蕭子顯	奉和昭明太子鍾山解講詩	原詩為蕭統〈鍾山解講〉。陸倕、劉孝綽、劉孝儀同和
	春別詩四首	詩紀云：簡文、元帝同和。七言
梁詩卷十六 劉孝綽	奉和昭明太子鍾山解講詩	原詩為蕭統〈鍾山解講〉。蕭子顯、陸倕、劉孝儀同和
	和湘東王理訟詩	
	侍宴同劉公幹應令詩	
	同武陵王看妓詩	
	奉和湘東王應令詩二首 〈春宵〉〈冬曉〉	
	和詠歌人偏得日照詩	和周弘正
梁詩卷十七 劉緩	奉和玄圃納涼詩	
	和晚日登樓詩	
	雜詠和湘東王詩三首	
梁詩卷十八 劉孝威	和王竟陵愛妾換馬	
	奉和簡文帝太子應令詩	
	奉和六月壬午應令詩	
	奉和晚日詩	
	和皇太子春林晚雨詩	
	奉和逐涼詩	
	和簡文帝臥疾詩	
	奉和湘東王應令詩二首 〈春宵〉〈冬曉〉	
	七夕穿針詩	和簡文
	和定襄侯初笄詩	
	和簾裏燭詩	
梁詩卷十九 劉孝儀	和昭明太子鍾山解講詩	原詩為蕭統〈鍾山解講〉。蕭子顯、劉孝綽、陸倕同和
	和簡文帝賽漢高廟詩	原詩為蕭綱〈漢高廟賽神〉。劉遵、庾肩吾、王臺卿、徐陵同和。
	＊和詠舞詩	原詩為蕭綱〈詠舞〉
	＊又和	
武陵王蕭紀	同蕭長史看妓	
	和湘東王夜夢應令詩	

梁詩卷二十 梁簡文帝蕭綱	和人愛妾換馬	
梁詩卷二十一	和贈逸民應詔詩	十二章。四言。原詩為蕭衍〈贈逸民〉。
	和武帝宴詩二首	一作和武帝講武宴
	奉和登北顧樓詩	和武帝。原詩為蕭衍〈登北顧樓〉。
	和徐錄事見內人作臥具詩	
	和湘東王名士悅傾城詩	
	和藉田詩	和武帝。原詩為蕭衍〈藉田〉
	和湘東王首夏詩	
梁詩卷二十二	和林下妓應令詩	
	同劉諮議詠春雪詩	
	和湘東王陽雲樓簷柳詩	
	和蕭東陽祀七里廟詩	
	和湘東王三韻詩二首 〈春宵〉〈冬曉〉	五言六句
	同庾肩吾四詠詩二首 〈蓮舟買荷度〉〈照流看落釵〉	
	仰和衛尉新渝侯巡城口號詩	庾肩吾、王筠同賦
	和會三教詩	和武帝。原詩為蕭衍〈會三教〉詩。
	和人渡水詩	
	*和湘東王後園迴文詩	「枝雲間石峰，脈水浸山岸。池清戲鵠聚，樹秋飛葉散。」
	*和湘東王古意詠燭詩	「花中燭，似將人意同。憶啼流膝上，燭焰落花中。」
	和蕭侍中子顯春別詩四首	七言
梁詩卷二十三 庾肩吾	奉和泛舟漢水往萬山應教詩	原詩為蕭綱〈玩漢水〉
	和衛尉新渝侯巡城口號詩	詩紀云：簡文帝、王筠同賦
	和太子重雲殿受戒詩	原詩為蕭綱〈蒙華林園戒〉。釋惠令同和。
	詠同泰寺浮圖詩	和簡文。原詩為蕭綱〈望同泰寺浮圖〉王訓、王臺卿、庾信同和
	和劉明府觀湘東王書詩	
	和竹齋詩	
	奉和春夜應令詩	
	奉和武帝苦旱詩	
	奉和太子納涼梧下應令詩	和簡文
	和晉安王薄晚逐涼北樓回望應教詩	
	詠美人看畫應令詩	詩紀云：和簡文。原詩為蕭綱〈詠美人看畫〉
	奉和藥名詩	
	和望月詩	
	和徐主簿望月詩	
	同蕭左丞詠摘梅花詩	
	和晉安王詠燕詩	

	奉和湘東王應令詩二首 〈春宵〉〈冬曉詩〉	
梁詩卷二十四 王筠	和衛尉新渝侯巡城口號詩	簡文帝、庾肩吾同賦
	奉和皇太子懺悔應詔詩 詩序云:「奉和皇太子懺悔詩。仍上皇宸,極□□聖旨即疏降,同所用十韻,私心慶躍,得未曾有,招採餘韻,更題鄙拙。」	梁簡文有蒙預懺直疏詩。
	和皇太子懺悔詩	原詩為蕭綱〈蒙預懺悔(又題蒙預懺直疏)〉。蕭衍同和。
	和吳主簿詩六首	
	和孔中丞雪裏梅花詩	
	和蕭子範入元襄王第詩	
	和劉尚書詩	五言二句。
鮑至	奉和往虎窟山寺詩	和簡文。原詩為蕭綱〈往虎窟山寺〉,陸罩、王臺卿、王冏同和。
鮑泉	奉和湘東王春日詩	
邵陵王蕭綸	*和湘東王後園迴文詩	「燭華臨靜夜,香氣入重幃。曲度聞歌遠,繁絃覺舞遲。」
梁詩卷二十五 梁元帝蕭繹 (湘東王)	和王僧辯從軍詩	
	和劉尚書兼明堂齋宮詩	
	和劉尚書侍五明集詩	詩紀云:「藝文作和劉尚書侍講。」
	和鮑常侍龍川館詩	
	和劉上黃春日詩	
	和林下作妓應令詩	和昭明
	和彈箏人詩二首	和昭明。原詩為蕭統〈詠彈箏人〉
	後園作迴文詩	詩紀云:此詩藝文次王融迴文詩後。然觀簡文諸人和詩,知此詩為元帝作,藝文逸名耳。今列於此,俟再考也。
	春別應令詩四首	和簡文。七言
梁詩卷二十六 劉孝先	和兄孝綽夜不得眠詩	
	和亡名法師秋夜草堂寺禪房月下詩	
上黃侯　蕭曄	奉和太子秋晚詩	
江洪	和新浦侯齋前竹詩	
	和新浦侯詠鶴詩	
孔翁歸	奉和湘東王教班婕妤詩	
何子朗	和虞記室騫古意詩	
	和繆郎視月詩	
梁詩卷二十七 費昶	和蕭記室春旦有所思詩	

	和蕭洗馬畫屏風詩二首 〈陽春發和氣〉〈秋夜涼風起〉	
王臺卿	和簡文帝賽漢高祖廟詩	原詩為蕭綱〈漢高廟賽神〉。劉孝儀、庾肩吾、劉遵、徐陵同和。
	奉和望同泰寺浮圖詩	詩紀云：和簡文。原詩為蕭綱〈望同泰寺浮圖〉庾肩吾、王訓、庾信同和
	奉和往虎窟山寺詩	和簡文。原詩為蕭綱〈往虎窟山寺〉，鮑至、陸罩、王冏同和。
	奉和泛江詩	原詩為蕭綱〈犯舟橫大江〉
	山池應令詩	詩紀云：和簡文
	同蕭治中十詠二首 〈蕩婦高樓月〉〈南浦別佳人〉	
	詠水中樓影詩	詩紀云：和簡文
王冏	奉和往虎窟山寺詩	詩紀云：和簡文。原詩為蕭綱〈往虎窟山寺〉，鮑至、王臺卿、王冏、孔勳同和。
朱超	奉和登百花亭懷荊楚詩	詩紀云：和元帝
謝瑱	和蕭國子詠柰花詩	
鄧鏗	和陰梁州雜怨詩	
	奉和夜聽妓聲詩	
梁詩卷二十八 沈君攸	同陸廷尉驚早蟬詩	
姚翻	同郭侍郎採桑詩	
甄固	奉和世子春情詩	
江伯瑤	和定襄侯楚越衫詩	
劉令嫺	和婕妤怨詩	
梁詩卷三十 釋智藏	奉和武帝三教詩	原詩為蕭衍〈會三教〉詩。
釋惠令	和受戒詩	庾肩吾有和太子重雲殿受戒詩
北齊詩卷一 （北齊）蕭祇	＊和迴文詩	和湘東王後園。 「危臺出岫迴，曲澗上橋斜。池蓮隱弱芰，徑篠落藤花。」
北齊詩卷二 蕭慤	奉和濟黃河應教詩	
	和崔侍中從駕經山寺詩	
	奉和悲秋應令詩	
	奉和元日詩	
	奉和初秋西園應教詩	
	奉和冬至應教詩	
	奉和望山應教詩	
	奉和詠龍門桃花詩	
	和司徒鎧曹陽辟疆秋晚詩	
顏之推	＊和陽納言聽鳴蟬篇（三五七雜言）	隋　盧思道同賦
北周詩卷一 北周明帝宇文毓	和王褒詠摘花	

李昶	奉和重過適陽關	
宗懍	和歲首寒望詩	
蕭撝	和梁武陵王遙望道館詩	
王褒	奉和趙王途中五韻詩	
	和張侍中看獵詩	
	和庾司水修渭橋詩	
	玄圃濬池臨泛奉和詩	
	和從弟祐山家詩二首	
	和殷廷尉歲暮詩	
	奉和趙王隱士詩	詩紀云：庾信同賦
北周詩卷二 庾信	奉和泛江詩	
	奉和山池詩	詩紀云：梁簡文有山池詩
	陪駕幸終南山和宇文內史詩	
	和宇文內史春日遊山詩	
	和宇文京兆遊田詩	
	和趙王送峽中軍詩	
	奉和趙王途中五韻詩	詩紀云：藝文云王褒作，庾集載此，疑誤收也。
	同盧記室從軍詩	
	奉和闡弘二教應詔詩	
	奉和趙王遊仙詩	
	奉和同泰寺浮圖詩	詩紀云：和梁簡文帝。原詩為蕭綱〈望同泰寺浮圖〉庾肩吾、王臺卿、王訓同和
	奉和法筵應詔詩	
	和從駕登雲居寺塔詩	詩集無塔字
	和何儀同講竟述懷詩	詩集和上有五言二字
	奉和趙王隱士詩	詩紀云：王褒同賦
北周詩卷三	和張侍中述懷詩	
	奉和示內人詩	
	奉和趙王美人春日詩	
	奉和趙王春日詩	
	和詠舞詩	詩紀云：梁簡文有詠舞詩
	預麟趾殿校書和劉儀同詩	
	和宇文內史入重陽閣詩	
	同會河陽公新造山池聊得寓目詩	
	同顏大夫初晴詩	
	奉和趙王喜雨詩	
	和李司錄喜雨詩	詩集無司字
	奉和趙王西京路春旦詩	
	奉和夏日應令詩	
	和樂儀同苦熱詩	
	和裴儀同秋日詩	

	和王少保遙傷周處士詩	
	仰和何僕射還宅懷故詩	
北周詩卷四	和人日晚景宴昆明池詩	
	奉和濬池初成清晨臨泛詩	
	和靈法師遊昆明池詩二首	
	和王內史從駕狩詩	
	奉和永豐殿下言志詩十首	
	奉和賜曹美人詩	詩集曹字作曾
	和趙王看伎詩	
	奉和初秋詩	
	和潁川公秋夜詩	
	奉和趙王詩	
	和劉儀同臻詩	
	和庾四詩	
	和侃法師三絕詩	詩紀云：一作和侃法詩別詩
	和江中賈客詩	
	奉和平鄴應詔詩	
	和趙王看妓詩	
	和淮南公聽琴聞弦斷詩	
	和迴文詩	詩紀云：和湘東王後園
陳詩卷一 （陳）沈炯	同庾中庶肩吾周處士弘讓遊明慶寺詩	
	和蔡黃門口字詠絕句詩	
陰鏗	和登百花亭懷荊楚詩	
	和傅郎歲暮還湘州詩	
	和樊晉陵傷妾詩	
	和侯司空登樓望鄉詩	
陳詩卷二 周弘正	和庾肩吾入道館詩	
陳詩卷三 張正見	和諸葛覽從軍遊獵詩	
	和陽侯送袁金紫葬詩	
	和衡陽王秋夜詩	
陳詩卷四 陳後主叔寶	同江僕射遊攝山棲霞寺詩	
	同平南弟元日思歸詩	
	同管記陸琛七夕五韻詩	
	同管記陸瑜七夕四韻詩	陸瑜、王瓊等二人上和
	五言同管記陸瑜九日觀馬射詩	
陳詩卷五 徐陵	同江詹事登宮城南樓詩	
	奉和詠舞詩	詩紀云：簡文有詠舞詩
	和簡文帝賽漢高祖廟詩	原詩為蕭綱〈漢高廟賽神〉。劉孝儀、庾肩吾、王臺卿、劉遵同和。
	奉和山池詩	詩紀云：梁簡文有山池詩

	和王舍人送客未還閨中有望詩	
	奉和簡文帝山齊詩	
孔魚	和六府詩	
	和張湖熟雹詩	四言四句
陳詩卷六 徐孝克	仰同令君攝山棲霞寺山房夜坐六韻詩	
	仰和令君詩	
陳詩卷八 江總	和張記室源傷往詩	詩紀云：集作傷佳人
	和衡陽殿下高樓看妓詩	
	奉和東宮經故妃舊殿詩	
	同庾信答林法師詩	
陳詩卷九 孔範	和陳主詠鏡詩	
隋詩卷一 孫萬壽	和張丞奉詔於江都望京口詩	
	和周記室遊舊京詩	
隋詩卷二 李孝貞	奉和從叔光祿愔元日早朝詩	
隋詩卷四 薛道衡	奉和月夜聽軍樂應詔詩	
	奉和臨渭源應詔詩	
	＊和許給事善心戲場轉韻詩	先韻→陽韻→沃韻→寒韻→寘韻→灰韻
隋詩卷五 柳	奉和晚日楊子江應制詩	
	奉和晚日楊子江應教詩	
	奉和春日臨渭水應令詩	
牛弘	奉和冬至乾陽殿受朝應詔詩	
蕭琮	奉和御製夜觀星示百僚詩	
袁慶	奉和御製月夜觀星示百僚詩	
崔仲方	奉和周趙王詠石詩	
王胄	奉和賜酺詩	
	奉和悲秋應令詩	
諸葛穎	奉和御製月夜觀星示百僚詩	
	奉和方山靈巖寺應教詩	
	奉和出潁至淮應令詩	
	奉和通衢建燈應教詩	
	春江花月夜	和煬帝
隋詩卷六 許善心	奉和賜詩	
	奉和還京師詩	
	奉和冬至乾陽殿受朝應詔詩	
虞世基	奉和幸江都應詔詩	
	奉和望海詩	

	奉和幸太原輦上作應詔詩	
（隋入唐） 虞世南	奉和御製月夜觀星示百僚詩	隋時所作和詩
	奉和幸江都應詔詩	
	奉和獻歲讌宮臣詩	
	奉和出潁至淮應令詩	
蔡允恭	奉和出潁至淮應令詩	
劉斌	和謁孔子廟詩	詩紀云：一作李百藥
	和許給事傷牛尚書弘詩	
隋詩卷七 弘執恭	奉和出潁至淮應令詩	
	和平涼公觀趙郡王妓詩	
卞斌	和孔侍郎觀太常新奏樂詩	
劉端	和初春宴東堂應令詩	
呂讓	和入京詩	
隋詩卷十 僧法宣	和趙郡王觀妓應教詩	
釋慧淨	和琳法師初春法集之作詩	
	和盧贊府遊紀國道場詩	

附錄二：《全唐詩》和詩表[1]

卷數	和詩作者	和詩	韻	言／句	卷數	原詩作者	原詩	韻原	言／句	備註
3	明皇帝	同玉真公主過大哥山池	庚	5/8		玉真公主				*
3		同劉晃喜雨	真	5/8		劉晃				
5	上官昭容	奉和聖製立春日侍宴内殿出翦綵花應制	魚	5/8		中宗				
6	韓王元嘉	奉和同太子監守為戀	陽	5/14						
6	越　王貞	奉和聖製過溫湯	尤	5/10	2	高宗	過溫湯		5/10	
7	尚宮宋氏若昭	奉和禦製麟德殿宴百僚應制	東	5/12	4	德宗	麟德殿宴百僚	陽	5/12	
7	尚宮宋氏若憲	奉和禦製麟德殿宴百官（一作若荀詩）	陽	5/12	4	德宗	麟德殿宴百僚	陽	5/12	依韻。
7	鮑君徽	奉和麟德殿宴百僚應「制」	蕭	5/12	4	德宗	麟德殿宴百僚	陽	5/12	
30	袁朗	和洗掾登城南板望京邑	平仄換韻	5/48						
30	顏師古	奉和正日臨朝	真	5/8	1	太宗	正日臨朝	陽	5/16	
31	魏徵	奉和正日臨朝應詔	刪先	5/16	1	太宗	正日臨朝	陽	5/16	
32	褚亮	奉和詠日午	微	5/8		太宗				
32	〃	奉和望月應魏王教	先	5/8		李泰				
32	〃	奉和禁苑餞別應令	庚	5/20		李世民				
32	〃	和禦史韋大夫喜霽之作	東	5/12		韋挺	喜霽			
33	岑文本	奉和正一作元日臨朝	虞	5/16	1	太宗	正日臨朝	陽	5/16	

[1] 備註欄中〔＊〕表示詩題有同題之作或〔一同〕、〔一起〕之可能性，尚待考證。

34	楊師道	奉和夏日晚景應詔	陽	5/12		太宗				
34	〃	奉和聖製春日望海	陽	5/20	1	太宗	春日望海	陽	5/12	
34	〃	奉和詠弓（紀事作董思恭詩）	先	5/4	1	太宗	詠弓	阮銑	5/4	
34	〃	奉和正日臨朝應詔	真	5/4	1	太宗	正日臨朝	陽	5/16	
35	許敬宗	奉和執契靜三邊應詔	平仄換韻	5/40	1	太宗	執契靜三邊	平仄換韻	5/40	
35	〃	奉和行經破薛舉戰地應制	庚	5/20	1	太宗	經破薛舉戰地	平仄換韻	5/40	
35	〃	奉和入潼關	支	5/14	1	太宗	入潼關	庚	5/14	
35	〃	奉和春日望海	陽	5/20	1	太宗	春日望海	陽	5/20	
35	〃	奉和元日應制	真	5/16	1	太宗	元日	陽	5/16	
35	〃	奉和初春登樓即目應詔	庚	5/16	1	太宗	初春登樓即目觀作述懷	侵	5/16	
35	〃	奉和秋日一作月即目應制	先	5/16	1	太宗	秋日即目	東	5/16	
35	許敬宗	奉和秋暮言制應制	微	5/10		太宗	秋暮言志	東	5/10	
35	〃	奉和喜雪應制	平仄換韻	5/22	1	太宗	喜雪	平仄換韻	5/22	
35	〃	奉和登陝州城樓應制	東	5/10	1	太宗	春日登陝州城樓俯眺原野迴舟碧綴煙霞密翠斑紅芳菲花柳即目川岫以命篇	庚	5/10	
35	〃	奉和七夕宴懸圃應制二首		5/8	2	高宗	七夕宴懸圃		5/8	和作第二首依韻
35	〃	奉和儀鸞殿早秋應制	尤	5/8	1	太宗	儀鸞殿早秋	支	5/8	
35	〃	奉和詠雨應詔	尤	5/8	1	太宗	詠雨二首	歌先	5/8	
35	〃	奉和過慈恩寺應制	灰	5/8		高宗				
35	〃	奉和過舊宅應制	陽	5/14	1	太宗	過舊宅二首	麻；東冬	5/8 5/14	
35	〃	奉和宴中山應制	尤	5/12	1	太宗	宴中山	陽	5/12	
35	〃	奉和聖製登三臺言志應制	尤	5/22	1	太宗	登三臺言志	真	5/22	
35	〃	奉和聖製送來濟應制	東	7/8	1	太宗	餞中書侍郎來濟	陽	7/8	
36	李義府	和邊城秋氣早	平仄換韻	5/18						

36	虞世南	奉和幽山雨後應令	東	5/10		李世民				
36	〃	奉和詠日午	麻	5/8		太宗				
36	〃	奉和詠風應魏王教	陽	5/4		李泰				
36	〃（以下諸詩皆在隋時所作）	奉和月夜觀星應令	真	5/14						
36	〃	和鑾輿頓戲下	蕭	5/16						
36	〃	奉和至壽春應令	尤	5/20						
36	〃	奉和幸江都應令	虞	5/24						
36	〃	奉和獻歲讌宮臣	先	5/8						
36	〃	奉和出潁至淮應令	侵	5/8						
38	蔡允恭	奉和出潁至淮應令（在隋時所作）	微	5/8						
38	杜之松	和衛尉寺柳	庚	5/8	33	于志寧	詠柳	庚	5/8	
39	庾抱	和樂記室憶江水	歌	5/4		樂彥				
39	薛元超	奉和同太子違戀	蕭	5/14		李元嘉				
39	張文琮	同潘屯田冬日早朝	月	5/10						
39	〃	和楊舍人詠中書省花樹	東	5/8						
40	上官儀	奉和過舊宅應制	尤	5/14		太宗	過舊宅			
40	〃	奉和潁川公秋夜	願翰霰	5/8		韓瑗				
40	上官儀	和太尉戲贈高陽公	平仄換韻	7/18						
40	〃	奉和山夜臨秋	侵	5/8		太宗				
40	〃	奉和秋日即目應制	陽	5/16	1	太宗	秋日即目	東	5/16	
41	盧照鄰	和王奭秋夜有所思	支	5/12		王奭				
41	〃	同臨津紀明府孤雁	陽	5/12						
42	〃	和吳侍御被使燕然	支	5/8						
42	〃	同崔錄事哭鄭員外	元	5/24						
43	李百藥	和許侍郎遊昆明池	先	5/20						
43	〃	奉和正日臨朝應詔	庚	5/8	1	太宗	正日臨朝	陽	5/16	

43	〃	奉和初春出遊應令	先	5/8						
44	劉禕之	奉和太子納妃太平公主出降	東	5/8	2	高宗	太子納妃太平公主出降	平仄換韻	5/24	
44	〃	奉和別越王	歌	5/8		李貞				
44	李敬玄	奉和別魯王	先	5/14						
44	〃	奉和別越王	陽	5/8						
44	張大安	奉和別越王	庚	5/8						
44	元萬頃	奉和太子納妃太平公主出降	支	5/8	2	高宗	太子納妃太平公主出降	平仄換韻	5/24	
44	〃	奉和春日池臺	支	5/4						
44	〃	奉和春日二首	陽微	均 7/4						
44	郭正一	奉和太子納妃太平公主出降	齊	5/8	2	高宗	太子納妃太平公主出降	平仄換韻	5/24	
44	胡元範	奉和太子納妃太平公主出降三首	尤隊先	均 5/8	2	高宗	太子納妃太平公主出降	平仄換韻	5/24	
44	任希古	奉和太子納妃太平公主出降	真	5/8	2	高宗	太子納妃太平公主出降	平仄換韻	5/24	
44	〃	和東觀群賢七夕臨泛昆明池	先	5/20						
44	〃	和左僕射燕公春日端居述懷	真	5/24		于志寧				
44	〃	和長孫秘監伏日苦熱	微	5/10		長孫沖				
44	〃	和李公七夕	遇	5/24		李嶠				和謝惠連體
44	〃	和長孫祕監七夕	微	5/12		長孫沖				
44	裴守真	奉和太子納妃太平公主出降三首	微敬陽	均 5/8	2	高宗	太子納妃太平公主出降	平仄換韻	5/24	
44	楊思玄	奉和聖製過溫湯	魚	5/10	2	高宗	過溫湯		5/10	
44	〃	奉和別魯王	尤	5/14						
44	王德真	奉和聖製過溫湯	先	5/10	2	高宗	過溫湯		5/10	
44	鄭義真	奉和聖製過溫湯	寒	5/10	2	高宗	過溫湯		5/10	
44	蕭楚材	奉和展禮岱宗途經濮濟	庚	5/10						
44	薛克構	奉和展禮岱宗途經濮濟	青	5/10						
45	許天正	和陳元光潮寇詩	東	5/14		陳元光	元光贈詩云:「參軍許天正，是用紀邦勛。」			天正和之
45	薛慎惑	奉和進船洛水應制(一作孫逖詩)	尤	5/8						
45	賀敳	奉和九月九日應制		5/18	1	太宗	九月九日		5/18	

46	狄仁傑	奉和聖製夏日遊石淙山	尤	7/8	5	武后	石淙	微	7/8	
46	崔日用	奉和九月九日登慈恩寺浮圖應制	東	5/8		中宗				
46	〃	奉和聖製送張說巡邊	庚	5/20	3	玄宗	送張說巡邊	陽	5/20	
46	〃	奉和立春遊苑迎春應制	庚	7/8	2	中宗	立春日遊苑迎春	麻	7/8	
46	〃	奉和人日重宴大明宮恩賜綵縷人勝應制	蕭	7/8		中宗				
46	〃	奉和聖製龍池篇	虞	7/8						
46	〃	奉和送金城適西蕃	歌	5/8		中宗				
46	宗楚客	奉和人日清暉閣宴群臣遇雪應制	刪	5/8		中宗				
46	〃	奉和幸上陽宮侍宴應制	先	5/12		武后				
46	〃	奉和幸安樂公主山莊應制	庚	7/8		中宗				
46	〃	奉和聖製喜雪應制	先	7/8		中宗				
46	〃	奉和九日幸臨渭亭登高應制得暉字	微	5/8	2	中宗	九月九日幸臨渭亭登高得秋字	尤	5/8	
47	張九齡	奉和聖製龍燭齋祭	平仄換韻	4/20		玄宗				
47	〃	奉和聖製喜雨	平仄換韻	4/20	3	玄宗	同劉晃喜雨	真	5/8	
47	〃	奉和聖製幸晉陽宮	寒	5/24		玄宗				
47	〃	奉和聖製次成臯先聖擒建德之所	刪	5/12	3	玄宗	行次成臯途經先聖擒竇建德之所緬思功業感而賦詩	庚	5/12	
47	〃	奉和聖製賜諸州刺史以題座右	元	5/20	3	玄宗	賜諸州刺史以題座右	陽	5/20	
47	〃	奉和聖製送十道採訪使及朝集史	藥	5/16		玄宗				
47	〃	奉和聖製謁玄元皇帝廟齋	先	5/20		玄宗				
47	〃	和黃門盧監望秦始皇陵	藥	5/20		盧懷慎				
47	〃	和吏部李侍郎見示秋夜望月憶諸	蕭	5/16		李林甫				

		侍郎之什其卒章有前後行之戲因命僕繼作								
47	張九齡	奉和聖製瑞雪篇		雜/34		玄宗				和詩為雜言騷體
48	〃	奉和聖製經孔子舊宅	支	5/8	3	玄宗	經鄒魯祭孔子而嘆之	東	5/8	
48	〃	奉和聖製次瓊嶽韻	侵	5/8		玄宗				
48	〃	奉和聖製初出洛城	麻	5/8		玄宗				
48	〃	奉和聖製途次陝州作	東	5/8	3	玄宗	途次陝州	東	5/8	依韻詩
48	〃	和崔黃門寓直夜聽蟬	支	5/8		崔日用				
48	〃	和姚令公從幸溫湯喜雪	尤	5/8		姚崇				
48	〃	和王司馬折梅寄京邑昆弟	支	5/8		疑為王震				
48	〃	和黃門盧侍郎詠竹	支	5/8		盧懷慎				
48	〃	和韋尚書答梓州兄南亭宴集	尤	5/8		韋抗				
48	〃	奉和聖製早發三鄉山行	真	7/8		玄宗				
48	〃	奉和聖製龍池篇	先	7/8		玄宗				
49	〃	奉和聖製南郊禮畢餔宴	陽	5/16		玄宗				
49	〃	奉和聖製早渡蒲津關	灰	5/12	3	玄宗	早度蒲津關	東	5/12	
49	張九齡	奉和聖製同二相南出雀鼠谷	真	5/12	3	玄宗	南出雀鼠谷答張說[2]	真	5/12	依韻詩
49	〃	奉和聖製經河上公廟	先	5/16	3	玄宗	經河上公廟	庚	5/12	
49	〃	奉和聖製送尚書燕國公赴朔方	庚	5/20		玄宗				
49	〃	奉和聖製途經華山	東	5/12	3	玄宗	途經華嶽	先	5/12	
49	〃	奉和聖製早登太行率爾言志	庚	5/16	3	玄宗	早發太行山中言志	陽	5/12	

2 《紀事》云：「帝登封泰山，南出雀鼠谷，張說獻詩，帝答之，仍命群臣應制。」

49	〃	奉和聖製登封禮畢洛城餔宴	東	5/12		玄宗				
49	張九齡	奉和聖製過王濬墓	東冬	5/12	3	玄宗	過王濬墓	陽	5/12	
49	〃	奉和吏部崔尚書雨後大明堂望南山	先	5/28		崔日用				
49	〃	和崔尚書喜雨	灰	5/20		崔日用				
49	〃	和許給事中直夜簡諸公	侵	5/16		許景先				
49	〃	和蘇侍郎小園夕霽寄諸弟	微	5/12		蘇頲				
49	〃	同綦毋學士月夜聞雁	侵	5/12		綦毋潛				
49	〃	和裴侍中承恩拜掃旋轡途中有懷寄州縣官僚鄉國親故 後缺	東	5/16		裴耀卿				
49	〃	和姚令公哭李尚書乂	東	5/20		姚崇				
49	〃	奉和聖製經函古關作	庚	5/4		玄宗				
49	〃	奉和聖製度潼關口號	尤	5/4	3	玄宗	潼關口號	庚	5/4	
50	楊炯	奉和上元餔宴應詔	平仄換韻	5/16						
50	〃	和石侍御山莊	魚	5/12		石抱忠				
50	〃	和崔司空傷姬人	先	5/12						
50	〃	和騫右丞省中暮望	侵	5/14						
50	〃	和酬虢州李司法	魚	5/16						
50	〃	和鄭讎校內省眺矚思鄉懷友	先	5/16						
50	〃	和旻上人傷果禪師	先	5/16		旻上人				
50	〃	和劉侍郎入隆唐觀	灰	5/20						
50	〃	和輔先入昊天觀星瞻	東	5/24		輔先				
50	〃	和劉長史答十九兄	真	5/50						
52	宋之問	奉和立春日侍宴內出剪綵花應制	灰	5/8		中宗				
52	〃	奉和九月九日登慈恩寺浮圖應制	先	5/8		中宗				

52	〃	奉和九日幸臨渭亭登高應制得歡字	寒	5/8	2	中宗	九月九日幸臨渭亭登高得秋字	尤	5/8	
52	〃	奉和聖製閏九月九日登莊嚴總持二寺閣	陽	5/8		中宗				
52	〃	奉和九日登慈恩寺浮圖應制	灰	5/8		中宗				
52	〃	奉和春初幸太平公主南莊應制	灰	7/8		中宗				
53	〃	奉和晦日幸昆明池應制	灰	5/12		中宗				
53	〃	奉和幸大薦福寺	微	5/12		中宗				寺即中宗舊宅
53	〃	奉和幸三會寺應制	先	5/12		中宗				
53	〃	奉和薦福寺應制	支	5/12		中宗				
53	〃	奉和幸神皋亭應制	真	5/12						
53	〃	奉和幸長安故城未央宮應制	東	5/12		中宗				
53	〃	奉和幸韋嗣立山莊侍宴應制（一作李乂詩）	魚	5/16		韋嗣立				
53	宋之問	和姚給事寓直之作	陽	5/16						
53	〃	和庫部李員外秋夜寓直之作	魚	5/16						
53	〃	奉和春日玩雪應制	麻	7/4						
53	〃	和趙員外桂陽橋遇佳人	真	7/8						
54	崔湜	奉和登驪山高頂寓目應制	灰	5/8	2	中宗	登驪山高頂寓目	虞	5/8	
54	〃	奉和送金城公主適西蕃應制	尤	5/8		中宗				
54	〃	奉和春日幸望春宮（一作立春內出綵花應制）	東	7/8		中宗				
54	〃	同李員外春閨（一作園）	庚	5/12						
54	〃	奉和幸韋嗣立山莊侍宴應制	侵	5/16		韋嗣立				
54	〃	奉和幸韋嗣立山莊應制	真	7/4		韋嗣立				

56	王勃	焦岸早行和陸四	尤	5/8		疑為陸季友				
57	李嶠	和同府李祭酒休沐田居	沃	5/20						
58	〃	奉和送金城公主適西蕃應制	真	5/8		中宗				
58	〃	奉和人日清暉閣群臣遇雪應制	真	5/8		中宗				
58	〃	奉和春日遊苑喜雨應制	灰	5/8						
58	〃	奉和七夕兩儀殿會宴應制	歌	5/8						
58	〃	奉和九月九日登慈恩寺浮圖應制	灰	5/8		中宗				
58	〃	奉和驪山高頂寓目應制	先	5/8	2	中宗	登驪山高頂寓目	虞	5/8	
58	〃	酬（一作和）杜五弟晴朝獨坐見贈	灰	5/8		杜審言				
58	〃	同賦山居七夕	尤	5/8						*
58	〃	和周記室從駕曉發合璧宮	魚	5/8						
58	〃	和杜侍禦太清臺宿直旦有懷	文	5/8						
58	〃	和杜學士江南初霽羈懷	尤	5/8		杜審言				
58	〃	和麴典設扈從東郊憶弟使往安西冬至日恨不得同申拜慶（第五句缺一字）	魚	5/8						
58	〃	奉和初春幸太平主南莊應制	灰	7/8		中宗				
58	〃	奉和拜洛應制	灰	5/10						
58	〃	奉和幸大薦福寺應制	先	5/12		中宗				
58	〃	奉和幸長安故城未央宮應制	灰	5/12		中宗				
58	李嶠	奉和幸望春宮送朔方總管張仁亶	真	5/12		中宗				
58	〃	奉和幸三會寺應制	魚	5/12		中宗				
58	〃	奉和天樞成宴夷夏群僚應制	先	5/16						

58	〃	奉和韋嗣立山莊侍宴應制	魚	5/20		韋嗣立				
58	〃	和杜學士旅次淮口阻風	蕭	5/12		杜審言				
58	〃	奉和杜員外扈從教閱	陽	5/20		杜審言				
58	〃	奉和聖製幸韋嗣立山莊應制	麻	7/4		韋嗣立				
62	杜審言	奉和七夕兩儀殿應制	微	5/8		中宗				
62	〃	和韋承慶過義陽公主山池五首	尤陽麻微支	均 5/8		韋承慶				
62	〃	和晉陵陸丞早春遊望（一作韋應物詩）	真	5/8						
62	〃	和康五庭芝望月有懷	寒	5/8		康庭芝	詠月	尤	5/8	
62	〃	和李大夫嗣真奉使存撫河東	先	5/80		李嗣真				
64	姚崇	奉和聖製夏日遊石淙山	東	7/8		武則天	石淙			
64	〃	奉和聖製龍池篇	真	7/8		玄宗				
64	宋璟	奉和禦製璟與張說源乾曜同日上官命都堂賜詩應制	魚	5/16	3	玄宗	左丞相說右丞相璟太子少傅乾曜同日上官命宴東堂賜詩	真	5/16	
64	〃	奉和聖製張說巡邊	庚	5/20	3	玄宗	送張說巡邊	陽	5/20	
64	〃	奉和聖製同二相已下群官樂遊園宴	尤	5/12	3	玄宗	同二相已下群官樂遊園宴	魚	5/12	
64	〃	奉和聖製答張說扈從南出雀鼠谷	虞	5/12		玄宗	南出雀鼠谷答張說	真	5/12	
65	蘇味道	奉和受圖溫洛應制	真	5/10						
65	〃	和武三思於天中寺尋復禮上人之作	灰	5/20		武三思	秋日於天中寺尋復禮上人	東	5/20	
66	郭震	同徐員外除太子舍人寓直之作	陽	5/12						
67	賈曾	奉和春日出苑矚目應令	灰	7/8						

68	崔融	和宋之問寒食題黃梅臨江驛	覃	5/8		宋之問	途中寒食題黃梅臨江驛寄崔融[3]	真	5/8	
68	〃	和梁王衆傳張光祿是王子晉後身	微	5/20						
69	閻朝隱	奉和聖製夏日遊石淙山	文	7/8	5	武則天	石淙	微	7/8	
69	〃	奉和九日幸臨渭亭登高應制得筵字	先	5/8	2	中宗	九月九日幸臨渭亭登高得秋字	尤	5/8	
69	閻朝隱	奉和送金城公主適西蕃應制	陽	5/8		中宗				
69	〃	奉和立春遊苑迎春應制	真	7/8		中宗				
69	〃	奉和聖製春日幸望春宮應制	冬	7/8		中宗				
69	〃	奉和登驪山應制	文	5/4	2	中宗	登驪山高頂寓目	虞	5/8	
69	韋元旦	奉和九日幸臨渭亭登高應制得月字	月	5/8	2	中宗	九月九日幸臨渭亭登高得秋字	尤	5/8	
69	〃	奉和送金城公主適西蕃應制	先	5/8		中宗				
69	〃	奉和立春遊苑迎春應制	真	7/8	2	中宗	立春日遊苑迎春	麻	7/8	
69	〃	奉和聖製春日幸望春宮應制	麻	7/8		中宗				
69	〃	奉和人日宴大明宮恩賜綵縷人勝應制	真	7/8		中宗				
69	〃	奉和安樂公主山莊應制	虞	7/8		中宗				
69	邵昇	奉和初春幸太平公主南莊應制	真	5/8		中宗				
69	唐遠悊	奉和送金城公主適西蕃應制	真	5/8		中宗				
70	李適	奉和聖製九日侍宴應制得高字	豪	5/8		中宗				
70	〃	奉和九日登慈恩寺浮圖應制	尤	5/8		中宗				
70	〃	奉和送金城公主適西蕃應制	真	5/8		中宗				
70	〃	奉和幸望春宮送朔方大總管張仁亶	庚	5/8		中宗				

3 一作初到黃梅臨江驛。

70	〃	人日宴大明宮恩賜綵縷人勝應制	灰	7/8		中宗				
70	〃	奉和春日幸望春宮應制	灰	7/8		中宗				
70	〃	奉和立春遊苑迎春	真	7/8	2	中宗	立春日遊苑迎春	麻	7/8	
71	劉憲	奉和聖製立春日侍宴內殿出剪綵花應制	支	5/8		中宗				
71	〃	奉和人日清暉閣宴群臣遇雪應制	庚	5/8		中宗				
71	〃	奉和七夕宴兩儀殿應制	青	5/8		中宗				
71	〃	奉和九月九日聖製登慈恩寺浮圖應制	尤	5/8		中宗				
71	〃	奉和送金城公主入西蕃應制	真	5/8		中宗				
71	〃	奉和聖製登驪山高頂寓目應制	虞	5/8	2	中宗	登驪山高頂寓目	虞	5/8	依韻詩
71	〃	奉和幸白鹿觀應制	微	5/8		中宗				
71	〃	奉和立春日內出綵花應制	微	5/8		中宗				
71	〃	奉和春日幸望春宮應制	先	7/8		中宗				
71	〃	奉和幸安樂公主山莊應制	灰	7/8		中宗				
71	劉憲	奉和幸大薦福寺應制	真	5/12		中宗				
71	〃	奉和幸三會寺應制	灰	5/12		中宗				
71	〃	奉和幸長安故城未央宮應制	尤	5/12		中宗				
71	〃	奉和幸禮部尚書竇希玠宅應制	真	5/12		中宗				
71	〃	奉和聖製幸望春宮送朔方大總管張仁亶	先	5/12		中宗				
71	〃	奉和幸韋嗣立山莊侍宴應制	寒	5/16		韋嗣立				
71	〃	奉和聖製幸韋嗣立山莊	魚	7/4		中宗				
73	蘇頲	奉和聖製行次成皋途經先聖擒建	冬	5/12	3	玄宗	行次成皋途經先聖擒竇建德之所	庚	5/12	

		德之所感而成詩應制					緬思功業感而賦詩			
73	〃	奉和聖製登蒲州消遙樓應制	虞	5/12	3	玄宗	登蒲州逍遙樓	真	5/12	
73	〃	奉和聖製過晉陽宮應制	元	5/24	3	玄宗	過晉陽宮	魚虞	5/24	
73	〃	奉和姚令公溫湯舊館永懷故人盧公之作	質	5/16		姚崇				
73	〃	和杜主簿春日有所思	陌	5/12		杜審言				
73	〃	奉和聖製春臺望應制	平仄換韻	雜言/28	3	玄宗	春臺望	平仄換韻	雜言/28	
73	〃	奉和聖製人日清暉閣宴群臣遇雪應制	歌	5/8		中宗				
73	〃	奉和七夕宴兩儀殿應制	灰	5/8		中宗				
73	〃	奉和九日幸臨渭亭登高應制得時字	支	5/8	2	中宗	九月九日幸臨渭亭登高得秋字	尤	5/8	
73	〃	奉和送金城公主適西蕃應制	真	5/8		中宗				
73	〃	奉和聖製登驪山高頂寓目應制	文	5/8	2	中宗	登驪山高頂寓目	虞	5/8	
73	〃	扈從溫泉奉和姚令公喜雪	尤	5/8		姚崇				
73	〃	奉和魏僕射秋日還鄉有懷之作	魚	5/8		魏元忠				
73	〃	奉和初春幸太平公主南莊應制	先	7/8		玄宗				
73	〃	奉和春日幸望春宮應制	先	7/8		中宗				
74	〃	奉和晦日幸昆明池應制	支	5/12		中宗				
74	〃	奉和聖製幸禮部尚書竇希玠宅應制	麻	5/12		中宗				
74	〃	奉和幸韋嗣立山莊應制	尤	5/16		中宗				
74	蘇頲	奉和聖製送張說上集賢學士賜宴得茲字	支	5/12	3	玄宗	集賢書院成送張說上集賢學士賜宴得珍字	真	5/12	
74	〃	奉和聖製途經華嶽應制	灰	5/12	3	玄宗	途經華嶽	先	5/12	

74	〃	奉和聖製經河上公廟應制	先	5/12	3	玄宗	經河上公廟	庚	5/12	
74	〃	奉和聖製答張說出雀鼠谷	灰	5/12	3	玄宗	南出雀鼠谷答張說[4]	真	5/12	
74	〃	奉和恩賜樂遊宴應制	冬	5/12		玄宗				
74	〃	奉和聖製幸望春宮送朔方大總管張仁亶	微	5/12		中宗				
74	〃	奉和聖製登太行山中言志應制	先	5/16	3	玄宗	早登太行山中言志	陽	5/16	
74	〃	奉和聖製漕橋東送新除岳牧	寒	5/20		玄宗				
74	〃	奉和聖製途次舊居應制	魚	5/24		玄宗				
74	〃	奉和聖製至長春宮登樓望稼穡之作	東	5/24						
74	〃	同餞陽將軍兼源州都督御史中丞	麻	5/12		楊執一				*
74	〃	扈從鳳泉和黃門喜恩旨解嚴罷圍之作	支	5/12		玄宗				
74	〃	奉和馬常侍寺中之作[5]	先	5/12						
74	〃	奉和崔尚書贈大理陸卿鴻臚劉卿見示之作	微	5/24		崔日用				
74	〃	敬和崔尚書大明朝堂雨後望終南山見示之作	陽	5/28		崔日用				
74	〃	奉和聖製過潼津關	刪	5/4		玄宗				
74	〃	奉和聖製幸韋嗣立莊應制	微	7/4		中宗				
75	蔡孚	奉和聖製龍池篇	先	7/8		玄宗				
75	徐晶	同蔡孚五亭詠	微	5/8		蔡孚				
76	徐彥伯	和李適答宋十一入崖口五渡見贈	侵	5/20	70	李適	答宋十一崖口五渡見贈	月	5/20	
76	〃	送金城公主適西蕃應制	真	5/8		中宗				

[4] 《記事》云：「帝登封泰山，南出雀鼠谷，張說獻詩，帝答之，仍命群臣應制」。

[5] 《英華》作〈奉和魏僕射春日還鄉有懷之作〉。

76	〃	奉和幸新豐溫泉宮應制	陽	5/26		中宗				
76	〃	同韋舍人元旦早朝	冬	5/12	69	韋元旦	早朝	元	5/12	
76	〃	奉和興慶池戲競渡應制	尤	7/8		中宗				
77	駱賓王	同崔駙馬曉初登樓思京	寒	5/8						*
78	〃	同辛簿簡仰酬思玄上人林泉四首	真元灰支	均 5/8		辛簿簡				
78	駱賓王	秋晨同淄川毛司馬秋九詠[6]	見註[7]	均 5/8						
78	〃	同張二詠雁	陽	5/8						
79	〃	和李明府	庚	5/10						
79	〃	和王記室從趙王春日遊陀山寺	真	5/12						
79	〃	和孫長史秋日臥病	灰	5/20						
80	武三思	奉和聖製夏日遊石淙山	冬	7/8	5	武則天	石淙	微	7/8	
80	〃	奉和宴小山池賦得谿字應制	齊	5/10						
80	〃	奉和過梁王宅即目應制	先	5/10						
80	〃	奉和春日遊龍門應制	微	5/12						
80	張易之	奉和聖製夏日遊石淙山	侵	7/8	5	武則天	石淙	微	7/8	
80	張昌宗	奉和聖製夏日遊石淙山	東	7/8	5	武則天	石淙	微	7/8	
80	薛曜	奉和聖製夏日遊石淙山	先	7/8	5	武則天	石淙	微	7/8	
80	楊敬述	奉和聖製夏日遊石淙山	支	7/8	5	武則天	石淙	微	7/8	
80	于季子	奉和聖製夏日遊石淙山	先	7/8	5	武則天	石淙	微	7/8	
81	喬知之	和李侍郎古意[8]	平仄換韻	7/24						
81	〃	和蘇員外寓直	陽	5/12						

[6] 此九首為〈秋風〉〈秋雲〉〈秋蟬〉〈秋露〉〈秋月〉〈秋水〉〈秋螢〉〈秋菊〉〈秋雁〉。

[7] 韻部分別為尤、庚、寒、微、寒、庚、陽、東、寒、寒。

[8] 一作〈古意和李侍郎嶠〉。

83	陳子昂	同宋參軍之問夢趙六贈盧陳二子之作				宋之問				
84	〃	同王員外雨後登開元寺南樓因酬暉上人獨坐山亭有贈	先	5/8						
84	〃	奉和皇帝上禮撫事述懷應制	真	5/20						
84	〃	和陸明府贈將軍重出塞	庚	5/12		陸餘慶				
84	〃	同旻上人傷壽安傅少府	真	5/20						
86	張說	奉和聖製賜諸州刺史應制以題座右	侵	5/20	3	玄宗	賜諸州刺史以題座右	陽	5/20	
86	〃	奉和聖製送宇文融安輯戶口應制	微	5/16		玄宗				
86	〃	奉和聖製過晉陽宮應制	冬	5/24	3	玄宗	過晉陽宮	魚虞	5/24	
86	〃	奉和聖製行次成皋應制	東	5/12	3	玄宗	行次成皋途經先聖擒建德之所緬思功業感而賦詩	庚	5/12	
86	〃	奉和聖製溫湯對雪應制	旱	5/8		玄宗				
86	張說	奉和聖製義成校獵喜雪應制	敬	5/18	3	玄宗	校獵義成喜逢大雪率題九韻以示群官	霰	5/18	
86	〃	和尹懋秋夜遊灉湖	月	5/8	98	尹懋	秋夜陪張丞相趙禦侍遊灉湖二首	侵、刪	均 5/8	
86	〃	和張監遊終南	冬	5/8						
86	〃	奉和聖製初入秦川路寒食應制	平仄換韻	7/20	3	玄宗	初入秦川路逢寒食	平仄換韻	7/20	
86	〃	同趙禦侍乾湖作	平仄換韻	7/26		趙冬曦				
86	〃	遙同蔡起居偃松篇	文	7/10		蔡孚				
87	〃	奉和聖製登驪山矚眺應制	東	5/8	2	中宗	登驪山高頂寓目	虞	5/12	
87	〃	奉和聖製幸白鹿觀應制	灰	5/8		中宗				
87	〃	奉和聖製送金城公主適西蕃應制	支	5/8		中宗				
87	〃	奉和同皇太子過慈恩寺應制二首	灰微	5/8		中宗				

87	〃	奉和聖製過寧王宅應制	侵	5/8						
87	〃	奉和聖製同玉真公主過大哥山池題石壁應制	侵	5/8	3	玄宗	同玉真公主過大哥山池	庚	5/8	
87	〃	奉和聖製賜王公千秋鏡應制	庚	5/8	3	玄宗	千秋節賜群臣鏡	真	5/8	
87	〃	奉和聖製經鄒魯祭孔子應制	文	5/8	3	玄宗	經鄒魯祭孔子而嘆之	東	5/8	
87	〃	奉和聖製同劉晃喜雨應制	灰	5/8	3	玄宗	同劉晃喜雨	真	5/8	
87	〃	奉和聖製觀拔河俗戲應制	尤	5/8	3	玄宗	觀拔俗戲	歌	5/8	
87	〃	奉和聖製途次陝州應制	先	5/8	3	玄宗	途次陝州	東	5/8	
87	〃	奉和聖製野次喜雪應制	灰	5/8	3	玄宗	野次喜雪	東	5/8	
87	〃	奉和聖製溫泉言志應制	東	5/8	3	玄宗	惟此溫泉是稱愈疾豈予獨受其福思與兆人共之乘暇巡遊乃言其志	先	5/8	
87	〃	同賀八送兗公赴荊州	支	5/8		賀知章				*
87	〃	同王僕射山亭餞岑廣武羲得言字	元	5/8						
87	〃	和朱使欣道峽似巫山之作	陽	5/8		朱使欣				疑重收
87	〃	和尹懋秋夜遊灉湖	尤	5/8	98	尹懋	秋夜陪張丞相趙侍御游灉湖二首	侵、刪	均 5/8	
87	〃	和魏僕射還鄉	侵	5/8		魏元忠				
87	〃	和張監觀赦	真	5/8						
87	〃	奉和聖製春日幸望春宮應制	東	5/8		中宗				
87	〃	奉和聖製春日出苑應制	陽	5/8		玄宗				
87	張說	同趙侍禦巴陵早春作	寒	7/8		趙冬曦				
88	〃	奉和聖製喜雪應制	東	5/12	3	玄宗	喜雪	庚	5/12	
88	〃	奉和聖製寒食作應制	蕭	5/12		玄宗				
88	〃	奉和聖製賜崔日知往潞州應制	陽	5/12		玄宗				
88	〃	奉和聖製花萼樓下宴應制	支	5/12	3	玄宗	首夏花萼樓觀群臣宴寧王山亭回	微	5/12	

							樓下又申之以賞樂賦詩			
88	〃	奉和聖製度蒲關應制	真	5/12	3	玄宗	早度蒲津關	東	5/12	
88	〃	奉和聖製途經華嶽應制	庚	5/12	3	玄宗	途經華嶽	先	5/12	
88	〃	奉和聖製過王濬墓應制	先	5/12	3	玄宗	過王濬墓	陽	5/12	
88	〃	奉和聖製經河上公廟應制	真	5/12	3	玄宗	經河上公廟	庚	5/12	
88	〃	奉和聖製幸鳳泉湯應制	庚	5/12	3	玄宗	幸奉泉湯	東	5/12	
88	〃	奉和聖製春中興慶宮餔宴應制	微	5/16	3	玄宗	春中興慶宮餔宴	真	5/16	
88	〃	奉和聖製千秋節宴應制	真	5/16	3	玄宗	千秋節宴	陽	5/16	
88	〃	奉和聖製太行山中言志應制	寒	5/16	3	玄宗	早登太行山中言志	陽	5/16	
88	〃	奉和御製與宋璟源乾曜同日上官命宴東堂賜詩應制	支	5/16	3	玄宗	左丞相說右丞相璟太子少傅乾曜同日上官命宴東堂賜詩	真	5/16	
88	〃	奉和聖製送王晙巡邊應制	庚	5/20	3	玄宗	餞王晙巡邊	魚虞	5/20	
88	〃	奉和聖製爰因巡省途次舊居應制	虞	5/24	3	玄宗	巡省途次上黨舊宮賦	東	5/24	以詩和賦
89	〃	同劉給事城南宴集	真	5/12		劉憲				
89	〃	奉和聖製潼關口號應制	齊	5/4	3	玄宗	潼關口號	庚	5/4	
89	〃	奉和三日祓禊渭濱應制	先	7/4		中宗				
89	〃	奉和聖製幸韋嗣立山莊應制	陽	7/4		中宗				
89	〃	奉和聖製同玉真公主遊大哥山池題石壁	灰	7/4	3	玄宗	過大哥山池題石壁	灰	7/4	依韻詩
89	〃	三月三日定昆池奉和蕭令得潭字韻	覃	7/4		玄宗				
89	〃	和尹從事懋泛洞庭	先	7/4	98	尹懋	同燕公泛洞庭	蕭	7/4	
89	〃	同趙侍御望歸舟	先	7/4		趙冬曦				
90	張均	和尹懋登南樓	皓	5/8	98	尹懋	奉陪張燕公登南樓	霰	5/8	

90	〃	和尹懋秋夜遊灉湖二首	尤	5/8	98	尹懋	秋夜陪張丞相趙侍禦遊灉湖二首	侵、刪	均 5/8	
90	張	奉和岳州山城[9]	文	5/8						
91	韋嗣立	奉和九日幸臨渭亭登高應制得深字	侵	5/8	2	中宗	九月九日幸臨渭亭登高得秋字	尤	5/8	
91	韋嗣立	奉和張岳州王潭州別詩二首	灰、先	均 5/8						
91	〃	奉和初春幸太平公主南莊應制	蕭	7/8		中宗				
91	崔泰之	同光祿弟冬日述懷	陽	5/44						
91	〃	奉和聖製送張尚書巡邊	微	5/20	3	玄宗	送張說巡邊	陽	5/20	
91	魏知古	奉和春日途中喜雨應詔	庚	5/10						
91	〃	春夜寓直鳳閣懷群公[10]	支	5/8						
92	李乂	奉和登驪山高頂寓目應制	先	5/8	2	中宗	登驪山高頂寓目	虞	5/8	
92	〃	奉和七夕兩儀殿會宴應制	東	5/8		中宗				
92	〃	奉和春日遊苑喜雨應詔	灰	5/8		中宗				
92	〃	奉和人日清暉閣宴群臣遇雪應制	微	5/8		中宗				
92	〃	奉和九日侍宴應制得濃字	冬	5/8		中宗				
92	〃	奉和九月九日登慈恩寺浮圖應制	微	5/8		中宗				
92	〃	奉和初春幸太平公主南莊應制	麻	7/8		中宗				
92	〃	奉和春日幸望春宮應制	侵	7/8		中宗				
92	〃	奉和幸禮部尚書竇希玠宅應制	陽	5/12		中宗				
92	〃	奉和晦日幸昆明池應制	尤	5/12		中宗				
92	〃	奉和幸長安故城未央宮應制	灰	5/12		中宗				
92	〃	奉和幸望春宮送朔方軍大總管張仁亶	微	5/12		中宗				

9 一作張鈞詩。

10 一本題上有和中書侍郎楊再思八字。

92	〃	奉和幸三會寺應制	先	5/12		中宗				
92	〃	奉和幸大薦福寺	魚	5/12		中宗				
92	〃	奉和三日祓禊渭濱	支	7/4		中宗				
92	〃	奉和幸韋嗣立山莊侍宴應制	尤	7/4		中宗				
93	盧藏用	奉和九月九日登慈恩寺浮圖應制	虞	5/8		中宗				
93	〃	奉和立春遊苑迎春應制	真	7/8	2	中宗	立春日遊苑迎春	麻	7/8	
93	〃	奉和幸安樂公主山莊應制	侵	7/8		中宗				
93	岑羲	奉和九月九日登慈恩寺浮圖應制	寒	5/8		中宗				
93	〃	奉和春日幸望春宮應制	先	7/8		中宗				
93	岑羲	奉和安樂公主山莊應制	灰	7/8		中宗				
93	薛稷	奉和送金城公主適西蕃應制	庚	5/8		中宗				
93	〃	奉和聖製春日幸望春宮應制	先	7/8		中宗				
93	〃	奉和幸安樂公主山莊應制	支	7/8		中宗				
93	馬懷素	奉和九月九日登慈恩寺浮圖應制	陽	5/8		中宗				
93	〃	奉和送金城公主適西蕃應制	陽	5/8		中宗				
93	〃	奉和立春遊苑迎春應制	陽	7/8	2	中宗	立春日遊苑迎春	麻	7/8	
93	〃	奉和聖製春日幸望春宮應制	侵	7/8		中宗				
93	〃	奉和人日讌大明宮恩賜綵縷人勝應制	灰	7/8		中宗				
93	〃	奉和幸安樂公主山莊應制	陽	7/8		中宗				
94	吳少微	和崔侍禦日用遊開化寺閣	藥	5/18						
95	沈佺期	和杜麟臺元志春情	職	5/10						
95	〃	同工部李侍郎適訪司馬	皓	5/32		李適				*

96	〃	奉和洛陽玩雪應制	東	5/8						
96	〃	奉和聖製同皇太子遊慈恩寺應制	東	5/8		睿宗				
96	〃	和洛州康士曹庭芝望月有懷	尤	5/8	113	康庭芝	望月有懷	尤	5/8	疑重收
96	〃	和中書侍郎楊再思春夜宿直	微	5/8						
96	〃	和常州崔使君寒夜	寒	5/8		崔日用				
96	〃	和崔正諫登秋日早朝	尤	5/8						
96	〃	同獄者嘆獄中無燕	灰	5/8						
96	〃	奉和立春遊苑迎春	灰	7/8						
96	〃	奉和春初幸太平公主南莊應制	微	7/8		中宗				
96	〃	遙同杜員外審言過嶺	文	7/8		杜審言				
96	〃	奉和幸望春宮應制	庚	7/8						
96	〃	和上巳連寒食有懷京洛	蕭	7/8						
97	〃	奉和晦日駕幸昆明池應制	灰	5/12		中宗				
97	〃	奉和聖製幸禮部尚書竇希玠宅	灰	5/12		中宗				
97	〃	和戶部岑尚書參樞揆	微	5/20		岑參				
97	〃	同李舍人冬日集安樂公主山池	先	5/16						
97	〃	和韋舍人早朝	灰	5/12	69	韋元旦	早朝	元	5/12	
97	〃	和元舍人萬頃臨池玩月戲為新體	灰	5/20		元萬頃				
97	沈佺期	奉和幸韋嗣立山莊應制	灰	7/4						
98	趙冬曦	奉和張燕公早霽南樓	陌	5/20	86	張說	岳陽早霽南樓	陌	5/20	依韻詩
98	〃	和燕公岳州山城	東	5/8	87	張說	岳州山城	侵	5/8	
98	〃	和尹懋秋夜遊灉湖二首	灰、東	均 5/8	98	尹懋	秋夜陪張丞相趙監侍遊灉湖二首	侵、刪	均 5/8	

98	〃	奉和聖製同二相已下群官樂遊園宴	魚	5/12	3	玄宗	同二相已下群官樂遊園宴[11]	魚	5/12	依韻詩
98	〃	奉和聖製答張說扈從南出雀鼠谷	灰	5/12	3	玄宗	南出雀鼠谷答張說	真	5/12	
98	〃	奉和聖製送張說上集賢學士賜宴賦得蓮字	先	5/12	3	玄宗	集賢書院成送張說上集賢學士賜宴得珍字	真	5/12	
98	〃	和燕公別灉湖	支	5/12	88	張說	別灉湖	侵	5/12	
98	〃	和張燕公耗磨日飲（二首）[12]	真、刪	均 5/4	89	張說	耗磨日飲（二首）	支、真	均 5/4	原詩第二首與和詩第一首疑重收
98	尹懋	同燕公汎洞庭	蕭	7/4	89	張說	和尹從事懋泛洞庭	先	7/4	
98	陰行先	和張燕公湘中九日登高	灰	5/8	87	張說	湘州九日城北亭子	灰	5/12	依韻詩
99	盧僎	奉和李令扈從溫泉宮賜遊驪山韋侍郎別業	魚	5/16		李嶠				
99	牛鳳及	奉和受圖溫洛應制	齊	5/10						
100	張紘	和呂禦史詠院中叢竹	歌	5/4	100	呂太一	詠院中叢竹	寒	5/4	
102	武平一	奉和登驪山高頂寓目應制	先	5/8	2	中宗	登驪山高頂寓目	虞	5/8	
102	〃	奉和幸白鹿觀應制	冬	5/8		中宗				
102	〃	奉和幸新豐溫泉宮應制	元	5/28		中宗				
102	〃	奉和幸韋嗣立山莊侍宴應制	真	5/16		中宗				
102	〃	奉和立春內出綵花樹應制	灰	7/8		中宗				
102	〃	奉和正旦賜宰臣柏葉應制	寒	5/4		中宗				
102	〃	奉和聖製幸韋嗣立山莊應制	尤	7/4		中宗				
103	趙彥昭	奉和聖製立春日侍宴內殿出剪綵花應制	真	5/8		中宗				

[11] 二相謂張說宋璟。

[12] 此二首一作張說詩。

103	〃	奉和人日清暉閣宴群臣遇雪應制	真	5/8						
103	〃	奉和七夕兩儀殿會宴應制	支	5/8						
103	〃	奉和九日幸臨渭亭登高應制	麻	5/8	2	中宗	九月九日幸臨渭亭登高得秋字	尤	5/8	
103	〃	奉和九月九日登慈恩寺浮圖應制	東	5/8		中宗				
103	趙彥昭	奉和送金城公主適西蕃應制[13]	歌	5/8		中宗				
103	〃	奉和聖製登驪山高頂寓目應制	灰	5/8	2	中宗	登驪山高頂寓目	尤	5/8	
103	〃	奉和幸白鹿觀應制	先	5/8		中宗				
103	〃	奉和初春幸太平公主南莊應制	蕭	7/8		中宗				
103	〃	奉和幸安樂公主山莊應制	支	7/8		中宗				
103	〃	奉和幸大薦福寺	支	5/12		中宗				
103	〃	奉和幸韋嗣立山莊侍宴應制	陽	5/16		中宗				
103	〃	奉和元日賜群臣柏葉應制	灰	5/4		中宗				
103	〃	奉和聖製幸韋嗣立山莊應制	東	7/4		中宗				
104	蕭至忠	奉和九日幸臨渭亭登高應制得餘字	庚	5/8	2	中宗	九月九日幸臨渭亭登高得秋字	尤	5/8	
104	〃	奉和幸安樂公主山莊應制	灰	7/8		中宗				
104	李迥秀	奉和九日幸臨渭亭登高應制得風字	東	5/8	2	中宗	九月九日幸臨渭亭登高得秋字	尤	5/8	
104	〃	奉和九月九日登慈恩寺浮圖應制	尤	5/8	2	中宗	九月九日幸臨渭亭登高得秋字	尤	5/8	
104	〃	奉和幸安樂公主山莊應制	侵	7/8		中宗				
104	楊廉	奉和九日幸臨渭亭登高應制得亭字	青	5/8	2	中宗	九月九日幸臨渭亭登高得秋字	尤	5/8	
104	〃	奉和九月九日登慈恩寺浮圖應制	東	5/8		中宗				

13 一作崔日用詩。

104	韋安石	奉和九日幸臨渭亭登高應制得枝字	支	5/8	2	中宗	九月九日幸臨渭亭登高得秋字	尤	5/8	
104	竇希玠	奉和九日幸臨渭亭登高應制得明字	庚	5/8	2	中宗	九月九日幸臨渭亭登高得秋字	尤	5/8	
104	陸景初	奉和九日幸臨渭亭登高應制得臣字	真	5/8	2	中宗	九月九日幸臨渭亭登高得秋字	尤	5/8	
104	鄭南金	奉和九日幸臨渭亭登高應制得日字	質	5/8	2	中宗	九月九日幸臨渭亭登高得秋字	尤	5/8	
104	李鹹	奉和九日幸臨渭亭登高應制得直字	職	5/8	2	中宗	九月九日幸臨渭亭登高得秋字	尤	5/8	
104	趙彥伯	奉和九日幸臨渭亭登高應制得花字	麻	5/8	2	中宗	九月九日幸臨渭亭登高得秋字	尤	5/8	
104	於經野	奉和九日幸臨渭亭登高應制得樽字	元	5/8	2	中宗	九月九日幸臨渭亭登高得秋字	尤	5/8	
104	盧懷慎	奉和九日幸臨渭亭登高應制得還字	刪	5/8	2	中宗	九月九日幸臨渭亭登高得秋字	尤	5/8	
104	〃	奉和聖製龍池篇	先	7/8						
105	辛替否	奉和九月九日登慈恩寺浮圖應制	先	5/8		中宗				
105	王景	奉和九月九日登慈恩寺浮圖應制	先	5/8		中宗				
105	畢乾泰	奉和九月九日登慈恩寺浮圖應制	尤	5/8		中宗				
105	麴瞻	奉和九月九日登慈恩寺浮圖應制	微	5/8		中宗				
105	樊忱	奉和九月九日登慈恩寺浮圖應制	灰	5/8		中宗				
105	孫佺	奉和九月九日登慈恩寺浮圖應制	真	5/8		中宗				
105	李從遠	奉和九月九日登慈恩寺浮圖應制	灰	5/8		中宗				
105	周利用	奉和九月九日登慈恩寺浮圖應制	東	5/8		中宗				
105	張景源	奉和九月九日登慈恩寺浮圖應制	先	5/8		中宗				
105	李恒	奉和九月九日登慈恩寺浮圖應制	文	5/8		中宗				

105	張錫	奉和九月九日登慈恩寺浮圖應制	東	5/8		中宗				
105	解琬	奉和九月九日登慈恩寺浮圖應制	陽	5/8		中宗				
106	鄭愔	奉和幸上官昭容獻詩四首	麻先寒灰	均 5/8						
106	〃	奉和幸望春宮送朔方大總管張仁亶	元	5/8		中宗				
106	〃	奉和九月九日登慈恩寺浮圖應制	魚	5/8		中宗				
106	〃	奉和春日幸望春宮	庚	7/8						
106	〃	奉和幸三會寺應制	灰	5/8		中宗				
106	〃	奉和幸大薦福寺	尤	5/8		中宗				
106	〃	同韋舍人早朝	侵	5/8	69	韋元旦	早朝	元	5/12	
107	源乾曜	奉和聖製送張說上集賢學士賜宴	庚	5/12	3	玄宗	集賢書院成送張說上集賢學士賜宴得珍字	真	5/12	
107	〃	奉和禦製乾曜與張說宋璟同日上官命宴都堂賜詩	真	5/16	3	玄宗	左丞相說右丞相璟太子少傅乾曜同日上官命宴東堂賜詩	真	5/16	依韻詩
107	〃	奉和聖製送張尚書巡邊		5/20	3	玄宗	送張說巡邊	陽	5/20	
107	徐堅	奉和聖製送張說赴集賢院學士賜宴賦得虛字	魚	5/12	3	玄宗	集賢書院成送張說上集賢學士賜宴得珍字	真	5/12	
107	〃	奉和聖製送張說巡邊	陽	5/20	3	玄宗	送張說巡邊	陽	5/20	依韻詩
107	〃	奉和送金城公主適西蕃應制	元	5/8						
108	李元紘	奉和聖製送張說上集賢學士賜宴	支	5/12	3	玄宗	集賢書院成送張說上集賢學士賜宴得珍字	真	5/12	
108	裴漼	奉和聖製送張說上集賢學士賜宴	蒸	5/12	3	玄宗	集賢書院成送張說上集賢學士賜宴得珍字	真	5/12	
108	裴漼	奉和聖製龍池篇（第十章）	先	7/8		玄宗				
108	劉昇	奉和聖製送張說上集賢學士賜宴	真	5/12	3	玄宗	集賢書院成送張說上集賢學士賜宴得珍字	真	5/12	
108	蕭嵩	奉和聖製送張說上集賢學士賜宴	蒸	5/12	3	玄宗	集賢書院成送張說上集賢學士賜宴得珍字	真	5/12	

108	〃	奉和禦製乾曜與張說宋璟同日上官命宴都堂賜詩	陽	5/16	3	玄宗	左丞相說右丞相璟太子少傅乾曜同日上官命宴東堂賜詩	真	5/16	
108	韋抗	奉和聖製送張說上集賢學士賜宴	齊	5/12	3	玄宗	集賢書院成送張說上集賢學士賜宴得珍字	真	5/12	
108	李嵩	奉和聖製送張說上集賢學士賜宴	灰	5/12	3	玄宗	集賢書院成送張說上集賢學士賜宴得珍字	真	5/12	
108	韋述	奉和聖製送張說上集賢學士賜宴	麻	5/12	3	玄宗	集賢書院成送張說上集賢學士賜宴得珍字	真	5/12	
108	陸堅	奉和聖製送張說上集賢學士賜宴	侵	5/12	3	玄宗	集賢書院成送張說上集賢學士賜宴得珍字	真	5/12	
108	程行諶	奉和聖製送張說上集賢學士賜宴	灰	5/12	3	玄宗	集賢書院成送張說上集賢學士賜宴得珍字	真	5/12	
108	褚琇	奉和聖製送張說上集賢學士賜宴	東	5/12	3	玄宗	集賢書院成送張說上集賢學士賜宴得珍字	真	5/12	
108	裴光庭	奉和禦製左丞相說右丞相璟太子少傅乾曜同日上官命宴都堂賜詩	真	5/16	3	玄宗	左丞相說右丞相璟太子少傅乾曜同日上官命宴東堂賜詩	真	5/16	依韻詩
108	宇文融	奉和禦製左丞相說右丞相璟太子少傅乾曜同日上官命宴都堂賜詩	先	5/16	3	玄宗	左丞相說右丞相璟太子少傅乾曜同日上官命宴東堂賜詩	真	5/16	
108	崔沔	奉和聖製同二相已下群官樂遊園宴	寒	5/12	3	玄宗	同二相已下群官樂遊園宴	魚	5/12	
108	崔尚	奉和聖製同二相已下群官樂遊園宴	寒	5/12	3	玄宗	同二相已下群官樂遊園宴	魚	5/12	
108	胡皓	奉和聖製同二相已下群官樂遊園宴	虞	5/12	3	玄宗	同二相已下群官樂遊園宴	魚	5/12	
108	〃	奉和聖製送張尚書巡邊	支	5/20	3	玄宗	送張說巡邊	陽	5/20	
108	〃	和宋之問寒食題臨江驛	真	5/8	52	宋之問	途中寒食題黃梅臨江驛寄崔融	真	5/8	

108	〃	同蔡孚起居詠鸚鵡[14]	先	5/8		蔡孚				
109	李泌	奉和聖製中和節曲江宴百僚	真	5/10[15]	4	德宗	中和節日宴百僚賜詩	真	5/12	依韻詩
109	〃	奉和聖製重陽節賜會聊示所懷	庚	5/10	4	德宗	重陽日賜宴曲江亭賦六韻詩用清字[16]	庚	5/12	依韻詩
110	劉庭琦	奉和聖製瑞雪篇	平仄換韻	7/22						
111	韓休	奉和禦製平胡	文	5/16	3	玄宗	平胡	陽	5/16	
111	〃	奉和聖製送張說巡邊	庚	5/20	3	玄宗	送張說巡邊	陽	5/20	
111	許景先	奉和禦製春臺望	平仄換韻	雜言/28	3	玄宗	春臺望	平仄換韻	雜言/28	
111	〃	奉和聖製送張說巡邊	庚	5/20	3	玄宗	送張說巡邊	陽	5/20	
111	王丘	奉和聖製答張說扈從南出雀鼠谷之作	歌	5/12	3	玄宗	南出雀鼠谷答張說	真	5/12	
111	蘇晉	奉和聖製送張說巡邊	先	5/20	3	玄宗	送張說巡邊	陽	5/20	
111	崔禹錫	奉和聖製送張說巡邊	陽	5/20	3	玄宗	送張說巡邊	陽	5/20	
111	張嘉貞	奉和早登太行山中言志應制	先	5/16	3	玄宗	早登太行山中言志	陽	5/16	
111	張嘉貞	奉和聖製送張說巡邊	庚	5/20	3	玄宗	送張說巡邊	陽	5/20	
111	盧從願	奉和聖製送張說巡邊	陽	5/20	3	玄宗	送張說巡邊	陽	5/20	依韻詩
111	袁暉	奉和聖製答張說扈從南出雀鼠谷之作	灰	5/12	3	玄宗	南出雀鼠谷答張說	真	5/12	
111	〃	奉和聖製送張說巡邊	灰	5/20	3	玄宗	送張說巡邊	陽	5/20	
111	王光庭	奉和聖製答張說扈從南出雀鼠谷	灰	5/12	3	玄宗	南出雀鼠谷答張說	真	5/12	
111	〃	奉和聖製送張說巡邊	東	5/20	3	玄宗	送張說巡邊	陽	5/20	

14 一作裴漼詩。

15 缺一韻。

16 唐德宗〈重陽日賜宴曲江亭賦六韻詩用清字〉曰：「朕在位僅將十載，實賴忠賢左右，...因重陽之會，聊示所懷。」

111	徐知仁	奉和聖製送張說巡邊	先	5/20	3	玄宗	送張說巡邊	陽	5/20	
111	席豫	奉和敕賜公主鏡	灰	5/8						
111	〃	奉和聖製答張說扈從南出雀鼠谷	文	5/12	3	玄宗	南出雀鼠谷答張說	真	5/12	
111	〃	奉和聖製送張說巡邊	先	5/20	3	玄宗	送張說巡邊	陽	5/20	
112	賀知章	奉和禦製春臺望	平仄換韻	雜言/28	3	玄宗	春臺望	平仄換韻	雜言/28	
112	〃	奉和聖製送張說上集賢學士賜宴賦得謨字	虞	5/12	3	玄宗	集賢書院成送張說上集賢學士賜宴得珍字	真	5/12	
112	〃	奉和聖製送張說巡邊	東	5/20	3	玄宗	送張說巡邊	陽	5/20	
112	崔頌	和張荊州九齡晨出郡舍林下	庚	5/8	48	張九齡	晨出郡舍林下	侵	5/8	
112	蘇綰	奉和姚令公駕幸溫湯喜雪應制	支	5/8		姚崇				
114	包融	和陳校書省中玩雪	東	5/8						
114	〃	和崔會稽詠王兵曹廳前湧泉勢城中字	歌	5/8						
114	丁仙芝	和薦福寺英公新搆禪堂	先	5/16						
114	蔡希周	奉和扈從溫泉宮承恩賜浴	東	7/8						
114	蔡希寂	同家兄題渭南王公別業	侵	5/20		蔡希周				
115	李邕	和戶部楊員外伯成寓直	陽	5/8		楊伯成				
115	〃	同望幸新亭賜錢公宴	真	5/8						
115	〃	奉和聖製從蓬萊向興慶閣道中留春雨中春望之作應制	灰	7/8						
115	李邕	奉和初春幸太平公主南莊應制	灰	7/8		中宗				
115	王灣	奉和賀監林月清酌	東	7/8		賀知章				
118	孫逖	和左司張員外自洛入京中路先赴長安逢立春日贈韋侍禦等諸公	徑	5/12						

118	〃	和登會稽山	軫吻阮	5/20						
118	〃	奉和四月三日上陽水窗賜宴應制得春字	真	5/8						
118	〃	奉和登會昌山應制	支	5/8						
118	〃	奉和禦製登鶯膂樓即目應制	東	5/8						
118	〃	和常州崔使君寒食夜	寒	5/8		崔日用				
118	〃	和韋兄春日南亭宴兄弟	陽	5/8		韋堅				
118	〃	奉和崔司馬遊雲門寺	冬	5/8						
118	〃	同邢判官尋龍湍觀歸湖中	庚	5/8						
118	〃	和常州崔使君詠後庭梅二首	侵、先	均 5/8		崔日用				
118	〃	同和詠樓前海石榴二首	麻、支	均 5/8						
118	〃	和上巳連寒食有懷京洛	蕭	7/8						疑和沈佺期重收
118	〃	和左司張員外自洛使入京中路先赴長安逢立春贈韋禦侍等諸公	灰	7/8						
118	〃	和崔司馬登稱心山寺	虞	5/20						
118	〃	奉和李右相中書壁畫山水	庚	5/16		李林甫				
118	〃	奉和李右相賞會昌林亭	真	5/12		李林甫				
118	〃	和左衛武倉曹衛中對雨創韻贈右衛李騎曹	肴	5/20						
118	〃	和詠廨署有櫻桃	庚	5/12						
118	〃	同洛陽李少府觀永樂公主入蕃	真	5/4						*
119	崔國輔	奉和華清宮觀行香應制	東	5/8						
119	〃	奉和聖製上巳祓禊應制	尤	5/12						

120	寇坦	同皇甫兵曹天官寺浴室新成招友人賞會	真	5/8						*
120	〃	同張少府和庫狄員外夏晚初霽南省寓直時兼充節度判官之作	魚	5/20	120	庫狄履溫	夏晚初霽南省寓直用余餘字	魚	5/20	依韻詩
121	李林甫	奉和聖製次瓊嶽應制	灰	5/8						
121	陳希烈	奉和聖製三月三日	陽	5/12						
122	盧象	和徐侍郎叢筱詠	侵	5/8		疑為徐安貞				
122	盧象	奉和張使君宴加朝散	侵	5/12						
122	〃	同王維過崔處士林亭	虞	7/4	128	王維	與盧員外象過崔處士興宗林亭	真	7/4	
124	徐安貞	奉和喜雪應制	侵	7/8	3	玄宗	喜雪	庚	5/12	
124	〃	奉和聖製早度蒲津關	刪	5/12	3	玄宗	早度蒲津關	東	5/12	
124	〃	奉和聖製答二相出雀鼠谷	先	5/12	3	玄宗	南出雀鼠谷答張說	真	5/12	
124	崔翹	奉和聖製答張說南出雀鼠谷	文	5/12	3	玄宗	南出雀鼠谷答張說	真	5/12	
124	梁昇卿	奉和聖製答張說南出雀鼠谷	陽	5/12	3	玄宗	南出雀鼠谷答張說	真	5/12	
124	李元操	和從叔祿愔元日早朝	灰	5/16						
125	王維	奉和聖製登降聖觀與宰臣等同望應制	敬	5/16		玄宗				
125	〃	奉和聖製禦春明樓臨右相園亭賦樂賢詩應制	遇	5/16		玄宗				
125	〃	奉和聖製送不蒙都護兼鴻臚卿歸西應制	泰隊	5/12		玄宗				
125	〃	和使君五郎西樓望遠思歸	質	5/12						
125	〃	同盧拾遺過韋給事東山別業二十韻給事春休沐維已陪遊及乎是行亦預聞命會無車馬不果斯諾	元刪	5/40						

125	〃	同崔傅答賢弟	平仄換韻	7/16		崔傅				
125	〃	同比部楊員外十五夜遊有懷靜者季	平仄換韻	雜言/22						
125	〃	奉和聖製天長節賜宰臣歌應制		七言騷/22		玄宗				
126	〃	奉和聖製賜史供奉曲江讌應制	灰	5/8		玄宗				
126	〃	同崔員外秋宵寓直	歌	5/8		崔圓				
126	王維	和尹諫議史館山池	魚	5/8						
126	〃	奉和楊駙馬六郎秋夜即事	陽	5/8						
126	〃	同崔興宗送衡嶽瑗公南歸	刪	5/8	129	崔興宗	同王右丞送瑗公南歸	冬	5/8	*
127	〃	奉和聖製玄元皇帝玉像之作應制	先	5/12		玄宗				
127	〃	奉和聖製與太子諸王三月三日龍池春禊應制	尤	5/12		玄宗				
127	〃	奉和聖製上巳於望春亭觀禊飲應制	東	5/12		玄宗				
127	〃	奉和聖製暮春送朝集使歸郡應制	尤	5/12		玄宗				
127	〃	奉和聖製重陽節宰臣及群官上壽應制	先	5/12		玄宗				
127	〃	奉和聖製十五夜然燈繼以酺宴應制	陽	5/16		玄宗				
127	〃	奉和聖製幸玉真公主山莊因題石壁十韻之作應制	麻	5/20		玄宗				
127	〃	和僕射晉公扈公從溫湯	東	5/20		李林甫				
127	〃	和宋中丞夏日遊福賢觀天長寺寺即陳左相宅所施之作	齊	5/12		宋渾				
127	〃	和陳監四郎秋雨中思從弟據	元	5/16		陳據				
128	〃	奉和聖製從蓬萊向興慶閣道中留	麻	7/8		玄宗				

		春雨中春望之作應制								
128	〃	和賈舍人早朝大明宮之作	尤	7/8	235	賈至	早朝大明宮呈兩省僚友	陽	7/8	
128	〃	和太常韋主簿五郎溫湯寓目之作	灰	7/8						
129	王縉	同王昌齡裴迪遊青龍寺曇壁上人兄院集和兄維	刪	5/10	127	王維	青龍寺曇壁上人兄院集[17]	齊	5/10	
129	崔興宗	同王右丞送瑗公南歸	冬	5/8	126	〃	同崔興宗送衡嶽瑗公南歸	刪	5/8	*
129	〃	和王維敕賜百官櫻桃	支	7/8	128	王維	敕賜百官櫻桃	寒	7/8	
130	崔顥	奉和許給事夜直簡諸公	先	5/16		許景先				
133	李頎	同張員外諲酬答之作	平仄換韻	7/12						*
137	儲光羲	同王十三維偶然作十首	見註[18]	均五言	125	王維	偶然作六首	見註[19]	均五言	*
138	〃	同諸公秋日遊昆明池思古	平聲轉韻	5/60						*
138	〃	同諸公登慈恩寺塔	平聲轉韻	5/22		薛據、高適岑參、杜甫				*
138	〃	同諸公秋霽曲江俯見南山	庚	5/22						*
138	儲光羲	同諸公送李雲伐蠻	陽	5/40						*
138	〃	奉和韋判官獻侍郎除河東採訪使	泰隊	5/24						
138	〃	同王十三維哭殷遙	先	5/28	125	王維	哭殷遙	庚	5/20	
138	〃	同房憲部應旋		5/28		房琯				
138	〃	同張侍禦宴北樓	平仄換韻	7/20		張鼎				
139	〃	奉和中書徐侍郎中書省玩雪寄穎陽趙大	先	5/8						
139	〃	和張太祝冬祭馬步	元	5/8						

17 注云：「與王昌齡、裴迪、弟縉同作。序云江寧大兄，即昌齡也。」

18 此十首韻部分別為蕭豪、支、刪先、虞、真、齊、庚、紙、職、質。

19 此五首韻部分別為養、紙、御遇、有、支。

139	〃	同張侍禦鼎和京兆蕭兵曹華歲晚南園	侵	5/16		張鼎				
139	〃	同武平一員外遊湖	微	5/4		武平一				
139	〃	同武平一員外遊湖五首時武貶金壇令	先支歌微齊	7/4		武平一				
140	王昌齡	同從弟銷南齋玩月憶山陰崔少府		5/10						
142	〃	和振上人秋夜懷士會	寒	5/8						
142	〃	同王維青龍寺曇壁上人兄院五韻	侵	5/10	127	王維	青龍寺曇壁上人兄院集[20]	齊	5/10	
147	劉長卿	和靈一上人新泉	支	5/8	809	靈一	宜豐新泉	文	5/8	
148	〃	同諸公登樓	庚	5/8						*
148	〃	奉和趙給事使君留贈李婺州舍人兼謝舍人別駕之什	真	5/12		趙涓				
148	〃	和袁郎中破賊後軍行過剡中山水謹上太尉	齊	5/12						
149	〃	同諸公袁中郎中宴筵喜加章服	微	5/12						
149	〃	同姜濬題裴式微餘幹東齋	歌	5/16						
149	〃	奉和杜相公新移長興宅呈元相公	元	5/16		杜鴻漸				
149	〃	同郭參謀詠崔僕射淮南節度使廳前竹	寒	5/16						
150	〃	奉和李大夫同呂評事太行苦熱行兼寄院中諸公仍呈王員外	藥	5/32		李涵				
150	〃	洛陽主簿叔知和驛承恩赴選伏辭一首	寘	5/32						
150	〃	同崔載華贈日本聘使	東	7/4		崔載華				*
150	〃	和樊使君登潤州城樓	尤	7/8		樊晃				

20 注云：「與王昌齡、裴迪、弟縉同作。序云江寧大兄，即昌齡也。」

150	〃	和中丞出使恩命過終南別業	先	5/12						
154	蕭穎士	過河濱和文學張志尹	真	5/20		張志尹				
155	崔曙	同諸公謁啓母祠	微	5/8						*
156	王翰	奉和聖製同二相已下群官樂遊園宴	庚	5/12	3	玄宗	同二相已下群官樂遊園宴	魚	5/12	
156	王翰	奉和聖製送張說上集賢學士賜宴得筵字	先	5/12	3	玄宗	集賢書院成送張說上集賢學士賜宴得珍字	真	5/12	
156	〃	奉和聖製送張尚書巡邊	麻	5/20	3	玄宗	送張說巡邊	陽	5/20	
158	庾光先	奉和劉採訪縉雲南嶺作	微	7/8		劉縉				
159	孟浩然	同張明府清鏡歎	月	5/8		張子容				*
159	〃	和盧明府送鄭十三還京兼寄之什	平仄換韻	7/8		盧僎				
160	〃	和張丞相春朝對雪	灰	5/8		張九齡				
160	〃	和張明府登鹿門作	庚	5/8		張子容				
160	〃	和張二自穰縣還途中遇雪	真	5/8		張二				
160	〃	和賈主簿弁九日登峴山	灰	5/8		賈弁				
160	〃	同盧明府餞張郎中除義王府司馬海園作	灰	5/8		盧僎				*
160	〃	同盧明府早秋宴張郎中海亭	虞	5/8	122	盧象	早秋宴張郎中海亭即事	尤	5/8	
160	〃	同曹三禦史行泛湖歸越	微	5/8						
160	〃	和張判官登萬山亭因贈洪府都督韓公	侵	5/20						
160	〃	和宋太史北樓新亭	虞	5/12		宋鼎				
160	〃	同張明府碧溪贈答	歌	5/16		張子容				
160	〃	同獨孤使君東齋作	尤	5/12		獨孤冊				
160	〃	同王九題就師山房	文	5/12		王迥				
160	〃	同張將薊門觀燈	先	5/4		張說				

160	〃	同儲十二洛陽道中作	真	5/4	139	儲光羲	洛陽道五首獻呂郎中	沃豔歌馬紙	均 5/4	
166	李白	同族弟金城尉叔卿燭照山水壁畫歌	庚	7/14						
167	〃	和盧侍御通塘曲	平仄換韻	雜言/28		盧虛舟				
176	〃	同王昌齡送族弟襄歸桂陽二首[21]	平聲轉韻	5/12 、7/12						＊
176	〃	同吳王送杜秀芝赴舉入京	先	5/8		李祇				＊
176	〃	同友人舟行遊台越作	月	5/16						＊
176	〃	同族姪評事黯遊昌禪師山池二首	刪、支	均 5/8						
187	韋應物	同長源歸南徐寄子西子烈有道	平仄換韻	5/14						＊
188	〃	和張舍人夜直中書寄吏部劉員外	灰	5/8						
188	〃	和李二主簿寄淮上綦毋三	支	5/4						
190	〃	奉和聖製重陽日賜宴	真	5/12		德宗				
190	〃	和吳舍人早春歸沐西亭言志	微	5/16						
190	〃	奉和張大夫戲示青山郎	支	5/8						
191	〃	同李二過亡友鄭子故第	陽	5/8						＊
192	〃	同韓郎中閒庭南望秋景	刪	5/8		韓協				＊
192	韋應物	同越瑯琊山	陽	7/4						＊
192	〃	同元錫題瑯琊寺	屑	5/16		元錫				
193	〃	同褒子秋齋獨宿	屋	5/4		沈全真				
195	〃	和晉陵陸丞早春遊望	真	5/8						
196	孫昌胤	和司空曙劉慎虛九日送人	文	5/8	256	劉慎虛	九日送人	支	5/8	
					293	司空曙	九日送人	虞	5/8	
197	張謂	同孫搆免官後登薊樓	漾	5/24						

[21] 一作同王昌齡崔輔國送李舟歸郴州。

197	〃	同王徵君湘中有懷[22]	尤	5/8						
197	〃	同諸公遊雲公禪寺	齊	5/12						*
200	岑參	奉和杜相公初發京城作	支	5/8		杜鴻漸				
201	〃	奉和中書舍人賈至早朝大明宮	寒	7/8	235	賈至	早朝大明宮呈兩省僚友	陽	7/8	
201	〃	和祠部王員外雪後早朝即事	微	7/8		王紞				
201	〃	奉和相公發益昌	庚	7/8		杜鴻漸				
201	〃	和邢部成員外秋夜寓直寄臺省知己	蕭	5/20		成賁				
202	薛奇童	和李起居秋夜之作	灰	5/12						
203	李牧	和中書侍郎院壁畫雲	庚	5/8						
205	包佶	同李吏部伏日口號呈元庶子路中丞	庚	5/8		李紓				
205	〃	奉和柳相公中書言懷	侵	5/8		柳渾				
205	〃	奉和常閣老晚秋集賢院即事寄贈徐薛二侍郎	齊	5/24	254	常袞	晚秋集賢院即事寄徐薛二侍郎	魚	5/24	
206	李嘉祐	和張舍人中書宿直	微	5/8						
206	〃	同皇甫侍御題薦福寺一公房	陽	5/8		皇甫曾				*
206	〃	和都官苗員外秋夜省直對雨簡諸知己	支	5/8		苗發				
206	〃	和韓郎中楊子津玩雪寄嚴維	灰	5/8						
206	〃	同皇甫冉赴官留別靈一上人	真	5/8		皇甫冉				*
207	〃	和袁郎中破賊後經剡縣山水太尉	齊	5/12						
207	〃	奉和杜相公長興新宅即事呈元相公	麻	5/16		杜鴻漸				

22 一作嚴維詩。

207	〃	同皇甫冉登重玄閣	尤	7/8		皇甫冉				*
208	包何	和孟虔州閒齋即事	歌	5/8		孟瑤				
208	〃	同李郎中淨律院子樹	庚	5/8						
208	〃	同閻伯均宿道士觀有述	灰	7/8		閻伯均				
208	〃	同舍弟佶班韋二員外秋苔對之成詠	刪	5/8		包佶				
208	〃	和苗員外寓直中書	寒	5/8		苗發				
208	〃	和程員外春日東郊即事	先	7/8						
208	〃	同諸公尋李方直不遇	尤	5/4						*
210	皇甫曾	和謝舍人雪夜寓直	侵	5/8						
210	〃	奉和杜相公移入長興宅奉呈諸宰執	支	5/16		杜鴻漸				
211	高適	和賀蘭判官望北海作	灰	5/28		賀蘭進明				
211	〃	和崔二少府登楚丘城作	平仄換韻	5/20						
211	〃	同呂員外酬田著作幕門軍西宿盤山秋夜作	梗	5/22		呂諲				
212	〃	同諸公登慈恩寺浮圖	漾	5/18		岑參、薛據杜甫、儲光羲等人				
212	〃	同薛司直諸公秋霽曲江俯見南山作	尤	5/20		薛據				
212	〃	同群公秋登琴臺	蕭	5/20		李白、杜甫等人				*
212	〃	同群公出獵海上	平仄換韻	5/20		李邕、杜甫等人				*
212	〃	同群公題鄭少府田家	陌	5/14		李白、杜甫等人				*

212	〃	同群公題中山寺	侵	5/12						*
212	〃	同群公宿開善寺贈陳十六所居	麻	5/12						*
212	〃	同韓四薛三東亭月	元	5/16		薛據				*
212	〃	同敬八盧五汎河間清河	支	5/16		敬括、盧璩				*
212	〃	同房侍御山園新亭與邢判官同遊	侵	5/20		房琯				*
212	〃	同馬太守聽九思法師講金剛經	泰隊	5/20		馬擇				*
212	〃	同呂判官從哥舒大夫破洪濟城迴登積石軍多福七級浮圖	寘	5/20		呂諲				
212	〃	同觀陳十六史興碑	月屑	5/24						*
213	〃	同李九士曹觀壁畫雲作	文	7/4						*
213	〃	燕歌行[23]	平仄換韻	雜言/28[24]			燕歌行（已遺）			和古題樂府
214	〃	同李太守北池泛舟宴高平鄭太守	尤	5/8		李邕				*
214	〃	同崔員外綦毋拾遺九日宴京兆府李士曹	豪	5/8						*
214	〃	同群公十月朝宴李太守宅	寒	5/8						*
214	〃	同群公登濮陽聖佛寺閣	東	5/8						*
214	〃	同衛八題陸少府書齋	真	5/8						*
214	〃	同陳留崔司戶早春宴蓬池	微	7/8						
214	〃	同顏六少府旅宦秋中之作	支	7/8		顏春卿				
214	〃	同李員外賀哥舒大夫破九曲之作	元	5/24						
214	〃	和竇侍御登涼州七級浮圖之作	齊	5/12						

23 題下註曰：「開元二十六年，客有從御史大夫張公出塞而還者，作燕歌行以示適，感征戍之事，因而和焉。」

24 高適〈燕歌行〉共有二十八句，其中有二十七句是七言，一句為八言。

214	〃	同熊少府題盧主簿茅齋	元	5/12		熊曜				*
214	〃	同朱五題盧使君義井	魚	5/12						*
214	〃	同郭十題楊主簿新廳	侵	5/12						
214	〃	同群公題張處士菜園	屋	5/4						
214	〃	和王七玉門關聽吹笛[25]	刪	7/4	253	王之渙	涼州詞[26]	7/4	刪	
216	杜甫	同李太守登歷下古城員外新亭亭對鵲湖	侵	5/12		李邕				
216	杜甫	同諸公登慈恩寺塔[27]	尤	5/24		高適、薛據岑參、儲光羲				
216	〃	奉和郭給事湯東靈湫作	尤	5/40		郭納				
222	〃	同元使君舂陵行	庚	5/46	241	元結	舂陵行	支	5/46	
225	〃	奉和賈至舍人早朝大明宮	豪	7/8	235	賈至	早朝大明宮呈兩省僚友	陽	7/8	
226	〃	和裴迪登新津寺寄王侍郎	陽	5/8		裴迪				
226	〃	和裴迪登蜀州東亭送客逢早梅相憶見寄	尤	7/8		裴迪				
227	〃	奉和嚴中丞西城晚眺十韻	真	5/20		嚴武				
228	〃	奉和嚴大夫軍城早秋	庚	7/4	261	嚴武	軍城早秋	刪	7/4	
232	〃	和江陵宋大夫少府暮春雨後同諸公及舍弟宴書齋	支	5/8						
233	〃	同豆盧峰知字韻	支	5/12		豆盧峰				
236	錢起	同李五夕次香山精舍訪憲上人	紙	5/10						
236	〃	奉和張荊州巡農晚望	養	5/14		張九齡				

25 一作塞上聞笛。

26 王之渙〈涼州詞〉曰：「黃河遠上白間，一片孤成萬仞山。羌笛何須怨楊柳，春風不度玉門關。」

27 時高適、薛據先有此作。

236	〃	同嚴逸人東溪泛舟	漾	5/16		嚴維			
237	〃	奉和聖製登會昌山應制[28]	支	5/8					
237	〃	和劉七讀書	先	5/8					
237	〃	和萬年成少府寓直	灰	5/8					
237	〃	和人秋歸終南山別業	侵	5/8					
237	〃	和蜀縣段明府秋城望歸期	蕭	5/8					
238	〃	奉和宣城張太守南亭秋夕懷友	庚	5/12					
238	〃	奉和王相公秋日戲贈元校書	支	5/12		王縉			
238	〃	和韋御侍寓直對雨	齊	5/14					
238	〃	奉和聖製登朝元閣	庚	5/16					
238	〃	奉和杜相公移長興宅奉呈元相公	侵	5/16		杜鴻漸			
238	〃	同鄔戴關中旅寓	東	5/16		鄔載[29]			
238	〃	奉和中書常舍人晚秋集賢院即事寄徐薛二侍御	魚	5/24	254	常袞	晚秋集賢院即事寄徐薛二侍郎	魚	5/24	依韻詩
238	〃	和范郎中宿直中書曉玩清池贈南省同僚兩垣遺補	侵	5/24		苑咸[30]			
239	〃	同程九早入中書[31]	支	7/8					
239	〃	和李員外扈駕幸溫泉宮	冬	7/8					
239	〃	和王員外雪晴早朝	陽	7/8		王鉅			
239	〃	同王錥起居程浩郎中韓翃舍人題安國寺用上人院	東	7/8					

28 一作趙起詩。

29 陶敏〈全唐詩人名考證〉上冊曰:「鄔戴為『鄔載』之誤。」見〈全唐詩人名考證〉上冊，頁 309 陝西人民教育出版社 1996 年 8 月。

30 「范」乃「苑」之訛。見陶敏〈全唐詩人名考證〉頁 310。

31 一作錢珝詩。

239	〃	和慕容法曹尋漁者寄城中故人	支	7/8						
239	錢起	和劉明府宴縣前山亭	灰	5/6						
239	〃	和張僕射塞下曲[32]	豪	5/4		張建封				
239	〃	同王員外隴城絕句	豪	7/4						
243	韓翃	和高平朱參軍思歸作	平仄換韻	雜言/16						
244	〃	同中書劉舍人題青龍上房	支	5/8						*
244	〃	奉和元相公家園即事寄王相公	侵	5/8		元載				
245	〃	同題仙游觀[33]	尤	7/8						*
246	獨孤及	奉和李大夫同呂評事太行苦熱行兼寄院中諸公	月屑	5/32		李涵				
246	〃	同徐侍郎五雲溪新庭重陽宴集	尤	5/16						
247	〃	同岑郎中屯田韋員外花樹歌	平仄換韻	7/8		岑參				
247	〃	和李尚書畫射虎圖歌	平仄換韻	7/22						
247	〃	和贈遠	江支轉韻	7/8						
247	〃	和題藤架	平仄換韻	5/8						
247	〃	和張大夫秋日有懷呈院中諸公	先	5/8						
247	〃	和大夫秋夜書情即事	刪	5/8						
247	〃	同皇甫侍御齋中春望見示之作	陽	7/8		皇甫曾				
247	〃	奉和中書常舍人晚秋集賢院即事寄贈徐薛二侍御	陽	5/24	254	常袞	晚秋集賢院即事寄徐薛二侍郎	魚	5/24	
247	〃	和虞部韋侍郎中尋楊駙馬不遇	支	7/4						
248	郎士元	和王相公題中書叢竹寄上元相公	寒	5/8		王縉				
248	〃	奉和杜相公益昌	麻	7/8		杜鴻漸				

[32] 一作盧綸詩。
[33] 一本題上無同字。

		路作								
249	皇甫冉	同李司直諸公暑夜南餘館	侵	5/8						
249	〃	同李蘇州傷美人	文	5/8		疑為李希言				
249	〃	同諸公有懷絕句	元	5/4						
249	〃	和鄭少尹祭中岳寺北訪蕭居士越上方	魚	5/16						
249	〃	和樊潤州秋日登城樓	陽	5/8		樊晃				
249	〃	同張侍御詠興寧寺經藏院海石榴花	先	5/4						
249	〃	同溫丹徒登萬歲樓	微	7/8						*
249	〃	和王給事[34]禁省梨花詠	微	5/4		王維				
249	〃	同李萬晚望南岳寺懷普門上人	文	7/4						
249	〃	奉和獨孤中丞遊法華寺	先	5/22		獨孤峻				
249	皇甫冉	同李三月夜作	侵	5/4						
249	〃	同裴少府安居寺對雨	魚	5/8						
249	〃	奉和對雪[35]	寒	5/8		王縉				
249	〃	奉和王相公早春登徐州城	陽	5/8		王縉				
249	〃	奉和對山僧[36]	刪	5/8						
249	〃	奉和待勤照上人不至	支	5/8						
249	〃	奉和漢祖廟下之作	歌	5/8						
249	〃	和袁郎中破賊後經剡中山水	齊	5/12						
249	〃	同樊潤州遊郡東山	尤	5/8		樊晃				
249	〃	和朝郎中揚子玩雪寄山陰嚴維	先	5/8						

[34] 一本有維字。

[35] 一本作奉和王相公喜雪。

[36] 一作同杜相公對山僧。

254	常袞	奉和聖製麟德殿燕百僚應制	陽	5/12						
254	〃	和考功員外郎外杪秋憶終南舊宅之作	東	5/16						
255	韋濟	奉和聖製次瓊嶽應制	陽	5/8						
255	沈東美	奉和苑舍人直曉玩新池寄南省友	先	5/24		苑咸				
258	蔣渙	和徐侍郎書叢筱韻	侵	5/8		徐浩				
263	嚴維	奉和獨孤中丞遊雲門寺	元	5/16		獨孤峻				
263	〃	同韓員外宿雲門寺	歌	5/8						*
263	〃	奉和皇甫大夫夏日遊花嚴寺	陽	5/8		皇甫溫				
263	〃	奉和劉祭酒傷白馬	東	5/16		劉長卿				
263	〃	同王徵君湘中有懷[37]	尤	5/8						
263	〃	奉和皇甫大夫祈雨應時雨降	灰	5/12		皇甫溫				
264	顧況	和翰林吳舍人兄弟西齋	東	5/16		吳通微、吳通玄				
265	〃	同裴觀察東湖望山歌	平仄換韻[38]	7/8		裴次元				
267	〃	奉和韓晉公晦日呈諸判官	歌	7/4	262	韓滉	晦日呈諸判官	蕭	7/4	
269	耿湋	和王懷州觀西營秋射	寒	5/12		王奇光				
269	〃	奉和第五相公登鄱陽郡城西樓	元	5/26		第五琦				
269	〃	奉和李觀察登河中白樓	齊	7/8						
269	〃	同李端春望	真	7/8						
270	戎昱	和李尹種葛	灰	5/8						
270	〃	同辛兗州巢父盧副端岳相思獻酬	紙	5/14						

[37] 一作張謂詩。

[38] 胡震亨云：「每句上四言、下三言，各為韻。」見《全唐詩》卷265中華書局版第八冊，頁2943。

		之作因紓懷呈辛魏二院長楊長寧								
271	竇常	和裴端公樞蕪城秋夕簡遠近親知	真	5/8						
271	竇群	同王晦伯朱遐景宿慧山寺	真	5/8						
271	竇庠	奉和王侍郎春日喜李侍郎崔給事諫張舍人韋諫議見訪因命觴觀樂之什	真	5/8		王起				
272	韋夏卿	和丘員外題湛長史舊居	隊	5/12	307	丘丹	經湛長史草堂	沃	5/12	
272	綦毋誠	同韋夏卿送顧況歸茅山	支	5/8	272	韋夏卿	送顧況歸茅山	真	5/8	
273	戴叔倫	和尉遲侍郎夏杪聞蟬	先	5/8						
273	〃	和李相公勉晦日蓬池遊宴	東	5/8						
273	〃	和汴州李相公勉人日喜春	真	7/8						
273	〃	和河南羅主簿送校書兄歸江南	陽	5/16						
274	〃	和崔法曹建溪聞猿	庚	7/4		崔載華				
274	〃	同袞州張秀才過王侍郎參謀宅賦十韻柳字	有	5/20						
274	〃	同袞州巢父盧副端岳相思獻酬之作因抒歸懷兼呈辛魏院長楊長寧	紙	5/14						
274	〃	奉同汴州李相公勉送郭布殿中出巡	歌	5/8						
276	盧綸	奉和聖製麟德殿宴百僚	陽	5/12						
276	〃	和考功王員外杪秋憶終南舊居[39]	東	5/16						
276	〃	和常舍人晚秋集賢院即事十二韻寄贈江南徐薛二侍郎	先	5/24	254	常袞	晚秋集賢院即事寄徐薛二侍郎	魚	5/24	

[39] 一作和大理裴卿杪秋憶山下舊居。一作岑參詩，一作常袞詩。

276	〃	和太常王卿立秋日即事	庚	5/16						
277	〃	和李使君三郎早秋城北亭樓宴崔司士因寄關中弟張評事時遇	刪	5/12						
277	〃	和趙端公九日登石亭上和州家兄	真	5/8						
277	〃	奉和戶曹叔夏夜寓直寄呈同曹諸公幷見示	支	5/12						
277	〃	和金吾裴將軍使往河北宣慰因訪張氏昆季舊居兼寄趙侍郎趙卿拜陵未迴	真	5/8						
277	〃	和太常李主簿秋中山下別墅即事	支	5/8						
277	〃	同吉中孚夢桃源（二首）	侵陌	均 5/6		吉中孚				
277	〃	同柳侍郎題侯釗侍郎新昌里	魚	5/8						
277	〃	和王員外冬夜寓直	陽	7/8						
277	〃	奉和陝州十四翁中丞寄雷二十翁司戶	先	5/8		盧岳				
277	〃	和李中丞酬萬年房曙少府過汾州景雲觀因以寄上房與李早年同居此觀	魚	5/16		李說				
277	〃	和陳翃郎中拜本府少尹兼侍御史獻上侍中因呈同院諸公	微	7/8						
277	〃	和王倉少尹暇日言懷	文	5/8						
277	〃	和崔侍郎遊萬固寺	侵	7/8						
277	〃	和裴延齡尚書寄題果州謝舍人仙居	東	7/8		裴延齡				
277	盧綸	同兵部李紓侍郎刑部包佶侍郎哭皇甫侍郎曾	真	5/8						

278	〃	和張僕射塞下曲（共六首）	虞東豪先蒸庚	均 5/4		張建封					
278	〃	同耿拾遺春中題第四郎新修書院[40]	東	5/12		耿湋					
278	〃	同耿湋宿陸灃旅舍	灰	5/8		耿湋					*
278	〃	同錢郎中晚春過慈恩寺	侵	5/4		錢起					*
278	〃	同王員外雨後登開元寺南樓因寄西巖警山人	東	7/8							*
278	〃	同趙進馬元陽春日登長春宮古城望河中因寄鄭損倉曹	東	7/8							*
278	〃	同崔峒補闕慈恩寺避暑	東	7/8		崔峒					*
278	〃	同路郎中韓侍御春日題野寺	寒	7/4		陸季登					*
278	〃	奉和李益遊棲巖寺	真	5/12		李益					
278	〃	同薛存誠登棲巖寺	先	5/8		薛存誠					*
278	〃	奉和李舍人昆季詠玫瑰花寄贈徐侍郎	陽	5/16		李紓					
278	〃	同耿湋司空曙二拾遺題韋員外東齋花樹	支	5/8		耿湋、司空曙					*
278	〃	和徐法曹贈崔洛陽斑竹杖以詩見答	魚	5/8							
280	〃	奉和太常王卿酬中書李舍人書寓直春夜對月見寄	陽	7/8							
283	李益	同蕭鍊師宿太乙廟	文	5/8							*
283	〃	送同落第者東歸	刪	5/8	280	盧綸	落第後歸終南別業	刪	5/8		依韻詩
283	〃	同崔邠登鸛雀樓	陽	7/8		崔攽					*

40 一作同錢員外春中題薛載少府新書院。

283	〃	奉和武相公春曉聞鶯	庚	7/4	317	武元衡	春曉聞鶯	庚	7/4	依韻詩
283	〃	奉和武相公郊居寓目	冬	7/4	317	武元衡	郊居寓目偶題	元	7/4	
283	〃	和丘員外題湛長史舊居	沃	5/12		丘丹				
285	李端	同皇甫侍御題惟一上人房	侵	5/8						*
285	〃	同苗員外宿薦福寺僧舍	陽	5/8		苗發				*
285	〃	同苗發慈恩寺避暑	齊	5/8		苗發				
285	〃	奉和王元二相避暑懷杜太尉	支	5/8		王縉、元載				
285	〃	奉和元丞侍從遊南城別業	陽	5/8						
286	〃	和李舍人直中書對月見寄	尤	7/8		李紓				
286	〃	和張尹憶東籬菊	麻	5/4						
286	〃	奉和秘書元丞杪秋憶終南舊居	冬	5/16						
286	〃	同司空文明過堅上人故院	東	5/4						*
290	楊凝	和直禁省	陽	5/8						
292	司空曙	和王卿立秋即事	寒	5/16						
292	〃	和李員外與舍人詠玫瑰花寄徐侍郎	陽	5/16		李嘉佑				
292	〃	奉和張大人酬高山人	微	5/8		張伯儀				
292	〃	同苗員外宿薦福常師房	東	5/8		苗發				*
292	〃	同張參軍喜李尚書寄新琴	陽	5/12		疑為張調				
292	〃	和盧校書文若早入使院書事	灰	5/8		盧文若				
292	〃	和耿拾遺元日觀早朝	青	5/20	269	耿湋	元日早朝	麻	5/20	
292	〃	御製雨後出城觀賞敕朝臣已下屬和	庚	5/16						
292	〃	奉和常舍人晚秋集賢院即事寄徐薛二侍郎	東	5/24	254	常袞	晚秋集賢院即事寄徐薛二侍郎	魚	5/24	
294	崔峒	奉和給事寓直	先	5/8						

296	張南史	同韓侍郎秋朝使院	刪	5/8						
296	〃	和崔中丞中秋月	庚	5/8						
297	王建	和裴相公道中贈別張相公	庚	5/8		裴度				
297	〃	和錢舍人水植詩	篠	5/8		錢徽				
299	〃	和武門下傷韋令孔雀	侵	5/8	316	武元衡	四[41]川使宅有韋令公[42]時孔雀存焉暇日與諸公同玩座中兼故府賓妓興嗟[43]久之因賦此詩用廣其意	侵	5/8	依韻詩
299	〃	同于汝錫賞白牡丹	蒸	5/16		于汝錫				
300	〃	同于汝錫遊降聖觀	歌	7/8		于汝錫				
300	〃	和蔣學士新授章服	真	7/8		蔣防				
300	〃	和少府崔卿微雪早朝	寒	7/8						
300	〃	和胡將軍寓直	寒	7/8						
301	〃	和門下武相公春曉聞鶯	庚	7/4	317	武元衡	春曉聞鶯	庚	7/4	依韻詩
303	劉商	同徐城季明府遊重光寺題晃師壁	灰	5/8						
303	〃	同諸子哭張元易	東	7/8						*
306	朱灣	同達奚宰遊竇子明仙壇	微	7/8						
306	〃	同清江師月夜聽堅正二上人為懷州轉法華經歌	平仄換韻	7/18						
307	丘丹	和韋使君秋夜見寄	月	5/4	188	韋應物	秋夜寄丘二十二員外	先	5/4	
307	〃	和韋使君聽江笛送陳侍御	庚	5/4	189	韋應物	聽江笛送陸侍御[44]	文	5/4	
313	崔元翰	奉和聖製三日書懷因以示懷	真	5/12	4	德宗	三日書懷因示百僚	真	5/12	疑重收[45]

41 一作西。

42 一作太尉。

43 一作嘆。

44 題下註曰：「同丘員外賦題。」

45 崔元翰與德宗二詩相同，疑重收。

313	〃	奉和聖製重陽節旦日百寮曲江宴示懷	質物	5/20		德宗				
313	〃	奉和登玄武樓觀射即事書懷賜孟涉應制	真	5/16		德宗				
313	〃	雜言奉和聖製至承光院見自生藤感其得地因以成詠應制	支	雜　言/20		德宗				
316	武元衡	同洛陽諸公餞盧起居	庚	5/8						
316	〃	和李中丞題故將軍林亭	真	5/8						
317	〃	同幕中諸公送李侍御歸朝	蕭	7/8						*
317	〃	奉和聖製豐年多慶九日示懷	東冬	5/12	4	德宗	豐年多慶九日示懷[46]	東	5/12	
317	〃	奉和聖製重陽日即事	東	5/12	4	德宗	重陽日即事	東	5/12	依韻詩
317	〃	和楊弘微春日曲江南望	尤	5/20		楊弘微				
317	〃	和楊三舍人晚秋與崔二舍人張秘監苗考功同遊昊天觀時中書寓直不得陪隨因追往年曾與舊僚聯遊此觀紀題在壁已有淪亡書事感懷輒以呈寄兼呈東省三給事之作楊君見徵鄙詞因以繼和	真	5/16		楊於陵				
317	武元衡	同陳六侍御寒食遊禪定藏山上人院	尤	5/4						
317	〃	同諸公夜譙監軍玩花之作	元	7/4						
317	〃	同苗郎中送嚴侍御赴黔中因訪仙源之事	東	7/4		苗燦				

[46] 貞元十八年九月癸亥重陽，御製詩賜群臣。

317	〃	和李丞題李將軍林園	文	7/4		李丞				
317	〃	同張惟送霍總	尤	7/4		張惟				
317	〃	同幕府夜宴惜花	真	7/4						
318	鄭絪	奉和武相公省中宿齋酬李相公見寄	魚	5/12		武元衡				
318	鄭餘慶	和黃門相公詔還題石門洞	庚	5/8						
318	趙宗儒	和黃門相公詔還題石門洞	刪	5/8	316	武元衡	元和癸巳余領蜀之七年奉詔征還二月二十八日清明途經百牢關因題石門洞	刪	5/8	用韻詩
318	柳公綽	和武相錦樓玩月得濃字	冬	5/8	316	武元衡	八月十五夜與諸公錦樓望月得中字	東	5/8	
318	張正一	和武相錦樓玩月得蒼字	陽	5/8	316	武元衡	八月十五夜與諸公錦樓望月得中字	東	5/8	
318	徐放	奉和武相公中秋錦樓玩月得來字	灰	5/8	316	武元衡	八月十五夜與諸公錦樓望月得中字	東	5/8	
318	崔備	和武相公中秋錦樓玩月得前字、秋字兩篇	先尤	均 5/8	316	武元衡	八月十五夜與諸公錦樓望月得中字	東	5/8	
318	皇甫鏞	和武相公聞鶯	庚	7/4	317	武元衡	春曉聞鶯	庚	7/4	依韻詩
319	李絳	和裴相國答張秘書贈馬詩	文	7/8		裴度				
320	權德輿	奉和聖製九月十八日賜百寮追賞因書所懷	庚	5/12	4	德宗	九月十八日賜百僚追賞因書所懷	庚	5/12	依韻詩
320	〃	奉和聖製九日言懷賜中書門下及百僚	寒	5/12		德宗				
320	〃	奉和聖製重陽日中外同歡以詩言志因示百僚	魚	5/14	4	德宗	重陽日中外同歡以詩言志因示群官餘字韻	魚	5/14	依韻詩
320	〃	奉和聖製中春麟德殿會百寮觀新樂	平仄換韻	5/16	4	德宗	中春麟德殿會百僚觀新樂詩一章章十六句	真	5/16	
320	〃	奉和聖製中和節賜百官宴集因示所懷	真	5/12	4	德宗	中和節賜百官燕集因示所懷	真	5/12	依韻詩
320	〃	奉和聖製重陽日即事六韻	東	5/12	4	德宗	重陽日即事	東	5/12	依韻詩

320	〃	奉和聖製豐年多慶九日示懷	東	5/12	4	德宗	豐年多慶九日示懷	東	5/12	依韻詩
321	〃	奉和李相公早朝於中書候傳點偶書所懷奉呈門下相公中書相公	灰	5/20		李吉甫				
321	〃	奉和于司空二十五丈新卜城南郊居街司徒公別墅即事書情奉獻兼呈李裴相公	元	5/20						
321	權德輿	奉和新卜城南郊居得與衛右丞鄰舍因賦詩寄贈	真	5/20						
321	〃	奉和韋曲莊言懷貽東曲外族諸弟	東	5/20						
321	〃	和王侍郎病中領度支煩迫之餘過西園書堂閒望	文	5/8		王紹				
321	〃	奉和度支李侍郎早朝	陽	5/12		李夷簡				
321	〃	奉和劉侍郎司徒奉詔伐叛書情事呈宰相	東冬	5/8		劉濟				
321	〃	奉和鄜州劉大夫麥秋出師遮虜有懷中朝親故	灰	5/24		劉公濟				
321	〃	奉和許閣老酬淮南崔十七端公見寄	虞	5/60		許孟容				
321	〃	奉和李給事省中書情寄劉苗崔三曹長因呈許陳二閣老	陽	7/8		李元素				
321	〃	奉和張舍人閣老閣中直夜思聞雅琴因以書事通簡僚友	侵	5/12		張弘靖				
321	〃	和兵部李尚書東亭詩	先	5/8		李巽				
321	〃	和司門殷員外早秋省中書直夜寄荊南衛象端公	尤	7/8		疑為殷永				
321	〃	奉和太府韋卿閣老左藏庫中假山之作	灰	7/8		韋渠牟				

321	〃	奉和崔評事寄外甥劉同週幷呈杜賓客許給事王侍郎昆弟楊少尹李侍御幷見寄之作	陌	5/28						
321	〃	和職方殷郎中留滯江漢初至南宮呈諸公幷見寄	陽	5/8						
321	〃	戲和三韻	真	5/6		蔡廣成				
321	〃	奉和李大夫題鄭評事江樓	藥	5/20		李兼				
321	〃	和韓侍御白髮	庚	5/8	339	韓愈	哭楊兵部凝陸隙州參[47]	歌	5/8	
321	〃	和邵端公醉後寄于諫議之作	微	5/4						
321	〃	和李大夫西山祈雨因感張曲江故事十韻	先	5/20		李兼				
321	〃	同陸太祝鴻漸崔法曹載華見蕭侍御留後說得衛撫州報推事使張侍御卻迴前刺史載員外無事喜而有作三首	灰魚青	均 7/4		陸鴻漸				*
325	〃	奉和張監閣老過八陵院題贈杜卿崔員外	侵	7/8		張薦				
325	〃	奉和鄭賓客相公攝官豐陵扈從之作	元	5/20						
325	〃	和王祭酒太社宿齋不得赴李尚書宅會戲書見寄	虞	7/4						
325	〃	奉和崔閣老清明日候許閣老交直之際辱裴閣老書招云與考功苗曹長老先城南遊覽獨行口號因以簡贈	平仄換韻	5/12		崔從質				
325	權德輿	和張秘監閣老獻歲過蔣大拾遺因	先	5/8		張薦				

47 詩中有曰「併出知己淚，自然白髮多。」

		呈兩省諸公并見示								
326	〃	奉和韋諫議奉送水部家兄上後書情寄諸兄弟仍通簡南宮親舊并呈兩省閣老院長	侵	7/8		韋況				
326	〃	奉和史館張閣老以許陳二閣長愛弟俱為尚書郎伯仲同時列在南北省會於左掖因而有詠	先	5/8		張薦				
326	〃	從叔將軍宅薔薇花開太府韋卿有題壁長句因以和作	微	7/8						
326	〃	奉和許閣老霽後慈恩寺杏園看花同用花字口號[48]	麻	5/8		許孟容				
326	〃	奉和陳閣老寒食初假當直從東省往集賢因過史館看木瓜花寄張蔣二閣老	微	7/4		陳京				
326	〃	晚秋陪崔閣老張祕監閣老苗考功同遊昊天觀時楊閣老新直未滿以詩見寄裴然酬和有愧蕪音	微	5/16		崔邠				
326	〃	奉和張僕射朝天行	平仄換韻	7/36		張建封				
328	〃	雜言和常州李員外副使春日戲題十首[49]								
328	〃	和九日從楊氏姊遊	先	5/8						
328	〃	和九華觀見懷貢院八韻	微	5/16						
328	〃	和河南羅主簿送校書兄歸江南	陽	5/16		羅讓				

48 時德與當直。

49 三言一首、四言一首、五言三首、六言一首、七言三首、雜言一首。

330	張薦	奉酬禮部閣老轉韻離合見贈[50]		5/12	327	權德輿	離合詩贈張監閣老[51]		5/12	和離合體詩
330	〃	和潘孟陽春日雪迴文絶句	真	5/4		潘孟陽	春日雪以迴文絶句呈張薦權德輿	灰真	5/4	和離合體詩
330	崔邠	禮部權侍郎閣老史館張秘監閣老有離合酬贈之什宿直吟玩聊繼此章[52]		5/12	327	權德輿	離合詩贈張監閣老		5/12	和離合體詩
330	楊於陵	和權載之離合詩		5/12	327	權德輿	離合詩贈張監閣老		5/12	和離合體詩
330	許孟容	奉和武相公春曉聞鶯	庚	7/4	317	武元衡	春曉聞鶯	庚	7/4	依韻詩
330	馮伉	和權載之離合詩		5/12	327	權德輿	離合詩贈張監閣老		5/12	和離合體詩
330	潘孟陽	和權載之離合詩		5/12	327	權德輿	離合詩贈張監閣老		5/12	和體詩
339	武少儀	和權載之離合詩		5/12	327	權德輿	離合詩贈張監閣老[53]		5/12	和離合體詩
331	姚向	和段相公登武擔寺西臺	東	5/8	331	段文昌	題武擔寺西臺	東	5/12	依韻詩
331	溫會	和段相公登武擔寺西臺	東	5/8	331	段文昌	題武擔寺西臺	東	5/12	依韻詩
331	李敬伯	和段相公登武擔寺西臺	東	5/8	331	段文昌	題武擔寺西臺	東	5/12	依韻詩
331	姚康	和段相公登武擔寺西臺	東	5/8	331	段文昌	題武擔寺西臺	東	5/12	依韻詩
332	羊士諤	和李都官郎中經宮人斜	先	7/4		李益				
332	〃	和武相早朝中書候傳點書懷奉呈	微	5/20	317	武元衡	奉酬中書李相公早朝於中書候傳點偶書所懷	侵	5/20	
332	〃	和蕭侍御監祭白帝城西村寺齋沐覽鏡有懷吏部孟員外幷見贈	支	5/8		蕭祐				
332	〃	和竇吏部雪中寓直	東	5/8		竇群				

50 一作和權載之離合詩，時為秘書監。

51 一作以離合詩贈秘書監張薦。

52 一作和權載之離合詩，時為中書舍人。

53 一作以離合詩贈秘書監張薦。

333	楊巨源	和盧諫議朝回書情即事寄兩省閣老兼呈二起居諫院諸院長	魚	5/40							
333	〃	和鄭少師相公題慈恩寺禪院	真	5/8			鄭餘慶				
333	〃	同趙校書題普救寺	先	5/8							
333	〃	同薛侍御登黎陽縣樓眺黃河	先	5/8							
333	〃	和權相公南園閒涉寄廣宣上人	歌	5/8			權德輿				
333	〃	和侯大夫秋原山觀征人回	庚	7/8							
333	〃	和人與人分惠次冰	東	7/8							
333	〃	和劉員外陪韓僕射野亭公宴	侵	7/8							
333	〃	奉和裴相公	東	7/8			裴度				
333	〃	和大夫邊春呈長安親故	灰	7/8							
333	〃	和元員外題昇平里新齋	虞	7/8			元宗簡				
333	〃	和令狐舍人酬峰上人題山欄孤竹	寒	7/8			令狐楚				
333	〃	和呂舍人喜張員外自北番回至境上先寄二十韻	寒	5/40			呂渭				
333	〃	和鄭相公尋宣上人不遇	東	5/4			鄭絪				
333	〃	和武相公春曉聞鶯	庚	7/4		317	武元衡	春曉聞鶯	庚	7/4	依韻詩
333	〃	和裴舍人觀田尚書出獵	庚	7/8			裴度				
333	〃	和令狐郎中	微	7/4			令狐楚				
333	〃	同太常尉遲博士闕下待漏	支	7/8			尉遲汾				
333	〃	和杜中丞西禪院看花	蒸	7/16							
334	令狐楚	和寄竇七中丞	灰	5/8			竇鞏				
334	〃	奉和嚴司空重陽日同崔常侍崔郎及諸公登龍山落帽臺佳宴	麻	7/8			嚴綬				

334	〃	奉和僕射相公酬忠武李相公見寄之作	庚	7/8		李逢吉				
335	裴度	竇七中丞見示初至夏口獻元戎詩輒戲和之	先	5/8		竇鞏				
338	韓愈	憶昨行和張十一	灰	雜言/40		張署				
339	〃	陸渾山火和皇甫湜用其韻	元	7/59		皇甫湜				用韻詩
339	〃	和盧部盧四酬翰林錢七赤藤杖歌	文	7/22						
340	〃	盧郎中雲大夫寄示送盤谷子詩兩章歌以和之	陽	雜言/30						
342	〃	奉和武相公鎮蜀時詠使宅韋太尉所養孔雀	支	5/8	316	武元衡	四[54]川使宅有韋令公[55]時孔雀存焉暇日與諸公同玩座中兼故府賓妓興嗟[56]久之因賦此詩用廣其意	侵	5/8	
342	〃	奉和錢七兄徽曹長盆池所植	紙	5/8						
342	〃	和李相公攝事南郊覽物興懷呈一二知舊	蕭	5/20						
342	〃	和裴僕射相公假山十一韻	陌	5/22		裴度				
342	〃	和歸工部送僧約	尤	7/4		歸登				
343	〃	和崔舍人詠月二十韻	青	5/40		崔攽				
343	〃	奉和庫部盧四兄曹長元日朝回	豪	7/8						
343	〃	奉和虢州劉給事使君伯芻三堂新題二十一詠[57]		均 5/4						

54 一作西。

55 一作太尉。

56 一作嘆。

57 〈奉和虢州劉給事使君伯芻三堂新題二十一詠〉序曰:「虢州刺史宅連水池竹林,往往為亭臺島渚,目其處為三堂,劉兄自給事中出此刺此州,在任逾歲,職修人治,州中稱無事,頗復增飾,從子弟而遊其間,又作二十一詩以詠其事,流行京師,文士爭和之。余與劉善,故亦同作。」此二十一

344	〃	和席八夔十二韻	真	5/24		席夔				
344	〃	和武相公早春聞鶯			317	武元衡	春曉聞鶯	庚	7/4	依韻詩
344	〃	和侯協律詠筍	元	5/52		侯喜				
344	〃	奉和裴相公東征途經女几山下作	庚	7/4		裴度				
344	〃	同李二十八夜次襄城	寒	5/8		李正封				*
344	〃	同李二十八員外從裴相公野宿西界	庚	7/4		李正封				*
344	〃	和李司勳過連昌宮	元	7/4		李正封				
344	〃	晉公破賊回重拜臺司以詩示幕中賓客愈奉和	東	7/8		裴度				
344	〃	詠燈花同侯十一	東	5/8		侯喜				
344	〃	奉和兵部張侍郎賈酬鄆州馬尚書總祇召途中見寄開緘之日馬帥已再領鄆州之作	支	5/8						
344	韓愈	同水部張員外籍曲江春遊寄白二十二舍人	灰	7/4		張籍				*
344	〃	和水部張員外宣政衙賜百官櫻桃詩	青	7/8						
344	〃	奉和僕射相公朝迴見寄	刪	5/8						
344	〃	奉和李相公題蕭家林亭	支	7/4		李逢吉				
344	〃	奉和杜相公太清宮紀事陳誠上李相公十六韻	麻	5/32						
345	〃	同竇牟韋執中尋尊師不遇[58]	侵	5/8						

詩為〈新亭〉、〈流水〉、〈竹洞〉、〈月臺〉、〈渚亭〉、〈竹溪〉、〈北湖〉、〈花島〉、〈柳溪〉、〈西山〉、〈竹逕〉、〈荷池〉、〈稻畦〉、〈柳巷〉、〈花源〉、〈北樓〉、〈鏡潭〉、〈孤嶼〉、〈方橋〉、〈梯橋〉、〈月池〉。見《全唐詩》卷 343

58 以同尋師三字為韻，愈分得尋字。

346	王涯	廣宣上人以詩賀放榜和謝[59]	支	7/8		廣宣上人				
348	陳羽	和王中丞使君春日過高評事幽居	文	7/4						
348	〃	和王中丞中和日	庚	7/4						
348	〃	同韋中丞花下夜飲贈歌人	真	7/4						
349	歐陽詹	太原和嚴長官八月十五日夜西山童子上方玩月寄中丞少尹	寒	5/8		嚴綬				
349	〃	和太原鄭中丞登龍興寺閣	灰	7/8		鄭儋				
349	〃	和嚴長官秋日登太原龍興寺閣野望	尤	5/16		嚴綬				
351	柳宗元	同劉二十八院長禹錫述舊言懷感時書事奉寄澧州張員外使君署五十二韻之作因其韻增至八十通贈二君子	麻	5/160		劉禹錫				
351	〃	奉和楊尚書於陵郴州追和故李中書吉甫夏日登北樓十韻之作依本詩韻次用	侵	5/20		楊於陵				
351	〃	同劉二十八哭呂衡州兼寄江陵李元二侍御	冬	7/8	359	劉禹錫	哭呂衡州時予方謫居	支	7/8	
352	〃	奉和周二十二丈酬郴州侍郎衡江夜泊得韶州書幷附當州生黃茶一封率然成篇代意之作	微	5/8		疑為周君巢				
355	劉禹錫	和河南裴尹侍郎宿齋天平寺詣九龍祠祈雨二十韻	支	5/40		裴潾				
355	〃	和董庶中古散調贈尹果毅	支	5/68		董侹				

[59] 傅璇琮《唐才子傳校箋》認為應是王起之作。

355	〃	令狐相公見示贈竹二十韻仍命繼和	紙	5/40		令狐楚				
355	〃	和令狐相公晚泛漢江書懷寄洋州崔侍郎閬州高舍人二曹長	庚	5/20		令狐楚				
355	〃	和樂天洛城春齊梁體八韻	陽	5/16	452	白居易	洛陽春贈劉李二賓客齊梁格	元	5/16	和齊梁體詩
355	劉禹錫	和樂天誚李周美中丞宅池上賞櫻桃花	先	5/12	459	白居易	櫻桃花下有感而作	麻	5/12	
355	〃	和樂天秋涼閒臥	賄	5/8	452	白居易	秋涼閒臥	問願	5/8	
355	〃	韓十八侍御見示岳陽樓別竇司直詩因令屬和重以自述故成六十二韻	紙	5/124	337	韓愈	岳陽樓別竇司直	漾	5/92	
355	〃	和郴州楊侍郎玩郡齋紫薇花十四韻	梗	5/28		楊於陵				
355	〃	和浙西李大夫晚下北固山喜徑松成陰悵然懷古偶題臨江亭並浙東元相公所和依本韻	有	5/40		李德裕				
356	〃	唐侍御寄遊道林嶽麓二寺詩幷沈中丞姚員外所和見徵繼作	元	7/26		唐扶				
356	〃	和牛相公南溪醉歌見寄	鹽	7/30		牛僧孺				
356	〃	同留守王僕射各賦春中一物從一韻至七	庚	雜言/13	464	王起	賦花	麻	雜言/13	和累字體詩
357	〃	和裴相公寄白侍郎求雙鶴	先	5/8	335	裴度	白二十二侍郎有雙鶴留在洛下予西園多野水長松可以棲息遂以詩請之	東	5/8	

357	〃	和樂天早寒	佳	5/8	449	白居易	早寒	元	5/8	
357	〃	同樂天和微之深春二十首同用家花車斜四韻	麻	均 5/8	449	白居易	和春深二十首[60]	麻	5/8	次韻詩
358	〃	和樂天誚失婢牓者	微	5/8	449	白居易	失婢	支	5/8	
358	〃	和令狐相公郡齋對紫薇花	麻	5/8		令狐楚				
358	〃	和令狐相公入潼關	真	5/8		令狐楚				
358	〃	和令狐相公尋白閣老見留小飲因贈	麻	5/8		令狐楚				
358	〃	和令狐相公以司空裴相見招南亭看雪四韻	刪	5/8		令狐楚				
358	〃	和鄆州令狐相公春晚對花	支	5/8		令狐楚				
358	〃	酬令狐相公歲暮遠懷見寄	微	5/8		令狐楚				
358	〃	令狐相公見示題洋州崔侍郎宅雙木瓜頃接侍郎同舍陪宴樹下吟玩來什輒成和章	真	5/8		令狐楚				
358	〃	和令狐相公春早朝回鹽鐵使院中作	庚	5/8		令狐楚				
358	〃	和令狐僕射相公題龍回寺	支	5/8		令狐楚				
358	〃	和令狐相公詠梔子花	灰	5/8		令狐楚				
358	〃	和樂天燒藥不成命酒獨醉	支	5/8	456	白居易	燒藥不成命酒獨醉	東	5/8	
358	〃	奉和司空裴相公中書即事通簡舊僚之作	陽	5/8						
358	〃	微之鎮武昌中路見寄藍橋懷舊之作淒然繼和兼寄安平	支	5/8		元稹				
358	〃	牛相公留守見示城外新墅有溪竹	東	5/8		牛僧儒				

60 元稹原詩已遺佚。

		秋月親情多往宿遊恨不得去因成四韻兼簡洛中親故之什兼命同作								
358	〃	和西川李尚書漢州微月遊房太尉西湖	尤	5/8		李德裕				
358	〃	和重題	庚	5/8	475	李德裕	重題	尤	5/8	
358	〃	和李相公平泉潭上喜見初月	真	5/8		李德裕				
358	〃	和李相公初歸平泉過龍門南嶺遙望山居即事	刪	5/8	475	李德裕	初歸平泉過龍門南嶺遙望山居即事	真	5/8	
358	〃	和李相公以平泉新墅獲方外之名因為詩以報洛中士君子兼見寄之什	刪	5/8		李德裕				
358	〃	奉和鄭相公以考功十弟山薑花俯賜篇詠	微	5/8		鄭澣				
359	〃	朗州竇員外見示與澧州元郎中郡齋贈答長句二篇因以繼和	陽	7/8		竇常				
359	〃	竇朗州見示與澧州元郎中早秋贈答命同作	陽	7/8		竇常				
359	〃	宣上人遠寄和禮部王侍郎放榜後詩因而繼和	寒	7/8	822	廣宣	賀王起[61]	真	7/8	
359	〃	秘書崔少監見示墜馬長句因而和之	陽	7/8						
359	〃	尉遲郎中見示自南遷復卻至洛城東舊居之作因以和之	刪	7/8		尉遲汾				
359	〃	和蘇十郎中謝病閒居時嚴常侍蕭給事同過訪歎初有二毛之作	東	7/8		蘇景胤				

[61] 一作賀王侍郎典貢放榜。

359	〃	江陵嚴司空見示與成都武相公唱和因命同作	灰	7/8		嚴綬				
359	〃	竇夔州見寄寒食日憶故姬小紅吹笙因和之	支	7/8		竇常				
360	〃	楚州開元寺北院枸杞臨井繁茂可觀群賢賦詩因以繼和	青	7/8						
360	〃	和樂天鸚鵡	東	7/8	447	白居易	鸚鵡	東	5/8	依韻詩
360	〃	和宣武令狐相公郡齋對新竹	東	7/8		令狐楚				
360	〃	和樂天送鶴上裴相公別鶴之作	支	7/8		白居易	送鶴與裴相臨別贈詩	支	7/8	
360	〃	和樂天以鏡換酒	灰	7/8		白居易	鏡換杯	支	7/8	
360	〃	同樂天送河南馮尹學士	灰	7/8	449	白居易	送河南尹馮學士赴任	庚	7/8	
360	劉禹錫	同白二十二贈王山人	真	7/8	428	白居易	贈王山人	真	7/8	依韻詩
360	〃	和令狐相公初歸京國賦詩言懷	灰	7/8		令狐楚				
360	〃	和樂天南園試小樂	庚	7/8	449	白居易	南園試小樂	庚	7/8	依韻詩
360	〃	同樂天送令狐相公赴東都留守	陽	7/8		白居易				
360	〃	和樂天耳順吟兼寄敦詩	歌	7/8	444	白居易	耳順吟寄敦詩夢得	先	7/12	
360	〃	和白侍郎送令狐相公鎮太原	微	7/8		白居易				
360	〃	河南白尹有喜崔賓客歸洛兼見懷長句因而繼和	真	7/8						
360	〃	和楊師皋給事傷小姬英英	庚	7/8	484	楊虞卿	過小姬英英墓	虞	7/8	
360	〃	和樂天洛下醉吟寄太原令狐相公兼見懷長句	庚	7/8		白居易	洛下閒居寄山南令狐相公			
360	〃	和樂天柘枝	麻	7/8		白居易				
360	〃	和樂天題真娘墓	灰	7/8	435	白居易	真娘墓		雜言/12	
360	〃	和令狐相公送趙常盈鍊師與中貴人同拜嶽及天台投龍畢卻赴京	庚	7/8		令狐楚				

360	〃	和樂天齋戒月滿夜對道場偶懷詠	麻	7/8	456	白居易	齋戒滿夜戲招夢得	先	7/8	
360	〃	樂天示過敦詩舊宅有感一篇吟之泫然追想昔事因成繼和以寄苦懷	魚	7/8		白居易				
360	〃	寄和東川楊尚書慕巢兼寄西川繼之二公近從弟兄情分偏睦早忝遊舊因成是詩	青	7/8						
360	〃	和樂天洛下雪中宴集寄汴州李尚書	寒	7/8	457	白居易	洛下雪中頻與劉李二賓客宴集因寄汴州李尚書	真文	7/8	
360	〃	和牛相公遊南莊醉後寓言戲贈樂天兼見示	先	7/8		牛僧儒				
361	〃	和思黯憶南莊見示	尤	7/8						
361	〃	和僕射牛相公春日閒坐見懷	庚	7/8		牛僧儒				
361	〃	和南海大夫聞楊侍郎出守郴州因有寄上之作	元	7/8						
361	〃	裴相公大學士見示答張祕書謝馬詩并群公屬和因命追作	灰	7/8	335	裴度	酬張秘書因寄馬贈詩	文	7/8	
361	〃	奉和裴侍中將赴漢南留別座上諸公	尤	7/8		裴度				
361	〃	和蘇郎中尋豐安里舊居寄主客張郎中	尤	7/8		蘇景胤				
361	〃	和僕射牛相公追感韋裴六相登庸皆四十餘未五十薨歿豈早榮早枯之義今年將六十猶粗強健因親故勸酒率然成篇並見寄之作	先	7/8		牛僧儒				
361	〃	和僕射牛相公以離闕庭七年班行親故亡歿十無一人再睹龍顏喜慶	支	7/8		牛僧儒				

		雖極感風燭能不愴然因成四韻并示集賢中書二相公所和								
361	〃	和僕射牛相公雨後寓懷見示	陽	7/8		牛僧儒				
361	〃	和陳許王尚書酬白少傅侍郎長句因通簡汝洛舊遊之什	支	7/8		王彥威				
361	〃	和僕射牛相公寓言二首	麻庚	7/8		牛僧儒				
362	〃	奉和吏部楊尚書太常李卿二相公策免後即事述懷贈答十韻	虞	5/20		楊嗣復				
362	〃	和汴州令狐相公到鎮改月偶書所懷	鹽咸	5/44		令狐楚				
362	〃	遙賀[62]白賓客分司初到洛中戲呈馮尹	灰	5/12	450	白居易	分司初到洛中偶題六韻兼戲呈馮尹	灰	5/12	次韻詩
362	〃	白侍郎大尹自河南寄示池上北新葺水齋即事招賓十四韻兼命同作	灰	5/28	451	白居易	府西池北新葺水齋即事招賓偶題十六韻	尤	5/32	
362	〃	和令狐相公謝太原李侍中寄蒲桃	陽	5/16		令狐楚				
362	〃	和令狐相公玩白菊	陽	5/16		令狐楚				
362	〃	令狐相公見示新栽蕙蘭二草之什兼命同作	侵	5/8		令狐楚				
362	〃	和令狐相公南齋小讌聽阮咸	侵	5/8		令狐楚				
362	〃	和令狐相公九日對黃白二菊花見懷	陽	5/8		令狐楚				
362	〃	和樂天閒園獨賞八韻前以風鶴拙句寄呈今辱蝸蟻妍詞見答因成小巧以取大咍	庚	5/16	455	白居易	閒園獨賞[63]	真	5/16	

62 一作和。

63 題下註云：「因夢得所寄峰鶴之詠，因成此篇以和之。」。

362	〃	奉和裴令公新成綠野堂即書	刪	5/20		裴度				
362	〃	奉和中書崔舍人八月十五日夜玩月二十韻	先	5/40		崔郾				
362	〃	奉和淮南李相公早秋即事寄成都武相公	先	5/24		李吉甫				
363	〃	和李六侍御文宣王廟釋奠作	支	5/20		李景儉				
363	劉禹錫	和竇中丞晚入容江作	蕭	5/16		竇群				
363	〃	和楊侍郎初至郴州紀事書情題郡齋八韻	灰	5/16		楊於陵				
363	〃	和東川王相公新漲驛池八韻	先	5/16		王涯				
363	〃	和牛相公題姑蘇所寄太湖石兼寄李蘇州	青	5/40		牛僧儒				
363	〃	浙西李大夫述夢四十韻并浙東元相公酬和斐然繼聲	豪	5/80	475	李德裕	述夢詩四十韻	豪	5/80	依韻詩
363	〃	和浙西李大夫伊川卜居	元	5/24		李德裕				
363	〃	和武中丞秋日寄懷簡諸僚故	侵	5/16	317	武元衡	秋日臺中寄懷簡諸僚	侵	5/16	依韻詩
363	〃	和令狐相公春日尋花有懷白侍郎閣老	尤	5/8		令狐楚				見註[64]
364	〃	呂八見寄郡內書懷因而戲和	庚	5/4		呂溫	郡內書懷寄劉連州竇夔州	支	5/4	
364	〃	和遊房公舊竹亭聞琴絕句	真	5/4	475	李德裕	房公舊竹亭聞琴緬慕風流神期如在因重題此作	先	5/4	
365	〃	碧澗寺見元九侍郎和展上人詩有三生之句因以和	真	7/4		元稹				
365	〃	和浙西尚書聞常州楊給事製新樓因寄之作	灰	7/4		王播				

64 《全唐詩》卷 449 白居易有〈酬令狐相公春日尋花見寄六韻〉詩，五言十二句，尤韻。劉禹錫次韻之。

365	〃	和西川李尚書傷孔雀及薛濤之什	支	7/4		李德裕				
365	〃	同樂天登棲靈寺塔	寒	7/4	447	白居易	與夢得同登棲靈寺塔	蒸	7/4	
365	〃	和裴相公傍水閒行	先	7/4	335	裴度	傍水閒行	庚	7/4	
365	〃	和嚴給事聞唐昌觀玉蕊花下有遊仙二絕	麻真	均 7/4	463	嚴休復	唐昌觀玉蕊花折有仙人遊悵然成二絕	真	7/8	
365	〃	和令狐相公別牡丹	麻	7/4	334	令狐楚	赴東都別牡丹	麻	7/4	依韻詩
365	〃	和令狐相公聞思帝鄉有感	支	7/4	334	令狐楚	坐中聞思帝鄉有感	真	7/4	
365	〃	奉和裴晉公涼風亭睡覺	庚	7/4	335	裴度	涼風亭睡覺	先	7/4	
365	〃	吳方之見示聽江西故吏朱幼恭歌三篇頗有懷故林之想吟諷不足因而和之[65]	齊	7/4		吳士矩				
365	〃	裴令公見示誚樂天寄奴買馬絕句斐言仰和且戲樂天	灰	7/4		裴度				
365	〃	遙和韓睦州元相公二君子	庚	7/4		韓泰				
365	〃	奉和裴令公夜宴	尤	7/4		裴度				
365	〃	和滑州李尚書上巳憶江南禊事	支	7/4		李德裕				
366	韓察	和張相公太原山亭懷古詩	先	5/8	366	張弘靖	山亭懷古	支	5/8	
366	崔恭	和張相公太原山亭懷古詩	東	5/8	366	張弘靖	山亭懷古	支	5/8	
366	陸瀍	和張相公太原山亭懷古詩	支	5/8	366	張弘靖	山亭懷古	支	5/8	依韻詩
366	胡證	和張相公太原山亭懷古詩	支	5/8	366	張弘靖	山亭懷古	支	5/8	依韻詩
366	張賈	和張相公太原山亭懷古詩	支	5/8	366	張弘靖	山亭懷古	支	5/8	依韻詩
366	〃	和裴司空答張秘書贈馬詩	庚	7/8	335	裴度	酬張秘書因寄馬贈詩	文	7/8	
368	鄭澣	和李德裕遊漢州房公湖二首	侵庚	均 5/8	475	李德裕	漢州月夕遊房太尉西湖	微	5/8	

[65] 一作和人憶江西故吏歌。

368	〃	和李德裕房公舊竹亭聞琴	灰	5/4	475	李德裕	房公舊竹亭聞琴緬慕風流神期如在因重題此作	先	5/4	
370	呂溫	奉和李相公早朝于中書候傳點偶書所懷奉呈門下武相公中書鄭相公	寒	5/20		李吉甫				
370	〃	奉和武中丞臺中寄懷簡諸僚友[66]	先	5/16	317	武元衡	秋日臺中寄懷簡諸僚	侵	5/16	
370	〃	吐蕃別館和周十一郎中楊七錄事望白水山作	麻	5/16						
370	〃	奉和張舍人閣中直夜思聞雅琴因書事通簡僚友	侵	5/12		張弘靖				
370	〃	和舍弟惜花絕句	麻	5/4		呂恭				
370	〃	和恭聽籠中山鵲	侵	5/4		呂恭				
370	〃	同恭夏日題尋真觀李寬中秀才書院	寒	7/8		呂恭				
370	〃	同舍弟恭歲暮寄晉州李六協律三十韻	支	5/60		呂恭				
371		和李使君三郎早秋城北亭宴崔司士因寄關中張評事	刪	5/12						
373	孟郊	和丁助教塞上吟	紙	5/8						
375	〃	和皇甫判官遊瑯琊溪	齊	5/14						
379	〃	同從叔簡酬盧殷少府	庚	5/8						
379	〃	同晝上人送郭秀才江南尋兄弟	庚	5/8		皎然				
379	〃	同茅郎中使君宋河南裴文學	侵	5/8						
379	〃	和薛先輩送獨孤才上都赴嘉會得青字	青	5/8		薛公達				
379	〃	同李益崔放送王鍊師還樓觀兼為群公先營山居	魚	5/8						

66 時西蕃使迴，奉命追和。

379	〃	同溧陽送孫秀才	東	5/8						
380	〃	溧陽唐興寺觀薔薇花同諸公餞陳明府	灰	5/8						
380	〃	和宣州錢判官使院廳前石楠樹	虞	5/36		錢徽				
380	〃	和錢侍郎甘露	元	5/18		錢徽				
380	〃	和令狐侍郎郭郎中題項羽廟	江	5/8		令狐峘				
383	張籍	奉和舍人叔直省時思琴	東	5/12						
384	〃	和陸司業習靜寄所知	蕭	5/8						
384	〃	和裴僕射移官言志	支	5/8		裴度				
384	〃	和裴僕射朝回寄韓吏部	東	5/8		裴度				
384	〃	和李僕射秋日病中作	陽	5/8		李絳				
384	〃	和周贊善聞子規	文	5/8						
384	〃	和裴司空即事通簡舊僚	東	5/8		裴度				
384	〃	和戶部令狐尚書喜裴司空見招看雪	寒	5/8		令狐楚				
384	〃	和裴司空以詩請刑部白侍郎雙鶴	東	5/8	335	裴度	白二十二侍郎有雙鶴留在洛下予西園多野水長松可以棲息遂以詩請之	東	5/8	依韻詩
384	〃	同錦州胡郎中清明日對雨亭宴	庚	5/8						
384	〃	和左司元郎中秋居十首		均 5/8						
384	〃	奉和陝川十四翁中丞寄雷州二十二翁司戶之作	先	5/8						
384	〃	和李僕射雨中寄盧嚴二給事	佳	5/12		李絳				
384	〃	和盧常侍寄華山鄭隱者	寒	5/12						
384	〃	和令狐尚書平泉東莊近居李僕射有寄十韻	先	5/20		令狐楚				
384	〃	和李僕射西園	鹽	5/16		李絳				

385	〃	和裴司空酬滿城楊少尹	東	7/8		裴度				
386	〃	和韋開州盛山十二首[67]		均 5/4	479	韋處厚	盛山十二詩			同題和作
386	〃	和崔駙馬聞蟬	先	7/4		崔杞				
386	〃	和裴僕射看櫻桃花	歌	7/4		裴度				
386	〃	和長安郭明府與友人縣中會飲	東	7/4						
386	〃	同韋員外開元觀尋時道士	陽	7/4		韋處厚				
386	〃	同韓侍御南溪夜賞	庚	7/4	342	韓愈	南溪始泛三首	阮、尤、陌	均 5/20	
386	〃	同嚴給事聞唐昌觀玉蕊近有仙過因成絕句	微麻	均 7/4	463	嚴休復	唐昌觀玉蕊花折有仙人遊悵然成二絕	真	7/8	
386	〃	同白侍郎杏園贈劉郎中	真	7/4	448	白居易	杏園花下贈劉郎中	真	7/4	用韻詩
390	李賀	同沈駙馬賦得御溝水	陽	5/8						
390	〃	追和柳惲	微魚	5/8		柳惲	江南曲			追和詩
392	〃	追和何謝銅雀妓	紙	5/8		何遜 謝朓	銅雀妓 銅雀悲			追和詩
392	〃	奉和二兄罷使遣馬歸延州	齊灰	5/12						
397	元稹	種竹[68]	寒	5/20	424	白居易	贈元稹	寒	5/24	依韻詩
397	〃	和樂天贈樊著作	真文元刪先寒	5/66	424	白居易	贈樊著作	真文元	5/36	
397	〃	和樂天感鶴	先	5/20	424	白居易	感鶴	5/20	先	依韻詩
397	元稹	和樂天折劍頭	紙	5/10	424	白居易	折劍頭	尤	5/12	
401	〃	和樂天初授戶曹喜而言志	文元	5/32	424	白居易	初除戶曹喜而言志	文元	5/32	次韻詩
401	〃	和樂天贈吳丹	皓	5/32	424	白居易	贈吳丹	尤	5/32	
401	〃	和樂天秋題曲江	支	5/16	432	白居易	曲江感秋	支	5/16	依韻詩
401	〃	和樂天別弟後月夜作	寒	5/12	432	白居易	別舍弟後月夜作	寒	5/12	依韻詩

67 張籍〈和韋開州盛山十二首〉分別是〈宿雲亭〉、〈梅溪〉、〈茶嶺〉、〈流杯渠〉、〈盤石磴〉、〈桃塢〉、〈竹巖〉、〈琵琶臺〉、〈胡蘆沼〉、〈隱月岫〉、〈繡衣石榻〉、〈上士泉缾〉。

68 〈種竹〉序曰：「昔樂天贈予詩云：『無波古井水，也節秋竹竿。』予秋來種竹廳下，因而有懷，聊書十韻。」

401	〃	和樂天秋題牡丹叢	緝	5/6	432	白居易	秋題牡丹叢	蕭	5/6	
402	〃	和東川李相公慈竹十二韻次本韻	佳歌麻	5/24		李逢吉				
403	〃	和裴校書鷺鷥飛	微	7/4						
403	〃	僧如展及韋載同遊碧澗寺各賦詩予落句云:「他生莫忘靈山座，滿壁人名後會稀，所以莫不淒然久之。不十日，而展公長逝，驚悼返覆，則他生豈有兆耶？其間展公仍賦黃字五十韻非札相示，予方屬和未畢，自此不復撰成，徒以四韻為識。」	庚	7/8						
403	〃	和樂天劉家花	真	7/4	438	白居易	劉家花	真	7/4	次韻詩
403	〃	和樂天夢亡友劉太白同遊二首	尤	均 7/4	440	白居易	夢亡友劉太白同遊彰敬寺	尤	7/4	次韻詩
407	〃	奉和權相公行次臨闕驛逢鄭僕射相公歸俄頃分途因以奉贈詩十四韻	虞	5/28		權德輿				
407	〃	和樂天送客遊嶺南二十韻次用本韻	真	5/40	440	白居易	送客春遊嶺南二十韻	真	5/40	
408	〃	和友封題開善寺十韻次用本韻	蕭	5/20		竇鞏				
413	〃	奉和嚴司空重陽日同崔常侍崔郎中及諸公登龍山落帽臺佳宴	麻	7/8		嚴綬				
413	〃	和樂天招錢尉章看山絶句	虞	7/4	437	白居易	絶句代書贈錢員外	虞	7/4	
413	〃	奉和竇容州	冬	7/8		竇群				
414	〃	和樂天高相宅	真	7/4	438	白居易	高相宅	真	7/4	
414	〃	和樂天仇家酒	侵	7/4	438	白居易	仇家酒	侵	7/4	
414	〃	和樂天贈雲寂僧	蕭	7/4	438	白居易	恆寂師	蕭	7/4	
415	〃	奉和滎陽公離筵作	庚	7/4		鄭餘慶				

415	〃	和樂天過秘書省舊廳	灰	7/4	438	白居易	重過秘書舊房因題長句	灰	7/4	
415	〃	和樂天贈楊秘書	庚	7/8	438	白居易	贈楊秘書巨源	庚	7/8	
415	〃	和樂天題王家亭子	歌	7/4	438	白居易	題王侍御池亭	歌	7/4	
416	〃	和樂天尋郭道士不遇	冬	7/8	440	白居易	尋郭道士不遇	冬	7/8	
416	〃	和王侍郎酬廣宣上人觀放牓後相賀	支	7/8		王起				
417	〃	酬樂天喜鄰郡 再酬復言和前篇	侵 侵	7/8 7/8		白居易				
417	〃	和樂天早春見寄	歌	7/8		白居易				
417	〃	和樂天重題別東樓	支	7/12	446	白居易	重題別東樓	支	7/12	
417	元稹	餘杭周從事以十章見寄詞調清婉難於遍酬聊和詩首篇以答來貺	刪	7/8		疑為周師范				
418	〃	樂府古題[69]				劉猛				
418	〃	樂府古題[70]				李餘				
418	〃	和李校書新題樂府十二首[71]				李紳				
422	〃	和樂天示楊瓊	入韻換上韻	7/20	442	白居易	寄李蘇州兼示楊瓊	平仄換韻	7/6	
422	〃	盧十九子蒙吟盧七員外洛川懷古六韻命余和	真	5/12		盧貞				
423	〃	奉和浙西大夫李德裕述夢四十韻大夫本題言贈於夢中詩賦以寄一二僚友故今所和	蕭	5/80	475	李德裕	述夢詩四十韻	蕭	5/80	次韻詩

69 元稹〈樂府古題〉其中有十首是和劉猛之作者，分別是〈夢上天〉、〈冬白紵〉、〈將進酒〉、〈採珠行〉、〈董逃行〉、〈憶遠曲〉、〈夫遠征〉、〈織婦詞〉、〈田家詞〉、〈俠客行〉。

70 元稹〈樂府古題〉其中有九首是和李餘之作者，分別是〈君莫非〉、〈田野狐兔行〉、〈當來日大難行〉、〈人道短〉、〈苦樂相倚曲〉、〈出門行〉、〈捉捕歌〉、〈古築城曲五解〉、〈估客樂〉。

71 元稹〈新題樂府十二首〉分別是〈上陽白髮人〉、〈華原磬〉、〈五弦彈〉、〈西涼伎〉、〈法曲〉、〈馴犀〉、〈立部伎〉、〈驃國樂〉、〈胡旋女〉、〈蠻子國〉、〈縛戎人〉、〈陰山道〉。

		者亦止述翰苑舊游而已次本韻								
423	〃	和嚴給事聞唐昌觀玉蕊花下有遊仙	支	7/4	463	嚴休復	唐昌觀玉蕊花折有仙人遊悵然成二絕	真	7/8	
424	白居易	白牡丹和錢學士作	庚	5/28		錢徽				
424	〃	蝦蟇和張十六	麻歌	5/24						
425	〃	和答詩十首[72]			396至397	元稹	見註[73]			
428	〃	見蕭侍御憶舊山草堂詩因以繼和	東	7/24		蕭祐				
428	〃	和錢員外禁中夙興見示	魚	5/12		錢徽				
432	〃	和元九悼往感舊蚊幬作	侵	5/20	404	元稹	張舊蚊幬	職	5/32	
434	〃	同韓侍郎遊鄭家池吟詩小飲	賄	5/16		韓愈				
435	〃	和錢員外答盧員外早春獨遊曲江見寄長句	東	7/12		錢徽				
436	〃	和鄭元[74]及第後秋歸洛下閒居[75]	刪	5/12						
436	〃	和渭北劉大夫借便秋遮虜寄朝中親友	支	7/8		劉公濟				
436	〃	和友人洛中春感[76]	真	7/4						
436	〃	和王十八薔薇澗花時有懷蕭侍御兼見贈	侵	7/4		王質夫				
437	白居易	同李十一醉憶元九	尤	7/4		李建				

72 白居易此〈和答詩〉十首分別是〈和思歸樂〉、〈和陽城驛〉、〈答桐花〉、〈和大嘴烏〉、〈答四皓廟〉、〈和稚媒〉、〈和松樹〉、〈答箭簇〉、〈和古社〉、〈和分水嶺〉。

73 原詩為元稹〈思歸樂〉、〈陽城驛〉、〈桐花〉、〈大觜烏〉、〈答四皓廟〉、〈稚媒〉、〈松樹〉、〈箭簇〉、〈古社〉、〈分水嶺〉。

74 一作方。

75 同高侍郎下隔年及第。

76 一作感春。

437	〃	同錢員外題絕糧僧巨川	刪	7/4		錢徽					
437	〃	同錢員外禁中夜直	真	7/4		錢徽					
437	〃	和錢員外青龍寺上方望舊山	文	7/4		錢徽					
437	〃	和錢員外早冬玩禁中新菊	陌錫	5/20		錢徽					
437	〃	酬和元九東川路詩十二首[77]			412	元稹	使東川[78]				
437	〃	和元九與呂二同宿話舊感贈	支	7/8	412	元稹	贈呂三校書	陽	7/8		
437	〃	夢遊春詩一百韻	屋沃	5/200	422	元稹	夢遊春七十韻	遇	5/140		
437	〃	和元八侍御升平新居四絕句時方與元八卜鄰[79]		均 7/4		元宗簡					
438	〃	和武相公感韋公舊池孔雀同用深字	侵	5/8		武元衡					
440	〃	元十八從事南海欲出廬山臨別舊居有戀泉聲之什因以投和兼伸別情	冬	7/8							
441	〃	和李澧州題韋開州經藏詩	魚	5/8		李建					
441	〃	和萬州楊使君四絕句[80]				楊歸厚					
441	〃	和行簡望郡南山	庚	7/4	466	白行簡	在巴南望郡南山呈樂天	刪	7/4		

77 〈酬和元九東川路詩十二首〉序曰：「十二篇皆因新境追憶舊事，不能一一曲敘，但隨而和之，唯余與元知之耳。」此十二首和作分別是〈駱口驛舊題詩〉、〈南秦雪〉、〈山枇杷花二首〉、〈江樓月〉、〈亞枝紅〉、〈江上笛〉、〈嘉陵夜有懷二首〉、〈夜深行〉、〈望驛臺〉、〈江岸梨花〉。

78 元稹〈使東川〉組詩共三十二首，白居易和作其中十二首，而元稹此十二首原詩分別是〈駱口驛二首〉、〈南秦雪〉、〈江樓月〉、〈亞枝紅〉、〈江上笛〉、〈嘉陵驛二首〉、〈夜深行〉、〈望驛臺〉、〈江花落〉，其中〈山枇杷花二首〉之原詩已遺佚。

79 〈和元八侍御升平新居四絕句〉分別是〈看花屋〉、〈累土山〉、〈高亭〉、〈松樹〉。

80 〈和萬州楊使君四絕句〉分別是〈競渡〉、〈江邊草〉、〈嘉慶李〉、〈白槿花〉。

441	〃	錢虢州以三堂絕句見寄因以本韻和之	侵	7/4		錢徽				
442	〃	和張十八秘書謝裴相公寄馬	虞	7/8	385	張籍	謝裴司空寄馬	庚	7/8	
442	〃	和元少尹新授官	庚	5/8		元宗簡				
442	〃	朝回和元少尹絕句	真	7/4		元宗簡				
442	〃	重和元少尹	咸	7/4		元宗簡				
442	〃	和韓侍郎苦雨	尤	5/8		韓愈				
442	〃	和韓侍郎題楊舍人林池見寄	蒸	7/4		韓愈				
442	〃	和殷協律琴思	文	7/4		疑為殷堯藩				
443	〃	和薛秀才尋梅花同飲見贈	灰	7/8						
443	〃	奉和李大夫題新詩二首各六韻〈因嚴亭〉〈忘筌亭〉	寒先	均 5/12		李德裕				
444	〃	同微之贈別郭虛舟鍊師五十韻	支、微	5/100		元稹				
444	白居易	霓裳羽衣歌和微之	平仄換韻	7/88		元稹				
444	〃	小童薛陽陶吹觱栗歌和浙西李大夫作	平仄換韻	7/32		李德裕				
444	〃	和微之聽妻彈別鶴操因為解釋其義依韻加四句	紙	5/28	416	元稹	聽妻彈別鶴操	先	7/4	
444	〃	和微之四月一日作	藥陌	5/16		元稹				
445	〃	和微之詩二十三首[81]				元稹				
446	〃	元微之除浙東觀查使喜得杭越鄰	真	7/8		元稹				

81 〈和微之詩二十三首〉分別是〈和晨霞〉、〈和送劉道士遊天臺〉、〈和櫛沐寄道友〉、〈和祝蒼華〉、〈和我年三首〉、〈和三月三十日四十韻〉、〈和寄樂天〉、〈和寄問劉白〉、〈和新樓北園偶集從孫公度周巡官韓秀才范處市小飲鄭侍御判官周劉二從事皆先歸〉、〈和除夜作〉、〈和知非〉、〈和望曉〉、〈和李勢女〉、〈和酬鄭侍御東陽春悶放懷追越遊見寄〉、〈和自勸二首〉、〈和雨花〉、〈和晨興因報問龜兒〉、〈和朝回與王鍊師遊南山下〉、〈和嘗新酒〉、〈和順之琴者〉。

		州先贈長句十七首並與微之和答								
446	白居易	病中辱張常侍題集賢院詩因以繼和	灰	5/8		張正甫				
446	〃	崔侍御以孩子三日示其所生詩見示因以二絕句和之	虞尤	均 7/4						
447	〃	奉和汴州令狐公二十二韻同用淹字	鹽咸	5/44		令狐楚				
447	〃	戲和賈常州醉中二絕句	虞灰	均 7/4		賈餗				
448	〃	和郭使君題枸杞	庚	7/4		郭行余				
448	〃	和楊郎中賀楊僕射致仕後楊侍郎門生合宴席上作	庚	7/8		楊汝士				
448	〃	和劉郎中傷鄂姬	麻	7/4		劉禹錫				
448	〃	早春同劉郎中寄宣武令狐相公	陽	7/8		劉禹錫				*
448	〃	和錢華州題少華清光絕句	文	7/4		錢徽				
449	〃	和集賢院劉學士早朝作	支	7/8		劉禹錫				
449	〃	和劉郎中望終南山秋雪	支	5/8		劉禹錫				
449	〃	令狐公拜尚書後有喜從鎮歸朝之作劉郎中先和因以繼之	灰	7/8		令狐楚				
449	〃	和汴州令狐相公新於郡內栽竹百竿拆壁開軒旦夕對玩偶題七言五韻	庚	5/10		令狐楚	郡齋左偏栽竹百餘竿炎涼已周青翠不改而為牆垣所蔽有乖愛賞假日命去齋居之東牆由是俯臨軒階低映帷戶日夕相對頗有然之趣	先	7/8	
449	〃	重答汝州李六使君見和憶吳中舊遊五首	尤	7/8		李諒				
449	〃	見殷堯藩侍御憶江南詩三十首詩中多敘蘇杭勝事余嘗典二郡因繼	陽	7/8						

		和之								
449	白居易	和劉郎中學士題集賢閣	齊	7/8	360	劉禹錫	題集賢閣	刪	7/8	
449	〃	和劉郎中曲江春望見示	麻	5/8	357	劉禹錫	曲江春望	寘未	5/8	
449	〃	和微之春日投簡陽明洞天五十韻	虞	5/100	423	元稹	春分投簡明洞天作	虞	5/100	
449	〃	酬鄭侍御多雨春空過詩三十韻次用本韻	陽	5/60						
449	〃	和春深二十首	麻	均 5/8		元稹				
449	〃	和楊師皋傷小姬英英	微	7/8		楊師皋				
450	〃	同崔十八寄元浙東王陝州	刪	7/8		崔玄亮				
450	〃	和令狐相公寄劉郎中兼見示長句	寒	7/8						
450	〃	和杜錄事題紅葉	真	5/8						
451	〃	同王十七庶子李六員外鄭二侍御同年四人遊龍門有感而作	元	7/8		王鑒				
451	〃	戲和微之答竇七行軍之作依本韻	先	5/12		元稹	戲酬副使中丞竇鞏見示四韻	先	5/8	依韻詩
451	〃	和微之任校書郎日過三鄉	魚	7/4		元稹				
451	〃	和微之十七與君別及隴月花枝之詠	先	7/4		元稹				
451	〃	和微之歎槿花	麻	5/4		元稹				
451	〃	和微之道保生三日	支	5/12		元稹				
451	〃	和夢得冬日晨興	庚	5/8	358	劉禹錫	冬日晨興寄樂天	庚	5/8	依韻詩
452	〃	裴侍中晉公以集賢林亭即事詩三十六韻見贈猥蒙徵和才拙詞繁廣為五百言以伸酬獻	支	5/72		裴度				
452	〃	和皇甫郎中秋曉同登宮閣言懷六韻	旱	5/12		皇甫曙				
452	〃	和裴令公一日日一年年雜言見贈	平仄換韻	雜言/16		裴度				

453	〃	和裴侍中南園靜興見示	紙	5/8		裴度				
453	〃	偶以拙詩數首寄呈裴少尹侍郎蒙以盛製四篇一時酬和重投長句美而謝之	虞	7/12		裴潾				
454	〃	裴常侍以題薔薇架十八韻見示因廣為三十韻以和之	陽	5/60		裴潾				
454	〃	和夢得[82]	庚	7/8		劉禹錫				
454	〃	和高僕射罷節度讓尚書授少保分司喜遂遊山水之作	庚	7/8		高瑀				
454	〃	奉和晉公侍中蒙除留守行及洛師感悅發中裴然成詠之作	真	7/8		裴度				
455	〃	和韋庶子遠坊赴宴未夜先歸之作兼呈裴員外	文	7/8		韋縝				
455	〃	和同州楊侍郎誇柘枝見寄	支	7/4		楊汝士				
455	白居易	和楊同州寒食乾坑會後聞楊工部欲到知予與工部有宿酲	支	5/8		楊汝士				
455	〃	和劉汝州酬侍中見寄長句因書集賢坊勝事戲而問之	真	7/8		劉禹錫				
456	〃	奉和裴令公新成午橋莊綠野堂種花	麻	7/4		裴度				
456	〃	和令公問劉賓客歸來稱意無之作	蕭	5/8		裴度				
456	〃	同夢得暮春寄賀東西川二楊尚書	麻	7/8		劉禹錫				
456	〃	和裴令公南莊絕句	刪	7/4	335	裴度	句〈題南莊〉[83]			

82 〈和夢得〉序曰：「夢得來詩云：『謾謾圖書四十車，年年為郡老天涯。一生不得文章力，百口空為飽煖家。』」。

83 句曰：「野人不識中書令，換作陶家與謝家」。

456	〃	和令狐僕射小飲聽阮咸	庚	5/12		令狐楚				
457	〃	和東川楊慕巢尚書府中獨坐感戚在懷見寄十四韻	歌	5/28		楊汝士				
457	〃	令狐相公與夢得交情素深眷予分亦不淺一聞薨逝相顧泫然有使來得前月未歿之前數日書及詩寄贈夢得哀吟悲歎寄情于詩詩成示予感而繼和	文	7/8		令狐楚				
457	〃	看夢得題答李侍郎詩詩中有文星之句因戲和之	灰	7/4	365	劉禹錫	洛濱病臥戶部李侍御見惠藥物謔以文星之句斐然仰謝	微	7/4	
457	〃	奉和思黯自題南莊見示兼呈夢得	支	7/8		牛僧儒				
457	〃	奉和裴令公三月上巳日遊太原龍泉憶去歲禊洛見示之作	尤	雜言/10		裴度				
457	〃	又和令公新開龍泉晉水二池	陽	5/8		裴度				
457	〃	奉和思黯相公以李蘇州所寄太湖石奇狀絕倫因題韻見示兼呈夢得	灰	5/40	466	牛僧儒	李蘇州遺太湖石其狀絕倫因題二十韻奉呈夢得樂天	庚	5/40	
457	〃	奉和思黯相公雨後林園四韻見示	寘	5/8		牛僧儒				
457	〃	和楊六尚書喜兩弟漢公轉吳興魯士賜章服命賓開宴用慶恩榮賦長句見示	文	7/8		楊汝士				
457	〃	慕巢尚書云室人欲為置一歌者非所安也以詩相報因而和之	真	7/8		楊汝士				
457	〃	同夢得和思黯見贈來詩中先敘三人同謫之歡次有歎鬢髮漸衰嫌孫子催老之意因酬妍唱兼吟鄙懷	尤	7/8		劉禹錫				

458	〃	見敏中初到邠寧秋日登城樓詩詩中頗多鄉思因以寄和	尤	5/8		白敏中				
458	白居易	和楊尚書罷相後夏日遊永安水亭兼招本曹楊侍郎同行	尤	7/8		楊嗣復				
459	〃	和思黯居守獨飲偶醉見示六韻時夢得和篇先成頗為麗絕因添兩韻繼而美之	月屑	5/16	355	劉禹錫	酬牛相公獨飲偶醉寓言見示			
459	〃	和夢得洛中早春見贈七韻	真	5/14	355	劉禹錫	洛中早春贈樂天	侵	5/14	
459	〃	和敏中洛下即事	庚	7/8		白敏中				
459	〃	和李中丞與李給事山居雪夜同宿小酌	侵	7/8						
460	〃	和李相公留守題漕上新橋六韻同用黎字	齊	5/12		李石				
462	〃	和河南鄭尹新歲對雪	灰	7/8		鄭澣				
462	〃	和柳公權登齊雲樓	庚	7/8						
462	〃	和夢得夏至憶蘇州呈盧賓客	先	5/16		劉禹錫				
462	〃	和裴相公傍水閒行絕句	刪	7/4	335	裴度	傍水閒行	庚	7/4	
463	張彤	奉和白太守揀橘	侵	7/8	447	白居易	揀貢橘書情	庚	7/8	
463	周元範	和白太守揀貢橘	東	7/8	447	白居易	揀貢橘書情	庚	7/8	
463	盧貞	和白尚書賦永豐柳	東	7/4	460	白居易	詔取永豐柳植禁苑感賦	青	7/4	
463	〃	和劉夢得歲夜懷友	陽	5/8		劉禹錫				
464	王起	和李校書雨中自秘省見訪知早入朝便入集賢不遇詩	平仄換韻	7/22		李德裕				
464	〃	和周侍郎見寄[84]	陽	7/8	563	周墀	賀王僕射放牓	庚	7/8	

84 〈和周侍郎見寄〉詩題序曰：「會昌三年，起三典舉場，周侍郎墀時刺華州，以詩賀之，起因答和，門生亦皆有和。」

466	牛僧儒	樂天夢得有歲夜詩聊以奉和	支	5/8	462	白居易	歲夜詠懷兼寄思黯[85]	真	5/8	
466	崔玄亮	和白樂天	尤	7/8						
466	〃	和李德裕觀玉蕊花見懷之作	侵	5/8	475	李德裕	招隱山觀玉蕊花戲書即世奉寄江西沈大夫閣老	支	5/8	
473	李逢吉	和嚴揆省中宿齋遇令狐員外當直之作	東	7/8						
473	于	和丘員外題湛長史舊居	紙	5/12	307	丘丹	經湛長史草堂[86]	屋沃	5/12	
474	徐凝	和嵩陽客月夜憶上清人	先	7/4						
474	〃	和白使君木蘭花	麻	7/4	454	白居易	題令狐家木蘭花	麻	7/4	依韻詩
474	〃	和川守侍郎緱山題仙廟	庚	7/4		白居易				
474	〃	和夜題玉泉寺	真	7/4	462	白居易	夜題玉泉	真	7/4	次韻詩
474	〃	和秋遊洛陽	尤	7/4	450	白居易	秋遊	尤	7/4	次韻詩
474	〃	和嘲春風	灰	5/8	450	白居易	春風	灰	5/8	次韻詩
474	〃	和侍郎邀宿不至	侵	7/4		白居易				
474	〃	奉和鸚鵡	寒	7/4	447	白居易	鸚鵡	東	7/8	
475	李德裕	奉和聖製南郊禮畢詩	真	5/12		武宗				
475	〃	奉和太原張尚書山亭書懷	尤	5/8	366	張弘靖	山亭懷古	支	5/8	
475	〃	奉和韋侍御陪相公遊開義五言六韻	蕭	5/12						
475	李德裕	追和太師顏公同清遠道士遊虎丘寺一作詩	翰	5/28	152	顏真卿	刻清遠道士詩因而繼作	真	5/24	
475	〃	奉送相公十八丈鎮揚州[87]	魚	7/8						
475	〃	南梁行和二十二兄	平仄換韻	7/36	480	李紳	南梁行	平仄換韻	7/36	
476	熊孺登	和竇中丞歲酒喜見小男兩歲	尤	7/4		竇群				
476	〃	奉和興元鄭相公早春送楊侍郎	尤	7/4		鄭餘慶				
477	李涉	和尚書舊見寄	齊	7/4						

---

85 《全唐詩》卷 355 劉禹錫亦有〈歲夜詠懷〉詩，押歌韻，五言八句。

86 一作題湛長史舊居。

87 一作和王播遊故居感懷。

477	〃	奉和九弟子渤見寄絕句	支	7/4						
479	馬植	奉和白敏中聖道和平致茲休運歲終功就合詠盛明呈上	東	7/8						
483	李紳	和晉公三首	微文真	均 5/4		裴度				
484	崔公信	和太原張相公山亭懷古	尤	5/8	366	張弘靖	山亭懷古	支	5/8	
484	楊汝士	和段相公登武擔寺西臺	東	5/8	331	段文昌	題武擔寺西臺	東	5/12	依韻詩
484	〃	和段相公夏登張儀樓	灰	5/8	331	段文昌	晚夏登張儀樓呈院中諸公	灰	5/8	依韻詩
484	〃	和宗人尚書嗣復祠祭武侯畢題臨淮公舊碑	支	5/12	464	楊嗣復	丁巳歲八月祭武侯祠堂因題臨淮公舊碑	真	5/12	
487	鮑溶	和王璠侍御酬友人贈白角冠	支	7/4		王璠				
487	〃	和淮南李相公夷簡喜平淄青迴軍之作	文	7/8						
488	唐扶	和兵部鄭侍郎省中四松詩[88]	灰	5/20	368	鄭澣	中書相公任兵部侍郎日後閣植四松逾數年澣忝此官因獻拙什	灰	5/20	依韻詩
488	陶雍	和兵部鄭侍郎省中四松詩	灰	5/20	368	鄭澣	中書相公任兵部侍郎日後閣植四松逾數年澣忝此官因獻拙什	灰	5/20	依韻詩
488	高銖	和太原張相公山亭懷古	刪	5/8	366	張弘靖	山亭懷古	支	5/8	
490	陳去疾	元夕京城和歐陽袞	灰	7/8						
491	王初	自和書秋[89]	東	7/8						
492	殷堯藩	和趙相公登鸛雀樓	先	7/8		趙宗儒				
494	施肩吾	同張鍊師溪行	真	7/4						*

88 〈和兵部鄭侍郎省中四松詩〉詩題注曰：「松是中書相公任侍郎日手栽，一本作奉和中書相公兵部侍郎日後閣植四松。」

89 據佟培基《全唐詩重出誤收考》第三二九〈王初〉條指出，王初並非唐時人，疑為誤收。見頁352，陝西人民教育出版社。

494	〃	同諸隱者夜登四明山	庚	7/4						*
498	姚合	同衛尉崔少卿九月六日飲	陽	5/8						*
498	〃	和座主相公雨中作	真	5/12		李逢吉				
500	〃	同裴起居厲侍御放朝遊曲江	真	5/8		裴素				*
500	姚合	同諸公會太府韓卿宅	東	7/8						*
501	〃	和東都令狐留守相公	東	7/8		令狐楚				
501	〃	和高諫議蒙兼賓客時入翰苑	尤	7/8		高元裕				
501	〃	和盧給事酬裴員外	尤	7/8		盧汀				
501	〃	和裴結瑞公早朝[90]	先	5/12						
501	〃	和門下李相公餞西蜀相公	冬	5/36		李德裕				
501	〃	和座主相公西亭七秋日即事	鹽	5/16		李逢吉				
501	〃	和秘書崔少監春日遊青龍寺僧院	支	7/8		崔玄亮				
501	〃	和李紳助教不赴看花	魚	7/8		李紳				
501	〃	和李十二舍人冬至日	陽	5/4		李褒				
501	〃	和裴令公新成綠野堂即事	庚	5/20		裴度				
501	〃	和厲玄侍御題戶部李相公盧山西林草堂	支	5/8						
501	〃	和鄭相演楊尚書蜀中唱和詩	豪	5/16		鄭覃				
501	〃	和戶部侍郎省中晚歸	微	5/8		李玨				
501	〃	和元八郎中秋居	先	5/8		元宗簡				
501	〃	和李十二舍人裴四二舍人兩閣老酬白少傅見寄[91]	真	7/12		李褒				

[90] 一作和郭端公早朝。

[91] 一作〈和李裴二舍人酬白少傅見寄〉。

501	〃	和劉禹錫主客冬拜表懷上都故人	灰	7/8		劉禹錫				
501	〃	和太僕田卿酬殷藩堯侍御見寄	真	5/12						
501	〃	和膳部李郎中秋夕	尤	5/8						
501	〃	和前吏部韓侍郎夜泛南溪	庚	7/4	342	韓愈	南溪始泛三首	阮尤陌	均五言	
501	〃	和王一作劉郎中題華州李中丞廳	先	7/4						
501	〃	和厲玄侍御無可上人會宿見寄	先	5/8						
501	〃	和令狐六員外直夜即事寄上相公	魚	7/8		令狐定				
501	〃	和友人新居園上	庚	5/8						
501	〃	和裴令公遊南莊憶白二十韋七二賓客	寒	5/16		裴度				
501	〃	和李舍人秋日臥疾言懷	陽	5/16		李褒				
501	〃	和李十二舍人直日放朝對雪	先	7/4		李褒				
501	〃	奉和前司封蘇郎中喜嚴常侍蕭給事見訪驚斑鬢之什	庚	7/8		蘇景胤				
501	〃	奉和門下相公雨中寄裴給事	佳	5/12		裴潾				
501	姚合	奉和四松[92]	灰	5/20	368	鄭澣	中書相公任兵部侍郎日後閣植四松逾數年澣忝此官因獻拙什	灰	5/20	依韻詩
502	〃	和李補闕曲江看蓮花	先	5/40		李紳				
502	〃	和王郎中召看牡丹	東	5/24						
502	〃	楊給事師皋哭亡愛姬英英竊聞詩人多賦因而繼和	真	7/8						
503	周賀	同朱慶餘宿翊西上人房	先	5/8						

92 一作〈和兵部鄭侍郎省中四松〉。注云：「松是中書相公任兵部侍郎日手栽。數年後，鄭澣繼之，因為詩獻相公，合與唐扶、劉禹錫等同和。」

503	〃	同徐處士秋懷少室舊居[93]	灰	7/8						
504	鄭巢	和姚郎中題凝公院	先	5/8		姚合				
506	章孝標	次韻和光祿錢卿二首	灰、灰	均 5/8		錢徽				
506	〃	和滕邁先輩傷馬	支	7/8						
506	〃	和顧校書新開井	侵	5/8						
510	張祜	奉和令狐相公送陳肱侍御	微	5/8		令狐楚				
511	〃	和杜牧之齊山登高[94]	微	7/8	522	杜牧	九日齊安一作齊安登高	微	7/8	依韻詩
511	〃	和杜使君九華樓見寄	麻	7/8						
511	〃	華清宮和杜舍人	陽	5/60	521	杜牧	華清宮三十韻	陽	5/60	依韻詩
512	盧求	和于中丞登越王樓見寄	尤	5/8	564	于興宗	夏杪登越王樓臨涪江望雪山寄朝中知友	尤	5/8	依韻詩
512	歐陽袞	和項斯遊頭陀寺上方	支	5/8	544	項斯	遊頭陀寺上方	灰	5/8	
513	裴夷直	奉和大梁相公重九日軍中宴會之什	庚	5/8		令狐楚				
513	〃	奉和大梁相公同張員外重九日宴集	冬	5/8		令狐楚				
513	〃	同樂天中秋夜洛河玩月二首	歌、侵	均 7/8		白居易				
513	〃	和邢郎中病中重陽強遊樂遊原	豪	7/8						
513	〃	和周侍御洛城雪	庚	7/4						
513	〃	奉和大梁相公送人二首	先、東	均 7/4		令狐楚				
514	朱慶餘	和劉補闕秋園寓興之什十首	見註[95]	均 5/8						
514	〃	送一作和唐中丞開淘西湖夏日遊泛因書示郡人	蕭	7/8						
514	〃	同一作聞友人看花	支	7/4						

93 一作〈秋日同朱慶餘懷少室舊隱〉。

94 一作〈奉和池州杜員外重陽日齊山登高〉。

95 韻部分別是支、肴、歌、刪、庚、侵、真、寒、尤、東。

515	〃	和處州嚴郎中遊南溪	侵	5/8						
515	〃	同盧校書遊新興寺	歌	5/8						
515	〃	和處州韋使君新開南溪	侵	5/20		韋行立				
516	魏扶	和白敏中聖德和平致茲休運歲終功就合詠盛明呈上	先	7/8						
518	雍陶	同賈島宿無可上人院	蒸	5/8		賈島				
518	〃	和劉補闕秋園寓興六首	見註[96]	均 5/8						
518	〃	和河南白尹西池北新葺水齋招賞十二韻	青	5/24	451	白居易	府西池北新葺水齋即事招賓偶題十六韻	尤	5/32	
518	〃	和孫明府懷舊山	刪	7/4						
521	杜牧	奉和白相公聖德和平致茲休運歲終功就合詠盛明呈上三相公長句四韻	陽	7/8		白敏中				
521	〃	奉和門下相公送西川相公兼領相印出鎮全蜀詩十八韻	陽	5/36		李德裕				
523	〃	和野人殷潛之題籌筆驛十四韻	支	5/28	546	殷潛之	題籌筆驛	支	5/28	依韻詩
524	〃	和嚴惲秀才落花	灰	7/4	546	嚴惲	落花	灰	7/4	次韻詩
524	〃	和裴秀才新櫻桃	寒	5/12						
524	〃	奉和僕射相公春澤稍愆聖君軫慮嘉雪忽降品彙昭蘇即事書成四韻	先	7/8		白敏中				
524	〃	和宣州沈大夫登北樓書懷	尤	7/8		沈傳師				
524	〃	使回枉唐州崔司馬書兼寄四韻因和	灰	7/8						
524	〃	和令狐侍御賞蕙草	真	7/4						

[96] 此六首韻部分別為歌、東、微、麻、支、元。

530	許渾	和畢員外雪中見寄	尤	5/8						
530	〃	蒙河南劉大夫見示與吏部張公喜雪酬唱輒敢攀和	侵	5/8						
534	〃	和友人送僧歸桂州靈巖寺[97]	陽	7/8						
534	〃	和人賀楊僕射致政[98]	真	7/8						
535	〃	和淮南王相公與賓僚同游瓜洲別業題舊書齋	侵	7/8		王播				
535	〃	和浙西從事劉三復送僧南歸	陽	7/8						
535	〃	與張道士同訪李隱君不遇[99]	侵	7/8						
536	〃	酬和杜侍御[100]	尤	7/8						
536	〃	同韋少尹傷故衛尉李少卿	東	7/8						
536	〃	和常秀才寄簡歸州鄭使君借猿	陽	7/8						
536	〃	和河南楊少尹奉陪薛司空石筍詩	先	7/8		楊巨源				
536	〃	和崔大夫新廣北樓登眺	寒	7/8		崔鄲				
536	〃	春雨舟中次和橫江裴使君見迎李趙二秀才同來因書四韻兼寄江南[101]	支	7/8						
537	〃	和李相國[102]	侵	5/12						
537	〃	和賓客相國詠雪	灰	5/32		李彦佐				

[97] 此詩與〈和浙西從事劉三復送僧南歸〉前四句同。

[98] 〈和人賀楊僕射致政〉序曰：「祠部楊員外，以僕射楊公拜官致仕，舊府賓僚及門生合燕申賀，飲後書事，因和呈。」

[99] 一作與〈張處士同題李隱君林亭〉。

[100] 〈酬和杜侍御〉序曰：「河中杜侍御，衹命本府，自鍾陵舟抵漢上，道出茲郡，以某專使迎接，先蒙雅什貽，竊慕清才，輒酬和。」

[101] 據吳汝煜《全唐詩人名考》考證，此詩為杜牧詩而混入許渾集。見《全唐詩人名考》下冊，頁 545。

[102] 〈和李相國〉序曰：「蒙賓客相國李公見示，和宣武盧僕射以吏部高尚書，自江南赴闕，貺大梨白鷴，因贈五言六韻攀和。」

537	〃	奉和盧大夫新立假山	先	5/12		盧鈞				
537	〃	奉命和後池十韻	支	5/20		盧鈞				
538	〃	病中和大夫玩江月	庚	7/4						
539	李商隱	和孫朴韋蟾孔雀詠	齊	5/28						
539	〃	同崔八詣藥山訪融禪師	元	7/4						
540	〃	和友人戲贈二首[103]	東	7/8		令狐綯				
540	〃	和韓錄事送宮人入道	尤	7/8		韓琮				
540	〃	同學彭道士參寥	真	7/4						
540	〃	和張秀才落花有感	陽	5/8						
540	〃	奉和太原公送前楊秀才戴兼招楊正字戎	東	7/8		王茂元				
540	〃	和韋潘前輩七月十二日夜泊池州城下先寄上李使君	真	7/4						
541	〃	奉同諸公題河中任中丞新創河亭四韻之作	尤	7/8						*
541	〃	和人題真娘墓	先	7/8						
541	〃	和劉評事永樂閒居見寄	魚	7/8						
541	〃	和馬郎中移白菊見示	庚	7/8						
541	〃	和鄭愚贈汝陽王孫家箏妓二十韻	紙	5/40						
543	喻鳧	和段學士南亭春日對雨	尤	5/8		段文昌				
543	〃	和段學士對雪	虞	5/12		段文昌				
544	劉得仁	和厲玄侍御題戶部相公盧山草堂	先	5/8						
544	〃	和范校書贈造微上人	東	5/8						
545	〃	和鄭校書夏日遊鄭泉	侵	5/20						

[103] 一作〈和令狐八戲題〉。

545	〃	和段校書冬夕寄題廬山	支	5/40		段成式				
545	〃	和鄭先輩謝秩閒居寓書所懷	支	5/20						
546	王樞	和嚴惲落花詩	灰	7/4	546	嚴惲	落花	灰	7/4	次韻詩
547	朱景玄	和崔使君臨發不得觀積雪	灰	7/4						
547	路貫	和元常侍除浙東留題	冬	7/8	547	元晦	除浙東留題桂郡林亭	尤	7/8	
548	薛逢	奉和僕射相公送東川李支使歸使府夏侯相公	歌	7/8						
549	趙嘏	陪崔璞侍御和崔春日有懷	真	5/8						
549	〃	和令狐補闕春日獨遊街	刪	7/8		令狐綯				
549	趙嘏	山陽盧明府以雙鶴寄遺白氏以詩回答因寄和	庚	7/8						
549	〃	華清宮和杜舍人[104]	陽	5/60	521	杜牧	華清宮三十韻	陽	5/60	依韻詩
550	〃	和杜侍郎題禪智寺南樓[105]	東	7/4		杜牧				
551	盧肇	和主司王起[106]	庚	7/8	464	王起	和周侍郎見寄[107]	陽	7/8	
552	丁稜	和主司王起[108]	侵	7/8	464	王起	和周侍郎見寄	陽	7/8	
552	高退之	和主司王起[109]	庚	7/8	464	王起	和周侍郎見寄	陽	7/8	
552	孟球	和主司王起[110]	庚	7/8	464	王起	和周侍郎見寄	陽	7/8	
552	劉耕	和主司王起	東	7/8	464	王起	和周侍郎見寄	陽	7/8	
552	裴翻	和主司王起	庚	7/8	464	王起	和周侍郎見寄	陽	7/8	
552	樊驤	和主司王起	庚	7/8	464	王起	和周侍郎見寄	陽	7/8	
552	崔軒	和主司王起	庚	7/8	464	王起	和周侍郎見寄	陽	7/8	
552	蒯希逸	和主司王起	微	7/8	464	王起	和周侍郎見寄	陽	7/8	

[104] 一作張祜詩。

[105] 吳汝煜《全唐詩人名考》曰:「杜牧有《題楊州禪智寺》及《將赴宣州留題楊州禪智寺》等詩。然此詩構思及用韻主要仿杜牧《江南春絕句》。」見《全唐詩人名考》下冊，頁 565。

[106] 一作〈奉和主司王僕射答周侍郎賀放榜作〉。

[107] 王起〈和周侍郎見寄〉會昌三年，起三典舉場，周侍郎墀時刺華州，以詩賀之，起因答和，門生亦皆有和。

[108] 一作〈奉和主司王僕射答周侍郎賀放榜作〉。

[109] 一作〈和主司王僕射酬周侍郎賀放榜〉。

[110] 一作〈和主司酬周侍郎〉。以下諸人所和皆是。

552	林滋	和主司王起	庚	7/8	464	王起	和周侍郎見寄	陽	7/8	
552	李宣古	和主司王起	庚	7/8	464	王起	和周侍郎見寄	陽	7/8	
552	黃頗	和主司王起	尤	7/8	464	王起	和周侍郎見寄	陽	7/8	
552	張道符	和主司王起	庚	7/8	464	王起	和周侍郎見寄	陽	7/8	
552	丘上卿	和主司王起	庚	7/8	464	王起	和周侍郎見寄	陽	7/8	
552	石貫	和主司王起	庚	7/8	464	王起	和周侍郎見寄	陽	7/8	
552	李潛	和主司王起	庚	7/8	464	王起	和周侍郎見寄	陽	7/8	
552	孟守	和主司王起	支	7/8	464	王起	和周侍郎見寄	陽	7/8	
552	唐思言	和主司王起	庚	7/8	464	王起	和周侍郎見寄	陽	7/8	
552	戈牢	和主司王起	先	7/8	464	王起	和周侍郎見寄	陽	7/8	
552	王甚夷	和主司王起	庚	7/8	464	王起	和周侍郎見寄	陽	7/8	
552	金厚載	和主司王起	庚	7/8	464	王起	和周侍郎見寄	陽	7/8	
553	姚鵠	和徐先輩秋日遊涇州南亭呈三二同年	尤	7/8						
553	〃	和陝州參軍李通微首夏懷呈同寮張裳段群二先輩	刪	7/8						
553	〃	奉和秘監從翁夏日陝州河亭晚望	先	5/12		姚合				
553	〃	和工部楊尚書除重送絶句	微	7/4		楊漢公				
554	項斯	和李用夫栽小松	刪	5/8						
554	〃	和李中丞醉中期王徵君月夜同遊滻水舊居	刪	5/8						
555	馬戴	同莊秀才宿鎮星觀	冬	5/8						
557	王鐸	和于興宗登越王樓詩	庚	5/8	564	于興宗	夏杪登越王樓臨涪江望雪山寄朝中知友	尤	5/8	
558	薛能	和楊中丞早春即事	麻	5/8						
558	薛能	和曹侍御除夜有懷	魚	5/20						
559	〃	華清宮和杜舍人[111]	陽	5/60	521	杜牧	華清宮三十韻	陽	5/60	依韻詩
560	〃	酬泗州韋中丞埇上日寄贈兼次本韻	東	7/8		韋岫				
561	〃	和友人寄懷	微	7/4						
561	〃	雁和韋侍御	魚	7/4						

[111] 一作張祜詩，一作趙嘏詩。

561	〃	和府帥相公[112]	刪	7/4		李福				
561	〃	又和留山雞	陽	7/4						
563	魏謨	和重陽錫宴御製詩	灰	5/4		宣宗				
563	張固	重陽宴東觀山亭和從事盧順之	東	7/8	563	盧順之	重陽東觀席上贈侍郎張固	冬	7/8	
563	楊知至	和李尚書命妓歌餞崔侍御	真	7/4	563	李訥	命妓盛小叢歌餞崔侍御還闕	歌	7/4	
563	盧	和李尚書命妓歌餞崔侍御	東	7/4	563	李訥	命妓盛小叢歌餞崔侍御還闕	歌	7/4	
564	李續	和綿州于中丞登越王樓見寄	尤	5/8	564	于興宗	夏杪登越王樓臨涪江望雪山寄朝中知友	尤	5/8	次韻詩
564	李汶儒	和綿州于中丞登越王樓作	庚	5/8	564	于興宗	夏杪登越王樓臨涪江望雪山寄朝中知友	尤	5/8	
564	田章	和于中丞夏杪登越王樓望雪山見寄	尤	5/8	564	于興宗	夏杪登越王樓臨涪江望雪山寄朝中知友	尤	5/8	次韻詩
564	薛蒙	和綿州于中丞登越王樓作	尤	5/8	564	于興宗	夏杪登越王樓臨涪江望雪山寄朝中知友	尤	5/8	次韻詩
564	李鄴	和綿州于中丞登越王樓作	文	5/8	564	于興宗	夏杪登越王樓臨涪江望雪山寄朝中知友	尤	5/8	
564	于	和綿州于中丞登越王樓作二首	尤、尤	均 5/8	564	于興宗	夏杪登越王樓臨涪江望雪山寄朝中知友	尤	5/8	次韻詩
564	王嚴	和于中丞登越王樓	尤	5/8	564	于興宗	夏杪登越王樓臨涪江望雪山寄朝中知友	尤	5/8	依韻詩
564	劉璐	洋州于中丞頃牧左綿題詩越王樓上朝賢繼和輒課四韻	尤	5/8	564	于興宗	夏杪登越王樓臨涪江望雪山寄朝中知友	尤	5/8	依韻詩
564	盧	和于中丞登越王樓作	尤	5/8	564	于興宗	夏杪登越王樓臨涪江望雪山寄朝中知友	尤	5/8	次韻詩
566	王傳	和襄陽徐相公商賀徐副使加章綬[113]	真	7/8	597	徐商	賀襄陽副使節判同加章綬	真	7/8	依韻詩
566	盧鄴	和李尚書命妓餞	尤	7/4	563	李訥	命妓盛小叢歌餞	歌	7/4	

112 一作〈蜀中和府帥相公過安撫崔判官廳不遇之什〉。

113 一作〈和徐商賀盧員外賜鯡魚〉。

		崔侍郎					崔侍御還闕			
566	封彥卿	和李尚書命妓餞崔侍郎	真	7/4	563	李訥	命妓盛小叢歌餞崔侍御還闕	歌	7/4	
566	韋蟾	和柯古窮居苦日喜雨	陌	5/20		段成式				
569	李群玉	同張明府遊漊一作樓水亭	文	5/8						
569	〃	奉和張舍人送鍊師歸岑公山	侵	7/8		張次宗				
569	〃	和吳中丞悼笙妓	東	7/8						
569	〃	同鄭相并歌姬小飲戲贈[114]	文	7/8		鄭朗				
570	〃	和人贈別	歌	7/4						
571	賈島	義雀行和朱評事	魚	5/14						
571	〃	和劉涵	刪	5/14						
571	〃	雨夜同厲玄懷皇甫荀	支	5/8						
573	〃	蔣亭和蔡湘州	元	5/8						
574	〃	和韓吏部泛南溪	文	7/4	342	韓愈	南溪始泛	阮尤陌	均五言	
575	溫庭筠	和沈參軍招友生觀芙蓉池	支	7/4						
578	〃	和道溪君別業[115]	真	7/8						
578	〃	和友人悼亡[116]	微	7/8						
578	〃	和友人一作王秀才傷歌姬	先	7/8						
581	〃	和段少常柯古	真	5/8		段成式				
581	〃	和友人盤石寺逢舊友	尤	5/8						
582	〃	和趙嘏題岳寺	先	7/8						
583	〃	和太常杜少卿東都修「行」（竹）里有嘉蓮	東	7/8						
583	〃	和周繇[117]	覃	5/12	635	周繇	嘲段成式	支	5/12	
584	段成式	和徐商賀盧員外賜緋[118]	真	7/8	597	徐商	賀襄陽副使節判同加章綬	真	7/8	依韻詩

114 一作〈杜丞相悰筵中贈美人〉。

115 一作〈和友人溪別業〉。

116 一作喪歌姬。

117 一作〈和周繇廣陽公宴嘲段成式詩〉，繇詩題曰：「廣陽公宴，成氏速罷馳騁，坐觀花豔，或有眼飽之嘲。」詩及段答詩並六韻。

118 一作和徐相公賀襄陽徐副使加章服。

584	〃	和周繇見嘲[119]	刪	5/12	635	周繇	嘲段成式	支	5/12	
584	〃	和張希復詠宣律和尚袈裟	東	7/4	546	張希復	詠宣律和尚袈裟	寒	7/4	
586	劉滄	和友人憶洞庭舊居	侵	7/8						
587	李頻	和友人下第北遊感懷	真	7/8						
587	〃	奉和鄭薰相公	庚	7/4						
588	〃	和范秘書襄陽舊遊[120]	刪	5/8						
588	〃	冬夜和范秘書宿秘省中作	侵	5/8		范酇				
589	〃	和太學趙鴻博士歸蔡中	庚	5/8						
590	李郢	和湖州杜員外冬至日白蘋洲見憶	庚	7/8	522	杜牧	湖南正初招李郢秀才	庚	7/8	次韻詩
591	崔玨	和友人鴛鴦之什（三首）	微微支	均 7/8						
591	〃	和人聽歌	陽尤	均 7/8						
593	曹鄴	和潘安仁金谷集	歌麻	均 5/8		潘安仁	金古集作詩			追和詩
593	曹鄴	和謝豫章從宋公戲馬臺送孔令謝病	灰	5/8		謝瞻	九日從宋公戲馬台集送孔令詩			追和詩
594	儲嗣宗	和茅山高拾遺憶山中雜題五首〈山泉〉〈巢鶴〉〈胡山〉〈小樓〉〈山鄰〉	灰微庚青支	均 7/4		高蟚				
594	〃	和顧非熊先生題茅山處士閒居	元	7/8						
597	高璩	和薛逢贈別	尤	7/8		薛逢				
597	高湘	和李尚書命妓餞崔侍御	庚	7/4	563	李訥	命妓盛小叢歌餞崔侍御還闕	歌	7/4	
598	高駢	和王昭符進士贈洞庭趙先生	青	7/8						
598	〃	依韻奉酬李迪	魚	7/8						
600	蕭遘	和王侍中謁張惡子廟	庚	7/8		王鐸				
600	司馬都	和陸魯望白菊	灰	7/8	626	陸龜蒙	幽居有白菊一叢因成詠知己	灰	7/8	依韻詩
604	許棠	和一作同薛侍御題興善寺松	庚	5/8		薛能				

119 〈和周繇見嘲〉並序。一作〈和周為憲廣陽公宴見嘲詩〉。

120 一作〈和范酇先輩話襄陽舊遊〉。

606	林寬	和友人賦後	微	5/8						
〃	〃	和周繇校書先輩省中寓直	齊	5/20		周繇				
609	皮日休	魯望讀襄陽耆舊傳見贈五百言過褒庸材靡有稱是。然襄陽曩事歷歷在目，夫耆舊傳所未載者，漢陽王則宗社元勳，孟浩然則文章大匠，予次而贊之，因而寄答，亦詩人無言不酬之義也，次韻。	宥	5/100	617	陸龜蒙	讀襄陽耆舊傳因作詩五百言寄皮襲美	宥	5/100	
609	〃	魯望昨以五百言見貽，過有褒美，揣庸陋，彌增愧悚。因成一千言上述吾唐文物之盛；次敘相得之歡，亦迭和之微旨也。	先	5/200	617	陸龜蒙	襲美先輩以龜蒙所獻五百言既蒙見和復示榮唱至於千字提獎之重蔑有稱實再抒鄙懷用伸酬謝	支	5/200	
609	〃	追和虎丘寺清遠道士詩	翰	5/24	862	清遠道士	同沈恭子遊虎丘寺有作	翰	5/24	次韻詩
609	〃	追和幽獨君詩次韻（二首）	文、灰	5/4 、5/12						
609	〃	奉和魯望讀陰符經見寄	寘	5/62	618	陸龜蒙	讀陰符經寄鹿門子	元	5/46	
609	〃	奉酬璐進士見寄次韻	魚	5/22	631	崔璐	覽皮先輩盛製因作十韻以寄用伸款仰	魚	5/22	次韻詩
611	〃	奉和魯望漁具十五詠[121]		均 5/8	620	陸龜蒙	漁具詩（十五首）		均 5/8	同題和作
611	〃	奉和魯望樵人十詠[122]		均 5/8	620	陸龜蒙	樵人十詠		均 5/8	同題和作
611	〃	奉和添酒中六詠[123]		均 5/8	620	陸龜蒙	添酒中六詠		均 5/8	同題和作

[121] 此十五詠為〈網〉〈罩〉〈　〉〈釣筒〉〈釣車〉〈漁梁〉〈叉魚〉〈射魚〉〈鳴桹〉〈滬〉〈　〉〈種魚〉〈藥魚〉〈蚱蜢〉〈笭箵〉。

[122] 此十詠為〈樵谿〉〈樵家〉〈樵叟〉〈樵子〉〈樵徑〉〈樵斧〉〈樵擔〉〈樵風〉〈樵火〉〈樵歌〉。

[123] 此六詠為〈酒池〉〈酒龍〉〈酒甕〉〈酒船〉〈酒鎗〉〈酒杯〉。

612	皮日休	奉和魯望四明山九題[124]		均 5/8	622	陸龜蒙	四明山詩（九首）		均 5/8	
612	皮日休	魯望示廣文先生吳門二章情格高散可醒俗態因追想山中風度次韻屬和存於詩篇魯望之命也	文、文	均 5/8	622	陸龜蒙	和張廣文貴旅泊吳門次韻。又次前韻酬廣文	文、文	均 5/8	次韻詩
612	皮日休	奉和魯望秋日遣懷次韻	鹽	5/32	623	陸龜蒙	秋日遣懷十六韻寄道侶	鹽	5/32	次韻詩
613	皮日休	奉和魯望寒夜訪寂上人次韻	侵	7/8	624	陸龜蒙	寒夜同襲美訪北禪院寂上人	侵	7/8	次韻詩
613	皮日休	奉和魯望早春雪中作吳體見寄	寒	7/8	624	陸龜蒙	早春雪中作吳體寄襲美	先	7/8	和體詩
613	皮日休	奉和魯望獨夜有懷吳體見寄	虞	7/8	624	陸龜蒙	獨夜有懷因作吳體寄襲美	虞	7/8	次韻兼和吳體
613	皮日休	魯望以花翁之什見招因次韻酬之	東	7/8	624	陸龜蒙	闔閭城北有賣花翁討春之士往往造焉因招襲美	東	7/8	次韻詩
613	皮日休	奉和魯望上元日道室焚修	寒	7/8	624	陸龜蒙	上元日道室焚修寄襲美	寒	7/8	次韻詩
613	皮日休	奉和魯望春雨即事次韻	微	7/8	624	陸龜蒙	春雨即事寄襲美	微	7/8	次韻詩
613	皮日休	奉和魯望徐方平後聞赦次韻	元	7/8	624	陸龜蒙	徐方平後聞赦因寄襲美	元	7/8	次韻詩
613	皮日休	偶成小酌招魯望不至以詩為解因次韻酬之	陽	7/8	624	陸龜蒙	襲美以公齋小宴見招因代書寄之	陽	7/8	次韻詩
613	皮日休	奉和魯望謝惠巨魚之半	陽	7/8	625	陸龜蒙	襲美已巨魚之半見分因以酬謝	魚	7/8	次韻詩
613	皮日休	奉和魯望同遊北禪院	陽	7/8	625	陸龜蒙	同襲美遊北禪院	陽	7/8	次韻詩
613	皮日休	奉和魯望薔薇次韻	真	7/8	625	陸龜蒙	薔薇	真	7/8	次韻詩
613	皮日休	奉和魯望新夏東郊閒泛[125]	尤	7/8	625	陸龜蒙	新夏東郊閒泛有懷襲美	尤	7/8	次韻詩
613	皮日休	奉和魯望四月十五日道室書事	陽	7/8	625	陸龜蒙	四月十五日道室書事寄襲美	陽	7/8	次韻詩

124 此九首詩為〈石窗〉〈過雲〉〈雲南〉〈雲北〉〈鹿亭〉〈樊榭〉〈潺湲洞〉〈青櫺子〉〈鞠侯〉。

125 一本此下有見懷次韻四字。

613	皮日休	奉和魯望看壓新醅[126]	庚	7/8	625	陸龜蒙	看壓新醅寄懷襲美	庚	7/8	次韻詩
614	皮日休	魯望以竹夾膝見寄因次韻酬謝	東	7/8	625	陸龜蒙	以竹夾膝寄贈襲美	東	7/8	次韻詩
614	皮日休	奉和魯望白鷗詩	齊	7/8	625	陸龜蒙	白鷗詩	麻	7/8	
614	皮日休	奉和魯望懷楊台文楊鼎文二秀才	真、文	均 7/8	625	陸龜蒙	懷楊台文楊鼎文二秀才	真、文	均 7/8	次韻詩
614	皮日休	奉和魯望早秋吳體次韻	蒸	7/8	626	陸龜蒙	早秋吳體寄襲美	蒸	7/8	次韻詩
614	皮日休	奉和魯望秋賦有期次韻	刪	7/8	626	陸龜蒙	秋賦有期因寄襲美	刪	7/8	次韻詩
614	皮日休	奉和魯望病中秋懷次韻	鹽	7/8	626	陸龜蒙	病中秋懷寄襲美	鹽	7/8	次韻詩
614	皮日休	顧道士亡弟子以束帛乞銘于余魯望因賦戲贈日休奉和	青	7/8	626	陸龜蒙	顧道士亡弟子奉束帛乞銘於襲美因賦戲贈	陽	7/8	
614	皮日休	奉和魯望寄南陽廣文次韻	陽	7/8	626	陸龜蒙	南陽廣文博士還雷平後寄	陽	7/8	次韻詩
614	皮日休	酬魯望見迎綠罽次韻	豪	7/8	626	陸龜蒙	襲美將以綠罽為贈因成四韻	豪	7/8	次韻詩
614	皮日休	奉和魯望白菊	先	7/8	626	陸龜蒙	幽居有白菊一叢因而成詠呈知己	灰	7/8	
615	皮日休	和魯望風人詩三首	支、寒、庚	均 5/4	627	陸龜蒙	風人詩四首	文、真、佳、支	均 5/4	
615	皮日休	庭中初植松桂魯望偶題奉和次韻	東	7/4	628	陸龜蒙	襲美初植松桂偶題	東	7/4	次韻詩
615	皮日休	魯望戲題書印囊奉和次韻	魚	7/4	628	陸龜蒙	戲題襲美書印囊	魚	7/4	次韻詩
615	皮日休	奉酬魯望醉中戲贈	東	7/4	628	陸龜蒙	醉中戲贈襲美	東	7/4	次韻詩
615	皮日休	奉和魯望招潤卿博士辭以道侶將至之作	虞	7/4	628	陸龜蒙	文讌招潤卿博士辭以道侶將至一絕寄之	青	7/4	
615	皮日休	奉和再招[127]	文	7/4	628	陸龜蒙	再招	支	7/4	
615	皮日休	奉和魯望玩金鸂鶒戲贈	文	7/4	628	陸龜蒙	玩金鸂鶒戲贈襲美	文	7/4	依韻詩
616	皮日休	奉和魯望齊梁怨別次韻	藥	7/4	630	陸龜蒙	齊梁怨別	藥	7/4	次韻詩
616	皮日休	奉和魯望曉起迴	東	7/8	630	陸龜蒙	曉起即事因成迴	真	7/4	和迴文

126 一本此下有次韻二字。

127 一作文讌招潤卿。

		文					文寄襲美			體詩
616	皮日休	奉酬魯望夏日四聲四首[128]	豪、筱、遇、陌	均 5/8	630	陸龜蒙	夏日閒居作四聲詩寄襲美	庚、語、霰、陌	均 5/4	和四聲詩
616	皮日休	奉和魯望疊韻雙聲二首〈疊韻山中吟〉〈雙聲溪上思〉	沃、漾	均 5/4	630	陸龜蒙	〈疊韻山中吟〉〈雙聲溪上思〉	陌、	均 5/4	和雙聲疊韻體詩
616	皮日休	奉和魯望疊韻吳宮詞二首	霽、陽	均 5/4	630	陸龜蒙	疊韻吳宮詞二首	霰、寘	均 5/4	和疊韻體詩
616	皮日休	奉和魯望閒居雜題五首〈晚吟秋〉〈好詩景〉〈醒聞檜〉〈寺鍾暝〉〈砌思步〉以題十五字離合	歌、元、元、侵、先	均 7/4	630	陸龜蒙	閒居雜題五首〈鳴蜩蟲〉〈野態真〉〈松間斟〉〈飲巖泉〉〈當軒鶴〉以題十五字離合	東、蒸、元、刪、魚	均 7/4	和離合體詩
616	皮日休	奉和魯望藥名離合夏月即事三首	元、東、陽	均 7/4	630	陸龜蒙	藥名離合夏日即事三首	覃、陽、東	均 7/4	和離合體詩
616	皮日休	奉和魯望寒日古人名一絕	陽	7/4	630	陸龜蒙	寒日古人名	灰	7/4	和人名詩
617	陸龜蒙	奉酬襲美先輩初夏見寄次韻	庚	5/46	609	皮日休	初夏即事寄魯望	庚	5/46	次韻詩
617	陸龜蒙	奉和襲美二遊詩〈徐詩〉〈任詩〉	先、錫	5/82、5/48	609	皮日休	二遊詩〈徐詩〉〈任詩〉	屑、合葉洽	5/74、5/58	
617	陸龜蒙	次追和清遠道士詩韻	翰	5/24	609	皮日休	追和虎丘寺清遠道士詩	翰	5/24	次韻詩
618	陸龜蒙	奉和襲美初夏遊楞伽精舍次韻	藥	5/74	609	皮日休	初夏遊楞伽精舍	藥	5/74	次韻詩
618	陸龜蒙	奉和襲美公齋四詠次韻〈小松〉〈小桂〉〈新竹〉〈鶴屏〉	敬、支、庚、漾	5/18、5/16、5/18、5/16	609	皮日休	公齋四詠〈小松〉〈小桂〉〈新竹〉〈鶴屏〉	敬、支、庚、漾	5/18、5/16、5/18、5/16	次韻詩
618	陸龜蒙	奉和襲美酬前進士崔潞盛製見寄因贈至一百四十言	魚	5/28	609	皮日休	奉酬崔潞進士見寄次韻	虞	5/22	
618	陸龜蒙	奉和襲美太湖詩二十首[129]			610	皮日休	太湖詩二十章			同題和作

[128] 此四首為〈平聲〉〈平上聲〉〈平去聲〉〈平入聲〉

[129] 此二十首分別是〈初入太湖〉〈曉次神景宮〉〈入林屋洞〉〈雨中遊包山精舍〉〈毛公壇〉〈三宿神景宮〉〈以毛公泉獻大諫清河公〉〈縹緲峰〉〈桃花塢〉

620	陸龜蒙	奉和酒中十詠[130]			611	皮日休	酒中十詠			同題和作
620	陸龜蒙	奉和襲美茶具十詠[131]			611	皮日休	茶中雜詠十首			同題和作
622	陸龜蒙	奉和襲美贈魏處士五貺詩[132]			612	皮日休	五貺詩			同題和作
622	陸龜蒙	又酬次韻	庚	5/8	612	皮日休	奉酬襲美早春病中書事 又寄次前韻	庚	均 5/8	次韻詩
622	陸龜蒙	奉酬襲美秋晚見題二首	庚、蕭	均 5/8	612	皮日休	秋晚留題魯望郊居二首	庚、蕭	均 5/8	依韻詩
622	陸龜蒙	奉和襲美初冬章上人院	先	5/8	612	皮日休	初冬章上人院	先	先	次韻詩
622	陸龜蒙	襲美見題郊居十首因次韻酬之以伸榮謝		均 5/8	612	皮日休	臨頓里名為吳中偏勝之地陸魯望居之不出郛郭曠若郊墅余每相訪款然惜去因成五言十首奉題屋壁		均 5/8	次韻詩
623	陸龜蒙	奉和襲美古杉三十韻	支	5/60	612	皮日休	虎丘寺殿前有古杉一本形狀醜怪圖之不盡況百卉競媚若妒若媚唯此杉死抱節饒然闖然不知雨露之可生也風霜之可瘁也乃造化者方外之材乎遂賦三百言以見志	支	5/60	依韻詩
623	陸龜蒙	奉和襲美新秋言懷三十韻次韻	肴	5/60	612	皮日休	新秋言懷寄魯望三十韻	肴	5/60	次韻詩
623	陸龜蒙	和襲美江南書情二十韻寄秘閣韋校書貽之商洛宋先輩垂文二同年次韻	鹽咸	5/40	612	皮日休	江南書情二十韻寄秘閣韋校書貽之商洛宋先輩垂文二同年	鹽咸	5/40	次韻詩

〈明月灣〉〈練瀆〉〈投龍潭〉〈孤園寺〉〈上真觀〉〈包山祠〉〈聖姑廟〉〈太湖石〉〈崦裏〉〈石板〉。

130 此十首是〈酒星〉〈酒泉〉〈酒篘〉〈酒床〉〈酒壚〉〈酒樓〉〈酒旗〉〈酒尊〈酒城〉〈酒鄉〉。

131 此十首是〈茶塢〉〈茶人〉〈茶筍〉〈茶籯〉〈茶舍〉〈茶　〉〈茶焙〉〈茶鼎〉〈茶甌〉〈煮茶〉。

132 此五首分別是〈五瀉舟〉〈華頂杖〉〈太湖硯〉〈烏龍養和〉〈訶陵尊〉。

623	陸龜蒙	憶襲美洞庭觀步奉和次韻	江	5/20	612	皮日休	憶洞庭觀步十韻	江	5/20	次韻詩
623	陸龜蒙	自和次前韻	冬	5/20	623	陸龜蒙	江野墅懷	冬	5/20	次韻詩
623	陸龜蒙	江南冬至和人懷洛下	支	5/12						
623	陸龜蒙	謹和諫議罷郡敘懷六韻	微	5/12	612	皮日休	諫議以罷郡將歸以六韻賜示因佇酬獻	微	5/12	次韻詩
624	陸龜蒙	和襲美江南道中懷茅山廣文南陽博士三首次韻	陽、先、文	均 7/8	613	皮日休	江難道中懷廣文南陽博士三首	陽、先、文	均 7/8	次韻詩
624	陸龜蒙	奉和襲美吳中言情見寄次韻	陽	7/8	613	皮日休	吳中言情寄魯望	陽	7/8	次韻詩
624	陸龜蒙	和襲美揚州看辛夷花次韻	東	7/8	613	皮日休	揚州看辛夷花	東	7/8	次韻詩
624	陸龜蒙	奉和襲美行次野梅次韻	灰	7/8	613	皮日休	行次野梅	灰	7/8	次韻詩
624	陸龜蒙	奉和襲美暇日獨處見寄	支	7/8	613	皮日休	暇日獨處寄魯望	陽	7/8	
624	陸龜蒙	奉和襲美見訪不遇	蕭	7/8	613	皮日休	屧步訪魯望不遇	麻	7/8	
624	陸龜蒙	奉和襲美開元寺客省早景即事次韻	東	7/8	613	皮日休	開元寺客省早景即事	東	7/8	次韻詩
624	陸龜蒙	奉和襲美病中庭際海石榴花盛發見寄次韻	陽	7/8	613	皮日休	病中庭際海石榴花盛發感而有寄	陽	7/8	次韻詩
624	陸龜蒙	襲美以春橘見惠兼之雅篇因次韻酬謝	先	7/8	613	皮日休	早春以橘子寄魯望	先	7/8	次韻詩
624	陸龜蒙	奉和襲美病中書情寄上崔諫議次韻	東	7/8	613	皮日休	病中書情寄上崔諫議	東	7/8	次韻詩
624	陸龜蒙	奉和襲美病孔雀	庚	7/8	613	皮日休	病孔雀	青	7/8	
624	陸龜蒙	襲美病中聞余遊顏家園見寄次韻酬之	陽	7/8	613	皮日休	聞魯望遊顏家林園病中見寄	陽	7/8	次韻詩
624	陸龜蒙	奉和襲美抱疾杜門見寄次韻	支	7/8	613	皮日休	魯望春日多尋野景日休抱疾杜門因有是寄	支	7/8	次韻詩
624	陸龜蒙	奉和襲美臥疾感春見寄次韻	蒸	7/8	613	皮日休	臥病感春寄魯望	蒸	7/8	次韻詩
624	陸龜蒙	次和襲美病後春思	文	7/8	613	皮日休	病後春思	文	7/8	次韻詩
625	陸龜蒙	奉和襲美館娃宮懷古次韻	佳	7/8	613	皮日休	館娃宮懷古	佳	7/8	次韻詩

625	陸龜蒙	和襲美送孫發百篇遊天台	庚	7/8	613	皮日休	孫發百篇將遊天台請詩贈行因以送之	魚	7/8	
625	陸龜蒙	奉和襲美聞開元寺筍園寄章上人	寒	7/8	613	皮日休	聞開元寺開筍園寄章上人	文	7/8	
625	陸龜蒙	奉和襲美開元寺佛鉢詩	東冬	7/8	613	皮日休	開元寺佛鉢詩	支	7/8	
625	陸龜蒙	酬襲美夏首病愈見招次韻	微	7/8	613	皮日休	夏首病愈因招魯望	微	7/8	次韻詩
625	陸龜蒙	奉和襲美登初陽樓寄懷北平郎中	先	7/8	613	皮日休	登初陽樓寄懷北平郎中	陽	7/8	次韻詩
625	陸龜蒙	奉和襲美所居首夏水木尤清適然有作次韻	東	7/8	613	皮日休	所居首夏水木尤清適然有作	東	7/8	次韻詩
625	陸龜蒙	奉和襲美題達上人藥圃二首	齊、微	7/8	613	皮日休	重玄寺元達年逾八十好種名藥凡所植者多至自天台四明山句曲叢翠紛各可名余奇而訪之因題二章	齊、麻	均 7/8	和詩第一首次原詩第一首之韻
625	陸龜蒙	奉和襲美懷華陽潤卿博士三首	魚、東、真文	均 7/8	614	皮日休	懷華陽潤卿博士三首	陽、文、東	均 7/8	
625	陸龜蒙	奉和襲美夏景無事因懷章來二上人次韻	灰、陽	均 7/8	614	皮日休	夏景無事因懷章來二上人二首	灰、陽	均 7/8	次韻詩
625	陸龜蒙	奉和襲美吳中書事寄漢南裴尚書	蕭	7/8	614	皮日休	吳中書事寄漢南裴尚書	蕭	7/8	依韻詩
625	陸龜蒙	奉和襲美夏景沖澹偶作次韻二首	麻、尤	均 7/8	614	皮日休	夏景沖澹偶然作二首	麻、尤	均 7/8	次韻詩
625	陸龜蒙	奉和襲美送李明府之任南海	尤	7/8	614	皮日休	送李明府之任南海	先	7/8	
625	陸龜蒙	奉和襲美寄題羅浮軒轅先生所居	東	7/8	614	皮日休	寄題羅浮軒轅先生所居	侵	7/8	
625	陸龜蒙	奉和襲美寄瓊州楊舍人	先	7/8	614	皮日休	寄瓊州楊舍人	麻	7/8	
625	陸龜蒙	奉和襲美宿報恩寺水閣	庚	7/8	614	皮日休	宿報恩寺水閣	灰	7/8	
625	陸龜蒙	奉和襲美醉中偶作見寄次韻	佳	7/8	614	皮日休	醉中偶作呈魯望	佳	7/8	次韻詩
625	陸龜蒙	奉和襲美寄滑州李副使員外	豪	7/8	614	皮日休	寄滑州李副使員外	東	7/8	
625	陸龜蒙	奉和襲美吳中言懷寄南海二同年	蕭	7/8	614	皮日休	吳中言懷寄南海二同年	麻	7/8	
625	陸龜蒙	奉和襲美傷史拱山人	侵	7/8	614	皮日休	傷史拱山人	陽	7/8	

625	陸龜蒙	奉和襲美謝有人惠人參	侵	7/8	614	皮日休	友人以人參見惠因以詩謝之	麻	7/8	
625	陸龜蒙	嚴子重以詩遊於名勝間舊矣余晚於江南相遇甚樂不幸且沒襲美作序而弔之其名真不朽矣又何戚其死哉余因息悲而為之和	文	7/8	614	皮日休	傷進士嚴子重詩	真	7/8	
626	陸龜蒙	和襲美新秋即事次韻三首	支、虞、魚	均 7/8	614	皮日休	新秋即事三首	支、虞、魚	均 7/8	次韻詩
626	陸龜蒙	和襲美贈南陽潤卿將歸雷平	寒	7/8	614	皮日休	南陽潤卿將歸雷平因而有贈	魚	7/8	
626	陸龜蒙	和訪寂上人不遇	陽	7/8	614	皮日休	訪寂上人不遇	先	7/8	
626	陸龜蒙	南陽廣文欲於荊襄卜居襲美有贈代酬次韻	江	7/8	614	皮日休	南陽廣文欲於荊襄卜居因而有贈	江	7/8	次韻詩
626	陸龜蒙	和襲美初冬偶作寄南陽潤傾次韻	東冬	7/8	614	皮日休	初冬偶作寄南陽潤卿	東冬	7/8	次韻詩
626	陸龜蒙	和襲美寄毘陵魏處士朴	灰	7/8	614	皮日休	寄毘陵魏處士朴	寒	7/8	
626	陸龜蒙	和襲美冬曉章上人院	歌	7/8	614	皮日休	冬曉章上人院	文	7/8	
626	陸龜蒙	和襲美寄題鏡巖周尊師所居	魚	7/8	614	皮日休	寄題鏡巖周尊師所居	咸	7/8	
626	陸龜蒙	和襲美為新羅弘惠上人撰靈鷲山周禪師碑送歸詩	青	7/8	614	皮日休	庚寅歲十一月新羅弘惠上人與本國同書請日休為靈鷲山周禪師碑將還詩送之	侵	7/8	
626	陸龜蒙	和襲美寒日書齋即事三首每篇各用一韻	陽、麻、魚	均 7/8	614	皮日休	寒日書齋即事三首	陽、麻、魚	均 7/8	依韻詩
626	陸龜蒙	和襲美臘後送內大德從勗遊天台	東	7/8	614	皮日休	臘後送內大德從勗遊天台	先	7/8	
626	陸龜蒙	和襲美寄題玉霄峰葉涵象尊師所居	微	7/8	614	皮日休	寄題玉霄峰葉涵象尊師所居	冬	7/8	
626	陸龜蒙	和襲美題支山南峰僧次韻	先	7/8	614	皮日休	題隻山南峰僧	先	7/8	次韻詩
626	陸龜蒙	和襲美寄懷南陽潤卿	真	7/8	614	皮日休	寄懷南陽潤卿	陽	7/8	
626	陸龜蒙	和襲美寄廣文先生	真	7/8						

626	陸龜蒙	和襲美先輩悼鶴	青	7/8	614	皮日休	華亭鶴聞之舊矣及來吳中以錢半千得一隻養之殆經歲不幸為飲啄所誤經夕而卒悼之不已遂繼以詩南陽潤卿博士浙東德師侍御毘陵魏不琢處士東吳陸魯望秀才及厚於予者悉寄之請垂見和	庚	7/8	
626	陸龜蒙	和襲美傷開元觀顧道士	庚	7/8	614	皮日休	傷開元觀顧道士	微	7/8	
626	陸龜蒙	和襲美醉中即席贈潤卿博士次韻	先	7/8	614	皮日休	醉中即席贈潤卿博士	先	7/8	次韻詩
626	陸龜蒙	和襲美重送圓載上人歸日本國	微	7/8	614	皮日休	送圓載上人歸日本國	微	7/8	依韻詩
626	陸龜蒙	襲美留振文宴龜蒙抱病不猥示倡和因次韻酬謝	庚	7/8	614	皮日休	偶留羊振文先輩及一二文友小飲日休以眼病初平不敢飲酒遣侍密歡因成四韻	庚	7/8	次韻詩
626	陸龜蒙	和襲美褚家林亭	麻	7/8	614	皮日休	褚家林亭	東	7/8	
628	陸龜蒙	和襲美春夕陪崔諫議櫻桃園宴	齊	7/4	615	皮日休	春日陪崔建議英桃園宴	東	7/4	
628	陸龜蒙	和襲美松江早春	東	7/4	615	皮日休	松江早春	魚	7/4	
628	陸龜蒙	和襲美女墳湖	陽	7/4	615	皮日休	女墳湖	蕭	7/4	
628	陸龜蒙	和襲美泰伯廟	陽	7/4	615	皮日休	泰伯廟	文	7/4	
628	陸龜蒙	和襲美重題薔薇	東	7/4	615	皮日休	重題薔薇	東	7/4	次韻詩
628	陸龜蒙	和襲美春夕酒醒	虞	7/4	615	皮日休	春夕酒醒	虞	7/4	依韻詩
628	陸龜蒙	和襲美木蘭後池三詠〈重臺蓮花〉〈浮萍〉〈白蓮〉	歌、庚、支	均 7/4	615	皮日休	木蘭後池三詠	侵、先、陽	均 7/4	同題和作
628	陸龜蒙	和襲美重題後池	歌	7/4	615	皮日休	重題後池	蕭	7/4	
628	陸龜蒙	和胥門閒泛	真	7/4						
628	陸龜蒙	和襲美館娃宮懷古五絕	虞、支、庚、灰、真	均 7/4	615	皮日休	館娃宮懷古五絕	虞、支、陽、平、真	均 7/4	
628	陸龜蒙	和襲美虎丘寺西小溪閒泛三絕	齊、支、微	均 7/4	615	皮日休	虎丘寺西小溪閒泛三絕	齊、支、微	均 7/4	次韻詩

628	陸龜蒙	和襲美天竺寺八月十五夜桂子	侵	7/4	615	皮日休	天竺寺八月十五日夜桂子	真	7/4	
628	陸龜蒙	和襲美釣侶二章	豪、蒸	均 7/4	615	皮日休	釣侶二章	豪、蒸	均 7/4	次韻詩
628	陸龜蒙	和襲美寄同年韋校書	魚	7/4	615	皮日休	寄同年韋校書	覃	7/4	
628	陸龜蒙	和襲美初冬偶作	先	7/4	615	皮日休	初冬偶作	先	7/4	
628	陸龜蒙	襲美醉中寄一壺并一絕走筆次韻奉酬	灰	7/4	615	皮日休	醉中寄魯望一壺并一絕	灰	7/4	見註[133]
628	陸龜蒙	和襲美重玄寺雙矮檜	歌	7/4	615	皮日休	重玄寺雙矮檜	先	7/4	
628	陸龜蒙	奉和諫議酬先輩霜菊	東	7/4	615	皮日休	軍事院雙菊盛開因書一絕寄上諫議	蒸	7/4	
628	陸龜蒙	和襲美詠皋橋	東	7/4	615	皮日休	皋橋	東	7/4	依韻詩
628	陸龜蒙	和襲美悼鶴	支	7/4	615	皮日休	悼鶴	微	7/4	
628	陸龜蒙	和醉中襲美先起次韻	齊	7/4	615	皮日休	醉中先起李穀戲贈走筆奉酬	齊	7/4	次韻詩
628	陸龜蒙	和襲美酒病偶作次韻	庚	7/4	615	皮日休	酒病偶作	庚	7/4	次韻詩
628	陸龜蒙	和同潤卿寒夜訪襲美各惜其志次韻	真	7/4	615	皮日休	潤卿魯望寒夜見訪各惜其志遂成一絕	真	7/4	次韻詩
628	陸龜蒙	和襲美寒夜文讌潤卿有期不至	東	7/4	615	皮日休	寒夜文讌潤卿有期不至	真	7/4	
629	陸龜蒙	和襲美友人許惠酒以詩徵之	真	7/4	615	皮日休	友人許惠酒以詩徵之	麻	7/4	
629	陸龜蒙	和胥口即事（二首）	蕭、冬	均 6/8	616	皮日休	胥口即事六言	麻、微	均 6/8	
629	陸龜蒙	和襲美懷錫山藥名離合二首	冬、陽	均 7/4	616	皮日休	懷錫山藥名離合二首	青、文	均 7/4	和雜體詩
629	陸龜蒙	和襲美懷鹿門縣名離合二首	覃、蒸	均 7/4	616	皮日休	懷鹿門縣名離合二首	魚、真	均 7/4	和雜體詩
631	張賁	奉和襲美醉中即席見贈次韻	先	7/8	614	皮日休	醉中即席贈潤卿博士	先	7/4	次韻詩
631	張賁	奉和襲美題褚家林亭	齊	7/8	614	皮日休	褚家林亭	東	7/8	與皮陸二人和作
631	張賁	奉和襲美傷開元觀顧道士	歌	7/8	614	皮日休	傷開元觀顧道士	微	7/8	〃

[133] 皮日休於陸龜蒙奉酬後，又以〈更次來韻寄魯望〉詩回覆，最後陸龜蒙再以〈再和次韻〉回應。

631	張賁	和魯望白菊	麻	7/8	626	陸龜蒙	幽居有白菊一叢因而成詠呈知己	灰	7/8	〃
631	張賁	奉和襲美先輩悼鶴	東	7/8	614	皮日休	華亭鶴聞之舊矣及來吳中以錢半千得一隻養之殆經歲不幸為飲啄所誤經夕而卒悼之不已遂繼以詩南陽潤卿博士浙東德師侍御毘陵魏不琢處士東吳陸魯望秀才及厚於予者悉寄之請垂見和	庚	7/8	〃
631	張賁	和襲美寒夜見訪	真	7/4	615	皮日休	寒夜文讌潤卿有期不至	真	7/4	依韻詩
631	張賁	和襲美醉中先起次韻	齊	7/4	615	皮日休	醉中先起李穀戲贈走筆奉酬	齊	7/4	次韻詩
631	張賁	和皮陸酒病偶作	庚	7/4	615	皮日休	酒病偶作	庚	7/4	次韻詩
〃	〃	〃	〃	〃	628	陸龜蒙	和襲美酒病偶作次韻	庚	7/4	次韻詩
631	張賁	玩金鸂鶒和陸魯望	文	7/4	628	陸龜蒙	玩金鸂鶒戲贈襲美	文	7/4	次韻詩
631	張賁	悼鶴和襲美	文	7/4	615	皮日休	悼鶴	微	7/4	
631	李穀	和皮日休悼鶴（二首）	庚、微	7/8、7/4	615	皮日休	悼鶴	微	7/4	依韻詩
631	魏朴	和皮日休悼鶴	庚、陽	7/8、7/4	615	皮日休	悼鶴	微	7/4	
631	羊昭業	皮襲美見留小讌次韻	庚	7/8	614	皮日休	偶留羊振文先輩及一二文友小飲日休以眼病初平不趕飲酒遣侍密歡因成四韻	庚	7/8	次韻詩
631	鄭璧	和襲美傷顧道士	東	7/8	614	皮日休	傷開元觀顧道士	微	7/8	
631	鄭璧	奉和陸魯望白菊	文	7/8	626	陸龜蒙	幽居有白菊一叢因而成詠呈知己	灰	7/8	
631	鄭璧	和襲美索友人酒	麻	7/4	615	皮日休	友人許惠酒以詩徵之	麻	7/4	次韻詩
632	司空圖	次韻和秀上人遊南五臺	灰	5/8		元秀				
635	周繇	和段成式（二首）	陽、麻	均 7/4	584	段成式	不赴光風亭夜飲贈周繇	麻	7/4	依韻詩
638	張喬	和薛監察興善寺古松	庚	5/8		薛能				
640	曹唐	和周侍御買劍	尤	7/8						
645	李咸用	九江和人贈陳生	東	5/8						

645	〃	和修睦上人聽猿	齊	5/8						
645	〃	和吳處士題村叟壁	先	5/40						
645	〃	和殷衙推春霖即事	尤	7/8						
646	李咸用	和蔣進士秋日	尤	5/40						
646	〃	和人湘中作	陽	7/8						
646	〃	和人遊東林	侵	7/8						
646	〃	和彭進士秋日遊靖居山寺	真	7/8						
646	〃	和彭進士感懷	尤	7/8						
646	〃	同友人秋日登庾樓	尤	7/8						
646	〃	和人詠雪	麻	7/8						
646	〃	和友人喜相遇十首	見註[134]	均 7/8						
646	〃	依韻修睦上人山居十首	見註[135]	均 7/8						
646	〃	同友生春夜聞雨	麻	7/8						
646	〃	同友生題僧院杜鵑花得春字	真	7/8						
646	〃	同玄昶上人觀山榴	庚青	7/4						
650	方干	和于中丞登扶風亭	齊	7/8						
651	〃	同蕭山陳長官一作明府縣樓登望	東	7/8		疑為陳子美				
651	〃	和剡縣陳明府登縣樓	青	7/8		陳永				
656	羅隱	和淮南李司空同轉運員外	尤	7/8						
657	〃	和禪月大師見贈	支	7/8		貫休				
657	〃	徐寇南逼感事獻江南知己次韻	東	7/8						
667	翁洮	和方干題李頻莊	元	7/12		方干				
670	秦韜玉	奉和春日玩雪	麻	7/4		僖宗				
671	唐彥謙	和陶淵明詠貧士詩七首	見註[136]	均 5/12		陶淵明	詠貧士七首		均 5/12	追和詩
673	周朴	次梧州卻寄永州使君	虞	5/8						

[134] 此十首韻腳為先、東、麻、支、蒸、虞、文、微、真、侵。
[135] 此十首韻腳為寒、庚、庚、蕭、真、寒、文、歌、庚、東。
[136] 此七首韻腳為支微、元先、侵、尤、寒刪、東、尤。

674	鄭谷	次韻和王駕校書結授見寄之什	元	5/8						
675	〃	次韻和禮部侍郎江上秋夕寓懷	庚	7/8		疑為盧渥				
676	〃	次韻和秀上人長安寺居言懷寄渚宮禪者	刪	7/8		元秀				
676	〃	次韻酬張補闕因寒食見寄之什	元	5/8		張茂樞				
676	〃	和知己秋日傷懷	灰	7/4						
676	〃	次韻和秀上人遊南五臺[137]	灰	5/8		元秀				
678	許彬	同友人會裴明府縣樓	真	5/8						*
679	崔塗	和進士張曙聞雁見寄	灰	7/8		張曙				
680	韓渥	和吳子華侍郎令狐昭化舍人歎白菊衰謝之絕次用本韻	東	7/4		吳融				
680	〃	奉和陝州孫舍人肇荊南重圍中寄諸朝士二篇時李常侍洵嚴諫議龜李起居殷衡李郎中冉皆有繼和余久有是債今至湖南方暇牽客（共二首）	侵、先	均 7/8						
682	〃	和王舍人撫州飲席贈韋司空	寒	7/8						
682	〃	〈又和〉〈再和〉〈重和〉	均為寒韻	均 7/8	682	韓渥	大慶堂賜宴元璫而有詩呈吳越王	寒	7/8	自和次韻詩
682	〃	倒押前韻	真	5/28	683	〃	無題	真	5/28	自和倒韻詩
684	吳融	奉和御製	寒刪	5/8						
684	〃	和集賢相公西溪侍宴觀競渡	蕭	5/8		裴摯				
684	〃	和陝州馮使君題所居	魚	7/8						
684	〃	次韻和王員外雜遊四韻	麻	7/8						

137 一作司空圖詩。

684	〃	和陸拾遺題諫院松	侵	7/8						
684	〃	和嚴諫議蕭山廟十韻就說常聞蕭管之聲因而得名次韻	庚	5/20						
684	〃	和人題武城寺	先	7/8						
685	〃	和諸學士秋夕禁直偶雪	寒	5/8						
685	〃	和睦州盧中丞題茅堂十韻	微	5/20						
685	〃	奉和御製六韻	灰	5/12						
685	〃	和韓致光侍郎無題三首十四韻	均為真韻	均 5/28	683	韓渥	無題	真	5/28	次韻詩
685	〃	倒次元韻	真	5/28	683	韓渥	和韓致光侍郎無題三首十四韻	真	5/28	倒韻詩
685	吳融	和楊侍郎	侵	5/4						
685	〃	和僧詠牡丹	侵	7/4						
685	〃	和寄座主尚書	真	7/4		趙崇				
685	〃	和座主尚書登布善寺樓	陽	7/8		趙崇				
685	〃	和座主尚書春日郊居	灰	7/8		趙崇				
685	〃	和張舍人	蕭	7/8		張文蔚				
685	〃	和人有感	齊	7/8						
687	〃	和皮博士赴上京觀中修靈齋贈威儀尊師兼見寄	文	7/8		皮日休				
688	盧汝弼[138]	和李秀才邊庭四時怨	見註[139]	均 7/4						
691	杜荀鶴	和高秘書早春對雪登樓見寄之什	真	5/8						
691	〃	和吳太守罷郡山村偶題二首	歌、支	均 5/8						
691	〃	和劉評事送海禪和歸山	侵	5/12						
691	〃	和友人見題山居	庚	7/8						
692	〃	友人贈舍弟依韻戲和	支	7/8						
692	〃	和友人送弟	庚	7/8						

[138] 才調集作盧弼。

[139] 依春夏秋冬各為一首。韻腳為寒刪、微、陽、寒刪。

692	〃	依韻次一作酬同年張曙先輩見寄之什	先	7/8							
692	〃	和友人寄長林夢明府	侵	7/8							
692	〃	和舍弟題書堂	陽	7/8							
692	〃	和友人見題山居水閣八韻	灰	7/16							
695	韋莊	和薛先輩見寄初秋寓懷即事之作二十韻	侵	5/40		疑為薛邁					
695	〃	同舊韻	侵	5/40	695	韋莊	和薛先輩見寄初秋寓懷即事之作二十韻	侵	5/40		重和次韻詩
695	〃	三用韻	侵	5/40	695	韋莊	和薛先輩見寄初秋寓懷即事之作二十韻	侵	5/40		三和次韻詩
696	〃	和人歲宴呂舍見寄	魚	5/8							
696	〃	和集賢侯學士分司丁侍御秋日雨霽之作	陽	7/8							
696	〃	和元秀才別業書事	侵	5/8							
696	〃	和友人	支	5/8							
697	〃	和侯秀才同友生泛舟溪中相招之作	先	7/8							
697	〃	和陸諫議避地寄東陽進退未決見寄	侵	7/8		疑為陸翺					
697	〃	和鄭拾遺秋日感事一百韻	陽	5/200		鄭谷					
698	〃	和李秀才郊墅早春吟興十韻	陽	5/20							
698	〃	饒州餘干縣琵琶洲有故韓賓客宣城裴尚書脩行李侍郎舊居遺址猶存客有過之感舊因以和吟	庚	7/8							
700	韋莊	和同年韋學士華下途中見寄	齊	7/8							
700	〃	和人春暮書事寄崔秀才	陽	7/8							

700	〃	奉和左司郎中春物暗度感而成章	真	7/8						
700	〃	奉和觀察郎中春暮憶花言見寄四韻之什	青	7/8						
702	張蠙	和崔監丞春遊鄭僕射東園	刪	5/8						
702	〃	次韻和友人冬月書齋	蕭	5/8						
702	〃	和友人送趙能卿東歸	歌	5/8						
702	〃	和友人許棠題宣平里古藤	冬	5/20		許棠				
704	黃滔	和友人酬寄	先	5/8						
705	〃	南海幕和段先輩送韋侍御赴闕	尤	7/8						
705	〃	奉和翁文堯十九員外中謝日蒙恩賜金紫之什	微	7/8		翁承贊				
705	〃	翁文堯員外捧金紫還鄉之命雅發篇章將原交情遠為嘉貺洎燕鴻陸犬楚水荊山又吐瓊瑤逮之幽鄙雖湧泉思觸逸興皆虛而強韻押難非才頗愧輒茲酬和以質獎私	魚	7/8		翁承贊				
705	〃	奉和翁文堯員外經過七林書堂見寄之什	陽	7/8		翁承贊				
705	〃	奉和翁文堯員外詠冊禮之歸一路有詩名書錦集先寄示因書五十六字	微	7/8		翁承贊				
705	〃	奉和翁文堯員外文秀光賢書錦之什	真	7/8		翁承贊				
706	〃	和吳學士對春雪獻韋令公次韻	東	5/20		吳融				
706	〃	和王舍人崔補遺闕題天王寺	支	5/28						
706	〃	和同年趙先輩觀文	刪	7/4						

706	〃	和陳先輩陪陸社人春日遊曲江	灰	7/4		陳嶠				
706	〃	奉和翁文堯戲寄	陽	7/4		翁承贊				
706	〃	奉和文堯對庭前千葉石榴	支	7/4		翁承贊				
707	殷文圭	次韻九華杜先輩重陽寄投宛陵丞相	豪	7/8		杜荀鶴				
707	〃	和友人送衡尚書赴池陽副車	尤	7/20						
708	徐夤	和人經隋唐間戰處	東	5/8						
708	〃	追和常建嘆王昭君	東	5/8	144	常建	昭君墓	月	5/8	
708	〃	依韻和尚書再贈牡丹花	陽	7/8		王延彬				
708	〃	追和白舍人詠白牡丹	陽	7/8		白居易	白牡丹			
709	〃	依韻酬常循州	陽	7/8						
710	徐夤	依韻贈嚴司直	庚	7/8						
710	〃	和尚書詠煙	東	7/8		王延彬				
711	〃	依御史溫飛卿華清宮二十二韻	尤	5/44	580	溫庭筠	過華清二十二韻	尤	5/44	實為次韻詩
711	〃	和僕射二十四丈牡丹八韻	真	5/16						
711	〃	和尚書詠泉山瀑布十二韻	蕭	7/24						
711	〃	依韻贈南安方處士五首	見註[140]	均 7/4						
711	〃	依韻答黃校書	尤	7/4						
711	〃	追和賈浪仙古鏡	先	7/4	574	賈島	方鏡	先	7/4	依韻詩
712	錢	同程九早入中書[141]	支	7/8						*
713	喻坦之	和范秘書宿省中作	侵	5/8						
721	李洞	同僧宿道者院	真	5/8						*
722	〃	和一作送知己赴任華州	麻	5/20						
723	〃	和曹監春晴見寄	麻	7/8		曹鄴				
723	〃	和劉駕博士贈莊嚴律禪師	微	7/8						

[140] 此五首韻腳為肴、陽、蒸、尤、真。

[141] 一作錢起詩。

723	〃	和淮南太尉留題鳳州王氏別業	庚	7/8						
723	〃	和壽中丞傷猿	侵	7/12						
724	唐求	和舒上人山居即事	青	5/8						
726	陸貞洞	和三鄉詩[142]	真	7/4	801	若耶溪女子	題三鄉詩	刪	7/4	
726	劉谷	和三鄉詩	支	7/4	801	若耶溪女子	題三鄉詩	刪	7/4	
726	王祝	和三鄉詩	齊	7/4	801	若耶溪女子	題三鄉詩	刪	7/4	
726	王滌	和三鄉詩	東	7/4	801	若耶溪女子	題三鄉詩	刪	7/4	
726	韋冰	和三鄉詩	灰	7/4	801	若耶溪女子	題三鄉詩	刪	7/4	
726	李昌鄴	和三鄉詩	齊	7/4	801	若耶溪女子	題三鄉詩	刪	7/4	
726	王碩	和三鄉詩	真	7/4	801	若耶溪女子	題三鄉詩	刪	7/4	
726	李縞	和三鄉詩	尤	7/4	801	若耶溪女子	題三鄉詩	刪	7/4	
726	張綺	和三鄉詩	陽	7/4	801	若耶溪女子	題三鄉詩	刪	7/4	
726	高衢	和三鄉詩	刪	7/4	801	若耶溪女子	題三鄉詩	刪	7/4	
731	胡宿	次韻和朱況雨中之什	微	7/8						
731	〃	次韻徐爽見寄	侵	7/8		徐奭[143]				
732	王良會	和武相公中秋夜西蜀錦樓望月得清字	庚	5/8	316	武元衡	八月十五夜與諸公錦樓望月得中字	東	5/8	
733	劉斌	和謁孔子廟	尤	5/8						
733	劉斌	和許給事傷牛尚書	尤	5/24		許敬宗				
734以下為五代	王仁裕（以下為五代）	和韓昭從駕過白衛嶺	先	7/8						
734	王仁裕	和蜀後主題劍門	蒸	5/8		王衍				

142 會昌時有女子題三鄉驛，和者十人。

143 吳汝煜《全唐詩人名考》曰：「徐爽應為徐奭。此詩為宋人作而誤入《全唐詩》中。」見《全唐詩人名考》下冊，頁694。

738	張義方	奉和聖製元日大雪登樓	麻	7/8						
739	李建勳	重戲和春雪寄沈員外	寒	7/8		沈彬				
739	〃	和判官洗雨	寒	7/8						
739	〃	和致士沈郎中	真	7/8		沈彬				
739	〃	和元宗元日大雪登樓	麻	7/8		中主李璟				
740	廖匡圖	和人贈沈彬	肴	7/8						
745	陳陶	和西江李助副使早登開元寺閣	宥	7/32						
746	〃	和容南韋中題瑞亭白燕白鼠六眸龜嘉蓮	支	7/8						
747	李中	依韻和智謙上人送李相公赴昭武軍	庚	5/8						
747	〃	依韻和蠡澤王去微秀才見寄	尤	5/8						
748	〃	海上載筆依韻酬左偃見寄	齊	5/8						
748	〃	和易秀才春日見寄	真	5/8						
748	〃	海上和郎戩員外倅職	支	7/8						
748	〃	和夏侯秀才春日見寄	青	7/8						
749	〃	晉陵罷任寓居依韻和陳銳秀才見寄	刪	7/8						
749	〃	依韻和友人秋夕見寄	庚	5/8						
749	〃	吉水縣依韻酬華松秀才見寄	文	7/8						
749	〃	和友人喜雪	魚	5/8						
750	〃	和潯陽宰感舊絕句五首	均為寒韻	均 7/4						
750	〃	和毘陵寺曹昭用見寄	東	5/8						
750	〃	和彭正字喜雪見寄	寒	5/8		彭仁				
750	〃	海上和柴軍使清明書事	陽	7/8						
750	〃	和朐陽載筆魯裕見寄	刪	7/8						

751	徐鉉	和殷舍人蕭員外春雪	寒	7/8		殷悦				
751	〃	和王庶子寄題兄長建州廉使新亭	庚	7/8						
752	〃	和明道人宿山寺	陽	5/8						
752	〃	和司門郎中陳彥	真	7/4						
752	〃	和元帥書記蕭郎中觀習水師	庚	7/8		蕭彧				
752	〃	和蕭郎中小雪日作	麻	7/8		蕭彧				
752	〃	中書相公谿亭閒宴依韻李建勳	灰	5/8						
752	〃	和江州江中丞見寄	蕭	5/8		江文蔚				
752	〃	和鍾郎中送朱先輩還京垂寄	歌	7/8		鍾蒨				
754	徐鉉	和張先輩見寄二首	麻、尤	7/8						
754	〃	印秀才至舒州見尋別後寄詩依韻和	支	7/8		印粲				
754	〃	避難東歸依韻和黃秀才見寄	微	7/8						
754	〃	和集賢鍾郎中	真	7/8		鍾蒨				
754	〃	和蕭郎中午日見寄	支	7/8		蕭彧				
754	〃	和太常蕭少卿近郊馬上偶吟 又和	齊、齊	7/8		蕭彧				重和次韻
754	〃	和蕭少卿見慶新居 又和	支、支	7/8		蕭彧				重和次韻
754	〃	和明上人除夜見寄	蒸	5/8						
754	〃	正初和鄂州邊郎見寄	真	5/8						
755	〃	和江西蕭少卿見寄二首	覃、真	均 7/8		蕭彧				
755	〃	和陳洗馬山莊新泉	侵	7/8						
755	〃	奉和七夕應令	陽	7/8		中主李璟				
755	〃	又和八日	尤	7/8		中主李璟				

755	〃	和印先輩及第後獻座主朱舍人郊居之作	微	7/8		印粲					
755	〃	和致仕張尚書新創道院	庚	5/8		張義方					
755	〃	和尉遲贊善秋暮僻居	先	7/8							
755	〃	和陳贊善致仕還京口	尤	7/8							
755	〃	京使迴自臨川得從兄書寄詩依韻和	真	5/8							
755	〃	陪鄭王相公賦筵前垂冰應教依韻	蒸	7/8							
755	〃	和尉遲贊善病中見寄	歌	7/8							
755	〃	和王明府見寄	真	7/8							
755	〃	和方泰州見寄	蒸	7/8							
755	〃	以端谿硯酬張員外水精珠兼和來篇	庚	5/8							
755	〃	和翕州陳使軍見寄	元	5/20							
755	〃	和賈員外戩見贈玉蕊栽	灰	7/4							
755	〃	依韻和令公大王薔薇詩	支	5/36		李從善					
755	〃	和門下殷侍郎新茶二十韻	先	5/40		殷悅					
755	〃	和陳表用員外求酒	庚	7/4							
755	〃	奉和右省僕射西亭高臥作	支	5/16		殷悅					
756	〃	奉和宮傅相公懷舊見寄四十韻	先	7/8							
756	〃	右省僕射相公垂覽和詩復貽長句輒次來韻	侵	7/8		殷悅					
756	〃	十日和張少監	灰	7/8							
756	〃	和張少監晚菊	灰	7/8							
756	〃	奉和子龍大監與舍弟贈答之什	先	7/8							
756	〃	太傅相公深感庭梅再成絕唱曲垂借示倍認知憐謹用舊韻攀和	支	5/8		殷悅					

756	徐鉉	太傅相公以庭梅二篇許舍弟同賦再迂藻思曲有虛稱謹依韻奉和庶申感謝	支	5/8		殷悅				
756	〃	和鍾大監泛舟同遊見示	歌	7/8						
756	〃	又和游光睦院	刪	5/8						
756	〃	和張少監舟中望蔣山	冬	5/8						
756	徐鉉	奉和御製茱萸	真	7/8		中主李璟				
757	徐鍇	太傅相公以東觀庭梅西垣舊植昔陪盛賞今獨家兄唱和之餘俾令攀和輒依本韻伏愧斐然	支	5/8	756	徐鉉	太傅相公深感庭梅再成絕唱曲垂借示倍認知憐謹用舊韻攀和	支	5/8	次韻詩
757	〃	太傅相公與家兄梅花酬唱許綴末篇再賜新詩俯光拙句謹奉清韻用感鈞私伏惟采覽	支	5/8	756	徐鉉	太傅相公以庭梅二篇許舍弟同賦再迂藻思曲有虛稱謹依韻奉和庶申感謝	支	5/8	次韻詩
757	〃	同家兄哭喬侍郎	支	7/8	756	徐鉉	哭刑部侍郎喬公詩	真	5/20	
757	包穎	和徐鼎臣見寄	真	7/8		徐鉉				
757	陳彥	和徐舍人九月十一日見寄	真	7/4	752	徐鉉	九月十一日寄陳郎中	真	7/4	次韻詩
757	湯悅	奉和聖製送鄧王牧宣城	先	7/8						
757	〃	鼎臣學士侍郎以東館庭梅昔翰苑之毫末今復半枯向時同僚零落都盡素髮頜茲唯二人感舊傷懷發於吟詠惠然好我不能無言輒次來韻攀和	支	5/8		徐鉉				
757	〃	再次前韻代梅答	支	5/8	757	湯悅	鼎臣學士侍郎以東館庭梅昔翰苑之毫末今復半枯向時同僚零落都盡素髮頜茲唯二人感舊傷懷發於吟詠惠然好我不	支	5/8	次韻詩

							能無言輒次來韻攀和			
757	〃	鼎臣學士侍郎楚金舍人學士以再傷庭梅詩同垂寵和清絕感嘆情致俱深因成四十字陳謝	支	5/8	757	徐鉉	太傅相公與家兄梅花酬唱許綴末篇再賜新詩俯光拙句謹奉清韻用感鈞私惟采覽	支	5/8	次韻詩
760	韓昭	和題劍門	蒸	5/8						
761	徐光溥	同劉侍郎詠筍	虞	7/4	761	劉義叟	同徐學士詠筍	虞	7/4	次韻詩
761	劉義叟	同徐學士詠筍	虞	7/4	761	徐光溥	同劉侍郎詠筍	虞	7/4	次韻詩
761	詹琲	追和秦隱君辭薦之韻上陳侯乞歸鳳山	微	7/8		秦系				
763	王繼勳	贈和龍妙空禪師	先	7/8						
763	夏鴻	和贈和龍妙空禪師	先	7/8	763	王繼勳	贈和龍妙空禪師	先	7/8	次韻詩
765	王周	自和	東	5/8	765	王周	西山晚景	東	5/8	自和次韻詩
765	王周	和程刑部三首	陽、侵、歌	均 5/8						
765	王周	和杜運使巴峽地暖地節物與中土異黯然有感詩三首	麻、尤、陽	7/4						
768	陸弘休	和訾家洲宴游	尤	7/8						
770	韓雄[144]	敕和元相公家園即事寄王相公	侵	5/8						
771	趙起	奉和登會昌山應制[145]	支	5/8						
777	郭汭	同崔員外溫泉宮即事	支	5/12						
777	蔡文恭	奉和夏日遊山應制	養	5/12						
783	韓常侍	和人憶鶴	先	7/4						
784	吳越失姓名人	大慶堂賜宴元璫有詩呈吳越王 又和 再和 重和	寒 寒 寒 寒	7/8 7/8 7/8 7/8	784	吳越失姓名人	大慶堂賜宴元璫有詩呈吳越王			重和次韻詩

144 吳汝煜《全唐詩人名考》曰：「按此詩為韓翃作，『雄』即『翃』之形誤。」見《全唐詩人名考》下冊，頁 724。

145 一作錢起詩。

801	名媛卷葛氏女	和潘雍	東	7/4	778	潘雍	贈葛氏小娘子	灰	7/4	
802	妓女卷關盼盼	和白公詩	支	7/4	436	白居易	感故張僕射諸妓	支	7/4	次韻詩
802	楊萊兒	和趙光遠題壁	元	7/8	726	趙光遠	題妓萊兒壁	元	7/8	次韻詩
802	王蘇蘇	和李標	微	7/4	802	李標	題窗詩	微	7/4	次韻詩
803	薛濤	宣上人見示與諸公唱和	魚	5/4		廣宣				
803	〃	和李書記席上見贈	侵	7/4						
803	〃	和劉賓客玉蕣	寒	7/4		劉禹錫				
803	〃	棠梨花和李太尉	支	7/4		李德裕				
803	〃	和郭員外題萬里橋	侵	7/4						
804	魚玄機	次韻西鄰新居兼乞酒	侵	7/8						
804	〃	和友人次韻	尤	7/8						
804	〃	和新及第悼亡詩二首	尤、東	7/8、7/4						
804	〃	和人	微	7/8						
804	〃	和人次韻	刪	7/8						
804	〃	光威裒姊妹三人少孤而始妍乃有是作精粹難儔雖謝家聯雪何以加之有客自京師來者示予因次其韻	覃、咸	7/24	801	光威裒	聯句	覃、咸	7/24	次韻詩
808	慧宣	奉和竇使君同恭法師詠高僧二首〈竺佛圖澄〉〈釋僧肇〉	紙、庚	均 5/10		竇德明				
808	法宣	和趙王觀妓	蕭	5/8		李元景				
808	慧淨	和盧贊府遊紀國道場	蕭	5/12						
808	〃	和琳法師初春法集之作	冬	5/18						
809	靈一	同使君宿大梁驛	東	5/8						*
810	靈澈	九日和于使君思上京親故	陽	5/8						
813	無可	寄和蔡州田郎中	蕭	5/8		田群				
814	〃	奉和裴舍人春日杜城舊事	齊	5/8		裴夷直				
814	〃	奉和段著作山居呈諸同志三首次本韻	東、齊、魚	均 5/8						

814	無可	同劉秀才宿見贈	侵	5/8						
814	〃	和賓客相國詠雪詩	灰	5/32		李宗閔				
815	皎然	奉和薛員外誼贈湯評事衡反招隱之跡兼見寄十二韻	遇	5/24						
815	〃	冬日遙和盧使君幼平綦毋居士遊法華寺高頂臨湖亭	冬	5/14		盧幼平				
815	〃	同裴錄事樓上望	庚	5/8		裴濟				
815	〃	杼山上峰和顏使君真卿袁侍御五韻賦得印字仍期明日開元寺樓之會	震、問	5/10						
815	〃	同薛員外誼喜雨詩兼上楊使君	庚	5/16		薛誼				
815	〃	同薛員外誼久旱感懷寄兼呈上楊使君	職	5/22		薛誼				
815	〃	奉和裴使君清春夜南堂聽陳山人彈白雪	微	5/14						
815	〃	遙和康錄事李侍御萼小寒食夜重集康氏園林	真	7/8		康造				
816	〃	同諸公奉侍祭岳瀆使大理盧幼平自會稽迴經平望將赴於朝廷期過故林不至用題中韻	青	5/20						
816	〃	和裴少府懷京兄弟	元	5/8						
816	〃	和閻士和望池月答人	支	5/8						
816	〃	遙和塵外上人與陸澧夜集山寺問涅盤義兼賞陸生文卷山人字號北山子	先	5/8						
816	〃	春日和盧使君幼平開元寺聽妙奘上人講時上人將遊五臺	先	5/8						

816	〃	和李舍人使君紓題雲明府道室	文	7/8						
816	〃	奉和陸中丞使君長寒食作	庚	7/8						
816	〃	贈和評事判官	尤	7/8		疑為湯衡				
817	〃	奉和顏使君真卿與陸處士羽登妙喜寺三癸亭	寘	5/22						
817	〃	奉和陸使君長源夏月遊太湖	屋	5/20						
817	〃	奉和崔中丞使君論李侍御萼登爛柯山宿石橋寺效小謝體	冬	5/20						和詩人體詩
817	〃	同顏使君真卿李侍御萼遊法華寺登鳳翅山望太湖	尤	5/16						
817	〃	奉和袁使君高中新亭會張錬師畫會二上人	尤	5/14						
817	〃	奉和陸使君長源水堂納涼效曹劉體	齊	5/16						和詩人體詩
817	皎然	九日和于使君思上京親故	庚	5/8						
817	〃	奉和顏使君真卿韻海畢會諸文士東堂重校	震、軫	5/14		顏真卿				
817	〃	和楊明府早秋遊法華寺	庚、青	5/16		楊華				
817	〃	奉同顏使君真卿開元寺經藏院會觀樹文殊碑	支	5/8		顏真卿				
817	〃	奉同盧使君幼平遊精舍寺	文	5/8		盧幼平				
817	〃	奉同顏使君真卿袁侍御駱駝橋玩月	支	5/8		顏真卿				
817	〃	和邢端公登臺春望句句有春字之什	庚	5/8		邢濟				
817	〃	奉和顏使君真卿修畢韻海畢州中重宴	江	5/8		顏真卿				

817	〃	和李侍御萼歲初夜集處士閣	魚	5/8						
817	〃	和閻士和李蕙冬夜重集	冬	5/8		閻士和				
817	〃	春日陪顏使君真卿皇甫曾西亭重會韻海諸生	虞	5/8						
817	〃	同李侍御萼李判集陸處士羽新宅	蒸	5/12						
817	〃	同李著作縱題塵外上人院	青	7/8						*
817	〃	同李中丞洪水亭夜集	支	7/4						
817	〃	同盧使君幼平郊外送閻侍御歸臺	刪	5/12		盧幼平				*
818	〃	同顏使君真卿峴山送李法曹陽冰西上獻書時會有詔徵赴京	灰	5/8		顏真卿				*
818	〃	同李司直題武丘寺兼留諸公與陸羽之無錫	陽	5/8						*
818	〃	同顏使君清明日遊因送蕭主簿	歌	5/8		顏真卿				*
819	〃	同袁高使君送李判官使迴	麻	5/10						*
819	〃	同楊使君白蘋洲送陸侍御士佳入朝	元	5/8						*
819	〃	同朝府章送沈秀才還石門山讀書	文	5/8						*
819	〃	同顏魯公泛舟送皇甫侍御曾	冬	7/4		顏真卿				*
819	〃	奉同顏使君真卿送李侍御萼賦得荻塘路	遇	5/8		顏真卿				
819	〃	夏日[146]登觀農樓和崔使君	庚	5/8						
819	〃	同李洗馬入餘不溪經辛將軍故城	支	5/8						
823	神穎	和王季文題九華山	蕭	5/20						

146 一作微雨。

828	貫休	和楊使君遊赤松山	冬	7/16						
831	〃	和韋相公見示閒臥	先	5/40		韋莊				
831	〃	和韋相公話婺州陳事	尤	5/8		韋莊				
833	〃	和毛學士舍人早春	覃	5/24		毛文錫				
835	〃	和李判官見新榜為兄下第	真	7/8						
838	齊己	和鄭谷郎中看棋	侵	5/8	674	鄭谷	寄棋客	蒸	5/8	
838	〃	和岷公送李評事往宜春	真	5/8						
838	〃	同光歲送人及第東歸	陽	5/8						
839	〃	次韻酬鄭谷郎中	支	5/8						
840	〃	和鄭谷郎中幽棲之什	青	5/8	674	鄭谷	旅寓洛南村舍[147]	麻	5/8	
840	〃	和孫支使惠示院中庭竹之什	庚	5/8						
841	〃	和覃域上人寄贈之什	東	5/8						
843	〃	依韻酬尊師見贈二首師欲調舉	文、微	均 5/8						
844	〃	和李書記	東	7/8						
845	〃	和西蜀可準大師遠寄之什	刪	7/8						
845	〃	和翁員外題馬太傅宅賈相公井	寒	7/8		翁承贊				
850	慕幽	酬和友人見寄[148]	寒	5/8						疑重收
851	慈恩寺沙門高宗時	和御製遊慈恩寺	侵	5/8						
853	吴筠	同劉主簿承介建昌江泛舟作	先	5/20						
863	仙清遠道士	同沈恭子遊虎丘寺有作	翰	5/24						
863	眉娘	和卓英英錦城春望	真	7/4	863	卓英英	錦城春望	真	7/4	次韻詩
863	〃	和卓英英理笙	庚	7/4	863	卓英英	理笙	庚	7/4	次韻詩
865	鬼尉佗	和崔侍御	虞	7/4						

147 鄭谷〈旅寓洛南村舍〉有詩曰:「幽棲雖自適,交友在京華。」

148 一作冬日淮上別文上人。

866	龐德公	同鹿門少年馬紹隆冥遊詩	元、灰	均 7/4						
866	韋檢亡姬	和檢詩	先	7/4						
867	怪	真符女與申屠澄贈和詩 澄贈。女和。	侵	5/4	867	申屠澄				
868	夢 劉禹錫	夢揚州樂伎和詩	陽	7/4						
869	諧謔 顧況	和知章詩	麻	7/4						
871	周顓	和座客	豪	7/4						
882	補編 許敬宗	奉和九月九日應制	東	5/18	2	高宗	九月九日	陽	5/18	
882	〃	奉和守歲應制	微	5/10						
882	蘇頲	和黃門舅十五夜作	灰	5/8		崔日用				
882	趙彥伯	和九月九日登慈恩寺浮圖應制	東	5/8		中宗				
882	皇甫冉	和中丞奉使承恩還終南舊居	元	5/12						
882	〃	同韓給事觀畢給事畫松石	職	7/20		韓晃				
883	楊巨源	和汴州令狐相公白菊	陽	5/16		令狐楚				
883	歐陽詹	同諸公過福先寺律院宣上人房	刪	5/12						
884	崔櫓	和友人題僧院薔薇花三首	麻、灰、東	均 7/8						
885	王駕	次韻和盧先輩避難寺居看牡丹	魚	5/8						
885	王貞白	依韻和幹公題庭中太湖石二首	侵、侵	均 5/8						
886	孫魴	主人司空見和未開牡丹輒卻奉和	支	7/8						
887	李縝	奉和郎中遊仙巖四瀑布寄包秘監李吏部趙婺州中丞齊處州諫議十四韻	寒	5/28	887	路應	仙岩四瀑布即事寄上秘書包監侍郎七兄吏部李侍郎十七兄婺州趙中丞處州齊諫議明州李九郎十四韻	支	5/28	
887	戴公懷	奉和郎中遊仙山四瀑布兼寄李吏部包秘監判官	尤	5/28	887	路應	仙岩四瀑布即事寄上秘書包監侍郎七兄吏部李侍	支	5/28	

							郎十七兄婺州趙中丞處州齊諫議明州李九郎十四韻			
887	孟翔	奉和郎中遊仙山四瀑布兼寄李吏部包秘監判官	元	5/22	887	路應	仙岩四瀑布即事寄上秘書包監侍郎七兄吏部李侍郎十七兄婺州趙中丞處州齊諫議明州李九郎十四韻	支	5/28	
887	郭密之	奉和紀朝臣公詠雪詩	真	5/8						
888	靈澈	奉和郎中題仙巖瀑布十四韻	先	5/28	887	路應	仙岩四瀑布即事寄上秘書包監侍郎七兄吏部李侍郎十七兄婺州趙中丞處州齊諫議明州李九郎十四韻	支	5/28	
	全唐詩逸周元範	奉和白舍人遊鏡湖夜歸	侵	7/4		白居易				
	〃	〈句〉和白舍人泛湖早發洞庭詩	青	7/2		白居易				
	楊巨源	和劉員外赴闕次潼關作〈句〉				劉禹錫				
	張祜	和池州杜員外題九峰樓				杜牧				外編上/161
	〃	奉和池州杜員外南亭惜春				杜牧				外編上/162
	〃	和岳州徐員外雲夢新亭二十韻				徐希仁				外編上/178
	〃	奉和湖州蘇員外題游懷池				蘇特				外編上/181
	〃	奉和浙西盧大夫題假山				盧簡辭				外編上/181
	徐鉉	和陳處士再雍丘見寄				陳陶				外編上/246
	皇甫曾	同杜相公對山僧				杜鴻漸				外編下/406
	楊發	和李衛公漳南驛留題				李德裕				外編下/482

國家圖書館出版品預行編目

唐代和詩研究 / 陳鍾琇作. --一版. --臺北市：
秀威資訊科技, 2008.04
面； 公分. --(語言文學 ;AG0088)
參考書目：面

ISBN 978-986-221-009-3(平裝)

1.唐詩 2.詩評

820.9104 97006993

語言文學類 AG0088

唐代和詩研究

作　　者 / 陳鍾琇
發 行 人 / 宋政坤
執行編輯 / 黃姣潔
圖文排版 / 陳湘陵
封面設計 / 蔣緒慧
數位轉譯 / 徐真玉 沈裕閔
圖書銷售 / 林怡君
法律顧問 / 毛國樑 律師
出版印製 / 秀威資訊科技股份有限公司
台北市內湖區瑞光路 583 巷 25 號 1 樓
電話：02-2657-9211 傳真：02-2657-9106
E-mail：service@showwe.com.tw
經 銷 商 / 紅螞蟻圖書有限公司
台北市內湖區舊宗路二段 121 巷 28、32 號 4 樓
電話：02-2795-3656 傳真：02-2795-4100
http://www.e-redant.com

2008 年 4 月 BOD 一版
定價：530 元

讀　者　回　函　卡

感謝您購買本書，為提升服務品質，煩請填寫以下問卷，收到您的寶貴意見後，我們會仔細收藏記錄並回贈紀念品，謝謝！

1.您購買的書名：________________________

2.您從何得知本書的消息？

□網路書店　□部落格　□資料庫搜尋　□書訊　□電子報　□書店

□平面媒體　□　朋友推薦　□網站推薦　□其他_________

3.您對本書的評價：(請填代號　1.非常滿意 2.滿意 3.尚可 4.再改進)

封面設計____　版面編排____　內容____　文/譯筆____　價格____

4.讀完書後您覺得：

□很有收獲　□有收獲　□收獲不多　□沒收獲

5.您會推薦本書給朋友嗎？

□會　□不會，為什麼？________________________________

6.其他寶貴的意見：____________________________________

____

____

____

讀者基本資料

姓名：____________________　年齡：_____　性別：□女　□男

聯絡電話：_______________　E-mail：_________________

地址：____

學歷：□高中(含)以下　□高中　□專科學校　□大學

□研究所(含)以上　□其他____________

職業：□製造業　□金融業　□資訊業　□軍警　□傳播業　□自由業

□服務業　□公務員　□教職　□學生　□其他_________

請貼
郵票

To：114

台北市內湖區瑞光路 583 巷 25 號 1 樓

秀威資訊科技股份有限公司　　收

寄件人姓名：

寄件人地址：□□□

(請沿線對摺寄回,謝謝!)

秀威與 BOD

BOD（Books On Demand）是數位出版的大趨勢，秀威資訊率先運用 POD 數位印刷設備來生產書籍，並提供作者全程數位出版服務，致使書籍產銷零庫存，知識傳承不絕版，目前已開闢以下書系：

一、BOD 學術著作—專業論述的閱讀延伸
二、BOD 個人著作—分享生命的心路歷程
三、BOD 旅遊著作—個人深度旅遊文學創作
四、BOD 大陸學者—大陸專業學者學術出版
五、POD 獨家經銷—數位產製的代發行書籍

BOD 秀威網路書店：www.showwe.com.tw
政府出版品網路書店：www.*gov*books.com.tw

永不絕版的故事・自己寫・永不休止的音符・自己唱